Knaur.

Knaur.

Im Knaur Taschenbuch Verlag sind bereits folgende Bücher der Autorin erschienen:
Die geheime Stunde
Schilf im Sommerwind
Was allein das Herz erkennt
Wo das Meer den Himmel umarmt
Wo die Sehnsucht das Herz berührt
Wo Träume im Wind verwehen

Über die Autorin:
Luanne Rice hat in den USA zahlreiche Romane veröffentlicht und gilt dort als Bestsellerautorin. In Deutschland erschienen von ihr »Wo das Meer den Himmel umarmt« und »Wo Träume im Wind verwehen«. Sie stammt aus Connecticut und lebt heute mit ihrem Mann in New York City.

Luanne Rice

Wo die Sterne zu Hause sind

Aus dem Amerikanischen
von Ursula Bischoff

Knaur Taschenbuch Verlag

Für Andrea Cirillo,
meine Freundin und Agentin
in Liebe und Dankbarkeit.

Die amerikanische Originalausgabe erschien
unter dem Titel »Follow the Stars Home« bei Bantam, New York.

Dieser Titel erschien im Knaur Taschenbuch Verlag
bereits unter der Bandnummer 62289.

Besuchen Sie uns im Internet:
www.knaur.de

Vollständige Taschenbuch-Neuausgabe Mai 2005

Umschlaggestaltung: ZERO Werbeagentur, München
Umschlagabbildung: Zefa, Düsseldorf
Satz: Ventura Publisher im Verlag
Druck und Bindung: Clausen & Bosse, Leck
Printed in Germany
ISBN 3-426-63198-9

2 4 5 3 1

1

In New York herrschte Schneetreiben. Die Flocken waren fein und dicht und verhüllten die Sicht auf die oberen Stockwerke der schwarzen und silbernen Gebäude in Midtown. Der Schnee lagerte sich so schnell auf den breiten Prachtstraßen ab, dass die Schneepflüge der Stadt mit dem Räumen nicht mehr nachkamen. Er setzte den Steinmonumenten und dem verschlafenen Springbrunnen vor dem Plaza Hotel eine weiße Haube auf. Als es zu dämmern begann, flammten die Lichter in jedem einzelnen Fenster auf, und die Frau und das Mädchen standen wie verzaubert da und atmeten in vollen Zügen die kalte Nachtluft ein.

»Bei Schnee sieht die Stadt wie eine Märchenlandschaft aus«, sagte Amy, zwölf Jahre alt.

»Ja, traumhaft«, stimmte Dianne ihr zu.

»Aber wo fahren die Kinder Schlitten?«

»Im Central Park, könnte ich mir vorstellen. Dort drüben, auf der anderen Straßenseite.« Dianne deutete zu den weiß ummantelten Bäumen und den gelben Lichtern hinüber, die im Schneegestöber aufglühten.

Amy kam aus dem Staunen nicht heraus. Alles in New York war fremdartig und glanzvoll, und es machte Dianne Spaß, die Stadt mit den Augen ihrer jungen Begleiterin neu zu entdecken. Sie waren gerade erst aus den stillen, idyllischen Marschen im Osten von Connecticut in die quirlige Metropole gekommen, hatten ihr vorbestelltes Quartier im Plaza Hotel bezogen, den Nikolaus im Kaufhaus Macy's besucht und sich beim Schlittschuhlaufen im Rockefeller Center amüsiert. An diesem Abend hatten sie Karten für den *Nussknacker*, getanzt vom New York City Ballet.

Während sie unter der Markise des Hotels verweilten, bewunderten sie den weihnachtlichen Lichterglanz, den Türsteher in Livree und die Hotelgäste in Abendkleidung. Drei Taxis hatten in der Parkbucht gehalten, die Scheinwerfer mit einer dicken Schneeschicht bedeckt. Mindestens zwanzig Personen standen unten am Bordstein Schlange und suchten die Straßen mit den Augen nach freien Taxis ab. Dianne zögerte einen Moment, dann nahm sie Amy an die Hand und ging die Treppe hinunter. Gespannt auf das große Ereignis und wegen der Vorfreude des Mädchens wollte sie nicht riskieren, den ersten Akt zu verpassen, nur weil sie auf ein Taxi warten musste. Sie blieb neben der Parkbucht stehen, warf einen Blick auf den Stadtplan und spielte kurz mit dem Gedanken, den Weg zum Lincoln Center zu Fuß zurückzulegen.

»Dianne, kommen wir zu spät?«, erkundigt sich Amy bang.

»Aber nein, keine Angst«, erwiderte Dianne und fasste einen Entschluss. »Ich werde uns schon ein Taxi besorgen.«

Amy lachte; sie fand es aufregend, dass ihre Freundin am Straßenrand stand und wie eine waschechte New Yorkerin den Arm ausstreckte. Dianne trug ein schwarzes Samtkleid und darüber ein schwarzes Kaschmircape, eine Perlenkette und mit Diamanten und Saphiren besetzte Ohrringe, ein Geschenk ihrer angeheirateten Großmutter – Dinge, die sie zu Hause in Gull Point nie trug. Das Abendtäschchen aus schwarzem Satin, alt und steif von der jahrelangen Verbannung in die hinterste Ecke eines Kleiderschrankregals, stammte aus einer Boutique in Essex, Connecticut.

»Bitte, lass mich das Taxi rufen!«, bat Amy, die vor lauter Aufregung keine Minute stillstehen konnte, und streckte den Arm wie Dianne aus. Die Bewegung erfolgte so plötzlich, dass sie im Schnee ausrutschte, aber im Fallen Diannes Tasche zu fassen bekam. Der Schulterriemen reichte Dianne sogar bei erhobenem Arm bis zur Hüfte. Dianne, die auf der vereisten Straße selbst um ein Haar das Gleichgewicht verloren hätte, gelang es gerade noch, Amy aufzufangen und wieder sicheren Stand zu finden. Sie lächelten sich an, sich einen Augenblick lang umarmend.

Obwohl Thanksgiving gerade erst vorbei war, erstrahlte die Stadt bereits in weihnachtlichem Lichterglanz. Unter ihrem weißen Schneeschleier wirkte sie wie verzaubert. Eine Truppe der Heilsarmee spielte »Stille Nacht«. Die Glöckchen an den vorüberfahrenden Pferdekutschen läuteten.

»In so einer Stadt war ich noch nie!« Amys große grüne Augen funkelten vor Begeisterung über ein so faszinierendes Abenteuer.

»Ich bin froh, dass du mitgekommen bist.«

»Ich wünschte, Julia wäre hier«, sagte Amy.

Dianne, hin und her gerissen von ihrer Zuneigung zu dem Mädchen und dem Bedauern, dass ihre eigene Tochter nicht dabei sein konnte, bemerkte das Taxi nicht sofort.

Sich auf der vereisten Straße um die eigene Achse drehend, raste es in voller Fahrt gegen die Stoßstange einer schwarzen Mercedes-Limousine. Ein Schneepflug und ein mit Sand beladener Lastwagen näherten sich aus der entgegengesetzten Richtung. Das Yellow Cab stieß frontal mit dem Schneepflug zusammen und prallte mit zermalmter Frontseite und zersplitterter Windschutzscheibe von der Schaufel zurück. Dianne machte einen Satz nach vorn, um Amy zu packen. Das gespenstische Ballett vollzog sich im Zeitlupentempo. Das Taxi machte eine, zwei Pirouetten, sich auf dem Eis um die eigene Achse drehend. Dianne bekam Amy zu fassen. In ihren kurzen schwarzen Stiefeln kämpften sie um Halt. Glasscherben klirrten auf dem Straßenpflaster. Passanten schrien. Die Arme um Amy geschlungen, wollte Dianne weglaufen. In den Sekunden, die sie brauchte, um das Geschehen zu registrieren und zu erkennen, dass sie sich nicht mehr in Sicherheit bringen konnten, schlang sie ihre Arme noch fester um das Mädchen und versuchte es mit dem eigenen Körper vor dem Schlimmsten zu bewahren.

Das Taxi raste ungebremst in die wartende Menge. Menschen wirbelten durch die Luft, wurden voneinander getrennt, schlugen dumpf auf dem Boden auf. Über den Asphalt rutschend, mit aufgeschürfter Haut und gebrochenen Knochen, lagen sie in formlosen Bündeln da. Einen Augenblick lang, der wie eine Ewigkeit anmutete, schien das Leben in der Stadt stillzustehen. Der Verkehr kam zum Erliegen. Alle waren zur Salzsäule erstarrt. Der Schnee färbte sich rot vom Blut. Dann begann am anderen Ende des Blocks ein Hupkonzert. Eine Sirene heulte in weiter Ferne. Menschen liefen herbei, um zu helfen.

»Sie sind tot!«, schrie jemand.

»Alles voller Blut …«

»Nicht anfassen, vielleicht haben sie innere Verletzungen, und Sie machen es nur noch schlimmer!«

»Was ist mit dem Mädchen? Lebt die Kleine?«

Fünf Menschen lagen wie zerbrochenes Spielzeug am Boden, umringt von Passanten, die keine Ahnung hatten, was sie tun sollten. Zwei New Yorker Polizisten, die an ihrem dienstfreien Abend mit ihren Frauen ausgehen wollten, entdeckten den Auflauf vom Auto aus und hielten an, um Erste Hilfe zu leisten. Der eine lief zu dem Taxi hinüber, das ein einziger Trümmerhaufen war. Er beugte sich durch das zersplitterte Fenster und rüttelte am Türgriff, dann hielt er abrupt inne.

Der Fahrer war tot, sein Nacken, von einer Metallplatte aus der Tür getroffen, war beinahe vom Rumpf getrennt. Noch im Tod roch man die Whiskeyfahne des Mannes. Kopfschüttelnd wandte sich der Polizist den verletzten Fußgängern zu.

»Der Fahrer ist tot«, sagte er und hockte sich neben seinen Freund, der versuchte, das Mädchen zu versorgen.

»Was ist mit ihr?«, fragte er und öffnete Amys Mantel, um festzustellen, ob ihr Herz schlug.

Da das Mädchen Vorrang hatte, hatten die beiden Polizisten Dianne den Rücken zugekehrt. Sie lag mit dem Gesicht nach unten im Schnee. Blut sickerte aus ihren blonden Haaren und bildete eine Lache auf dem Boden; der unter dem Körper liegende Arm war seltsam verrenkt. Ein Fremder kniete sich nun neben sie. Er beugte sich über ihren Kopf, legte die Hand an ihre Halsschlagader und schien nach ihrem Puls zu tasten. Niemand bemerkte, wie er einen der beiden Diamantohrringe, die sich in seiner Reichweite befanden, verschwinden ließ, oder wie er ihr die Perlen vom Hals riss.

Erst als er die Abendtasche entwenden wollte, beobachtete eine Frau in der Menge, was vor sich ging. Der Dieb hatte den Riemen bereits in der Hand und wollte ihn der Verletzten gerade unter dem Arm hervorziehen.

»He! Was machen Sie da?«, schrie die Passantin.

Der Dieb zerrte noch kräftiger am Riemen, packte die Tasche und nestelte am Verschluss. Sie sprang auf, und der Inhalt fiel in den Schnee. Ein Kamm, Eintrittskarten fürs Ballett, ein Parfümflakon aus Kristall, Papiere, eine kleine grüne Geldbörse. Der Mann schnappte sich die Börse, rannte über die Straße und verschwand im dunklen Park.

Einer der Verunglückten, ein alter Mann, war tot. Eine Frau lag reglos da. Ihr Ehemann versuchte auf allen vieren zu ihr zu kriechen. Der Polizist, der über das Kind gebeugt war, blickte kaum auf. Der andere eilte zu der Frau hinüber, vermutlich die Mutter des Mädchens, als er den Blutschwall sah. Er zog seine Jacke aus und presste sie auf die offene Kopfwunde. Die ersten Streifenwagen trafen am Unfallort ein, zur gleichen Zeit wie eine Ambulanz, und die Sanitäter drehten die Frau behutsam auf den Rücken. Sie war schön, ihr Gesicht kreidebleich. Der Polizist war mit dem Tod vertraut, und der Schauer, der ihm über den Rücken lief, sagte ihm, dass sich die Mutter in lebensbedrohlichem Zustand befand.

Die Menge wich zurück, alle redeten plötzlich durcheinander.

»Das Taxi … Herrschaft über den Wagen verloren … auf dem Eis ins Rutschen gekommen … fünf Fußgänger erfasst … Mutter hat versucht, das Mädchen zu retten … dieser Strauchdieb hat ihre Geldbörse gestohlen.«

»Bestimmt ein Drogensüchtiger. Dieser verdammte Kerl hat ihren Ausweis mitgehen lassen?«, rief der Fahrer des Krankenwagens. »O nein! Mist! Wollen Sie damit sagen, dass niemand weiß, wer die beiden sind? Und wen wir benachrichtigen müssen?«

»Richtig«, antwortete einer der Polizisten. Er wusste, dass sich der Mann nicht aus reiner Nächstenliebe nach den Angehörigen erkundigte, die irgendwo vergebens auf die Mutter und das Mädchen warteten und keine Möglichkeit hatten, sich mit ihm in Verbindung zu setzen. Unfallopfer, die nicht identifiziert werden konnten, waren ein Albtraum, was die Schreibarbeit betraf.
»Verdammter Mist«, sagte sein Kollege und sah zu, wie die Sanitäter die beiden Tragen in den Krankenwagen hoben. Die Frau war sehr hübsch, zart und klein. Augenzeugen hatten berichtet, dass sie das Mädchen mit ihrem Körper vor dem Taxi geschützt hatte, das außer Kontrolle geraten war. Jede Wette, dass sie nicht aus New York stammte und im Plaza wohnte, um ein paar Tage Urlaub zu machen und sich etwas Besonderes zu gönnen. Und dann war sie von einem Taxifahrer, der betrunken von einer Feier bekommen war und sich auf dem Rückweg zu seinem Standplatz befand, umgenietet worden.
Sie warfen die nutzlose Handtasche in die Ambulanz und sahen dem Wagen nach, der mit eingeschalteter Sirene die West Fifty-ninth Street hinunterraste zum St. Bernadette's Hospital.

Während der Fahrt quer durch die Stadt ließ der Fahrer besondere Vorsicht walten, wenn er sich, rote Ampeln missachtend, durch den Verkehr auf den Kreuzungen schlängelte. Bei Schneesturm waren die New Yorker unberechenbar. Schon beim ersten Anzeichen von Schnee gerieten sie in Panik. Der Fahrer behielt die Ruhe, konzentrierte sich darauf, dem dahinschleichenden Verkehr und zahlreichen leichten Auffahrunfällen auszuweichen. Da er den kritischen Zustand der beiden Insassinnen erkannt hatte, benachrichtigte er über Funk die Belegschaft in der Notaufnahme des Krankenhauses.
Sauerstoffmasken bedeckten die Gesichter der Verletzten. Der Sanitäter, der sich um sie kümmerte, zog das Cape der Frau weg und tastete nach ihrem Herzschlag. Als er den Blutdruck überprüfte und sie plötzlich die Augen öffnete, erschrak er. Sie lag

reglos da, mit blauen Lippen. Jede noch so kleine Bewegung war mit einer unvorstellbaren Anstrengung verbunden, doch es gelang ihr, ein einziges Wort über ihre Lippen zu bringen: »Amy.«

»Das Mädchen?«, fragte der Sanitäter.

»Amy ...«, wiederholte die Frau, Panik in den Augen und in ihrer Stimme, als sie sich bemühte, ein Flüstern zu Stande zu bringen.

»Ihre Tochter?«, erkundigte sich der Sanitäter. »Sie liegt direkt neben Ihnen, es geht ihr gut. Sie werden es schaffen, alle beide. Aber jetzt müssen Sie sich wieder hinlegen, sonst ...« Er sah die Todesangst hinter der Sauerstoffmaske, bevor sie erneut das Bewusstsein verlor.

Der Arm des Mädchens sieht übel aus, dachte er und hatte ein schlechtes Gewissen wegen der himmelschreienden Lüge, mit der er die Frau gerade vertröstet hatte.

In der Unfallstation war alles vorbereitet. Sie nahmen den Krankenwagen schon unter dem überdachten Portikus in Empfang und betteten die Frau und das Mädchen gekonnt auf Rollliegen um. Flaschen mit Tropfinfusionen wurden aufgehängt. Blut und Plasma waren griffbereit, man wartete nur noch auf das Ergebnis der Blutgruppenbestimmung. OP-Schwestern und Ärzte in grünen Kitteln umringten die zwei und versuchten sich ein erstes Bild von den schlimmsten Verletzungen zu machen. Mutter und Tochter wurden in getrennte, durch einen Vorhang abgeteilte Kabinen geschoben. Während sich die Ärzte an die Arbeit machten, brachte einer der Sanitäter die schwarze Satinhandtasche in die Aufnahme. Die Oberschwester sah nach, ob sie Ausweis oder sonstige Papiere enthielt, aber die Geldbörse, in der sich wohl auch Ausweis und alles andere befand, fehlte tatsächlich, wie im Polizeibericht vermerkt. Es waren nur zwei Eintrittskarten fürs Ballett darin, zwei Kontrollabschnitte von Amtrak-Zugfahrkarten, in Old Sybrook ausgestellt, und zwei Visitenkarten, eine von einem Holzplatz in Niantic, die andere von einem Fischerboot namens *Aphrodite*.

»Fündig geworden?«, fragte eine junge OP-Schwester, die aus der Kabine der Frau kam. »Es wäre gut, wenn wir jemanden verständigen könnten.«
»Wie ist ihr Zustand?« Die Oberschwester blickte hoch.
Die Jüngere seufzte und zog ihre Gummihandschuhe aus. Sie war fünfunddreißig, ungefähr im gleichen Alter wie die Frau, bei deren Operation sie gerade assistiert hatte. Sie hatte selbst Kinder, einschließlich einer zehnjährigen Tochter, die nur wenig jünger als das Mädchen war. Wenn eine schwer verletzte Mutter und ihr Kind eingeliefert wurden, wurde ihr immer wieder bewusst, wie glücklich sie sich schätzen durfte und welche Gefahren das Universum barg. »Der Zustand? Kritisch. Bei beiden. Hoher Blutverlust, Schürfwunden, Gehirnerschütterung und Prellungen bei der Frau, Oberarmfraktur und durchtrennte Arterie bei dem Mädchen. Sie machen die Kleine gerade für den Eingriff fertig.«
»Keine Anhaltspunkte«, sagte die Oberschwester. »In der Tasche sind nur zwei Visitenkarten, die eine von einem Holzplatz und die andere von einem Fischerboot …«
Die Oberschwester kniff die Augen zusammen und sah genauer hin. Sie erspähte einen schmalen Reißverschluss, der ihr entgangen war, direkt entlang der Naht des Innenfutters. Sie öffnete ihn, griff hinein und zog ein Kärtchen heraus, auf dem in schwungvoller Handschrift stand: »Im Notfall bitte Timothy McIntosh, 203 5558941, benachrichtigen.«
»Eine Telefonnummer in Connecticut«, sagte die jüngere Schwester, als sie die Karte las. »Ob das ihr Mann ist?«
Die Oberschwester wählte schweigend die Nummer. Eine automatische Ansage ertönte, die Vorwahl hatte sich geändert. Unter der neuen Nummer erfuhr sie, dass es keinen Anschluss mehr gab. Sie versuchte es mit dem Holzplatz. Um diese Zeit ging niemand mehr ans Telefon. Frustriert betrachtete sie die zweite Visitenkarte und fragte sich, was dabei herauskommen sollte, Ende November auf einem Fischerboot anzurufen. Da sie alle anderen Möglichkeiten ausgeschöpft hatte, rief sie in der

Hafenverwaltung an und bat, mit der *Aphrodite* verbunden zu werden.

Die Wellen schwappten gegen den Rumpf des Bootes, und der erste Schnee fiel vom dunklen Nachthimmel. Tim McIntosh umklammerte das Ruder und steuerte einen Kurs, der nach Süden führte. Er hatte in Maine Hummer gefangen und genug Geld auf der hohen Kante, um ohne Verdienst über den Winter zu kommen. Trotz der dicken Handschuhe, die er bei der Arbeit trug, waren seine Hände rissig und rau. Seine Lederstiefel waren klatschnass, seine Füße kalt wie Eiszapfen.
Er warf einen raschen Blick auf die Karte, die vom Licht aus dem Kompasshaus erhellt wurde. Sein Zielhafen war Point Peasant in New Jersey. Er würde auf seiner Fahrt nach Süden eine Nacht an Red's Lobster Dock Zwischenstation machen und im Morgengrauen mit der Flut wieder auslaufen. Tim hatte genügend Winter auf See mitgemacht, es reichte für den Rest seines Lebens. Malachy Condon hatte versucht, ihm den Hummerfang ein für alle Mal auszureden, aber das war, bevor sich ihre Wege endgültig getrennt hatten. Tims Ziel war Florida.
Ein Nebelhorn übertönte das Geräusch der Wellen, die gegen den stählernen Rumpf anbrandeten. Tim überprüfte sein Navigationssystem und steuerte den Manasquan Inlet an. Der Seegang in der Meerenge ließ nach, aber er spürte immer noch bis ins Mark das Auf und Ab der Wellen auf dem Atlantik. Er hatte eine lange Fahrt hinter sich. Riesige Felsen und Wellenbrecher auf Beton säumten die Fahrrinne zu beiden Seiten. Die erleuchteten Häuser wirkten anheimelnd; Weihnachtsbäume blinkten in den Fenstern, und Tim stellte sich die Heimkehr anderer Seeleute vor.
Im Funkgerät knisterte es. Tims Ohren waren taub vom ständigen Heulen des Windes und dem Dröhnen des Dieselmotors, aber trotzdem hörte er, wie ihn die Hochsee-Funkzentrale rief.
»*Aphrodite, Aphrodite*, bitte kommen …«
Tim blickte das Funkgerät an. Sein erster Gedanke war, dass

Malachy sich erbarmt hatte. Er spürte, wie ihn eine Welle der Erleichterung überkam; er hatte gewusst, dass Malachys Wut nicht bis zum Ende seiner Tage andauern würde, dass er nicht kaltblütig genug war, um Tim ein für alle Mal die Freundschaft aufzukündigen. Malachy Condon war ein Meeresforscher vom alten Schlag, der Inbegriff eines Wissenschaftlers, aber was einen Feiertag wie Thanksgiving betraf, hatte er die gefühlvollen Vorstellungen eines Mannes, dem die Familie über alles ging. Malachy war überzeugt, dass sich jedes Problem beheben ließ. Er würde versuchen, die Atmosphäre zu bereinigen, und Tim zusetzen, die Einstellung gegenüber seiner Tochter, ihrer Mutter und Tims Bruder zu ändern.

»McIntosh, an Bord der *Aphrodite*«, meldete sich Tim, das Mikrofon in der Hand und bereit, den alten Haudegen, der sich überall einmischen musste, mit einem »Schönen Feiertag wünsche ich dir! Wo hast du so lange gesteckt?« zu begrüßen. Ein Klicken, dann wurde er mit dem Anrufer verbunden.

»Hier spricht Jennifer Hanson von der Notaufnahme des St. Bernadette's Hospital in New York City. Es tut mir Leid, aber ich habe eine schlechte Nachricht für Sie ...«

Tim richtete sich kerzengerade auf, eine typisch menschliche Reaktion, wenn man ›schlechte Nachrichten‹ und ›Notaufnahme‹ im selben Satz hört. New York war ihm zuwider, genau wie allen Fischern, die er kannte. Und Krankenhäuser und Krankheiten hasste er wie die Pest.

»Eine Frau und ein Kind wurden vor einigen Stunden bei uns eingeliefert. Sie hatten keine Papiere bei sich, um sich auszuweisen, außer einer Karte mit dem Namen Ihres Bootes.«

»*Aphrodite?*«, fragte er bestürzt.

»Die Frau ist schlank, hat blondes Haar und eine helle Haut ...«

Er wartete stumm.

»Und blaue Augen ...«

Tim senkte den Kopf, sein Puls beschleunigte sich. Seine Fantasie beschwor das Bild der vertrauten blaugrünen Augen herauf, forschend und immer zum Lachen bereit. Goldblondes, schulterlanges Haar, Sommersprossen auf blasser Haut. Aber mit einem Kind in New York? Das war nicht möglich.

»Etwa vierunddreißig oder fünfunddreißig Jahre alt«, fuhr die Krankenschwester fort. »Blutgruppe Null. Das Mädchen dürfte ungefähr zwölf sein, Blutgruppe AB.«

»Ich kenne die beiden nicht«, erwiderte Tim mit trockenem Mund. Hatte seine Tochter nicht Blutgruppe A? Sein Kopf fühlte sich dumpf an, als hätte er sich eine Grippe eingefangen. Die raue See forderte ihren Tribut. Zahltag, weil er die Begegnung mit seiner Tochter immer wieder auf die lange Bank geschoben hatte. Er hatte auch so genug Schuldgefühle, weil er von dem Leben besessen war, das er führte. Malachy hatte ihm noch nie zuvor den Laufpass gegeben, und die aufgestaute Wut des alten Mannes hatte Tim bis ins Innerste erschüttert.

Den Motor drosselnd, schwenkte Tim in Richtung Red's ein. Die Docks und Pfähle zum Anlegen waren weiß verschneit. Eiszapfen klebten an der Takelage der großen Schlepper. Eine Frau mit einem zwölfjährigen Mädchen. In New York City? Er hatte gedacht, das Kind sei zu krank, um zu verreisen, aber im letzten Sommer waren sie ja auch in Nova Scotia gewesen.

»Die Frau trug einen Ohrring. Einen kleinen hängenden, mit Diamanten und Saphiren besetzt …«

Das reichte aus. Als Tim hochblickte, entdeckte er sein Spiegelbild im Glas des Steuerhauses. Mit Scham und Bedauern erinnerte er sich an das kleine Haus unweit des Hafenbeckens von Hawthorne, an die Bäume mit den weißen, betäubend duftenden Blüten, die seine Frau so geliebt hatte. Aber sie würde sich nie im Leben an ihn wenden, wenn sie Hilfe brauchte. Nicht nach dem, was im letzten Sommer geschehen war.

»Sie hatte eine Handtasche bei sich, aus Satin«, sagte die Schwester jetzt. »Innen ist ein Schild mit dem Namen des Geschäfts …«

»Sie stammt aus einem Schooner Shop«, unterbrach Tim sie. »Ein Weihnachtsgeschenk von mir. Die Ohrringe gehörten meiner Großmutter …«

»Sie kennen sie also?«, fragte die Schwester gespannt.
»Ihr Name ist Dianne Robbins«, sagte Tim. »Sie war meine Frau.«

Das Briggs-Taxi war ein alter blauer Impala. Tim saß auf dem Rücksitz und starrte aus dem Fenster, während der Fahrer die Route 35 entlangpreschte und sich in den Kreisverkehr einfädelte. Die Häuser in den Vorstädten, von einer Schneeschicht bedeckt, waren mit Girlanden und Lichterketten geschmückt. Einige hatten Schneemänner im Garten. Als sie sich dem Garden State Parkway näherten, bombardierten Kinder das Taxi mit Schneebällen.
»He!«, rief der Taxifahrer. »Eigentlich sollte ich jetzt sauer sein auf diese Gören, aber zu meiner Zeit haben wir es nicht anders gemacht, wenn es schneite.«
»Ja«, sagte Tim und dachte an die Zeit zurück, als er und seine Brüder Kinder waren.
»Wollen Sie in die Stadt, um sich zu amüsieren?«
»Nein, ins Krankenhaus.« Tims Kehle war trocken, sodass er nur mit Mühe ein Wort herausbrachte.
»He, Mann, tut mir Leid«, erwiderte der Taxifahrer. Er schwieg, worüber Tim froh war. Er hatte keine Lust, sich zu unterhalten. Das Heizgebläse und das Radio waren eingeschaltet. Tim war nicht erpicht darauf, einem Wildfremden seine Lebensgeschichte zu erzählen, wie er sich vor elf Jahren aus dem Staub gemacht hatte und drauf und dran gewesen war, noch weiter davonzulaufen, als ihn der Anruf erreichte.
Weihnachtszeit. Vielleicht hatte Malachy Recht gehabt, was diese Jahreszeit anging. Die Familien versammelten und versöhnten sich unter dem Baum, die Frauen verziehen leichter, die Kinder freuten sich. Tim hatte seine Chancen bei jedermann verspielt. Er hatte seinem Bruder die Frau ausgespannt, sie geheiratet und sie dann mit seiner Tochter sitzen lassen.
Tim hatte sich in diesen elf Jahren draußen auf hoher See selbst nicht ertragen. Und nun hatte er auch noch sämtliche Brücken

zu dem alten Iren abgebrochen, dem Mann, dessen Lebensaufgabe darin bestand, dem Gesang der Delfine vor der Küste von Nova Scotia zu lauschen; das hatte ihn zur Besinnung gebracht. Malachy Condon hatte ihn immer gedrängt, sich mit Dianne auszusprechen. Vielleicht war das seine letzte Chance.

Amy wachte langsam auf. Ihr erster Gedanke war: *Mama!* Ihr zweiter: *Dianne!* Amy lag in einem Krankenbett. Die Wände waren grün und die Laken weiß. Sie hatte einen Gipsverband am Arm, der an einem Metalldreieck über ihrem Kopf aufgehängt war; es sah wie ein Trapez aus.

»Was ist mit Dianne?«, fragte sie die Krankenschwester bang, die neben ihrem Bett stand.

»Ist das deine Mutter?«

Amy schüttelte den Kopf. Sie spürte, wie ihre Augen brannten, als sie sich mit Tränen füllten. Ihre Mutter war in Hawthorne. Amy wollte sie anrufen, sie sollte kommen. »Bitte sagen Sie mir die Wahrheit!« Sie unterdrückte ein Schluchzen. »Ist Dianne …«

Der Taxifahrer hatte die Route durch den Holland Tunnel gewählt. Tim konnte sich nicht mehr daran erinnern, wann er das letzte Mal durch einen Tunnel gefahren war. Sein Leben war geprägt vom Meer – von den Schalentieren, vom Hummerpreis der Fischereigenossenschaften in Portland und Boston, von kalten Füßen in nassen Stiefeln, dem Geruch des Dieseltreibstoffs – und Bedauern.

Tims Leben hätte einen anderen Verlauf nehmen können. Als das Taxi an den hübschen, weihnachtlich geschmückten Häusern vorüberfuhr, fragte er sich, warum er das alles aufgegeben hatte. Früher hatte er alles gehabt, was sich ein Mann wünschen konnte – eine schöne Frau, ein hübsches Häuschen, sein Auskommen als Hummerfänger. Manchmal meldete sich das schlechte Gewissen, weil er Dianne seinem Bruder ausgespannt hatte, aber es war letztlich ihre Entscheidung gewesen. Sie hätte

bei Alan bleiben können – dem fantastischen Arzt –, aber sie hatte Tim gewählt.
»Ich fahre die Hudson Street stadteinwärts«, verkündete der Taxifahrer. »Auf dem West Side Highway ist um diese Zeit die Hölle los.«
»Egal wie, bringen Sie mich nur hin«, entgegnete Tim unwirsch. Bis zu dem Krankenhaus, in dem Dianne lag, waren es nur noch ein paar Minuten. Je näher er ihr kam, desto heftiger klopfte sein Herz. Er war auch nur ein Mensch und hatte Fehler begangen. Aber möglicherweise bot sich nun die Gelegenheit, Wiedergutmachung zu leisten. Er konnte ins Krankenhaus gehen, um zu sehen, ob sie Hilfe brauchte. Er besaß schließlich einen guten Kern, hatte nie in böser Absicht gehandelt. Das wollte er Dianne klar machen.
Vielleicht war ihr das bereits bewusst. Hätte sie sonst die Krankenschwester gebeten, ihn zu benachrichtigen?
Tim hätte auch Malachy gerne gezeigt, was in ihm steckte. Ihm war alles andere als wohl bei dem Gedanken an ihr letztes Beisammensein. Speichel sprühte aus Malachys wutverzerrtem Mund, als er Tim anbrüllte, während sie beide auf dem Lunenburg Dock standen. Ein solches Verhalten sah ihm gar nicht ähnlich. Er hatte sich aufgeführt wie Alan, päpstlicher als der Papst, und Tim wegen seiner Unzulänglichkeiten verachtet. Doch das jetzt war womöglich Tims Chance, Dianne zu helfen und zu beweisen, dass Alan und Malachy ihn verkannt hatten. Und davon abgesehen, hatte es nicht in den Sternen gestanden? Warum war Tim ausgerechnet nach Point Pleasant gefahren, statt anderswo zu ankern? Er hätte auch in Nantucket einlaufen können und den gestrigen Sturm vermieden. Oder er hätte in den Golfstrom abdrehen und südlich von New Jersey den ersten Hafen ansteuern können, mit ausgeschaltetem Funkgerät, dann hätte der Anruf ihn nicht erreicht.
»Dianne«, murmelte er.
In New York wimmelte es von Menschen und Autos. An jeder Straßenecke standen Paare. Das Empire State Building war

grün und rot erleuchtet. Christbäume aus Nova Scotia, wo Tim im letzten Sommer gewesen war, erfüllten die Stadtluft mit dem Duft einsamer, weitläufiger Tannenwälder. Dianne liebte Weihnachten. Sie war ein bewundernswerter Mensch, voller Liebe; sie sah in den Feiertagen gewiss eine weitere Gelegenheit, ihre Familie, vor allem ihre Tochter, glücklich zu machen. Als er an das kleine Mädchen dachte, das er nie kennen gelernt hatte, brannten Tims Augen. Dianne hatte ihm erzählt, ihr Name sei Julia. Es half auch nicht, dass Alan ihr Kinderarzt war und Briefe über Malachy an Tim zu schicken pflegte. Tim hatte sie alle zerrissen. Das Kind war behindert auf die Welt gekommen.

Kein Hummerfänger wollte an die Treulosigkeiten erinnert werden, die er begangen hatte. Dianne hatte ein krankes Kind geboren, und Tim war nicht in der Lage gewesen, den Schlag zu verkraften. Der Atlantik, die Gezeiten, die Strömungen und der Hummerfang mit seinem großen Boot, nach der Göttin der Liebe benannt, sollten ihm den Weg aus der Hölle weisen.

Tim drückte dem Taxifahrer eine Batzen Geld in die Hand und stieg am St. Bernadette's Hospital aus, einem riesigen, unüberschaubaren Gebäudekomplex aus rotem Backstein. Er rannte in die Intensivstation, drängte sich an einer Wache vorbei, die ihn aufforderte, seinen Namen zu nennen. Die Schwestern waren nett. Ein einziger Blick genügte, um zu erkennen, dass er auf schnellstem Weg gekommen war. Tim war seit Tagen auf der *Aphrodite* gewesen und hatte nicht einmal die Zeit gefunden, sich zu waschen und zu rasieren.

»Die Frau und das Mädchen! Die vor kurzem eingeliefert wurden, der Unfall, Sie haben mich angerufen ...«

»Sie sind der Fischer«, sagte die Oberschwester freundlich und drückte ihm den Ohrring seiner Großmutter in die Hand.

Er schauderte und stöhnte auf. Dann trocknete er sein Gesicht mit dem ölverschmierten Ärmel seiner braunen Carhartt-Jacke. Seine Knöchel waren blutig und rissig von den rauen Wintern in nördlichen Gewässern. Er umklammerte den antiken Ohr-

ring. Es war einer der beiden, die Dorothea McIntosh Dianne an ihrem Hochzeitstag geschenkt hatte, und er erinnerte sich, wie sie in der Sonne von Hawthorne gefunkelt hatten, als sie sich das Jawort gaben.
Tim war voller Unrast, ständig auf der Suche nach etwas, das ihm vergessen half, wie er seine Frau und seine Tochter im Stich gelassen hatte. Julia war krank und verkrüppelt auf die Welt gekommen. Er hatte Angst gehabt, sie auch nur anzusehen.
»Wo ist Dianne?«, fragte er und wischte sich über die Augen.
Die Schwester ging voraus, Tim folgte. Ihre Schritte hallten in den langen Gängen wider. Die Klinik, bestehend aus mehreren Backsteingebäuden, die durch ein Labyrinth von Korridoren miteinander verbunden waren, wirkte kalt und abweisend. An das Licht der Sterne gewöhnt, blinzelte Tim unter der grellen Neonbeleuchtung. Sie betraten einen modernen Flügel und fuhren mit dem Fahrstuhl in den zwanzigsten Stock.
»Ich bringe Sie zu dem Mädchen«, sagte die Oberschwester. »Die Mutter befindet sich noch im Operationssaal.«
»Nein …«
»Die Kleine hat Angst! Sie ist verletzt und ganz alleine!«, erklärte die Schwester mit Nachdruck.
»Meine Tochter«, flüsterte Tim. War das wirklich möglich? Nach zwölf Jahren sollte er nun zum ersten Mal seiner Tochter gegenüberstehen? Sein Magen verkrampfte sich. Er hatte sie nie gesehen, aber er stellte sie sich verkrüppelt und gelähmt vor, wie andere behinderte Kinder, die er zu Gesicht bekommen hatte. Tim stählte sich innerlich, um den Anblick zu ertragen.
»Da wären wir«, sagte die Schwester und öffnete eine Tür.
»Welche von beiden ist es?«
Es war ein Doppelzimmer. Beide Betten waren belegt. Die Insassinnen lagen reglos da, die Gesichter im Schatten. Die Schwester deutete auf das Mädchen mit dem gebrochenen Arm. Sie lag im Streckverband, ihr Arm war mit Seilzügen und Querstreben über ihrem Kopf aufgehängt, ähnlich dem komplexen Takelwerk einer Brigantine. Tim trat verwirrt näher.

Er sah ein hübsches junges Mädchen vor sich. Ihr Arm war eingegipst, ihre Stirn aufgeschürft, aber sie war makellos. Dunkle Wimpern auf zarter Haut. Ihr Gesicht war oval, die Nase gerade, der Mund voll. Als Tim sie betrachtete, begann er zu zittern.

»Meine Tochter«, sagte er heiser.

»Sie wacht gerade auf.«

Das Mädchen regte sich. Sie fuhr mit der Zunge über ihre Lippen und versuchte den Arm zu bewegen. Der Schmerzensschrei ging Tim durch Mark und Bein, und am liebsten hätte er sie in die Arme genommen.

»Aua, mein Arm tut so weh!«, schluchzte sie.

»Sch, sch, ist ja gut«, sagte die Schwester beschwichtigend. Sie beugte sich über sie, sprach mit ruhiger Stimme, half dem Mädchen, sich zurechtzufinden, schirmte sie vor Tim ab. Tim riss sich zusammen. Er wollte nicht, dass seine Tochter ihn bei der ersten Begegnung im Schockzustand erlebte oder dass er aussah wie Kapitän Ahab – wenn nicht gar schlimmer.

»Ich will nach Hause«, sagte das Mädchen weinend. »Nach Hawthorne.«

»Es wird alles gut«, meinte die Schwester tröstend. »Du wirst bald wieder gesund. Und schau, du bist nicht alleine. Du hast Besuch.«

Das Mädchen blinzelte. Tim trat hinter dem Rücken der weiß gekleideten Krankenschwester hervor. Er sah, wie sich das Mädchen bemühte, seinen Blick auf ihn zu konzentrieren. Das Blut pulsierte in seinen Ohren wie Wellen, die über den Bug eines Schiffes schwappten. Er rang sich ein Lächeln ab, wollte sie nicht erschrecken. Aber er hätte sich keine Sorgen machen müssen. Ihre angstvolle Miene hellte sich auf, als sie ihn entdeckte, spiegelte unsägliche Erleichterung und Zuneigung wider.

»Dr. McIntosh!«, rief sie und brach in Tränen aus.

Tim brachte vor Anspannung kein Wort über die Lippen. Er hörte nur seinen Familiennamen und dachte eine Minute lang, dass seine Tochter ihn kannte. Dianne hatte ihr ein Bild von ihm gezeigt. Vielleicht hatte sie es gerahmt und auf den Kaminsims gestellt. Und sie hatten häufig von ihm gesprochen.

»Dr. McIntosh!«, schluchzte sie, und dieses Mal hörte Tim das Wort ›Doctor‹. Mist. Sie glaubte, seinen Bruder vor sich zu haben. In ihrem benommenen, posttraumatischen Zustand hatte sie ihn mit Alan verwechselt. Tims Herz sank. Er schloss die Augen; das Mädchen hatte sich geirrt.

Und er auch, dachte er. Aber er würde alles aufklären. Er musste Dianne sehen.

2

Dianne kam zu Bewusstsein und stöhnte angesichts des grellen Lichts und der stechenden Schmerzen in ihrem Arm und Kopf. Ihre Augen versuchten sich zu konzentrieren. Die Silhouetten verschwammen vor ihrem Blick, grüne Gestalten sagten immer wieder ihren Namen.

»Dianne? Dianne, können Sie mich hören?«

»Mrs. McIntosh, wie viele Finger halte ich hoch?«

»Amy …«

»Still halten, so ist's gut.« Sie spürte den Druck einer Hand auf ihrer Stirn. Das Plaza Hotel, die Weihnachtsbeleuchtung. Scheinwerfer, die auf sie zurasten, ein Aufschrei, aus ihrem eigenen Mund. Aber es waren keine Scheinwerfer. Ein Mann in einem grünen Kittel stand vor ihr und blendete sie mit einem Licht, das er auf ihr Gesicht gerichtet hatte.

»Dianne, wissen Sie, wo Sie sind?«, vernahm sie nun die Stimme einer Frau.

»Sie hat ziemlich viel Blut verloren«, sagte eine Männerstimme.

»Der Blutdruck fällt«, ertönte eine andere Stimme.

»Bitte, helfen Sie mir«, murmelte sie. War das ein Albtraum? Sie konnte sich nicht bewegen, Gedanken rasten durch ihren Kopf. Julia, stöhnte sie lautlos, aber Amy war doch bei ihr gewesen, oder nicht? Julia war zu Hause, bei ihrer Mutter. Alan sollte kommen … er würde wissen, was zu tun war. Er würde sie retten. Die Bruchstücke der Erinnerung nahmen nach und nach Form an, schwirrten durcheinander wie die Teile eines grauenhaften Puzzles.

»Mrs. McIntosh«, sagte die Schwester sanft. »Amy ist in den besten Händen. Wir tun alles, was in unserer Macht steht. Sie müssen stark sein. Und kämpfen, um bei Bewusstsein zu bleiben.«

Diannes Kopf war umnebelt, eine Folge der Schmerzen, der Verletzung, des Blutverlusts und der Mittel, die man ihr verabreicht hatte. Sie spürte, dass sie das Bewusstsein gleich wieder verlieren würde. Sie wünschte, sie könnten die Tür öffnen und einen Spaziergang durch den Schnee hinunter zu den Marschen machen. Sie versuchte klar zu sehen, aber ihre Augen konnten sich nur schwer konzentrieren. Sie war in New York. Richtig, sie waren nach New York gekommen, um sich den *Nussknacker* anzuschauen.

Zitternd und sich die Todesangst ausmalend, die Amy mit Sicherheit hatte, schrie Dianne auf.

»Versuchen Sie bei Bewusstsein zu bleiben, Dianne«, sagte die Stimme noch einmal.

»Mrs. McIntosh!«, rief jemand anderes.

Sie dachte an ihr Zuhause in den Marschen von Connecticut, an ihre Mutter und Tochter, an Alan. Die Schwester hatte sie ›Mrs. McIntosh‹ genannt, als wäre sie immer noch mit Tim verheiratet. Vor langer Zeit war Dianne mit beiden McIntosh-Brüdern befreundet gewesen. Beide hatten sie geliebt, und auch sie hatte beide geliebt, zuerst den einen, dann den anderen. Alan und Tim, so unterschiedlich wie Tag und Nacht. Dianne, mit der das Leben ausschließlich sanft, fair und freundlich umgegangen war, hatte sich für den Bruder mit der dunklen Seite entschieden. Sie hatte Tim geheiratet und einen hohen Preis gezahlt.

Doch während des letzten Jahres waren Alan und sie sich wie durch ein Wunder näher gekommen. Zum ersten Mal seit zwölf Jahren hatte Dianne wieder begonnen zu lieben, und nun lag sie in diesem seltsamen Bett einer New Yorker Klinik, weit von zu Hause entfernt, und hatte das Gefühl, dass ihr Leben verrann. Sie versuchte, die Zeit zurückzudrehen: Winter, Herbst, Sommer, bis zum letzten Frühjahr …

Es war April, und der Duft blühender Birnbäume erfüllte die Luft von Hawthorne. Die Blüten der Bäume, vor hundert Jahren am Rande der gepflasterten Bürgersteige gepflanzt, die ringsum die Uferpromenade säumten, waren weiß, empfindlich und zart. Dianne Robbins blickte hinauf, als sie unter ihren Schatten spendenden Bäumen entlangschlenderte, und fragte sich, wie sie wohl die frische Meeresbrise überlebten, die ständig aus dem Osten herüberwehte.

»Schau, Julia, Blumen«, sagte sie.

Ihre Tochter schlief im Rollstuhl, sie reagierte nicht. Dianne stellte sich auf die Zehenspitzen und streckte den Arm zum untersten Ast aus, um einen Zweig abzubrechen. Drei vollkommen geformte Blüten befanden sich am Ende der gebogenen Stiele, die kaum dicker waren als ein Faden. Die Blütenblätter waren außen schneeweiß und hellrosa in der Mitte. Dianne fand sie wunderschön, umso mehr, da sie so kurzlebig waren. Die Birnbäume in Hawthorne blühten nicht länger als eine Woche.

Julia hatte einmal eine Blüte gesehen und ›la‹ gesagt, ihr erstes Wort. Deshalb hatte Dianne den Zweig in den Schoß ihres schlafenden Kindes gelegt und ihren Weg fortgesetzt. Sie kam am White Chapel Square vorbei, nach den drei Kirchen benannt, die den Platz umgaben. Daran schlossen sich die Häuser der Seekapitäne an, strahlend weiße Prachtbauten aus der Kolonialzeit, mit mächtigen Säulen, grün-schwarzen Rollläden und Blick auf den Hafen und den Leuchtturm. Dianne hatte seit ihrer Kindheit davon geträumt, einmal in einem dieser hochherrschaftlichen Häuser zu wohnen.

Vor dem Anwesen, das sie am meisten liebte, verlangsamte sie den Schritt. Ein kunstvoller schmiedeeiserner Zaun umgab den großen Vorgarten und die Wiese mit den Seeanemonen. Mit neun hatte Dianne an dieser Stelle gestanden, die schwarzen Gitterstäbe des Zauns umklammert und sich ihr Leben als Erwachsene vorgestellt. Sie würde Architektin sein und einen wundervollen Mann, bildhübsche Kinder und zwei goldfarbene Hunde haben, und sie würden glücklich und zufrieden bis ans Ende ihrer Tage in ihrem Haus am Hafen leben.

Dianne warf einen Blick auf ihre Tochter und schob den Rollstuhl schneller. Der Wind war stärker geworden, und es war kalt für April. Niedrig hängende Wolken rasten am Himmel entlang, und sie befürchtete, dass es zu regnen anfangen könnte. Sie waren viel zu früh gekommen und konnten noch einen Spaziergang machen, nachdem sie den Wagen geparkt hatte. Doch nun war es fast drei, Zeit für Julias Termin bei Dr. Alan McIntosh, ihrem Onkel.

Alan McIntosh saß an seinem Schreibtisch, während Mrs. Beaudoin in den neuesten Fotos von Billy kramte, auf der Suche nach einem passenden für die Bilderwand. Billy war ihr erstes Kind, und Alan wusste, dass die Mütter seiner kleinen Patienten Wert darauf legten, ihr Baby so vorteilhaft wie möglich in der Fotocollage hinter seinem Schreibtisch verewigt zu sehen.
»Hier sabbert er«, meinte sie lächelnd, reichte ihm aber trotzdem stolz das Foto. »Und auf dem blinzelt er. Da sieht er wie ein alter Mann aus!«
»Ist er ja auch«, sagte Alan, der Billy auf dem Arm hatte, während er mit der freien Hand ein Rezept für Ohrentropfen ausschrieb. »Dienstag wird er ein halbes Jahr.«
Martha Blanke, seine Sprechstundenhilfe, erschien in der Tür. Sie hob fragend die Augenbraue, als wollte sie sich erkundigen, ob Alan Hilfe brauche, Mrs. Beaudoin zur Eile anzutreiben. Er hatte am Morgen einen Notfall in der Klinik gehabt, sodass er mit seiner Sprechstunde in Verzug geraten und sein Wartezimmer rappelvoll war. Vor lauter Arbeit war ihm nicht einmal Zeit geblieben, um einen Happen zu Mittag zu essen, und jetzt knurrte ihm so laut der Magen, dass Billy verdutzt die braunen Augen aufriss.
»Mir gefällt das Foto, auf dem er blinzelt«, erklärte Alan und blickte flüchtig zu ihr hinüber, um die Erlaubnis zu erhalten, das Bild aufzuhängen. »Es sieht aus, als wäre er in Gedanken versunken.«
Er begleitete Mrs. Beaudoin zur Tür, drückte ihr das Rezept in

die Hand und bat sie darauf zu achten, dass Billys Ohren beim Baden trocken blieben. Seine Praxis befand sich in einer ehemaligen Bürstenfabrik, zu Anfang des 18. Jahrhunderts errichtet, und einige Türen waren sehr niedrig, für Menschen vor zweihundert Jahren gemacht, deren Knochen wesentlich kürzer waren. Alan, der seit der achten Klasse einsneunzig maß, musste sich ständig bücken.

Als er sich aufrichtete, sah er, dass das Wartezimmer voll war. Überall saßen Mütter mit Kindern, die schnieften, sich an ihre Mütter schmiegten, Bilderbücher anschauten. Sie blickten ihn mit großen Augen an, als wäre er der böse Wolf aus dem Märchenbuch. Nur zwei seiner Patienten freuten sich, ihn zu sehen. Er nahm es dankbar zur Kenntnis, denn das war der Grund, weshalb er Arzt geworden war. Der Altersunterschied zwischen den beiden Mädchen betrug nicht mehr als ein Jahr, und nur eine hatte einen Termin.

Amy saß in dem Spielhaus in der Ecke. Sie war zwölf, schlaksig, mit seidigen, ungekämmten braunen Haaren und großen grünen Augen, und eigentlich war sie zu alt für das Spielhaus. In den Schatten verborgen, duckte sie sich, damit die anderen Mütter sie nicht sahen, aber sie warf Alan ein strahlendes Lächeln zu. Er erwiderte es verstohlen, damit andeutend, dass er ihr Verbündeter war und später Zeit finden würde, sich mit ihr zu unterhalten.

Julia saß in ihrem weißen Rollstuhl. Sie hatte große, ausdrucksvolle Augen. Wenn sie lächelte, wurden sämtliche Zähne sichtbar. Als sie Alan entdeckte, begrüßte sie ihn mit einem Freudenlaut, der wie ein heiseres Bellen klang und ihre Mutter veranlasste, sich von hinten über sie zu beugen und sie zu umarmen. Dianne Robbins lachte; der heitere Blick ihrer blauen Augen verlieh ihr das Aussehen eines sorglosen jungen Mädchens, das an einer Segelpartie teilnahm. Alan wollte gerade sagen, dass sie sich noch ein Weilchen gedulden müsse, aber ihr Anblick verschlug ihm die Sprache, und so kehrte er wortlos in sein Sprechzimmer zurück.

Amy Brooks machte sich unsichtbar. Sie war so glasklar wie ihr Name, ein ungetrübter Gebirgsbach, der über Stock und Stein sprang, sich unter entwurzelten Bäumen und Brückenbögen seinen Weg suchte, durch dunkle Wälder und sonnige Wiesen floss. Amy stellte sich vor, wie Wasser zu sein. Die Leute blickten geradewegs durch sie hindurch auf Dinge, die sich auf der anderen Seite befanden.

Amy fühlte sich sicher und geborgen in Dr. McIntoshs Spielhaus, und sie konnte nicht sagen, was am meisten dazu beitrug, das Wissen, dass er sich im Raum nebenan oder sie sich in dem kleinen Haus befand. Eine Frau aus Hawthorne hatte es gebaut, und es sah aus wie die weißen Herrschaftshäuser unten im Hafen. Es hatte weiße Dachschindeln und dunkelgrüne Holzjalousien, die man herunterlassen konnte. Die schwere blaue Schwingtür hatte Messingscharniere und ein bronzenes Seepferdchen als Türklopfer.

Ein kleiner Junge klopfte an die Tür, um Einlass bittend.

»Grrr«, knurrte Amy wie der Welpe im Käfig bei ihr daheim. Der Junge konnte sie nicht sehen, weil sie unsichtbar war, aber er konnte sie hören. Das reichte.

»Du gehörst wieder mir«, flüsterte Amy dem Haus zu.

Sie warf einen Blick auf die Armbanduhr ihres Vaters, eine riesige Timex, die wie ein schwerer Klotz an ihrem Handgelenk hing, und fragte sich, wann Dr. McIntosh wohl Zeit für sie hatte. In der Schule war es heute schön gewesen – sie ging in die sechste Klasse der Hawthorne Middle, drei Blocks von seiner Praxis entfernt –, und sie hatte absichtlich den Bus verpasst, um es ihm zu erzählen. Plötzlich schrak sie auf, weil sie ein merkwürdiges Geräusch hörte.

Es stammte von einem Menschen. Am anderen Ende des Wartezimmers gab das Mädchen, das Amy den Rücken zugekehrt hatte, gurgelnde Geräusche von sich, wie Wasser, das durch eine geplatzte Leitung sprudelt. Die Mutter war hübsch, sie glich den goldhaarigen Feen in den Märchenbüchern mit ihren silberblauen Augen und einem Lächeln, das ausschließlich ihrem Kind galt. Die beiden Mütter rechts und links von ihr schnellten wie Klappmesser nach vorne, um zu ergründen, was los war. Die spröde Stimme des Mädchens wurde sanft und melodisch wie der Gesang der Delfine, in den die Mutter plötzlich einstimmte.

Die Sprechstundenhilfe rief die beiden auf, und sie verschwanden am anderen Ende des Ganges. Die Mutter sah Amy an, als sie am Spielhaus vorüberging. Lächelnd setzte sie ihren Weg fort. Als die Tür des Sprechzimmers hinter ihnen zufiel, vermisste Amy den seltsamen Gesang.

»Schöne Melodie«, sagte Alan.

»Julia hat gesungen«, erwiderte Dianne. Sie hielt die Hand ihrer Tochter, die ihre Augen verdrehte. »Ich habe sie nur ein bisschen unterstützt.«

»Hallo, Julia«, begrüßte Alan seine Nichte. Er ging neben Julias Rollstuhl in die Hocke und strich ihr sanft das weißblonde Haar aus dem Gesicht. Sie schmiegte die Wange an seine Hand, mit geschlossenen Augen, eine Geste unendlichen Vertrauens. Dianne stand daneben und sah stumm zu.

Alan sprach zu Julia. Seine Stimme war volltönend und tief, wie man es von einem Mann von seiner Statur erwartetet. Aber sie klang sanft, liebevoll und enthielt nicht die leiseste Bedrohung, und das Mädchen senkte den Kopf und seufzte zufrieden. Er war ihr Onkel und von Geburt an ihr Hausarzt. Trotz der dunklen Stunden in der Vergangenheit, die sie verband, hätte Dianne Julia nie einem anderen Arzt anvertraut.

Alan nahm Julia in seine Arme und hob sie behutsam auf den Untersuchungstisch. Sie war leicht wie eine Feder, wog nicht mehr als fünfzehn Kilo bei der letzten Untersuchung. Sie war ein Feenkind mit einem Engelsgesicht und einem missgestalteten Körper. Ihr Kopf baumelte kraftlos hinab und stieß gegen ihren Brustkorb, die dünnen Arme bewegten sich langsam hin und her, als wollte sie in der Bucht schwimmen. Sie trug Jeans und ein marineblaues Gap-Sweatshirt über ihrem T-Shirt, und Dr. McIntosh hatte sie vermutlich gerade gekitzelt, denn sie schnappte plötzlich nach Luft. Bei dem Geräusch wandte sich Dianne ab.

Sie ließ ihrer Fantasie freien Lauf: Julia war gesund, völlig normal, genau wie die anderen Kinder im Wartezimmer. Sie las Bücher und malte Bilder, und wenn man ihre Hand hielt, war sie nicht eiskalt. Sie hüpfte und sprang herum und verlangte ihr Lieblingsmüsli zum Frühstück. Dianne wusste, dass ihre Lieblingsfarbe Blau war, weil Julia es ihr gesagt hatte, und nicht, weil sie stundenlang nach einer Veränderung in der Miene ihres Kindes Ausschau gehalten hatte, während sie ihr verschiedene Farben auf einer Buchseite zeigte: Rot, Gelb, Grün, Blau.

»Blau! Magst du die Farbe am liebsten, Julia? Blau, meine Kleine?«

Als Mutter das eigene Kind genauso gut zu kennen wie sich selbst – Dianne vermochte sich nicht vorzustellen, dass es etwas Schöneres gab. Konnte Julia die Farben wirklich unterscheiden, oder machte sich Dianne nur etwas vor? Julia war nicht fähig, solche Fragen zu beantworten. Sie gab Laute von sich, die nach Aussage der Experten nichts mit sinnvollen Worten zu tun hatten. Wenn sie ›la‹ sagte, bedeutete das nicht ›Blume‹, sondern war nur ein x-beliebiger Laut.

»Wie geht's dir, Dianne?«, erkundigte sich Alan.

»Gut, Alan.«

»Julia und ich haben uns gerade unterhalten.«

»Tatsächlich?«

»Ja. Sie meint, du arbeitest zu viel. Jedes Kind in Hawthorne wünscht sich offenbar ein Spielhaus, und du hast bis Weihnachten mehr Aufträge angenommen, als gut für dich ist.«

Dianne schluckte. An Tagen wie heute war sie nervös und konnte die zwanglose Unterhaltung nicht ertragen. Wenn Julia untersucht wurde, war es immer besonders schlimm. Ihre Nerven lagen blank, und ausgerechnet jetzt musste Alan sie an seinen Bruder erinnern, von dem sie verlassen worden war, und an alles, was ihrer Tochter widerfahren konnte. Während sie

schweigend wartete, bis er die Untersuchung beendet hatte, hätte sie am liebsten geschrien.
Julia war behindert zur Welt gekommen. Ein blonder Engel mit Spina bifida, einer Wirbelsäulenanomalie, und Rett-Syndrom, das dem Autismus ähnelt. Keine Sprache, möglicherweise keine Affekte. Es gab nur potenzielle Regungen, wenn ihre Lippen Diannes Gesicht berührten und sie nicht wusste, ob es ein Kuss oder nur ein Lippenkrampf war. Dianne neigte zum Optimismus und entschied im Zweifelsfall für den Kuss.
Seit ihrer Geburt hatte Julia dreizehn Operationen über sich ergehen lassen müssen. Die vielen Fahrten ins Krankenhaus – in Hawthorne, Providence und Boston – hatten ihre Zuversicht verschlissen, wenn sie in den Wartezimmern saß, die sich seltsamerweise wie ein Ei dem anderen glichen, und sich die bange Frage stellte, ob Julia den Eingriff überleben würde. Nach einer Operation hatte sich ein Hydrozephalus gebildet, und Dianne musste sich an die zeitweilige Dränage im Gehirn ihres Babys gewöhnen, die dafür sorgte, dass die überschüssige Flüssigkeit ausgeleitet wurde.
Dianne, die sich verzweifelt wünschte, es Tim heimzuzahlen, führte oft Selbstgespräche.
›Hallo, Liebling! Bring mir doch bitte einen Schwamm – ich glaube, die kleine Schüssel mit dem Wasser aus dem Gehirn unserer Tochter ist übergeschwappt. Oh, du hast das Weite gesucht? Macht nichts, dann hole ich ihn eben selbst.‹
Diannes Herz war so unbeständig wie eine Wetterfahne. Sie schwankte zwischen Hoffnung und Wut, Liebe und Angst hin und her. Sie hasste Tim, weil er sie verlassen hatte, und Alan, weil er sie an seinen Bruder erinnerte, und alle Ärzte, weil sie nur Julias Leben erhalten, sie aber nicht heilen konnten. Doch Dianne liebte Julia von ganzem Herzen. Ihre Tochter war ein Engel und frei von jeder Schuld.
Julia war unfähig zu laufen, zu greifen oder feste Nahrung zu sich zu nehmen. Sie würde kaum noch wachsen. Ihre Gliedmaßen sahen verrenkt und zerbrochen aus, die Knochen in ihrem

Körper waren schief. Ihr Körper war ein Gefängnis, und er ließ sie bei jeder Bewegung im Stich.

Ihre Organe befanden sich an den falschen Stellen. Bei den meisten Eingriffen, die anfangs durchgeführt wurden, hatte man versucht Magen, Blase und Darm miteinander zu verbinden, um die ausgebuchtete Meninx auf ihrem glatten Babyrücken – die Haut, die Hirn und Rückenmark bedeckt – zu schützen. Julia war das Kind, das auf die Welt zu bringen sich jede Schwangere fürchtet, doch Dianne liebte sie so sehr, dass es ihr das Herz brach.

»Alles in Ordnung bei dir?«, fragte Alan.

»Konzentriere dich lieber auf die Untersuchung«, fuhr Dianne ihn schweißgebadet an. »Bitte, Alan.«

Sie zog Julia bis auf T-Shirt und Windel aus. Sie war viele Male in diesem Raum gewesen, hatte vor demselben Untersuchungstisch gestanden. Alan runzelte die Stirn; sie hatte ihn gekränkt. Dianne wusste, es wäre angebracht gewesen, sich zu entschuldigen, aber ihre Kehle war wie zugeschnürt und ihr Magen schmerzte. Ihre Nerven waren angespannt, ihre Angst und ihre Intuition geschärft, und es würde nicht besser werden, bis die Untersuchung beendet war.

Alan öffnete den Verschluss von Julias T-Shirt und ließ die silberne Scheibe des Stethoskops über Julias eingefallenen Brustkorb gleiten. In seinem welligen brauen Haar machten sich die ersten grauen Fäden bemerkbar, und die Nickelbrille war ihm runtergerutscht. Er hatte oft einen fragenden, geistesabwesenden Ausdruck in seinen haselnussbraunen Augen, als wäre er in Gedanken mit der höheren Mathematik beschäftigt, aber im Moment konzentrierte er sich voll auf Julias Herz.

»Hörst du etwas?«

Er antwortete nicht.

Dianne biss sich so heftig auf die Lippe, dass es schmerzte. Vor diesem Teil der Untersuchung hatte sie am meisten Angst. Aber sie hielt sich zurück, beobachtete ihn und ließ ihn in Ruhe seine Arbeit verrichten.

Julias Körper war winzig, Lunge und Nieren auf Grund ihrer Größe nur mit Mühe im Stande, ihre Funktion zu verrichten und sie am Leben zu halten. Wenn sie bald aufhören würde zu wachsen, wie der Endokrinologe vorausgesagt hatte, würden ihre Organe ausreichen. Aber wenn sie auch nur eine Handbreit größer würde, waren ihre Lungen überfordert und alle anderen Systeme gleichermaßen vom Zusammenbruch bedroht.
»Ihr Herz klingt heute gut«, meinte Alan. »Ihre Lunge auch.«
»Wirklich?«, fragte Dianne, obwohl sie wusste, dass er ihr bisher stets die Wahrheit gesagt hatte.
»Ja, wirklich.«
»Gut oder nur in Ordnung?«
»Dianne ...«
Alan hatte nie versprochen, dass Julia eines Tages geheilt sein würde. Ihre Prognose war seit ihrer Geburt von einer Untersuchung zur anderen erfolgt. Seit Julia auf der Welt war, hatten sie auf eine Wende in ihrem Befinden gewartet. Manchmal konnte Dianne die Spannung kaum noch ertragen. Sie wollte das Buch in Windeseile durchblättern, zur letzten Seite kommen, um den Ausgang zu erfahren.
»Also, wirklich gut? Oder nicht?«
»Wirklich gut für Julia. Du weißt, dass ich dir nicht mehr sagen kann. Und du weißt besser als jeder Spezialist, was das bedeutet.«
»Alles wie gehabt«, sagte Dianne aufatmend. Bessere Neuigkeiten würde sie bei diesem Besuch nicht in Erfahrung bringen. Einen Moment war sie außer Stande zu sprechen. Ihre Erleichterung war unverhofft und so groß, dass sie das Bedürfnis verspürte, zu den Docks zu laufen, in ein Dingi zu springen und gegen den Wind zu rudern, bis sie erschöpft war.
»Lange Zeit habe ich mir sehnlichst gewünscht, dass sie wächst«, sagte Dianne mit feuchten Augen.
»Ich weiß ... Wie steht es mit dem Essen?«
»Gut. Prima. Milchshakes, Hühnersuppe, sie hat großen Appetit. Stimmt's, meine Kleine?«

Julia sah vom Tisch hoch. Ihre Augen wanderten zwischen Dianne und Alan hin und her. Sie blickte ihre Mutter mit einer Miene an, in der sich Freude und Bewunderung die Waage zu halten schienen. Ihre rechte Hand hob sich und bewegte sich zu Diannes Wange hin. Wie immer war sich Dianne nicht sicher, ob Julia sie bewusst berühren wollte oder ob die Bewegung nichts weiter war als ein Reflex, aber sie beugte die Stirn, sodass die zarten Finger ihrer Tochter über ihre Wangen strichen.

»Gaaa«, sagte Julia. »Gaaa.«

»Ich weiß, ich weiß, meine Kleine.«

Dianne war überzeugt, dass ihre Tochter eine empfindsame Seele besaß, dass sie trotz ihrer Behinderungen zu tiefen Gefühlen fähig war. Draußen im Wartezimmer, unter den starren Blicken der anderen Mütter, hatte Dianne in Julias Melodie eingestimmt, damit sie sich weniger allein und beschämt fühlte.

Elf Jahre zuvor hatte sie ihr den schönsten, würdevollsten Namen gegeben, der ihr einfiel: Julia. Nicht Megan, Elly oder Darcy, und nicht einmal Lucinda, nach Diannes Mutter, sondern Julia. Ein Name, der Bedeutung besaß, für eine Persönlichkeit von Bedeutung. Dianne erinnerte sich noch an den kleinen Jungen, der durch die Glasscheibe in der Säuglingsstation geschaut und vor Schreck aufgeschrien hatte, weil er dachte, Julia sei ein Ungeheuer. Julia seufzte lang und leise.

Dianne berührte ihre Hand. Als sie davon geträumt hatte, eines Tages ein Kind zu haben, hatte sie sich ausgemalt, ihm etwas vorzulesen, mit ihm zu zeichnen und zu spielen. Sie würde eine Familiengeschichte schaffen, die so vielfältig war wie die Themen der Romane in der Bibliothek. Das Kind würde die Entwürfe ihrer Spielhäuser inspirieren. Gemeinsam würden sie sich verändern und wachsen. Die Fortschritte ihres Babys, seine künstlerische und geistige Entwicklung sollte für Dianne einen unvorstellbare Quelle der Freude sein.

»Geschafft für heute, mein Mädchen«, sagte Alan und beugte sich zu Julia hinab, um sie zu küssen. Dabei spannte sich das

blaue Hemd über seinem breiten Rücken. Seit die Untersuchung beendet war, machten sich bei Dianne plötzlich Empfindungen ganz anderer Art bemerkbar, auch ein Teil des Grundes, warum es ihr schwer fiel, Alans Gegenwart zu ertragen. Dianne verschränkte abwehrend die Arme vor der Brust.
Sie konnte das Spiel seiner Muskeln sehen, seine schlanke Taille, starrte auf seinen bloßen Nacken und hatte Schmetterlinge im Bauch. Sie dachte an ihre allererste Begegnung zurück. Zu ihrem Erstaunen hatte er sie gefragt, ob sie nicht einmal mit ihm ausgehen wolle. Dianne war als junges Mädchen schüchtern gewesen, hatte sich geschmeichelt und in Gegenwart des jungen Arztes gleichzeitig gehemmt gefühlt. Doch dann hatte sie sich für seinen Bruder entschieden; mit einem Hummerfänger auszugehen machte allem Anschein nach mehr Sinn. Doch das Leben hatte Dianne und Alan seither zusammengeschweißt, und sie konnte den Blick nicht von seinem Körper lösen. O mein Gott, dachte sie, von dem Bedürfnis überwältigt, von ihm in den Arm genommen zu werden.
»Ich kann einfach nicht glauben, dass Lucinda in den Ruhestand geht«, sagte Alan. »Für Julia und dich ist es ein Glück; ihr könnt mehr Zeit mit ihr verbringen.«
»Ich weiß.« Ihre Mutter war die Leiterin der Bibliothek in Hawthorne, und obwohl sie erst im Juli aufhören würde, begannen die Leute sie schon jetzt zu vermissen.
Als er über die Schulter blickte, biss sich Dianne auf die Lippen. Es war verrückt – gerade noch hatte sie sehnsuchtsvoll Alans Körper betrachtet und sich gewünscht, er möge sie in den Arm nehmen, und nun hatte sie die Krallen ausgefahren, war auf der Hut vor seinem vertraulichen Ton, wollte ihn gar nicht erst auf die Idee bringen, dass er zur Familie gehörte. Sie konnte nicht mit diesem Zwiespalt umgehen; es war schwer, ein Mittelmaß zu finden.
»Ohne sie wird die Bibliothek nicht mehr dieselbe sein.«
Dianne blickte auf Alans Bilderwand. Alan und ihre Mutter hatten die gleiche Klientel, Alans Patienten lernten bei Mrs.

Robbins Bücher zu lieben. Julia konnte die Bibliothek nicht nutzen, konnte nicht einmal ein Buch in der Hand halten, aber sie war in vielen Nächten von ihrer Großmutter mit einer Gutenachtgeschichte in den Schlaf gewiegt worden, der von allen geliebten und verehrten Leiterin der Hawthorne Public Library, welche weit und breit die besten Geschichten erzählte.

»Ja, wir haben großes Glück«, sagte Dianne zu Alan, halb von Julia abgewandt.

Alan wusste nicht, was sie meinte. Er zögerte, bevor er fragte: »In welcher Beziehung?«

»Wegen der Zeit, die du erwähnt hast.«

Julia senkte den Kopf und rang die Hände. Sie stöhnte, doch dann nahm der Laut eine heitere Note an.

»Dass meine Mutter, Julia und ich nach der Pensionierung öfter beisammen sein können«, fuhr Dianne fort. »Und noch mehr Zeit haben, uns um Julia zu kümmern, bevor sie …«

Alan schwieg. War er verstimmt, weil sie ihn von der Liste gestrichen hatte? Dianne öffnete den Mund, um sich zu korrigieren, tat es aber dann doch nicht. Sie riss sich zusammen und blickte Julia an. Mein Mädchen, dachte sie. Die furchtbare Realität nahm in Alans Sprechzimmer schärfere Formen als anderswo an. Irgendwann würde der Tag kommen, an dem Julia sie verlassen würde.

»Dianne, sag endlich, was du auf dem Herzen hast.«

Er hatte seine Brille abgenommen und rieb sich die Augen. In diesem Moment hatte er so große Ähnlichkeit mit Tim, dass Dianne den Blick auf ihre Schuhe konzentrieren musste. Er kam näher und berührte sie sanft an der Schulter.

»Ich kann nicht.« Sie trat einen Schritt beiseite, sich ihm entziehend. »Mit Reden ändert man nichts.«

»Das ist doch verrückt. Ich bin dein Freund.«

»Hör auf, Alan. Bitte. Du bist Julias Arzt.«

Er blickte sie an, angespannt, als kostete es ihn große Mühe, sich zu beherrschen.

»Ich bin weit mehr als das«, sagte Alan ruhig, und Diannes Au-

gen füllten sich mit Tränen. Ohne Brille sah er wie sein Bruder aus, und seine Stimme klang genauso düster wie Tims.
Dumme Gans, dachte Dianne und spürte, wie ihr die Tränen über die Wangen liefen. Sie hatte nichts als Liebe empfunden. Sie hatte den McIntosh gewählt, der sie am meisten brauchte, hatte ihm die ganze Zuwendung und Fürsorge geschenkt, deren sie fähig war, hatte gehofft, ihn von den traumatischen Erlebnissen in seiner Vergangenheit heilen zu können. Tim war spröde und ein Geheimniskrämer gewesen, er hatte Angst gehabt, sich anderen Menschen anzuvertrauen. Dianne hatte geglaubt, ihn ändern zu können. Sie hatte ihn retten wollen. Stattdessen hatte er sie mit dem Kind sitzen lassen.
»Ich bin viel mehr«, erklärte Alan noch einmal.
Trotzdem konnte Dianne ihm nicht ins Gesicht blicken. Sie beugte sich vor, um Julia zu küssen, und schmiegte ihre nasse Wange an den Hals ihrer Tochter.
»Maaa«, sagte Julia.
Dianne schluckte und versuchte ihre Fassung wiederzugewinnen. Sie küsste Julia erneut und zog sie so schnell es ging an.
»Es ist kühl draußen«, meinte Alan, bemüht, Frieden zu schließen.
»Ich weiß«, erwiderte Dianne mit erstickter Stimme.
»Zieh ihr lieber das Sweatshirt an.« Alan kramte in der Tüte mit den Windeln.
»Danke.« Dianne war nicht in der Lage, ihm ins Gesicht zu blicken. Ihr Herz klopfte, und ihre Handflächen waren schweißnass. Er küsste Julia und nahm ihre Hand. Sie gab glückliche, gurgelnde Laute von sich. Die beiden Erwachsenen schwiegen, weil sie nicht wussten, was sie sagen sollten. Dianne hielt den Blick starr auf Julias Hand gerichtet, die Alan immer noch hielt. Dann nahm sie Julia auf den Arm, setzte sie in den Rollstuhl und eilte zur Tür hinaus.

Als Alans Wartezimmer endlich leer war, war es fast halb sieben. Martha verabschiedete sich; sie hatte es eilig, da sie ihren

Sohn vom Baseball-Training abholen musste. Alan nickte ihr zu, ohne aufzublicken. Sein Rücken schmerzte, und er rollte die Schultern, wo er die aufgestaute Spannung am stärksten spürte, wenn er Dianne begegnet war. Er wusste, dass er dringend joggen gehen musste.

Julias Patientenkarte lag auf seinem Schreibtisch, und er dachte noch einmal über die Entwicklung seit dem letzten Besuch nach. Vielleicht hätte er heute ein EKG machen sollen. Aber das letzte war erst zwei Wochen her, und die Ergebnisse ließen keine Auffälligkeiten erkennen.

Das Hawthorne Cottage Hospital war ein hervorragendes Krankenhaus, um gesunde Babys auf die Welt zu bringen oder Routineuntersuchungen durchzuführen. Nur wenige Kinderärzte machten ein EKG in ihrer Praxis; den meisten fehlte die erforderliche technische Ausrüstung. Alan hatte sie angeschafft, sobald offensichtlich wurde, dass Julias Herz ständig überwacht werden musste. Es gab mehrere Herzspezialisten in New Haven, aber Alan sah keinen Grund, Dianne die weite Fahrt zuzumuten, wenn er die Untersuchungen selbst durchführen konnte.

Alans Fantasie gaukelte ihm heute fortwährend ein bestimmtes Bild vor: Dianne stand auf der Türschwelle und wartetet auf seine Heimkehr. Die blonden Haare zu einem langen Zopf geflochten, lächelte sie, als würde sie alle seine Geheimnisse kennen. Ihre blauen Augen wirkten heiter und sorglos, anders als im wirklichen Leben. Sie hatte endlich beschlossen, zuzulassen, dass Alan sie liebte und ihr half; ihr war bewusst geworden, dass beides ein und dasselbe war.

»Ähmmmm.«

Als er aufblickte, gewahrte er Amy Brooks in der Tür. Ihre braunen Haare waren zerzaust wie immer, und sie trug eine pinkfarbene Strickjacke ihrer Mutter über einer fussligen roten Leggins. Ein breiter Gürtel und eine türkisfarbene Glasperlenkette ergänzten die ausgefallene Zusammenstellung.

»Oh, da ist ja die junge Dame aus dem Spielhaus«, begrüßte er

sie. Er hatte ein schlechtes Gewissen, weil er in Gedanken bei Dianne und Julia gewesen war und Amy darüber vergessen hatte.
»Sie haben mich gesehen?«, fragte sie strahlend.
»Wie kann man so schöne grüne Augen, die aus dem Fenster schauen, übersehen?«
»Ich habe mich versteckt. Diese kleinen Teufelsbraten, Ihre Patienten, haben andauernd an meine Tür geklopft, aber ich habe sie verwünscht und zu ihren Mamas zurückgeschickt. Was fehlt ihnen?«
»Vergiss es«, sagte Alan. »Was führt dich heute zu mir in die Praxis?«
»Mir gefällt das kleine Haus.« Sie wandte ihm den Rücken zu und betrachtete die Wanduhr in Form einer schwarzen Katze, deren Schwanz jede Sekunde hin und her pendelte. »Es gefällt mir sogar sehr.«
»Ich werde es der Lady ausrichten, die es gemacht hat.«
Amy nickte. Sie ging von der Uhr zur Bilderwand hinüber, durchforstete die Galerie und fand ihre Fotos in der Collage. Ein Schulfoto vom letzten Jahr, eines vom Vorjahr, Amy am Strand, Amy auf den Treppenstufen vor ihrem Elternhaus. Sie hatte ihm alle geschenkt.
»Gibt es außer mir noch andere Kinder, von denen vier Fotos an der Wand hängen?«
»Du bist die Einzige.«
»Kein anderes Kind hat mehr als ich?«
»Nein.«
Sie drehte sich blitzschnell zu ihm um, beugte sich nach vorne und musterte die Papiere auf seinem Schreibtisch. Alan hörte, wie sie atmete. Sie roch muffig, als hätte sie eine Weile nicht geduscht oder die Haare gewaschen. Ihre Unterarme und Hände waren bereits gebräunt, und sie hatte schwarze Trauerränder unter den Fingernägeln.
»Julia Robbins …«, entzifferte Amy die auf dem Kopf stehenden Buchstaben. Alan schob Julias Patientenkarte unter einen

Stapel medizinischer Fachzeitschriften. Er wusste, dass Amy auf seine Patienten eifersüchtig war. Sie gehörte zu seinen schwierigsten Fällen. Alan hatte das Bedürfnis, allen Kindern zu helfen, die es nötig hatten, aber ihm war auch klar, dass man einige ›Krankheiten‹ nicht heilen konnte.
Amy kam aus einem zerrütteten Elternhaus. Ihre Mutter war depressiv, genauso wie seine eigene Mutter vor dreißig Jahren, die ihren Kummer in Alkohol ertränkt hatte. Sie schlug Amy nicht und gab ihm auch sonst keinen Grund, Marla Arden, die Fürsorgerin einzuschalten, die sich mit Amys Fall befasst hatte. Das Jugendamt hatte vor einiger Zeit Anrufe von Nachbarn erhalten. Es hieß, dass Amy häufig die Schule schwänzte und dass Auseinandersetzungen zwischen ihrer Mutter und deren Freund, Türenknallen und Geschrei an der Tagesordnung waren. Das Jugendamt hatte eine Akte über Amy angelegt. Aber Alan wusste aus eigener leidvoller Erfahrung um die gefährliche Gratwanderung von Kindern, die ihre Mutter trotz aller Probleme lieben. Es trennte sie nur ein Schritt vom Abgrund.
Amy hatte Zutrauen zu Alan gefasst. Seit ihrem ersten Besuch hatte sie ihre ganze Liebe auf ihn konzentriert. Sie klammerte sich an ihn wie ein Äffchen. Seine Sprechstundenhilfe musste ihn mit List und Tücke loseisen. Sie weinte nicht, wenn sie seine Praxis betrat, sondern wenn sie gehen musste. Ihre Mutter schlief den ganzen Tag, um den Schmerz über den Verlust ihres Mannes zu betäuben, genauso, wie Alans Mutter nach dem Tod seines älteren Bruders Neil Vergessen im Alkohol gesucht hatte.
»Komm, ich fahre dich nach Hause«, sagte Alan.
Sie zuckte mit den Schultern.
Alan kannte den Teufelskreis des Kummers aus eigener Anschauung. Wie eine Spirale, die sich fortwährend drehte, trennte sie Menschen voneinander, die sich eigentlich lieben sollten. Sie hatte seine Mutter, Amys Mutter, Dianne und Julia, sogar seinen Bruder Tim mitgerissen. Alan hätte gerne die Gabe besessen, alle zu retten, Leid in jeglicher Form zu beheben, Fami-

lien zu kitten. Er wünschte sich, Julia dürfte leben und zu einem Teenager heranreifen. Oder dass sich Dianne und Amy kennen lernten, weil er fest überzeugt war, dass sie sich gegenseitig helfen konnten. Zwischenmenschliche Kontakte waren enorm wichtig, allein schon für das Überleben.
»Ich fahre dich«, sagte er noch einmal.
»Sie müssen aber nicht«, entgegnete Amy lächelnd.
»Ich weiß. Doch ich möchte.« Ärzte waren wie Eltern; eigentlich sollten sie kein Kind bevorzugen. Aber das Leben war anders als die graue Theorie.

Amy machte sich Sorgen, dass Dr. McIntosh ihr eines Tages verbieten könnte, in seine Praxis zu kommen. Eigentlich stahl sie ihm dort nur die Zeit. Sie besaß eine Rossnatur, und das Pferd war auch ihr viertliebstes Tier, nach Delfinen, Katzen und grünen Schildkröten.
»Ich habe heute im Diktat nur zwei Wörter falsch geschrieben«, verkündete sie stolz.
»Nur zwei? Welche?«
Amy runzelte die Stirn. Sie hatte gehofft, dass er ihr gratulieren würde, schließlich hatte sie noch nie so viele Wörter richtig geschrieben.
»*Schwurgericht* und *herrlich*«, antwortete sie.
»Und wie hast du Schwurgericht geschrieben?«
»Wie man's spricht. S-c-h-w-u-h-r-gericht«.
»Hast du die Bücher gelesen, die ich dir gegeben habe?«
Amy zupfte an einem losen Faden. Dr. McIntosh hatte ihr zwei Jugendkrimis geschenkt, von denen er meinte, sie könnten sie interessieren. Amy war keine Leseratte. Sie hatte das Gefühl, dass ihr der Schlüssel zu den Büchern fehlte, den andere in die Wiege gelegt bekamen. Außerdem fiel es ihr schwer, sich zu Hause zu konzentrieren, wo es echte Geheimnisse gab, denen sie auf die Spur kommen musste.
»Haben Sie eigentlich eine Zugehfrau?«, fragte sie, eifrig darauf bedacht, das Thema zu wechseln.

»Eine Zugehfrau?«
Hielt er sie jetzt für dumm, weil sie ihm die Frage gestellt hatte? Amy machte auf dem Beifahrersitz des Kombis klein, sie kam sich einfältig vor. Sie fuhren gerade an den Docks für die Fischereifahrzeuge vorbei. In diesem Teil der Stadt roch es nach Muscheln, Flundern und pulverisierten Austernschalen. Amy atmete tief den Geruch ein, den sie liebte. Ihr Vater war auf einem Longliner gefahren, und die Fischerei lag ihr im Blut.
»Sie wissen schon, jemanden, der Ihr Haus putzt?«
»Ach so!« Er lachte, als hätte sie einen absonderlichen Ausdruck gebraucht.
Amy versuchte nicht beleidigt zu sein. Er war reich, ein Arzt, er konnte es sich doch leisten! Er trug keinen Trauring, und einmal hatte sie ihn gefragt, ob er verheiratet sei, was er verneint hatte. Er lebte folglich alleine und brauchte jemanden, der sich um ihn kümmerte. Warum nicht Amy?
»Ich putze für mein Leben gern«, sagte sie.
»Wirklich?«
»Nun, Putzen ist nicht gerade mein Hobby, aber ich bin spitze. Mr. Clean riecht für mich wie Parfum. Warum wäre ich sonst wohl so oft in Ihrer Praxis? Glauben Sie, dass es viele Leute gibt, die den Geruch in einer Arztpraxis mögen?«
»Das kommt vermutlich selten vor. Und ich weiß es zu schätzen.«
Er bog in die so genannte Schnellstraße ein, die von der Küste weg ins Landesinnere führte. In Hawthorne gab es drei Straßenarten: die malerischen Straßen unten am Hafen, die eine Meile lange Schnellstraße, die aus dem Stadtzentrum hinausführte, und die hässlichen Straßen unweit der Marschen, wo Amy lebte.
»Ich könnte halbtags bei Ihnen putzen.«
»Und was ist mit den Hausaufgaben?«
»Dafür bleibt noch genug Zeit.«
Dr. McIntosh bog in die Straße ein, in der Amy wohnte. Hier waren die Häuser klein und windschief und hübsche Gärten

eine Seltenheit. Vor den Toren der baufälligen Garagen standen ausrangierte Kühlschränke. Streunende Katzen – von denen Amy die Hälfte zu retten versucht hatte – machten in Rudeln die Gegend unsicher. In diesem Viertel der Stadt kümmerten die Kinder sich nicht um Hausaufgaben und wurden von den Eltern auch nicht dazu angehalten. Die Luft roch muffig und abgestanden.

»Ich möchte dir helfen«, sagte er mit einem Blick auf ihr Elternhaus. »Ist es schlimm, Amy? Möchtest du, dass ich mich mit Mrs. Arden in Verbindung setze?«

»Nein!«, entgegnete Amy mit Nachdruck.

»Ich weiß, dass du dir Sorgen um deine Mutter machst. Vielleicht wäre es nicht schlecht, wenn du eine Zeit lang anderswo untergebracht würdest. Wir würden uns um sie kümmern.«

»Ich lasse sie nicht alleine!« Schon der Gedanke versetzte Amy in Panik. Was war, wenn ihre Mutter in der Zeit starb? Wenn sie einfach einschlief und nie wieder aufwachte? Oder wenn Buddy, ihr Freund, sie verletzte? Oder, und das war ihre größte Angst, wenn ihre Mutter mit Buddy auf Nimmerwiedersehen verschwand?

»Hast du keine Freunde? Mädchen in deinem Alter, mit denen du etwas unternimmst?«

Amy zuckte mit den Schultern. Er hatte offenbar keine Ahnung. Ihre beste Freundin war Amber DeGray, aber Amber rauchte und tätowierte sich mit Rasierklingen die Beine. Amy war es in ihrer Gesellschaft oft nicht ganz geheuer, doch sie hatte keine Wahl. Die anderen Mädchen gingen ihr aus dem Weg. Wahrscheinlich sah man ihr an, aus welchem Elternhaus sie kam. Anständige Mädchen erkannten vermutlich auf den ersten Blick, dass ihre Mutter laufend mit Depressionen im Bett lag, Buddy seine Wut mit »Midnight Rambler« und anderen Heavy-Metal-Songs auf seiner teuren E-Gitarre austobte und der junge Hund, den er vor kurzem angeschafft hatte, sich vor lauter Angst im hintersten Winkel des Käfigs verkroch.

»Ich frage nur, weil ich jemanden kenne, der dir gefallen

könnte. Eine junge Mutter, und sie hat eine Tochter etwa in einem Alter. Hütest du manchmal Kinder?«

»Nein.« Wer würde sie schon als Babysitter haben wollen? Abgesehen davon genügte es Amy, Dr. McIntosh als Freund zu haben. Er kannte sie seit langem und hielt sie nicht für ein Mädchen, um das man am besten einen großen Bogen macht. Er war nett, lustig, und sie konnte ihm vertrauen.

»Meine Schwägerin und meine Nichte«, fügte Dr. McIntosh hinzu.

Amy schnappte nach Luft. Sie hatte nicht gewusst, dass er Familie hatte. Plötzlich war sie neugierig und aufgeregt, aber auch schrecklich eifersüchtig.

»Julia ist behindert. Sie braucht viel Aufmerksamkeit, und Dianne ist manchmal ziemlich erschöpft. Sie wohnen in der Nähe. Ich bin sicher, dass du ihnen gefallen würdest.«

»Wirklich?« Amy war glücklich bei dem Gedanken, dass jemand sie für liebenswert hielt, und ihre Augen füllten sich mit Tränen.

»Hundertprozentig.«

Amy schluckte, ihre Rührung verdrängend. Behindert, dachte sie. Hatte diese Nichte Zahnspangen, Krücken, ein Hörgerät und eine dicke Brille? Amy hatte solche Kinder schon gesehen und gewusst, wie sie sich fühlen mussten, nämlich genau wie sie selbst – anders, ausgeschlossen, verletzt.

»Früher war alles anders ...«, begann sie und wollte etwas über ihren Vater und ihre Mutter erzählen, als die beiden jung waren. Damals war Amy ihr heiß und innig geliebtes Baby gewesen, das in einem blauen Kinderwagen lag, und sie hatten in der Fischersiedlung gewohnt, wo die Luft immer sauber war und nach Salzwasser, Frühlingsblüten und Fisch roch.

»Bleib wie du bist; du gefällst mir«, sagte Dr. McIntosh.

Meine Mutter hat Depressionen ... sie weint und schläft den ganzen Tag ... niemand will zu mir nach Hause kommen ... Ich bin so einsam! – Solche Gedanken gingen Amy Brooks durch den Kopf, aber da sie nicht wusste, wie sie die richtigen Worte finden sollte, stieg sie stumm aus Dr. McIntoshs Wagen und lief schnurstracks und ohne sich umzublicken den gepflasterten Weg zum Haus hinauf.

Dianne baute Spielhäuser für die Kinder anderer Leute. Tim war Hummerfänger mit einem eigenen Boot, und Dianne hatte eine kleine Werkstatt in der ehemaligen Austernbaracke am Kai eingerichtet, in der sie auch lebten. In den dreizehn Monaten ihres Beisammenseins hatten ihre Spielhäuser unverkennbar nach Schalentieren gerochen. In dieser Zeit hatte sie Fuß gefasst und konnte sich vor Aufträgen kaum retten. Mit ihrer Werbung in Zeitschriften sprach sie Eltern, Romantiker und Liebhaber der Neuengland-Staaten an. Die Mund-zu-Mund-Propaganda besorgte den Rest. Ihre Häuser waren geräumig und boten im Innern viel Platz zum Spielen. Im ›Zuckerbäckerstil‹ gehalten, hatten sie üppige Ornamente, einen Taubenschlag, Dachtraufen, Spitzdächer und Türen mit einer Mittelsprosse in Kreuzform. Der Name ihres florierenden Ein-Mann-Unternehmens lautete Home Sweet Home.
Diannes Versicherung zahlte Julia eine physikalische Therapie und eine Pflegehilfe, die sie mehrere Stunden in den Wochen in Anspruch nehmen konnte. Wenn Julia alleine war, verharrte sie den ganzen Tag reglos in Fötusstellung. Sie igelte sich ein, rollte sich zusammen wie in der Zeitlupenaufnahme eines Naturfilms, die eine Blüte in der Abenddämmerung zeigt. Die Therapie half, aber Dianne hatte nicht gerne Fremde im Haus. Sie zog es vor, selbst mit Julia zu arbeiten. Sie liebte Julia über alles, und niemand kannte ihre Bedürfnisse besser als sie.
Viele Leute hatten ihr vorgeschlagen, Julia in ein Heim zu geben. Das St. Gertrude's Children's Hospital hätte sie aufgenommen, oder Fresh Pond Manor. Die Pflege sei für eine einzelne Person zu viel, hieß es, selbst wenn sie eine Heilige wäre. Manchmal hatte Dianne ein schlechtes Gewissen, weil die Leute gedacht hatten, sie wolle für ihre Hingabe und ihr Engagement gelobt werden. Dann ging sie in sich und fragte sich ernsthaft,

ob Julia in einem Heim, wo sie fachkundig betreut wurde, nicht besser aufgehoben wäre. Würde man dort Gymnastik mit ihr machen, ihre Windeln wechseln, sie füttern und rund um die Uhr überwachen? Dianne stünde es so frei, ein neues, weniger bürdevolles Leben zu beginnen, und würde sich in der Zeit, die sie mit Julia verbrachte, leichtherziger fühlen.

Aber Julia brauchte Massagen. Ihre Muskeln waren häufig verspannt. Der Magen verkrampfte sich leicht, und es bestand die Gefahr einer Verstopfung. Dianne wusste als Einzige, wie ihr Kind massiert werden wollte. Die rauen Handflächen mit Babyöl geglättet, bearbeitete Dianne die Problemzonen. Julia gefielen Kreisbewegungen an ihren ›Engelsflügeln‹ und die leichte Druckmassage rund um Brustkorb und Nieren, aber sie hasste es, wenn man ihre Narben berührte.

Wer wusste das schon in einem Heim? Und selbst wenn eine Krankengymnastin Julias Vorlieben nach einiger Zeit kannte – was wäre, wenn sie den Arbeitgeber oder den Wohnort wechselte? Für Julia würde die ganze Prozedur von vorn beginnen, und sie wäre gezwungen, sich wieder an eine neue Betreuerin zu gewöhnen. Und nicht zu vergessen die Sache mit der Verstopfung. Die meisten, die zum ersten Mal mit Rett-Syndrom-Kinder konfrontiert wurden, hatten keine Ahnung, dass sie für dieses Krankheitsbild typisch war. Die Ärzte waren schnell mit Abführmitteln bei der Hand, obwohl es ausreichte, wenn Dianne behutsam den Bauch rieb, mit der flachen Hand, ohne die Finger zu benutzen, um die Verdauung in Gang zu bringen.

Julia pflegte dabei zu seufzen und gurgelnde Laute von sich zu geben, während Dianne sie mit Worten beschwichtigte: »So, meine Kleine. Ist es schon besser? Jetzt werde ich dir von der Eule und dem kleinen Kuschelkater erzählen. Weißt du, wie es kam, dass sich die Königsfalter eine neue Heimat in den warmen Gefilden von Belize suchten? Kennst du die Geschichte von den Ottern in den Marschen und den Falken, die an den Flussböschungen jagen …«

Dianne war alles andere als eine Heilige. Ihre Wut und Frustration kannten keine Grenzen. Die Rache brannte ihr unter den Nägeln. Sie tobte, wenn sie an der Säge stand und das Holz für die Spielhäuser zuschnitt, verfluchte Gott, die Welt und die McIntosh-Brüder. Mit dem Geld, das sie verdiente, konnten sie sich gerade über Wasser halten. Sie verlangte horrende Summen für ihre Spielhäuser, die nur für gut Betuchte erschwinglich waren. Die Produktion war indessen begrenzt, und obwohl sie mietfrei im Haus ihrer Mutter lebte, gingen die Einnahmen weitgehend für Versicherungen und Arbeitsmaterialien drauf, Kosten, die sie erst später von der Steuer absetzen konnte. Wenn der Pflegedienst kam, um sie zu entlasten, verausgabe sie sich bei einem Strandlauf oder ruderte im alten Dingi ihres Vaters durch die Marschen. Tränen und körperliche Betätigung kosteten nichts.

Ihre Werkstatt war nun in dem kleinen Cottage hinter dem Haus ihrer Mutter untergebracht, wo sie mit Julia Unterschlupf gefunden hatte, nachdem Tim sie verlassen hatte. Das Fenster ging auf den Meeresarm hinaus, auf das grüne Schilf, das in der Abenddämmerung golden schimmerte. Überall flogen Sägespäne herum. Wie Pollen in der Frühlingsluft bedeckten sie Fußboden, Werkbänke, Tischsäge und die Innenseiten der Fensterscheiben. Stella, die scheue getigerte Katze, suchte in ihrem Korb auf einem Hochregal Zuflucht. Julia saß in ihrem Stuhl.

Sie hörten Musik. Dianne mochte altmodische Liebeslieder und Balladen, in denen brennende Sehnsucht und unverbrüchliche Liebe zum Ausdruck kamen. Sie sang Julia oft bei der Arbeit etwas vor, ›The Look of Lover‹, ›Scarborough Fair‹ oder ›Going out of My Head‹.

Dianne hatte ihr Leben seit Julias Geburt ohne Mann verbracht. Wenn sie andere Frauen mit ihren Ehemännern sah, fragte sie sich manchmal, wie das wohl sein mochte. Hatten sie das ganze Maß der Zuwendung und Liebe, das sie brauchten? War der Wunsch nach Geborgenheit im Schoß der Familie die Kämpfe und Unstimmigkeiten wert? Nachts, im Schutz der Dunkelheit, fühlte sich Dianne bisweilen sehr einsam. Sie umarmte ihr

Kopfkissen und ließ in ihrer Fantasie jemanden flüstern: Alles wird gut. Sie versuchte sich dabei kein bestimmtes Gesicht und keine ihr bekannte Stimme vorzustellen, aber in der vergangenen Nacht hatte sie sich ausgemalt, wie Alans breiter Rücken unter dem Hemd aussehen mochte, wie sich seine Muskeln anspannten, wenn er sie mit seinen Armen umfing.
Sie nahm sorgfältig Maß und zeichnete mit dem Bleistift die Konturen vor. Die Tischsäge kreischte, als die das Holz zuschnitt. Ihr Vater war Zimmermann gewesen. Bei ihm hatte sie das Handwerk von der Pike auf gelernt, und immer wenn sie sich an ihn erinnerte, hörte sie seine Stimme, die sie ermahnte, auf ihre Hände Acht zu gegen, ihr wichtigstes Werkzeug.
»Hallo, da bin ich wieder! Zurück von der Front«, rief Lucinda Robbins, als sie zur Tür hereinkam.
»Hallo, Mom! Hattest du einen anstrengenden Tag?«
»Nein, Liebes. Ich spüre nur, dass mein Ruhestand bevorsteht, weil mein Körper die Tage bis Juli zählt.«
»Wie viele sind es noch?«, fragte Dianne lächelnd.
»Siebenundachtzig«, antwortete Lucinda, während sie zu Julia ging und sie mit einem Kuss begrüßte. »Hallo, Kleines. Granny ist wieder zu Hause.«
Lucinda kniete sich neben Julia nieder. Julias große, feuchte Augen nahmen alles wahr, wanderten vom unbearbeiteten Holz zu den fertigen Spielhäusern und zum offenen Fenster, bevor sie sich auf das Gesicht ihrer Großmutter hefteten.
Dianne stand daneben und beobachtete die beiden. Lucinda war zierlich und schlank, trug die grauen Haare kurz geschnitten und Kleider in kräftigen Farben – eine stahlblaue Tunika über ziegelroten Hosen. Ihre lange Halskette aus poliertem Achat stammte von einem Straßenmarkt in Mexiko, gekauft während der einzigen Kreuzfahrt, die sie mit Diannes Vater unternommen hatte. Das war genau elf Jahre her, und im selben Jahr war Julia auf die Welt gekommen und ihr Mann gestorben.
»Maaa«, sagte Julia vergnügt. »Gaaa.«

»Das sind unsere Namen«, meinte Lucinda. »Mama und Granny.«
»Glaubst du wirklich?«, fragte Dianne, erstaunt über ihr eigenes Bedürfnis, sich überzeugen zu lassen.
»Ja, natürlich«, erwiderte Lucinda aufmunternd.
Julia hatte eine hyperempfindliche Haut, und Dianne strich ihr die Haare behutsam aus der Stirn. Seidenweich und fein fielen sie hinter den Ohren in sanften weißgoldenen Wellen bis zu den Schultern des Mädchens.
»In Julias Alter hattest du das gleiche Haar, wie Maisfasern. Genauso weich und hübsch. Und jetzt erzähle. Was hat Alan gesagt?«
»Ach, Mom!« Dianne schluckte.
Lucinda griff sich ans Herz. »Red schon, Liebes.«
Dianne schüttelte den Kopf. »Nein, nein, keine Angst. Nichts Neues. Weder im Guten noch im Schlechten.«
»Ist sie gewachsen?«
»Drei Zentimeter.«
»Ist das nicht viel? In so kurzer Zeit?«, fragte Lucinda stirnrunzelnd.
»Nein«, sagte Dianne schärfer als beabsichtigt. »Das ist nicht viel! Das ist völlig normal, Mom.«
»Schon gut, Liebes.« Lucinda nahm ihre Buddha-Stellung ein, wie Dianne es nannte – gerader Rücken, gelassener Blick, die Handflächen unter dem Kinn aneinander gelegt wie zum Gebet. Vielleicht herrschte in ihrem Innern der gleiche Aufruhr wie bei Dianne, doch wenn es so war, wusste sie es besser zu verbergen. »Warst du wenigstens nett zu ihm?«
»Nett?«
»Zu Alan. Als du heute bei ihm warst.«
»Hm …« Dianne erinnerte sich an seinen Blick, als sie die Praxis verlassen hatte.
»Dianne?«
»Warum muss er mich auch andauernd an Tim erinnern!«
»Ach, Kind.«

»Sie haben haargenau die gleichen Bewegungen«, sagte Dianne. »Es tut mir Leid, dass ich ihm einfach nicht verzeihen kann, dass er ein McIntosh ist. Mir kommt jedes Mal die Galle hoch, wenn ich daran denke, was Tim mir angetan hat. Nachts liege ich stundenlang wach und hasse ihn, weil er Julia verletzt und mich verlassen hat. Die ganze Geschichte liegt mir wie ein Stein im Magen.«

»O weh.«

»Ich weiß. Und jedes Mal, wenn ich Alan sehe, denke ich an Tim. Er erinnert mich wieder an den Kummer und die Charakterlosigkeit seines Bruders und an den Hass, den ich für ihn empfinde …

»Nein, das glaube ich nicht!«

»Doch, Mom. Ich hasse Tim.«

»Ich glaube nicht, dass Alan dich daran *erinnert*. Dazu wäre er gar nicht fähig. Das würde er nie tun, dazu ist er viel zu gutherzig. Er mag Julia und dich, war immer für euch da. Was du empfindest, ist ganz allein auf deinem Mist gewachsen. Welchen Ursprung deine Gefühle auch haben mögen, *du* bist dafür verantwortlich und sonst niemand.«

Dianne dachte an Alans Augen, die liebevoll und sanft waren, wenn er Julia ansah. Sie stellte sich seine Hände vor, wie sie Julias Körper untersuchten, wie sie Julias verkrüppelte Hände hielten, als wären sie das Kostbarste auf der Welt.

»Ich weiß, dass er ein anständiger Kerl ist«, erklärte Dianne nach einer Weile ruhig.

»Mir ist klar, was du meinst, wenn du sagst, dass dir die Geschichte wie ein Stein im Magen liegt. Ich kann es dir nachempfinden. Du bist zäh und glaubst, du müsstest alle Last der Welt auf deinen Schultern tragen, und diese Bürde reibt dich auf.«

Angesichts der Wahrheit, die in den Worten ihrer Mutter anklang, traten Dianne Tränen in die Augen. Ihr Magen schmerzte, der Stein wog schwerer als jemals zuvor. Als sich der Kummer über Tims Verschwinden gelegt hatte, waren nur

noch Bitterkeit und Wut übrig geblieben und der Stein in ihrem Magen. Dianne wurde schlagartig klar, dass sie von Anfang an einen verheerenden Fehler begangen hatte – sie hatte sich für den falschen Bruder entschieden.
»Ich schaffe das schon, mir geht es gut!«
»Das sagst du, aber ich sehe doch, wie viel Sorgen du dir machst. Und wenn Alan anruft, wirst du grob, als wolltest du deine Wut an ihm statt an Tim auslassen. Dabei versucht er doch nur, dir zu helfen.«
»Manchmal erwischt er mich eben auf dem falschen Fuß.«
»Das scheint ihm andauernd zu passieren.«
»Ich bin müde, Mom.« Dianne behagte das Gespräch ebenso wenig wie das Lächeln, mit dem ihre Mutter sie betrachtete.
»Nach meiner Pensionierung habe ich Zeit, da kann ich mich richtig um dich kümmern«, sagte Lucinda und legte den Arm um Dianne.
Diannes Kehle brannte. Es war ein gutes Gefühl, sich geliebt zu wissen. Sie schloss die Augen und spürte, wie die Kraft ihrer Mutter auf sie überging. Auch wenn sie den falschen Bruder gewählt und ihr Leben verkorkst hatte, sie hatte die beste Mutter der Welt.
»Julia und ich schmieden bereits Pläne für deinen Eintritt in den Ruhestand.«
»Aber keine Feier, einverstanden? Ich weiß, dass du etwas ausheckst, um mir eine Freude zu machen, und das finde ich lieb von dir, doch ich gehöre nicht zu den Menschen, die Überraschungspartys mögen.«
»Keine Party«, versprach Dianne.
»Mir reicht schon der Ball in der Bibliothek. Ich glaube, sie wollen mir dieses Jahr eine Plakette für meine Verdienste überreichen. Ich werde so tun müssen, als wäre ich überrascht. Schau mal, so?« Sie setzte eine Miene auf, als wäre sie völlig perplex – Augen und Mund weit aufgerissen, die Hände fassungslos vors Gesicht geschlagen.
»Sehr überzeugend«, sagte Dianne lachend.

»Nicht, dass ich undankbar wäre«, meinte Lucinda. »Ich weiß durchaus, was ich an meinen Mitarbeiterinnen habe – ich mag sie alle und werde sie wahnsinnig vermissen. Aber ich bin reif für den Ruhestand, Liebes. Meine Füße sind seit vierzig Jahren geschwollen, und ich hätte Lust, meine grässlichen Gesundheitslatschen mit einem Fußtritt in die Marschen zu befördern, auf Nimmerwiedersehen!«
»Julia und ich werden uns etwas ausdenken, was man barfuß machen kann«, versprach Dianne.
»Gut!«, stöhnte Lucinda und schloss wohlig die Augen, während sie die Tage bis zum 15. Juli zählte.
»Gliii«, sagte Julia.
»Stell dir vor, Julia, ich werde endlich dazu kommen, alle Bücher zu lesen, die ich schon immer lesen wollte. Hilfst du mir, das Versäumte nachzuholen?«, fragte Lucinda, bevor sie die Augen öffnete.
Dianne atmete langsam aus. In Julias Leben gab es nichts als Liebe, aber das Schicksal war trotzdem schrecklich ungerecht: Sie konnte nicht lesen, hatte aber eine Großmutter, die Bibliothekarin war, und ihre Mutter baute naturgetreue Spielhäuser, in denen sie nicht spielen konnte.
»Glaubst du, dass sie glücklich ist?«, hörte sich Dianne fragen.
»Ich weiß es. Schau sie doch an.«
Julia rollte langsam den Kopf hin und her, vielleicht im Gleichtakt mit einer Melodie in ihrem Innern, die nur sie hörte. Sie sah Dianne an. Lucinda berührte Diannes Schulter, und diese lehnte sich an ihre Mutter.
»Mein kleines glückliches Mädchen.«
»Maaa«, sagte Julia. »Maaa.«
War es möglich, dass ein Mensch an der Liebe, die er für einen anderen empfand, zu Grunde ging? War es möglich, dass Julias schweres Schicksal sie erdrückte, ihr den Atem abschnürte? Der Sommer, der vor ihr lag, kam ihr wie der Traum von einer heilen Welt vor. Ihre Mutter würde im Ruhestand sein; sie konnte mit Dianne und Julia am Strand liegen, den heißen Sand im Rü-

cken spüren und zulassen, dass der Wind ihre Sorgen davontrug.
»Geh rudern, Liebes«, sagte ihre Mutter. »Ich bleibe bei Julia.«
Dianne zögerte. Sie dachte an das weiße Herrenhaus unten am Hafen. Neuerdings flossen ihre Träume in die Spielhäuser ein, die sie baute. Ihr Traum vom eigenen Heim war eingestürzt wie ein Kartenhaus. Dianne spürte, dass sie hart geworden und innerlich erstarrt war. Ihre Muskeln schmerzten. Das Rudern durch die Marschen ins offene Meer würde ihr gut tun.
»Danke, Mom.«
Lucinda erwiderte ihren Blick. Ihre zarte Statur täuschte, sie war stark. Auch ohne ihre Berührung spürte Dianne den Rückhalt, den sie an ihr hatte, spürte, wie ihre Kraft auf sie überging.
Ein leichter Wind wehte durch die goldgrünen Binsen. Seeottern glitten von den Sandbänken und tummelten sich im braunen, brackigen Wasser.
»Nun geh schon«, drängte ihre Mutter.
Dianne nickte und lief zum Anlegeplatz hinunter.

3

Als Kinder hatten die McIntosh-Brüder am Meer gelebt. Neil, Alan und Tim waren auf Cape Cod aufgewachsen, rund zehn Meilen östlich von Woods Hole, wo sich das berühmte Ozeanografische Institut befand. Als Heranwachsender hatte Alan dort so manches Jahr während der Sommerferien im Hydrophon-Labor an den Unterwasser-Schallempfängern gearbeitet. Sein Mentor, Malachy Condon, war der Meinung, dass er von allen Studenten, die er unter seine Fittiche genommen hatte, das beste Ohr für die Sprache der Delfine besaß. Alan wusste es damals noch nicht, aber er war zum Kinderarzt berufen.

Heute, siebzehn Jahre später, besuchte Alan an seinen freien Mittwochnachmittagen die Bibliothek, wo er die neuesten Ausgaben der Fachzeitschriften *Delphinius Watch* und *Whale Quarterly* las, um sich über sein altes Hobby, Delfine und Wale, auf dem Laufenden zu halten und eine alte Freundin zu treffen – Lucinda Robbins. Die Hawthorne Public Library war nur zwei Blocks von seinem Haus entfernt. Aber vorher absolvierte Alan sein Lauftraining, sodass er eine Dreiviertelstunde für die Wegstrecke brauchte.

»Na, hast du dein Pensum geschafft?«, begrüßte ihn Lucinda Robbins, die hinter der Ausgabetheke stand.

»Heute waren es sogar sieben statt sechs Meilen.«

Sie reichte ihm ein zusammengefaltetes Handtuch von dem Rollwagen mit den zurückgebrachten Büchern, die wieder in die Regale eingeordnet werden mussten.

Ein paar Monate nachdem Tim Dianne verlassen hatte, hatte Alan damit begonnen, nach dem Lauftraining an der Bibliothek Halt zu machen. Er hatte Lucinda vermisst. Sie war immer gut zu ihm gewesen, hatte ihn von Anfang an in ihre Familie aufgenommen. Mit ihr verband ihn mehr als mit seinem Bruder Tim. Er hatte sich in den Bibliotheken von Woods Hole und Cambridge heimisch gefühlt und sich während Tims und Diannes Ehe mit Lucinda stets über Bücher unterhalten oder Ideen ausgetauscht.

An besagtem Tag vor elf Jahren hatte er in der Bibliothek gestanden und den Schweiß bemerkt, der seine Spuren auf dem braunen Linoleumboden hinterließ, und hatte den verhaltenen Zorn der Bibliothekarin gespürt. Was hatte er erwartet? Er war ein McIntosh, Tims Bruder, und allein die Tatsache reichte aus, um sie auf die Palme zu bringen.

In der folgenden Woche war er zuerst nach Hause gegangen, um zu duschen. Er wollte Lucinda nicht noch mehr gegen sich aufbringen. Er hatte erkannt, wie wichtig sie für ihn war, auch wenn sie nichts mehr mit ihm zu tun haben wollte. Als Julias Arzt spürte er die Familienbande stärker als je zuvor, und er war gekommen, um sich zu entschuldigen. Zu seiner Überraschung hatte sie ihn mit einem gestreiften Handtuch in der Hand empfangen.

»Tut mir Leid wegen letzter Woche«, hatte sie gesagt. »Mein böser Blick ist eine Berufskrankheit.«

»Du hattest jedes Recht dazu.«

»Nein«, hatte Lucinda mit Nachdruck entgegnet und heftig den Kopf geschüttelt. »Du kannst hier jederzeit schweißgebadet hereinschneien. Was Tim angerichtet hat, ist nicht deine Schuld. Du tust so viel für Julia und Dianne ...«

Alan wollte gerade protestieren, aber dann hatte er geschwiegen und das Angebot akzeptiert. Seine Beziehung zu Dianne hing an einem seidenen Faden, und er würde alles tun, was in seiner Macht stand, um sie aufrechtzuerhalten. Er hatte angenommen, das Handtuch sei eine einmalige versöhnliche Geste, aber Lucinda hielt es weiterhin jeden Mittwochnachmittag für ihn bereit.

Heute bedankte er sich, nahm das Handtuch und begab sich zu seinem Armsessel, in dem er immer saß. Die Bibliothek war die älteste im Lande, mit hellen Räumen und hohen Decken. Im Lesesaal gab es einen riesigen gemauerten Kamin, groß genug, um einen Ochsen am Spieß darin zu rösten, und Alan machte es sich daneben mit einem Stapel Zeitschriften bequem. Es war April, und das klare Licht flutete durch die Bogenfenster. Alan vertiefte sich in die neueste Literatur über Meeressäuger. Plötzlich dachte er an seine eigene Familie.

Sein ältester Bruder Neil hatte Wale geliebt. Schon als Halbwüchsige hatten die drei Brüder Wale beobachtet und gutes Geld damit verdient, Touristen in ihrem leichten Motorboot zu den Futterplätzen vor der Küste von Chatham Shoals zu bringen. Für die Fahrt vom Dampfschiff-Pier in Hyannis hatten sie zehn Dollar pro Person verlangt. Es war Neils Idee gewesen, das Geld unaufgefordert in voller Höhe zu erstatten, wenn sie keine Wale oder Delfine zu sehen bekamen. Das war typisch Neil, immer großzügig, gutherzig und voller Vertrauen auf ihre Fähigkeiten, Wale aufzuspüren. Er wusste, in die Verlegenheit, das Geld zurückzuerstatten, würden sie nur selten geraten.

Neil war an Leukämie gestorben. In dem Sommer, als Alan sechzehn und Tim vierzehn Jahre alt waren, hatten sie mit ansehen müssen, wie ihr älterer Bruder dahinsiechte. Eingesperrt im Haus, die Vorhänge zugezogen und niemand, der Lärm machen oder sein Zimmer betreten durfte, hatte Neil furchtbar gelitten. Nicht nur unter den Schmerzen, die mit der Krankheit einhergingen, sondern auch unter der Isolation. Er hatte das Meer vermisst, die Wale, das Boot. Er hatte seine Brüder vermisst. Mit achtzehn war Neil an Leukämie gestorben, aber auch an gebrochenem Herzen. Tim hatte die beiden letzten Nächte auf dem Rasen unter Neils Fenster verbracht. Alan war heimlich in sein Zimmer geschlichen, um bei ihm zu sein.

Alans Eltern hatten Angst gehabt, der Krebs könne ansteckend sein. Daran konnte auch der Arzt nichts ändern, der Neil behandelte und ihnen sagte, ihre Sorge sei unbegründet. Ihre

Angst vor der Blutkrankheit und dem Risiko, alle ihre Söhne zu verlieren, war zu tief verwurzelt. Sie waren einfache Leute gewesen, ein Fischer und seine Frau. Alans Vater suchte Vergessen auf dem Meer und kam nur selten nach Hause. Seine Mutter hatte zu trinken begonnen.

Alan und Tim hatten sich in den folgenden Jahren mehr für Fische und Wale als für Menschen interessiert. Tim hatte die Schule abgebrochen, um sein Glück als Hummerfänger zu versuchen. Wie sein Vater bot ihm das Meer eine Fluchtmöglichkeit. Alan hatte sich an Malachy Condon von WHOI geklammert. Der alte Haudegen war genauso raubeinig wie die Fischer, aber er hatte an der Columbia-Universität promoviert. Tim ging oft nach einer Nachtfahrt vor der Küste von Nantucket in Woods Hole vor Anker, um Alan zu treffen und Malachys fassettenreichen Geschichten über Forschungsfahrten im Nordmeer und Indischen Ozean zu lauschen. Die Brüder waren wie betäubt durch den Verlust von Neil, und die Sorge um ihre Eltern und Malachy erwies sich in dieser Zeit als stetige Quelle der Kraft.

Während des letzten Studienjahres in Harvard hatte Alan jede Nacht von Neil geträumt. An einem kalten Novembermorgen hatte er seine Bewerbung für Wood Hole zerrissen und beschlossen, an der Harvard Medical School Medizin zu studieren. Malachy war enttäuscht gewesen, und Tim hatte ihn für verrückt erklärt. Tim hatte insgeheim gehofft, gemeinsam mit seinem Bruder ein Boot anzuschaffen und Seite an Seite zu arbeiten – er wollte Fische fangen, und Alan konnte sie erforschen. Er hatte Alan auf den Stufen der Widener Library zur Rede gestellt und versucht, ihn zur Vernunft zu bringen.

»Bleib lieber bei deinen Fischen«, hatte Tim gesagt. »Wenn die sterben, kräht kein Hahn danach.«

»Eben«, hatte Alan erwidert. »Ich beschäftige mich Tag für Tag bis in die frühen Morgenstunden mit Plankton, ohne dass es mich vom Hocker reißt. Ich will Arzt werden.«

»Wozu?«

»Um Menschen zu helfen«, hatte Alan geantwortet und dabei an seinen Bruder und an seine Eltern gedacht.
»Du willst dein Leben mit Kranken verbringen? Bildest du dir ein, du könntest auch nur das Geringste bewirken?«
»Ja, das tue ich.«
»Wie Dr. Jerkoff bei Neil?«
»Er hätte mit uns reden sollen. Es wäre seine Aufgabe gewesen, Mom und Dad über den Krankheitsverlauf aufzuklären, um zu verstehen, was auf sie zukam, und besser vorbereitet zu sein. Er hätte Neil beim Sterben helfen können, Tim. Ich finde es grauenvoll, wenn ich daran denke, dass wir alles alleine durchstehen mussten.«
»Was macht es für einen Unterschied, wie es passiert ist? Neil ist tot. Daran lässt sich nichts ändern.«
»Aber er hat gelitten. Das hätte nicht sein müssen …«
»Ich weiß verdammt noch mal, dass er gelitten hat«, hatte Tim geschrien und Alan einen Stoß versetzt. »Ich war dabei. Musst du mich daran erinnern?«
»Hör auf, dich wie ein Arschloch aufzuführen! Neil hätte das gehasst.«
»Er ist tot«, hatte Tim gekontert und mit dem Handballen gegen Alans Brust geschlagen.
Seit Neils Tod war Alan der Älteste. Tim war härter, aber Alan überragte ihn und hatte noch nie einen Kampf gegen seinen Bruder verloren. Er trat einen Schritt beiseite, zitternd vor Wut.
»Du hast draußen vor seinem Fenster gehockt. Du hattest Angst, in sein Zimmer zu gehen. Ich möchte Menschen helfen, ihre Angst zu überwinden.«
»Ich und Angst, dass ich nicht lache! Du kannst mich mal kreuzweise …«
Er holte aus und traf Alan mit der rechten Faust voll in den Magen. Ihre Blicke begegneten sich, die Augen verdutzt aufgerissen. Dann gab Alan einen knurrenden Laut von sich und schlug zurück, landete einen linken Haken, der Tim an der Seite traf. Tim nahm ihn in den Schwitzkasten und Alan versuchte ihn

wegzustoßen, doch Tim krallte seine Finger in Alans Hals, und die Brüder rollten über den Bürgersteig mitten im Hof der altehrwürdigen Harvard-Universität.
Alan verpasste ihm einen rechten Schwinger an den Kopf. Tim hatte ihn an den Haaren gepackt, und Alan zerrte mit aller Kraft an seinen Armen, um den eisernen Griff zu lösen. Tim blutete aus einer Platzwunde über dem Auge, und Alan spürte die Kratzer von den Fingernägeln seines Bruders an seiner Kehle. Er sprang hoch und streckte die Hand aus, um Tim aufzuhelfen. Aber Tim hatte noch nicht genug. Das Blut aus der Platzwunde lief in seine Augen, und er schlug blind um sich. Das brachte Alan von einer Sekunde auf die andere zur Vernunft.
»He, hör auf«, sagte er und rüttelte Tim an den Schultern.
Die Antwort war ein weiterer linker Haken.
Alan fing ihn in der Luft ab. Beide waren ausgelaugt, Alans Wut war verraucht. Als Tim erneut ausholte, zielte Alan auf den Solarplexus, und Tim ging in die Knie. Er trat beiseite, doch Tim war nicht gewillt aufzugeben. Das ist abartig, dachte Alan. Er hatte sich vorgenommen, Kindern zu helfen, sie zu heilen, wenn er konnte, und sie zu trösten, wenn die ärztliche Kunst versagte, und da stand er und kämpfte mit seinem eigenen Bruder auf Leben und Tod.
Nach dem Kampf hatten sich Tim und Alan einander noch mehr entfremdet. Alan hatte sich in seine Studien vergraben, Tim war wieder aufs Meer hinausgefahren, hatte sein Heil in der Flucht gesucht.
In den folgenden Jahren war Tim meistens auf See gewesen. Der Hummerfang nahm den größten Teil seiner Zeit in Anspruch. Sein Gesicht war von Wind und Wetter gegerbt, seine Hände rau; doch am schlimmsten war, dass sich in seinem Innern etwas verhärtet hatte. Er vergaß, was es bedeutete, sich in Gesellschaft von Menschen zu befinden, die einem nahe waren. Er verstand sich aufs Trinken und Kämpfen oder wusste einem Mädchen mit einem Lächeln zu erkennen zu geben, dass er einsam war und jemanden brauchte, als ruhenden Pol.

Eines dieser Mädchen war Dianne gewesen. Da Tim nicht entgangen war, dass sie sich für Alan interessierte, bot er all seinen Scharm auf, um sie für sich zu gewinnen. Er war bereit, aufs Ganze zu gehen. Tim sehnte sich insgeheim nach einem Menschen, der ihn aus seiner Rastlosigkeit erlöste, und er wählte intuitiv eine Frau, die ein Talent zum Geben hatte. Zum Teil war sein Verhalten eine Farce, wie er dachte, als er in die Rolle des einsamen, betrunkenen Hummerfängers schlüpfte, nur um Mitleid und Aufmerksamkeit bei ihr zu wecken. Er hatte damit Erfolg, weil es die Wahrheit war. Er hatte geglaubt, es sei ein Spiel, aber das war ein Trugschluss gewesen. Und Alan hatte hilflos mit ansehen müssen, wie Dianne sich in seinen Bruder verliebte.

Alan gab nur aus einem Grund kampflos auf – er hoffte, dass es Dianne gelingen möge, seinen Bruder wieder auf den rechten Weg zu bringen. Zumindest redete er sich das ein. Dianne war stark und robust, und mit Tim war es seit Neils Tod bergab gegangen. Vielleicht würden Ehe und Kinder die schmerzliche Lücke füllen. Aber seine Rechnung war nicht aufgegangen.

»Meine Mädchen waren gestern bei dir, wie ich gehört habe«, sagte Lucinda zu Alans Verblüffung, als sie den Raum mit einem Rollwagen voller Fachzeitschriften betrat, die ins Regal zurückmussten.

»Richtig.«

»Was sagst du zu Julia?«

»Super.«

Lucinda Robbins war seit vierzig Jahren Bibliothekarin in Hawthorne. Alans kleine Patienten behaupteten, sie habe jedes Buch in den Regalen gelesen, und Alan war geneigt, es zu glauben. In ihren klaren blauen Augen spiegelten sich Intelligenz und Einfühlungsvermögen wider. Die Neugierde auf das Leben wirkte wie ein Jungbrunnen bei Frauen wie Lucinda.

»Ich meine, wie geht es ihr vom medizinischen Standpunkt?«

»Den Umständen entsprechend ganz gut.«

Lucinda biss sich auf die Lippe. Sie blätterte einen Stapel *Na-*

tional Geographics durch, als wollte sie sich vergewissern, dass die Ausgaben in der richtigen Reihenfolge eingeordnet waren. Doch Alan wusste, dass sie versuchte, sich zusammenzureißen.
»Wir verlassen uns auf dich, Alan.«
»Danke«, sagte er.
»Ich mache mir Sorgen um Dianne.«
»Warum?«, fragte er, einer Panik nahe.
»Sie reibt sich völlig auf.« Lucinda begann zu flüstern. Die Worte überstürzten sich, während sie besorgt die Stirn runzelte. Alan beugte sich vor, um sie zu verstehen. »Julia ist leicht wie eine Feder. Sie wiegt fast nichts. Aber die Belastung ... selbst wenn sie schläft ... in einer Ecke der Werkstatt. Es kostet Dianne den letzten Funken Kraft, sie in ihrem augenblicklichen Zustand zu betreuen und nicht zu wissen, was die Zukunft bringt.«
»Das ist eine große Herausforderung«, sagte Alan und gab damit eine Binsenweisheit zum Besten. Von Ärzten erwartete man solche beschwichtigenden Redensarten. Aber er selbst geriet jedes Mal in Aufruhr, wenn er von Diannes Kummer hörte.
Alan dachte an Neil und verstand, was Lucinda meinte. Ohnmächtig mit ansehen zu müssen, wie ein Mensch leidet, den man liebt, gehörte zu den schwersten Dingen im Leben. Aktiv werden – Schnittwunden verbinden, Brüche richten, Brandwunden desinfizieren – war immer einfacher, als die Hände in den Schoß zu legen und zu akzeptieren, dass man nichts tun kann.
»Dianne ist tapfer.«
»Meistens.«
»Ich könnte ihr helfen, aber sie müsste es zulassen.«
»Ach, Alan, merkst du nicht, wie schwer es ihr fällt, deine Gegenwart zu ertragen? Du bist ein wunderbarer Mensch, aber du wirst sie immer an Tim erinnern.«
»Ja, ich weiß«, erwiderte Alan wie vor den Kopf geschlagen, weil Lucinda ihm die ungeschminkte Wahrheit sagte.

»Hast du in letzter Zeit etwas von ihm gehört?«
Alan schüttelte den Kopf. Vor zwei Monaten hatte Tim aus Camden angerufen, weil er sich tausend Dollar von ihm leihen wollte. Vorher hatte Alan R-Gespräche oder Postkarten aus verschiedenen Häfen zwischen Lubec und Halifax bekommen. Tim führte ein Nomadenleben; er hielt es nirgendwo lange aus. Hin und wieder besuchte er Malachy. Er hatte kein Zuhause, keinen festen Wohnsitz. Diese Unrast war der Preis dafür, dass er Frau und Kind im Stich gelassen hatte.
»Armer Kerl«, sagte Lucinda. »Ich bringe es beinahe nicht übers Herz, einen Menschen zu hassen, der so zerrissen ist. Aber nur beinahe.«
»Ich weiß, was du meinst.« Alan spürte, wie Lucinda ihn musterte. Er fragte sich, ob sie etwas ahnte. Sie war viel zu loyal Dianne gegenüber und viel zu taktvoll, um ihn darauf anzusprechen, aber er war sicher, dass sie auch so Bescheid wusste.
Alan liebte Dianne.
Seine Gefühle waren nie erloschen. Selbst als sie sich für Tim entschieden und Alan sich eingeredet hatte, dass sie den Abstieg seines Bruders aufhalten und sein Leben retten könnte, hatte er nicht aufgehört, sie zu lieben. Er hätte alles getan, um ihr zu helfen, und daran hatte sich bis heute nichts geändert.
Er hielt sich vor Augen, dass er Arzt und sein Mitgefühl deshalb völlig natürlich war. Diannes Blick sagte alles. Ihr Haar schimmerte golden in der Oktobersonne, wie die herbstlichen Marschen auf Cape Cod. Sie roch nach Farbe, Holz und Meer. Wenn sie verärgert war, runzelte sie die Stirn, doch sobald sie Julia ansah, strahlte ihr Gesicht vor Liebe, sodass es Alan mitunter die Kehle zuschnürte.
Psychiater – und Malachy Condon – hätten vielleicht behauptet, dass er seine Schwägerin nur deshalb liebte, weil sie ihm die kalte Schulter zeigte. Bindungsangst? Kein Problem – such dir eine Frau, die dein Bruder im Stich gelassen hat, eine Frau, die

deine Familie leidenschaftlich hasst. Alan war, was Beziehungen anging, ein gebranntes Kind. Dabei hatte es einige nette Frauen in seinem Leben gegeben. Er hatte keine von ihnen verdient. Er hatte die lausige Angewohnheit, sie nach dem dritten oder vierten Mal nicht mehr anzurufen. Er war nie verheiratet gewesen, und obwohl er Kinder liebte, hatte er keine eigenen. Und so würde es vermutlich auch bleiben.

»Dianne hofft auf einen schönen Sommer«, sagte Lucinda.

»Ich weiß.«

»Ich werde zu Hause sein und ihr ein bisschen mehr zur Hand gehen können.«

»Glaubst du, Dianne würde einen Babysitter in Betracht ziehen? Ich denke da an jemand bestimmten, ein nettes Mädchen, das sie stundenweise entlasten könnte.«

»Möglich. Versuch es.«

»Wenn der Vorschlag von mir kommt, rechne ich mir keine großen Chancen aus.«

»Du tust viel für sie, Alan. Vielleicht kann sie es nicht zeigen, aber sie weiß deine Hilfe zu schätzen.«

»Das spielt keine Rolle.«

Lucinda blickte ihm in die Augen. »Im Gegenteil, es spielt eine große Rolle.« Sie nahm das feuchte Handtuch und hängte es über die Lenkstange des Rollwagens. Sie würde es waschen und nächste Woche wieder mitbringen. Alan begriff plötzlich, dass Lucinda sich immer gewünscht hatte, *er* hätte Diannes Herz und Hand erobert, dass sie bei Alan geblieben wäre, statt Tims Frau zu werden.

Wunschträume, die Alans glichen.

Amy kam früher aus der Schule nach Hause. Ihre Mutter lag im Bett, und Buddy, ihr Freund, probte mit seiner Band. Sie waren in der Garage eines Nachbarn am anderen Ende der Straße, und Amy konnte das ohrenbetäubende Kreischen des Heavy-Metal-Sound hören. Was bringt jemanden auf die Idee, Musik zu machen, die klingt, als würden Züge entgleisen?, dachte sie. Aber

das Gute war, dass er beschäftigt war und sie hören konnte, wann die Probe zu Ende ging.
Die Jalousien waren heruntergezogen, doch die Frühlingssonne verlieh den Fensterrahmen einen viereckigen Heiligenschein. Wie üblich roch es schal, nach leeren Bierflaschen. Amy ging mit einer Dose Raumspray, das nach Tannennadeln duftete, durch den abgedunkelten Raum und sprühte, was das Zeug hielt. Sie dachte dabei an Bäche und Wälder, Käuzchen und die Schreie der Ziegenmelker. Sie spähte in das Schlafzimmer ihrer Mutter und sah, dass sie unter der Bettdecke lag.
»Mama?«, flüsterte Amy.
Ihre Mutter rührte sich nicht. Die dicht gewebten Vorhänge waren trotz heruntergelassener Jalousien zugezogen, sodass der Raum düster und die Luft genauso schwer wie der braune Cordsamt war. Es war so heiß, dass es einem den Atem verschlug. Amy widerstand dem Drang, die Fenster aufzureißen. Sie wusste, dass ihre Mutter Ruhe brauchte. Sich nach Gesellschaft sehnend, kehrte sie ins Wohnzimmer zurück.
»Hallo, Hündchen«, sagte sie und kniete sich vor den Käfig.
Der Welpe fletschte die Zähne, knurrte und wich ans hintere Ende des Käfigs zurück. Buddy, der ihn zum Wachhund erziehen wollte, hatte ihn Slash getauft, aber Amy würde ihn nie im Leben ›Kehleaufschlitzer‹ nennen.
»Ich bin dein Freund.«
»Grrr.«
»Du glaubst mir nicht?« Amy rannte in die Küche und kam mit zwei Scheiben Käse zurück – nicht einmal Buddy würde die beiden hauchdünnen Schnitze vermissen. Sie brach sie in Stücke und legte eines vor den Käfig.
»Grrr«, knurrte der Hund. Amy dachte daran zurück, wie sie zum ersten Mal in Dr. McIntoshs Praxis gekommen war. Sie war fast gestorben vor Angst, ihr Hals brannte wie Feuer, und sie hatte vierzig Grad Fieber. Sie traute sich nicht, den Mund aufzumachen, um ihn nachschauen zu lassen. Dr. McIntosh hatte es nicht eilig gehabt, sondern ihr Vertrauen ganz langsam mit

einem Lutscher, einer Geschichte über Delfine und seiner sanften Stimme gewonnen.

»Ich bin dein Freund, Hündchen«, sagte Amy und versuchte Dr. McIntoshs beruhigende Stimme nachzumachen. Es wirkte, denn gleich darauf kroch der kleine schwarze Welpe vorwärts. Amy misstrauisch im Blick behaltend, kam er zentimeterweise näher.

Es dauerte ganze zehn Minuten, bis er sich ein Stück Käse schnappte. Dann das nächste Stück, und noch eins. Vorsichtig entriegelte Amy die Metalltür. Die Scharniere quietschten, und der Hund schreckte zurück. Aber Amy legte ihm unbeirrt Käse hin, und der kleine Kerl kam aus dem Käfig heraus und verputzte ihn bis auf den letzten Krümel. Bald darauf fraß er ihr aus der Hand. Sein Fell war stoppelig und warm, und sein Welpengeruch weckte in Amy den Wunsch, ein Hund zu sein.

»O Gott, die Musik!«, rief Amy und erkannte eine Sekunde zu spät, dass sie aufgehört hatte.

»Was geht hier vor?« Buddy stand plötzlich auf der Schwelle.

Amy versuchte ihm den Blick auf den Hund zu versperren. Im Wohnzimmer war es dunkel, sodass die Chance bestand, dass er trotz der Heiligenscheine am Fenster nichts bemerken würde. Der kleine Hund konnte in den Käfig zurückkriechen, und alle wären noch einmal glimpflich davongekommen. Amy legte sich in voller Länge vor den Käfig und schickte ein Stoßgebet zum Himmel, dass der Hund zurückkriechen möge.

»Nichts«, sagte sie. »Wie waren die Proben?«

»Lausig. Bei meiner Gitarre ist eine Saite gerissen, und unser Bassist musste zur Arbeit. Was …«

»Das klang ganz toll, was du gespielt hast«, unterbrach Amy ihn mit klopfendem Herzen. Verstohlen griff sie hinter sich und versuchte den Welpen in den Käfig zurückzuschieben.

»Du hast uns gehört?«

»Ja. Sogar mit zerrissener Saite hast du am allerbesten gespielt.

Wie … wie heißt noch gleich der berühmte Musiker, den Mom so gerne hört – nicht James Taylor, sondern der andere …«

»Eric Clapton?«

»Ja! Du spielst sogar besser als er!«

»Hah?«, sagte Buddy. Niemand konnte mehr aus dem Wörtchen ›hah‹ herausholen als Buddy. Wenn es über seine Lippen kam, die schmal wie ein Strich waren, klang es, als würde eine Tonne Zement vom Empire State Building herunterfallen und mit einem Knall auf dem Pflaster landen. Doch jetzt war es eher ein Ausdruck der Verwunderung. Als Ponce de Leon aus dem stickigen Dschungel aufgetaucht war, um den Jungbrunnen zu suchen, hatte sein ›Hah‹ genauso wie Buddys geklungen.

»Tausendmal besser«, beteuerte Amy. Ihr Herz klopfte vor lauter Angst zum Zerspringen. Der Welpe hatte wieder ihre Finger entdeckt, die nach Käse rochen, und leckte wie wild daran.

»Findest du? Ich denke, dass ich eher wie Jimi Hendrix spiele. Als die Saite riss, war ich verdammt nahe daran … Was war denn das?«

»Das Geräusch?« Amys Gedanken überschlugen sich. Der Welpe schmatzte selbstvergessen.

»Ist der Hund aus dem Käfig abgehauen?«

»Nein«, antwortete Amy hastig, stieß den Welpen in seinen Käfig zurück und blockierte die Tür mit ihren ausgestreckten Armen. »Ich habe ihn herausgelassen. Es war meine Schuld. Ich wollte nur …«

Mit einer einzigen Bewegung riss Buddy Amy vom Käfig weg und versetzte ihr einen Stoß, sodass sie aufs Sofa fiel. Er griff in den Käfig und packte den Hund im Genick. Amy riss entsetzt die Augen auf. Der verängstigte Welpe baumelte an Buddys Hand hin und her wie ein Schinken am Fleischerhaken.

»Was habe ich dir gesagt?« Amy wusste nicht, ob Buddy mit ihr oder mit dem Hund sprach.

»Es ist meine Schuld!«, beteuerte Amy verzweifelt. Ihre Stimme klang so rau wie das Schmirgelpapier, das sie im Kunstunterricht benutzten.

»Interessiert mich nicht«, sagte Buddy mit trügerischer Sanftheit. »Er hat zu gehorchen.«
»Tu ihm nicht weh!«, rief Amy flehentlich.
»Wozu taugen Wachhunde, die nicht aufs Wort parieren? Entweder sie lernen es von klein auf oder werden später erschossen.«
»Tu ihm nicht weh, bitte!«
Wortlos trat Buddy mit seinem spitzen Cowboystiefel nach dem Hund. Der Welpe heulte vor Schmerz auf, und Buddy trat noch einmal zu. »Zu deinem eigenen Besten«, sagte er und hielt ihn nach unten. »Nur zu deinem eigenen verdammten Besten.«
Amy fing an zu schluchzen. Der kleine Hund konnte den brutalen Tritten nicht ausweichen. Er wand sich und winselte laut. Buddy trat ihn wieder und wieder, und als er mit ihm fertig war, schleuderte er ihn in seinen Käfig. Dann nahm er eine Zeitung, rollte sie zusammen und klopfte damit auf seine Handfläche.
»Hast du es jetzt kapiert?« Bisher hatte er es nicht gewagt, Amy zu schlagen, aber sie hatte das untrügliche Gefühle, dass die Drohung ihr galt. »Ist das klar, wer hier das Sagen hat?«
Im Schlafzimmer raschelte die Bettdecke. Amy hatte Bauchweh. Sie wusste nicht, was sie sich mehr wünschte, dass ihre Mutter dem Hund half oder sich heraushielt.
»Komm her!«
Amy traute sich nicht hinzuschauen; sie hatte Angst, er könnte sie gemeint haben.
»Herkommen, habe ich gesagt!« Die Käfigtür quietschte. Buddy packte den Hund und zog ihn unsanft ins Freie. Er streichelte ihn, flüsterte ihm etwas zu, kraulte ihn hinter den Ohren. Der Hund wimmerte und versuchte sich loszureißen.
»Bleib hier, sonst breche ich dir das Genick«, sagte Buddy drohend. »Treib es nicht auf die Spitze.«
»Nicht, nicht!«, flüsterte Amy.
»Was hast du zu meckern?«
Amy schwieg. Buddy durfte keinen Muckser von ihr hören. Sie

wusste aus Erfahrung, dass es ihn zur Weißglut brachte, wenn sich jemand in seine Angelegenheiten mischte – wie Amy, wenn es um ihre Mutter ging.

Der Welpe krümmte sich, um sich aus dem eisernen Griff zu befreien, wimmernd wie ein Kind. Amys ganzer Körper schmerzte vor Anstrengung, nicht hinüberzulaufen und ihm zu helfen, aber sie war erleichtert, dass der Hund einen Funken seiner Kampflust bewahrt hatte. Es wäre schlimmer gewesen, wenn er Buddy gehorcht und ihm die Hand geleckt hätte. Amy wusste, dass Buddy, wenn sie sich mucksmäuschenstill verhielt, den Raum irgendwann verlassen würde. Wenn sie sich unsichtbar machte, würde es früher vorbei sein.

»Was habe ich gesagt?«, fragte er gefährlich leise.

Doch Amy entschlüpfte ihm in Gedanken; sie verwandelte sich in einen murmelnden Bach, der sich seinen Weg über bemooste Felswände, durch schattige Bergschluchten und bewaldete Lichtungen suchte. Reiher nisteten auf den Sandbänken, und Spinnen webten durchsichtige Netze über dem glasklaren Wasser. Sie floss den Hügel hinab, dem Meer entgegen, wo ihr Vater gefischt hatte. Sie war weit fort, als das Telefon läutete.

»Hallo?«, sagte Buddy.

Amy beobachtete ihn. Er war der Herr der Finsternis, ein uneingeschränkter Herrscher in seinem Reich, als er den Hörer abnahm. Den kleinen Hund zu verprügeln hatte offenbar sein Selbstwertgefühl gestärkt, weil seine Worte herablassend klangen. Doch während er der Stimme am anderen Ende der Leitung lauschte, sah Amy, wie er vor ihren Augen schrumpfte. Er hatte kein Rückgrat, ähnelte einem herabhängenden Tulpenstängel.

»Sie steht direkt neben mir«, sagte er. »Moment, ich gebe sie Ihnen.«

»Für Mom?«

»Für dich.« Er bedeckte den Hörer mit der Hand, als wollte er sie ermahnen, sich kurz zu fassen, weil er einen Anruf erwartete, oder sie daran erinnern, dass man kein Wort über Familienangelegenheiten verlauten ließ. Seine Strichlippen öffneten sich mehrmals, doch dann reichte er ihr stumm den Hörer.

»Hallo?«

»Spreche ich mit Amy Brooks?« Amy erkannte die tiefe Stimme auf Anhieb. Sie spürte eine Welle der Erleichterung, und Tränen traten ihr in die Augen.

»Hallo, Dr. McIntosh.«

»Ich wollte dich fragen, ob du nächsten Samstag schon etwas vorhast«, sagte er.

4

Samstagmorgen tapezierte Dianne die Wände des Salons in dem viktorianischen Haus mit der schmalen Fassade. Die blau-weiße Tapete hatte ein typisch englisches Muster aus winzigen weißen Pfingstrosen. Dianne ging von innen nach außen vor. Sobald sämtliche Innenarbeiten fertig waren und sie sich vergewissert hatte, dass jede Einzelheit ihren Vorstellungen entsprach, nagelte sie das Spielhaus zusammen.

»Deiner Großmutter würde die Tapete gefallen«, sagte sie zu Julia. »Pfingstrosen sind ihre Lieblingsblumen.«

Julia saß ein paar Schritte entfernt in ihrem Stuhl, von Kissen gestützt. Die Fenster waren weit geöffnet, und von den Marschen wehte ein lauer Wind herein. Stella lag auf der Innenseite des Fensterbretts vor dem Fliegengitter und beobachtete das Treiben im Hof. Julia war heute sehr still, die Brise in ihrem Haar genießend. Alle fieberten auf ihre eigene Weise dem Erwachen des Frühlings entgegen. Dianne spürte, wie der April in den Mai überging.

Eine Autotür fiel zu. Blitzschnell huschte die Katze davon. In Freiheit geboren, war Stella sehr scheu. Dianne wusch den Tapetenkleister von ihren Händen und ging zur Tür.

»O Gott!« Ihr Magen verkrampfte sich, als sie sah, dass Alan aus dem Wagen stieg. Dianne dachte augenblicklich an Julias Untersuchungsergebnisse und fragte sich, ob er gekommen war, um ihr die Hiobsbotschaft persönlich zu überbringen. Doch dann entdeckte sie das Mädchen und entspannte sich. Er hätte die Kleine nicht mitgebracht, wenn er schlechte Nachrichten gehabt hätte. Diannes Hände zitterten, als sie sie an einem alten Lappen abwischte und beobachtete, wie sich die beiden der Werkstatt näherten.

Alan schirmte seine Augen ab und blickte sich um. Die Marschen waren in Sonnenlicht getaucht, in Hunderte von Grünschattierungen. Rohrkolben raschelten, als die Amseln mit ihrem roten Gefieder ins Schilf hinein- und hinausflogen. Dahinter glitzerte die Meerenge des Long Island Sound. Die Familie Robbins wohnte im letzten Haus auf Gull Point, nur zehn Blocks von Amys entfernt, aber Welten voneinander getrennt.

»Kennen Sie die Leute?« Amy stand mit großen Augen neben ihm.

»Ja.«

»Das sind Hexen. Das sagen alle Kinder.«

»Welche Kinder?«

»Aus der Nachbarschaft.«

»Und was sagen sie?«

»Dass die beiden Zaubersprüche kennen, um Kinder in Monster und Kobolde zu verwandeln. Und sie dann einsperren.« Amy starrte das Haus an. Es war im Cape-Stil errichtet, mit Dachschindeln aus weißem Zedernholz, das, von Wind und Wetter gegerbt, einen silbernen Schimmer angenommen hatte. Die blauen Läden hatten ausgesägte Konturen von Seepferdchen, und die Fensterrahmen waren strahlend weiß. In den Blumenkästen vor dem Fenster blühten purpurfarbene und gelbe Stiefmütterchen.

»Aha«, sagte Alan.

»Stimmt das?« Amy rückte Schutz suchend näher, sodass sie mit der Schulter seine Jacke berührte.

»Das wirst du selbst entscheiden müssen.« Er spürte, wie er bis ins Mark erschauerte, als er Dianne auf der Türschwelle entdeckte.

Amy hatte noch nie an Dr. McIntosh gezweifelt, aber sie konnte sich beim besten Willen nicht vorstellen, warum er sie zu dem Hexenhaus gebracht hatte. Sie war glücklich gewesen, den Tag mit ihm zu verbringen, und hatte sich mit einem ausgiebigen Bad und Rain-Magic-Badesalz darauf vorbereitet; dann hatte sie frisch gewaschene Jeans und das sauberste T-Shirt angezogen, das sie finden konnte. Doch als sie nun in der mit Muschelschalen befestigten Einfahrt auf Gull Point stand, war ihr mulmig zu Mute.

Hohe Ligusterhecken säumten den Garten und schirmten das Anwesen vor den neugierigen Blicken der Passanten ab. Obwohl Amy nur wenige Straßenblocks entfernt wohnte, hatte sie das Haus noch nie gesehen und war überrascht, dass es so anheimelnd wirkte. Ob Hexen in einem Cape-Haus mit Seepferdchen-Fensterläden lebten? Statt den Weg zum Vordereingang einzuschlagen, ging Dr. McIntosh seitlich um das Haus herum. Sie gelangten auf eine Wiese mit Seegras, kurz geschnitten und grünlich braun, aber es gab auch Beete mit Narzissen, pinkfarbenen Azaleen und winzigen Blausternen.

Am anderen Ende des Grundstücks, am Rande der Marschen, befand sich ein kleines weißes Cottage. Das schaut überhaupt nicht wie ein Hexenhaus aus, dachte Amy. Und in der Tür stand die goldhaarige Frau, die Amy schon einmal in Dr. McIntoshs Praxis gesehen hatte.

»Tut mir Leid, ich hätte vorher anrufen sollen«, sagte Dr. McIntosh zu der Frau.

»Was ist passiert?«

»Nichts. Überhaupt nichts. Ich war zufällig in der Gegend, um meine Freundin Amy Brooks abzuholen, die ich dir vorstellen möchte.«

Die Frau sah erleichtert aus. Ihre weiße Bluse war wie ein Männerhemd geschnitten und in ihre Blue Jeans gesteckt. Die Ärmel hatte sie hochgekrempelt, an den Füßen trug sie alte Laufschuhe. Ihr Haar war nach hinten gekämmt und zu einem losen Zopf geflochten, dessen Ende sie mit einem dünnen Grashalm zusammengebunden hatte. Die Farbe ihrer Augen erinnerte an Immergrün, genau wie beim letzten Mal, als Amy sie gesehen hatte.

»Wir kennen uns aus der Praxis«, sagte die Frau lächelnd.

Amy blieb vorsichtshalber hinter Dr. McIntosh stehen.

»Du warst in dem Spielhaus.«
»Dr. McIntosh hat es erlaubt«, stieß Amy hervor, in der Annahme, die Frau wolle ihr eine Strafpredigt halten.
»Freut mich, dass es dir gefällt.«
Amy runzelte die Stirn, unsicher, warum die Frau sich überhaupt dafür interessierte. Verwirrt blickte sie Dr. McIntosh an, der seine Hand auf Amys Schulter legte.
»Mrs. Robbins hat das Spielhaus gebaut«, erklärte er. »Ich habe es bei ihr für mein Wartezimmer gekauft und mein Bruder hat es mir in seinem Lieferwagen gebracht. So haben wir uns alle kennen gelernt.«
»Das ist eine uralte Geschichte«, meinte die Frau. »Amy, du kannst Dianne zu mir sagen. Kommt herein.«

Nachdem der erste Schreck überwunden war, als Dianne Alans Auto gesehen und gedacht hatte, er habe schlechte Nachrichten, entspannte sie sich. Ihre Blicke begegneten sich und hielten einander einen Moment lang fest. Sie betrachtete sein offenes Gesicht, die Lachfalten, die jede Mutter in Hawthorne liebt, und war sich der Distanz zwischen ihren, auf die sie Wert legte, in solchem Maß bewusst, dass sie vergaß, die Fliegengittertür zu öffnen.
»Wie geht's?«, erkundigte er sich, als er die Werkstatt betrat.
»Prima, danke. Und dir? Alles in Ordnung?«
»Ja.« Er blickte sich um, als sähe er die Werkstatt zum ersten Mal. Er machte öfter Hausbesuche in medizinischen Notfällen, aber die fanden überwiegend drüben im Wohnhaus statt.
»Du warst doch schon mal hier, oder?«
»Ja, aber das ist lange her. Meistens hast du dich hier mit großem Erfolg verbarrikadiert.«
Sie blickte hoch und sah, wie er lächelte.
»Ihr seid verwandt. Hat mir der Doktor erzählt«, ließ sich Amy vernehmen.
»Entfernt.«
»Ich bin der Onkel ihrer Tochter«, erklärte Alan mit einer Sanft-

heit in der Stimme, die auch Dianne nicht entging. Er konnte gut mit Kindern umgehen, fand unzweifelhaft auf Anhieb einen Draht zu ihnen.
Warum erinnerte er sie auf Schritt und Tritt an seinen Bruder, obwohl er völlig anders war als Tim? Alan war introvertiert, Tim extrovertiert. Alan trug verblichene blaue Hemden, uralte Blue Jeans und Motorradstiefel. Die Brille rutschte ihm ständig von der Nase, und Dianne musste gegen das Bedürfnis ankämpfen, sie zurechtzurücken. Tim war das schwarze Schaf, Alan als Wissenschaftler der ganze Stolz der Familie gewesen. Doch beide waren groß und schlank, ihre Bewegungen leicht und kraftvoll zugleich. Wenn Dianne Alan ansah, zuckte sie zurück, als stünde ihr Tim persönlich gegenüber.
»Diiii«, machte sich Julia bemerkbar, die gerade aufwachte. »Diiii!«
»Oh!«, sagte Amy bestürzt und trat bei Julias Anblick einen Schritt zurück.
Diannes Magen verkrampfte sich. Immer wenn jemand Julia zum ersten Mal sah, regten sich ihre mütterlichen Instinkte, und sie wurde zur Löwin. Wenn Menschen ungehalten, unfreundlich oder angewidert reagierten, komplimentierte Dianne sie schnellstens hinaus. Sie hatte gedacht, dass Alan das Mädchen auf Julia vorbereitet hatte, aber offenbar war das nicht der Fall.
»Ist das …«, begann Amy.
»Meine Tochter«, sagte Dianne mit fester Stimme.
»Ihr Name ist Julia«, erklärte Alan. »Du hast neulich nach ihr gefragt.«
»Ich habe ihr Krankenblatt gesehen.« Amys Augen waren weit aufgerissen, als sie einen Schritt auf Julia zuging.
Dianne straffte die Schultern. Sie schlang die Arme um sich. Das Mädchen hatte erschrocken geklungen, doch nun breitete sich eine morbide Faszination auf ihrem Gesicht aus. Erbost trat Dianne einen Schritt vor, um sich zwischen Amy und Julia zu stellen.

»Du hast ihr Julias Krankenblatt gezeigt?«, fragte sie wütend. Alan schüttelte stumm den Kopf, als wäre ein solcher Verdacht über jede Antwort erhaben.
»Das ist Diannes Werkstatt«, sagte er zu Amy.
»Machen Sie hier die Spielhäuser?«
»Ja.«
»Hm.« Amy warf Julia einen Blick aus dem Augenwinkel zu, dann sah sie rasch zur Seite. Sie war neugierig, was das kleine Mädchen betraf. Aber sie wollte sie nicht anstarren, das gehörte sich nicht. Während sich Alan mit Julia beschäftigte, wies Dianne, um Amy abzulenken, auf das halb fertige Haus.
»Ich bin gerade dabei, diesen Teil zu tapezieren«, sagte sie und kam sich wie eine Vogelmutter vor, die einen Feind von ihrem Nest weglockt. Doch bei genauerem Hinsehen machte das Mädchen einen verletzlichen Eindruck. Sie hatte zerzauste braune Haar, bis zur Kuppe abgekaute Fingernägel und eine tiefe Sorgenfalte auf der Stirn.
»Hübsch«, sagte Amy und berührte die weißen Blumen.
»Ich mache eine Wand nach der anderen fertig, dann setze ich sie zusammen«, erklärte Dianne.
»Aha.« Amy spähte erneut zu Julia hinüber.
»Sobald das Haus zusammengebaut ist, mache ich mich an die Verzierungen. Diese hölzernen Schnörkel sind typisch für eine Bauweise, die man ›Zuckerbäcker-Stil‹ nennt. Sie werden an den Dachrinnen angebracht, und dann kommt noch ein kleiner Taubenschlag und die Rollläden hinzu. Anschließend bemale ich alles …«
»Hat sie eins in ihrem Zimmer?«
»Wer?«
»Julia.« Vorsichtig beugte sich Amy zur Seite, sodass sie an Dianne vorbeischauen konnte, bis zum anderen Ende der Werkstatt. »Hat sie ihr eigenes Spielhaus?«
»Nein«, antwortete Dianne langsam. War Amy blind?
Amy schien ihre Überraschung zu spüren, denn sie errötete. »Ich dachte, weil Sie doch Ihre Tochter ist und …«

»Da würde ihr Dianne doch bestimmt ein eigenes Spielhaus bauen«, kam ihr Alan zur Hilfe.
»Julia ist …« Dianne suchte nach den richtigen Worten, um es ihr zu erklären.
Aber Amy konnte ihre Neugierde nicht länger zügeln. Sie ging schnurstracks zu Julia hinüber und bückte sich, um sie anzusehen. Ihr Gesicht war warmherzig und freundlich.
»Gaaa«, sagte Julia.
»Hallo, kleines Mädchen«, begrüßte Amy sie und ging in die Hocke.
Dianne eilte herbei und wollte Amy wegziehen.
»Lass sie«, flüsterte Alan und hielt Diannes Handgelenk fest.
»Bist du aber hübsch. Ein hübsches kleines Mädchen.«
»Gaaa …«, sagte Julia erneut. Sie freute sich immer, Alan zu sehen, aber von Amy schien sie gebannt zu sein. Julias Hände vollführten ein seltsames Ballett, zeichneten sanft die Konturen von Amys Gesicht in der Luft nach.
»Wie alt bist du?«, fragte Amy.
Dianne wollte an Julias Stelle antworten, aber ihre Stimme versagte.
»Sie ist elf«, erklärte Alan.
»Fast so alt wie ich.« Amy nahm Julias linke Hand. Ihre Worte waren nicht an die Erwachsenen, sondern an Julia gerichtet. »Ich bin zwölf.«
»Diii«, sagte Julia. »Diii … Gaaa.«
»Das scheint sie nicht zu überraschen«, wunderte sich Dianne. »Die meisten Leute halten Julia für wesentlich jünger.«
»Amy ist noch sehr kindlich für ihr Alter. Mir kam die Idee, dass sie bei Julia babysitten könnte. Vielleicht nicht ganz alleine, aber wenn deine Mutter zu Hause ist. Damit hättest du mehr Freizeit, und ich glaube, Amy würde es auch gut tun. Deine Mutter weiß bereits Bescheid …«
»Du musst dich nicht verpflichtet fühlen, dich um uns zu kümmern, Alan …«
»Ich weiß.«

»Die hat meinem Vater gehört«, sagte Amy gerade und hielt ihr Handgelenk hoch, sodass Julia ihre Armbanduhr berühren konnte. »Sie ist zentnerschwer, aber das ist mir egal. Ich habe sie schon seit elf Jahren, und sie geht immer noch wie eine Eins. Sie war an dem Tag, als mein Vater starb, beim Juwelier zur Reparatur. Er war ein Held, er ist mit seinem Schiff untergegangen ...«

Dianne musste sich abwenden. Sie trat zum Fenster und sah in den Garten hinaus. Die hohen purpurfarbenen Schwertlilien wiegten sich im Wind. Eine Wildkatze jagte am Rande der Binsen. Am liebsten hätte Dianne laut losgeheult. Ein Meer von Gefühlen brach über ihr herein, und sie musste die Arme um sich schlingen, um ihre Fassung zu bewahren. Alan war hinter sie getreten. Dianne spürte seine Nähe, bevor er ein Wort sprach.

»Hörst du, wie sie mit Julia redet?«, fragte Dianne, während Tränen über ihre Wangen liefen.

»Ja.«

Mit dem Rücken zu ihm bedeckte Dianne ihr Gesicht und weinte lautlos. Ihr Körper bebte, und sie merkte, wie seine Finger über ihre Schulter strichen. Seine Hände waren groß, stark und fest. Sie spürte ihre Hitze durch den dünnen Stoff ihrer Bluse. Auf der anderen Seite des Raums erzählte Amy Julia von dem kleinen Hund bei ihr zu Hause und ahmte sein Bellen so gekonnt nach, dass es wie echtes Hundegebell klang.

»Julia hatte noch nie eine richtige Freundin«, flüsterte Dianne.

»Ich glaube, Amy auch nicht«, flüsterte Alan zurück.

5

Amy begann nach Schulschluss gelegentlich hereinzuschneien. In der zweiten Woche kam sie bereits jeden Nachmittag. Julia freute sich über ihre Gesellschaft, die eine wohltuende Wirkung auf sie hatte. Oft war sie so aufgewühlt, als gälte es, Dämonen in ihrem Kopf zu besiegen. Sie rang unentwegt die Hände. In Amys Gegenwart wirkte sie friedlicher, heiterer und lächelte.

Dianne ertappte sich dabei, wie sie jeden Tag gegen halb drei durch die Fliegengittertür ihrer Werkstatt nach Amy Ausschau hielt und auf ihre Schritte horchte. Amy lief so behände über das morastige Land wie ein Fohlen in der Zielgeraden und stürmte, über das ganze Gesicht strahlend, zur Tür herein. Sie war ein Wildfang, tollpatschig und chaotisch. Dianne hatte sich angewöhnt, Limonade zu machen und den Krug mitsamt Gläsern, Hafermehlkeksen und zusammengefalteten Leinenservietten auf einem Tablett bereitzustellen.

An ihrem zweiten gemeinsamen Dienstag stärkten sie sich an dem kleinen Tisch neben Julias Stuhl. Sonnenlicht fiel durch die Fenster, und die Marschen verströmten ihren warmen, salzigen Geruch. Schweigend aßen sie Kekse, und dann unterhielten sie sich ein paar Minuten miteinander, wie üblich, bevor Dianne an ihre Arbeit zurückkehrte.

»Die Gläser sind schön«, sagte Amy bewundernd – alte Saftgläser aus Emailglas mit eingebrannten kleinen Körbchen, aus denen eine Fülle von Wildblumen quoll. Jede einzelne Blüte war ein einzigartiger, mikroskopisch kleiner Pinselstrich in Scharlachrot, Kobaltblau, Kadmiumgelb oder Kreuzdorngrün.

»Sie gehörten meiner Großmutter.«

»Alle Dinge, die du hast, sind so … sorgfältig.«

»Wie meinst du das?«, fragte Dianne geschmeichelt.

»Einfach so. Bei dir hat man das Gefühl, dass sie mit Bedacht ausgesucht wurden. Dass sie wichtig sind. Schöne Gläser, echte Stoffservietten, wie du deine Haare mit Spartgras zusammenbindest …«
»Nur weil ich kein Gummiband finden konnte.«
»Hm«, sagte Amy und biss ein kleines Stück von ihrem Keks ab. Dianne hielt sich nicht für sorgfältig. Eher für sentimental. Sie mochte schöne Dinge, die an ihre Vorfahren erinnerten. Sie hatte ihre eigene Großmutter geliebt, und Tims. Dorothea McIntosh hatte in einer Flussniederung gewohnt und *ihre* Haare mit langen Grashalmen und Blumenstängeln zusammengebunden. Sie hatte einen Seekapitän geheiratet, der ihr von einer Indienreise kostbaren Schmuck und Rosenholz mitbrachte, und Dianne hielt die Ohrringe mit den Diamanten und Saphiren, die sie von ihr geerbt hatte, in Ehren.
Dianne füllte eine Tasse mit Limonade und schob Julia den Strohhalm zwischen die Lippen. Am ersten Tag hatte Amy versucht, Julia mit einem abgebissenen Stück Keks zu füttern, und Dianne hatte ihr erklärt, dass Julia daran ersticken konnte. Es gefiel ihr, dass Amy Julias Realität akzeptierte, ohne Fragen oder den Versuch, sie zu ändern, zu verbessern oder auf ihre eigene abzustimmen. Amy beugte sich vor, um mit der Serviette die Limonade abzuwischen, die von Julias Kinn tropfte.
»Danke«, sagte Dianne.
»Ist doch selbstverständlich«, erwiderte Amy errötend.
»Macht es deiner Mutter nichts aus, wenn du so oft hier bist?«
Amy schüttelte den Kopf.
»Ist sie berufstätig?«, hakte Dianne nach, um sich ein Bild zu machen, warum Amy so viele Nachmittage außer Haus verbrachte. Vielleicht kam ihre Mutter nicht vor fünf oder sechs Uhr von der Arbeit zurück, und Amy hatte keine Lust, alleine daheim zu sein.
»Nein, sie ist zu Hause.«
Danach schwiegen sie. Die Zeit, die sie miteinander verbrachten, begann ihren eigenen Rhythmus zu entwickeln. Sie taten

nichts, um den Verlauf zu beschleunigen, er nahm von alleine Gestalt an. Dianne verzichtete darauf, sich zu fragen, warum es ihr so viel bedeutet, dass ein zwölfjähriges Mädchen aus der Nachbarschaft ihre und Julias Gesellschaft suchte.
Durch Amy gelangte sie zu der Erkenntnis, wie das Leben verlaufen würde, wenn Julia gesund wäre, wie Mutter und Tochter gemeinsam ihre Tage verbringen könnten. Dianne hatte als Mutter viel zu geben. Alan hatte den Kontakt hergestellt, wofür ihm Dianne dankbar war, aber manchmal hatte sie das ungute Gefühl, ihm bereits zu viel schuldig zu sein. Und er war immer für sie da, gerade dann, wenn sie es am wenigsten erwartete.
Letzten Mittwoch war sie zur Bibliothek gefahren, um ihrer Mutter das Mittagessen zu bringen. Durch die gläserne Trennwand in Lucindas Büro hatte Dianne Alan erspäht, der sein Lauftraining hinter sich hatte und gerade die breite Treppe zum Vordereingang hinaufkam.
»Heute ist Mittwoch«, sagte Lucinda. »Er besucht mich immer an seinem freien Tag.«
»Das hatte ich ganz vergessen«, erwiderte Dianne, Julia im Arm.
»Moment, ich bin gleich wieder da.«
Ihre Mutter nahm das Handtuch, das zusammengefaltet auf ihrem Schreibtisch lag, und ging zur Ausgabetheke. Während sie Julia auf dem Schoß wiegte, beobachtete Dianne, wie die beiden sich begrüßten. Alans T-Shirt triefte, und das nasse Haar hing ihm ins Gesicht. Sie wollte gerade aufstehen, um hinauszugehen und hallo zu sagen. Das war eine gute Gelegenheit, sich dafür zu bedanken, dass er Amy zu ihnen gebracht hatte.
Lucinda forderte ihn mit einer Geste auf, um die Ausgabetheke herumzukommen und sich hinter eine Trennwand aus Korkplatten zu begeben. Von ihrem Ausguck hinter der Glaswand beobachtete Dianne, wie er sich verstohlen umschaute, um sich zu vergewissern, dass ihn niemand sah. Dann zog er das nasse T-Shirt über den Kopf. Sein Körper war muskulös. Er rieb sich

mit dem Handtuch ab, trocknete das dichte gekräuselte Haar auf der Brust.
Dianne stand wie angewurzelt da. Sie konnte sich weder rühren noch den Blick abwenden. Sie kam sich wie eine Spionin vor, ein Voyeur in der Bibliothek. Das Blut stieg ihr in den Kopf, ihr Mund war geöffnet und trocken. Alans Haut war glatt und straff über den Muskeln. In dem Moment kamen die beiden jungen Bibliothekarinnen herein, um einen Happen zu essen. Sie kicherten, und Dianne merkte, dass sie Alan ebenfalls verstohlen musterten und ein paar Worte wechselten.
Der Körper eines Kinderarztes. Sie starrte ihn an – den flachen Bauch, die schmale Linie der dunklen Haare, die im Hosenbund verschwand. Seine Oberschenkel wirkten wuchtig, der Rest seiner Beine lang und schlank. Nachdem er sich abgetrocknet hatte, zog er das nasse T-Shirt wieder an. Als sein Kopf aus dem Halsausschnitt auftauchte, trafen sich ihre Blicke.
Sie senkte den Kopf und sah starr zu Boden. Die Tür ging auf, und Lucinda betrat den Raum. Die beiden jungen Bibliothekarinnen meinten scherzhaft, sie würde Alan für sich alleine haben wollen. Lucinda konterte ebenfalls mit einer scherzhaften Bemerkung. Julia wedelte mit den Armen, um ihre Großmutter auf sich aufmerksam zu machen. Als Dianne aufblickte und ihr einfiel, dass sie sich noch nicht bei Alan bedankt hatte, war er verschwunden.

Nach der Fertigstellung des kleinen viktorianischen Spielhauses begann Dianne mit einem originalgetreuen neoklassizistischen Modell, ein Geschenk für ein kleines Mädchen in Old Lyme zum siebten Geburtstag. Es sollte einen Portikus mit ionischen Säulen bekommen. Während Julia ein Nickerchen machte, saß Amy auf einem hochbeinigen Hocker und sah Dianne bei der Arbeit zu. Stella, immer noch misstrauisch, was den Neuankömmling betraf, verzog sich auf ihren Beobachtungsposten in einem Weidenkorb hoch oben auf dem Regal und spähte hinunter.

»Was hat Stella gegen mich?«, fragte Amy. »Normalerweise mögen mich Katzen.«
»Stella ist ein verkapptes Eichhörnchen.«
»Nein, im Ernst. Warum mag sie mich nicht?«
»Sie mag dich. Sie ist nur sehr scheu.« Dianne maß die Entfernung zwischen den Säulen aus. »Ihre Mutter fiel einem Rudel Füchse zum Opfer, als sie gerade geworfen hatte, und Stella wurde von einer Eichhörnchen-Mutter hinten in unserem Hof, in einem Mauerspalt, aufgezogen.«
»Armes Ding.« Amy betrachtete die getigerte Katze, deren braunes Fell zwischen den grauen Streifen zum Vorschein kam. »Sie hat sogar Ähnlichkeit mit einem Eichhörnchen. Woher weißt du das?«
»Ich habe den Kadaver ihrer Mutter gefunden und gesehen, wie das kleine Fellknäuel in dem Mauerspalt aus- und einging. Als Stella nach ein paar Wochen zu groß wurde, hörte die Eichhörnchen-Mutter auf, sie zu säugen, und warf sie aus dem Bau. Vermutlich sah sie in ihr eine Gefahr für ihre eigenen Jungen …«
»Klar, Katzen machen normalerweise Jagd auf Eichhörnchen. Sie gehören zu ihren Beutetieren.«
»Später schon, aber anfangs war Stella noch zu jung. Also habe ich sie mit warmer Milch aus einer Puppenflasche großgezogen. Sie war winzig, nicht größer als eine Teetasse.«
»Sie war bestimmt niedlich«, sagte Amy leise.
»Und wild. Nachts strich sie durchs Haus. Einmal kam eine Fledermaus herein, und Stella jagte sie bis zum Morgengrauen. Wenn Leute da waren, suchte sie das Weite. Sie versteckte sich so gut, dass ich sie manchmal den ganzen Tag nicht finden konnte, als wäre sie unsichtbar.«
»Und wo hatte sie sich versteckt?«
»In der Schublade mit den Pullovern, unter der Steppdecke – sie legte sich ganz flach hin, sodass man keine einzige Wölbung sah. Oder sie verschwand im Kamin, im Rauchfang.«
»Und jetzt verzieht sie sich in ihren Korb.« Amy legte den Kopf

in den Nacken, um besser zu sehen. Stella beobachtete sie von ihrem Hochsitz aus. Ihre Augen hatten eine ungewöhnliche türkisgrüne Farbe.

»An dir liegt es nicht, wie du siehst.«

»Ich dachte, sie würde mich mittlerweile kennen. Nach fast einem Monat.«

»Sie miaut nicht, sondern krächzt wie ein Eichhörnchen. Morgens piepst sie. Manchmal nenne ich sie Peeper. Eine sonderbare Katze.« Dianne fand es schrecklich, dass sich irgendein Lebewesen zurückgewiesen, ausgegrenzt, ungeliebt fühlen konnte. Amy eingeschlossen. Sie kam inzwischen jeden Tag, leistete Julia Gesellschaft und unterhielt sich stundenlang mit Dianne. Als Amy zu Stella hinaufblickte, sah Dianne, wie mager und verwahrlost das Mädchen war, wie eine traurige kleine Vogelscheuche.

»Eine mutterlose Wildkatze mit der Flasche aufziehen, das würden nicht viele Leute tun«, sagte Amy und wandte sich Dianne zu. Ihre Augen waren schmerzerfüllt.

»Du schon.«

»Woher weißt du das?«

»Ich sehe es daran, wie fürsorglich du mit Julia umgehst.« Dianne räusperte sich und begann den Lockruf der Eichhörnchen nachzuahmen. »Ih-ih. Ih-ih.«

Die Katze spitzte die Ohren. Julia wachte auf, verdrehte die Augen und richtete sie auf Stellas Versteck. Dianne wiederholte den Lockruf. Amy saß mucksmäuschenstill da. Julias Hände bewegten sich hin und her, als dirigierte sie ein Phantasieorchester. Vorsichtig glitt Stella aus ihrem Korb und kam argwöhnisch vom Regal herunter.

Es war ein Spiel, das Dianne oft mit ihrer Katze spielte. Stella konnte spielen, Julia nicht. Amy verfolgte das Geschehen mit offenem Mund.

Die Nachmittagssonne tauchte den Raum in Licht, und Dianne neigte den Arm, um die Strahlen im Glas ihrer Uhr einzufangen. Sie warf sie auf die weiße Wand, zog die helle, flache

Scheibe des reflektierten Lichts an der Fußbodenleiste entlang, als sollte sie kielgeholt werden. Stella begann ihr nachzujagen und gab dabei ihre Ih-ih-Laute von sich.

»Sie glaubt, ihre Beute sei lebendig. Sie möchte sie fangen!«, rief Amy.

»Versuch du es mal mit der Timex-Uhr deines Vaters.«

»Okay«, erwiderte Amy, und Julia seufzte.

Amy probierte es so lange, bis sie den Bogen heraushatte und den winzigen Mond über den Fußboden gleiten ließ, während Stella bei ihrer spannenden Verfolgungsjagd pausenlos schnatterte.

»Pass auf, Amy, die Katze ist völlig außer Rand und Band«, sagte Dianne lachend.

Julias Hände bewegten sich hastig. Sie verfolgte das Geschehen mit Blicken, und als es Amy gelang, den winzigen Mond auf die Ablage von Julias Stuhl zu lenken und Stella auf ihren Schoß sprang, jubelte Amy, überrascht und begeistert.

»Stella bedeutet Stern«, sage Dianne. »Ich habe sie so genannt, weil ich sie, gleich nachdem ich sie ins Haus geholt hatte, eines Nachts auf dem Fensterbrett fand, wo sie saß und den Sternenhimmel betrachtete. Ihr Blick ist immer auf dieselbe Konstellation gerichtet.«

»Welche?«

»Orion.«

»Stellas Geschichte gefällt mir.«

Dianne nickte. Während Julia und Amy die Katze streichelten, bemühte sie sich, keine allzu große Trauer über Amys Bemerkung aufkommen zu lassen. Sie hatte schon immer eine Vorliebe für das Außergewöhnliche gehabt, das andere wenig liebenswert fanden. Sie kannte die Bedeutung, die Spiel, Fantasie und Symbole besaßen. Jede Mutter träumte davon zu sehen, wie ihr Kind wuchs und sich entfaltete, und wünschte sich, ihm auf seinem Weg durchs Leben zu helfen. Diannes Katze bot ihr dazu mehr Gelegenheit als ihre Tochter.

Sie überließ die Mädchen sich selbst und ging schweigend zu

ihrer Werkbank hinüber, zurück zu den Säulen. Sie liebte ionische Kapitelle, die Schnörkelverzierungen erinnerten sie an das Gehäuse von Meeresschnecken. Die Stimmen der Mädchen drangen zu ihr herüber. Sie waren leise und harmonisch, und die Katze zu ihren Füßen zirpte und piepste.

Während Dianne lauschte, dachte sie: Dieses Leben hätte ich niemals aus freien Stücken gewählt. Sie liebte Gespräche, Geschichten, den Gedankenaustausch über die Geheimnisse des Lebens. Doch ihr Kind, ihr Ein und Alles, ihr Lichtblick im freudlosen Alltag, war unfähig, auch nur einen klaren Gedanken zu fassen. In ihren Augen entdeckte sie nichts als Leere, als ob Julias Blick ausschließlich nach innen gerichtet wäre, in die verborgenen Winkel ihrer Seele, oder auf gar nichts. Dianne redete sich ein, dass Julia fähig war, mit wenn auch unverständlichen Worten und Gesten zu kommunizieren, und manchmal gelang es ihr besser als anderen, ihre mütterlichen Lügen aufzudecken.

Im Laufe der Jahre war Dianne dazu übergegangen, mit ihrer Katze zu sprechen, was sie exzentrisch fand. Und nun machte sie mangels Kommunikation mit ihrer eigenen Tochter einer anderen Frau das Kind abspenstig. Um den größten Schmerz in ihrem Leben zu vermeiden, pflegte sie sich vorzustellen, dass Julia ihre Umgebung bewusst wahrnahm, dass sie mehr war als eine zerbrochene menschliche Hülle.

Viel mehr, Julia. Viel mehr, Liebes.

Dianne warf einen flüchtigen Blick zu den beiden hinüber. Die Mädchen unterhielten sich prächtig. Amy ahmte die Katze nach, und Julia verlieh ihrer Freude mit komplizierten Bewegungen ihrer Arme Ausdruck. Dianne beugte sich über ihre Arbeit und brachte die Säulen in die richtige Position.

»Schimpft deine Mutter nicht, weil du so selten zu Hause bist?«, rief sie Amy zu.

»Nein!«

Amy sprach selten von ihrer Familie, aber Alan hatte angedeutet, dass bei den Brooks nicht alles zum Besten stehe. Dianne hatte großen Respekt vor allen Frauen, die Kinder aufzogen, wie unvollkommen auch immer, und sie holte tief Luft, um sich diese Tatsache ins Gedächtnis zu rufen.

»Hast du vielleicht eine Idee, womit wir meiner Mutter eine Freude machen könnten, um ihren Eintritt in den Ruhestand zu feiern?«, fragte Dianne, das Thema wechselnd, da sie merkte, dass sie einen wunden Punkt getroffen hatte. Amy war noch nicht bereit, mit Dianne offen über ihre häuslichen Verhältnisse zu sprechen.

»Wie wär's mit einer Überraschungsparty?«

»Sie hat gesagt, wenn wir ihr das antun, bringt sie uns um.«

»Die Mutter von meiner Freundin Amber hat ihre Eltern zur goldenen Hochzeit auf eine Kreuzfahrt mitgenommen.«

»Eine Kreuzfahrt, hm ...«

»Dianne, Julia ist nass.«

»Moment, ich komme sofort.«

Das Spiel war zu Ende, und Stella flitzte in ihren Korb zurück. Dianne ging ins Bad, um eine frische Windel zu holen. Bei Amys erstem Besuch hatte Dianne Julia hinter dem Wandschirm aus Reispapier gewickelt. Über dieses Stadium waren sie inzwischen hinaus. Julia war elf. Im Ferienlager, nach dem Sportunterricht oder wenn sie bei einer Freundin übernachtet hätte, hätten andere Mädchen sie auch nackt gesehen. Amy war Julias Freundin, ihre beste Freundin.

»Hier, der Puder«, sagte Amy.

»Danke.«

»Ich mag Babypuder«, erzählte Amy. »Er riecht besser als Parfum. Ich benutze welchen, wenn ich zur Schule gehe.«

»Laaa«, sagte Julia.

»Ich denke immer, mit ›la‹ sind Blumen gemeint.«

»Was denn sonst!«, erwiderte Amy ernst, als wäre sie eingeweiht in Julias Sprache, könnte sie besser verstehen und übersetzen als Dianne selbst.

Dianne schwieg und wünschte sich, Julia würde weitere Kostproben ihrer Sprache geben. Aber sie blieb stumm.

»La, Julia«, sagte Amy. »Ringelblume, Gänseblümchen und Rose.«
Julia blinzelte und rollte den Kopf von einer Seite zur anderen. Dianne lauschte und beobachtete, wie Julia mit ihrer Freundin spielte; sie war froh, dass sie Amy Stellas Geschichte erzählt hatte. Vielleicht würde sie ihr eines Tages auch die andere Geschichte erzählen, die von Julia.

Es hatte mit den McIntosh-Brüdern angefangen.
Dianne hatte ein Leben lang von der großen Liebe geträumt. Ihre Eltern waren das beste Beispiel, sie liebten einander und ihre Tochter mehr als alles auf der Welt. Sie hatte von Kindesbeinen an den Wunsch gehabt, später einmal eine ebenso gute Ehe zu führen, dem Mann fürs Leben zu begegnen. Diannes Mutter war im Waisenhaus aufgewachsen und hatte stets gesagt, Emmett habe sie gerettet. Dianne war ein Spätzünder und wohnte auch dann noch bei ihren Eltern, als alle anderen Mädchen in ihrem Altern längst flügge waren. Vielleicht ahnte sie, wie harsch die Welt sein kann, und sammelte Kräfte, um für den Schritt ins Leben gerüstet zu sein.
Sie trat in die Fußstapfen ihres Vaters und erlernte das Zimmermannshandwerk. Er hatte seine kleine Tochter vor langer Zeit mit einem selbst gemachten Spielhaus überrascht, und Dianne beschloss, ein solches Spielhaus als Geburtstagsgeschenk für die Tochter einer Sandkastenfreundin zu bauen. Als Vorlage diente ihr das weiße Herrenhaus unten am Hafen, das sie oft betrachtet und sich dabei vorgestellt hatte, es eines Tages mit ihrer eigenen Familie zu bewohnen. Jede Mutter, die ihre originalgetreue Nachbildung zu Gesicht bekam, wünschte sich ein Spielhaus für ihr eigenes Kind.
Alan hatte sich gerade als Kinderarzt in Hawthorne niedergelassen und Diannes Vater mit dem Bau von Regalen für seine Räume beauftragt. Er war jung, hatte die Praxis erst vor kurzem übernommen, und Emmett hielt große Stücke auf ihn. Er hatte ihm vorgeschlagen, ein Spielhaus von Dianne im Wartezimmer

aufzustellen. Dianne hatte dem Ärztehaus einen Besuch abgestattet, um sich vor Ort ein Bild zu machen, und Alan war aus seinem Sprechzimmer gekommen, um sie zu begrüßen.
»Ihr Vater hat erstklassige Arbeit geleistet«, sagte er. »Vielleicht könnten Sie auch Ihr Scherflein zur Verschönerung meiner Praxis beitragen.«
»Ich bin bei ihm in die Lehre gegangen«, erwiderte Dianne befangen. »Er ist der beste in seinem Metier.«
»Ich werde der einzige Arzt in der Stadt mit einem Robbins-Spielhaus sein. Die Kinder werden sich darum reißen, in meine Sprechstunde zu kommen. Das ist ein nicht zu verachtender Wettbewerbsvorteil.« Seine Worte klangen scherzhaft, aber sie hörte heraus, dass er es teilweise ernst meinte und verunsichert war. Er war groß und schlank, nur wenig älter als Dianne. Die hellbraunen Haare fielen ihm immer wieder in die Augen.
»Sind Sie aus der Gegend?«, erkundigte sich Dianne.
»Aus Cape Cod.«
»Und Sie haben sich in den Kopf gesetzt, sich in Hawthorne als Arzt niederzulassen?«
Er nickte. »Ich war Assistenzarzt in New Haven und habe die Praxis übernommen, als Dr. Morrison in den Ruhestand ging.«
»Vermissen Sie Cape Cod nicht?«
»Manchmal schon, aber es ist ja nicht aus der Welt.«
»Lebt Ihre Familie dort?«, fragte Dianne, die sich vorstellen konnte, wie sehr ihre Eltern ihr fehlen würden, wenn sie jemals wegziehen müsste.
Er schüttelte den Kopf. »Meine Eltern sind tot. Mein Bruder ist Hummerfänger, er arbeitet dieses Jahr vor der Küste von Block Island. Die Hälfte der Zeit liegt er hier vor Anker.«
»Das ist gut.«
»Mir gefällt das Krankenhaus in Hawthorne. Die Stadt wächst, und die Landschaft ist herrlich. Aber hier Fuß zu fassen ...«
»Mein Vater behauptet, dass es eine Ewigkeit dauert, bis Hawthorne Neuankömmlinge akzeptiert.« Obwohl Dianne Zimmermann und er Arzt war, hatte sie das Gefühl, dass sie

offen mit ihm über solche Dinge reden konnte. »Ich hatte die gleichen Startschwierigkeiten mit meiner Werkstatt, und dabei bin ich hier geboren und aufgewachsen.«
»Die Patienten werden schon kommen.«
»Bestimmt«, erwiderte Dianne und musterte ihn.
Wenn sie ein Kind hätte, würde sie es von ihm behandeln lassen. Er wirkte sanft und zuversichtlich, was seine berufliche Zukunft betraf, und schien zu wissen, dass er ein guter Arzt war und die Bewohner von Hawthorne ihre Kinder zu ihm bringen würden.
»Machen Sie sich keine Sorgen. Ich werde Ihnen das schönste Spielhaus weit und breit bauen.« Sie hatte keine Ahnung, warum, aber dieses Versprechen war für sie unglaublich wichtig. Nach ihrer Rückkehr blätterte sie in Architekturbüchern und Zeitschriften, auf der Suche nach dem richtigen Modell und originellen Einzelheiten. Kinder liebten diese Details, zum Beispiel Türklopfer in Form von Seepferdchen, Rollläden, die sich herunterziehen ließen, und Briefkästen, in die sie Post hineinlegen konnte.
Wenige Wochen später hatte ihre Mutter sie eines Abends ans Telefon gerufen und gesagt, ein Dr. McIntosh sei am Apparat. Sie hatte gedacht, er wolle sich nach dem Stand der Arbeit erkundigen, aber er hatte sie zum Essen eingeladen. Dianne hatte schweigend den Hörer ans Ohr gehalten. Für einen Arzt zu arbeiten war eine Sache, aber mit ihm auszugehen stand auf einem ganz anderen Blatt. Worüber konnten sie sich unterhalten? Was würde er denken, wenn er erfuhr, das sie vorzeitig das Connecticut College verlassen hatte?
»Hm. Ja, in Ordnung«, hörte sie sich antworten.
Samstagabend, hatte er gesagt. Und das Rosecroft Inn vorgeschlagen.
Dianne gefiel das Restaurant, und sie genoss den Abend. Sie saßen im Grillroom, tranken Champagner, und die Perlen prickelten auf ihrer Oberlippe. Es war eine romantische Nacht. Auf dem Tisch stand eine einzelne pinkfarbene Rose, ein Feuer

brannte im offenen Kamin, und die Kerzen flackerten im schummrigen Raum.
Alan war attraktiv und aufmerksam. Er interessierte sich für ihren Werdegang und wunderte sich, dass sie ihr ganzes Leben in Hawthorne verbracht hatte. Es überraschte ihn offenbar nicht, dass sie dem College wenig abgewinnen konnte, weil sie unbedingt den Beruf ihres Vaters ergreifen wollte. Er erzählte ihr von seinem Bruder Neil, dessen Tod ihn veranlasst hatte, Arzt zu werden. Und von seinem Bruder Tim, dem ungebändigten Hummerfänger, der sich an der Ostküste herumtrieb und nur dann in den heimatlichen Hafen einlief, wenn es sich nicht vermeiden ließ.
Neugierig, wie zwei Brüder so grundverschieden sein konnten, hatte Dianne mehr hören wollen. Sie unterhielten sich so angeregt, dass der Ober vier Mal an ihren Tisch kommen musste, bevor sie so weit waren, die Bestellung aufzugeben. Erst da wurde ihr bewusst, dass sie die Speisekarte kaum eines Blickes gewürdigt hatte. Sie bestellte Kalbsbries, ein Gericht, das sie nicht kannte.
Sie erzählte ihm auf seine Bitte hin ihre Lieblingserinnerungen und erkundigte sich nach seinem Lieblingstraum. Er wollte wissen, ob sie Haustiere gehabt habe und wie sie zu ihren Namen gekommen sei. Sie fragte ihn, ob er an Gott und den Himmel glaube.
Der Abend war etwas ganz Besonders. Die Männer, mit denen sie bisher ausgegangen war, stammten überwiegend aus Hawthorne. Mit vielen hatte sie gemeinsam die Schulbank gedrückt, sie kannten sich von Kindesbeinen an. In den beiden Stunden, die sie mit Alan verbrachte, wurde ihr klar, dass sie bei den anderen etwas vermisst hatte. Es war unvorstellbar, aber es machte ihr sogar Spaß, diesem Mann von dem Scotchterrier zu erzählen, den sie zum vierten Geburtstag geschenkt bekommen hatte.
Er hatte Schultern wie ein Footballspieler, breit und wuchtig, doch er bewegte sich mit einer Geschmeidigkeit, die sie unge-

mein sinnlich fand. Er bestellte Austern und gab Dianne eine zum Kosten, ihr die Schale an die Lippen haltend. Seine braunen Haare waren zerzaust und reif für einen Haarschnitt. Wenn er über seinen Beruf redete, hörte sie Leidenschaft in seiner Stimme. Er war nicht Arzt geworden, weil ihn das Geld oder Prestige reizte. Für ihn zählte allein die Berufung, Menschen zu helfen.

Als er sie an jenem Abend heimfuhr, streckte er den Arm zu ihr herüber und ergriff ihre Hand. Vor ihrem Haus küsste er sie lange und leidenschaftlich. An seine Brust geschmiegt, spürte sie, wie das Blut in ihren Ohren rauschte und ihre Knie weich wurden, als er seine langen, sehnigen Finger in ihren Haaren vergrub. Sein Körper war stark und gestählt wie der eines Arbeiters, doch ohne Schwielen an den Händen. Was hatte sie erwartet? Er war schließlich Arzt.

Eine Woche ging vorbei, in der sie am Spielhaus arbeitete. Sie hoffte, es möge ihm so gut gefallen, dass er sich wieder mit einem Abendessen revanchierte. Er meldete sich, von seiner Praxis total in Anspruch genommen, nur einmal, als sie gerade nicht zu Hause war. Sie rief zurück, aber er war in der Klinik.

Dann kam der Tag, an dem die Lieferung vereinbart war.

Das Spielhaus war fertig. Es stand in der Werkstatt, und Dianne und ihr Vater hatten geplant, es in seinem Lieferwagen in die Praxis zu bringen. Doch dann hatte Alan angerufen und gesagt, sein Bruder Tim sei gerade in der Stadt. Er liege mit seinem Boot am Hummerdock vor Anker und habe angeboten, das Spielhaus abzuholen.

Dianne war gerade dabei, das Spielhaus zum Schutz während des Transports in mehrere Lagen Rohbaumwolle einzuwickeln, als Tim McIntosh die Werkstatt betrat. Er war genauso groß wie Alan, aber blonder, und er hatte sein ganzes Leben unter freiem Himmel in der Sonne verbracht, was man an den feinen Fältchen in seinem Gesicht sah. Er trug ein kariertes Hemd mit aufgerollten Ärmeln, die seine muskulösen Unterarme entblößten, und hatte einen abgebrochenen Schneidezahn. Sein Blick war genauso wach wie Alans, aber gehetzt, als stünde das Ende der Welt bevor.

»Halt, lassen Sie mich das machen«, sagte er statt einer Begrüßung und nahm Dianne den Baumwollballen aus der Hand.

»Nein danke, ich …«

Ihren Einwand nicht beachtend, hielt er den Ballen fest und verpackte das Haus, als hätte er sein Lebtag nichts anderes getan. Wortlos und ohne ein Lächeln blickte er sie von der anderen Seite des Spielhauses mit dem Giebeldach an. Dianne spürte, wie ihr ein Schauer den Rücken hinunterlief, bis zu den Zehenspitzen. Sie fragte sich, wie er wohl zu seinem abgebrochenen Zahn oder zu der Narbe über seiner rechten Augenbraue gekommen war.

»Woran denken Sie?«, fragte Tim.

»Ich?«, erwiderte sie verlegen, weil er sie gerade dabei ertappt hatte, wie sie ihn unverhohlen musterte. »An nichts.«

»Das stimmt nicht.«

»Dann sagen Sie mir doch, woran ich denke.«

»Sie möchten eine Bootsfahrt mit mir machen.«

»Bestimmt nicht. Wenn überhaupt, habe ich gedacht, dass Sie geschickt sind. Beim Verpacken.«

»Ist das Ihre normale Arbeitskleidung?«

In der Hoffnung, dass Alan und sie nach der Lieferung essen gehen würden, hatte Dianne ein Kleid angezogen. Es war blauweiß gestreift, mit einem weißen Kragen, der ihr plötzlich zu groß vorkam. Sie fühlte sich so unbehaglich, dass ihr der Schweiß den Rücken hinablief. Es war ihr nicht möglich, den Blick von Tims Gesicht abzuwenden, der nun breit grinste. Sie sah wie ein Schulmädchen aus und fragte sich, was er wohl von ihr denken mochte, wenn er erfuhr, dass sie noch bei ihren Eltern wohnte.

»Alle Achtung! Das will was heißen für eine Frau, ein solches Haus ganz alleine zu bauen. Sagen Sie die Wahrheit – hat Ihr Vater Ihnen dabei geholfen? Weil Sie, um ehrlich zu sein, nicht aussehen, als wären Sie der Typ, der einen Hammer schwingt.«

»Bin ich aber.«
»Ich weiß, was körperliche Arbeit ist. Deshalb hatte ich nicht erwartet, dass eine Frau, die so hübsch ist wie Sie …« Er lächelte, wobei der abgebrochene Zahn sichtbar wurde.
»Ich liebe meinen Beruf.«
»Ich auch. Eine Frau ganz nach meinem Geschmack, wie ich sehe.«
Mit seinen ausgebleichten Haaren und den Fältchen um die blauen Augen war er der Inbegriff des Fischers. Er wirkte verwegen und auf düstere Weise attraktiv; sein funkelnder Blick bestärkte Dianne in dem Verdacht, dass er ein dunkles Geheimnis mit sich herumtrug. Er strotzte vor Vitalität, und sie stellte sich vor, wie er an Deck stand und nach den Sternen navigierte. Als er ihr die Hand reichte, um sie mit einiger Verspätung zu begrüßen, spürte sie, wie sie erbebte.
»Tim McIntosh. Freut mich, Sie kennen zu lernen.«
»Dianne Robbins«, erwiderte sie und blickte auf seine kräftige, schwielige Hand.
»Also, was ist mit unserer Bootsfahrt?«
»Ihr Bruder wartet auf uns.«
»Er kann ja mitkommen.«
»Hören Sie auf.« Sie lachte. »Wir müssen das Spielhaus in die Praxis schaffen.«
»Eine Insel. Dort werde ich Sie mit meinem Boot hinbringen. Irgendeine, die zu den Bahamas gehört. Wir werden Bonitos angeln und am Strand schlafen. Mögen Sie das Rascheln der Palmen im Wind?«
»Habe ich noch nie gehört.«
»Dann wird es aber Zeit«, sagte Tim McIntosh mit flammenden Augen.
»Nein, ich …«, begann Dianne, unfähig, ihren Blick von Tim zu lösen. Er hielt noch immer ihre Hand, als würde er sie seit Jahren kennen oder hätte vor, sie auf der Stelle zu einem romantischen Sonnenuntergang am Strand zu entführen. Sie entzog sich ihm, überzeugte ihn, dass Alan wartete und sie

das Spielhaus – wie versprochen – in seiner Praxis abliefern mussten.
»Wie Sie wollen.« Er legte den Arm um ihre Taille. »Sie lieben ihn doch nicht, oder?«
»Wir sind nur einmal miteinander ausgegangen«, antwortete Dianne mit brüchiger Stimme.
»Gut.«
»Warum sagen Sie das?« Sie spürte seine Hand auf ihrem Rücken. Ihre Gesichter waren sich nahe, und sie kannte die Antwort bereits. Er war ein Draufgänger mit einem Boot, einem abgebrochenen Schneidezahn und einem dunklen Geheimnis. Ihr Herz klopfte zum Zerspringen, und ihr Widerstand schmolz dahin. Sein Anblick genügte, um sie nervös zu machen und das Bedürfnis zu wecken, laut zu lachen.
»Weil wir eine Bootsfahrt unternehmen werden, und wenn alles so läuft, wie ich es mir vorstelle, werde ich Sie fragen, ob Sie mich heiraten wollen. Was würden Sie dazu sagen?«
»Ich würde sagen, Sie sind verrückt«, keuchte Dianne, als er mit seinen rauen Fingerspitzen zärtlich ihr Gesicht berührte. In diesem Moment wusste sie, dass Alan der Vergangenheit angehörte und es kein Zurück mehr gab.
Das Verrückte war, dass Tim McIntosh ihr tatsächlich einen Monat später einen Heiratsantrag machte – auf dem Bootsdeck, im Frühling, während über ihnen die Sterne funkelten, die sich neu formiert hatten.
»Ich brauche dich«, sagte er.
»Wir kennen uns doch kaum.«
»Das finde ich nicht. Ich habe das Gefühl, als ob ich dich schon ein Leben lang kennen würde. Heirate mich, Dianne.«
»Dich heiraten …«
»Du würdest dich mit mir nicht eine Sekunde langweilen.«
»Tim!« Sie lachte. Ein seltsamer Grund, vor den Traualtar zu treten.
»Ich bin nicht wie Alan«, fuhr er fort. »Bei ihm hättest du ein leichtes Leben. Er ist höllisch solide.« Aus seinem Mund klang

das, als wäre es gleichbedeutend mit langweilig. »Du müsstest ihn nie zwei Mal bitten, den Rasen zu mähen. Der perfekte Ehemann, immer und überall. Bei mir …« Er presste sich an sie. »Bei mir hättest du keinen Rasen.«

»Nein?«

»Nur das da.« Mit einer ausladenden Geste deutete er das Meer und die Wellen mit den silbernen Schaumkronen, die sich bis zum Horizont erstreckten. »Das kann ich dir bieten.«

»Also nur das Meer«, erwiderte sie lachend.

»Heirate mich!«, sagte er noch einmal.

Dianne hatte plötzlich das seltsame Gefühl, als wolle Tim seinem Bruder eins auswischen und sie sei die Trophäe, die es zu erringen galt. Doch sie war befangen und wagte nicht, ihrem Instinkt zu vertrauen. Alan war ein erfolgreicher Arzt, Tim ein gut aussehender Fischer. Sie konnten jede Frau haben, die sie wollten. Warum sollten die beiden um sie kämpfen?

Manche Mädchen sind unsicher, sich ihrer Wirkung auf Männer nicht bewusst. Sie hatte sich nur ein einziges Mal mit Alan getroffen, aber Tim schien die Sache ernster zu nehmen als sie. Wenn Alan so interessiert an ihr war, warum hatte er sie dann nicht gefragt, ob sie wieder mit ihm ausgehen wolle? An jenem Abend im Rosecroft Inn hatte sie sich wunderbar mit ihm unterhalten. Alan war grundsolide, aufrichtig und zielstrebig.

Tim war völlig anders. Er zitterte, wenn er sie in den Armen hielt. Er sagte mindestens genauso oft »Ich brauche dich« wie »Ich liebe dich«. Er hatte ihr erzählt, dass er die Uhrzeit an den Gezeiten ablesen könne, was sie unglaublich romantisch fand. Als er zum ersten Mal zu spät zu einer Verabredung kam, gab er einer nach Osten driftenden Strömung die Schuld. Dann nahm er sie in die Arme und gestand ihr, dass er, als kein Land mehr in Sicht gewesen sei, befürchtet habe zu ertrinken, ohne sie wiederzusehen.

Er sagte, Dianne sei alles, was er sich vom Leben erhoffe.

Er rief sie zwei Mal am Tag über Funk an. Wenn er in Lands-

downe Shoal vor Anker lag, schrieb er ›Dianne‹ in Morsezeichen mit einer Leuchtpistole an den Himmel. Er legte die besten Hummer, die er fing, für sie beiseite und bereitete daraus eine köstliche Mahlzeit zu. Sie tranken jeden Abend Wein.
Sie schliefen miteinander. Er hielt sie so sanft, dass seine Arme vor Anstrengung zitterten, flüsterte immer wieder ihren Namen. Sie lagen in der Koje seines Bootes, in Wolldecken gewickelt, und spürten das Auf und Ab des Meeres. In solchen Stunden waren seine Augen ernst und bedrückt. Er blickte sie an, als wollte er sich jede Einzelheit ihres Gesichts einprägen.
»Verlass mich nicht«, flüsterte er.
»Niemals.«
»Ich könnte es nicht ertragen, dich zu verlieren. Was zwischen uns ist, muss für immer sein.«
»Wie kommst du auf die Idee, dass es anders sein könnte?«, fragte sie bestürzt. Sie ging das gleiche Risiko ein, sie hatte sich ausgeliefert, in dem Glauben, dass sie zusammengehörten, dass er zu seinem Wort stehen und sie bis ans Ende aller Tage lieben würde.
»Gefühle können sich ändern.«
»Nicht bei uns«, beteuerte sie.
»Bei meinen Eltern schon.« In jener Nacht erzählte er ihr aus seiner Warte, was seiner Familie widerfahren war. Seine Eltern kannten sich von Kindesbeinen an, eine Jugendliebe, wie sie im Buche stand. Mit zwanzig hatten sie geheiratet und drei Söhne bekommen. Das Leben war harmonisch verlaufen. Die Brüder waren mit dem Boot aufs Meer gefahren, hatten miteinander gefischt, hatten Krebse gefangen, waren im Meer geschwommen. Ihre Mutter hatte ihnen Proviant eingepackt. Und dann war Neil krank geworden.
Die Familie zerbrach. Seine Mutter, nahe daran, den Verstand zu verlieren, hatte vor Kummer, ihren Sohn sterben zu sehen, Trost im Alkohol gesucht. Unfähig, ihr zu helfen, war sein Vater immer häufiger auf See geblieben. Alan hatte sich in seine Bücher vertieft, und Tim war fischen gegangen. Und Neil siechte

dahin. Alan hatte ihr die Geschichte bereits erzählt, aber es fiel ihr auch beim zweiten Mal nicht leichter, sie zu hören.
»Es tut mir so Leid«, flüsterte Dianne.
»Nie wieder wird mich jemand verlassen. Nie wieder.«
»Gegen das Schicksal ist man machtlos. Du kannst es nicht beeinflussen, auch wenn du noch so gerne möchtest.«
Tim löste sich von ihr, seine Augen waren dunkel und rastlos. Er sah sie forschend an, sich die Tränen von den Wangen wischend.
»Ich muss«, sagte er, »weil ich das nicht noch einmal erleben will.«
»Einen Menschen zu verlieren, den man liebt, ist schrecklich. Aber schau dir Alan an. Bei ihm hat der Tod eures Bruders letztlich etwas Positives bewirkt, nämlich die Erkenntnis, dass er zum Arzt berufen ist.«
Tim stöhnte.
»Tim!«
»Tut mir Leid.« Er zitterte. »Ich finde, dass es an Neils Tod nichts Positives gibt. Und hör auf, mir zu erzählen, was für ein guter Mensch Alan ist, was für ein großartiger, angesehener Arzt. Er hatte seine Chance bei dir …« Er verstummte.
»Ich liebe dich und nicht Alan!« Dianne strich ihm das Haar aus der Stirn. Sein Gesichtsausdruck machte ihr Angst.
»Noch nie ist eine Frau zwischen uns gestanden.«
»Ich möchte nicht zwischen euch stehen.«
»Dann beweise mir, dass du auf meiner Seite bist.«
»Das bin ich doch«, erwiderte sie verwirrt.
»Ich habe noch nie ein Mädchen geliebt.«
»Nie?«, fragte Dianne erstaunt. Er war viel zu attraktiv, zu ungestüm und zu scharmant, um wie ein Mönch gelebt zu haben. Er tischte ihr unverfroren eine Lüge auf, und sie wusste es.
»Es gab natürlich das eine oder andere Mädchen, aber geliebt habe ich keines«, sagte er, küsste ihre Stirn und strich ihr über das Haar. »Bis ich dich kennen gelernt habe.«
»Man soll nicht nur in guten, sondern auch in schlechten Zeiten

zusammenhalten«, erklärte Dianne mit zitternder Stimme. Sie hatte Glück in ihrem Leben, war in einer liebevollen Familie aufgewachsen, verschont von lebensbedrohlichen Krankheiten. Aus irgendeinem Grund dachte sie plötzlich an Alan, der nach ihren schönsten Erinnerungen und ihren Haustieren gefragt hatte, der ihr aus seinem Leben erzählt hatte, und sie schluckte.

»Du glaubst, das schaffen wir?«, sagte Tim und umschloss ihr Gesicht mit seinen Händen.

»Ich weiß es.«

»Wir gehören zusammen. Jetzt und immerdar«, schwor er.

Und Dianne glaubte ihm. Er brauchte sie. Das Leben hatte ihm schlimme Wunden zugefügt, hatte Narben hinterlassen, und Dianne wollte alles tun, was in ihrer Macht stand, um ihn zu heilen. Sie würde ihm ein Zuhause schaffen, in dem er sich wohl fühlte: *Trautes Heim, Glück allein*, das sollte ihr Motto sein. Das große Glück, das gab es wirklich. Und die wahre Liebe. Sie und Tim würden viele Kinder bekommen. Und sie würden sich lieben, in guten wie in schlechten Tagen.

Sie würde immer auf Tims Seite stehen und versuchen, die Rivalität mit Alan zu mildern, damit die McIntosh-Brüder in Kontakt blieben.

Sie und Tim würden sich niemals trennen.

Sie hatten es gelobt.

Seit dem Tag auf den Stufen der Widener-Bibliothek hatte Alan nicht mehr das Bedürfnis verspürt, Tim den Hals umzudrehen. Doch als Tim ihm mitteilte, dass er Dianne heiraten wolle, erwachten die alten aufgestauten Gefühle wieder zum Leben. Tim bat ihn, sein Trauzeuge zu sein, weil sie es sich beide wünschten. Eiskalte Wut stieg in Alan hoch.

»Also, was sagst du? Oder hast du vor, mich noch eine Weile auf die Folter zu spannen?«

»Du hast gefragt, ob sie deine Frau werden will, und sie hat einfach Ja gesagt?«

»Nein. Wir wollen nur zum Spaß vor den Traualtar treten. Was ist los mit dir?«, erwiderte Tim, der Augen im Kopf hatte.
»Nichts.« Alan spürte, wie sein Blut in Wallung geriet.
»Ach komm, ich kenn dich doch.« Tim atmete so schnell, als stünde er an Deck seines Bootes im eisigen Nordwind. Er begann in Alans Praxis auf und ab zu marschieren.
»Ist das nicht ein bisschen voreilig? Ich meine, du kennst sie doch kaum.«
»Sag mal, das fragst du doch nicht, weil du früher ein Auge auf sie geworfen hattest? Ich hatte den Eindruck, dass nichts zwischen euch war. Berichtige mich, falls ich mich irre, aber ich dachte, ihr wärt nur ein einziges Mal miteinander ausgegangen.«
»Ja. Ein einziges Mal.«
»Also, wo liegt das Problem?«
Das Problem war, dass Alan nicht schnell genug reagiert hatte. Die Welt konnte sich im Verlauf eines einzigen Abends ändern, und als er Dianne begegnet war, hatte er gewusst, dass sie die Frau fürs Leben war. Er hatte das Gefühl, dass sie füreinander bestimmt waren, und als er ihr in die Augen geblickt und sie zum Abschied geküsst hatte, hätte er schwören mögen, dass sie das Gleiche empfand. Doch danach hatten sie sich nicht mehr gesehen. Er hatte häufig bis spät in die Nacht im Krankenhaus gearbeitet, hatte Dianne zur falschen Zeit angerufen und die Chance verpasst zu ergründen, ob dieser Gleichklang echt oder nur ein Wunschtraum war.
»Jetzt sag schon, wo liegt das Problem?«, hakte Tim nach.
»Du willst sie heiraten und einen Hausstand gründen?«
»Ja.«
»Einen Hausstand? Mit allem Drum und Dran?«, sagte Alan grinsend und mit ungläubigem Gesichtsausdruck, damit Tim nicht merkte, dass die Eifersucht an ihm fraß.
»So gut ich kann. Sie weiß, dass ich ein Boot habe, Hummer fange und lange auf See bin. Es stört sie nicht.«
»Sie hat dich in den letzten zehn Jahren nicht kommen und gehen sehen.«

»He, du hattest deine Chance! Du hättest Ozeanograf werden können. Dass du jetzt an deine Arztpraxis gebunden bist, hast du dir selbst zuzuschreiben.«
»Ich weiß.«
»Dianne hat kein Problem mit meiner Arbeit.« Tim grinste, wobei sein abgebrochener Zahn sichtbar wurde. Als er vor sechs Jahren im Winter versucht hatte, bei hohem Seegang die vollen Hummerkörbe an Deck zu ziehen, hatte ihn der Handgriff der Kurbel ins Gesicht getroffen. Alan hatte nicht verstanden, dass Tim sich geweigert hatte, sich den Zahn überkronen zu lassen. Offenbar schien er zu seiner Rolle zu passen, ein wichtiges Requisit zu sein.
»Sie mag wohl den Typ raubeiniger Hummerfänger, der sich nicht an die Kandare nehmen lässt«, sagte Alan.
»Ja, scheint so.«
»Den Abtrünnigen der Meere, der hin und wieder zu seiner Frau nach Hause kommt.«
»He!«, sagte Tim, als er den sarkastischen Ton bemerkte.
»Ich hoffe, dass es ihr auch gefällt, wenn du *nicht* nach Hause kommst. Wenn du beschließt, statt in Hawthorne in Newport vor Anker zu gehen.«
»Die Zeiten sind vorbei«, erwiderte Tim. Er grinste und zwinkerte Alan zu, verschwörerisch, unter Brüdern. Alan spürte wieder rasende Eifersucht und musste sich zusammenreißen, um nicht handgreiflich zu werden.
Tim hatte Recht, er war doch nur ein einziges Mal mit Dianne ausgegangen. Aber er fühlte sich ihr noch immer sehr eng verbunden, ob es ihm passte oder nicht. Er kannte seinen Bruder und wollte nicht, dass er sie verletzte. Drohend trat er einen Schritt vor, sodass sie sich Auge in Auge gegenüberstanden.
»Das ist auch besser so.«
Tim sah ihn an, und seine Augen funkelten angriffslustig. Keiner von ihnen hatte den letzten Kampf in Cambridge vergessen, und Alan spürte, wie Tim darauf brannte, sich mit ihm zu mes-

sen. Beide warteten nur darauf, dass der andere zuerst zum Schlag ausholte.
»Sie ist nicht wie wir«, sagte Alan. »Sie ist in einer Familie groß geworden, in der man liebevoll und fürsorglich miteinander umgeht. Hast du gehört?«
»Soll das eine Warnung sein?« Tim bohrte Alan den Zeigefinger in die Brust. »Vor meiner zukünftigen Frau?«
»Ich warne *dich!* Falls du sie nicht anständig behandelst!«
»Keine Sorge.«
»Ihre Eltern werden ebenfalls ein Auge auf dich haben. Sie halten zusammen wie Pech und Schwefel. Alle drei. Nicht wie Mom und Dad. Das läuft nicht so wie bei uns nach Neils Tod.«
»Ich war immer für Neil da!«, sagte Tim aufgebracht.
Alan sah ihn herausfordernd an, aber er war nicht fähig, eine Behauptung zu widerlegen, die für seinen Bruder unumstößlich zu sein schien. Doch trotz all der Jahre erinnerte sich Alan noch genau daran, dass Tim im entscheidenden Augenblick draußen vor Neils Fenster gesessen hatte.
Es war Sommer gewesen, der Himmel war blau und die Vögel sangen. Tim hatte im Gras gesessen und mit dem Baseball-Handschuh Fangen geübt, immer wieder. Alan hatte sich trotz des Verbots an seinen Eltern vorbeigeschlichen, um bei Neil zu sein. Sie konnten das Klack-Klack des Balls hören, wenn er im Fanghandschuh landete. Im abgedunkelten Krankenzimmer hatte es nach Krankheit und Tod gerochen, und Neils Augen waren so groß wie die einer Eule gewesen, voller Grauen, weil er nicht wusste, was mit ihm geschah.
»Tu Dianne nicht weh«, sagte Alan nur. Er hatte ein hohles Gefühl in der Magengrube.
»Scher dich zum Teufel!« Tim war schon im Begriff zu gehen, drehte sich aber noch mal um. »Was ist, machst du jetzt den Trauzeugen oder nicht?«
»Ja«, antwortete Alan. Tim war der einzige Bruder, den er noch hatte. Seinetwegen und wegen Dianne musste er einen Schluss-

strich ziehen. Dianne sollte nie etwas von dem Kampf erfahren oder wie es in seinem Innern aussah.
»Ich weiß nicht, warum, aber ich bin froh«, sagte Tim.
Müde und angewidert von der Auseinandersetzung hatte Alan an seinem Schreibtisch gestanden und ihm nachgesehen. Sein Bruder war groß, trug eine aufrechte stolze Haltung zur Schau. Warum auch nicht? Dianne gehörte ihm. Alan hatte seine akademischen Diplome und Würden, Tim sein Boot und Dianne.
An der Tür wandte er sich ein letztes Mal um.
Tims blaue Augen glühten. Alans Magen krampfte sich zusammen. Sein Bruder nahm die Pose des Siegers ein. Er wusste, dass er diesen Kampf gewonnen hatte. Doch hinter der Fassade erblickte Alan noch etwas anderes, eine tief verwurzelte Angst. Er sah einen Mann vor sich, der hoffnungslos verloren war.
Einen Augenblick lang suchte Alan nach einem versöhnlichen Wort, das Tim zurückrufen und ihn abhalten könnte, im Streit zu gehen, das den erneuten Bruch zwischen ihnen zu kitten vermochte. Schließlich war sein Bruder der einzige Verwandte, den er noch hatte. Doch wenn Tim McIntosh beschlossen hatte zu gehen, gab es nichts, was ihn aufzuhalten vermochte.

6

Am letzten Mittwoch im Mai fühlte Alan sich so verspannt, als müsste er fünfzig Kilometer laufen, um locker zu werden. Er lief aber nur fünf und schlug früher als sonst den Weg zur Bücherei ein. Lucinda Robbins befand sich nicht an der Ausgabetheke, was ihm einen Dämpfer aufsetzte. Aber sein gelb-weiß gestreiftes Handtuch lag zusammengefaltet auf dem Rollwagen mit den zurückgebrachten Büchern, die ins Regal eingeordnet werden mussten. Alan nickte der jungen Bibliothekarin zu und griff über die Theke, um es herunterzuholen.

Er nahm seine Zeitschriften, machte es sich im Lesesaal bequem und schlug einen Artikel über ›Krill: Kraft- und Futterquelle der Blauwale‹ auf. Sein Herz klopfte noch immer vom Laufen. Seit einiger Zeit machte ihm sein Knie wieder zu schaffen, zum ersten Mal seit Jahren, eine alte Verletzung, die er sich geholt hatte, als er während eines Baseballspiels hinter der Barnstable Highschool das Home Base erreichen wollte und in vollem Lauf mit Tim zusammengeprallt war. Außerdem hatte er schon den ganzen Tag Halsschmerzen und nieste fortwährend.

Er war mit Rachel Palmer, einer Krankenschwester, die er aus der Klinik kannte, Sonntagabend im Kino gewesen. Danach hatte sie eine Kleinigkeit essen und etwas trinken wollen. Alan hatte sie stattdessen zu einem Spaziergang durch die Dünen auf der Landzunge überredet, bis hinunter zum Leuchtturm. Es war stockdunkel gewesen. Der Mond war hinter Wolken verborgen, und sie hatten kaum den Weg ausmachen können.

Sie trug die falschen Schuhe, die hohen Absätze versanken im kalten Sand. Trotzdem beklagte sie sich nicht. Sie hielt mit Alan Schritt, während sie über den Film sprachen. Alan war neben ihr gegangen, die Hände in den Taschen seiner Jacke vergraben. Auf der gegenüberliegenden Seite der Bucht lag Gull Point. Bei

Ebbe sah die Fahrrinne aus wie schwarze Tinte. Hinter den dunklen Marschen lag Diannes Haus, hell erleuchtet.
Alan stand unter dem Leuchtturm. Der Lichtstrahl bewegte sich über das Wasser, bahnte sich seinen Weg zu Dianne. Rachel hielt seine Hand. Sie war groß und sexy in ihrem engen beigefarbenen Pullover. Alan zog sie auf den feuchten Sand und entkleidete sie so grob, dass sie protestierte. Den schwarzen Spitzenbüstenhalter legte sie selbst ab. Lust, Spannung, sie hatten alles. Danach hielt Alan sie in den Armen, während er versuchte, wieder zu Atem zu kommen. Als Entschädigung dafür, dass er nicht aufhören konnte, an Dianne zu denken und das Haus am anderen Ufer anzustarren, legte er ihr auf dem Rückweg fürsorglich seine Strickjacke und sein Jackett um die Schultern.
»Ruf mich an«, bat sie, als er sie vor ihrer Haustür absetzte.
»Mach ich«, erwiderte Alan und küsste sie. Sie gab ihm seine Sachen zurück. Er ließ sie auf dem Beifahrersitz liegen, obwohl er in seinem dünnen T-Shirt vor Kälte zitterte. Sie war geschieden, arbeitete in der Notaufnahme und hatte einen sechsjährigen Sohn. Alan kam sich gemein vor; er hatte die Erkältung verdient, die er sich an jenem Abend geholt hatte. Er wusste schon jetzt, dass er sich nicht mehr bei ihr melden würde. Tatsache war, dass Alan kein Glück in der Liebe hatte. Er dachte an die einzige Frau, die er geliebt hatte, und wie er sich damals bemüht hatte, Tim zu verzeihen, als dieser ihm Dianne vor der Nase wegschnappte, obwohl er seinen Bruder am liebsten umgebracht hätte.
Er nieste.
»Gesundheit«, wünschte ihm die Bibliothekarin.
»Hatschi«, sagte Lucinda Robbins gleichzeitig, die gerade mit einem Stapel Nachrichtenmagazinen um die Ecke bog.
»Danke«, erwiderte Alan, an beide gerichtet.
»Du wirst doch wohl nicht krank werden?«, meinte Lucinda.
»Ich hole mir eine Erkältung nach der anderen bei den Kindern.«

»Dann solltest du nicht laufen.«
»Ich brauche das Training als Ausgleich.«
»Training, so ein Unsinn! Du solltest schleunigst nach Hause gehen, dich ins Bett legen und dich an deinem freien Tag auskurieren«, sagte sie mit liebevoller Strenge. »Falls der Herr Doktor Wert auf meine unmaßgebliche Meinung legt.«
Alan nieste erneut. Er hatte Halsschmerzen und bekam kaum Luft. Lucinda legte ihm die Hand auf die Stirn. Das erinnerte ihn an seine Großmutter.
»Du hast Fieber, mein Junge.«
»Wie geht's Julia und Dianne?«, versuchte er abzulenken. »Alles in Ordnung, ich meine, kommen die beiden mit Amy klar?«
»Denk jetzt nicht an Julia und Dianne. Und auch nicht an Amy. Du gehst sofort nach Hause und kümmerst dich zur Abwechslung mal um dich selbst. Verstanden?«
»Verstanden.« Plötzlich fror er. Er hatte wohl Schüttelfrost. Offenbar war er wirklich krank. Dass jemand sich um ihn sorgte, kam ihm sonderbar vor. Wieder dachte er an seine Großmutter. Dorothea hatte ihr Bestes getan, nachdem sich bei Alans Eltern alles nur noch um ihren eigenen Kummer gedreht hatten. Aber sie lebte in Nantucket, meilenweit entfernt, und Alan hatte sie nur selten zu Gesicht bekommen.
»Ruf mich morgen früh an, damit ich weiß, dass du noch lebst!«, rief ihm Lucinda nach.
Der Scherz hätte von seiner Großmutter stammen können.

Sobald Lucinda Robbins nach Hause kam, nahm sie zwei Dosen Hühnerfond aus dem Vorratsschrank. Als Emmett noch lebte, hatte sie eine richtige Hühnerbrühe aus frischen Zutaten gekocht. Aber zur Not tat es auch eine aus der Dose. Sie verfeinerte sie mit Schalotten, Mohrrüben und Sellerie und würzte sie mit Pfefferkörnern, Lorbeerblatt und Thymian aus dem eigenen Garten. Dann ließ sie die Brühe auf niedriger Temperatur vor sich hin köcheln.

Die Mädchen waren in Diannes Werkstatt. Heute hatten sie eine CD von Carly Simon gewählt. Lucinda hörte die melancholischen Liebeslieder durch das geöffnete Fenster. Dianne hatte diese Musik schon immer geliebt. Sie lauschte andächtig, wenn Carly voller Inbrunst von verlorener Liebe, gebrochenen Herzen, Freude an den Kindern und Hoffnung auf die Zukunft sang – als ob diese auszudrücken vermochte, was Dianne in ihrem Innersten empfand.

Im Umgang mit Holz entwickelte Dianne Zauberkräfte. Sie besaß die geschickten Hände ihres Vaters, seinen gesunden Menschenverstand und seine Geduld. Geduld war das A und O bei der Arbeit mit Holz. Außerdem brauchte man ein gutes Augenmaß, damit die Bauteile nahtlos eingepasst werden konnten, ohne Lücken oder Buckel. Und Selbstvertrauen, dass sie jedes Teil millimetergenau zuschnitt und das teure Holz nicht unnötig verschwendete.

Dianne hatte alle Geduld und alles Selbstvertrauen der Welt, wenn es um Holz ging.

Doch was die Liebe betraf, fehlte ihr jegliches Selbstvertrauen. Woher hätte sie es auch haben sollen? Manchmal wunderte Lucinda sich, wie Dianne die abgrundtiefe Verzweiflung überlebt hatte. Sie hatte Tim bis zur Selbstaufgabe geliebt, ihn geheiratet, eine Traumhochzeit gefeiert, sein Kind zur Welt gebracht und ihn verloren, weil dieses Kind nicht seinen Wünschen entsprach.

Dianne war fast daran gestorben. Lucinda hatte sich in der Zeit nach Tims Verschwinden um Julia gekümmert, weil Dianne in ihrem Elend nicht dazu im Stande gewesen war. Als ihr Julias Behinderung in vollem Ausmaß bewusst geworden war, hatte eine Wochenbett-Depression sie ans Bett gefesselt, und sie hatte Tag und Nacht geweint. Vor elf Jahren hatte dieses zähe, pflegebedürftige Kind seiner Mutter das Leben gerettet.

Alan McIntosh hatte ebenfalls sein Scherflein dazu beigetragen. Er war jeden Tag erschienen. Es gab nicht viele Ärzte, die Hausbesuche machten, aber er wäre nie auf den Gedanken gekom-

men, sie im Stich zu lassen. Er war ein großherziger Mann und hatte Dianne längst verziehen, dass sie seinen Bruder vorgezogen hatte. Er war direkt nach der Sprechstunde gekommen und hatte die Nachsorge des Babys übernommen. In der dritten Lebenswoche hatte man bei Julia eine Darmoperation durchgeführt und zeitweilig einen künstlichen Ausgang gelegt. Der Kolostomiebeutel musste regelmäßig entleert werden.
Dianne, wie von Sinnen vor Kummer, hatte den Beutel nicht richtig anbringen können. Sie hatte das Pflaster vom Stoma heruntergerissen, der Öffnung in dem winzigen Babybauch, und Julia hatte vor Schmerzen geschrien.
Lucinda erinnerte sich an das Chaos. Julia schrie, Dianne schluchzte. Alan hatte die Küche betreten, seinen schwarzen Arztkoffer auf den Tisch gestellt und Dianne das Baby abgenommen. Er hatte es an seine Brust gedrückt und beruhigt. Eine schmale gelbe Kotspur lief über sein blaues Hemd, aber es schien ihm gleichgültig zu sein.
»Ich habe ihr wehgetan«, schluchzte Dianne, am ganzen Körper zitternd.
»Schon gut, schon gut, es ist alles in Ordnung.«
»Als ich den Beutel austauschen wollte, habe ich zu fest gezogen und das Verbindungsstück herausgerissen. Ihre Haut ist jetzt schon wund, sie hat so viel durchmachen müssen …«
»Es ist nichts passiert!«, sagte Alan noch einmal mit Nachdruck. »Es tut nur einen Moment lang weh, das ist immer so, wenn man das Pflaster entfernt. Es brennt kurz, aber sie bekommt ein neues Pflaster, und alles ist wieder gut, keine Angst.«
Behutsam reichte er Dianne ihre Tochter und kramte in seiner Tasche. Er riss mehrere Päckchen auf. Innerhalb von zwei Minuten hatte er Julias Stoma gesäubert, einen neuen Beutel angehängt und sie in ihre Babydecke gewickelt.
Lucinda hatte im Hintergrund zugesehen, zur Salzsäure erstarrt. Sie hatte eine gesunde Tochter zur Welt gebracht und keine Ahnung, wie man ein Baby mit einem künstlichen Ausgang versorgt oder wie sie verhindern konnte, dass Dianne vor

Kummer den Verstand verlor. Erschrocken über ihre eigene Tochter, fühlte sie sich wie gelähmt.
Alan hatte ihnen Mut gemacht, die Anfangszeit durchzustehen. Er tat nie, als wäre Julia normal, aber er behandelte sie auch nicht anders als seine kleinen Patienten. Dianne hatte sie vor drei Wochen zur Welt gebracht, in derselben Woche, als Tim sich aus dem Staub gemacht hatte. Sie war kreidebleich und nahe daran, durchzudrehen, ein zitterndes Wrack mit ungewaschenen Haaren in einem schmuddligen Bademantel. Vor lauter Angst, ihr eigenes Kind auf den Arm zu nehmen, hatte sie in der Ecke gestanden und an ihren Haaren gezerrt.
Lucinda würde nie vergessen, was dann geschah. Es war Sommer, und Grillen belebten die stille Landschaft der Marschen. Sterne flammten am schwarzen Nachthimmel auf. Eine streunende Katze schrie, und das erinnerte Lucinda an ihre eigene Tochter. Alan hatte die Küche durchquert und versuchte Julia in Diannes Arme zu legen. Aber sie weigerte sich, das Baby zu nehmen.
»Sie ist dein Kind.«
»Ich will es nicht«, erwiderte Dianne weinend.
Das meinst du doch nicht wirklich, hätte Lucinda am liebsten gesagt. Aber sie schwieg. Dianne hatte nicht nur ihren Mann verloren, sondern viel mehr – den Glauben an die Liebe, die alles zu überwinden vermag, die Geborgenheit ihrer Welt und die Überzeugung, dass kranke Kinder eine Strafe Gottes waren, denn sie war sich keiner Schuld bewusst.
»Sie braucht dich«, sagte Alan.
»Ich brauche Tim. Er soll zurückkommen!«
»Er ist weg, Dianne!«, rief Alan, packte ihren Arm und schüttelte sie, damit sie endlich aufwachte. »Das Kind braucht dich.«
»Ich bin keine gute Mutter. Sie braucht jemanden, der stark ist. Ich kann nicht …«
»Du bist die einzige Mutter, die sie hat«, sagte Alan unnachgiebig.
»Nimm du sie!«

»Deine Tochter hat Hunger.« Alan zerrte sie zum Schaukelstuhl am Fenster und drückte sie grob hinein. Dann öffnete er mit unendlicher Behutsamkeit ihren Bademantel. Dianne hatte sich gewehrt, doch nun saß sie reglos da, unfähig, sich zu rühren.
Alan legte ihr Julia an die Brust. Tränen liefen über Diannes Wangen. Sie saß da und ließ alles mit sich geschehen, sich weigernd, ihr Kind anzuschauen. Draußen flammten Myriaden von Sternen auf. Sie starrte mit leeren Augen hinauf, als wollte sie der Hölle auf Erden entfliehen und sich in den blauen Stern im Orionsgürtel verwandeln. Dickköpfig, wie sie war, sträubte sie sich, ihre Tochter in den Arm zu nehmen. Alan, der vor ihr kniete, stützte Julia, während sie an Diannes Brust trank.
Es mochten einige Minuten vergangen sein, aber Lucinda kamen sie wie Stunden vor. Plötzlich bewegte sich Dianne wie ein Automat. Als sie ihm Julia abnahm, streiften sich ihre Arme. Ihre Köpfe berührten sich fast, als sie das Baby ansah. Ihre Gesichter waren ganz nahe beieinander. Julia saugte gierig.
Lucinda stand am Herd und dachte an die Szene zurück. Sie warf einen raschen Blick zum Küchentisch hinüber und sah die drei wieder vor sich: Dianne, Alan und Julia.
Lucinda füllte die Hühnerbrühe in ein großes Behältnis und ließ den Deckel offen, damit sie abkühlen konnte. Sie packte frisches Brot und Butter in eine Plastiktüte und goss Limonade in ein Glas mit Schraubverschluss. Dann ging sie durch den Hof zur Werkstatt, um Dianne zu sagen, dass der Doktor krank und es dieses Mal an ihr sei, einen Hausbesuch zu machen.
Zuerst war Dianne nicht sehr erbaut. Die Brüstung für die Aussichtsplattform auf dem Dach ihres neuesten Spielhauses, gefertigt nach dem Muster eines Anwesens, das sie in Stonington bewundert hatte, erforderte ungeteilte Aufmerksamkeit. Aber ihre Mutter war hartnäckig und bestand darauf, dass sie Alan die Hühnersuppe brachte.
»Weißt du, wie lange es her ist, dass ich das letzte Mal bei ihm zu Hause war?«
»Seine Adresse steht im Telefonbuch«, erwiderte ihre Mutter

trocken. »Schau auf der Straßenkarte nach, wenn du nicht sicher bist, wie du hinfindest.«
»Auf die Idee kann auch nur eine Bibliothekarin kommen.«
»Ganz gleich, ob Bibliothekarin oder Zimmermann, jeder sollte wissen, wie er sich das richtige Handwerkszeug beschafft.«
»Ich weiß, wo er wohnt«, sagte Dianne widerwillig.
»Julia ist ein Glückspilz«, ließ sich Amy mit einem Mal vernehmen.
Beide drehten sich um. Sie hatte ein Schachspiel mitgebracht und spielte eine völlig neue Variante mit Julia.
»Ich meine, weil Dr. McIntosh ihr Onkel ist«, erklärte Amy.
»Wie man's nimmt«, entgegnete Dianne.
»Wie kannst du so etwas Schreckliches sagen. Er ist so gut zu euch beiden«, empörte sich Lucinda.
»Mom, ich muss diesen Auftrag bis Samstag fertig haben«, versuchte Dianne sich noch einmal aus der Affäre zu ziehen. »Kannst du das nicht machen?«
»Die Mädels vom Literaturzirkel kommen heute Abend zu mir, und ich bin noch nicht mit den Vorbereitungen fertig.«
»Und da hast du Zeit gefunden, ihm Suppe zu kochen?«
»Wie Amy bereits sagte, er ist schließlich Julias Onkel«, beendete Lucinda Robbins das Thema.

Dianne hatte die Fenster des Lieferwagens heruntergekurbelt und ließ die laue Frühlingsluft in die Fahrerkabine. Vogelgezwitscher ertönte in der Abenddämmerung. Schwalben fingen Käfer auf den Feldern, und Stare tauchten in einer wirbelnden schwarzen Wolke auf und ab. Ein einsamer Eisvogel saß auf dem Draht der Überlandleitung hoch über dem Silver Creek. Dianne roch die Rosen in den Gärten, den warmen Duft frischer Erde, die Salzablagerungen. Die Tüte ihrer Mutter stand hinten auf der Ladefläche, eingeklemmt zwischen schweren Säcken mit Scharnieren und winzigen Nägeln.
Die Pearl Street verlief mitten durch Hawthorne. Sie war eine der ältesten Straßen der Stadt. Hier hatten um 1800 viele wohl-

habende Walfänger-Kapitäne und Kaufleute ihre Häuser errichtet.

Während Dianne langsam die Pearl Street hinunterfuhr, atmete sie tief die salzige Luft ein. Die untergehende Sonne verlieh den weißen Fassaden einen pfirsichfarbenen Schimmer. Sie hatte Alan seit vielen Jahren nicht mehr zu Hause besucht. Die Straße, in der er wohnte, brachte alte Erinnerungen an ihre glückliche Zeit mit Tim zurück, und sie fuhr schneller.

Alans Haus war im viktorianischen Stil erbaut – weiße Dachschindeln, das sichtbare Holzwerk grau abgesetzt, drei Stufen, die zu einer breiten Veranda führten, verschnörkelte Ornamente, Taubenschlag, eine Traubenpresse. Aber das Anwesen wirkte heruntergekommen. Die Farbe blätterte ab, der Laden an einem Seitenfenster fehlte, die Wetterfahne hing schief. Der Rasen musste gemäht werden, und die Schaluppe auf dem verrosteten Anhänger hatte seit einiger Zeit kein Salzwasser mehr gesehen. Sie erinnerte sich an lange Segelpartien mit ihrem Mann und ihrem Schwager.

Damals hatte es keine Probleme in ihrer Beziehung gegeben. Sie hatte gespürt, dass Alan ihr und Tim nur das Beste wünschte. Er nahm sie zum Segeln mit, und sie revanchierten sich mit einer Einladung zum Essen. Jeder hatte sich von seiner Schokoladenseite gezeigt. Die Tage, an denen sie mit der Schaluppe unterwegs waren, waren herrlich gewesen, es herrschte ungetrübte Stimmung an Bord. Alan pflegte am Ruder zu stehen, wenn sie durch den Sund segelten, während Tim den Klüver bediente.

An einem dieser Tage, als die Sonne vom strahlend blauen Himmel schien und Gischt über die Reling spritze, hatte sich Dianne unglaublich glücklich gefühlt. Sie segelten hart am Wind. Tim versuchte mit einem Schleppnetz am Heck Goldmakrelen zu fangen, während sich Dianne am Bug befand. Sie drehte sich um und wollte gerade den Mund aufmachen, um zu sagen, wie sehr sie die Sonne, den Wind und das Beisammensein mit den beiden genoss, als sie aus dem Augenwinkel sah, wie Alan sie betrachtete. Sein Blick war von Bedauern und Sehnsucht überschattet. Sie spürte, dass seine Stimmung damit zu tun hatte, was früher einmal zwischen ihnen gewesen war, und in jenem Moment hatte sie das Gleiche empfunden. Hastig hatte sie sich abgewandt.

Das Verhältnis zwischen Dianne und Alan war danach höflich und oberflächlich geworden. Sie waren miteinander verschwägert. Jeden Freitagabend kochte sie eine gehaltvolle Fischsuppe, und Alan kam zwischen Praxis und Nachtdienst im Krankenhaus zum Essen. Er bat sie um Rat, welche Farbe er für den neuen Teppichboden in der Praxis nehmen sollte. Tim strahlte und hielt Diannes Hand, zufrieden, dass er Alan in seine kleine glückliche Familie einbeziehen konnte. Doch die Fassade, die Dianne und Alan errichtet hatten, brach zusammen, als Tim aufs Meer hinausgefahren und nicht mehr zu ihr zurückgekommen war.

Als sie den ungepflegten Rasen überquerte, sah sie im hohen Gras etwas liegen – ein altes Vogelhaus. Dianne hatte es vor vielen Jahren für Alan gemacht, noch vor Julias Geburt. Es war ein Versprechen, dass sie Alans Kindern, wenn er einmal eigene haben sollte, das schönste Spielhaus in ganz Hawthorne bauen würde. Sie erinnerte sich, wie Tim die Leiter gehalten hatte, während Alan das Vogelhaus in dem hohen Ahornbaum aufgehängt hatte. Nun lag es am Boden. Dianne lehnte es gegen den steinernen Sockel des Hauses und ging die Stufen zum Vordereingang hinauf.

Sie läutete mehrmals, aber niemand machte auf.

»Hallo! Hallo!«, rief sie.

Es war ein seltsames Gefühl, draußen vor der Tür zu stehen. Sie erinnerte sich wieder an den Abend, als sie mit Tim gekommen war, um Alan die wunderbare Neuigkeit mitzuteilen – sie war im dritten Monat schwanger. Sie standen in der Eingangshalle. Tim hatte die Arme um sie gelegt und Alan aufgefordert, ihren Bauch zu berühren. Sie hatte nachempfunden, wie peinlich es Alan gewesen war, hatte das Unbehagen in seinen Augen gesehen, als ihre Blicke sich trafen, aber er hatte seinem Bruder den

Gefallen getan. Seine Berührung war fest und sicher gewesen. Dianne hatte die Augen geschossen und zitternd gespürt, wie er mit dem Kind, das in ihr wuchs, Kontakt aufnahm.
»Alan, bist du zu Hause«, rief sie nun.
Vielleicht war die Tür ja offen. Sie drehte probeweise den Knauf. Quietschend ging die schwere Tür auf, die in eine kleine Diele und ins Wohnzimmer führte. Die Einrichtung war auf ein Minimum beschränkt: ein Mahagonitisch, ein Rollpult mit Stuhl und ein kleines Sofa mit verblichenem Baumwollbezug. Seine Fähigkeiten, einen Raum wohnlicher zu gestalten, hatten sich offenbar nicht gebessert.
»Alan!«, rief Dianne noch einmal. Dann folgte ein Pfiff des Erstaunens.
An den Wänden waren von der Decke bis zum Fußboden Regale, randvoll mit Büchern: Dickens, Shakespeare, Yeats, Carlos Williams, Hemingway, Freud, Dos Passos, Trevanian, Robert B. Parker, Ken Follett, Linnaeus, Jung, Lewis Thomas, Louis Agassiz, Audubon, Darwin, Winnicott – ein kunterbuntes Sammelsurium. Tim war nicht in der Lage gewesen, lange genug stillzusitzen, um sich mit einer so anspruchsvollen Lektüre zu beschäftigen.
Als sie sich umdrehte, entdeckte sie oben auf einem der Regale eine Reihe gerahmter Fotografien.
Alan war sehr groß, und so befanden sie sich für ihn in Augenhöhe. Dianne konnte sie kaum erkennen, auch wenn sie sich auf die Zehenspitzen stellte. Ein Porträt seiner Eltern – Alan ähnelte seinem Vater, war groß und schlank; ein Foto von Dorothea, seiner Großmutter, im Silberrahmen; ein Bild von den Brüdern als Halbwüchsige im Baseball-Trikot; weitere Fotos von den dreien auf einem Segelboot, am Strand, beim Brandungsfischen – Alan, Tim und ihr großer Bruder Neil.
»Tim«, flüsterte sie erschrocken, ihn so unverhofft vor sich zu sehen.
Diannes und Tims Hochzeitsfoto. Sie nahm es mit zitternden Händen vom Regal. Die Leute rieten ihr oft, ›loszulassen‹, was

ihre Vergangenheit betraf, ihre Wut, ihren Exmann. Elf Jahre waren vergangen. Warum geriet Dianne bei seinem Anblick immer noch in Rage?
Sie hatten sich einmal geliebt; sie sah es allein daran, wie sie sich vertrauensvoll an ihn lehnte und er seine Augen nicht von ihr lassen konnte. Bei seiner Berührung war sie dahingeschmolzen, der Klang seiner Stimme hatte den Wunsch in ihr geweckt, ihm die Sterne vom Himmel zu holen. Seine muskulösen Schultern drohten den Smoking zu sprengen, den er zur Hochzeit getragen hatte. Seine Krawatte saß schief. Dianne hatte es sich zur Lebensaufgabe gemacht, Tim das Glück zurückzugeben, das er verloren hatte, als Neil starb.
Bei der Erinnerung, wie viel Mühe sie sich gegeben hatte, bohrte sie die Nägel in ihre Hände. Elf Jahre, und ihre Wutgefühle waren immer noch nicht abgeflaut. Er hatte nicht nur seinen Treueschwur gebrochen, sondern, was noch schlimmer war, seine Tochter im Stich gelassen.
Sie erinnerte sich an eine Nacht auf seinem Boot, als sie bereits wusste, dass sie schwanger war. Der Sternenhimmel wölbte sich über ihnen, und Dianne hatte geflüstert: »Wir könnten das Baby Cornelia nennen, wenn es ein Mädchen wird, und Neil, sollte es ein Junge werden. Neil ... so soll es heißen, das passt für beides.«
Tim hatte sie geküsst; er schien sich über alle Maßen zu freuen. Sie waren relativ jung gewesen, gerade siebenundzwanzig. Diannes Arzt hatte dringend zu einer Fruchtwasser-Untersuchung geraten, nicht wegen des Alters, sonder weil er erhöhte Eiweißwerte in ihrem Blutbild festgestellt hatte.
Zwei Worte: genetische Anomalien. Dianne erinnerte sich, wie ihr eine Gänsehaut über den Rücken gelaufen und sie innerlich erstarrt war. Die Arme um sich geschlungen, hatte sie sich gewünscht, die Zeit zurückdrehen zu können, hatte gehofft, dass die Ergebnisse falsch waren, hatte tagelang geweint. Wie konnte das geschehen? Tim und sie waren kerngesund. Sie liebten sich, waren rechtschaffene, hart arbeitende Menschen. Ihr erstes Kind war ein Mädchen, und es war nicht normal.

Lag es an der Ernährung? Oder dass sie in der Nähe eines Kraftwerks wohnten? Hatte Dianne vor der Schwangerschaft zu viel Wein getrunken? Oder Tim bei seinen Landgängen zu viel Marihuana geraucht? War die Luftverschmutzung schuld daran? Die Schadstoffe im Wasser? Die Chemikalien in der Milch, die sie tranken? Oder im Fleisch, das sie aßen? Lag ein Mangel an Folsäure vor? Hatte sie nicht genug grünes Blattgemüse gegessen?

Dianne hatte in ihrer Werkstatt gesessen, in ihrem Schaukelstuhl, und sich auf dem knarrenden Fußboden hin und her gewiegt, tagelang. Sie hatte ihre Haare nicht gewaschen, nicht gegessen, kein Wort mit ihrer Mutter gesprochen. Tim fuhr aufs Meer hinaus, zum Hummerfang, kam und ging, kam und ging. Sie sehnte sich danach, dass er sie in die Arme nahm und tröstete, ihr sagte, alles sei gut, aber er tat es nicht. Deshalb hatte sie sich in den Schaukelstuhl geflüchtet.

Das Kind in ihr bewegte sich nicht. Vielleicht ist es tot, dachte sie. Sie hatte es geliebt, hatte es Neil genannt, doch nun war es nur noch ein *ES* für sie. ›*Es* bewegt sich nicht.‹ ›*Es* hat einen genetischen Defekt.‹ ›*Es* ist krank.‹

»Es geht nicht, wir können es nicht haben«, sagte Tim eines Abends. »Niemand wird uns einen Vorwurf machen.«

»Wovon redest du?«

»Von Abtreibung.«

»Nein!«, rief sie, während eine Welle der Übelkeit in ihr hochstieg.

Er kam zu ihr. Mit tränennassem Gesicht presste er seine Lippen auf ihren Nacken. »Als wir der Fruchtwasser-Untersuchung zugestimmt haben, wussten wir, was schlimmstenfalls auf uns zukommen wurde. Deshalb wird die Untersuchung ja durchgeführt – um den Eltern die Möglichkeit zu geben, eine Entscheidung zu treffen. Wir müssen uns jetzt entscheiden, Dianne.«

»Ich bin froh, dass du *wir* gesagt hast«, flüsterte Dianne. Sie hatte sich so verlassen gefühlt. Tim war dauernd auf See gewesen, hatte nicht mit ihr über das Baby und den Albtraum reden wollen, der plötzlich über sie hereingebrochen war. Sie konnte

nachempfinden, was er durchmachte. Der Gedanke an Krankheiten brachte ihn um den Verstand. Er hatte Angst, aber er ließ sie damit wissen, dass sie es gemeinsam durchstehen würde.
»Wir sollten deinen Arzt anrufen und uns einen Termin für den Abbruch geben lassen. Anschließend könntest du gleich wieder schwanger werden.«
»Ich werde darüber nachdenken.«
Und sie hatte darüber nachgedacht. Jeden Tag hatte sie sich in ihrem Schaukelstuhl vorzustellen versucht, wie erleichtert sie sein würde, wenn das Problem aus der Welt wäre. Sie würde in die Klinik fahren, eine Narkose erhalten, und wenn sie aufwachte, wäre das Baby weg. Sein Leben wäre ohnehin nicht lebenswert, krank, wie es war. Vielleicht würde es außerdem noch geistig zurückgeblieben und dem Spott anderer Kinder ausgesetzt sein.
Sich an die Tage im Schaukelstuhl erinnernd, reckte sich Dianne und nahm Julias Foto vom Regal. Als die Aufnahme entstanden war, war sie sechs Monate alt gewesen. Das übliche Babybild, wenn auch mit Verspätung, weil Julia nach der Geburt eine Operation nach der anderen über sich ergehen lassen musste. Sie war in eine rosafarbene Decke gewickelt, aus der nur ihr winziges Gesicht hervorlugte. Dianne hatte sie auf dem Arm gehalten. Alan hatte das Foto gemacht.
Dianne betrachtete das Gesicht ihrer Tochter. Es war so hübsch und zart. Die blauen Augen verrieten nichts von dem Chaos in ihrem Körper, der unter der rosafarbenen Decke verborgen war. Julias rosige Zunge glänzte. Beim Anblick des Fotos spürte Dianne jedes Mal aufs Neue, wie sehr sie ihr Kind liebte.
»Julia«, seufzte sie. »Ach, Julia.«
Dianne dachte wieder an die Tage im Schaukelstuhl zurück. Sie machte sich keinen Vorwurf, weil sie sämtliche Möglichkeiten in Erwägung gezogen hatte; auch Tim hasste sie deswegen nicht. Für sie hatte sich die Entscheidung, das Kind zu behalten, ganz allmählich herauskristallisiert. Während sie langsam hin- und herschaukelte, hatte sie plötzlich gespürt, wie sich das Un-

geborene in ihr bewegte. Eine leichte Drehung, als ob Knochen von innen gegen Diannes Rippen stießen oder jemand sich auf leisen Sohlen an ihrer Wirbelsäule hochschlich. Dianne fühlte, wie ihr Herz flatterte.

Alan stattete ihr einen Besuch in der Werkstatt ab. Dianne hatte mit niemandem über die Ergebnisse der Untersuchung gesprochen, nicht einmal mit ihrer Mutter. Tim war für seine Schweigsamkeit, was physische Probleme betraf, bekannt; und Dianne hatte nicht damit gerechnet, dass er sich seinem Bruder anvertrauen würde. *Vor allem* nicht seinem Bruder.

»Tim hat mit mir gesprochen«, hatte Alan gesagt.

Dianne war wie vor den Kopf gestoßen. Sie schlang die Arme um den Körper. Nichts, was die beiden McIntosh-Brüder sagten, würde sie zu einem Sinneswandel bewegen können. Sie würden es durchstehen, sie beide allein, und alles würde gut werden.

»Er hat mir die Untersuchungsergebnisse gezeigt.«

»Die interessieren mich nicht.«

»Ich habe ihm versprochen, mit dir zu reden. Wahrscheinlich meint er, weil ich Arzt bin ...«

»Ärzte und Hummerfänger«, konterte Dianne, »lauter praktisch denkende Menschen.«

»Er hat Angst. Er hat viel mitmachen müssen. Tim weiß, wie die Beziehung enden kann, wenn Eltern ein krankes Kind haben.«

Dianne senkte den Kopf. Auch sie hatte Angst. Tränen traten ihr in die Augen, liefen die Wangen hinab. Sie wusste, dass Tims Mutter getrunken hatte, dass seine Eltern ständig gestritten und sich gegenseitig das Leben zur Hölle gemacht hatten, und seit die Untersuchungsergebnisse bekannt waren, hatte Tim eine Bierfahne gehabt.

»Sag nichts gegen mein Kind. Sag nicht, ich darf es nicht ...«

»Keine Sorge.«

»Sag nicht, ich darf es nicht bekommen.«

»Ich werde mich hüten.« Alan durchquerte den Raum und ging neben Dianne in die Hocke. Er nahm ihre Hand und wartete, bis

sie aufsah. Tränen liefen ihr übers Gesicht, aber sie war zu erschöpft, um sie wegzuwischen.
»Ich werde mich um sie kümmern. Ich werde sie ärztlich betreuen.«
Seine Worte klangen nach. Sie sah die dunklen Ringe unter seinen Augen. Wahrscheinlich hatte ihn diese Entscheidung einige schlaflose Nächte gekostet.
»Das willst du tun?«
»Ja.«
»Tim hat dir den Untersuchungsbericht gezeigt.« Dianne umklammerte seine Hand. »Wird es sehr schlimm werden?«
»Das kann man jetzt noch nicht sagen.«
»Wird sie Schmerzen haben?«
»Ach das ist ungewiss.«
Dianne weinte und spürte, wie Alan tröstend den Arm um ihre Schultern legte. Die Entscheidung war bereits gefallen, sie würde das Kind behalten, so oder so, aber es kostete sie Mühe, Fragen zu stellen. Wie groß die Schädigung war, konnte letztlich niemand sagen, doch es sollte auf die Welt kommen, und Dianne würde versuchen, ihm eine gute Mutter zu sein.
»Es wäre so schön, wenn Tim das Kind auch lieben könnte«, meinte Dianne. »Und bei uns wäre. Sag ihm, dass er meine Entscheidung akzeptieren muss.«
»Bitte verlange das nicht von mir. Er ist zwar mein Bruder, aber ein erwachsener Mensch, und ich kann ihm keine Vorschriften machen.«
Tim war noch vor dem nächsten Vollmond verschwunden. So weit, was die Liebe in guten wie in schlechten Tagen anging. Dianne weinte wochenlang, an den gebrochenen Treueschwur denkend.
Alan hatte sein Wort immer gehalten. Er war von Anfang an für sie und das Kind da gewesen. Tim hatte seine Familie im Stich gelassen, hatte sie Alan aufgebürdet, der Arzt und Onkel war, aber nicht der Vater. Ein wunderbarer Mann, wenn er nur nicht Tims Bruder gewesen wäre. Dianne nahm das Foto von den

drei McIntosh-Brüdern beim Angeln vom Regal. Sie waren unzertrennlich gewesen. Mit Neils Tod war auch ein Teil der beiden anderen gestorben. Der Teil, der wusste, wie man liebt, dachte Dianne nun.
Sie hatte in Alans Haus nichts zu suchen. Sie beschloss, die Hühnerbrühe auf den Frühstückstresen in der Küche zu stellen, und ging um die Ecke auf die überdachte Glasveranda. Dort fand sie ihn, auf der Couch ausgestreckt.
»Alan«, sagte Dianne leise, um ihn nicht zu erschrecken.
Ihre Mutter hatte Recht gehabt, er war wirklich krank. Er lag auf dem Rücken und schlief wie ein Toter, atmete keuchend durch den geöffneten Mund, die Augen mit einem Arm bedeckt, während der andere kraftlos auf den Boden hing. Er hatte sich morgens nicht rasiert. Ohne Brille und mit den dunklen Bartstoppeln um fünf Uhr nachmittags war er kaum wiederzuerkennen. Er sah verwegen aus, unergründlich, gar nicht wie Alan.
Er trug Khakihosen und ein kurzärmliges T-Shirt. Seine Arme waren kräftig, ohne ein Gramm Fett, die Unterarme behaart. Seine Muskeln, von deren Existenz die Mütter seiner kleinen Patienten gewiss nichts ahnten, waren beachtlich. Sein Bauch war hart und flach.
Dianne schwindelte, während sie reglos dastand und ihn betrachtete. Ihr Herz klopfte, als täte sie etwas Verbotenes. Er sah wirklich unverschämt gut aus. Das zerzauste Haar, sein Mund, seine Arme – dabei hätte sie geschworen, Tim sei der McIntosh Bruder mit den Muskeln. Die karierte Decke war zur Seite geglitten, und Dianne bückte sich, um sie höher zu ziehen.
Hastig verließ sie den Raum. Auf ihrem Weg zur Haustür hielt sie inne. Ihr Herz raste. Kein Wunder, sagte sie sich, jeder wäre sich wie ein Voyeur vorgekommen, wenn er einen Menschen beim Schlafen beobachtet hätte. Sie hob das Vogelhaus auf und legte es auf die Ladefläche des Lieferwagens.
Dann fuhr sie nach Hause.

7

Alan schlug die Augen auf; es roch nach Hühnersuppe. Sein Kopf war benommen, noch in seinem Traum gefangen. Es musste Italien oder Griechenland gewesen sein, eine Landschaft mit Bergen und viel Grün. In dem schimmernden Licht zeichneten sich alle Silhouetten scharf ab, von dunklen Zypressen bis hin zu Göttinnen. Alan hörte Wasser rauschen, während er kraftlos auf einer Moosdecke lag. Eine Göttin beugte sich über ihn. Sie hatte schmale Hände, einen klaren Blick und zerzauste strohfarbene Haare. Er wollte die Hand nach ihr ausstrecken, aber er war gebannt vor Liebe. Die Göttin war Dianne. Sie war zu ihm zurückgekehrt, nach langer Zeit.

Als Alan wieder einen klaren Gedanken fassen konnte, ging er in die Küche, um sich ein Glas Wasser zu holen. Auf dem Frühstückstresen stand eine unbekannte Papiertüte. Sie roch wie in seinem Traum. Hungrig spähte er hinein. Die Suppe in dem Behältnis war noch heiß, und daneben lag ein Stück frisches Brot. Er setzte sich an den Tresen und löffelte die Suppe direkt aus dem Behältnis mit dem Schraubverschluss. War Dianne tatsächlich hier gewesen? Benommen durch die Grippe, konnte er nur schwer zwischen Fieberfantasien und Wirklichkeit unterscheiden. Was hatte sie gewollt – ihm die Hühnerbrühe bringen? Sie war nicht der Typ, der Hühnersuppe kochte. Und außerdem wollte sie nichts mit ihm zu tun haben, beschränkte den Kontakt ausschließlich auf Dinge, die Julia betrafen.

Hühnerbrühe sah eher nach Rachel aus, wenn er andere Frauen in Betracht zog. Es gab ein paar, die ihm Pullover gestrickt, Kuchen gebacken oder einen Eintopf vorbeigebracht hatten, die Mütter seiner kleinen Patienten. Sein Freund Malachy Condon nannte sie die AMB – die Allein-erziehende-Mütter-Brigade. Frauen, die dankbar waren, dass er ihre Kinder betreute. Sie

waren warmherzig und großzügig, doch pflegten sie ihre Geschenke in aller Regel liebevoll zu verpacken, in Weidenkörbchen mit frischen Blumen, Kiefernzapfen, Muscheln und Pralinen, und ein Kärtchen mit einem netten Gruß beizulegen.
Die Hühnersuppe war in einer Papiertüte abgegeben worden – originell, keine Frage. Er blickte noch einmal hinein, auf der Suche nach einem Hinweis auf den anonymen Spender. Keine Zettel, keine Blumen. Nichts, was auf Rachel oder irgendeine Mutter aus der AMB schließen ließ.
Alan stellte sich absichtlich blind, was diese Liebesgaben betraf. Einige Frauen, von denen sie stammten, waren geschieden, andere verwitwet. Er wusste, wie schwer es allein erziehende Mütter hatten. Sie waren gewissenhaft, stopften sich mit einschlägiger Literatur voll und taten ihr Bestes. Doch das Alleinsein schmerzte. Immer waren sie diejenigen, die mitten in der Nacht aufstanden, wenn ein Kind weinte, die es trösteten, wenn es Halsweh hatte, die Schüssel hielten, wenn es erbrach. Ein unverheirateter Kinderarzt war unter solchen Umständen nicht die schlechteste Wahl. Deshalb strickten sie ihm Pullover und backten ihm Kuchen.
Alan war mit einigen von ihnen ausgegangen. Sie hatten einen kurzweiligen Abend miteinander verbracht. Die Frauen waren nett, amüsant, nicht auf den Kopf gefallen und hübsch. Alan hatte sich bisweilen gewünscht, er könnte mehr für sie empfinden. Ehe und Familie waren ihm immer erstrebenswert erschienen. Er begann sich ernsthaft zu fragen, ob alles in Ordnung bei ihm war. Warum konnte er die Gefühle dieser Frauen nicht erwidern, die bereit waren, ihm ihre Liebe zu schenken?
Ihm fiel spontan nur eine Antwort ein: Sie waren nicht Dianne.
Bei Alans erstem Hausbesuch auf Gull Point hatte ihm Dianne die Tür geöffnete, mit einer Miene zum Fürchten. Ihr Gesicht hatte stets ihre Gefühle widergespiegelt, und damals war es ihr schlecht gegangen. Mit ihren wirren Haaren, den flackernden Augen und den von Julias Speichel und Urin verschmutzten Kleidern hatte sie kaum noch Ähnlichkeit mit dem strahlenden

jungen Mädchen, das er ins Rosecroft Inn zum Abendessen eingeladen hatte. Sie sprach mit Alan, aber sie blickte dabei nur Julia an. Sie ließ keine Abneigung erkennen, keine wie auch immer geartete Gefühlsregung. Alan war Luft für sie gewesen. Sie hatte weder den Schwager noch den Mann in ihm gesehen, mit dem sie früher einmal ausgegangen oder befreundet gewesen war, sondern nur noch den Fremden, gegen den sie einen wachsenden Groll hegte und den sie nur angerufen hatte, damit er die Schmerzen ihres Kindes linderte.

Sie hatte damals von der Zeit gesprochen, die ihnen blieb – ihr, ihrer Mutter und Julia. Alan warf einen raschen Blick auf den Kalender, der neben dem Telefon hing und von der Layton Pharmacy als Werbegeschenk an jeden Haushalt verschickt wurde. Auf dem Kalenderblatt für diesen Monat war der Leuchtturm abgebildet, wo er mit Rachel gewesen war und sich die Erkältung geholt hatte. Dort war sie, die Stelle, an der sie sich – Alan suchte nach der richtigen Bezeichnung – ›gepaart‹ hatten. Von ›geliebt‹ konnte keine Rede sein. Er riss das Blatt ab und warf es in den Papierkorb.

Er starrte auf die Tage, die vor ihm lagen, auf all die weißen Rechtecke, die sich durch den Juni, Juli, August, September, Oktober, November und Dezember erstreckten. Sieben Seiten, sieben Monate. Alans Kopf war dumpf und schwer, sein Blick verschwommen. Er glaubte nicht, dass Julia länger als sieben Monate, sieben Kalenderseiten, zu leben hatte.

Allerdings hatte sie ihm immer wieder Rätsel aufgegeben. Er hatte nicht einmal damit gerechnet, dass sie ein Jahr alt werden würde, geschweige denn fünf. Kinder mit so schweren Schädigungen starben in der Regel früh, und deshalb war jedes Jahr ein Geschenk gewesen. Doch dieses Jahr hatte Julia offenbar beschlossen zu wachsen.

Alan wischte sich mit der Hand über die Augen. Julia war seine einzige Nichte. Der Blick auf den Kalender zeigte ihm, wie schnell der Sommer nahte. Julia liebte das Meer. Wenn das Wasser warm war, lag sie mit ihrer Mutter in der geschützten

Leuchtturm-Bucht am Strand, direkt an der Gezeitenlinie, und ließ sich von den sanften Wellen umspülen. Vor zwei Jahren, im Sommer, hatte Alan Dianne zufällig an der Jetty Beach gesehen. Mit Julia in den Armen schwamm sie im Meer – das klare türkisgrüne Wasser, die weißen Schaumkronen, die beiden blonden Köpfe.
Sie wirkten so frei wie der Wind, Dianne unbelastet von Sorgen, Julia geborgen in ihren Armen. Alan hörte, wie Dianne sang, sah, wie sie lächelte. Die Sommersonne brannte vom Himmel, die Flut ging zurück. Nach dem Schwimmen baute Dianne eine Burg aus dem nassen Sand. Julia lag friedlich neben ihr, wohlig warm von der Sonne und rundum glücklich.
Die Sandburg war weitläufig, ein Meisterwerk. Dianne fügte Türme und einen Burggraben hinzu. Sie benutzte Jingle-Muscheln, Chitinpanzer von Krustentieren und Treibholz als Dekoration. Diese Strandversion ihrer Spielhäuser baute sie nur für Julia. Die Hand ihrer Tochter führend, half Dianne ihr, den Sand festzuklopfen. Julia trug ihr Scherflein bei, ohne zu wissen, was sie tat. Aber Diannes Gesichtsausdruck spiegelte reine Freude wider. Sie spielte mit ihrer Tochter, hatte die Welt ringsum vergessen.
Sieben Monate, dachte Alan, sieben Kalenderblätter. Er wusste nicht, wie viel Zeit ihm noch mit seiner Nichte oder Dianne vergönnt war. Wenn Julia starb, würde auch Dianne gleichermaßen aus seinem Leben verschwinden. Dann gab es keinen Grund mehr, sie zu sehen. Ohne Julia würde die Welt dunkel werden, für beide.
Weiße Vierecke auf dem Kalender. Alan ertrug den Gedanken nicht, Dianne zu verlieren. Sie hatte wissen wollen, wie viel Zeit ihnen ›miteinander‹ verblieb. Alan wünschte sich nichts sehnlicher, als an diesem Miteinander teilzuhaben. Und Dianne zu heiraten. Er wollte ihr helfen, Julia zu umsorgen in der kurzen Zeit, die ihr noch blieb, wollte das Kommende gemeinsam mit ihr durchstehen. Das kleine Mädchen verdiente einen Vater. Und das wollte Alan für sie sein.

Während er auf den Behälter starrte, in dem die Hühnersuppe gewesen war, fragte er sich, welcher Tag Julias letzter sein würde. Er dachte an seinen Bruder Tim, weit entfernt auf seinem Boot, ständig auf hoher See, ohne Land in Sicht, allein mit sich und den Sternen, Ursache vieler Probleme, die ungelöst waren. Alan hätte Tim am liebsten an den Haaren hergeschleift, ihn gezwungen, mit Dianne ins Reine zu kommen. Und mit Alan. Um allen die Chance zu geben, etwas zu verändern.

Bevor es zu spät war.

Lucinda Robbins hatte den ganzen Abend gehofft, mit ihrer Tochter sprechen zu können. Aber Dianne kam erst spät von ihrer Fahrt zurück, und Lucindas Literaturzirkel hatte sich in Shakespeares Labyrinth der Intrigen, Ironien, Symbole und Liebeswirren verirrt und war eine volle Dreiviertelstunde länger geblieben als sonst. Dann hatte Dianne Julia in den Schlaf gewiegt, während Lucinda einen Spaziergang im Nebel unternahm, um ihren Kopf auszulüften. Nun waren sie endlich allein in der Küche.

»Und?«, fragte Lucinda.

Dianne stand am Herd und rührte Bitterschokoladenriegel in den Topf mit kochender Milch. Sie trug ein weißes leichtes Nachthemd, und von hinten sah sie so schmal aus, als würde sie auf Julias Größe schrumpfen.

»Gleich fertig«, erwiderte Dianne.

»Ich meine nicht die Schokolade.«

»Wir war dein Literaturzirkel?«

»Prima. Sehr aufschlussreich. Wir haben uns gefragt, wie wir das College geschafft haben, ohne *Verlorene Liebesmüh* zu lesen. Dabei hatten wir alle Englisch als Wahlfach, und keine …«

»Damit du es gleich weißt, das war das letzte Mal.«

»Was, Liebes?«

»Dass ich Alan McIntosh Suppe bringe.«

»Warum? Hat er …«

Dianne schüttelte den Kopf. Sie kostete die Schokolade, goss mehr Milch dazu und rührte weiter.
»Er schlief. Er hat nicht aufgemacht, und deshalb bin ich einfach hineingegangen. Ich hätte die Suppe auf der Veranda stehen lassen sollen, aber dann hätte er sie vielleicht nicht gefunden. Ich bin mir wie eine Närrin vorgekommen.«
»Aber wieso denn? Das war doch sehr nett.«
»*Du* warst nett, Mom.«
»Er lebt alleine und hat niemanden, der sich um ihn kümmert, Liebes. Für dich ist er ein großartiger Arzt, aber ich werde dir mal was sagen. Er ist einsam, und deshalb kommt er an seinen freien Tag in die Bibliothek. Er ist nicht wie Tim.«
Dianne sah sie mit verkniffener Miene an, eine Warnung für Lucinda, den Mund zu halten.
»Lass uns nicht wieder davon anfangen«, sagte Dianne heftig.
»Liebes …«
»Mom, bitte, ich habe nichts gegen ihn. Ehrenwort. Aber wir sollten alles so lassen, wie es ist. Alan ist Julias Arzt. Dafür brauche ich ihn. Ich will unsere Beziehung nicht mit Hühnersuppe und zwanglosen Besuchen komplizieren. Eines Tages meint er vielleicht noch …«
Dianne goss die heiße Schokolade in blaue Becher. Ihre Hände zitterten, ein Löffel schlug klirrend gegen den Rand. Stella sprang auf die Arbeitsfläche, um die verschüttete Milch aufzuschlecken. Dianne beugte sich hinab, sodass sich die Katze an ihrer Wange reiben konnte.
»Was meint er eines Tages vielleicht noch?«, hakte Lucinda nach.
»Dass wir wieder Freunde sein könnten, wie früher.«
Lucinda entgegnete nichts. Ihre Gedanken wanderten zurück zu der Zeit, als Dianne die Bekanntschaft der McIntosh-Brüder gemacht hatte.
Unmittelbar vor ihrem sechsundzwanzigsten Geburtstag war sie regelrecht aufgeblüht – das scheue Mädchen, das als Zimmermann arbeitete, hatte sich wie das hässliche Entlein in einen

Schwan verwandelt. Dianne hatte ein Chaos angerichtet und einen Keil zwischen die Brüder getrieben, ohne es zu merken. Ihr war nicht bewusst gewesen, dass sie Alan verletzt hatte, zumindest nicht am Anfang, und was er für sie empfand. Trotzdem musste sie irgendwann gesehen haben, wie er litt. Es konnte ihr nicht entgangen sein.

Dianne hatte einen Freund und seinen Bruder nach Hause gebracht – Tim und Alan. Die drei waren unzertrennlich gewesen.

»Emmett mochte die beiden«, sagte Lucinda nun. Während sie sich insgeheim gewünscht hätte, dass aus Dianne und Alan ein Paar würde, hatte sich Emmett in Tims Gesellschaft wohler gefühlt. Obgleich Emmett der klügste Kopf war, den sie kannte, hatte er wie viele Männer seines Schlags Minderwertigkeitskomplexe gegenüber einem ›Studierten‹.

»Ich weiß.«

»Er war froh, dich glücklich zu sehen.« Lucinda dachte an die Zeit zurück, die sie zusammen verbracht hatten. Emmett war an vielen Nachmittagen mit Tim zum Hummerfang aufs Meer gefahren. Er hatte Schränke für Alans Sprechzimmer geschreinert. Er war überglücklich, als er von Diannes Schwangerschaft erfuhr, einen Monat bevor er an einem Herzinfarkt starb. Und dann hatte sich Tim auf und davon gemacht. Vor zwölf Jahren. Eine lange Zeit.

»Dad hat Julia nicht mehr kennen gelernt«, sagte Dianne düster, den Blick auf ihren Kakao gerichtet.

»Nein, aber er war selig, als du ihm gesagt hast, dass du schwanger bist.«

»Tim auch.«

»Tim konnte sich nicht einmal selbst helfen, geschweige denn anderen«, entgegnete Lucinda. »Armer Kerl.«

»Er hat sie nicht einmal sehen wollen. Ist einfach auf und davon.«

»Ein Feigling, der dich nicht verdient.«

»Mein Leben ist perfekt, seit ich dich habe, hat er immer gesagt.«

Lucinda zögerte, dann ergriff sie die Hand ihrer Tochter, die auf dem Kiefernholztisch lag. »Genau das war das Problem. Er meinte, perfekt könne man nur auf eine Weise sein.«

Lucinda beobachtete ihre Tochter. Dianne zeichnete mit den Fingerspitzen ihrer freien Hand die Astknorren und Maserung in dem alten Tisch nach. Ihr Vater hatte ihn vor einigen Jahrzehnten selbst gemacht, in dem Jahr, als er Lucinda geheiratet hatte.

»Ich vermisse Dad.«

»Er jubilierte, Dianne. Anders kann ich es nicht ausdrücken. Als er erfuhr, dass er Großvater werden würde, ging er in den Garten, blickte zu den Sternen hinauf und jubilierte vor lauter Freude.«

»Aber er hat es nicht mehr miterlebt.«

Lucinda räusperte sich, während sie um Fassung rang. Wenn sie über Emmett sprach, war er ihr so nahe wie früher, auch heute noch, nach fast elf Jahren.

»Oh, so würde ich das nicht sehen. Ich glaube, er auch nicht.«

»Aber Mom, als er starb, war ich im vierten Monat schwanger …«

»Ja, doch sag nicht, dass er kein Großvater ist! Das würde ihn furchtbar ärgern. Er hatte eine sehr enge Beziehung zu dem Baby, Liebes. Dass sie sich nicht von Angesicht zu Angesicht kennen gelernt habe, hat nichts zu bedeuten.«

»Er hätte sich ihretwegen nur aufgeregt!«

»Er hätte sie geliebt!«, erwiderte Lucinda fest.

»Ihr eigener Vater hat sie verlassen!«

Dazu fiel Lucinda keine passende Entgegnung ein. Es stimmte, Männer waren empfindlicher, was Krankheiten und solche Dinge anging. Emmett war nie in der Lage gewesen, an Diannes Bett zu sitzen, wenn sie Bronchitis, Windpocken oder Halsschmerzen hatte. Er hatte nur im Notfall ihre Windeln gewechselt und gewürgt, als Lucinda ihn ein einziges Mal gebeten hatte, Dianne die Ohren zu säubern.

»Sie hat uns, Liebes«, sagte Lucinda.

»Ich weiß.«
Dianne starrte auf den Tisch, noch immer die Maserung mit dem Fingernagel nachziehend. Die allabendlichen Gespräch in der Küche waren für Lucinda unendlich kostbar, und der Gedanke, dass Dianne sie nie mit Julia führen würde, brach ihr das Herz. Doch Liebe hatte viele Gesichter, folgte rätselhaften Gesetzmäßigkeiten, und es war ein Wunder, dass Familien überhaupt miteinander auskamen.
»Emmett hätte sie geliebt. Er war Julias Großvater und kannte sie schon als Baby«, wiederholte Lucinda und blickte zu Julias Zimmer hinüber.
Dianne nickte. Sie sah schmal und zerbrechlich aus, aber das täuschte, denn sie besaß eine eiserne Konstitution. Die Haut ihrer feingliedrigen Hände war genauso rau, wie Emmetts gewesen waren. Wildfremde sprachen sie auf der Straße an, brachten ihre Hochachtung zum Ausdruck, weil sie ihr Kind nicht in ein Heim gegeben hatte. Lucinda wusste, dass Dianne am liebsten Tim ausfindig gemacht und sein Schiff mit Mann und Maus versenkt hätte.
Wie häufig in Zeiten der Anspannung suchte Lucinda Trost, indem sie an ihren verstorbenen Mann dachte. Sie sah ihn vor sich sitzen, an der Stirnseite des Tisches. Er nickte mit seiner vollen weißen Löwenmähne, seine blauen Augen waren so unerschütterlich wie immer. Er kaute auf einem der gelben Bleistifte herum, die er ständig bei sich trug, um Maße auf dem Holz einzuzeichnen.
Er war in vieler Hinsicht ein schwieriger Mann gewesen – launisch, starrköpfig, verschlossen. Lucinda wäre gerne öfter ausgegangen oder hätte Freunde zum Essen eingeladen. Sie hatte sich literarische Abende ausgemalt, an denen die Leute ihre Lieblingsgedichte vorlasen, Szenen aus Bühnenstücken aufführten, ein Glas Wein miteinander tranken. Aber das war nichts für Emmett.
Er hatte es ihr von Anfang an alleine überlassen, Dianne zu erziehen, hatte mit seiner kleinen Tochter nichts anfangen kön-

nen, hatte Angst gehabt, ein so zerbrechliches Wesen zu verletzen. Emmett wusste nicht, dass Babys robust und widerstandsfähig waren. Deshalb hatte Lucinda, die damals ganztags als Bibliothekarin arbeitete, Dianne mitgenommen und in einem Laufstall hinter der Ausgabetheke untergebracht. Erst als Dianne älter wurde, hatte ihr Vater angefangen, sie hin und wieder in seinem Lieferwagen mitfahren zu lassen. Sie hatte auf dem Sitz gestanden und die Arme um seinen Hals geschlungen. Liebe braucht manchmal Zeit, um zu wachsen – auch zwischen Vater und Tochter.

Sie dachte an Alan, daran, wie liebevoll er mit Julia umging. Lucinda wünschte, sie wäre in der Lage, die richtigen Worte zu finden und Dianne dazu zu bringen, ihn aus einer anderen Warte zu sehen.

»Wie dem auch sei, ich hoffe, dass Alan meine Hühnersuppe gut getan hat. Er ist schließlich Julias Onkel«, sagte sie lächelnd.

»Er sah wirklich krank aus.«

»Er war ziemlich blass um die Nase, als er in die Bibliothek kam.«

Dianne lachte. Sie hatte Löcher in die Luft gestarrt und schien etwas Komisches entdeckt zu haben.

»Findest du es lustig, dass Alan McIntosh mit einer Grippe im Bett liegt?«

»Nein. Ich habe gerade an seine Arme gedacht. Er sieht aus wie ein kurzsichtiger, blutleerer Professor, aber unter seinem abgetragenen blauen Hemd ist er ganz schön muskulös.«

»Ich bin überrascht, dass du das nie bemerkt hast«, erwiderte Lucinda. Sie hatte es auf den ersten Blick gesehen, genau wie ihre jungen Mitarbeiterinnen.

»Amy schwärmt für ihn«, sagte Dianne.

»Magst du Amy? Gefällt es dir, wenn sie dir in der Werkstatt Gesellschaft leistet?«

»Ja.« Diannes Augen verengten sich, als würde ihr der Gedanke nicht behagen, der ihr gerade durch den Kopf ging. »Sie erinnert mich daran, wie Julia wäre, wenn sie sprechen könnte. Und sie mag Julia, sie behandelt sie wie eine Gleichaltrige.«

»Ach, Liebes.«

»Ich frage mich, was mit ihrer Mutter ist …«

»Vielleicht kann Amy nicht mit ihr reden. Vielleicht bist du die Einzige, zu der sie Vertrauen hat.«

»Das Gefühl habe ich auch.«

Lucinda fand, dass es nicht der richtige Zeitpunkt für den Hinweis war, dass Alan Amy zu ihr gebracht hatte. Ihr Kupplerinstinkt arbeitete auf Hochtouren, und sie wusste, dass es besser war, sich zu bremsen. Sie hatte keine Ahnung, was Dianne in ihrer derzeitigen Stimmung aus weiteren Bemerkungen über den hilfsbereiten Kinderarzt herauslesen würde. Deshalb lächelte sie nur und wartete stumm, dass ihre Tochter das Lächeln erwiderte.

8

An einem Juninachmittag, während sie darauf wartete, dass die zweite Farbschicht trocknete, entdeckte Dianne eine weitere Gemeinsamkeit. Julia und sie fuhren gerne Auto. Es hatte etwas mit dem Rhythmus der Straße zu tun, mit der warmen Brise in den Haaren, dem Gefühl, sich vorwärts zu bewegen, auf engstem Raum beisammen zu sein. Und nun stellte sich heraus, dass Amy die gleiche Vorliebe hatte.

Diannes Ford Pick-up war dunkelgrün und auf Hochglanz poliert, mit Aufklebern von Mystic Seaport, Mystic Marinelife Aquarium und dem Connecticut River Museum an der Heckscheibe. Julias Rollstuhl war auf der Ladefläche untergebracht, zusammengeklappt für den Fall, dass es regnete. Dianne hatte, während sie fuhr, den Ellbogen auf dem heruntergekurbelten Fenster. Julia saß zwischen ihr und Amy, in ihrem Spezialsitz festgeschnallt.

»Hier sitzt man ja so hoch!«, sagte Amy.

»Bist du noch nie in einem Pick-up gefahren?«

»Als Baby schon – mein Vater hatte einen. Hat mir meine Mom erzählt. Er brauchte ihn für seine Angelausrüstung. Schade, dass wir ihn nicht mehr haben. Ich würde Mom überreden, ihn irgendwo unterzustellen, bis ich meinen Führerschein habe, und dann könnte ich fahren und fahren …«

»Mein Vater hatte auch einen«, sagte Dianne. »Lieferwagen sind prima, um schwere Dinge zu transportieren – Holz, Angelausrüstung, Rollstühle … stimmt's, Julia?«

Julia sah starr geradeaus. Beim Autofahren musste sie ihren Kopf nicht von einer Seite zur anderen drehen. Die Welt drehte sich auch so schnell genug, sauste mit vierzig Meilen in der Stunde an ihr vorbei. Sie verschränkte die Hände und löste sie wieder.

»Darf ich dich etwas fragen?«
»Sicher«, sagte Dianne.
»Findest du es grässlich, wenn Leute junge Mädchen ›Küken‹ nennen?«
»Mit Leute meinst du Männer?«
»Ja, die Jungen in der Schule. Sie nennen uns so. Einer hat ein schlimmes Wort zu mir gesagt, weil ich mich geweigert hatte, ihn in der Schulaufgabe abschreiben zu lassen.«
»Gut gemacht.« Dianne blickte zu Julia hinüber und sah, wie Amy stirnrunzelnd ihre Knie betrachtete. »Wie hat er dich genannt?«
»Schnepfe und das Wort mit K.«
»Armer Irrer.« Dianne schüttelte den Kopf, als empfände sie Mitleid mit dem namenlosen Mitschüler. Sie gestand nur sich selbst ein, dass sie demjenigen den Hals umdrehen würde, der so etwas zu Julia sagte.
»Wieso?«, fragte Amy verwirrt.
»Weil er so beschränkt ist. Gibt mitten im Unterricht, wo jeder es hören kann, zu erkennen, wie strohdumm er ist. Ein Trauerspiel. Solche Leute kann man nur bedauern.«
»Ja ...«
»Die Jungen nennen euch also Küken?«
»Ja. Ist das in Ordnung?«
»Was meinst du denn?«
»Ich mag Küken. Meine Freundin Amber und ich haben uns darüber unterhalten. Uns gefällt das Wort, und wir mögen Küken. Die sind niedlich und piepsen. Sie laufen den ganzen Tag herum, sind rundum glücklich und haben weichen Flaum.«
Julia seufzte und summte.
»Flaum fasst sich wunderschön an«, sagte Dianne, »aber ich bin sehr wählerisch, was die Namen angeht, die Jungen mir geben dürfen. Wenn Julia und du Küken zu mir sagen würdet, wäre das in Ordnung, doch von Männern würde ich mir das nicht gefallen lassen.«
»Weil es dann etwas anderes bedeutet, oder?«, entgegnete Amy

und schnitt eine Grimasse, während sie sich bemühte, den Schleier des Geheimnisses zu lüften, der eine uralte Wahrheit umgab.
»Ich denke schon.«
»Aber wenn wir zusammen sind – du und ich und Julia –, dann können wir Küken sein?«
»Klar.«
»Aha.«
»Für die Männer sind wir Frauen.«
»Frauen?«, sagte Amy zweifelnd. »Ich bin doch erst zwölf.«
»Trotzdem. Das hat etwas mit der inneren Einstellung zu tun.« Julia neigte den Kopf und blinzelte wegen der Sonne.
»Frauen sind stark«, erklärte Dianne.
»Meine Mutter sagt, dass eine Frau eine Lady sein sollte.«
»Dagegen ist nichts einzuwenden. Jeder Mensch muss seinen eigenen Weg gehen und auf seine eigene Weise stark werden. Was mich betrifft, so möchte ich lieber als Frau bezeichnet werden.«
»Auch von uns? Von Julia und mir? Wenn wir alleine sind?«
»Nein, dann nicht. Wir müssen nur wissen, wer wir sind. Wenn wir unter uns sind, können wir uns auch Küken nennen.«
»In einer Woche beginnen die Ferien. Und danach komme ich in die siebte Klasse.«
»Wow!«, sagte Dianne.
»Eine Siebte-Klasse-Frau.«
»Eine blitzgescheite.«
»Mit zwei Küken-Freundinnen!« Amy grinste.
»Damit sind wir gemeint, Julia!«
»Gaaa«, sagte Julia.
»Das sind wir auch!«, meinte Amy.
»Drei Gaaas auf dem Weg ans Meer!« Dianne lachte, bis ihre Wangen schmerzten.

Amy war frei!
Die Schule war aus. Zumindest bis September. Die erste Ferien-

woche war heiß und schwül. Eine Hitzewelle hatte Hawthorne heimgesucht, und alle lechzten nach Abkühlung.
Am Tag der Sommersonnenwende schenkte Dianne Amy einen Strohhut. Er hatte eine breite Krempe, ein blaues Band und sah fast so aus wie Diannes. Er gefiel Amy so gut, dass sie ihn am liebsten gar nicht mehr abgesetzt hätte.
Die drei erkundeten mit dem Ruderboot die Marschen. Goldmakrelen, die ersten in der Angelsaison von annehmbarer Größe, färbten das Wasser silberblau. Ein grauer Reiher suchte Schutz in den Schatten. Amy tauchte ihre Finger ins Wasser und ließ es auf Julias nackte Beine rieseln. Dianne hatte für Julia zwischen den Sitzen ein kleines Bett unter einem blauen, Schatten spendenden Sonnenschirm zurechtgemacht.
»Was ist dein Lieblingstier?«, erkundigte sich Amy.
»Ein bestimmtes Tier oder eine Spezies?«
Amy schnaufte. Dianne dachte immer so kompliziert, dass sich Amy manchmal richtig dumm vorkam. Bei ihr zu Hause redete man ganz anders. Da waren die Antworten viel einfacher, da sagte man ›Mistkerl‹ oder ›Halt die Klappe, ich will fernsehen‹. Doch seltsamerweise schämte sich Amy in Diannes Gegenwart nicht, dass sie so wenig wusste. Wenn sie fragte, würde Dianne ihr erklären, was sie meinte, und früher oder später begriff sie es dann. Hinterher fühlte sich Amy jedes Mal schlauer.
»Was meinst du damit?«, fragte Amy.
»Nun, Stella ist mein Lieblingstier, aber Katzen sind nicht meine liebste Spezies. Das sind die Seeottern.«
»Ach so!« Sie wusste zwar immer noch nicht ganz genau, was *Spezies* bedeutete, aber es genügte fürs Erste. Während das Boot durch die Marschen glitt, hielt sie auf den Sandbänken nach Seeottern Ausschau.
»Und deine?«, fragte Dianne.
»Gaaa«, sagte Julia.
»Hm, der kleine Hund bei uns zu Hause oder Stella. Ich glaube, sie ist mir am liebsten. Und die besten Spe-ziehs«, Amy sprach

das Wort sorgfältig aus, um ja keinen Fehler zu machen, »sind für mich Wale und Delfine.«
»Das hast du mit deinem Freund Dr. McIntosh gemein.«
»Ja.« Seit es Dianne in ihrem Leben gab, ging sie nicht mehr so oft zu ihm. Außerdem lag seine Praxis mitten in der Stadt, nicht weit von ihrer Schule entfernt. Aber schon bei der Erwähnung seines Namens glühte sie.
»Wie geht es ihm?«
»Dliiii«, sagte Julia.
»Oh, gut. Ich habe ihn gestern angerufen.«
»Hm.«
Ihr beide solltet heiraten, hätte Amy um ein Haar gesagt, aber sie konnte sich gerade noch rechtzeitig auf die Zunge beißen. Der Meinung war sie schon seit geraumer Zeit. Sie passten so gut zusammen, kannten sich ein Leben lang und liebten Julia über alle Maßen. Doch die häusliche Situation hatte Amys Sinne für die Gefühle der Menschen geschärft, und sie befürchtete, Dianne würde das mit ihr und dem Doktor nicht gerne hören.
Dianne war nahe daran, zur drittwichtigsten Person in Amys Leben zu werden. Ihre Mutter stand an erster Stelle, Dr. McIntosh an zweiter und Dianne und Julia an dritter. Amys Vater war natürlich wichtiger als alle anderen, aber er war tot und im Himmel. Und dieser Wettbewerb fand auf der Erde statt.
»Hast du eigentlich Geschwister?«, fragte Amy.
»Nein.«
»Noch ein Einzelkind.«
»Ich habe mir immer Schwestern gewünscht«, sagte Dianne.
Wie oft hatte sich Amy schon Schwestern gewünscht? Mädchen, mit denen man die Geheimnisse des häuslichen Lebens teilen konnte, die Sorge um die Mutter, den Hass auf Buddy. Ältere Schwestern wüssten, was zu tun wäre. Sie würden sich um Amy kümmern, ihr einen Ausweg aus dem Labyrinth zeigen.
»Wer ist deine beste Freundin?«, fragte Amy.
»Ich weiß nicht. Meine Mutter, denke ich.«

Amy schwieg. Sie wünschte, sie könnte das Gleiche von sich behaupten. Aber ihre Mutter und Lucinda waren so verschieden wie Tag und Nacht.

»Und was ist mir dir?«, fragte Dianne. »Steht ihr euch sehr nahe, deine Mutter und du?«

Amy hustete und tat so, als hätte sie die Frage nicht gehört.

»Wie weit bist du mit deinen Plänen? Du wolltest deine Mutter doch überraschen, wenn sie pensioniert wird.«

»Mir fällt einfach nichts ein. Als wenn ich ein Brett vor dem Kopf hätte.«

»Du wirst dir schon etwas ausdenken.«

»Letzte Nacht habe ich geträumt, Julia hätte ihre Abschlussfeier in der Schule. Ich wollte mir ihr verreisen, und als ich aufwachte, dachte ich, es wäre keine schlechte Idee, wenn wir alle miteinander verreisen würden.«

»Disney World wäre klasse«, sagte Amy.

Dianne lachte. Als ob Julia sie verstanden hätte, begann sie leise zu summen. Amy war aufgeregt. Dianne hatte ›alle miteinander‹ gesagt. Schloss das Amy ein?

»Ja, oder Grand Canyon, Rocky Mountains, der Mississippi, Prince Edward Island. Meine Mutter liebt *Tom Sawyer* und *Anne of Green Gables*. Wir könnten die Schauplätze, die in den Büchern beschrieben sind, besichtigen. Das war mein erster Gedanke, als ich aus meinem Traum aufgewacht bin.«

»Und wie wollt ihr hinkommen?«, fragte Amy und betete, dass Dianne sie verbessern und ›wir‹ sagen möge, aber sie tat es nicht.

»Keine Ahnung. So weit ging mein Traum nicht.«

Julias Hände bewegten sich, als wollten sie die Luft vor ihr teilen.

»Du hast ja heute Nacht noch Zeit. Vielleicht träumst du wieder das Gleiche.«

Dianne ruderte sie durch die Marschen. Julia machte ein Nickerchen zu ihren Füßen. Im Schlaf rollte sie sich zusammen wie der kleine Hund zu Hause. Amy beobachtete verstohlen, wie Dianne Julia ansah, ihr eine feuchte Haarsträhne aus der Stirn strich und ihre Hand einen Moment auf ihrem Kopf ruhen ließ. Diannes Miene war heiter. Das war nicht immer so. Ein lauer Wind wehte durch das Schilf, und die Sonne brannte vom Himmel. Amy war froh, dass sie ihre Hüte aufgesetzt und Julias Sonnenschirm aufgespannt hatten, und sie wünschte, sie könnten ewig weiterrudern.

9

Die Tage wurden bereits kürzer. Der Himmel war weiß und die Luft stickig. Hitzewellen stiegen von der Straße auf. Dianne und die Mädchen hatten angehalten, um Eis zu kaufen, das sie auf einem Picknickplatz im Schatten aßen.

Dianne hatte in der Nacht schlecht geschlafen. Julia hatte sich unruhig im Bett hin und her gewälzt. Zwei Mal hatte sie sich dabei die Windel runtergerissen. Beim zweiten Mal hatte sie nach Luft gerungen, und Dianne hatte sie in den Armen gewiegt, bis der Puls wieder normal war und der Brustkorb sich sanft in Einklang mit den Wellen hob und senkte, die in der Ferne die Küste von Landsdowne Shoal überspülten. Als sie endlich einschlief, hatte sie sich wie ein Kind im Mutterleib zusammengerollt.

»Hm, einfach lecker.« Amy schleckte ihr Eis. »Ich liebe Orange-Ananas.«

»Und ich mag schwarze Johannisbeere am liebsten«, sagte Dianne. Sie teilte sich eine Portion mit Julia und schob ihr gerade einen Löffel voll in den Mund.

»Warum hast du sie eigentlich Julia genannt?«, fragte Amy, während das geschmolzene Orange-Ananas-Eis über ihren Handrücken tropfte.

»Weil es ein literarischer Name ist.«

»Literarisch?« Amy runzelte die Stirn wie immer, wenn sie etwas nicht hundertprozentig verstand.

An ihrer Ausdrucksweise erkannte Dianne, dass man Amy als Kind nie Geschichten vorgelesen hatte, und das stimmte sie traurig. »Ja«, sagte Dianne. »Er kommt in Büchern vor, und ich wollte, dass alle wissen, wie wichtig sie ist.«

»Aber das weiß man doch auch so«, erwiderte Amy erstaunt, als wäre das die selbstverständlichste Sache der Welt.

»Ich schon.« Dianne dachte daran, wie Tim sich mit seinem Boot aus dem Staub gemacht hatte.
»Und was ist Julias größer Wunsch?«
»Ich kann es dir nicht sagen.«
Sie hatten sich im Schatten der Bäume niedergelassen und es ging ein leichter Wind, sodass die Blätter über ihnen wie Karten raschelten, die in Radspeichen geklemmt waren. Dianne aß einen Löffel Eis.
»Ist Julia schon mal richtig verreist?«
»Nein. Wir haben immer nur Ausflüge in die Umgebung von Hawthorne gemacht.«
»Ich wünschte, ich könnte sie mitnehmen«, sagte Amy. »Auf eine richtige Reise.«
Ein riesiges Wohnmobil war auf den Picknickplatz gerumpelt. Ein alter Mann saß am Steuer. Er parkte im Schatten, dann stiegen er und seine Frau aus, um sich die Beine zu vertreten. Sie hatten einen Collie an der Leine, und die Frau ging mit ihm im Gras spazieren.
»Eine Reise im Wohnmobil.« Dianne lachte genau wie Amy, die nachdenklich den Winnebago betrachtete.
»Julia, hübsches Mädchen«, sagte Amy.
Julia rang die Hände und blickte zum Himmel.
»Und was ist mit dir, Amy? Was ist dein größter Wunsch? Hast du einen Lieblingsort?«
»Nicht direkt.« Amys Stimme klang beiläufig. »Ich war noch nie weg und kenne nix als Hawthorne.«
Dianne zögerte. Aber sie war schließlich die Tochter einer Bibliothekarin. »*Nichts* als Hawthorne«, verbessere sie Amy sanft. »Du bist doch ein intelligentes Mädchen und musst dich nicht so schlampig ausdrücken.«
»Danke«, erwiderte Amy. Plötzlich tat es Dianne Leid, dass sie überhaupt etwas gesagt hatte.
»Erzähl uns doch etwas von dir. Jetzt kennen wir uns schon so lange, und du sprichst nie über dich«, meinte sie.
»Ich habe einen Hund. Er schläft auf meinem Bett und bewacht

mein Zimmer«, erwiderte Amy mit gesenktem Blick. »Er liebt mich.«
»Davon bin ich überzeugt. Und wie heißt er?«
Amy schwieg. Sie kaute an ihrem Fingernagel, dann betrachtete sie angestrengt ihr Handgelenk.
»Er schläft nicht ... er schläft ... in einem Käfig.«
»Amy ...«, sagte Dianne, verwirrt durch die Flunkerei.
»Mein Vater hat mir die Uhr hinterlassen.«
»Ich weiß.«
»Dieses große Wohnmobil«, Amy versuchte zu lachen, »würdest du wirklich damit verreisen?«
»Das war nur ein Scherz.«
»So wie in der Geschichte, in der eine ganze Familie in einem großen Schuh lebte. Vielleicht kletterst du mit Julia hinein, und weg seid ihr!«
»Schuhe, die weggehen, können zurückkommen.«
Amy zuckte mit den Schultern. Sie trat mit ihrem Fuß gegen Julias Rollstuhl. Julia, die ihre Hände gerungen hatte, hielt plötzlich inne. Ihre Hände zeichneten Figuren zwischen ihrem und Amys Gesicht in die Luft, wie bei einem Ballett.
»Das können wir wirklich, Amy«, sagte Dianne.
Amy nickte, aber sie schwieg.
Diannes Herz klopfte zum Zerspringen. Sie wollte so vieles, Amy helfen, Julia eine gute Mutter sein, eine gute Tochter sein, Julia ein Leben wie anderen Mädchen in ihrem Alter ermöglichen – mit ihr verreisen, damit sie etwas von der Welt kennen lernte, sie spüren lassen, wie wichtig sie war. Weihnachten mit ihr nach New York fahren, um sich den *Nussknacker* anzuschauen, was Mutter und Tochter mindestens einmal im Leben gemeinsam gemacht haben sollten. Ihre Mutter war diejenige, die in den Ruhestand ging, aber Dianne fühlte sich plötzlich alt.
»Ich weiß, wie es ist, wenn man verlassen wird«, sagte Dianne laut.
Amy drehte sich um und sah sie an.

»Es schmerzt. Ich kann nicht einmal so tun, als ob es anders wäre.«
Amy weinte, aber sie wollte sich nichts anmerken lassen. Sie spielte mit Julia weiter, als wäre nichts geschehen. Dianne fühlte sich hilflos als einzige Mutter weit und breit, als einzige Erwachsene. Sie wünschte, ihre Mutter wäre jetzt hier. Und noch mehr wünschte sie sich zu ihrer eigenen Überraschung, Alan wäre bei ihr.
Aber warum überraschte sie das? Er sorgte sich um alle – um Amy, Julia und sogar um Dianne. Dianne schluckte. Sie war kurz davor, in Tränen auszubrechen. Plötzlich hatte sie eine überwältigende Sehnsucht nach ihm. Er war der Einzige, der sie verstand, der wusste, was sie durchmachte. Sie sehnte sich danach, von jemandem in den Arm genommen zu werden, der sanft und einfühlsam war, von Alan, aber es führte kein Weg zu ihm. Sie hatte Tim geheiratet. Es hatte lange gedauert, doch nun erkannte sie ihren tragischen Fehler. Sie war blind gewesen, hatte nicht erkannt, welcher Mann sie wirklich liebte.
Sie saß reglos da und sah zu, wie Julia und ihre Freundin Poesie ohne Worte in die Luft schrieben, in einem Birken- und Kiefernhain, der seit Menschengedenken als Weihestätte galt, und sie stellte sich vor, wie es wäre, in solchen Zeiten einen Freund an ihrer Seite zu haben. Alan.
In der nächsten Nacht schrie Julia. Als Dianne zu ihr lief, war sie völlig außer Atem, als wäre sie bei einem Rennen mitgelaufen. Dianne überprüfte wie gewöhnlich, ob die Luftröhre frei und die Windel trocken war oder ob sie auf etwas gelegen hatte, was sie drückte. Julia kam ihr plötzlich größer vor; war es möglich, dass sie über Nacht gewachsen war? Diannes eigenes Herz klopfte zum Zerspringen. Sie lief zum Telefon, rief Alans Anrufdienst an und erklärte, dass es sich um einen Notfall handelte.
»Hallo, Dianne«, sagte er, als er fünf Minuten später zurückrief. Obwohl es drei Uhr morgens war, klang er hellwach. »Was ist passiert?«
Wie so häufig schien es Julia besser zu gehen, sobald Dianne

Alan angerufen hatte. Atem und Puls nahmen wieder ihren gewohnten Rhythmus an. Vielleicht hatte sie nur schlecht geträumt. Sie war schweißgebadet und verstört und weinte leise vor sich hin.
»Julia hat keine Luft gekriegt, aber jetzt geht es ihr besser.«
»Ich komme.«
»Nein, das ist nicht nötig, Alan«, sagte Dianne hastig und fühlte Julias Puls. »Es tut mir Leid, dass ich angerufen habe. Wirklich, sie ist ...«
»Hör zu, entweder kommst du sofort in die Notaufnahme, oder ich mache einen Hausbesuch«, unterbrach er sie. »Die Entscheidung liegt bei dir.«
Sie hielt Julia im Arm und spürte, wie das Weinen nachließ. Sie hasste den Gedanken, sie nachts aus ihrem Bett zu reißen. Beide trugen sie nur ärmellose weiße Nachthemden aus Baumwolle, die bei der Wärme angenehm kühl waren. Die Grillen zirpten, und der untergehende Halbmond tauchte die Marschen in sein spinnwebenfeines karamellfarbenes Licht.
»Also gut, dann ein Hausbesuch.« Dianne dachte an die Sehnsucht, die sie auf dem Picknickplatz nach ihm gehabt hatte, und sah, wie ihre Hände zitterten. Sie versuchte ihre Gefühle zu verdrängen. Julia ging es schlecht, sie brauchte einen Arzt. »Danke, Alan.«
Sie zog sich an.

Alan parkte seinen alten Volvo vor dem Anwesen der Robbins, nahm seinen Arztkoffer und ging zu Fuß die Einfahrt hinauf. Er hatte schon hundert Mal Hausbesuche gemacht, wenn Julia Probleme hatte. Doch heute klopfte sein Herz. Er war gekommen, um seiner Nichte zu helfen und weil er ihre Mutter liebte. Schon seit Jahren. In der Küche brannte Licht, und er sah Dianne, die am Tisch saß. Sie hatte den Kopf gesenkt, ihr Gesicht war im Schatten.
Während Alan den Weg hinaufging, dachte er, wie oft es sich um falschen Alarm handelte, wenn ein Notfall gemeldet wurde.

Sein Anrufdienst weckte ihn drei- bis viermal in der Woche, und wenn er die Eltern zurückrief, hatte sich das Problem häufig in Luft aufgelöst. Der Husten hatte aufgehört, der Sturz aus dem Bett war nicht so schlimm, wie es zunächst schien, und das Geschrei schlimmer als die Verletzung. An Diannes Stimme hatte Alan erkennen können, dass die Krise vorbei war.
Trotzdem war er gekommen. Nichts auf der Welt hätte ihn abhalten können. Auch wenn sie verbittert und wütend war bis in alle Ewigkeit – er würde trotzdem ihre Nähe suchen. Er hörte den Ruf der Nachtvögel und die Schreie von Tieren, die sich in den Marschen paarten oder töteten. Alan holte tief Luft und klopfte an die Küchentür.
»Ich komme mir albern vor«, sagte Dianne.
»Ist mit der Atmung alles in Ordnung?«
»Nicht nur das. Sie schläft auch noch fest.«
Sie standen auf der Türschwelle, so dicht beieinander, dass sich ihre Zehen berührten. Motten umschwirrten die Lampe auf der Veranda und prallten gegen das Glas. Dianne trug Jeans und ein großes weißes Männerhemd. Alan fragte sich, ob sie wohl darin geschlafen hatte. Er sah die Konturen ihres Körpers, die sanften Rundungen, und hätte sie am liebsten in die Arme genommen.
»Trotzdem möchte ich sie mir kurz anschauen.«
Dianne nickte und ließ ihn eintreten. Sie ging ihm voraus in den ersten Stock. Alan hätte den Weg blind gefunden. Während der letzten zwölf Jahre war er ihn so oft gegangen, dass der Rhythmus seiner Schritte einer stillen Meditation glich, einem Gebet um Schutz für Diannes Tochter.
Sie betraten Julias Zimmer. Dianne hatte wie immer eine Nachtlampe brennen lassen. Sie warf einen gedämpften orangefarbenen Lichtschein auf das schlafende Mädchen, wie der Halbmond draußen vor dem Fenster. Ihre Haare waren fächerförmig auf dem Kissen ausgebreitet. Im Schlaf sah Julia friedvoll wie immer aus. Dianne stand so dicht neben ihm, dass er die Hitze spürte, die ihr Körper ausstrahlte.
»Siehst du? Alles in Ordnung.«

Alan holte sein Stethoskop heraus und drehte Julia behutsam auf den Rücken. Ihr Atem ging pfeifend, wie Luft, die aus einem Schlauch entweicht. Dianne zog die Träger von Julias Nachthemd herunter, und Alan hörte ihr Herz und Lunge ab.
»Siehst du?«
Alan schloss die Augen, um sich besser konzentrieren zu können, und lauschte.
»Ihr geht es wieder gut«, sagte Dianne.
Alle sieben Schläge machte ihr Herz klick. Alan kannte das Geräusch. Er hatte es zum ersten Mal bemerkt, als sie drei Jahre alt war. Damals war das Klick nach jedem zehnten Schlag erfolgt. Im letzten Sommer war es bereits nach jedem achten Schlag zu hören. Und nun waren es nur noch sieben. Alan war die Veränderung letztes Jahr Weihnachten aufgefallen.
»Siehst du?«, sagte Dianne noch einmal, obwohl sie besorgt aussah.
Das Stethoskop langsam nach unten bewegend, lauschte er auf das Gurgeln der Flüssigkeit in ihrem Gedärm. Er tastete den Bauch ab; dann spürte er die Schwellung. Behutsam löste er die Windel und sah hinein.
»Alles in Ordnung«, erklärte Alan und legte das Stethoskop beiseite.
Sie gingen nach unten.
»Tut mir Leid, dass ich in Panik geraten bin.«
»Es war richtig, dass du mich gerufen hast.«
»Wieso?« Die Sorgenfalten, die in dem Moment verschwunden waren, als er das Stethoskop aus der Hand gelegt hatte, kehrten schlagartig zurück. Alan legte ihr beschwichtigend die Hand auf die Schulter.
»Ich meine, es ist besser, doppelt vorsichtig zu sein. Wir haben ja gesehen, was …«
Dianne wartete, dass er den Satz beendet. Aber Alan verstummte. Er wusste nicht, wie er es formulieren sollte. Dianne war eine Frau und kannte Julia besser als jeder andere Mensch. Sie standen in der Küche und blickten sich an.

»Was ist los?«, fragte sie.
»Mit Julia?«
»Sag mir die Wahrheit!« Ihre Augen funkelten.
Alan hätte gerne ihre Hände ergriffen, sie in die Arme genommen, ihr seine Liebe gestanden, die keine Grenzen kannte. Vermochte sie das nicht zu sehen? Das Leben war zu kurz, um es zu vergeuden. Ärzte konnten ein Lied davon singen.
»Was ist?«
»Schaust du in die Windeln hinein, wenn du sie wechselst?«, fragte Alan.
»Natürlich! Was soll das?«
»Sie ist in der Pubertät«, sagte er.

Sie gingen hinunter in die Küche. Dianne sah aus, als hätte sie einen Schock. Sie zog die Nase kraus und schüttelte den Kopf.
»Äh … ist das Kaffee?«, fragte Alan und deutete auf die Kanne, die auf dem Herd stand.
»Ja, frisch aufgebrüht. Bitte nimm Platz.«
Alan setzte sich an den alten Kieferntisch. Er hatte schon viele Male hier gesessen, hatte sogar einen Stammplatz gehabt, damals, als Dianne und Tim frisch verheiratet waren. Dianne ließ sich ihm gegenüber nieder. Ihre Haut war gebräunt und schimmerte in der warmen Nacht. Ihre Lippen waren feucht und voll. Er spielte mit einem Löffel, um dem Drang zu widerstehen, ihre Hand zu ergreifen.
»Pubertät hast du gesagt. Bist du sicher?«
»Was?«
»Julia …«
»Ziemlich früh, ich weiß. Doch einige Mädchen reifen schneller.«
»Aber woher willst du das wissen?«, fragte Dianne eifrig und gleichzeitig verlegen. Alan kannte diese Reaktion, hatte sie bei etlichen Müttern erlebt. Die meisten wussten indessen genau über die körperliche Entwicklung ihrer Töchter Bescheid. Sie erinnerten sich an ihre eigenen Erfahrungen und hielten nach

den typischen Anzeichen Ausschau. Hatte Dianne geglaubt, Julia sei auch in dieser Beziehung eine Ausnahme?
»Sie hat drei Schamhaare«, sagte Alan so klinisch-nüchtern, wie es ging. »Der Warzenhof der rechten Brust ist vergrößert.«
»Ach, du liebe Zeit! Meine kleine Julia!«
Alan trank einen Schluck Kaffee. Er beobachtete, wie Dianne die Hand vor den Mund schlug und sich dahinter ein Lächeln ausbreitete. Vielleicht versuchte sie sich Julia als Teenager vorzustellen. Ihr Gesicht mit den Sommersprossen strahlte, und Alan konnte erneut nur schwer dem Drang widerstehen, ihre Hand zu ergreifen. Auch er spürte, wie schwer der Augenblick wog. Er hatte Julia genauso lange begleitet und aufwachsen sehen wie Dianne.
Dianne lächelte ihn an, blickte ihm tief in die Augen, bis er nicht anders konnte und ihr Lächeln erwiderte. Sie streckte einen Finger aus, und Alan berührte ihn mit seinem Finger.
»Ich hatte nicht damit gerechnet, dass sie sich auf diese Weise ... entwickeln würde«, sagte Dianne.
»Sie hat uns mit jedem Entwicklungsschritt überrascht.«
»Ja, das hat sie. Das hat sie wirklich.«
»Die Probleme mit der Atmung sind auf die Hormonänderung zurückzuführen. Alles ist bei ihr im Fluss. Das bringt auch emotionale Veränderungen mit sich.«
»Ja, an die erinnere ich mich noch gut.«
Alan öffnete seinen Arztkoffer und holte eine Papiertüte heraus. Als er Dianne wieder ansah, stellte er fest, dass sie verlegen wirkte.
»Danke für die Suppe«, sagte er.
»Nichts zu danken.«
»Ich war mir zunächst sicher, dass du es warst. Ich habe dich gesehen, im Halbschlaf. Doch dann sagte ich mir, das muss im Delirium gewesen sein. Ich hatte hohes Fieber. Jemand anders hat die Suppe gebracht. Aber bisher hat sich niemand freiwillig gemeldet.«
Dianne zog das alte Plastikbehältnis aus der Papiertüte und hob

es lächelnd hoch. »Um Ansprüche auf diese einmalige Antiquität geltend zu machen?«
»Die Suppe war gut.«
»Ich werde es ausrichten.«
Also hatte Dianne sie nicht selbst gemacht. Es war Lucindas Idee gewesen, was Alan nicht im Mindesten überraschte. Er trank seinen Kaffee aus und stand auf, um sich zu verabschieden.
»Geht es dir inzwischen besser?«, fragte Dianne erst jetzt, sodass Alan eine Weile brauchte, bis er begriff, dass sie auf seine Grippe anspielte.
»Ja. Viel besser. Schon lange.«
»Freut mich zu hören.«
»Ich muss doch in Form bleiben, um mit Julia mitzuhalten.«
»Ja. Wir verlassen uns auf dich.«
Alan lachte.
»Ach, Alan«, sagte Dianne plötzlich, stellte sich auf die Zehenspitzen und umarmte ihn. Er spürte ihren Atem auf seiner Haut, ihre Arme, die sich um seinen Nacken schlangen, und legte den Arm um ihre Taille. Ein Schauer lief ihm den Rücken hinunter. Ihr Körper war begehrenswert und warm, und ein Glücksgefühl durchströmte ihn. Sie standen in der Küche, umarmten sich und lachten wie verrückt.
»Du bist glücklich«, stellte er fest.
»Das bin ich. Das bin ich wirklich.«
Es war herrlich, sie lachen zu hören, zu sehen, wie sie sich über ihre außergewöhnliche, wunderbare Tochter freute. Dianne und Alan hatten sie gemeinsam großgezogen, auch wenn Dianne es noch nicht erkannt hatte. Er sehnte sich nach ihr mit jeder Faser seines Herzens. Er wollte sie lieben und umsorgen, sie und Julia.
Alan wäre gerne in der Küche geblieben, bis die Sonne über den Marschen aufging. Doch er zog seine Tweedjacke an und verabschiedete sich. Als er in die kühle Nachtluft hinaustrat, fühlte er sich schrecklich einsam.

10

An einem Regentag spielte eine Horde Kinder im Schuppen hinter Amys Haus. Amber hatte ihrer Mutter Zigaretten stibitzt, und alle rauchten. Amy, die sie lachen hörte, lief hinüber, um der Ursache des Tumults auf den Grund zu gehen. David Bagwell, die Pose des notorischen Verlierers übend, lehnte an der Mauer, die Zigarette lässig im Mundwinkel.

»Was macht ihr denn hier? Ihr habt hier nichts zu suchen!«, rief Amy erbost.

»Schmeiß uns doch raus, wenn du dich traust!«, rief Amber zurück.

»Buddy wird sauer …«

»Buddy ist in Ordnung«, unterbrach David sie. »Er spielt bei meinem Vater in der Band. Du kannst von Glück sagen, dass du so einen Stiefvater hast.«

»Er ist nicht mein Stiefvater, weil sie nicht verheiratet sind!« Amy kreuzte die Finger, um sich vor Vampiren und anderem Ungemach zu schützen. Sie versuchte bei dem Qualm etwas zu erkennen. Er sah wie dichter Nebel in der Nacht aus, nur dass er abscheulich stank. Es hatte zu regnen begonnen, und die Tropfen trommelten auf das Blechdach. Amber und ihre Freunde taten ihr Leid, es war schlimm, dass sie rauchten. Aber sie hatten schließlich niemanden wie Dianne oder Dr. McIntosh, der ihnen sagte, dass es etwas Besseres gab, als sich heimlich im Geräteschuppen die Lunge aus dem Leib zu paffen.

»Ihr werdet euch noch umbringen. Rauchen ist schädlich!«

»Ach, hau ab, geh mit deiner Blöden spielen«, sagte Amber und blies Rauchkringel in die Luft.

»Sie ist nicht …«, begann Amy empört.

»Zieh Leine, du Schnepfe«, unterbrach David sie grob, zerknüllte eine leere Zigarettenschachtel und warf sie nach ihr.

»Wer so was sagt, hat Stroh im Kopf«, erwiderte Amy hoheitsvoll, an das Gespräch mit Dianne denkend.
»Schnepfe bleibt Schnepfe!«, rief David.
Als sie an David vorüberging, bemühte sie sich, ihn zu bedauern. Aber das war zu viel verlangt. In ihrem Kopf überschlugen sich die Gedanken. Sie lief durch den Regen, entrüstet, dass jemand es wagte, sie Schnepfe zu nennen und Julia zu beleidigen. Aber noch schlimmer waren die Sorgen, die sie sich um ihre Mutter machte. Irgendetwas Schlimmes war letzte Nacht hinter der geschlossenen Schlafzimmertür passiert. Amy hatte sie heute noch nicht zu Gesicht bekommen, und mittlerweile war es drei Uhr nachmittags.
Es regnete in Strömen. Der Hof war eine einzige riesige Pfütze. Der Keller stand mit Sicherheit unter Wasser, und Buddy würde noch schlechtere Laune als sonst haben. Amy war mittlerweile darauf geeicht, die Höhen und Tiefen seines Stimmungsbarometers vorherzusagen. Sie wusste, was er besonders schätzte oder hasste, und achtete auf die Gefahrensignale, um ihm aus dem Weg zu gehen. Aber nun musste Amy nach ihrer Mutter sehen, ohne Rücksicht auf Buddys Gemütsverfassung.
Amy war klatschnass, wie ein Waschbär aus den Marschen, als sie die Haustür erreichte. Sie zog ihre Schuhe aus und ließ sie auf dem Küchenboden stehen. Ihr klopfte das Herz bis zum Hals, wie im Spukschloss auf dem Jahrmarkt. Das Haus war dunkel und totenstill wie schon den ganzen Tag. Der Welpe fiepte hoch und kläglich – eine zaghafte Begrüßung.
Der Streit war nicht zu überhören gewesen. Dabei hatte der Abend so viel versprechend angefangen. Amy, ihre Mutter und Buddy hatten in der Küche zu Abend gegessen. Buddy wirkte aufgekratzt. Er hatte nicht nur Gage erhalten, sondern auch ein Kompliment über seine Musik von irgendeinem Barbesitzer. Buddy spielte sich gerne auf. Zurückgelehnt, die Arme hinter dem Stuhl an der Wand ausgestreckt, prahlte er damit, dass seine Band eines Tages berühmter sein werde als Pearl Jam, Guns'n Roses oder Nine Inch Nails.

Buddy trank Bier, Amys Mutter Weißwein. Während Amy beobachtete, wie Buddy ein Glas nach dem anderen leerte, hatte sie wieder ein flaues Gefühl in der Magengegend. Sie kannte die Gefahrensignale, und an diesem Tag waren einige zusammengekommen. Und je mehr Buddy trank, desto schlimmer führte er sich auf.

Erstens gab es Fischstäbchen zum Abendessen. Bei ihrem Anblick presste Buddy die schmalen Lippen zusammen, sodass sie dünn wie ein Strich waren. Fisch, sogar in gefrorenem, filetiertem und klein gehacktem Zustand, erinnerte ihn an Amys Vater und die Tatsache, dass Amys Mutter verheiratet gewesen war. Doch Buddy schwieg. Seine Hochstimmung hielt an, denn schließlich war ein Fischer, den der Teufel geholt hatte, eine kleine Leuchte gegen einen Rockstar, der bald mit einem Grammy ausgezeichnet werden würde.

Zweitens hatte ihre Mutter unbedingt James Taylor hören wollen. Mitten während der Tool-CD, die als musikalische Untermalung des Essens laut und lästig war, hatte Amys Mutter leise angefragt, ob jemand etwas dagegen habe, James Taylor aufzulegen. Buddy hatte zwar verbal nichts eingewendet, aber durchaus etwas dagegen, was man daran sah, dass sowohl seine Lippen als auch seine Augen verschwanden, sich in Schlitze verwandelten. Mit James Taylor hatte es angefangen. Da Amys Mutter bei dieser Musik zuerst sentimental und dann traurig wurde, hatte sie in alten Fotoalben geblättert, und es dauerte nicht lange, da saß sie auf dem Sofa und betrachtete weinend Aufnahmen von Amys Vater.

Und nun, am Tag danach, schlich Amy auf Zehenspitzen zur Schlafzimmertür ihrer Mutter und klopfte leise an.

»Mom?«, flüsterte sie. »Mom?«

Der Hund winselte lauter. Amy, die wusste, dass er keinen Mucks von sich gab, wenn Buddy zu Hause war, fühlte sich ermutigt und stieß die Tür auf. Das Schlafzimmer sah an Regentagen besonders düster aus. Die Vorhänge waren geschlossen *und* die Jalousien unten. Der Regen trommelte auf das Dach. Amys

Mutter lag mit angezogenen Beinen im Bett, als hätte sie sich den ganzen Tag nicht gerührt.
Amy trat näher, sie hatte Angst. In dem Raum roch es Ekel erregend, nicht nur nach abgestandenem Zigarettenrauch und Bier, sondern wie in der Toilette oder in Julias Windeleimer. In Julias Bad war der Geruch erträglich, aber hier haftete ihm etwas Schlimmes an. Amy fand keine Erklärung dafür, aber er weckte in ihr das Bedürfnis, ihre Mutter wachzurütteln und so laut sie konnte anzuschreien.
Doch Amy war wie erstarrt. Sie stand am Bett und flüsterte noch einmal: »Mom? Mom, wach auf. Ich möchte dich etwas fragen …«
Es war schlimm, wenn man sich fürchtete, die eigene Mutter aufzuwecken. Wann hatte sie zum ersten Mal Angst davor gehabt? Als Buddy eingezogen war. Genau vor drei Jahren, vier Monaten und zwei Wochen.
»Mom!«, sagte Amy jetzt laut.
Ihre Mutter stöhnte.
»Es ist drei Uhr nachmittags!« In der letzten Nacht, als sie die Schläge und Schreie hörte, hatte ihre Mutter ihr so Leid getan. Amy hatte im Bett gelegen, sich die Decke über den Kopf gezogen und fieberhaft überlegt, was sie tun sollte. Sie hätte die Polizei anrufen, einen Nachbarn holen oder versuchen können, Buddy mit einem Küchenmesser in Schach zu halten. Aber da sie nicht wusste, was ihre Mutter dazu gesagt hätte, hatte sie nichts unternommen.
»Ohhhhh«, wimmerte ihre Mutter.
»Mom!«, rief Amy. Langsam wurde sie wütend. Warum verkroch sich ihre gescheite, hübsche, lustige Mutter mitten am Tag im Bett wie eine Raupe im Kokon? Sie sollte lieber Bilder malen, Gedichte schreiben, Amy etwas zu essen herrichten.
»Steh auf!«, sagte Amy, packte ihre Mutter an der Schulter und drehte sie um.
Beim Anblick des Gesichts empfand Amy Erleichterung und

Ekel zugleich. Es war unverletzt, keine blauen Flecken oder Schwellungen wie vor ein paar Monaten, an die sich Amy mit Grausen erinnerte. Aber wieso lag ihre Mutter im Bett, wenn alles in Ordnung war?

»Amy, ich habe letzte Nacht kein Auge zugetan und muss schlafen.«

»Mom, lass uns gehen.«

»Gehen?«

»Weggehen von hier. Irgendwohin.« Amy befand sich im Zwiespalt. Sie würde Dianne, Julia und Dr. McIntosh vermissen, schrecklich sogar, aber ihre Mutter und sie konnten dieser Hölle entfliehen und noch einmal ganz von vorne anfangen. Ihre Mutter würde wieder fröhlich sein wie früher, bevor Buddy auf der Bildfläche erschienen war. Sie würden sich ein Wohnmobil wie den Winnebago auf dem Picknickplatz kaufen und reisen, würden Canyons und Berge sehen und im Norden Buchten voller Wale.

Doch ihre Mutter lag nur reglos da und starrte an die Decke, während Amy richtig in Fahrt kam. »Wir haben doch die eiserne Reserve«, sagte sie in Anspielung auf die Summe, die sie von der Fangflotte ihres Vaters als Abfindung erhalten hatten. »Wir könnten umziehen! Mom, das wäre so schön! Wir wären Buddy los …«

»Letzte Nacht, das war nicht Buddys Schuld. Ich habe angefangen.«

»Das stimmt nicht. Du wolltest nur James Taylor hören.«

»Ich war albern und rührselig, eine richtige Heulsuse. Und hinterher geht es mir nur noch schlechter. Was sollen die Leute von mir denken?«

»Ich habe gehört, wie er dich geschlagen hat!«

Ihre Mutter schüttelte den Kopf. Wollte sie die Wahrheit abstreiten? Das machte Amy erst recht wütend; sie schlug die Bettdecke zurück und hielt nach blauen Flecken Ausschau. Aha, da war einer, auf dem Oberarm. Ein blauschwarzes Oval. Und weitere auf der Brust.

»Da! Ich hab's ja gesagt!«
»Amy, du redest Unsinn. Geh fernsehen!«
»Wenn du arbeiten würdest, ginge es dir besser«, meinte Amy. Sie blickte ihre im Bett liegende Mutter an und dachte an Dianne. Obwohl sie Julia ständig im Stuhl zurechtrücken, Windeln wechseln oder sie füttern musste, hatte Dianne Zeit, den ganzen Tag ihrem Broterwerb nachzugehen. Manchmal sah Dianne genauso sorgenvoll wie Amys Mutter aus, aber sie arbeitete trotzdem weiter. Statt ihre Mutter zu bedauern, hasste Amy sie nun beinahe. Wenn sie die blauen Flecke sah, sie im Bett liegen sah … Warum stand sie nicht auf?
»Wir kommen doch auch so ganz gut über die Runden«, erwiderte Amys Mutter. »Die Abfindung reicht noch eine ganze Weile.«
»Du solltest Buddy trotzdem kein Geld für sein blödes Bier geben.«
»Das verstehst du nicht.«
»Er nutzt dich nur aus.«
»Sei still. Das verstehst du nicht.«
»Warum müssen wir mit jemandem zusammenleben, der so widerlich ist? Wir haben doch nichts Böses getan! Oder habe ich etwas verbrochen?«
»Amy, lass mich endlich schlafen.«
»Mom!« Amys Brust drohte zu zerspringen von all den ungeweinten Tränen. Sie sollte ihre Mutter nicht hassen, sondern lieben. Lieben, dachte sie, krank vor Schuldgefühlen, weil sie ihre Mutter manchmal hasste, ihre eigene Mutter.
»Geh fernsehen«, sagte ihre Mutter abermals heftig. Ihre Stimme klang elend.
Amy hielt den Atem an. Merkte ihre Mutter nicht, dass heute kein gewöhnlicher Tag war? Dass Amy zu Hause geblieben war, statt Dianne und Julia zu besuchen? Vermisste sie Amy nicht, wenn sie weg war? Nahm sie überhaupt wahr, was um sie herum vorging? Doch statt Fragen zu stellen, schluchzte Amy auf und verließ den Raum.

Diannes Musiksammlung bestand aus romantischen, altmodischen Aufnahmen. Einige Platten, die noch aus der Zeit ihrer Eltern stammten, hatte sie schon als junges Mädchen gehört, wenn sie stundenlang mit offenen Augen vor sich hin träumte, meistens von Jungen. Musik voller Sehnsucht, die unerfüllt blieb, und Dianne sang mit, wenn sie ›This Guy's in Love with You‹, ›Sweet Caroline‹, ›If Not for Your‹, ›The Look of Love‹ und andere Liebeslieder auflegte.

Heute hörte sie die Supremes und sang aus voller Kehle mit. Zu arbeiten war unmöglich. Dann würde sie eben einen Mutter-Tochter-Tag einlegen. Julia befand sich schließlich an der Schwelle zur Frau. Dianne überlegte, lächelte, runzelte die Stirn, schüttelte den Kopf, blickte aus dem Fenster, sang, lief auf und ab. Dann kehrte sie zu Julia zurück und nahm ihre rechte Hand.

»Ich muss dir so viel sagen.«

Julias Kopf schwankte; ihre linke Hand begann sich hin und her zu bewegen.

Diana Ross schlug einen hohen Ton an. Dianne lächelte.

»Willkommen im Klub! Du gehörst jetzt zu uns, meine Kleine.«

»Dliii«, sagte Julia.

Was kommt als Nächstes, dachte Dianne, ihre Periode, ein Büstenhalter? Dianne erinnerte sich an die Zeit, als sie selbst in Julias Alter gewesen war. Sie hatte stundenlang die Dessous-Werbung in den Zeitschriften ihrer Mutter betrachtet. Eines Tages hatten sie und ihre beste Freundin die Schule geschwänzt, heimlich die Unterwäsche von Margies älterer Schwester anprobiert und von der Zeit geschwärmt, wenn sie endlich auch einen BH tragen durften.

Brüste waren wichtig. Dianne verschwendete nur noch selten einen Gedanken daran, seit sie welche hatte. Aber damals … Sie war geradezu zwanghaft dem Gedanken nachgehangen, wann es endlich so weit sein würde. Lucinda hatte sie eines Tages beiseite genommen und aufgeklärt. Das Gespräch war offen und kurzweilig gewesen. Sie hatte Bücher aus der Bi-

bliothek mitgebracht, mit zahlreichen Diagrammen und Abbildungen.
»Schau her, Liebes«, hatte sie gesagt und auf eine rot-blaue Schemazeichnung vom weiblichen Fortpflanzungssystem gezeigt. Sie hatte Begriffe wie Menstruation, Eisprung, Bauchkrämpfe und Blutungen erklärt. Dianne hatte die Bilder voller Entsetzen angestarrt. Eileiter! In ihrem Körper! Nein danke!
»Das mag verwirrend klingen und dir Angst machen«, hatte Lucinda gesagt. »Aber das ist es nicht. Du lernst dadurch, deinem Körper Aufmerksamkeit zu schenken, fürsorglich mit dir selbst umzugehen, verstehst du.«
»Wie bei einer Grippe?«
»Nein! Du bist ja nicht krank! Manche behaupten, es sei herrlich und ein Wunder und unfassbar, aber ich finde es lästig. Mehr nicht. Man geht zu Layton's und kauft Monatsbinden; beim ersten Mal sucht man sie noch verstohlen aus, aber das gibt sich. Meiner Meinung nach sollte der Staat sie bezuschussen. Warum sollten Frauen jeden Monat eine Menge Geld für etwas ausgeben, was Männern erspart bleibt?«
»Tut es weh?«
Lucinda lächelte. »Ich wünschte, ich könnte Nein sagen, aber manchmal schon. Es ist ein sonderbares Gefühl, wie vor einem Sturm. Sobald die Wolken aufreißen, ist es vorbei, und es geht einem besser. Du wirst sehen, es ist alles halb so schlimm.«
»Und das passiert *jeden* Monat?«, fragte Dianne bedrückt.
»Alle achtundzwanzig Tage«, antwortete Lucinda und tätschelte ihre Hand.
»Das sind ja tolle Aussichten, Mom.«
»Liebes, schau her.« Lucinda deutete auf die kopflose rot-blaue Schautafel des weiblichen Körpers. Der Zeichner hatte ihm die Form eines Stundenglases gegeben, mit ausladenden Kurven und schmaler Taille. »Darin verbirgt sich das Geheimnis des Universums. Du bist eine Frau, ein wunderbares Wesen. Und lass dir ja nicht von den Leuten – oder besser gesagt, von den Männern – einreden, du müsstest dich schonen oder wärst zer-

brechlich oder launenhaft oder weiß der Kuckuck was, wenn du deine Periode hast. Es besteht kein Grund, den Sportunterricht ausfallen zu lassen und dich in der Schule ins Krankenzimmer zu legen, wie manche Mädchen es machen.«
Dianne hörte aufmerksam zu.
»Und lass dir nicht erzählen, deine Gefühle wären reine Einbildung, Launenhaftigkeit, typisch für Mädchen, die ihre Tage haben. Man sollte nicht alles auf die Periode schieben, weil man sich dadurch selbst abwertet. Du bist stark, Liebes.«
»O Mom.«
»Manche Frauen empfinden es als Fluch. Andere trauen sich nicht einmal, das Wort auszusprechen, und sagen, ich habe meine Dingsbums. Davon halte ich nichts. Wir haben die Periode, nicht mehr und nicht weniger. Die Gezeiten bezeichnet man ja auch als Gezeiten und den Wind als Wind.«
»Fluch würde aber gut passen«, sagte Dianne und betrachtete das geäderte Schaubild im Anatomiebuch. Sie fand es immer noch grauenvoll, dass sie Gebärmutter, Gebärmutterhals und Schamlippen hatte. »Sehe ich innen wirklich so aus?«
»Ja. Und Margie und ich auch. Aber weißt du, was das Beste ist?«
»Was?«
»Du bist dort herausgekommen. Und wenn es so weit ist, wird es bei deinem Kind genauso sein.«
Dianne blickte dieses Kind nun an. Was würde geschehen, wenn Julia zum ersten Mal Bauchkrämpfe bekam? Wie sollte sie ihr begreiflich machen, was in ihrem Körper vorging? Dianne hätte ihr gerne ein Schaubild gezeigt und ihr dabei geholfen, sich einen Reim auf die Veränderungen zu machen. Sie küsste Julias Hand, dann legte sie ihre Wange an Julias weiche Haut.
»Julia, was denkst du?«
»Gaaa.«
Eigentlich hätte Dianne Rechnungen schreiben, einen Katalog zusammenstellen und arbeiten müssen, damit ihr Konto ausgeglichen war. Der Regen prasselte aufs Dach, angepeitscht von

den Sturmböen über den Marschen. Dianne dachte an das offene Meer, und plötzlich hatte sie eine Idee. »Der Sturm kommt aus dem Süden«, sagte sie und trug Julia ins Auto. »Spürst du, wie warm er ist?«

Es goss in Strömen. Dianne stellte sich vor, wie der Regen von Florida heraufzog, Cape Hatteras überquerte, über die Palmen und vorgelagerten Inseln fegte. Sie schnallte Julia auf dem Vordersitz des Pick-up an. Dann schaltete sie das Radio ein, suchte einen anderen Sender und lauschte dabei auf Frauenstimmen. Heute wollte sie keine Männerstimme hören. ›Dreaming‹ von Blondie ertönte; das war's.

Sie fuhr ins Zentrum von Hawthorne. Die Schiffswerften waren bei Flut von Hochwasser umspült. Dianne sah zu einem der alten Backsteingebäude hinauf, in dem sich Alans Praxis befand. Dann blickte sie in den Sturm hinaus, holte tief Luft und nahm die Hand ihrer Tochter.

Tut es weh?, hatte Dianne ihre Mutter gefragt. Das ist so wie bei einem Sturm, hatte Lucinda geantwortet.

Mit dreizehn hatte Dianne diesen Sturm in ihrem eigenen Körper gespürt. Als ob ein Hurrikan ihre Rippen zu sprengen drohte. Sie hatte zum ersten Mal ihre Periode, endlich die lang ersehnten Brüste und den ersten Liebeskummer. Doch dank ihrer Mutter hatte Dianne Worte, die ihren Empfindungen entsprachen.

Wie war das bei Julia? Sie sah wie ein Kind aus. Sie kannte keine Jungen, und wenn doch, was mochte sie darüber denken? Ihr Körper reagierte wie bei anderen Mädchen im Vorfeld der Pubertät, auch wenn der Verstand es nicht begriff.

»Mein großes Mädchen«, sagte Dianne.

Julia gab einen Laut von sich, als ob sie weinen würde.

»Schau, Julia.« Dianne deutete auf das Wasser. Hinter dem Yachtklub war das Wasser im Hafen aufgewühlt. Wellen brachen an den Molen, Gischtfontänen schossen in die Höhe. Sie streckte die rechte Hand aus und legte sie auf Julias Bauch. »Da drinnen in deinem Bauch passiert das Gleiche«, flüsterte sie.

Ob Julia sie verstand? Dianne wollte ihr begreiflich machen, dass alles in Ordnung war. Sie hätte ihr gerne die uralte Geschichte von den Vögeln und Bienen erzählt, von den Freuden und Leiden, eine Frau zu sein.

»Ich liebe dich, Julia. Hab keine Angst.«

Dann schwieg Dianne. Sie wusste, dass sie sich Julia nicht mit Worten verständlich machen konnte. Mit der einen Hand auf die tosende Brandung deutend, presste sie die andere behutsam auf Julias Bauch. Hab keine Angst vor dem Sturm in deinem Innern. Es ist nichts, was man fürchten müsste, meine Kleine, sagte sie in Gedanken.

Die Fenster von Alans Praxis gingen auf den Hafen hinaus. Ob er wohl dort oben am Fenster stand und ihren Wagen entdeckt hatte? Schon bei der Vorstellung spürte sie, wie sie ruhiger wurde.

Sie wollte nicht über den Grund nachdenken, aber sie konnte nicht umhin, sich zu erinnern, wie selbstverständlich es ihr vorgekommen war, dass sie gestern Nacht ihren Kopf an seine Schulter gelehnt hatte. Als er sie in den Armen hielt, hatte sie unbändiges Verlangen nach ihm verspürt. Sie dachte an seinen muskulösen Körper, seine starken Arme, die sie umfingen, und wusste, dass sie einander begehrt hatten. Sie hatten sich ein einziges Mal geküsst, vor Abermillionen Jahren.

Sie blickte zu seiner Praxis hinauf. Stand er am Fenster? Sie sah die Silhouette eines Mannes hinter der Glasscheibe; er schaute auf die Straße. Es musste Alan sein, wer sonst? Sie errötete, als hätte er sie dabei ertappt, wie sie ihn heimlich ausspähte. Sie rutschte auf ihrem Sitz nach unten, mit klopfendem Herzen. Die Jahre der Angst gehörten offenbar noch nicht der Vergangenheit an.

»Schau, da oben ist Onkel Alan.«

»Daaa!«, sagte Julia und wedelte mit den Händen.

Dianne blickte zu den Werften hinüber. Da war die Austernbaracke, in der sie mit Tim gewohnt hatte. In der Julia gezeugt worden war. Hatte sie damals gedacht, das Leben mit Alan sei zu leicht, zu bequem und zu vorhersehbar? Hatte sie seinen Bruder geheiratet, den Taugenichts mit den Narben und dem abgebrochenen Zahn, um zu beweisen, dass sie Berge versetzen konnte? Dass es ihr mit ihrer Liebe gelingen würde, Tim McIntosh an den häuslichen Herd zu bannen, seine seelischen Verletzungen zu heilen?

Es war wirklich Alan, dort oben am Fenster. Es sah aus, als würde er gerade telefonieren und dabei aufs Meer hinausschauen. Er war groß und stark, und Dianne spürte die Stärke und Konzentration, die er ausstrahlte, und konnte den Blick nicht abwenden.

»Dlaaa.« Julias Stimme klang bekümmert; vielleicht war sie hungrig oder nass. Sie wurde immer unruhiger und begann zu weinen.

»Schon gut, meine Kleine. Wir fahren nach Hause.«

Dianne blickte zu Alan hinauf. Die Realität brach über sie herein, und sie wünschte sich, er käme herunter, sehnte sich danach, ihn zu sehen. Sie brauchte jemanden, der ihr sagte, dass alles gut werden würde, dass Julia sie verstanden hatte. Der Gedanke daran, wie Alans Arme sie umschlungen hielten, war kaum noch zu ertragen. Sie fühlte sich plötzlich schrecklich einsam. Im Schatten seiner Praxis, in Sichtweite der alten Austernbaracke, schloss Dianne die Augen und ergriff Julias Hand.

Alan stand am Fenster und beendete sein Telefonat. Ist das nicht Diannes Wagen am Pier? Was macht sie da unten bei strömendem Regen?, dachte er. Er würde Martha bitten, seine Patienten zu vertrösten und Anrufe entgegenzunehmen. Dann konnte er schnell seine Jacke anziehen und fragen, was los war. Doch in dem Moment, als er sich umdrehen und zur Tür gehen wollte, fuhr Dianne davon.

Alan hatte an diesem Tag viel zu tun gehabt. Ein Dreijähriger hatte Monopoly-Häuser verschluckt, und Alan war den ganzen Vormittag damit beschäftigt gewesen, herauszufinden, wie viele es sein mochten. Eins? Dreizehn? Die Mutter war völlig aufgelöst. Sie war ins Zimmer gekommen, als er gerade eins in den Mund schob. Bevor sie es verhindern konnte, hatte er sich das nächste einverleibt. Auf dem Röntgenbild waren nur drei zu erkennen, und so hatte Alan eine ›Stuhlwache‹ verordnet und Mutter und Sohn nach Hause geschickt. Nun nahm er den Hörer des Telefons auf seinem Schreibtisch ab und wählte eine Nummer in Nova Scotia.

»Ja?« Die Stimme am anderen Ende der Leitung klang laut und polternd wie die Stimme der Bösewichte aus den Zeichentrickfilmen.

»Das ist ja eine nette Begrüßung!«, sagte Alan. »Sei froh, dass ich nicht zum International Dolphin Council gehöre, sonst könntest du die Forschungsgelder für deine Delfine gleich abschreiben.«

»Ich habe die Kohle bereits eingesackt. Warum soll ich denen schon wieder in den Arsch kriechen? Das Problem mit euch Ärzten ist, dass ihr so viel Wert auf gute Manieren legt. Muss daran liegen, dass ihr dauernd am Krankenbett hockt. Reine Zeitverschwendung, wenn du meine Meinung hören willst. Auch wenn du mich nicht darum gebeten hast.«

»Hallo, Malachy!«

»Hallo, Alan. Was verschafft mir die Ehre?«

»Ehre?«

»Klar. Schließlich erhält man nicht jeden Tag einen Anruf von einem viel beschäftigten Arzt.«

Alan stellte sich Malachy in seinem Ruderhaus vor. Seit er aus dem Ozeanografischen Institut in Woods Hole ausgeschieden und im Ruhestand war, hatte er sein eigenes Forschungszentrum in Lunenburg, Nova Scotia, aufgemacht. Er lebte und arbeitete auf dem alten Schleppkahn und zeichnete die Kommunikation der Meeressäuger auf. Eine sonderbare Beschäftigung für ein Raubein, dessen eigene Kommunikation bestenfalls auf tönernen Füßen stand.

»Wie ist das Wetter bei euch?«

»Klarer Himmel und blau. Hast du vor zu kommen?«

»Zu viel zu tun.«

»Ich hab eine gute Idee. Mach deine kleinen Patienten schneller gesund. Setz dir eine Frist bis Weihnachten. Dann hängst du deinen Beruf an den Nagel, kommst nach Kanada und hörst den ganzen Tag den Walen zu. Ich könnte dich gut gebrauchen.«

»Klingt verlockend.«

»Und was hält dich zurück? Mach ein Schild an die Praxistür, wünsche ihnen alles Gute, und komm her.«

»Alles Gute«, sagte Alan probeweise und blickte dabei auf die Bilderwand – auf die Säuglinge und Kleinkinder, seine Patienten, die ihm zulächelten.

»Das einzige Problem ist – was machen deine AMB, wenn du weg bist?«

»AMB ...«

»Ja ... die Hühnersuppen fänden keine Abnehmer mehr. Und die Schokoschichttorten und die selbst gestrickten Pullover.«

»Ich würde gerne mit dir tauschen.«

»Sie gehen mir aus dem Weg, die Schönen von Nova Scotia. Eine Ehefrau reicht fürs Leben.«

»Könnte an den Totenschädeln und gekreuzten Knochen an deiner Tür liegen. Oder an der Art, wie du Anrufer begrüßt.«

»Hör auf mit den alten Kamellen und komm zur Sache«, knurrte Malachy. »Ich war letzte Nacht sechs Stunden mit dem Hydrofon unterwegs und muss noch zwei Bänder abhören. Was ist los? Machen dich die Kinder fertig?«

»Sie verschlucken ihr Spielzeug.«

»Aha. Meiner hat einmal einen Seestern verputzt. Daran stirbt man nicht. Hast du sonst noch was auf dem Herzen?«

»Meine Nichte«, sagte Alan und sah auf Julias Patientenkarte.

»Tims Tochter?«

»Ja.«

»Ich höre.«

»Sie ist jetzt elf. Sie macht mir Sorgen, Mal, seit der Geburt.«

»Ich weiß, oder glaubst du, ich könnte mich nicht mehr daran erinnern? Wie in der Seifenoper. Was ist plötzlich anders?«

»Wie kommst du darauf, dass etwas anders sein könnte?«

»Du verfolgst ihre Entwicklung seit elf Jahren, und aus heiterem Himmel bist du völlig aus dem Häuschen. Hat sich ihr Zustand drastisch verschlechtert?«

Alan blickte aus dem Fenster. »Noch nicht.«

»Aber bald.«

»Ja. Hast du etwas von Tim gehört?«

»Ich rede mit ihm nicht über dich, und umgekehrt möchte ich es genauso halten. Damit handelt man sich nur Ärger ein. Was sagt die Mutter?«

»Sie weiß Bescheid, aber sie …«

»Sag nicht, dass sie es verdrängt.«

»Tu ich nicht.« Sein Freund und Mentor hatte immer gepredigt, Fachchinesisch zu vermeiden und Situationen nie mit hohlen Phrasen zu bagatellisieren, die klangen, als hätte er sie einem Zeitschriftenartikel entlehnt. »Aber so ungefähr stimmt es schon.«

»Hör zu. Du bist der beste Kinderarzt, den Harvard in den letzten zwanzig Jahren hervorgebracht hat. Ohne Ausnahme. Du hast alles getan, was in deiner Macht steht. Das Mädchen ist in guten Händen. Mehr kannst du ihr nicht bieten.«

»Aber ich würde gerne.«

»Ich habe dir von Anfang an gesagt, dass ein Ozeanograf es leichter hat«, entgegnete Malachy mit jetzt sanfter Stimme.

»Ja, manchmal wünsche ich mir, ich hätte auf dich gehört.«

»Wie geht es ihr?«

»Julia? Ich sagte doch, sie …«

»Nein, ich meine ihrer Mutter, Dianne.«

Alan erschauerte. Sein Herz klopfte. »Stammt die Frage von dir oder von Tim? Ist er bei dir?«

»Ich möchte es wissen.«

»Es geht ihr gut«, antwortete Alan. Ihm wurde bewusst, dass Malachy die zweite Frage nicht beantwortet hatte. »Es geht ihr sogar sehr gut.«

»Freut mich zu hören. Es war nicht ihre Schuld.«

»Nein. Nein, war es nicht.«
»Mies, wenn ein Bruder dem anderen die Freundin ausspannt.«
»Sie war nicht meine Freundin. Wir sind nur ein einziges Mal miteinander ausgegangen.«
»Du hast dir eingeredet, dass nicht mehr zwischen euch war. Du hättest den Mund aufmachen sollen, als du noch die Gelegenheit hattest. Aber du hast um des lieben Friedens willen geschwiegen, und das ist der Preis. Ein hoher Preis.«
»Hm.« Alan sah auf das aufgewühlte Wasser im Hafen.
»Alles in Ordnung, Alan?«
»Ich möchte die Sache ein für alle Mal bereinigen.«
»Mit Tim, meinst du?«
»Ja.«
»Wird auch Zeit. Hat keinen Zweck, alles in sich hineinzufressen, bis man daran erstickt.«
»So viel zum Thema Frieden.«
»Was soll daran friedvoll sein?«
»Ich weiß, worauf du hinauswillst«, sagte Alan. »Also, wenn du Tim siehst, ich meine, wenn er rein zufällig neben dir andockt, würdest du ihm dann bitte ausrichten, dass ich mit ihm reden muss? Und zwar schnellstens.«
»Ich werde die Augen offen halten«, versprach Malachy Condon.

Es regnete noch immer in Strömen. Buddy betrat das Haus, bis auf die Haut durchnässt und fluchend. Amy, die auf dem Fußboden beim Hundekäfig saß, *Anne of Green Gables* las und nebenbei fernsah, ignorierte ihn. Sie hörte, wie er in der Küche die Schranktüren aufriss und zuknallte. Eins hatte Amy im Laufe der Nachmittage mit Julia und Dianne gelernt, nämlich, dass man mit einer positiven Einstellung tausendmal weiter kommt als mit einer negativen.
Soll er doch fluchen und toben, dachte Amy, bemüht, sich auf das Buch zu konzentrieren, das Dianne ihr geschenkt hatte. Sie würde bei Buddy die gleiche Methode anwenden, mit der sie

bei David Bagwell Erfolg gehabt hatte – ihn bedauern. Solche elenden Würstchen konnten einem nur Leid tun. Doch als Buddy sich nun der Schlafzimmertür ihrer Mutter näherte, war ihr Mitleid wie weggeblasen.

»Geh nicht rein!«

»Wie bitte?«, fragte Buddy, die Hand auf der Türklinke.

»Ich sagte«, Amy schluckte, »lass meine Mutter in Ruhe.«

»Ich lasse mir in meinen eigenen vier Wänden keine Vorschriften machen, weder von dir noch von deiner Mutter.«

»Es ist unser Haus.« Amys Herz klopfte zum Zerspringen. Um sich Mut zu machen, versuchte sie sich Diannes Gesicht vorzustellen. Aber es half nicht, sie steckte zu tief in diesem Schreckenslabyrinth.

»Halt die Klappe, Amy«, sagte er kalt. »Und schalte den Fernseher aus, wenn du liest. Dein letztes Zeugnis war nicht gerade berauschend.«

Amys Zeugnisse waren das zweitschlimmste Thema nach der Tatsache, dass ihre Mutter die meisten Tage im Bett verbrachte. Sie schrumpfte zusammen wie eine Schnecke, die man mit Salz bestreut. Aber sie bemühte sich, Buddys Blick standzuhalten.

»Du hast Mommy wehgetan.«

»Was hast du gesagt?«

»Du hast ihr wehgetan. Ich hab's gesehen.«

»Halt dich raus, wenn Erwachsene sich streiten. Davon hast du null Ahnung.«

»*Keine* Ahnung heißt das.«

»Klugscheißerin, genau wie deine Mutter, die blöde Schnepfe, und du bist keinen Deut …«

Amys Augen füllten sich mit Tränen. Wie konnte eine miese Ratte wie Buddy so etwas über ihre Mutter sagen? Wie hielt ihre Mutter es nur mit ihm aus – und warum mutete sie Amy das Gleiche zu? Ohne nachzudenken, sprang sie auf und rannte wie eine Furie durch die Küche.

»Sag das nie wieder!«

»Hast du sie letzte Nacht ›You've Got a Friend‹ singen hören?

Bildet sich ein, sie hätte eine gute Stimme. Dämliches Weibsbild. Veranstaltet einen Karaoke-Abend ohne Bühne.«

»Das war das Lieblingslied von meinen Eltern!«, schrie Amy und funkelte ihn wütend an.

Amy erkannte an seiner verdutzten Miene, dass er keine Ahnung gehabt hatte. Er packte ihren Arm und verdrehte ihn. Sein hässliches Gesicht wurde ganz spitz.

»Hat's dir Spaß gemacht, mir das unter die Nase zu reiben? Dann wollen wir doch mal sehen, wie es dir gefällt, wenn ich das Gleiche mit dir mache.«

Buddy war ihr gegenüber noch nie handgreiflich geworden. Doch jetzt schleifte er sie am Arm durch das Zimmer. Amy schrie auf, aber Buddy versetzte ihr einen Stoß, sodass sie zu Boden fiel, und öffnete den Hundekäfig. Der Welpe hatte sich in den hintersten Winkel gekauert, die Augen vor Schreck weit aufgerissen. Buddy zerrte ihn aus dem Käfig und feuerte ihn quer durch den Raum.

»Buddy, bitte!«, mischte sich Amys Mutter plötzlich mit leiser, ängstlicher Stimme ein. »Lass sie in Ruhe …«

»Reib es dir selbst unter die Nase«, sagte er und drücke Amys Gesicht in die Zeitung, die auf dem Boden des Hundekäfigs lag. »Vielleicht gefällt es dir ja, du Klugscheißerin.«

Amys Mutter schrie und riss an Buddys Arm. Amy würgte und weinte. Der Geruch raubte ihr den Atem, brannte in Augen und Rachen. Der kleine Hund schien in seiner Panik eine Pfütze auf den Teppich gemacht zu haben, denn mit einem Mal ließ Buddy abrupt ihren Hals los und trat mit den Füßen nach ihm.

»Verfluchter Köter!«, brüllte er. »Gottverdammtes Scheißtier. Du widerliches, räudiges – Müllsack her! Wo sind die Müllsäcke?!«

Amys Mutter rannte ihm in die Küche nach. Amys Gesicht war nass von Tränen, Rotz und Hundepisse. Sie hörte, wie ihre Mutter ihn anflehte, sich zu beruhigen, während Buddy wie ein Berserker im Putzschrank wütete, um an die Müllsäcke in der hin-

tersten Ecke heranzukommen. Amy war sicher, dass er den Hund ertränken wollte, und bei diesem Gedanken wurde ihr Kopf schlagartig klar.
Der Hund hatte sich unter dem Bett ihrer Mutter verkrochen. Sie lief zu ihm, nicht eine Sekunde zögernd. Buddy hatte sie in seiner Boshaftigkeit auf eine Idee gebracht. Sie zerrte den vom Speichel gelben Bezug von einem der Kopfkissen, kroch unter das Bett und schob den Welpen einfach hinein.
Während Buddy noch damit beschäftigt war, im Küchenschrank alles kurz und klein zu schlagen und sämtliche Frauen, Amys Vater, James Taylor und den Welpen mit der schwachen Blase zu verfluchen, rannte Amy aus dem Haus. Der Welpe zappelte im Kissenbezug, halb tot vor Angst.
»Wir gehen wohin, wo es besser ist. Viel, viel besser«, schluchzte sie, während der Hund im Kopfkissen immer wieder gegen ihren Rücken prallte.
Er fiepte und wand sich. Seine Klauen waren scharf, und er versuchte an Amy hochzuklettern wie ein Faultier am Baum. Es war stockdunkel im Sack, und er schnappte nach allem, was sich bewegte, erwischte sie an der Schulter und an der Schläfe. In der Eile war sie ohne Jacke oder Mütze aus dem Haus gelaufen. Sie war barfuß und ihre Füße waren noch nicht vom Strand abgehärtet.
Sie hörte Reifen quietschen. Buddy kurvte immer in der Nachbarschaft herum, wenn er wütend war. Amy rannte durch die Hintergärten und kürzte zwei Straßen ab. Ihre Füße schmerzten, und sie blutete aus einer Wunde an der Schulter, in die der Welpe in seiner blinden Panik immer wieder hineinbiss. Sie hatte Übung darin, nicht zu weinen, und machte nun Gebrauch davon, damit sie nicht Gefahr lief, von einer mitleidigen Nachbarin nach Hause zurückgebracht zu werden.
Ein Wagen bog um die Ecke und fuhr auf sie zu. Buddy war es nicht, denn sein Auspuff röhrte wie eine Maschinengewehrsalve, die ein ganzes Dorf niederstreckte. Amys Augen waren blind vor Tränen. Sie spähte über die Schulter. Der Wagen war

ein Pick-up, ein grüner, mit Aufklebern vom Hafen und vom Aquarium im Fenster.
»Hallo, Amy!«, rief Dianne lächelnd und kurbelte die Fensterscheibe runter. »Soll ich dich ein Stück mitnehmen?«
»Hilf mir, Dianne«, schluchzte Amy und ließ beinahe den Hund fallen, als sie ihr die Arme entgegenstreckte. »Hilf uns, bitte!«

Dianne fuhr schnurstracks nach Hause. Amy weinte ununterbrochen. Fortwährend spähte sie über die Schulter, als wäre sie auf der Flucht. Julia war mucksmäuschenstill. Ihre Hände bewegten sich hin und her. Als Dianne den Pick-up geparkt und die Tür aufgesperrt hatte, rannte Amy in die Werkstatt. Mit wildem Blick stand sie in der Mitte des Raums und hielt ein zappelndes Bündel umklammert. Blut lief an ihrem Unterarm hinab.
»Amy, was ist passiert?«
»Ich musste ihn wegbringen«, sagte Amy. Sie stand wie angewurzelt da und hielt den Sack fest, als befände sich eine Bombe darin, wie ein Fanatiker, der sich anschickt, im Namen der Vaterlandsliebe einen terroristischen Anschlag zu begehen.
»Wen wegbringen?«, fragte Dianne. »Kind, du blutest …«
»Darf ich ihn rauslassen?« Amy fing wieder an zu weinen. »Ich kann ihn nicht mehr halten.«
»Ja, natürlich …«
Amy legte den Sack auf den Boden, der sich als schmutziges Kopfkissen entpuppte, aus dem nun ein schwarzer Welpe herauskroch. Er war langbeinig wie ein Reh. Das Weiße in seinen Augen blitzte vor Angst. Er hockte sich hin und machte eine Pfütze auf den Holzfußboden. Dann verschwand er wie der Blitz unter dem Sofa.
Dianne näherte sich Amy langsam, Schritt für Schritt. Das Mädchen zitterte am ganzen Körper und war kreidebleich. Offenbar hatte sie einen Schock. Ihre Lippen waren bläulich, und sie schnappte nach Luft wie ein Fisch auf dem Trockenen. Dianne breitete die Arme aus, und sie stürzte sich hinein.

»Hier bist du sicher«, flüsterte Dianne, obwohl sie keine Ahnung hatte, wovor Amy Schutz suchte. »Ich verspreche es.«
»Ich habe Angst um den Hund«, schluchzte Amy. »Er heißt Slash, aber so kann ich ihn nicht nennen. Der Name ist schrecklich. Wir müssen uns einen anderen ausdenken …«
»Ja, da hast du Recht«, sagte Dianne mit einem Blick auf das Blut und die dunklen Male an Amys Hals. »Der Name passt zu einem blutrünstigen Kampfhund, aber nicht zu so einem niedlichen kleinen Kerl.«
Als sie Amy half, das T-Shirt auszuziehen, sah sie, dass sie aus einer Biss- und Kratzwunde blutete, die ihr der Hund zugefügt hatte. Amy beteuerte, es sei nicht seine Schuld gewesen, er sei verängstigt und verwirrt und habe sie nicht verletzen wollen. Dianne stimmte ihr zu; vermutlich war es wirklich im Eifer des Gefechts geschehen. Die Abschürfungen waren oberflächlich, und Dianne wusch sie behutsam mit Seifenwasser aus. Aber es blieb ein Würgemal zurück, das der Hund nicht gemacht haben konnte.
»Amy, wer war das?«
»Niemand.«
»Ich meine nicht die Bisse. Du hast da einen großen blauen Fleck …«
»Ich hab mich nur angestoßen, als ich den Hund aus dem Käfig geholt habe!«
Dianne versuchte sich zu beruhigen. Wer immer sie auch verletzt haben mochte, hätte keinen deutlicheren Beweis hinterlassen können.
»Hat dich jemand geschlagen, Amy?«
»Nein!«
»Du kannst es mir ruhig sagen, Liebes. Ich verspreche dir, es wird alles …«
»Es geht mir gut. Es ist nur der Hund. Ich wollte dir den Hund zeigen.«
Nachdem Dianne sie ein paar Minuten in den Armen gewiegt hatte, wurde Amy unruhig. Sie bückte sich und schaute unter

das Sofa, wo sich der Welpe versteckt hatte, blickte zu Stella empor, aus deren Korb nur die grauen Ohren hervorlugten, und lief zum Fenster. Dann ging sie beruhigt zu Julia, setzte sich auf einen Stuhl neben sie und legte den Kopf auf Julias Tisch. Julias Hände beschrieben zarte Muster in der Luft, als wollte sie ihre Freundin streicheln.
Dianne begab sich zu ihrem Schreibtisch. Den beiden Mädchen den Rücken zuwendend, wählte sie die Nummer von Alans Praxis. Es war spät, fast halb sieben, aber Martha war noch da.
»Hallo, Dianne«, meldete sich Alan gleich darauf.
»Hallo. Amy ist bei mir.«
»Prima. Wie geht es ihr?«
Dianne sprach leise. Ihre Stimme zitterte unkontrolliert. »Jemand hat sie verletzt. Sie streitet es ab, aber es ist ganz eindeutig …«
»Ich komme sofort!«

Es ist schrecklich zu hoffen, Spuren einer Misshandlung zu finden, doch genau das tat Alan während der Fahrt zu Dianne. Er hatte eine Polaroid-Kamera dabei. Als Arzt kannte er das Elend, in dem manche Kinder lebten, hatte sich viele Lügen anhören müssen. Er hatte unterernährte Kinder gesehen, die nicht genug zu essen bekamen, die Brandmale von Zigaretten, die angeblich von einem Heizstrahler stammten, blaue Flecken nach einem angeblichen Sturz.
In solchen Fällen handelte Alan unverzüglich. Ein Anruf bei der Polizei genugte. Alan fuhr mit, wenn die Fürsorge das Kind abholte und vorübergehend bei Pflegeeltern unterbrachte, bis das Gericht über sein weiteres Schicksal entschied. Man fackelte nicht lange. Kinder schlagen und mit glühenden Zigaretten verbrennen, da hörte der Spaß auf.
Andere Fälle waren verzwickter. Misshandlung, so unglaublich es klang, hatte verschiedene Schattierungen. Da waren die gefühlskalten Eltern, die ihre Kinder mit Süßigkeiten und Geschenken überhäuften, ihnen aber die lebenswichtige Zuwen-

dung vorenthielten, die ihre Kinder nie in den Arm nahmen und küssten, sie nie spüren ließen, was eine liebevolle Berührung zu bewirken vermag. Noch grausamer waren die Eltern, die ihre Kinder verbal bestraften, die ihre eigenen Frustrationen und Zwänge an den Kindern ausließen, sie als dumm, hässlich, böse, Schlampe oder Niete bezeichneten.

Diese Kinder, die unter den Depressionen ihrer Eltern zu leiden hatten, lagen Alan besonders am Herzen. Kinder, die Liebe und Fürsorge kennen gelernt hatten, bis die Eltern eine Tragödie erlebt hatten und den Kummer nicht verarbeiten konnten. Manche verfielen wie Alans Mutter dem Alkohol. Andere zogen sich wie Amys Mutter die Bettdecke über die Ohren und stürzten ihre Kinder in Einsamkeit und Verzweiflung.

Buddy Slain war nicht Amys Vater, aber ein Teil ihrer Welt. Wenn ihr Körper Spuren einer Misshandlung aufwies, mussten sie von ihm stammen. In dieser Hinsicht kannte Alan kein Pardon. Er würde dafür sorgen, dass sie Tess Brooks' Obhut entzogen wurde, noch bevor die Sonne unterging, auch wenn sie noch so oft behauptete, dass sie ihre Tochter liebte.

Während Amy bei Julia saß, begann sie sich langsam zu beruhigen. Julia führte mit den Händen ihren Schmetterlingstanz auf, als hüllte sie Amy in einen schützenden Zauber ein. Ihre zarten Hände verscheuchten alle ängstigenden Gedanken. Sie flatterten an Amys Ohr vorbei, streiften ihre Haut, liebkosten ihr Haar. Julias Stimme war wie Samt, flüsterte ›gliii, gliii‹, eine friedvolle Botschaft.

Amy hatte sich schlafend gestellt, als Dianne Dr. McIntosh anrief, aber sie hörte jedes Wort. Deshalb musste sie entscheiden, was sie tun sollte.

Sie träumte mit offenen Augen vor sich hin, malte sich aus, dass Dianne sie adoptierte. Sie würde Amys Mutter werden, Julia ihre kleine Schwester, und alle würden glücklich hier leben. Die alte Mrs. Robbin als Großmutter zu haben war nicht schlecht. Amy würde die freie Auswahl unter den Büchern in der Bibliothek haben und in der Schule die Beste in Grammatik sein. Solche Phantasien hatten ihre Vorteile. Sie versuchte ständig, sie auszubauen, zu vervollkommnen. Warum sollten Julia und sie keinen Vater haben? Dr. McIntosh. Er und Dianne könnten sich ineinander verlieben. Sie würden gute Eltern sein, und alle wären glücklich und zufrieden.

Amy hatte schon immer gerne geträumt. Träume boten ihr eine Möglichkeit zur Flucht vor sich selbst, vor ihren Ängsten und Sorgen. Sie hatte geträumt, ein Hund, eine Katze, ein Delfin, eine Ameise und eine Fledermaus zu sein. Sie hatte sich haarklein ausgemalt, dass Buddy starb und ihr Vater von den Toten auferstand. Sie hatte sich mit der Vorstellung in den Schlaf gelullt, dass sie und ihre Mutter unter Wasser zu einem Korallenriff schwammen, von herrlichen Delfinen durch das kristallklare Wasser gezogen, in Delfine verwandelt wurden und sich ihrem Vater zugesellten. So viele wunderbare Träume ...

Eine Träne rollte an Amys Nase entlang. Aber nun galt es, in die Wirklichkeit zurückzukehren. Dr. McIntosh musste jeden Moment hier sein. Er würde sie nach den blauen Flecken fragen, die Dianne gesehen hatte, und Amy würde nichts anderes übrig bleiben, als zu lügen. So einfach war das. Sie kannte das Verfahren. CWS, die Jugendfürsorge, hatte bereits eine Akte über sie angelegt. Sie konnte ohne weiteres in ein Heim eingewiesen werden.

Und manchmal war das Amy nur recht.

Doch genau das war der Punkt, der sie bekümmerte. Ihr heimlicher Wunsch, aus dem freudlosen Haus herauszukommen. Weg von dem Geschrei und den Trinkgelagen, den Streitereien und wüsten Beschimpfungen, den heruntergezogenen Jalousien und Bierflaschen, die Buddy dahinter versteckte. Es gab noch Familien wie Dianne und Julia, deren Leben zwar nicht perfekt war, die sich aber trotzdem liebten.

Doch das bedeutete, dass sie ihre Mutter verlassen musste.

Bei dem Gedanken unterdrückte Amy ein Schluchzen. Sie liebte ihre Mutter mehr als alles andere auf der Welt, mehr als die

Traummädchen ihre Traummütter. Dieses Gefühl ließ sie von Kopf bis Fuß erzittern. Sie gab keinen Laut von sich, damit Dianne sie nicht hörte. Aber Julia hörte sie. Oder sie spürte etwas, denn ihre Hände hielten in ihrem Schmetterlingstanz inne und legten sich auf Amys Kopf.

Amy lag einfach da und ließ ihren Tränen freien Lauf. Julias Hände tätschelten sanft Amys Haar. Sie atmete rasselnd ein und aus, ohne einen Laut von sich zu geben, aber ihr Schweigen sagte alles. Amy kannte die Sprache der wortlosen Verständigung. Auch sie beherrschte sie, in tausend unterschiedlichen Schattierungen, selbst mit der Katze auf dem Regal und dem Hund unter dem Bett. Sie lag reglos da und tauschte sich mit ihrer Freundin und den Tieren aus.

»Amy? Sagst du uns jetzt, was los war?«, fragte Dianne.

»Niemand hat mich geschlagen«, erklärte Amy ruhig zum dritten Mal. »Ich habe mich am Hundekäfig angestoßen.«

»Und das ist die Wahrheit, Amy?« Alan blickte ihr prüfend in die Augen.

Kinder waren von Geburt an aufrichtig. Wenn sie auf die Welt kamen, kannten sie nichts als die Wahrheit – das Badewasser war nass, das Handtuch trocken, die Milch stillte den Hunger, die Mutter roch wie die Mutter. Einige Kinder lernten lügen, wenn sie älter wurden, und das ging Alan unter die Haut. Er durchschaute sie vom ersten Augenblick an. Amy hatte schon eine Weile nicht mehr geflunkert.

»Ja!«, antwortete Amy und wich seinem Blick aus.

»Amy, du warst völlig aufgelöst, als ich dich auf der Straße aufgelesen habe«, sagte Dianne ruhig. Sie hielt sich im Hintergrund, die Arme vor der Brust verschränkt, unschlüssig, ob sie überhaupt zur Teilnahme an dem Gespräch berechtigt war. Alan machte Anstalten, sich zu ihr zu begeben, sodass sie einen Schritt vortrat und sich neben ihn stellte.

»Dianne sagte, dass du weder Schuhe noch eine Jacke anhattest«, fuhr er fort.

»Genau wie sie.«

Alan sah auf Diannes nackte Füße, die aus den Hosenbeinen ihrer Jeans hervorschauten. Im Laufe der Zeit hatte er sie in ihren eigenen vier Wänden oft barfuß gesehen.
»Im Auto habe ich Schuhe getragen. Und draußen auch«, erwiderte Dianne.
»Ja, aber …«
»Lenk nicht vom Thema ab«, sagte Alan. »Es geht hier nicht um Schuhe, sondern um die Würgemale, Amy. Du weißt, dass ich mir große Sorgen um dich mache. Warum seid ihr weggelaufen, du und der Hund?«
»Der Hund mag Buddy nicht.«
»Aha, Buddy also. Hat er dich geschlagen?«
»Nein«, antwortete Amy mit Nachdruck. Alan sah wieder ihren ausweichenden Blick. Er konnte ihre Gedanken erraten. Sie wusste, dass man sie, wenn sie Buddy verriet, in ein Heim stecken und von ihrer Mutter trennen würde.
Alan sah das Bett mit der schlafenden Frau vor sich, die Decke über den Kopf gezogen. Er sah das Bild vor sich, als wäre es erst gestern gewesen. Er wusste Bescheid über Mütter, ihren Schmerz, wie sie Vergessen suchten.
»Amy, wir wollen dir doch nur helfen.« Dianne kniete sich vor Amy hin und nahm ihr Hand. Dianne liebte ihre Tochter über alle Maßen und fand, so sollte es bei allen Müttern sein. Konflikte dieser Art waren ihr fremd, und sie hatte angenommen, es würde Amy leicht fallen, die Wahrheit zu sagen.
»Buddy hat den Hund geschlagen«, flüsterte Amy, den Blick starr ins Leere gerichtet. »Das ist alles. Er hat nur den Hund geschlagen.«
»Baaaaaa«, jammerte Julia. Als Alan kam, war sie ruhig gewesen. Nun weinte sie, und Dianne eilte zu ihr. Alan spürte Diannes Frustration. Er saß neben Amy und sah, wie das Mädchen sich verschloss. Es war immer das Gleiche, wenn es zu Hause Probleme gegeben hatte. Sie schwieg und zog sich in ihr Schneckenhaus zurück. Auch jetzt stand sie auf und verkroch sich in einem von Diannes halb fertigen Spielhäusern.

Alan überprüfte, ob sich ein Film in der Kamera befand. Er würde trotzdem eine Aufnahme von der Verletzung machen.
Dianne sah ihn von der anderen Seite der Werkstatt an. Ihr Blick war herausfordernd. Sie war gespannt, wie er das Problem lösen und einem misshandelten Kind helfen würde, das Angst hatte, Hilfe anzunehmen. Alan dachte an die Lügen, die Leute erzählten, weil sie sich vor der Wahrheit fürchteten.
Es war kein Zufall gewesen, dass er Malachy angerufen und versucht hatte, Tim ausfindig zu machen. Alan musste sich mit seinem Bruder aussprechen und Dianne die Wahrheit sagen – die ganze Wahrheit. Elf Jahre mit einer Lüge zu leben hatte seinen Tribut gefordert. Er hatte sie vom ersten Tag an geliebt, sie aber nicht bedrängen wollen und sein Bestes getan, um seine Gefühle zu verbergen. Er hatte ihr etwas vorgemacht, doch jetzt musste Schluss damit sein.

Lucinda Robbins hatte zwei Wildfasane gekauft, um Dianne und sich selbst etwas Gutes zu gönnen; als sie erfuhr, dass Alan und Amy zum Abendessen bleiben würden, hatte sie das Geflügel einfach halbiert und zwei Portionen Reis zusätzlich gekocht. Das Festessen ließ sich zäh an, aber was konnte man auch anderes erwarten, nachdem die Leute von der Fürsorge eine geschlagene Stunde damit verbracht hatten, alle Beteiligten ins Kreuzverhör zu nehmen.
»Amy, kochst du gerne?«, fragte Lucinda.
»Kochen?«, erwiderte Amy, als hätte sie das Wort noch nie gehört.
»Ich frage, weil wir in der Bibliothek neue Kochbücher für Teenager haben. Sie stehen noch nicht einmal im Regal, da ich mich nicht von Marshmallow Fizz, Schokoladen-Himbeer-Shebang und den anderen exotischen Rezepten trennen konnte.«
»Amy ist eine gute Köchin«, erklärte Alan, der zwischen Amy und Julia saß. Und beide sahen ihn an, als wäre er ihr Vater.
»Gaaa«, sagte Julia.

»Sie macht die besten Milchshakes der Welt«, fuhr Alan fort und hielt Julia den Strohhalm an die Lippen. »Sie würden dir schmecken.«

»Daran erinnern Sie sich?«, fragte Amy mit zitternder Stimme. Sie hatte dunkle Ringe unter den Augen, und ihre Lider waren vom Weinen geschwollen.

»Wie könnte ich das vergessen! Du hast mir vor dem Feuerwerk am Vierten Juli das leckerste Picknick meines Lebens gebracht.«

»Ihr beide seid offenbar schon lange befreundet«, meinte Dianne.

Amy nickte. »Seit ich klein war.«

»Hast du dir die Bilderwand in meiner Praxis einmal angesehen? Die mit den Babyfotos? Dort hängen vier Aufnahmen von diesem Mädchen.«

»Wow«, sagte Dianne und schnitt ein Stück Wildfasan ab.

Lucinda musterte Amy Brooks verstohlen. Sie kannte die meisten Kinder und Jugendlichen aus der Bibliothek, aber Amy hatte sie dort noch nie gesehen. Wenn ein Kind nicht in die Bibliothek kam oder las, war es nicht ihm anzulasten, sondern den Eltern, die es nicht dazu anhielten.

Lucinda hatte zweieinhalb Leser-Generationen kommen und gehen sehen, und sie hätte geschworen, Tess Brooks wäre ein besseres Vorbild für Amy. In ihrer Jugend war sie eine richtige Leseratte gewesen. Ein Kind ohne Leihbücher war wie eine Pflanze ohne Wasser – es verdorrte, war in seinem geistigen Wachstum gehemmt, war wurzellos. Wenn Julia doch in der Lage wäre zu lesen! Als sie nun von Dianne zu Julia blickte, spürte sie eine schmerzhafte Enge in ihrer Brust.

»Was ist das für ein Geflügel?«, erkundigte sich Amy und stocherte mit der Gabel im Essen herum.

»Ein Wildfasan«, sagte Dianne.

»An dem ist so wenig dran«, erwiderte Amy zweifelnd.

»Du musst ihn nicht essen.«

»Ich möchte schon. Aber ich kann ihn nicht schneiden.«

Dianne streckte die Hand über den Tisch, um ihr zu helfen. Lucinda sah zu, wie sie Amy Messer und Gabel in die Hand gab. Eine unbedeutende Sache, einem Kind beizubringen, wie man das Besteck richtig handhabte. Sie blickte Julia an, die in ihrem Hochstuhl saß und ein Lätzchen umgebunden hatte. Ihre Augen wanderten unruhig am Tisch hin und her, und Lucinda lächelte ihr liebevoll zu, als ihre Blicke sich trafen.

Julia und Amy, dachte Lucinda, kaum zu glauben, dass die beiden fast gleichaltrig sind. Zwei bezaubernde kleine Mädchen, die Hilfe brauchten. Es gab nichts, was Lucinda, Dianne und Alan nicht für sie getan hätten, sofern es in ihrer Macht stand. Amy schien die liebevolle Zuwendung, die in der Tischrunde spürbar war, wie ein Schwamm aufzusaugen. Auch Dianne schien aufzublühen. Sie glühte vor Eifer, während sie dem Mädchen half.

Vor zwölf Jahren hatte Dianne an eben diesem Tisch gesessen, Tims Hand gehalten und Lucinda die Neuigkeit erzählt. Sie war schwanger! Dianne hatte vor Glück gestrahlt. Als könnte sie nicht glauben, dass ein Lebewesen in ihr heranwuchs, hatte sie die rechte Hand auf den noch flachen Bauch gelegt. Sie hatte sich schon immer Kinder gewünscht, solange sie denken konnte.

»Was ist denn das?«, fragte Amy, die eine Korinthe in ihrem Reis mit Schalotten, Walnüssen und Schnittlauch gefunden hatte.

»Eine Korinthe«, antwortete Dianne. »Das ist eine Art gelbe Rosine.«

»Im Reis?«, fragte Amy ungläubig, aber aufgeschlossen für alles Neue.

»Wenn der Reis noch andere Zutaten enthält, nennt man ihn Pilaw«, erklärte Alan.

»Ich verfeinere meine Gerichte gerne«, sagte Lucinda.

»Deine Verfeinerungen sind köstlich, Lucinda«, lobte Alan. Er hatte seinen Teller bis auf den letzten Krümel geleert, und Lucinda strahlte.

»Danke. Du musst öfter kommen, um das Brot mit uns zu brechen.«

»Brot?«, Amy runzelte die Stirn, da sie kein Brot auf dem Tisch entdecken konnte.

»Das ist ein Zitat«, erklärte Dianne. »Meine Mutter meint, es wäre schön, wenn er häufiger bei uns essen würde.«

»Zitat«, sagte Amy niedergeschlagen, als hätte sie die Hoffnung aufgeben, so viele Dinge gleichzeitig zu behalten.

»Und ein Zitat ist eine Art Redewendung wie: ›Es regnet Bindfäden‹ oder ›Aus den Augen, aus dem Sinn‹«, sagte Dianne.

»Ich werde Lucinda beim Wort nehmen, wenn sie mich auffordert, öfter das Brot mit euch zu brechen«, ließ sich Alan vernehmen.

»Du bist jederzeit willkommen«, sagte Lucinda.

»Das ist schön.« Amys Stimme war leise und dünn. »Wie Sie Leute einladen. Sie haben nicht einmal gewusst, dass wir kommen, und Pilaw gemacht …«

»Pilaw geht ganz leicht«, erwiderte Lucinda.

»Wir zeigen es dir«, sagte Dianne so hastig, dass sie sich verriet. Lucinda konnte es kaum ertragen, die Freude in ihren Augen zu sehen. Dianne hatte so viel zu geben, mehr, als Julia verkraften konnte. Für sie würde es keinen Kochunterricht geben, keine Schulung in den Ausdrucksformen des Lebens. Amy war ein Geschenk des Himmels, aber manchmal hatte Lucinda Angst, dass Dianne sich zu sehr an sie gewöhnten könnte, denn das Mädchen würde zu seiner eigenen Mutter zurückkehren.

»Daaa«, machte sich Julia bemerkbar.

»Hallo, Kleines«, sagte Dianne.

»Sie möchte noch Milch«, meinte Amy.

Alan hielt Julia den Strohhalm an die Lippen, und sie saugte geräuschvoll.

»Wo ist eigentlich Julias Vater?«, fragte Amy. Sie sah verwirrt aus, und die Frage schien eine tiefe Bedeutung für sie zu haben.

»Weg«, antwortete Dianne.
»Auf See«, sagte Alan rau.
»Wie mein Vater«, erwiderte Amy mit gebrochener Stimme. »Nur, dass er noch lebt. *Er* sollte Julia die Milch geben und nicht Sie. Ich wünschte, er wäre hier ...«
»Er ist nicht wie dein Vater«, erklärte Dianne.
»Auch Familien, die nicht perfekt sind, können sich lieb haben.«
»Und sollten es«, ergänzte Alan.
»Lieben Sie Ihren Bruder?«
»Das ist eine schwierige Frage«, antwortete Alan mit zusammengebissenen Zähnen. »Ja, ich denke schon. Er ist schließlich mein Bruder.«
Dianne wandte den Blick ab. Lucindas Kehle war wie zugeschnürt aus Mitleid mit all ihren traurigen, verzweifelten Kindern.
»Sie sollten einen Winnebago mieten und ihn suchen. Sie könnten in jedem Fischerhafen Plakate mit seiner Beschreibung aufhängen und ihn zu Julia nach Hause bringen, bevor es zu spät ist.«
»Zu spät wofür?«, fragte Dianne, als wäre Amy hellsichtig.
»Sein Schiff könnte untergehen wie bei meinem Vater. Dann würde er Julia nie kennen lernen. Nie, nie. Sie hätten keine Chance mehr«, sagte Amy, und Tränen kullerten über ihre Wangen. »Sie tun mir so Leid ...«
»Wer?«, flüsterte Dianne und nahm Amys Hand.
»Alle«, schluchzte Amy. »Alle Eltern, die ihre Kinder lieben, und alle Kinder, die ihre Eltern lieben. Ich liebe meine Mommy! Ich will sie nicht verlieren.«
»O Amy!«
Alan blickte Dianne so eindringlich an, dass Lucinda unwillkürlich den Atem anhielt. Seine Gefühle spiegelten sich in seinen Augen wider, in der Anspannung seines Nackens und seiner Schultern, als wäre die Liebe zu Dianne eine Last, die er nicht länger zu tragen vermochte. Er war völlig gebannt von ihr. Er konnte sich kaum zurückhalten, als er sah, wie Dianne

weinte und Amy in den Armen hielt. Lucinda blieb nicht verborgen, unter welchem Druck er stand.
»Sie braucht mich«, schluchzte Amy. »Lass nicht zu, dass ich von ihr weg muss.«
»Jeder Mensch braucht einen anderen«, flüsterte Lucinda, als sie sah, wie Alan Dianne anblickte.

11

Amy sollte vorläufig bei den Robbins bleiben. Dianne bezog das Gästebett in Julias Zimmer. In der ersten Nacht machte Amy kein Auge zu. Sie stand ständig auf und wanderte herum, kniete sich vors Fenster und starrte hinaus, als hoffe sie, ihre Mutter würde sie holen. Dianne konnte auch nicht schlafen. Am liebsten hätte sie Alan angerufen, um ihn zu bitten, bei ihnen zu übernachten. Als sie Amy weinen hörte, ging sie hinein.

»Du darfst doch irgendwann wieder nach Hause zurück.«

»Sie kommt ohne mich nicht zurecht«, schluchzte Amy.

»Ich bin sicher, dass sie dich vermisst.«

»Sie vergisst immer, ihre Vitamine zu nehmen. Und wenn ich weg bin, wird Buddy ihr wehtun. Er reißt sich am Riemen, wenn ich da bin.«

Was ist das für eine Welt, in der Kinder gezwungen sind, ihre Eltern zu beschützen, dachte Dianne. Eigentlich sollte es andersherum sein. Julia schlief tief und fest, ihr Atem rumpelte wie ferner Donnerhall. Vor dem Fenster kniend, blickte Amy in die Richtung, in der ihr eigenes Zuhause lag. Ziegenmelker schrien in den Marschen. Die Nacht war so finster, dass sämtliche Sternenkonstellationen zu erkennen waren – Drache, Kepheus, Kassiopeia. Die Milchstraße glich einem breiten sternenübersäten Fluss.

»Deine Mutter möchte sicher, dass du schläfst«, sagte Dianne und legte die Hand auf Amys Schulter.

»Ich habe Angst, dass etwas Schlimmes passiert.«

»Ich weiß.«

»Das möchte ich nicht.«

»Das kann ich gut verstehen.« Alan wüsste in einer solchen Situation genau, was zu tun war. Wenn er jetzt hier wäre, würde er Amy in den Arm nehmen und trösten, würde die richtigen Worte finden. Genauso, wie er es immer bei Dianne versucht hatte.

Auf der gegenüberliegenden Seite des Hofes konnte sie ihre Werkstatt ausmachen. Stella saß auf der Fensterbank und betrachtete wie üblich die Sterne. Ihr Kopf war emporgereckt, und selbst auf die Entfernung vermochte Dianne die Sehnsucht in ihren Augen zu erkennen.

»Schau«, sagte Dianne, ihr Gesicht an Amys geschmiegt. Die Wangen des Mädchens waren nass, und Dianne spürte das leise Beben lautloser Tränen. »Deine Freundin.«

»Meine Freundin?«

»Stella. Sie hält nach Orion Ausschau.«

»Jede Nacht?«

»Jede Nacht. Selbst wenn es bewölkt ist. Immer. Sie weiß, dass er da ist, auch wenn sie ihn nicht sehen kann.«

»Sie glaubt daran«, sagte Amy gebrochen.

»Ja. Sie hat Vertrauen. Wahrscheinlich hat sie schon zum Himmel hinaufgeschaut, als sie noch ganz klein war und in der Steinmauer lebte. Ich wette, sie dachte, Orion sei ihr Vater. Er wird auch der Jäger genannt, aber er hat sie beschützt.«

»Wie mein Vater …«, sagte Amy mit einem Blick zum Himmel. Dianne sah zuerst Amy an, dann über den dunklen Hof zu Stella hinüber. Das junge Mädchen und die sonderbare kleine Katze waren in die Betrachtung von Orion versunken und dachten dabei an ihre Väter. Dianne legte den Kopf in den Nacken und dachte an Emmett. Und an einen anderen Mann, der kein Vater war, aber einen guten abgegeben hätte – an Alan.

Nach vier Tagen weigerte sich der verschreckte Welpe immer noch, unter dem Sofa in Diannes Werkstatt hervorzukommen. Dianne verwahrte dort Architekturbücher, Fotoalben und interessante Rohholzstücke, hinter denen er Zuflucht gesucht hatte. Man sah nichts von ihm, nicht einmal die Augen.

Dianne hatte je eine Schale mit Futter und Wasser neben den

Schreibtisch gestellt, aber er traute sich nicht einmal heraus, um sich mit dem Lebensnotwendigsten zu versorgen. Am zweiten Abend schob Dianne die Schalen unter das Sofa. Sie hatte noch nie ein Tier gesehen, das so viel Angst hatte.
Noch schlimmer war für sie die Vorstellung, was Amy gesehen und durchgemacht haben musste. Dianne beobachtete, wie das Mädchen abwechselnd aus dem Fenster und auf das Telefon starrte. Sie vermisste ihre Mutter. Alle zweiundsiebzig Stunden waren neue Entwicklungen eingetreten. Zunächst eine einstweilige Verfügung zu ihrem Schutz, die Amy der mütterlichen Sorge entzog. Dann eine Anhörung, bei der Alan zum zeitweiligen Vormund bestellt wurde. Und zum Schluss die Entscheidung, dass Amy vorübergehend bei Dianne in Pflege bleiben sollte, für eine Zeitspanne, die das Vormundschaftsgericht noch festlegen würde.
Amys blauer Fleck hatte sich schwarz verfärbt. Wenn Dianne sie anblickte, drohte sie vor Wut zu ersticken.
Amy war der Traum jeder Mutter – robust, hübsch, lebhaft, aufgeweckt, folgsam. Wie war es möglich, ein solches Kind nicht von ganzem Herzen zu lieben? Wie konnte eine Mutter ihr Leben vergeuden und die freien Stunden verschlafen, statt sie mit ihrer Tochter zu verbringen? Wie konnte Tess Brooks zulassen, dass ihr Freund Amy und sie verletzte?
Dass Amys Liebe zu ihrer Mutter unvermindert anhielt, brach Dianne das Herz. Sie hatte viel von ihrer Lebhaftigkeit eingebüßt. Sie redete kaum noch, aß fast nichts. Wenn Dianne sie fragte, in welcher Farbe sie die Tür ihres neuesten Spielhauses streichen sollte, zuckte Amy gleichgültig mit den Schultern. Nicht einmal Julia gelang es, ihre Aufmerksamkeit zu wecken. Amy starrte unentwegt Löcher in die Luft.
Bis Stella ihren Hochsitz im Korb verließ.
Die Katze umrundete das Sofa. Sie sah weder ängstlich noch besonders neugierig aus, sie hielt lediglich nach dem besten Beobachtungsposten Ausschau. Unter dem Sofa befand sich ein Hund. Ein seltsamer Hund. Nichts entging ihrer Aufmerksam-

keit, und an ihren Bewegungen erkannte Dianne, dass sie etwas vorhatte.
»Amy, schau!«
Amy sah zu der Katze hinüber, dann blickte sie Dianne fragend an. »Was macht sie da?«
Stella duckte sich und wackelte mit ihrem Gesäß hin und her, bis sie die richtige Position gefunden hatte, um eine Weile auszuharren. Sie befand sich nun allem Anschein nach auf gleicher Höhe mit der Stelle, an der sich der Welpe verkrochen hatte. Die türkisgrünen Augen der Katze waren auf den schmalen Spalt zwischen Bettüberwurf und Fußboden fixiert.
»Sie wartet.«
»Hat sie keine Angst?«, fragte Amy, während ein Funke ihres früheren Wissensdurstes in ihren Augen entflammte. »Er ist doch viel größer als sie ...«
»Also ...«
»Ich weiß, sie möchte seine Freundin sein!«, unterbrach Amy sie.
»Wahrscheinlich. Sie gibt ihm damit zu verstehen, dass er in Sicherheit ist.«
»Aber Stella fühlt sich doch nirgends sicher«, sagte Amy und blickte zum Regal hinauf. »Sie versteckt sich den ganzen Tag in ihrem Korb. Unseretwegen ist sie noch nie heruntergekommen.«
»Vielleicht ist es für sie selbst eine Beruhigung, wenn sie ihm klarmacht, dass er nichts zu befürchten hat.«
»Ob sie ihm heute Nacht Orion zeigt? Wenn die Sterne herauskommen?«
»Überraschen würde es mich nicht.«
»Orion! So soll er heißen!«, rief Amy plötzlich.
»Der Hund? Orion?«, sagte Dianne.
»Stella und Orion ...«
Amy ging zu Julia. Julia hatte den ganzen Tag vor sich hin gedöst, aber jetzt war sie hellwach, als Amy sich zu ihr gesellte. Sie hob den Kopf und blickte ihre Freundin mit großen Augen

an. Amy ging neben Julias Stuhl in die Hocke, wie die Katze es mit dem Hund gemacht hatte.
»Jetzt haben wir zwei Haustiere«, flüsterte Amy. »Ich habe noch nie einen Hund getauft. Sein Name ist Orion. Die Männer können ihn von ihren Booten aus am Himmel sehen, Julia. Dein Vater und meiner. Wenn sie auf dem Weg nach Hause den Sternen folgen, weist Orion ihnen den Weg.«
Julia wiegte sich hin und her. Amys Stimme schien sie einzulullen. Das Gesicht voller Vertrauen und Hingabe, schmiegte sie sich an ihre Freundin. In Amys Augen standen Tränen; es tat weh, Menschen zu lieben, die nicht da waren. Dianne wusste nur allzu gut, was Sehnsucht bedeutete. Julia hatte einen Vater, und er war nicht wie Alan. Dieses Wissen, so unabänderlich wie die Sterne, brach Dianne das Herz.

Am Wochenende fuhr Alan zu Amy nach Hause, um ein paar Sachen zu holen, die sie brauchte. Als Dianne seinen Wagen vorfahren hörte, lief sie hinaus.
»Du siehst aus, als wär dir ein Gespenst begegnet.«
»Tess Brooks. Sie schaut aus wie Lady Macbeth mit ihrem leeren, gehetzten Blick. Wäre ja kein Wunder, bei dem Albtraum, in dem sie lebt. Sie schwört Stein und Bein, dass Buddy keine Schuld trifft. Der Hund hat angeblich nach Amy geschnappt, und da hat er das Mädchen beiseite gestoßen. Beißt der Hund?«
»Der hat sich in der hintersten Ecke vom Bett verkrochen. Wir haben ihn noch nicht zu Gesicht bekommen. Aber Amy sagt Nein, und ich glaube ihr.«
»Ich auch.«
»Hat ihre Mutter gelogen?«
»Um Buddy zu schützen. Tess Brooks leidet unter schweren Depressionen, und er hat ihr eingeredet, dass sie nicht alleine zurechtkommt. Er ist gewalttätig, ein richtiger Mistkerl, und erzählt ihr andauernd, sie könne sich glücklich schätzen, jemanden wie ihn zu haben.«

»Sie kann einem Leid tun. Aber was ist mit Amy? Würde die Frau lügen, statt ihre Tochter zu verteidigen?«

»Sie lügt aus Verzweiflung und Angst.«

Dianne kam es vor, als spräche er über seine eigene Mutter. Sie wusste von Tim, dass sie nach Neils Tod flaschenweise Wodka gekauft hatte. Sie hatte ihn getrunken, ohne einen Hehl daraus zu machen, und den Jungen erzählt, es sei Wasser. Später, als die Ausrede nicht mehr verfing, hatte sie die Flaschen versteckt und heimlich getrunken. Einmal hatte sie einen Autounfall verursacht und behauptet, sie habe einem Hund ausweichen müssen. Sie war seitlich in einen parkenden Van gerutscht und über die Kreuzung geschlittert, und den Polizisten, die den Unfall aufnahmen, hatte sie weisgemacht, sie leide seit dem Tod ihres Sohnes unter Migräne und habe infolge der Sehstörungen nicht einmal den vorbeifahrenden Bus bemerkt.

»Was hat sie sonst noch gesagt?«, fragte Dianne. Bei dem Gedanken an Tess Brooks geriet sie in Wut, und ihr Blutdruck schnellte schlagartig in die Höhe.

»Sie will Amy zurückhaben.«

»Hat sie das gesagt?«

»Natürlich. Sie hat versprochen, eine Psychotherapie zu machen, Buddy vor die Tür zu setzen, alles zu tun, was man von ihr verlangt. Sie ist mit den Nerven am Ende.«

»Wie konnte sie zulassen, dass Amy verletzt wird?« Dianne stand zitternd da, die Arme vor der Brust verschränkt. Sie sah die Würgemale wieder vor sich.

»Sie macht sich große Vorwürfe.«

»Ein bisschen spät«, erwiderte Dianne.

»Jeder verdient eine zweite Chance«, meinte Alan.

Dianne blickte ihn entgeistert an. Wie konnte er so etwas sagen? Nach allem, was seine eigene Mutter Tim und ihm angetan hatte? Aufgebracht schüttelte Dianne den Kopf.

»Ich kann ihr das nicht verzeihen. Was Amy durchmachen musste, und sie hat tatenlos zugeschaut! Wenn ich denke, wie ich reagiert hätte, wenn Julia …«

»Du bist anders.«
»Gott sei Dank! Ich schlafe auch nicht den ganzen Tag!«
»Sie ist kein schlechter Mensch. Sie ist krank.«
»Ich verstehe nicht, wie du sie in Schutz nehmen kannst!« Dianne blickte auf ihre bloßen Füße hinunter, damit er nicht sah, dass ihr vor Wut die Tränen in die Augen traten. »Bei deinem Elternhaus.«
»Glaubst du, Tim wäre hier, wenn unsere Mutter nicht getrunken hätte?«
Diannes Kopf schnellte hoch.
»Das habe ich mir früher einmal gewünscht, aber das ist lange vorbei. Trotzdem, irgendetwas ist in seiner Kindheit geschehen, das ihn zu dem Mann gemacht hat, der er war. Ich gebe zu, ich denke oft darüber nach. Ich überlege, wie alles angefangen hat. Wenn sie sich mehr mit ihren Kindern beschäftigt hätte als mit der Flasche … dann wäre Tims Leben anders verlaufen, da bin ich mir sicher. Er wäre bei mir und Julia geblieben …«
»Jetzt mach aber mal einen Punkt, Dianne«, sagte Alan erregt. »Du kannst dir doch nicht im Ernst wünschen, er wäre bei euch geblieben?«
»Er ist Julias Vater.«
»Nur dem Namen nach.«
Dianne hätte ihn am liebsten zum Teufel gewünscht. Die Realität brach erneut über sie herein. Was bedeuteten die Worte ›nur dem Namen nach‹, wenn es um Eltern ging? Blut war dicker als Wasser.
Julia war Tims Tochter, und keiner von ihnen würde das jemals vergessen. Sie hörte Alans Atem. Sie fühlte sich ausgebrannt, wäre am liebsten davongelaufen.
»Ich kann nicht über Tim reden.«
»Ich möchte ihn am liebsten an den Haaren hierher zerren, damit er sieht, was er angerichtet hat.«
»Er ist nicht einmal in der Lage zu sehen, was er in seinem eigenen Leben angerichtet hat«, sagte Dianne und spürte, wie das Blut aus ihren Wangen wich.

»Ich muss das auch, tagaus, tagein. Manchmal ist es nicht einfach …«
»Ihr beide seid völlig verschieden.«
»Gott sei Dank. Aber du und ich, wir haben vieles gemein.«
»In gewisser Hinsicht schon«, flüsterte sie. Sie spürte seinen Atem auf ihren Armen und bekam eine Gänsehaut. Er stand so nahe vor ihr, dass ihr schwindelte.
»Du hast dir nichts vorzuwerfen, du bist die liebevollste Frau, die ich kenne«, sagte er.
»Bei Julia schon.«
»Und bei Amy. Du hast sie vom ersten Tag an in dein Herz geschlossen.«
»Ich möchte, dass Amy bei uns bleibt, Alan. Solange sie uns braucht.«
»Nur wenn dir bewusst ist, dass ihre Mutter sie wieder bei sich haben möchte und Amy zu ihr will.«
»Das weiß ich«, erwiderte Dianne und blickte zur Werkstatt hinüber. Die Mädchen waren dort und beobachteten die Tiere.
»Ich könnte es nicht ertragen, dass du noch einmal von einem Menschen verletzt wirst, den du liebst und der dich verlässt.«
Dianne senkte den Kopf. Sie hatte den dumpfen Schmerz in ihrem Innern ignoriert, aber beim Klang der Zärtlichkeit in seiner Stimme war sie den Tränen nahe.
»Dianne, schau mich an.«
Sie schüttelte den Kopf. Alan stellte die Kartons mit Amys Sachen auf den Boden, umschloss ihr Gesicht mit seinen Händen und hob es sanft empor. Tränen liefen über ihre Wangen. Alan griff in die Tasche, um ein Taschentuch herauszuholen. Als er keines fand, wischte er ihr die Tränen mit den bloßen Händen ab.
Dianne blickte ihn an. Sie schluckte, wollte ihm sagen, dass alles in Ordnung sei, aber sie brachte keinen Ton heraus. Ihr Herz klopfte zum Zerspringen. Eine Brise strich durch ihr Haar, und ihre Knie gaben nach. Alan zog sie in seine Arme und hielt sie fest, als wollte er sie nie wieder loslassen. Er murmelte etwas.

»Hast du was gesagt?«
Sie hätte schwören können, dass er ›endlich‹ gemurmelt hatte. Aber er schüttelte nur den Kopf. Sie spürte seine Lippen an ihrer Schläfe. Er löste sich aus der Umarmung und hielt mit beiden Händen ihre Oberarme, stützte sie, als ob sie sonst fallen würde.
»Hast du etwas gesagt?«, fragte sie noch einmal.
Er antwortete nicht, sondern hob die Handflächen zum Himmel, wie eine Frage oder ein stummes Gebet. Der Sommerhimmel war strahlend blau, nur wenige Wolken zogen vorüber. Ein Reiher flog über ihren Köpfen dahin, mit einem großen Silberfisch, der in seinen Klauen zappelte. Ein Schwanenpaar schwamm in den Marschen.
Alan betrachtete den Himmel, dann sah er zu den beiden Mädchen in der Werkstatt hinüber. Dianne dachte an Liebe, an Töchter, Mütter und Väter, an Menschen, die füreinander bestimmt waren. Ihr Gesicht fühlte sich nass an, ihre Knie zitterten noch immer. Menschen beteten auf unterschiedliche Weise, aber Dianne war überzeugt, dass die Gebete selbst überall gleich waren.

Der Tag der Pensionierung stand vor der Tür. Am Freitag, den 15. Juli, läutete der Wecker um sechs Uhr morgens, wie in den vergangenen vierzig Jahren. Als Lucinda schlaftrunken nach unten trottete, erwartete sie halb, Dianne am Tisch vorzufinden, um den Tag gebührend zu beginnen. Doch die Küche war leer. Julia hatte am Abend zuvor unter Übelkeit gelitten, und Dianne war lange auf den Beinen gewesen.
Sie nahm ihren Kaffee mit auf die Veranda und las die Glückwunschkarten, hin und wieder aufschauend, um einen Blick auf die Marschen zu werfen. Der alte blaue Reiher stand im Schilf. Lucinda hatte einen Kloß im Hals, als sie ihn betrachtete. Es war, als würde sie am Pier stehen und einem Dampfer nachwinken, mit Menschen an Bord, die sie liebte. Sie freute sich für sie, wünschte ihnen eine gute Reise, aber vermisste sie jetzt schon.

Das Gefühl verließ sie auch dann nicht, als sie sich ankleidete. Sie zog ihr gutes blaues Kostüm an, steckte die Kameenbrosche ihrer Mutter an den Kragen der weißen Bluse und schminkte sich die Lippen. An den meisten Tagen war sie salopper gekleidet, aber vielleicht hatten ihre Mitarbeiterinnen geplant, sie am letzten Arbeitstag zum Mittagessen einzuladen. Sie übte ihr Überraschungsgesicht vor dem Spiegel.

Dianne schlief noch, und Lucinda verließ auf leisen Sohlen das Haus. Seit Amy hier war, arbeitete Dianne noch mehr als früher. Deshalb verdrängte Lucinda ihre Gefühle, statt sich einzugestehen, dass sie enttäuscht war, am letzten Arbeitstag nicht mit allem Drum und Dran auf den Weg geschickt zu werden.

Die Bibliothek war kühl wie immer in den frühen Morgenstunden. Lucinda liebte diese Tageszeit. Sie würde durch die Regalreihen gehen, Bücher zurechtrücken und die Bände vom Rollwagen an ihren Platz zurückstellen. Sonnenlicht flutete durch die großen Fenster, Silberstaub flimmerte in der Luft. Sie wusste, dass sie jedes Buch, jedes Fenster, jedes Staubkorn vermissen würde.

»Alles Gute, Mrs. Robbins!«

»Wir werden Sie vermissen, Lucinda.«

»Ohne Sie wird es hier nie mehr so sein wie früher …«

Den ganzen Tag hörte sie von ihren Mitarbeiterinnen und Lesern das Gleiche. Lucinda bedankte sich bei allen für die guten Wünsche. Sie hatte offenbar deutlich genug zum Ausdruck gebracht, was sie von Überraschungen hielt, denn die Einladung zum Essen blieb aus. Zwei der jüngeren Frauen eilten in der Mittagspause in ihren Aerobickurs, und eine andere Kollegin traf sich mit ihrem Mann im Werftcafé. Lucinda ging wie gewöhnlich ihren Aufgaben nach, auch wenn ihre Kehle zugeschnürt war. Sie hätte keinen besseren Beruf wählen können. Sie war auf dem Wheaton College, hatte an der University of Connecticut ihr Examen gemacht und vor vierzig Jahren in der Bibliothek von Hawthorne angefangen. Sie hatte viele Verände-

rungen miterlebt und um die alten Karteikästen aus Eichenholz getrauert, als sie durch Computer ersetzt wurden.
Sie hatte den ersten Bibliotheksausweis für ihre Tochter ausgestellt. Genau hier hatte sie gestanden und zugesehen, wie Dianne ihren Namen auf die Karte schrieb. Sie war damals erst fünf gewesen und eifrig bemüht, alle Buchstaben auf der Linie unterzubringen; das ›n‹ von Robbins war nach unten abgerutscht, aber Lucinda war stolz auf ihre Tochter gewesen.
Emmett hatte die Eichenkästen für den Anbau und die Mauernische im Leseraum gemacht. Lucinda hatte immer die neu eingetroffenen Romane von Robert Ludlum für ihren Mann reserviert. Und nachsichtig gelächelt, wenn er im Vorbeifahren hupte, obwohl ihn Lucinda wiederholt ermahnt hatte, die Bibliothek sei eine Oase der Ruhe.
»Hast du wirklich alle Bücher gelesen?«
Als sie aufsah, stand Alan vor ihr, mit einem Rosenstrauß und einem in Geschenkpapier eingewickelten Päckchen in der Hand.
»Aha, du hast es also auch schon gehört!«
»Du bist eine Legende in Hawthorne.«
»Wie die Gespenster im Leuchtturm. Und das Gold der Piraten, das irgendwo am Strand vergraben ist. Ich bin eine wandelnde Institution.«
»Das kann man wohl sagen.«
Lucinda nickte. Zu ihrer Überraschung steigen ihr Tränen in die Augen. Und dabei hatte sie sich seit Monaten auf den letzten Arbeitstag gefreut. Es gab so viel zu tun – Kinofilme, die sie ansehen, Sprachen, die sie lernen, und Reisen, die sie unternehmen wollte. Vier Jahrzehnte lang hatte sie den Lesern von Hawthorne gedient. Sie versuchte sich einzureden, es sei nicht nötig, dass die Stadt sie mit großem Brimborium verabschiedete, aber sie hatte trotzdem nahe am Wasser gebaut.
»Ich werde es mir richtig gut gehen lassen«, sagte sie. »Die Liste mit den Dingen, die ich immer schon tun wollte, ist endlos.«

»Prima.«
»Trotzdem werde ich unsere Mittwochnachmittage vermissen. Es gibt nicht viele Bibliothekarinnen, die regelmäßig Besuch von einem gut aussehenden jungen Arzt erhalten, der nach dem Training vorbeikommt, um in Zeitschriften zu schmökern und den Leseraum vollzuschwitzen.«
Alan nickte und überreichte ihr die Rosen und das Päckchen. Lucinda war bemüht, fröhlich zu klingen und zu lachen, doch Alans Augen hinter der randlosen Brille blickten ernst. Vermutlich wusste er, was sie wirklich empfand, dass es sie traurig stimmte, die Bibliothek zu verlassen, die sie liebte. Alan ertrug seinen eigenen Kummer schweigend. Ich sollte mir eine Scheibe von ihm abschneiden, dachte Lucinda.
»Ich wünsche dir alles Gute für die Zukunft«, sagte er.
»Nun, wir werden uns ja hoffentlich privat wiedersehen, jetzt, da zwei deiner Patienten unter unserem Dach leben …«
»Das ist nicht dasselbe.« Lucinda hatte gedacht, der Grund für seine Besuche in der Bibliothek hätte damit zu tun, wie er Dianne beim gestrigen Abendessen angesehen hatte, aber sie hörte aufrichtiges Bedauern in seiner Stimme.
»Danke.« Ihre Kehle war wie zugeschnürt, als er sie auf die Wange küsste und sich rasch abwandte. Auch wenn er es zu verbergen versuchte, sah sie, dass er Tränen in den Augen hatte.
Der Rest des Tages verging wie im Fluge. Sie verrichtete ihre Arbeit wie gewohnt. Alle waren besonders nett und aufmerksam. In den Räumen wurde es heiß, als die Sonne nach Westen wanderte, und die Ventilatoren liefen auf Hochtouren. Im nächsten Jahr musste dringend eine Klimaanlage angeschafft werden. Als es fünf war, läuteten die Glocken auf dem White Chapel Square.
Es war Zeit für sie, ihre Zelte abzubrechen.
Die drei jungen Bibliothekarinnen standen Spalier, um sich mit einem Kuss von ihr zu verabschieden. Sie machten keinen Hehl daraus, wie viel sie ihr verdankten, wie sehr sie Lucinda ver-

missen würden. Lucinda kannte sie seit Kindesbeinen. Sie hatte sich ihre Kümmernisse angehört, sie in Liebesangelegenheiten beraten, ihre neugeborenen Babys im Arm gehalten – Cheryl, Ramona und Gwen.

Als Lucinda die Treppe hinunterging, hörte sie die Sohlen ihrer Schuhe auf den Steinstufen klicken. Sie senkte den Kopf, damit niemand ihre Tränen sah, und schnupperte an den Rosen, die Alan ihr geschenkt hatte. Sie dufteten schwer und süß. Im Auto öffnete sie mit fliegenden Händen das Päckchen. Er hatte ihr ein brandneues Handtuch geschenkt. Schluchzend presste sie es an ihr Gesicht.

Während der Heimfahrt zog Lucinda die Kostümjacke aus. Eine frische Brise zerzauste ihr kurzes Haar und kühlte ihre Haut. Sie schaltete das Radio ein. NPR brachte einen Reisebericht über die Toskana; es war von einem Bauernhaus in einem Olivenhain die Rede, in das man sich einmieten konnte. Vielleicht sollte sie Italienisch lernen. Als sie in Gull Point ankam, waren die Tränen getrocknet.

Die beiden Mädchen waren im Hof, gebückt und so mit Spielen beschäftigt, dass sie nur flüchtig aufschauten. Lucinda parkte den Wagen und hupte. Was war, wenn Dianne nicht mehr daran gedacht hatte, dass heute ihr letzter Arbeitstag war? Bei allem, was sie im Moment um die Ohren hatte, wäre das sogar verzeihlich gewesen. Lucinda nahm sich zusammen, holte tief Luft und stieg aus dem Wagen.

Dann breitete sich ein Lächeln auf ihrem Gesicht aus.

Es war eine Parade, die sie sich als Überraschung ausgedacht hatten. Amy bildete die Vorhut. Lachend hielt sie ein Schild mit der Aufschrift HERZLICHEN GLÜCKWUNSCH BESTE BIBLIOTHEKARIN hoch. Dianne schob Julias Rollstuhl, der mit rotem, weißen und blauem Krepppapier und dem Spruchband geschmückt war: DIE GANZE WELT LIEGT DIR NUN ZU FÜSSEN.

Lucinda, mit ihren Rosen und dem Handtuch in der Hand, fand vor lauter Rührung keine Worte.

Dianne und Amy tauschten den Platz. Während Amy Julias

Rollstuhl schob, verschwand Dianne hinter der Hecke. Sie kam mit einer Schubkarre zurück, ausgepolstert mit blauer Seide und Kissen; darüber befanden sich zwei Girlanden aus einfachen Drahtbögen, mit Taglilien, wilden Möhren und Heckenrosen geschmückt.

»Ihr Festwagen, Madame«, sagte Dianne.

»Mein was?«

»Du bist der Star der Parade, Mom.« Dianne küsste sie auf die Wange.

»Hast du das gemacht?«, fragte Lucinda und berührte die Blumengirlanden.

»Ja«, antwortete Dianne lächelnd, als sie Lucinda half, sich in die Schubkarre zu setzen.

Lucinda, ihre Rosen im Arm, ließ sich durch den Hof schieben. Amy sang dazu, und Julia begleitete sie mit ihren Delfin-Lauten. Lucinda musste sich gut festhalten, als Dianne die Karre über den holprigen Saumpfad zu den Marschen hinunterschob.

Mauersegler und Schwalben schwirrten über ihren Köpfen dahin, im Tiefflug Insekten fangend. Zwei Seeottern robbten von den Sandbänken und glitten lautlos durch das Wasser. Das hohe goldgelbe Gras raschelte im Wind, und ein Eisvogel tauchte nach Elritzen. Noch immer singend, blieb Amy mit dem Rollstuhl stehen und blickte Dianne fragend an.

»Jetzt?«

»Jetzt«, erwiderte Dianne und kniete sich neben die Schubkarre.

»Ihr habt doch wohl nicht vor, mich ins Wasser zu werfen«, protestierte Lucinda.

»Keine Angst!« Behutsam zog Dianne Lucinda einen Schuh aus, während Amy den anderen aufband und mit einem Ruck abstreifte. Einen Moment lang hielten die beiden die derben alten Schnürschuhe in der Hand, die Lucinda all die Jahre gedrückt hatten. Sie waren schwer und klobig und ungezählte Male besohlt worden.

»Ich glaube, ich weiß, was jetzt kommt!«, rief Lucinda.
»Du hast gesagt, dass du sehr, sehr oft mit dem Gedanken gespielt hast«, erklärte Dianne.
»Sobald ich im Ruhestand bin …«
»… findet die feierliche Schuhversenkung statt«, ergänzte Dianne mit ernster Miene. »Das gehört zu einer richtigen Pensionierungsparade.«
»Gliiii«, sagte Julia und rutschte in ihrem Rollstuhl hin und her.
»Endlich frei!«, rief Lucinda und wackelte mit den Zehen. Der Wind wehte durch ihre Strumpfhose und kühlte ihre schmerzenden Füße. Dianne und Amy hielten je einen Schuh in der Hand.
»Eins, zwei, drei, los!«, schrie Amy und warf den einen Schuh mit so viel Schwung ins Wasser, dass die Schwäne, Ottern, Elritzen und Krebse erschrocken auseinander stoben.
»Mom?« Schmunzelnd trat Dianne vor und überreichte Lucinda den zweiten Schuh wie eine Tiara auf einem Seidenkissen.
»Mit dem größten Vergnügen«, sagte Lucinda und ließ sich von Amy aus der Schubkarre helfen. Sie nahm Diannes Hand und ging mit dem Schuh auf Zehenspitzen zum Wasser. Der Boden war weich und feucht, und ihre Füße versanken im warmen Schlick. Lucinda näherte sich dem Ufer, hielt sich an ihrer Tochter fest und ließ den Schuh sanft ins Wasser gleiten.
Er trieb einen Moment auf der Oberfläche, als wollte er davonsegeln. In dem auf Hochglanz polierten Korduanleder spiegelte sich die Abendsonne, sodass er aussah wie ein Feuerschiff, dass auf den Wellen schaukelt. Amy kniete neben Julia und konnte sich vor Lachen nicht halten. Dianne drückte die Hand ihrer Mutter, und Lucinda drückte zurück.
Als die vier zusahen, wie der Schuh in den Marschen versank, wurde Lucinda zum ersten Mal richtig bewusst, dass sie sich im Ruhestand befand.

12

Kleine Inseln, mit Kiefern gespickt, füllten die saphirblaue Bucht. Die dunklen hohen Bäume wuchsen bis zur Felsenküste hinab. In dieser Gegend von Maine gab es weder sanfte Hügel noch flache Sandstrände, nur tiefes Wasser, steile Klippen und mehr Hummer, als Tim McIntosh fangen konnte. Die *Aphrodite* glitt so nahe an der Küste entlang, dass er die Elche auf den Lorbeerblättern kauen hörte.

Er zog eine der Fallen herauf, legte die zwölf großen Hummer in den Korb, bestückte die Fallen mit neuem Köder und warf sie ins Wasser zurück. Dann leerte er eine nach der anderen. Die Fallen waren mit roten und weißen Bojen gekennzeichnet, und sie auseinander zu halten, erforderte sein ganzes Augenmerk.

Tim arbeitete sich langsam nach Norden vor, belieferte verschiedene Firmen, die am Wege lagen, mit Hummer und jede hatte ihre eigene Farbe. Sobald er für seinen Fang bezahlt worden war, fuhr er weiter.

Das Vagabundenleben kam Tim entgegen. Es hielt ihn davon ab, über die Vergangenheit nachzudenken. Die innere Einkehr war ein Fluch. Er zog es vor, nach draußen zu schauen, auf die granitfarbenen Klippen, den blauen Himmel, das glitzernde Meer, auf einen Schwarm Grindwale oder einen Seeadler, der einsam und bedächtig seine Kreise zog. Tim war mit praktischen Überlegungen beschäftigt – Berechnung der Treibstoffmenge, eine verknotete Leine, eine gebrochene Winsch, ein Tiefdruckgebiet.

Im Moment befand sich Tim auf Elk Island. Netter Ort, wortkarge Bewohner. Die Bezahlung war Durchschnitt. Dirk Crawford galt als knausrig wie die meisten Fangflottenbesitzer, für die er gearbeitet hatte. Dirk stellte die Fallen und war, wenn er

richtig gerechnet hatte, zu fünfundsiebzig Prozent an jedem Hummer beteiligt, den Tim fing.
Und wenn schon! Tim hatte schließlich keine Familie zu ernähren. Er schlief auf seinem Boot und war Selbstversorger, was das Essen anging. Die *Aphrodite* war sein Zuhause, und nicht nur das, sie war seine Familie, seine Frau, sein einziger Freund. Tim McIntosh hatte all das gehabt und aufgegeben, und so musste er sich mit dem begnügen, was ihm blieb. Er konnte nicht klagen, die *Aphrodite* war ein gutes Boot. Sie hielt ihn warm in der Nacht. Wenn er in seiner Koje lag, hörte er sie ächzen und grollen, hörte, wie das Wasser gegen ihren Rumpf schwappte, und ließ sich von ihr in den Schlaf wiegen.
Sie nahm sich seiner an.
Sie war ihm geblieben, die Göttin der Liebe, nach der er sein Boot benannt hatte. Er hatte es nach der Hochzeit gekauft. Dianne hatte ihn dazu ermutigt, Alan hatte ihm die Anzahlung vorgestreckt, und Emmett und Lucinda hatten ihm den Rest der Summe geliehen. Tim war sich wie ein Krösus vorgekommen. Er besaß zwar keine akademischen Würden, aber er war trotzdem nicht auf den Kopf gefallen – wenn das Boot keine Liebesgabe war, was dann? Ungeschliffen, was große Gesten anging, hatte er es zum Dank *Aphrodite* getauft.
Tim zog seine letzte Falle für den heutigen Tag an Bord. Eine Schar Möwen folgte ihm kreischend, als er die Spitze der Insel umrundete. Er sah zu der alten Salzwasser-Gänsefarm hinüber. Schmutziges Federvieh watschelte über den steinigen Acker, ein alter Mann und ein kleiner Junge gingen den Weg zur Scheune hinauf. Das hübsche kleine weiß gekalkte Wohnhaus wäre ganz nach Diannes Geschmack gewesen. Sie hätte es gewiss fotografiert, als Vorlage für ein Spielhaus.
Kopfschüttelnd richtete Tim seinen Blick wieder auf das Wasser. Es tat nicht gut, an Dianne zu denken. Nachts ihre Stimme zu hören war schon schlimm genug, auch ohne nach Häusern Ausschau zu halten, die sie nachbauen könnte. Plötzlich sah er seine Tochter vor sich, in einem von Diannes Spielhäusern. Er

hörte, wie sie nach ihrem Daddy rief, und er eilte herbei und nahm sie auf den Arm.

Hummerfänger führten ein Vagabundenleben und hielten sich nicht an Regeln und Gesetze. Es gab jedoch einige wenige Grundsätze, die für Tim unantastbar waren. Männern, die ihre Kinder nicht kannten, war es nicht gestattet, von ihnen zu träumen. Dasselbe galt für Männer, die ihre Frauen verließen. Es war verboten, sie anzurufen, Geburtstagskarten zu schicken oder wieder angekrochen zu kommen. Sie konnten es sich nicht leisten, in Selbstmitleid zu schwelgen oder zu überlegen, was gewesen wäre, wenn.

Ihnen blieb keine andere Wahl, als ihr Vagabundenleben fortzusetzen. Das Meer war ein guter Partnerersatz. Es riss ihn mit, forderte seine ganze Aufmerksamkeit. Gezeiten und Strömungen, raue See, schlechtes Wetter und ein bedeckter Himmel, der das Navigieren nach den Sternen erschwerte, hielten ihn ständig auf Trab. Andere Männer bevorzugten ein anderes Leben. Über die verheirateten wusste Tim nicht viel. Er hatte es mit der Sesshaftigkeit probiert, ihr aber nichts abgewinnen können. Niemand hatte ihm gesagt, wie schwer es war zu lieben. Sein Vater hatte sich zu Tode gefischt und seine Mutter zu Tode getrunken, bevor sie das Handbuch weitergeben konnten.

Sein Bruder Alan führte ebenfalls ein Nomadenleben, er wusste es nur nicht. Er pendelte ständig zwischen seiner Praxis und seinen Patienten im Krankenhaus hin und her. Und er besaß ein Haus in Hawthorne. Für Tim war das nichts anderes als der Hummerfang und die *Aphrodite* – Arbeit, die einen auf Trab hielt, und ein Dach über dem Kopf, das als Refugium diente. Trotz seiner akademischen Laufbahn war Alan ein Verlierer wie alle anderen.

Tim vermisste seinen Bruder Neil. Manchmal hatte er das Gefühl, als stünde er im Ruderhaus neben ihm, aber erwachsen und nicht mehr achtzehn wie zu dem Zeitpunkt, als er starb. Ihm war, als wäre Neil durch dick und dünn mit ihm gegangen,

hätte ihm längst verziehen. Die leidige Angelegenheit, die Alan nicht vergeben und vergessen konnte.
Tim umklammerte das Steuer und dachte an Alan und Dianne. Sie hatten sich gekannt, bevor Tim aufgetaucht war. Sie waren nur ein einziges Mal miteinander ausgegangen, aber Dianne schien ihm mehr bedeutet zu haben als alle anderen Frauen, die er kannte. Tim machte sich in dieser Hinsicht nichts vor. Alan hatte versucht, die Sache um des lieben Friedens willen herunterzuspielen, aber er war bis über beide Ohren in sie verliebt gewesen.
Das zeigte ihm schon das Gerede von wegen anständig behandeln und ihr ein guter Ehemann sein. Hinter der Moralpredigt hatte mehr gesteckt, als es sich für einen älteren Bruder geziemte. Alan hatte bis dahin nie einen solchen Wirbel um eine Frau veranstaltet. Aber es lag sicher daran, dass er ihm Dianne ausgespannt hatte, um das Kind beim Namen zu nennen. Ohne Rücksicht auf die Gefühle seines Bruders – oder vielleicht gerade deswegen. Rivalität unter Geschwistern, Konkurrenz unter Brüdern … Tim versuchte die Sache schönfärberisch zu umschreiben, aber sie lag ihm trotzdem wie ein Stein im Magen.
Die Glockenboje läutete. Die Stadt lag wie ausgestorben da, direkt hinter dem Brackwasser. Tim sah das Sternenbanner über dem Postamt wehen. Rot, weiß und blau kündigte es vom Ruhm vergangener Zeiten. Der Anblick stimmte ihn wehmütig. Er gab ihm das Gefühl der Zugehörigkeit. Er hatte keine Familie und kein Zuhause mehr, nur noch seine Heimat.
Auch sie würde er demnächst für eine Weile verlassen. Sobald seine Geschäfte auf Elk Island erledigt waren, würde er Kurs auf Kanada nehmen. Er brauchte zur Abwechslung einen Freund aus Fleisch und Blut statt Neils Geist oder die Stimme seines Bootes. Das Bedürfnis nach einem Austausch mit einem vertrauten Lebewesen hatte er in diesem Frühjahr besonders stark empfunden. Deshalb wollte er sich auf den Weg nach Nova Scotia machen, um Malachy wiederzusehen.
Doch zuerst musste er seine Hummer verkaufen und seinen

Lohn kassieren. Er zahlte immer noch den Kredit für das Boot ab. Jeden Monat steckte er, wo immer er sich gerade befand, eine Anweisung auf Auszahlung von zweihundert Dollar in einen Briefumschlag, den er an Lucinda adressierte. Bisher hatte er 26 400 Dollar zurückerstattet, gegen Ende des Jahres würde er schuldenfrei sein.
Was sie wohl denken mochte, wenn sie die Umschläge mit Stempeln aus sämtlichen Häfen an der Nordostküste sah? Er hatte sie an die Bibliothek geschickt, mit Rücksicht auf Dianne, damit sie nicht seine Post in die Hände bekam. Sie hatte bestimmt auch so genug Probleme mit dem behinderten Kind, das sie allein großziehen musste. Das Letzte, was sie gebrauchen konnte, war eine Erinnerung, dass Tim McIntosh immer noch auf den sieben Weltmeeren kreuzte.

Amy war mit Julia allein in der Werkstatt. Dianne hatte ihr die Aufsicht überantwortet, während sie kurz ins Haus hinübergegangen war. Amy brachte Julia das Malen bei. Sie führte Julias Hand mit dem blauen Buntstift über das Papier. Sie zeichneten Stella, die vor dem Sofa kauernd darauf wartete, dass Orion sich endlich blicken ließ.
»Katzen sind in Wirklichkeit nicht blau«, sagte Amy. »Sicher weißt du das und fragst dich, warum wir einen blauen Buntstift nehmen. Ich finde Blau schöner als Grau und Braun, und …«
Plötzlich richtete Stella ihre Ohren auf. Sie sprang aufs Regal und verschwand wie ein geölter Blitz im Korb. Amy blickte zur Tür hinüber und sah, dass Amber auf der Schwelle stand.
»Klopf, klopf«, sagte Amber.
Amy erstarrte.
»Willst du mich nicht reinbitten?«
»Äh …« Amy war wie gelähmt. Sie wollte nicht, dass Amber die Werkstatt betrat. Was war, wenn sie fragte, wo sie so lange gesteckt hatte? Amy hatte keine Lust zu erklären, dass sie vorübergehend hier statt zu Hause wohnte. Aber Amber wartete nicht auf die Einladung. Sie machte die Tür einfach auf. Sie trug

Hüfthosen und ein Top, das im Nacken gebunden war. Die Träger ihres BHs schauten hervor, und Amys Gesicht wurde krebsrot. Als Amber näher kam, stellte sich Amy schützend vor Julia.
»Wen haben wir denn da?«, fragte Amber.
»Du hast hier nichts zu suchen«, sagte Amy und verdeckte Amber die Sicht.
»Wo zum Teufel hast du gesteckt? Ich habe mindestens dreißig Mal bei dir angerufen. Deine Mutter geht nicht ans Telefon, und ich hätte dich lange suchen können, wenn Buddy Davids Vater nicht erzählt hätte, dass du abgehauen bist.«
»Oh!«, sagte Amy, überrascht, das David und Amber überhaupt einen Gedanken daran verschwendeten, wo sie steckte. Sie beließ sie in dem Glauben, dass sie durchgebrannt war, obwohl es nicht ganz der Wahrheit entsprach. Aber es klang erwachsener als die Erklärung, dass sich das Jugendamt eingeschaltet und die Unterbringung in einer Pflegefamilie angeordnet hatte.
»Warum hast du dich ausgerechnet hier verkrochen?«, fragte Amber leise. »Mit Hexen und Schwachsinnigen zusammen zu sein, stelle ich mir nicht gerade lustig vor.«
»Halt den Mund, Amber!«
»Lass mich doch mal sehen«, sagte Amber und versuchte sich an Amy vorbeizudrängen.
»Halt!«
»Jetzt stell dich nicht so an!«, rief Amber, packte Amy an der Schulter und schubste sie beiseite. Sie grinste, als wäre das Ganze ein Riesenspaß. Amy versetzte Amber einen Stoß, krallte sich an ihren knochigen Oberarmen fest und versuchte sie von Julia fern zu halten. Amber kam ihr plötzlich überhaupt nicht mehr hübsch vor. Ihre Augen standen zu nahe beisammen, sie hatte Schuppen und zwei dicke Mitesser am Hals, die Amy an Kartoffelaugen erinnerten.
Amy, einer Panik nahe und zu allem entschlossen, merkte, dass Amber nicht aufgeben würde. Sie verrenkte sich den Hals und versuchte abwechselnd links und rechts um Amys Kopf herum

zu schauen. Plötzlich schien es, als hätte sie den Halt verloren. Doch als Amy sie auffangen wollte, packte Amber sie und schob sie aus dem Weg.
»O mein Gott!«, keuchte Amber und starrte Julia mit offenem Mund an.»Das soll ein Mensch sein? So wie die den Kopf bewegt?«
»Lass sie in Ruhe!«, fauchte Amy.
»Du willst mir doch nicht erzählen, das sei ein Mensch? Die sieht ja total unecht aus. Bewegt die Arme und Beine wie ein Roboter oder so was! Oder wie eine Schießbudenfigur. Nicht zu fassen!«
»Gliiii«, rief Julia. Sie streckte die Arme aus und sah Amy Hilfe suchend an. Amys Hals war wie zugeschnürt. Sie kniete sich hin und legte die Arme um ihre kleine Freundin.
»Du fasst sie sogar an? Igitt. Amy, was ist los mit dir? Ihr ganzes Gesicht ist vollgesabbert!«
»Hast du mal daran gedacht, dass sie dich verstehen könnte?«, fragte Amy und hielt Julia umschlungen, ganz leicht, wie sie es am liebsten mochte. Amy hatte es bei Dianne gesehen. Julia ertrug es nicht, wenn man sie zu fest in den Arm nahm. Ihre Organe schmerzten dann, oder so ähnlich, und deshalb musste man sie behutsam berühren. Amys Herz klopfte, während sie Julias Atemwölkchen auf ihren Wangen spürte.
»Scheiße«, sagte Amber und beugte sich hinunter. »Sie versteht uns? Das wusste ich nicht …«
»Du hast dir nicht einmal die Mühe gemacht, darüber nachzudenken!«
»Tut mir Leid.«
»Glaaa«, sagte Julia.
»Wie alt ist sie?«
»Zwölf.«
»Du willst mich wohl verarschen.«
Amy schwieg. Am liebsten hätte sie ihren Kopf in Ambers hohlen Bauch gerammt und sie aus der Tür gedrängt, aber sie wollte Julia nicht noch mehr erschrecken. Julias Atem war so

hastig gegangen, als müsste sie eine Feder von der Nasenspitze blasen, doch nun wurde er ruhiger.

»Wie heißt sie?«

Amy zögerte. »Julia«, sagte sie schließlich.

»Aha. Hallo, Julia.«

Beim Klang ihres Namens schien sich Julia zu entspannen. Ihre verkrampfte Muskulatur lockerte sich, als wüsste sie, dass die Person, die ihn aussprach, in friedlicher Absicht kam. Amy schätzte, dass Julia ohnehin nicht viele Feinde hatte. Sie würde jeden, der ihren Namen kannte, für einen Freund halten.

»Gaaaa«, sagte Julia.

»Ich möchte sie nur begrüßen«, erklärte Amber und versuchte Amy beiseite zu schieben. »Jetzt hab dich nicht so! Ich bin hergekommen, um dich zu besuchen, und da solltest du uns wenigstens vorstellen.«

»Hau endlich ab, Amber!«

»He, ich bin deine Freundin. Du bist von zu Hause abgehauen, und ich wollte mich erkundigen, wie es dir geht. Schön hast du es hier. Ich kann dir nicht verdenken, dass du von Buddys Sauftouren die Nase voll hast. Genau das Gleiche wie bei David daheim. Sein Alter kann auch kein Ende finden. Letzten Freitag haben wir ihm einen Sechserpack Bier geklaut. Er war so sturzvoll, dass er dachte, er hätte sie selbst ausgesoffen.«

»Du trinkst Alkohol?«, fragte Amy entsetzt, obwohl sie nicht sagen konnte, warum. Was ging es sie an, was Amber tat? Sie waren grundverschieden. Aber sie begriff nicht, wie jemand in ihrem Alter auch nur einen Tropfen von dem Teufelszeug anrühren konnte, obwohl er wusste, was es anrichtete.

»Ein paar Flaschen Bier hat doch nichts mit Alkohol trinken zu tun«, erwiderte Amber. »Wie wär's, wir feiern heute Abend am Strand. Kommst du mit?«

»Gliii«, sagte Julia. Ihre Hände begannen sich zu bewegen.

»Siehst du? Julia mag mich. Du solltest auf sie hören. Ich möchte sie ja nur anschauen.«

Zögernd wich Amy zurück. Sie strich Julia die blonden Haare

aus dem Gesicht. Julias große Augen rollten hin und her, und sie strahlte.
»Nettes Lächeln«, sagte Amber ernst.
»Ja, stimmt.«
»Spricht sie mit mir?«
Amy sah Julia an. Julia war gebannt von Amber. Sie konnte ihre Augen nicht von den baumelnden silbernen Ohrringen abwenden. Julia kam ihr mit einem Mal viel hübscher als Amber vor. Sie war zart wie ein Engel, mit seelenvollem Blick. Amy verfolgte mit Luchsaugen, wie sich Amber vorbeugte, und dachte, dass sie sich womöglich doch in ihr getäuscht hatte. Als sich ihr Gesicht vor Julias befand, lächelte Amber.
»Polly, willst du einen Cracker?«, fragte Amber glucksend.
»Gaaa.«
»Braver Vogel, braver Roboter! Kannst du sprechen? Dann sag: Bring mich zu deinem Anführer …« Amber brach in schallendes Gelächter aus.
Amy sprang auf und versetzte ihr einen Stoß. Dann gab sie Amber eine schallende Ohrfeige.
»Raus! Und lass dich ja nie wieder hier blicken!«, schrie sie.
»Du blöde Kuh!«, kreischte Amber und rieb sich die Backe. »Du bist der letzte Dreck! Du taugst nicht mehr als ein Stück Scheiße. Bildest du dir ein, wir wüssten nicht, was für Asoziale in der Wohnwagensiedlung hausen?«
»Ich wohnte nicht in der Wohnwagensiedlung!«, schrie Amy.
»Na und? Ihr seid genauso asozial. Deine Mutter ist eine Schlampe, liegt nur im Bett herum. Wie ein altes Weib im Pflegeheim, das den ganzen Tag auf ihren stinkenden Laken liegt. Hast du dich mal gefragt, warum ich nicht mehr zu dir nach Hause gekommen bin?«
»Nein! Ich hatte zu viel damit zu tun, mich darüber zu freuen!«
»Dann werde ich es dir verraten. Weil es bei euch nach Scheiße riecht. Das sagt jeder. Jeder! Deine Mutter wälzt sich in ihrer eigenen Scheiße. Kein Wunder, dass es dir hier gefällt. Hier stinkt es genauso.«

»Raus!«, sagte Amy atemlos, mit Tränen in den Augen.
»Der Gestank und eure Väter. Das habt ihr gemein, du und deine Schwachsinnige …«
»Was ist mit meinem Vater?« Allein der Gedanke bewirkte, dass Amy sich plötzlich wieder stark fühlte und die Tränen unterdrückte.
»Ihr Vater hat sich verpisst«, sagte Amber und schnipste mit dem Daumen in Richtung Julia. »Meine Eltern behandeln mich wie eine Erwachsene und meinen nicht, ich sei zu jung für die Wahrheit. Ihr Vater hat ihre Mutter gevögelt und sich danach abgesetzt, bevor er sich die Visage seiner schwachsinnigen Tochter anschauen musste. Kluger Mann! Und was deinen Vater angeht, er ist ertrunken.«
»Ich weiß«, sagte Amy.
Amber grinste boshaft, und Amy spürte, wie ihr Herz wieder zu hämmern begann. »Willst du wissen, warum?«
»Hör auf, Amber!«
»Weil er dauernd stockbesoffen war wie Buddy. Er hatte immer eine Flasche Schnaps an Bord und hat sie auf einen Zug geleert. Kein Wunder, wenn man so eine Tochter hat! Kapierst du jetzt, warum keiner was mit dir zu tun haben will? Deine Mutter ist eine Schlampe, dein Vater ein Säufer, und du bist der letzte Dreck!«
Amy warf sich so blitzschnell auf Amber, dass beide zu Boden gingen. Sie schluchzte und drosch in blinder Wut auf Amber ein. Julia weinte. Amy hörte die Verzweiflung und Angst in der Stimme ihrer kleinen Freundin. Sie sah ihren heiß geliebten Vater vor sich, wie er mit seinem Schiff unterging, und prügelte auf Amber ein, um ihre boshafte Stimme zum Schweigen zu bringen.
Plötzlich spürte sie, wie Diannes Arme sie von hinten fest hielten.
»Amy, hör auf. Hör auf, Kind!«
Amy wehrte sich nicht, als Dianne sie hochzog. Schluchzend stürzte sie sich in Diannes Arme. Diese hielt sie fest und beru-

higte sie, aber Amy konnte nicht aufhören, an Julia zu denken, an die Dinge, die Amber gesagt hatte. Als das Weinen verebbte, entzog sie sich Diannes Armen und beugte sich zu Julia hinab. Beiden liefen die Tränen übers Gesicht.
»Alles in Ordnung?«, fragte Dianne und reichte Amber die Hand, um ihr beim Aufstehen zu helfen.
»Nein!«, kreischte Amber. »Sie hat mich zu Boden geschlagen. Sie ist wie eine Verrückte auf mich losgegangen, und ...«
»Eines Tages wirst du vielleicht genug Grips haben, um zu wissen, dass es der Gesundheit nicht zuträglich ist, Lügen über die Väter anderer Leute zu verbreiten.«
»Wieso ...«, stammelte Amber und trat den Rückzug zur Tür an. »Wieso mischen Sie sich überhaupt ein? Sie sind erwachsen! Haben Sie nicht gesehen, was sie gemacht hat? Hier!« Sie riss den Arm hoch und zeigte Dianne den knochigen Ellenbogen, der auf den Fußboden geknallt war.
»Wie furchtbar«, sagte Dianne mit der eisigsten Stimme, die Amy jemals bei ihr gehört hatte. »Du bist ja richtig zu bedauern!«

Die Marschen glichen dunklem Gold. Wolken mit lohenden Rändern drifteten am Himmel entlang und verdeckten zeitweilig die untergehende Sonne. Fischadler gingen in der Dämmerung auf die Jagd, über das Schilf nach Westen fliegend. Martha hatte Alan ausgerichtet, dass Dianne angerufen und irgendetwas über einen Kampf zwischen Amy und einem Mädchen aus der Nachbarschaft gesagt habe, und er fuhr hinüber, sobald sein letzter Patient versorgt war. Als er die Werkstatt betrat, saßen Dianne und die beiden Mädchen am Fenster.
»Sie war hundsgemein«, sagte Amy.
»Richtig«, bestätigte Dianne.
»Was ist passiert?« Alan stand reglos da, als sie ihm Bericht erstatteten. Er war entrüstet, als er die Einzelheiten erfuhr, und versuchte innerlich Distanz zu wahren, wie es dem Beruf eines Arztes entsprach. Amber DeGray war seit der Geburt seine Pa-

tientin und er hatte einmal ihren Bruder vor dem Ersticken gerettet, als er einen Wattebausch verschluckt hatte.
»Das hat sie gesagt?«, fragte er fassungslos.
»Und dabei hat sie *gelacht*, als wäre das ein Witz.«
»Amy hat dafür gesorgt, dass ihr das Lachen vergangen ist«, erklärte Dianne ungerührt. Ihre Blicke trafen sich, und er spürte die Hitze ihrer Gegenwart.
»Mein Vater war nicht betrunken«, flüsterte Amy und begann wieder zu weinen. »Er war nicht wie Buddy.«
Sie saßen am Tisch und tranken Limonade, Dianne in der Mitte, die Arme um Amy und Julia gelegt. Die Mädchen zitterten noch immer, und Alan sah, wie Dianne Amy fester in die Arme schloss.
»Ich weiß«, erwiderte Dianne.
»Das hätte er nie gemacht.«
»Dein Vater war ein guter Fischer«, sagte Alan. »Das hat mir Tim erzählt. Und dass sein Boot durch eigenes Verschulden untergegangen wäre, ist mir neu. An dem Tag herrschte ein schlimmer Sturm. Mehrere Schiffe an der Ostküste sind damals gesunken.«
»Ich kannte ihn nicht besonders gut«, meinte Dianne. »Tim stand mit vielen Fischern auf vertrautem Fuß, aber ich war nicht oft mit ihnen beisammen. Doch nach allem, was ich gehört habe, kannst du stolz auf deinen Vater sein.«
Es schmerzte Alan zu hören, wie Dianne den Namen seines Bruders aussprach.
»Russell Brooks«, sagte Amy und holte tief Luft.
»Du kannst stolz auf ihn sein«, wiederholte Dianne.
Amy atmete zitternd aus. »Amber hat gelogen. Wie gedruckt!«
»Traurig, aber wahr«, bestätigte Alan.
»Und sie hat gemeine Sachen über Julia gesagt«, flüsterte Amy Dianne zu, damit Julia nichts mitbekam.
»Da ist sie nicht die Einzige«, entgegnete Dianne.
»Über ihre Bewegungen, und wie sie ausschaut.«
Alan sah, wie Dianne die Augen schloss und zart über Julias

Kopf strich. Ihr Haar war seidig und fein, ihre Knochen so zerbrechlich. Dianne zog Julia an sich, die sie mehr liebte als alles auf der Welt.
»Warum ist sie so?«
»Du meinst, warum Amber solche Dinge sagt?«, fragte Dianne.
Amy schüttelte den Kopf. »Nein, ich meine, warum ist Julia so, wie sie ist?«, sagte sie mit zitternder Stimme.
»Sie hat diese Schäden seit der Geburt. Sie ist schon so auf die Welt gekommen.«
»Aber warum? Das macht es anderen so leicht, gemein zu ihr zu sein. Schlimme Sachen über sie zu sagen, sie links liegen zu lassen. Ich will nicht, dass Julia verletzt wird.«
»Ich weiß.« Alan nahm Amys Hand.
»Ich glaube, dass niemand sie mit solchen Bosheiten verletzen kann«, sagte Dianne. Sie hatte den Arm von Amys Schultern genommen und hielt Julia umschlungen.
Julia schloss die Augen. Ihre Mutter zog sie an sich. Ihr Gesicht war blass, und ihre Lippen bewegten sich, als wollte sie saugen.
»Früher habe ich anders gedacht«, fuhr Dianne fort und strich ihr sanft über das Haar. »Ich hatte Angst, dass die Leute sie mit solchen Bemerkungen kränken könnten. Aber das war ein Irrtum.«
»Und wie denkst du jetzt darüber?«, fragte Alan.
»Klarer«, sagte Dianne, und ihre blauen Augen strahlten. »Das habe ich Amy zu verdanken. Amy ist Julias beste Freundin. Sie mag Julia so, wie sie ist …«
»Ich hab Julia lieb!«, verbesserte Amy sie leise.
»Meine Mutter liest jeden Morgen in der Bibel«, fügte Dianne hinzu. »Sie hat mir tausend Mal gesagt: ›Ein Mensch sieht, was vor Augen ist; der Herr aber sieht das Herz an.‹ Das ist aus dem Buch Samuel. Und Amy hilft mir, klarer zu sehen.«
»Wirklich?«
»Wirklich«, sagte Dianne.
Julia schlief ein und nahm dabei die Fötusstellung ein. Ein typisches Merkmal des Rett-Syndroms, wie Alan wusste, aber er

stellte sich lieber vor, dass sich dahinter die Sehnsucht nach der Geborgenheit im Mutterleib verbarg. Er spürte, wie sehr er sie alle liebte. Die Sonne war inzwischen untergegangen, und aus Lucindas Küche drang ein köstlicher Duft zu ihnen herüber.
Die vier saßen schweigend da, und nach einer Weile kletterte Diannes Katze aus ihrem Korb. Katzen besaßen für den Kinderarzt nichts Geheimnisvolles, aber Alan hatte noch nie gesehen, was Stella nun tat, denn sie war scheu und verschlossen. Als sie vom Regal heruntersprang, musterte sie Alan mit einem langen, argwöhnischen Blick.
»Sie vergewissert sich, dass Sie ihr nichts tun«, flüsterte Amy.
»Ich bin ein Freund«, sagte Alan und blickte Dianne in die Augen.
Sie beobachteten, wie die Katze vorsichtig das Sofa umkreiste. Schließlich ließ sie sich vor der Stirnseite des Sofas nieder und plusterte sich auf, sodass sie die Größe eines Toasters hatte. Sie fixierte den Spalt zwischen Überwurf und Fußboden, schien auf der Lauer zu liegen, zu warten. Alans Herz schlug schneller. Er hätte nicht sagen können, warum, aber plötzlich wusste er, dass er auf das Gleiche wartete.

13

Es war in vieler Hinsicht ein traumhafter Sommer. Die Tage waren lang und mild, voller Frieden und Nähe. Eines Morgens ruderte sie ihre Mutter, Amy und Julia durch die Marschen. Sie zogen das Dingi auf den Sand, setzten den kleinen Anker im rauen Schilf und stapften über die Dünen zum Leuchtturm-Strand.

Die Brandung auf der windabgewandten Seite des Sandhügels war stärker als auf der Marschseite. Hohe Wellen mit weißen Schaumkronen rollten in einer langen Linie heran, überschlugen sich, formierten sich aufs Neue. Dianne spannte den Sonnenschirm auf, während Lucinda die Decke ausbreitete und die Liegestühle aufstellte. Amy machte sich Sorgen, dass sie zu dick in dem dunkelblauen Badeanzug aussah, aber Lucinda erklärte, sie sei gertenschlank und eine wahre Augenweide.

Dianne trug Julia zum Wasser hinunter. Der Sand war nass und kühl und grobkörniger als der feine Sand weiter oben. Dianne schmierte die zarte Haut ihrer Tochter mit Sonnenschutzmittel ein. Dann schaufelte sie eine kleine Sitzfläche im nassen Sand für Julia aus, setzte sie hinein und fing an, eine Sandburg zu bauen.

»Kann ich dir helfen?«, fragte Amy.

»Klar.«

Sie arbeiteten an entgegengesetzten Enden der Burg, errichteten gemeinsam ein fantasievolles, ausgeklügeltes Bauwerk. Dianne formte mit den Händen Wände und Zinnen, während Amy mit Hilfe eines blauen Plastikeimers Wälle und Brustwehren hinzufügte. Sie ließen den tropfnassen Sand durch die Finger rinnen, um das Gesims mit filigranen Zickzacklinien zu verzieren. Dianne bastelte Flaggen aus braunem und grünem Seetang. Sie drückten zerbrochene Miesmuschelschalen und dunkelblaue

Schneckengehäuse in den Sand, sodass die Burg in allen Regenbogenfarben schillerte. Die Fenster waren von durchsichtigen Krebspanzersplittern gerahmt.

»Schön«, meinte Amy, die auf ihren Fersen kauerte.

»Julias Burg«, sagte Dianne und half Amy beim letzten Schliff – ein Stück Treibholz für die Zugbrücke, vom Meer versilbert.

»Ist das genauso wie wenn du ein Spielhaus baust?«, fragte Amy.

»Ja«, antwortete Dianne lächelnd. Sie liebte ihr Handwerk, freute sich, wenn ihre Häuser den Kindern gefielen und der Scheck mit dem Honorar kam. Sandburgen waren wie die Sommertage – herrlich, kurzlebig, vom Meer weggespült. Der einzige Lohn war der Spaß, den es macht, sie zu bauen, und er war wichtiger als jeder Scheck.

»Gefällt dir deine Arbeit?«

»Ich kann mir tatsächlich keine schönere vorstellen«, erwiderte Dianne.

»Hm«, sagte Amy und verstummte auf einen Schlag.

Dianne wusste, dass sie an ihre Mutter dachte. Amys Aufenthalt bei den Robbins war vom Jugendamt verlängert worden. Alan hatte Tess Brooks das Angebot unterbreitet, und nach anfänglichem Protest hatte sie zugestimmt.

Ambers Mutter hatte angerufen, um sich über Amys Handgreiflichkeiten zu beschweren. Daraufhin war die Polizei angerückt. Marla Arden hatte erklärt, die Gewalttätigkeit nehme ihren Anfang im Elternhaus, und das Jugendamt habe nicht die Absicht, sie ohne gründliche Überprüfung in ein potenziell schädigendes Umfeld zurückzuschicken. Amys Akte wurde immer dicker, und manchmal hatte sie das Gefühl, ihr Leben sei hoffnungslos.

Dianne spürte bisweilen, dass Amy sie mit ihrer Mutter verglich. Dianne arbeitete, ihre Mutter schlief den ganzen Tag. Dianne hatte alle Hände voll zu tun, ihre Mutter war träge. Amy runzelte die Stirn, hin und her gerissen vom Widerstreit der Gefühle.

»Aber Freizeit ist noch schöner als Arbeit«, sagte Dianne. »Komm, lass uns schwimmen gehen.«

»Keine Lust.«

»Nein?«

Amy zuckte mit den Schultern. Ihre Hochstimmung war verflogen, wie von einer dunklen Wolke überschattet, die am Strand entlangzog. »Hier sind die Wellen zu hoch. Normalerweise gehen wir zur Jetty Beach, da ist das Meer ruhiger.«

»Die Wellen tun dir nichts, Amy. Ich werde dir zeigen, wie man Wellen reitet, ganz ohne Brett.«

»Nein, danke.«

»Du kannst es dir ja überlegen«, sagte Dianne enttäuscht.

Die Brandung war zu stark für Julia, und so trug Dianne sie zu Lucinda hinauf.

»Wie ist das Wasser?«

»Warm«, antwortete Dianne.

»Gehst du schwimmen?«

»Ich schon. Amy nicht, sie hat Angst.«

»Lass ihr Zeit, Kind. Du warst anfangs auch nicht begeistert von den hohen Wellen. Erinnerst du dich noch, wie du ans Ufer gespült wurdest und kopfüber im Sand gelandet bist? Du hast dir dabei Nase und Stirn aufgeschürft.«

»Ich weiß. Aber damals war ich viel jünger, vier oder fünf.«

»Das erste Mal ist das erste Mal.«

»Danke, Mom.«

Lucinda nickte und half, es Julia neben ihr bequem zu machen. Sie hatte sich problemlos an den Ruhestand gewöhnt – sie hatte ihren Strand, ihre Bücher, ihre Familie und die Zusicherung ihrer Tochter, dass das Wasser warm war. Außerdem stand der Bibliotheksball bevor, und Lucinda würde dieses Jahr Ehrengast sein.

Als Dianne ins Wasser ging, hatte Amy ihre Meinung geändert. Die Arbeit an der Sandburg konnte warten. Sie stand auf und folgte ihr wortlos.

»Du bist eine gute Schwimmerin«, sagte Dianne, als sie ein

Stück ins Meer hinausgeschwommen und außerhalb der Brandung waren.

»Meine Mutter hat es mir beigebracht, als ich klein war.«

»Prima. Ich habe es auch von meiner Mutter gelernt.«

Sie sah zu Lucinda hinüber, die mit Julia unter dem grünweiß gestreiften Sonnenschirm saß. Wie sie in dem verblichenen Liegestuhl saß und ein Buch las, mit Strohhut und dunkelgrüner Sonnenbrille wirkte sie zeitlos, unverändert, Diannes junge Mutter.

»Meine Mutter hat Angst vor den Wellen«, gestand Amy kleinlaut.

»Das Geheimnis liegt darin, dass man nicht gegen sie ankämpft«, sagte Dianne und nahm Amy bei der Hand. »Stell dir vor, du wärst ein Seehund, dann würdest du dich im Wasser wohler fühlen als sonst wo.«

»Wie ein Delfin?«

»Eher wie ein Seehund. Du musst dich von den Wellen tragen lassen, auf und ab.«

Das Meer war frisch und kühl. Es schmeckte salzig und linderte den Druck in Diannes Brust. Als Amy bereit schien, begannen sie sich ans Ufer spülen zu lassen. Dianne brachte Amy bei, wie man über die Schulter späht, wenn die nächste Welle anrollt. Sie streckten die Arme über die Köpfe und ließen sich von der Welle an Land tragen, furchtlos, schaumgeboren.

»Wow!«, schrie Amy und strich sich die Haare aus den Augen.

»Du machst das toll!«, rief Dianne.

»Lucinda! Hast du das gesehen?«, brüllte Amy.

»Natürlich!«

Dianne freute sich für Amy. Wellenreiten war wunderbar und ein unvergessliches Erlebnis beim ersten Mal. Seit sie ihre Angst überwunden hatte, wollte sie nicht mehr aufhören. Sie verbrachte den Rest des Tages im Wasser. Ein Stück weiter tummelten sich andere Jugendliche am Strand, aber Amy hielt sich von ihnen fern. Es schien ihr mehr Spaß zu machen, mit Dianne und Lucinda schwimmen zu gehen und mit Julia zu spielen.

Die Flut hatte eingesetzt, und Dianne sah betrübt, wie sich das Wasser der Sandburg näherte. Die erste Welle spülte den glatten Sand weg, reichte bis zum Burggraben. Dianne hasste es, mit ansehen zu müssen, wie die Burg dem Erdboden gleichgemacht wurde.

»Das Meer ist herrlich«, murmelte Lucinda, als sie aus dem Wasser kam und sich die Haare mit einem Handtuch trocken rubbelte.

»Julia liebt das Meer ebenfalls«, sagte Amy.

»Sie heißt ja auch mit zweitem Vornamen Lea«, erklärte Lucinda. »Das bedeutet Wiese am Meeresufer. L-e-a.«

»Julia Lea Robbins. Das ist schön. Der Name passt perfekt zu ihr. Julia Wiese am Meeresufer Robbins.«

Dianne hatte den Blick auf die Sandburg geheftet. Die Wellen kamen näher. Sie beugte sich über Julia. Sie war wach und blickte sie stumm an. Dianne nahm ihre Hände. Sie waren weich und warm von der Sonne, und ihre Berührung war tröstlich.

»Ich gehe mit Julia schwimmen«, sagte sie. »Auf der anderen Seite der Düne.«

Amy und Lucinda sammelten ihre Siebensachen ein. Dianne trug Julia über die Düne. Vom Gipfel konnte sie die sichelförmige Bucht auf der einen und die weitläufigen, von Wasserläufen durchzogenen Marschen auf der anderen Seite sehen. Der weiße Lichtturm stand an der Spitze der Landzunge. Das Meer hatte die Sandburg inzwischen weggeschwemmt, und so schlug Dianne die entgegengesetzte Richtung ein.

Julia regte sich in ihren Armen. Dianne drückte sie an sich. Ihre Haut war warm, als sich ihre Arme berührten. Julia liebte den Sommer von klein auf, und das Schönste daran war Schwimmen. Dianne trug sie zur windabgewandten Seite der schmalen Düne. Die offene See lag zu ihrer Linken, die Marschen zu ihrer Rechten.

Hier war das Meer ruhig und warm. Mit Julia auf dem Arm ging Dianne ins Wasser. Der Sandboden fühlte sich weich und matschig an. Um nicht auf Krebse und scharfkantige Muscheln zu treten, drehte sich Dianne um, hob Julia hoch und ließ sich vorsichtig auf dem Rücken ins Wasser gleiten. Das salzige seidige Nass hüllte sie mit seiner Wärme ein.

»Maaa«, sagte Julia.

»Richtig, Liebes, ich bin deine Mama.«

Auf dem Rücken liegend, entfernten sie sich vom Ufer. Dianne hielt Julia an ihre Brust gedrückt und paddelte vorsichtig mit den Füßen. Schwerelos glitten sie dahin und genossen die Sonne auf ihren Gesichtern. Strandläufer nahmen Anlauf auf dem schmalen Uferstreifen und erhoben sich wie ein brauner verwischter Farbklecks in die Lüfte. Dianne überlegte, wie es sein mochte zu fliegen, und stellte sich Julia vor, von ihrer zerbrochenen körperlichen Hülle befreit.

»Wir schwimmen, meine Kleine«, sagte Dianne.

Julia liebkoste mit der Nase ihre Schlüsselbein. Unfähig, ihrer Mutter die Arme um den Hals zu legen, überließ sie es Dianne, sie festzuhalten. Dianne schwamm für sie beide. Den Rest besorgte das Salzwasser. Es hielt sie an der Oberfläche, trug sie ohne Anstrengung.

»Sommer«, sagte Dianne, und die salzige Gischt auf ihrem Gesicht schmeckte wie Tränen. »Du liebst den Sommer, Julia.«

»Maaa.«

»Du liebst ihn sehr. Seit deiner Geburt.«

Julia bewegte sich, rang die Hände in Diannes Umarmung.

»Du bist ein Sommerbaby. Du liebst diese Jahreszeit mehr als alle anderen, stimmt's, Julia? Sie ist warm und wundervoll …«

Jenseits der Marschen konnte Dianne ihr Elternhaus sehen. Die verwitterten Dachschindeln glänzten silbern im Sonnenlicht, die Fensterläden waren so blau wie das Meer. Lucindas Garten war ein einziger Farbenrausch. Goldgrün gesprenkeltes Schilfgras wogte im Wind, und die Fahne flatterte am Mast. Ihre Werkstatt war aus dieser Entfernung so klein wie eines ihrer Spielhäuser. Die Auffahrt war verwaist, doch Dianne fragte sich, ob Alan später auf einen Sprung vorbeikommen würde, um nach Amy und

Julia zu sehen. Bei dem Gedanken, wie sie sich bei ihrer letzten Begegnung umarmt hatten, drückte sie Julia an sich.
»Halloooo!«, rief Amy vom Gipfel der Düne.
»Gaaa«, sagte Julia.
»Hallo!«, rief Dianne zurück. »Julia sagt ebenfalls hallo.«
Julia war schwerelos und frei. Amy und Lucinda standen auf dem Sandhügel. Ihre Gesichter befanden sich im Schatten, doch Dianne war sicher, dass sie lächelten. Der Tag war ein Gottesgeschenk. Der Eisvogel hockte auf einem morschen Pfahl und beobachtete, wie sie vorüberschwammen. Die Sonne brannte vom Himmel, es ging eine frische Brise. Es war Sommer, und das Kleeblatt war zusammen.

Neunhundert Meilen entfernt, Kurs Nord-Nordost, saß Malachy auf seinem alten roten Schleppkahn und lauschte dem Gesang der Delfine, der an Liebeslieder erinnerte. Er hatte die Kopfhörer auf. Gestern Abend hatte er weit draußen vor der Küste von Big Tancook den Anker gesetzt und das Hydrofon über die Reling ins Wasser gehängt. Die Delfine waren ganz nahe an der Bootswand vorbeigeschwommen, mit ihrem grünen Feuer im Schlepptau. Ihre Sprache war komplex und geheimnisvoll, für einen Iren wie Malachy genauso unwiderstehlich wie Poesie.
Nun lag er wieder im Hafen von Lunenburg und wertete die Aufnahmen der vergangenen Nacht aus. Er war zweiundsiebzig Jahre alt, weißhaarig und stämmig. Im Westen Irlands geboren und aufgewachsen, reichte seine Liebe zum Meer bis in die früheste Kindheit zurück. Sein Vater hatte Lachse mit Beutelnetzen gefangen, und einmal im Sommer hatten er und seine Schwester Löcher hineingeschnitten, um die Lachse freizulassen. Ein Idealist durch und durch, kannte seine Liebe zur Natur keine Grenzen. Auch jetzt lauschte er lieber dem schmachtenden Gesang der Delfine als den Flötenklängen eines James Galway oder Pavarottis machtvoller Stimme.
Wenn er aus dem Fenster des Ruderhauses blickte, sah das Ha-

fenbecken so ruhig aus wie dunkelgrünes Glas. Die grellroten und blauen Gebäude waren so schlicht wie die Bauklötze eines Kindes. Weiße Möwen kreisten über den Dächern. Ein Fischerboot lief aus, und Malachy seufzte. Sirenengesang in den Ohren, die Kulisse eines Hafens im Norden vor Augen – was konnte man sich mehr wünschen?

Die Frage war bitter, und er biss auf den Stiel seiner Pfeife. Malachy vermisste seine Frau. Brigid war vor fünf Jahren gestorben. Sie hatten ein gutes Leben miteinander gehabt, in Irland, in den Staaten und auf vielen Weltmeeren. Als waschechte Aran-Insulanerin hatte sie ihn ermutigt, das Studium des Meeres zu seinem Beruf zu machen. Um es zu finanzieren, hatte sie sich als Putzfrau verdingt und die Wäsche fremder Leute gewaschen. Es gab nicht viele Studenten am Oceanographic College in Kerry, deren Ehefrauen sich die Hände und Knie aufscheuerten, damit ihre Männer Zittergras und Hailebern unter die Lupe nehmen konnten.

»Ich werde mich schon schadlos halten«, hatte sie voller Elan mit ihrer tiefen Stimme und einem Blinzeln ihrer grün gesprenkelten Augen gesagt. »Dann wirst du alle Hände voll mit deinen Fischen zu tun haben, und ich werde Däumchen drehen. Ich werde mit den Kindern zu Hause bleiben und keinen Finger mehr rühren, außer beim Backe-backe-Kuchen.«

»Abgemacht«, hatte Malachy gesagt. »Ich werde dich und unsere elf Kinder auf Händen tragen, bis du es vor lauter Glück nicht mehr aushalten kannst.«

»Vermag ein Mensch so glücklich zu sein, dass er es nicht mehr aushält?«, hatte sie gefragt und ihren Rotschopf an seine Brust gelegt.

»Eine Frau, die elf Kinder geboren hat, schon«, hatte er gescherzt. »Vielleicht wird sie ihren Mann auf Knien anflehen, sie in Ruhe zu lassen.«

»Ach, Mal«, hatte sie lachend gesagt.

Aber sie hatten keine elf Kinder gehabt. Nur eines. Einen Sohn. Sie hatten ihn Gabriel genannt, weil er ihr Erzengel war. Brigid konnte keine Kinder mehr bekommen, doch Malachy war auch so glücklich. Gabriel reichte ihnen. Er war ihr Ein und Alles. Zart, lustig, mit dem lockigen Haar seiner Mutter, war er ein Dichter gewesen.

Er hatte nichts veröffentlicht. Aber das wäre nicht ausgeblieben, wie Malachy wusste. Der Junge besaß eine Gabe. Seine Sprache war mächtig und leitete sich von seinen Vorvätern her, von Yeats, Synge und Joyce. Mit vierzehn hatte er die Seele eines Weisen. Seine Worte klangen wie Lieder, und wenn er das Mondlicht über der Bucht beschrieb, konnte man die geriffelte Oberfläche des Wassers vor sich sehen. Wenn er von der Liebe eines Mädchens sprach, die er noch nicht aus eigener Erfahrung kannte, trafen seine Worte mitten ins Herz.

Gabriels Lebensfreude und sein außergewöhnliches Talent hatten ihr Epizentrum im Herzen. Schon als Baby so zufrieden, wie man es sich nur wünschen kann, packte er das Leben, das ihm geschenkt worden war, mit Leidenschaft und Feuer. Alle wussten, dass er etwas ganz Besonderes war, seine Lehrer, Freunde, Nachbarn. Mit seinen Gedichten gewann er Wettbewerbe. Seine Lehrer förderten ihn und prophezeiten den Condons, dass ihr Sohn eines Tages berühmt werden würde. Malachy machte sich nichts aus Ruhm. Es hätte ihm genügt, die Worte seines Sohnes für den Rest seines Lebens zu hören.

Doch Gabriel war tot. Mit vierzehn war er bei einem Autounfall auf der Route 132 in Hyannis ums Leben gekommen, in unmittelbarer Nähe des Rotary-Flugplatzes. Der Schock hatte seine Eltern beinahe um den Verstand gebracht. Wenn nicht ihr Glaube gewesen wäre …

Brigid war jeden Morgen in der Kirche St. Francis Xavier zur Messe gegangen und hatte einige Bänke von Rose Kennedy entfernt gekniet. Manchmal trafen sich ihre Blicke; die ältere Frau verstand Brigids Kummer.

Malachy hatte sich im Labor vergraben. Das Ozeanografische Institut von Woods Hole war an Nachteulen gewöhnt, aber das Licht in Malachys Büro brannte länger als bei allen anderen.

Delfine wurden seine große Leidenschaft. Er konnte ihrem Gesang stundenlang lauschen. Er hatte Theorien entwickelt, die niemand hören wollte, weil sie weit hergeholt erschienen – dass Delfine romantisch waren, ausgeklügelte Paarungsrituale hatten, dass sich der Klang ihrer Stimme veränderte, wenn sie um einen Partner warben.

Vornübergebeugt, die Kopfhörer auf den Ohren, dachte Malachy erneut an seinen Kummer. Wie konnte ein Mensch die Liebeslieder der Delfine auswerten, ohne davon berührt zu werden? Damals hatte er um ein Haar seine Forschungsgelder verloren. Unfähig, dem Gesang zu lauschen, war er auch nicht in der Lage gewesen, wissenschaftliche Abhandlungen darüber zu schreiben. Und Forschungsprojekte ohne theoretisches Fundament wurden nicht bezuschusst.

Malachys junger Assistent sprang in die Bresche. Wenige Monate nach Gabriels Tod überreichte Alan McIntosh ihm ein Tonband.

»Aus der Karibik«, meinte er. »Delfine, aufgenommen in der Anegada Passage.«

»Noch mehr Geschnatter«, sagte Malachy.

»So klingt es für mich nicht, weil du mich gelehrt hast, es mit anderen Ohren zu hören. Für mich klingt es wie Poesie. Wir lesen gerade Yeats in der Schule, und der Delfingesang erinnert mich an seine Gedichte.«

»Yeats«, sagte Malachy. Gabriel war sein Yeats gewesen. Gabriel hatte Worte geschrieben, bei denen einem das Herz aufging und die Seele erwachte. Was wusste ein Amerikaner wie Alan McIntosh mit Wahlfach Naturwissenschaften schon von Yeats? Malachy konnte seinen Anblick schon seit Monaten nicht mehr ertragen – ein junger Mann, der Tag für Tag zur Schule ging, der leben durfte, im Gegensatz zu Gabriel. Andererseits hatte Alan seinen Bruder verloren, ein schwerer Schlag, der seine Eltern zerstörte, eine Tragödie. Deshalb setzte Malachy, sich dazu verpflichtet fühlend, die Kopfhörer auf und versuchte Yeats in der Delfinsprache zu lauschen. Doch er hörte nur Gabriel.

Alan hatte Malachy dieses Geschenk gemacht. Mit Yeats hatte er ihm den Schlüssel zu Gabriel gegeben. Der Gesang der Delfine glich Gabriels Gedichten – er war ätherisch und zu gut für diese Welt. Nur wenige Menschen verstanden seinen Zauber. Die meisten hörten Klickgeräusche, Triller, leises Summen, Wehklagen. Nur die gefühlsstarken, spirituellen, verliebten, mental gestörten, verwirrten, trauernden, schuldbeladenen und aufgeklärten Menschen, Menschen mit der Seele eines Dichters und dem Herzen eines Kindes, konnten hören, wie die Delfine ihre Liebeslieder sangen.

Alan McIntosh war ein solcher Mann. Sein Bruder Tim nicht.

Die McIntosh-Brüder – die einzigen Söhne, die Malachy Condon geblieben waren. Sie waren nicht blutsverwandt, aber spielte das eine Rolle? Malachy hatte sie in seinem Herzen an Sohnes Statt genommen, und sie sahen einen Vater in ihm. Malachy war überzeugt, dass Menschen, die sich nahe standen, einander nicht auswählten. Gott sorgte dafür, dass sie sich fanden, als Gefährten auf der Reise durchs Leben. Die McIntosh-Brüder waren aus gutem Grund in Malachys Leben getreten.

»Ruft euren alten Herrn mal wieder an«, sagte er laut, mit der Pfeife im Mund.

Er war allein auf seinem Schleppkahn. Die Delfine redeten, bis ihm die Ohren klingelten, doch nicht eine einzige menschliche Stimme war darunter, es sei denn, er zählte Gabriels Geist mit. Malachy glaubte an Telepathie und dass Tim und Alan seine Stimme trotz der Entfernung hören konnten.

»Ruft an!«, sagte er noch einmal eindringlich. »Ihr wisst doch, dass ihr nichts lieber tätet, bei Gott. Worauf zum Teufel wartet ihr? Glaubt ihr, das Leben dauert ewig?«

Alan hatte sich letzten Monat gemeldet. Er war wieder fällig, und Tim auch. Die Brüder hatten noch etwas zu bereinigen, große Probleme, und sie konnten nicht ihr eigenes Leben führen, so lange sie das nicht ausgefochten hatten. Malachy hatte beiden ein paar wichtige Dinge zu sagen.

Er besaß die Gabe des siebten Sinns, bei Iren keine Seltenheit, wohl aber bei Männern. Er sah Dianne vor sich, ihre atemberaubende Schönheit, eine Rose, die im Verborgenen blühte wie Brigid. Er sah das Mädchen, Julia, verwachsen wie eine Baumwurzeln, überflutet von Licht und der Liebe ihrer Mutter. Malachy hätte den Hörer in die Hand nehmen und seine Jungen anrufen können, aber das wäre nicht dasselbe gewesen. Väter zogen es vor, angerufen zu werden. Männer mit guter Kinderstube wussten, wie sie sich Älteren gegenüber zu benehmen hatten. Malachy vertraute seiner Intuition, und deshalb lauschte er den Delfinen, immer bereit, den Hörer abzunehmen und Tims Anruf entgegenzunehmen. Es war Zeit.

14

Wen nimmst du mit?«, fragte Amy.
»Wohin?«, fragte Lucinda zurück.
»Zum Bibliotheksball.«
»Ach so.« Sie saßen auf der Veranda und tranken Tee. Dianne war in Alans Praxis gefahren, Julias Kontrolluntersuchung war wieder fällig.
»Du bist ja schließlich der – wie heißt das gleich wieder?«
»Ehrengast«, sagte Lucinda so bescheiden wie möglich.
»Als Ehrengast solltest du mitbringen dürfen, wen du willst.«
»Dich zum Beispiel?«
Amy sperrte Mund und Nase auf. Seit Tagen hatte sie Anspielungen gemacht, doch sie wollte nicht auf frischer Tat ertappt werden und so blickte sie jetzt ganz erschrocken drein. »Ich? Ich doch nicht. Das wollte ich damit nicht sagen ...«
»Was macht deine Lektüre?«
»*Anne of Green Gables?* Das Buch, das Dianne mir gegeben hat? Ich bin fast fertig.«
»Das wurde auch langsam Zeit nach zwei Monaten! Ich dachte, ein kluges Mädchen wie du schafft in so vielen Wochen fünf oder sechs Bücher!«
»Es gefällt mir so gut«, erwiderte Amy strahlend. »Vor allem Anne. Wie sie auf der Insel nach Seelenverwandten sucht, einfach klasse. Gefällt dir das Buch auch, Lucinda?«
»Ja, es gefällt mir sehr gut«, sagte Lucinda trocken. »Ich könnte es sogar drei Monate lesen.« In Wirklichkeit hatte sie es verschlungen. *Anne of Green Gables* war ihr Lieblingsbuch als Kind gewesen. Sie war drei Jahre in einem Waisenhaus in Providence aufgewachsen und anschließend von einem Ehepaar adoptiert worden, das ihr das Leben zur Hölle gemacht hatte. Sie hatte zwar Vater und Mutter zu den beiden gesagt, aber ihre leibli-

chen Eltern konnten sie nicht ersetzen. Sie wünschte, sie hätte damals liebevolle Aufnahme gefunden wie Anne.

»Gibt es diese Insel aus dem Buch, ich meine Prince Edward Island, wirklich?«, fragte Amy.

»Ja, das ist eine Maritime-Provinz in Kanada.«

»Warst du schon einmal dort?«

»Nein, leider nicht«, antwortete Lucinda und trank einen Schluck Tee. »Emmett hatte versprochen, mit mir hinzufahren, aber er starb vorher.«

»War Emmett ein Seelenverwandter?«

»O ja, das war er!«

»Mein Vater und meine Mutter auch. Sie waren die besten Freunde, nicht nur ein Ehepaar.«

Lucinda lächelte. Amy war reif für ihr Alter. »So sollte es eigentlich sein. Aber die Wirklichkeit sieht oft anders aus.«

»Sie hatten ein Lieblingslied, ›You've Got a Friend‹, von James Taylor. Sie haben sich geschworen, zusammenzuhalten, durch dick und dünn. Mein Vater hieß Russell und meine Mutter heißt Theresa, und in der Nähe der Bibliothek steht ein Baum, in den hat er ein großes Herz mit ihren Anfangsbuchstaben geritzt, R und T.«

»Gut, dass die Bibliothekarin ihn nicht dabei erwischt hat.«

»Er hätte dir gefallen. Er war ein Vater, auf den man stolz sein kann. Hat Dianne gesagt.«

»Das glaube ich unbesehen, zum einen, weil Dianne es sagt, und zum anderen, weil er eine Tochter wie dich hat.«

»Waren Dianne und Tim Seelenverwandte?«

»Nun …«

»Oder nur verknallt? Ich meine, bis über beide Ohren verliebt?«

»Sie haben sich sehr geliebt«, sagte Lucinda. »Aber Seelenverwandte, nein. Die beiden waren zu unterschiedlich. Liebe muss fortwährend wachsen, damit Seelenverwandtschaft daraus wird. Es gibt jedoch einiges, was dazu beiträgt – harte Zeiten, die man gemeinsam durchsteht, Freude, Krankheit, Humor, Geldsorgen, Kinder. Alles, was man im Alltag miteinander erlebt. Doch wenn einer entscheidet, dass er nicht mehr bleiben kann, war's das.«

»Ich kann nur hoffen, dass ich nicht der Typ bin, der gehen würde.«

»Das kann ich mir nicht vorstellen.«

»Alle denken, ich sei schlecht«, sagte Amy mit gesenktem Kopf.

»Wer denkt das?«

»Der Staat Connecticut«, flüsterte Amy, während Tränen über ihre Nase tropften. »Die von der Fürsorge sagen, ich sei gewalttätig, weil ich Amber verprügelt habe.«

»Das bedeutet nur, dass du dich nicht richtig verhalten hast. Deshalb bist du noch lange nicht gewalttätig.«

»Sie sagen, das hätte ich von Buddy gelernt. Und dass ein Kind, das solche Dinge zu Hause lernt, ein schlechter Mensch wird.«

»Das passiert manchmal«, erwiderte Lucinda und erinnerte sich an das brutale Gesicht ihres Stiefvaters, seine heraushängende Zunge, die Hiebe mit dem Gürtel und an die vielen Stunden, die sie in ihrem Zimmer eingesperrt worden war. »Aber deshalb muss man diesem schlechten Beispiel nicht folgen.«

»Nein?«

»Nein. Ich finde sogar, dass es Pflicht dieses Kindes ist – gegenüber sich selbst, seinen Eltern und Gott –, sich darüber hinwegzusetzen.«

»Aha.« Amy trocknete sich die Augen.

»Jeder ist für sein eigenes Schicksal und sein Verhalten verantwortlich. Anderen die Schuld in die Schuhe zu schieben, wenn etwas schief läuft, ist nichts als eine Ausrede. Du bist goldrichtig, Amy.«

»Danke.«

»Du hast viel Freude in Diannes und Julias Leben gebracht.«

»Ich wünschte, Tim wäre nicht weggegangen.«

»Ich auch.«

»Man lässt keinen Seelenverwandten im Stich«, sagte Amy.

»Nein, das tut man nicht.«

Dianne stand neben Julia, während Alan das EKG machte. Er strich ein weißes, leitfähiges Gel auf ihre Haut und brachte die Saugnäpfe an. Julias Brustkorb war deformiert, die Brust eingesunken. Die Träger des Badeanzugs zeichneten sich hell am Hals und an den Armen ab. An der Schulter befanden sich verblassende Male in der Form einer winzigen Rose.

»Ihre Tätowierung«, sagte Dianne, als sie seinen Blick bemerkte.

»War das Amy?«

Dianne nickte. »Ja. Wir waren im Layton's, und Amy meinte, Julia und sie müssten diesen Sommer unbedingt Tattoos haben. Dort auch.« Sie deutete auf den linken Fuß. Alan lächelte.

Oberhalb des Knöchels befand sich ein blau-orangefarbener Schmetterling, und um den Knöchel trug Julia einen Fußreif aus bunten Perlen, wie Blumen aufgefädelt.

»Das gefällt mir, Julia«, sagte Alan. »Meine Nichte ist das coolste Mädchen am Strand.«

»Alan, könntest du jetzt bitte das EKG machen?«, sagte Dianne mit zitternder Stimme.

Alan nickte und schaltete das Gerät ein. Es begann zu summen, und unverzüglich erschien der Ausdruck, ein endloser weißer Streifen, ähnlich wie der Kassenzettel im Supermarkt, mit schwarzen Markierungen. Dianne drehte den Kopf zur Seite und versuchte ihn zu entziffern.

»Komm, entspann dich.«

Sie seufzte. »Tut mir Leid.«

Er war genauso nervös wie sie. Seine Handflächen waren nass, als er ihr den Papierstreifen reichte. Er überflog das Kurvenbild, versuchte Veränderungen zu entdecken. Julias frühere EKGs befanden sich in ihrem Krankenblatt, aber er war so vertraut damit, dass er auch ohne einen Blick darauf zu werfen Vergleiche anstellen konnte. Sie hörte ein Murmeln und unbestimmtes Klicken.

»Was hat das zu bedeuten?«

»Moment.«

Julia lag auf dem Untersuchungstisch, blickte die Erwachsenen an und rang ihre Hände. Händeringen war ein weit verbreitetes Merkmal bei Mädchen mit Rett-Syndrom. Die Krankheit war genetisch bedingt, von ihr waren fast ausschließlich weibliche Säuglinge betroffen. Doch Alan kam dieses Händeringen wie ein Ausdruck der Verzweiflung vor, und er fühlte sich hilflos.

»Kannst du schon etwas sagen?«, fragte Dianne, als Alan das Gerät ausschaltete.

Alan betrachtete die Aufzeichnung über den Rand seiner Brille und versuchte sich zu konzentrieren. Obwohl der Augenblick unangemessen war, erregte ihn Diannes Nähe, und er atmete tief den Duft ihrer Haare und ihrer Haut ein.

»Wenn du nicht gleich sagst, was los ist, platze ich und brülle das ganze Haus zusammen!«

»Ich kann keine wesentliche Veränderung feststellen«, erklärte er und spürte, wie sie sich an ihn lehnte. Er tippte auf die Aufzeichnung, und Dianne sah genauer hin. »Hier in diesem Bereich könnte etwas sein, aber ich bin mir nicht sicher. Ich werde das EKG nach Providence faxen; Barbara Holmes soll es sich mal anschauen.«

»Was meinst du mit ›etwas‹?« Dianne ergriff Julias Hand, ohne von Alans Seite zu weichen. Sie stand zwischen ihm und dem Kind, wie ein Bindeglied.

»Eine Unregelmäßigkeit, wie mir scheint. Eine kleine Abweichung vom üblichen Muster.«

»Du hast doch gerade gesagt, es sei keine Veränderung zu erkennen.«

»Keine wesentliche, habe ich gesagt.« Sie trug eine ärmellose weiß-gelb karierte Bluse. Ihr bloßer Arm war gebräunt, mit ein paar Sommersprossen. Er spürte die Wärme durch den dünnen Stoff seines blau gestreiften Hemdes. Er konnte der Versuchung kaum widerstehen, sich hinunterzubeugen und ihre nackte Schulter zu küssen, doch plötzlich rückte sie von ihm ab.

»Entschuldige, aber ich bin schließlich kein Arzt«, sagte Dianne gefährlich leise und beugte sich zu Julia hinunter, um die Saugnäpfe zu entfernen.
»Ich weiß.«
»Ich mag es nicht, wenn du mich von oben herab behandelst!«, fuhr sie mit zitternder Stimme fort. »Ich kenne den Unterschied zwischen ›wesentlich‹ und ›klein‹. Aber du faxt die Ergebnisse an Dr. Holmes, und das würdest du nicht tun, wenn alles normal wäre.«
Alan sah zu, wie sie das klebrige Gel von Julias Haut abwischte. Sie benutzte Pflegetücher für Babys, die sie selbst mitgebracht hatte, und tupfte behutsam die Rückstände weg, um Julia nicht wehzutun. Dann tauchte sie einen Wattebausch in warmes Wasser und beseitigte den Rest. Die harten braunen Papiertücher ignorierend, trocknete sie Julias Brustkorb mit Gazestreifen ab. Ihre Schultern sahen verspannt aus.
»Dianne«, sagte Alan.
Sie schüttelte den Kopf, ohne ihn eines Blickes zu würdigen, und fuhr mit dem Rücken zu ihm fort, Julia zu säubern.
»Ich habe dich nicht von oben herab behandeln oder bevormunden wollen. Nie.«
Sie zuckte mit den Schultern. Sie war zwar kein Arzt, aber sie kannte sich in seiner Praxis besser aus als Martha. Sie hatte Julia medizinisch versorgt und getan, wovor viele Laien zurückgeschreckt wären – sie hatte Dränagen gelegt, Fäkalbeutel ausgewechselt, Julia an den Tropf gehängt und einen Gipsverband gemacht.
Alan ergriff ihre Schultern und drehte sie zu sich um. Sie versteifte sich und weigerte sich, ihn anzuschauen. Mit gesenktem Kopf starrte sie auf seine Schuhe. Ihr Haar schimmerte im Licht wie gesponnenes Gold. Sie duftete nach Blumen und Strand. Alans Herz klopfte so heftig, dass er sich kaum traute, den Mund zu öffnen.
»Ich mache mir Sorgen um Julia«, sagte er.
Ihr Kopf schnellte nach oben. Sie sah ihn flehentlich an. Alan

wünschte, er könnte ihr den Schmerz und die Angst abnehmen.
»Das wird sich nie ändern. Genau wie bei dir. Damit müssen wir uns abfinden.«
»Aber die Untersuchung …«
Alans Hände lagen auf ihren Schultern. Er sehnte sich danach, sie in die Arme zu nehmen und zu küssen. Er wusste, dass er innerlich zu stark beteiligt war und Julia an einen Arzt überweisen sollte, der die nötige emotionale Distanz besaß. Aber er brachte es nicht übers Herz. Er hatte das Gefühl, sie im Stich zu lassen, oder Dianne. Er räusperte sich.
»Die Untersuchung ist nicht aufschlussreich genug. Sie bringt uns nicht weiter. Ich weiß, das ist wie im Fegefeuer, aber das Ergebnis ist weder positiv noch negativ, es gibt keine klare Indikation. Wir haben kein Schwarzweißbild, sondern bewegen uns in einer Grauzone, wie immer bei Julia. Wir müssen lernen, mit dieser Ungewissheit zu leben. Annehmen, was kommt, und die Zeit mit ihr genießen. Jede Minute …«
»Ich brauche sie so sehr«, sagte Dianne.
»Ich weiß.«
»Das wird mir immer dann klar, wenn ich hier bin und mich damit auseinander setzen muss, sie zu verlieren.«
»Daran denkst du, wenn du hier bist?«, fragte Alan niedergeschlagen. Er hatte immer geglaubt, er sei Julias Beschützer und für Dianne ein Fels in der Brandung, der ihr Hoffnung gab. In Julias schlimmsten Zeiten hatte er rund um die Uhr auf Abruf zur Verfügung gestanden – Termine abgesagt, Tagungen und Verabredungen sausen lassen –, um immer da zu sein, für den Fall, dass sie ihn brauchte.
»Ja. Hier hören wir die schlechten Nachrichten.«
»Es gab auch gute.« Alan strich ihr über den Rücken. Er bemühte sich verzweifelt, sie zu bewegen, ihn aus einer anderen Warte zu betrachten. Nicht als Überbringer von Hiobsbotschaften. »Sogar einige. In Julias Leben gibt es so viel Gutes. Deinetwegen.«

»Die Leute haben mich gefragt, warum. Warum ich damals beschlossen habe, sie zu bekommen, als ich bei der Fruchtwasser-Untersuchung von ihrer Behinderung erfuhr. Ich hätte sie abtreiben lassen können ... schwapp und weg. Ich musste mich zwischen ihr und meinem Mann entscheiden.«
Alan verkrampfte sich. Er hielt Dianne im Arm und stellte sich seinen Bruder vor, irgendwo auf dem Meer, unberührt von solchen Sorgen.
»Die Frage war ernst gemeint. Kannst du dir das vorstellen?«
»Die Leute denken manchmal nicht nach.«
»Es lag nicht daran, dass ich so gut oder aufopfernd wäre. Ich war nicht einmal mutig, auch wenn andere es meinen. Ich war sogar ziemlich feige! Ich hatte Angst ...«
»Wovor?«
»Ich wollte das Kind unbedingt haben. Ich hatte mir ein Leben lange eine Tochter gewünscht, und ich hatte Angst, das sei meine letzte Chance. Schon als kleines Mädchen habe ich Puppen über alles geliebt und meine Mutter bekniet, mir richtige Babywindeln und Kleidung für sie zu kaufen. Mein Vater hat Wiegen für sie gezimmert. Und ich hatte eine Puppenstube ...«
»Die Emmett gebaut hat?«
»Ja. Sie war wunderschön und stand in meinem Zimmer. Sie hatte Blumenkästen vor den Fenstern und eine richtige Türglocke mit Batterie. Ich habe ständig mit ihr gespielt. Sie sah aus wie die Häuser in Hawthorne, genauer gesagt, wie mein Traumhaus. Schon damals habe ich mir vorgestellt, wie es sein würde, wenn ich erwachsen wäre und ein eigenes Kind hätte. Und in einem solchen Haus zu leben und glücklich zu sein.«
»Das Kind hast du bekommen.«
»Ja, Julia.« Sie löste sich von Alan. Er streckte die Hand aus, um sie zurückzuhalten, aber sie hatte sich bereits ihrer Tochter zugewandt. Ihre Stimme wurde so leise, dass er näher kommen musste, um sie zu verstehen. »Man kann sich seine Kinder nicht

aussuchen. Wer weiß, ob ich noch einmal schwanger geworden wäre, wenn ich Julia nicht bekommen hätte? Julia gehört zu mir.«

»Dianne …«

Sie nahm Julia auf den Arm und drückte sie an sich. »Sie gehört zu mir und ich zu ihr. Aber sag nicht, das sei wie im Fegefeuer. Nicht das Wort Fegefeuer, bitte.«

»Ich verspreche es.«

»Das Fegefeuer ist eine Vorhölle für Seelen, die nicht in den Himmel kommen. Das trifft nicht auf Julia zu.«

»Nein, der Himmel wurde für Menschen wie sie gemacht.«

»Ich liebe dich«, sagte Dianne und wiegte Julia in ihren Armen. Die großen Augen des Kindes wanderten über das Gesicht ihrer Mutter. Die Hände flatterten und berührten Diannes Lippen und Kinn.

»Ich auch«, sagte Alan und legte die Hände auf die Schultern seiner Nichte. Julia drehte den Kopf zur Seite und lächelte ihn strahlend an. Dianne dachte, Alans Worte wären auf Julia gemünzt.

»Ich würde gerne mit ihr verreisen.«

»Wohin?«

»Irgendwohin. Damit sie ein bisschen was von der Welt sieht. Glaubst du, das ginge?«

»Hm«, machte Alan, beunruhigt angesichts des Gedankens, dass Dianne eine Weile weg sein könnte. »Wenn du in der Nähe von Städten bleibst, in denen es ein gut ausgerüstetes Krankenhaus gibt, warum nicht. Nur für den Notfall. Hast du eine bestimmte Vorstellung?«

»Mit Sicherheit nicht Disney World«, antwortete Dianne, die Hand ihrer Tochter haltend. »Irgendwo, wo es schön ist.«

Draußen vor dem hohen Fenster lag Hawthorne wie ein glänzendes Juwel in der Sonne. Im Hafen, in dem sich Segelboote, Trawler und Hobbyangler ein Stelldichein gaben, herrschte rege Betriebsamkeit. Die weißen Herrenhäuser säumten den Kai, und Alan überlegte, welches Diannes Vater inspiriert haben mochte. Die Gegensprechanlage summte und Martha teilte ihm mit, Bettina Gorey habe angerufen und lasse ihm ausrichten, dass sie sich nicht bei ihr zu Hause, sondern etwas später im Theater treffen würden.

»Kein Problem«, sagte er zu Dianne und forschte in ihrem Gesicht nach Anzeichen von Interesse oder Eifersucht.

»Oh, tut mir Leid, dass wir dich so lange aufgehalten haben«, erklärte sie und begann Julia anzuziehen. »Ich hatte ganz vergessen, dass deine Patienten auf dich warten ...«

»Das hatte ich nicht gemeint.«

Aber sie befand sich bereits auf dem Weg zur Tür.

Alan sprach oft von bestimmten Mustern in Julias Zustand, und auf der Heimfahrt merkte Dianne, dass ihr eigener Zustand ebenfalls einem folgte. Wenn Julias nächster Untersuchungstermin nahte, wurde Dianne nervös. Sie litt unter Kopfschmerzen, Schlaflosigkeit und erhöhter Reizbarkeit. Der Druck, unter dem sie stand, wurde immer größer. Sie lag stundenlang wach und malte sich das Schlimmste aus. Wenn sie Alans Praxis betrat, war sie mit den Nerven am Ende und hätte ihn am liebsten umgebracht, wenn er nicht gleich zur Sache kam – ein Verhalten, das er nicht verdient hatte.

Nach der Untersuchung verspürte sie den Drang, lauthals zu singen. Auch jetzt hatte sie auf der Heimfahrt die Fenster heruntergekurbelt und das Radio eingeschaltet. Sie streckte den Arm zum Beifahrersitz hinüber und streichelte die Hand ihrer Tochter. Es war Sommer, sie waren beisammen; sie fühlte sich erleichtert, als hätte man ihr einen Strafaufschub gewährt. Das war Diannes Muster – die Anspannung wich in den Moment, in dem sie Alans Praxis verließ. Sie dachte an die weiße Flagge, an den Wunsch, sich dem Schicksal zu unterwerfen. Wenn sie nur aufhören könnte, Alan für ihr Leben verantwortlich zu machen.

Zu Hause angekommen, trug sie Julia in die Werkstatt. Amy saß am Schreibtisch und sprang auf, als sie eintrat.

»Bist du böse? Ich wollte nur etwas schreiben.«
»Du darfst jederzeit an meinem Schreibtisch sitzen«, sagte Dianne.
»Ich schreibe gerade einen Brief.«
Dianne lächelte; sie wusste, welche Frage nun erwartet wurde.
»An wen?«
»An meinen Vater. Wir sind seelenverwandt.«
»Man merkt, dass du *Anne of Green Gables* gelesen hast.«
»Und ich hab mit Lucinda geredet. Sie spricht mit Emmett, obwohl er tot ist. Deshalb dachte ich, warum soll ich nicht meinem Vater schreiben?«
»Natürlich, warum nicht?«, sagte Dianne und setzte Julia in ihren Stuhl.
»Es ist toll, sich mit einem Seelenverwandten zu unterhalten«, erklärte Amy und ergriff wieder ihren Füllfederhalter. »Der Mensch, der dich am meisten liebt, kennt dich am besten. Ich wette, mein Vater weiß alles über mich, aber ich möchte ihm trotzdem ein paar Dinge sagen. Wie geht's Julia?«
»Gut«, antwortete Dianne und strich sich die Haare aus dem Gesicht.
»Ich werde meinem Vater alles über sie erzählen. Und wie geht's Dr. McIntosh?«
»Auch gut.«
»Er ist mein Seelenverwandter auf der Erde. Du und Julia natürlich auch. Aber mein Vater kennt mich länger, und ich habe ihm viel zu sagen. Wer ist deiner?«
»Mein was?«
»Dein Seelenverwandter.«
»Oh! Meine Mutter, du, Julia.« Dianne stellte fest, dass sie an Alan dachte, und wurde rot.
»Aha.« Amy glättete das Papier und begann zu schreiben. So wie der Federhalter über die Seite flog, hatte sie eine Menge zu sagen.
Dianne war beunruhigt, als sie Amy beobachtete. Eine Sturzflut von Worten ergoss sich auf das Papier. Amys Herz floss über;

sie hatte einen Ansprechpartner, dem sie sich öffnen konnte. Dianne hatte lange nicht mehr auf so vertraute Weise mit jemandem geredet, sodass sie gar nicht gewusst hätte, wo sie anfangen sollte. Sie stellte sich Alan vor, wie er ihr aufmerksam zuhörte und dabei ihre Hand hielt. Erschöpft von dem aufreibenden Tag, beschloss sie, sich eine Weile auf die Couch zu legen. Die Sprungfedern quietschten und scheuchten Stella auf, die auf ihrem Wachposten saß und den Spalt unter der Couch im Blick behielt.

Dianne schlief ein. Sie träumte, Bruchstücke ihres Lebens glitten an ihrem inneren Auge vorüber. Alan, der sie in den Wellen umarmte. Tim, der in seinem Ruderhaus stand und sie angrinste. Julia, die wie ein Engel flog, mit wehenden goldenen Haaren. Und Amy, die ihren Namen rief.

»Dianne!«, flüsterte Amy. »Wach auf! Schnell! Das musst du sehen!«

Dianne riss die Augen auf. Ihr erster Blick galt Julia, aber es war alles in Ordnung, sie saß im Stuhl, und ihre Hände bewegten sich durch die Luft. Amy stand wie angewurzelt am Schreibtisch. Aber sie lächelte und deutete auf den Boden.

»Orion!«, flüsterte sie.

Dianne drehte sich auf die Seite, um besser zu sehen.

Der Welpe kam unter der Couch hervor. Dianne konnte seine schwarze Nase sehen. Nass und zitternd spähte er unter dem Überwurf hervor. Stella wich nicht zurück, sondern pirschte sich näher heran. Als wollte sie dem Welpen zu verstehen geben, dass die Luft rein sei, zeigte sie unglaublichen Mut. Ihre Schnurrhaare bebten, als ihre rosafarbene Nase die Hundenase berührte.

»Er kommt raus!«, flüsterte Amy und verschränkte ihre Hände.

Sie wussten, dass er nachts herausgekommen war, um zu fressen und Stellas Katzenklo zu benutzen, weil sie die Beweise gefunden hatten. Doch bisher hatte Orion zu große Angst gehabt, um sich zu zeigen, wenn Menschen in der Nähe waren. Diannes Kehle war wie zugeschnürt, als sie an die Schrecken dachte, die ihn bewogen hatten, Zuflucht in der hintersten Ecke unter dem Sofa zu suchen.

Julia seufzte. Orion fiepte, und Stella musterte ihn neugierig. Dianne sah Amy lächelnd an, dann wandte sie sich wieder dem Welpen und der Katze zu, die nun Nase an Nase standen. Ihre Kehle brannte, aber nicht nur wegen der Grausamkeit, die das Tier erlebt hatte, sondern weil es Stella, Diannes scheuer Katze, gelungen war, den misshandelten Hund ans Licht zu locken.

»Sie hat es geschafft!«, rief Amy begeistert.

Dianne war tief bewegt; sie sah, was Liebe zu bewirken vermochte. Sie verlieh den Furchtsamen Mut und den Verzweifelten Hoffnung. Orion wagte sich Schritt für Schritt ins Freie. Stella schützte ihn, ohne ihn einzuengen. Er schüttelte sich, als wäre er gerade dem Meer entstiegen. Dianne hatte immer von einer solchen Liebe geträumt, von einer Seelenverwandtschaft, die alle Wunden heilte.

»Braver Hund!«, sagte Amy und streckte die Hand aus.»Erinnerst du dich noch an mich? Ich hab dir den Käse gegeben!«

»Und dich gerettet«, fügte Dianne hinzu. Da sie sich in unmittelbarer Nähe befand, kam der Hund als Erstes zu ihr und leckte ihr versuchsweise die Hand, dann trat er hastig den Rückzug an.

»Hier, Orion« lockte Amy ihn. »Komm her, mein Kleiner.«

Orion ging als Nächstes zu Julia. Er schnüffelte an ihren Zehen, ihren Fersen, ihren Knöcheln. Stella folgte ihm wie ein Schatten, anhaltend, wenn er sich umdrehte. Julias Hände bewegten sich über dem Hund, als würde sie ihn segnen. Eine leichte Brise wehte durch die Fliegengittertür, und Orion lief hinüber und hob die Nase, um den Geruch der Welt zu schnuppern.

»Er mag mich nicht!«, sagte Amy. »Er erinnert sich nicht mehr an mich.«

»Lass ihm Zeit, Amy.« Dianne spürte die Ungeduld des Mädchens, die Angst vor einer Zurückweisung. Sie kannte dieses Gefühl aus eigener Erfahrung, hatte sich oft gewünscht, Tim möge beidrehen und nach Hause zurückkehren. Die Erinne-

rung schlug ihr auf den Magen. Sie war verzweifelt gewesen, hatte gemeint, einen Seelenverwandten zu verlieren.
Mit quälender Langsamkeit wandte sich Orion Amy zu. Die Pfoten auf den Boden gestemmt, sah er sie aufmerksam an. Vielleicht erinnerte sie ihn an die Schläge, an sein grausames Leben mit Buddy, an die Angst. Dianne sah, wie Amys Lippe zitterte. Das Mädchen streckte die Hand aus.
Orion kam näher, vorsichtig, mit wachsamen Blick. Amys ausgestreckte Hand war reglos. Er schnupperte an ihren Fingern. Dann kam er noch näher und leckte ihr den Handrücken. Amy weinte lautlos. Als er aufhörte, ließ er sich von ihr den Kopf kraulen.
Liebe kann Wunder bewirken, dachte Dianne. Der Welpe legte den Kopf auf Amys Schoß, und Amy vergrub ihr Gesicht in seinem Nacken. Dianne winkte Julia zu, und es sah aus, als würde Julia zurückwinken. Seelenverwandte blieben und halfen einander, in guten wie in schlechten Tagen. Sie spürten, dass Liebe ein Wunder war, das sich nicht auf den Augenblick beschränkte, sondern Tag für Tag, Jahr für Jahr währte.
Dianne dachte an den McIntosh-Bruder, der geblieben war, und schloss die Augen. Sie war heute unfreundlich zu Alan gewesen, wie so oft. Trotzdem hielt er zu ihr. Heute Abend hatte er eine Verabredung. Sie fragte sich, ob das, was sie bei dem Gedanken empfand, Eifersucht war auf eine Unbekannte, eine Frau namens Bettina Gorey.
Der Hund bellte leise, und mit geschlossenen Augen hörte sie Amy sagen: »Das ist jetzt dein Zuhause, Orion. Du brauchst nie mehr Angst zu haben.«

15

Da Lucinda der Ehrengast war, beschloss sie, zwei Gäste zum Bibliotheksball mitzunehmen, nämlich Dianne und Amy. Eine Schwesternhelferin sollte an dem Abend bei Julia bleiben. Orion würde die Aufgabe erhalten, Haus und Hof zu bewachen, solange die Familie ausgeflogen war.

Der Ball fand in den Räumen der Bibliothek statt, am zweiten Sonntag im August. Dianne fuhr mit Amy in den Schooner Shop in Essex, die erste Adresse am Platz, wo alle Welt die Garderobe für besondere Anlässe kaufte. Dianne war mit Lucinda dort gewesen und glücklich, nun mit Amy dort einzukaufen.

»Wie ist das?«, fragte Amy. Sie kam in einem gelben Kleid aus der Umkleidekabine, das ihre dunklen Locken und grünen Augen vorteilhaft zur Geltung brachte.

»Du siehst klasse aus«, sagte Dianne.

»Wirklich?« Amy drehte sich um und musterte sich im Spiegel, mit einer Mischung aus Verlegenheit, Stolz und Aufregung. Dianne hatte das Gefühl, dass sie noch nie in einer so edlen Boutique gewesen war.

»Wirklich«, antwortete Dianne und drehte Julia in ihrem Sportwagen herum, damit sie Amy ebenfalls begutachten konnte.

»Ich komme mir wie eine Prinzessin vor. Ich war noch nie in so einem Geschäft. Danke!«, rief Amy und umarmte sie stürmisch.

Doch auf dem Heimweg war Amy schweigsam. Als sie die Baldwin Bridge überquerten, wanderte ihr Blick gedankenverloren den Connecticut River hinunter in Richtung Long Island Sound.

»Was ist los?«

»Nichts«, sagte Amy und drückte ihre Tüte gegen die Brust.

»Du siehst wunderschön in deinem Kleid aus.«
»Hm.«
»Ich weiß, wer der gleichen Meinung wäre.«
Amy blickte auf.
»Deine Mutter. Willst du es ihr zeigen?«
»Sie besitzt nicht viele hübsche Sachen«, sagte Amy und starrte auf ihre Knie. »Bestimmt wäre sie dann traurig.«
»Die meisten Mütter hoffen, dass ihre Kinder einmal Dinge haben werden, die sie sich selbst nicht leisten können.«
Laut Gerichtsbeschluss war Amys Unterbringung in einer Pflegefamilie auf neunzig Tage beschränkt, und mehr als die Hälfte der Zeit war bereits herum. Ihre Mutter hatte Besuchsrecht erhalten, Buddy war das Betreten des Anwesens verboten. Tess Brooks durfte Amy jeden Sonntagmorgen bei den Robbins sehen, aber bisher hatte sie zwei Mal abgesagt, weil sie angeblich krank war.
Dianne hatte beobachtet, wie Amy sich verschloss, nachdem ihre Mutter einen Rückzieher gemacht hatte. Sie spielte nicht mehr mit Julia, sprach kein Wort, aß kaum was und saß nur noch teilnahmslos vor dem Fernseher. Wenn Dianne oder Lucinda sich erkundigten, ob sie sich deswegen Sorgen mache, erklärte Amy, nein, ihre Mutter sei häufig krank.
Aber Dianne war klar, dass sie ihre Mutter vermisste. Sie hörte, wie Amy nachts in ihr Kissen weinte. Dianne war empört, vor allem, weil Tess versprochen hatte, Amys Geburtsurkunde zu bringen. Deshalb hatte sie vorgeschlagen, auf dem Nachhauseweg vorbeizufahren – Amy konnte ihr das Kleid zeigen und die Urkunde mitnehmen.
»Lass uns vorher anrufen«, meinte Dianne.
»Um sicherzugehen, dass Buddy nicht da ist, wenn wir sie besuchen?«, sagte Amy aufgeregt.
»Ja.«
Sie hielten am Dairy Mart, und Dianne benutzte den Münzfernsprecher. Niemand ging ans Telefon. Sie beschlossen, trotzdem vorbeizufahren. Es war weit und breit keine Spur von Buddys

Jeep zu sehen, aber die Vorhänge waren in allen Räumen zugezogen.
»Sollen wir klingeln?«, fragte Dianne. »Ich kann ja vorausgehen, um zu sehen, ob die Luft rein ist!«
»Lieber nicht«, erwiderte Amy mit einem Blick auf ein bestimmtes Fenster. »Sie ist immer sehr müde.«
Vermutlich war es Amy peinlich, dass sie ihre Mutter im Bett vorfinden könnte, und sie machte sich Sorgen über ihren Zustand. Als sie die Parkbucht verließen, blickte Amy verstohlen über ihre Schulter, und Dianne sah grenzenlose Liebe und Sehnsucht in ihren Augen.
Dianne war entschlossen, alles in ihrer Macht Stehende zu tun, um ein Wiedersehen zwischen Amy und ihrer Mutter zu ermöglichen. Abgesehen davon brauchte sie die Geburtsurkunde. Wenn sie zu Hause war, würde sie Alan anrufen. Ihm würde schon etwas einfallen.

Der Eintritt für den Bibliotheksball kostete fünfundzwanzig Dollar. Die Teilnehmer waren gleichwohl aufgefordert, mehr beizusteuern, wenn sie konnten. Die öffentliche Bibliothek von Hawthorne brauchte neue Bücher, neue Computer, ein neues Dach. Die Bibliothekarinnen waren unterbezahlt. Jedes Jahr schrieb Alan McIntosh einen Scheck über tausend Dollar aus, holte seinen blauen Blazer aus dem Schrank und band sich eine Krawatte um.
Dieses Mal hatte er vorher eine wichtige Aufgabe zu erledigen. Dianne hatte ihn angerufen und darum gebeten. Es war noch früh am Abend, als er Amy abholte; Dianne war mit Julia in der Werkstatt. Lucinda war oben und kleidete sich an, aber Amy wartete bereits auf ihn, gestiefelt und gespornt. Sie stand hinter der Fliegengittertür und sah ihm aufgeregt entgegen.
»Hallo!«, begrüßte sie ihn strahlend.
»Amy Brooks, bist du das? Ich hätte dich beinahe nicht erkannt!«

»Ja!« Sie drehte sich im Kreis, damit er ihr neues Kleid von allen Seiten bewundern konnte. Die Farbe war genau richtig für ein Fest am Ende des Sommers. Alan hatte das Gefühl, als wäre er gekommen, um seine eigene Tochter zu ihrem ersten Ball abzuholen.

»Na dann los!« Er hielt ihr die Tür auf, reichte ihr den Arm und geleitete sie zum Wagen. »Du schaust wunderschön aus, Amy. Ich bin stolz, mit dir gesehen zu werden!«

Amy strahlte, als er ihr die Wagentür aufhielt. Als Alan hochsah, entdeckte er Lucinda, ein Handtuch um den Kopf gewickelt, die ihnen aus dem ersten Stock zuwinkte. Er sah kurz zur Werkstatt hinüber. Dianne stand hinter der Fliegengittertür. Ihre Blicke trafen sich, und sie lächelten sich zu. Er spürte, wie sie dem Wagen nachsah, als er losfuhr.

»Weiß Mom, dass wir kommen?«

»Ja, sie erwartet dich.«

»Sehe ich gut aus? Oder denkt sie vielleicht, ich sei zu aufgedonnert?«

»Du siehst toll aus. Genau das wird sie denken.«

Als Amy die Stufen an der Vorderseite des Hauses hinaufging, rang sie vor lauter Aufregung die Hände, wie Julia. Alan läutete, Schritte näherten sich. Amy holte tief Luft. Sie stand da, als würde sie die richtige Haltung vor dem Spiegel proben – gerader Rücken, Hände verschränkt, Hände gelöst, Lächeln, kein Lächeln. Doch sobald die Tür aufging, war ihre Nervosität verflogen.

»Mommy!«, rief sie und warf sich ihrer Mutter in die Arme.

»Amy, Liebes!«

Alan stand daneben und beobachtete schweigend die Wiedervereinigung von Mutter und Tochter. Sie standen da und hielten sich umklammert, wiegten sich hin und her. Nach einer Weile ging Tess, Amy an der Hand haltend, ins Wohnzimmer voran. Es war sauber und hell, die Vorhänge geöffnet.

»Wie du aussiehst! Meine Güte!«

»Zu aufgedonnert?« Amy zupfte an ihrem Kleid.

»Aber nein, Liebes. Wunderschön. Mein Gott, habe ich dich vermisst …«
»Ich dich auch, Mom.«
»Ich muss dir etwas sagen. Wie Leid es mir tut, dass ich dich nicht besucht habe.«
»Ich weiß schon, dass irgendetwas grassiert. Die Grippe oder so«, beeilte sich Amy zu erklären.
»Es war keine Grippe«, erwiderte Tess; ihre Hände zitterten. »Ich war krank, aber auf andere Weise. Ich war depressiv … ich leide unter Depressionen. So nennt man das. Weißt du, es ist wirklich eine Krankheit. Nichts, was ich mir einbilde oder so.«
»Schon gut, Mom, du musst dich nicht entschuldigen.«
Alan erinnerte sich daran, wie er selbst früher versucht hatte, seine Mutter mit allen Mitteln vom Haken zu lassen. Er bewunderte Tess Brooks für ihren nächsten Schritt. Sie nahm Amys Hände und blickte ihrer Tochter in die Augen.
»Doch, Amy«, sagte Tess. »Ich möchte mich aber entschuldigen …«
»Schhh, Mom. Du musst nicht …«
»Seit dem Tod deines Vaters habe ich mich nicht mehr richtig um dich gekümmert. Es war ein Albtraum, ihn zu verlieren. Ich wollte mich nur noch verkriechen und schlafen, damit ich nicht mehr denken musste.«
Amy hörte mit großen Augen zu.
»Das war schlimm genug. Aber das Schlimmste ist, dass ich dich darüber vernachlässigt habe …«
»Nein, hast du nicht …«
»Doch, das habe ich. Es ist Zeit, den Tatsachen ins Auge zu sehen, sonst bringt das alles nichts. Ich habe Buddy den Laufpass gegeben.«
»Mom!« Amys Augen leuchteten.
»Und ich habe mit einer Therapie angefangen, wegen der Depressionen. Ich sagte ja schon, es ist eine Krankheit, wie eine Lungenentzündung.«

»Dann kann ich wieder … nach Hause kommen?«
»Bald«, entgegnete Tess.
»Warum nicht gleich? Ich muss nicht zum Ball. Dr. McIntosh kann mich zurückfahren, um meine Sachen zu holen, oder wir holen sie später. Ich möchte bei dir bleiben.«
»Amy, wir müssen abwarten«, sagte Tess leise. »Das Vormundschaftsgericht hat verfügt, dass du für eine bestimmte Zeit bei den Robbins bleibst, und ich halte das für eine gute Idee. Nur, um ganz sicherzugehen.«
»Sicherzugehen?«, fragte Amy erschrocken. Es war, als hätte ihr jemand das Paradies gezeigt und ihr dann die Tür vor der Nase zugeschlagen. Ihr Gesicht war vor Enttäuschung und Kummer verzerrt. »Dass du mich noch lieb hast?«
»Ach, Amy!« Tess nahm ihre Tochter in die Arme. »Daran hat es nie einen Zweifel gegeben.«
»Was dann?«
»Dass deine Mutter sich selbst genug liebt, um auf sich aufzupassen«, sprang Alan in die Bresche.
Tess sah ihn dankbar an. Sie nickte, unfähig zu sprechen. Alan hatte das Gefühl, eine zweite Chance zu erhalten, seine eigene Vergangenheit zu bewältigen, indem er Tess und Amy half. Er war inzwischen Arzt und besaß mehr Lebenserfahrung als zu der Zeit, da seine eigene Mutter krank gewesen war.
»Das musst du auch«, sagte Amy, umfasste das Gesicht ihrer Mutter und blickte sie durch einen Tränenschleier beschwörend an. »Du musst auf dich selbst aufpassen.«
»Es gibt Leute, die mir dabei helfen. Aber das geht nicht so schnell.«
»Du musst gesund werden, sonst …«, sagte Amy, und ihre Mutter lachte.
»Meine kleine Despotin. Immer versucht sie mich herumzukommandieren.«
»Ich möchte bei dir bleiben …« Amy klammerte sich an ihre Mutter.
»Komm, Amy«, sagte Alan. »Es wird Zeit. Was soll Lucinda

denken, wenn du nicht dabei bist, wie ihr die Plakette verliehen wird!«

»Sie hat mich eingeladen«, erklärte Amy mit feierlicher Miene.

»Dann machst du dich besser auf den Weg.«

»Wieso hast du ihn endlich rausgeschmissen?«

»Ich hab das Bild gesehen«, antwortete Tess und schluckte. »Von den Würgemalen. Ich stand daneben, als er dich verletzt hat, aber ich habe es nicht wahrhaben wollen. Ich habe ihm die Geschichte abgenommen, dass es ein Unfall war. Aber als ich das Foto sah, die Abdrücke von seiner Hand ...« Tess beugte sich vor und küsste Amy auf Hals und Schulter.

»Danke«, flüsterte Amy.

»Heute ist ein wundervoller Abend«, sagte Tess mit leuchtenden Augen. »Ich möchte, dass du beim Ball für mich mit tanzt!«

»Mach ich!«, versprach Amy.

»Dafür werde ich schon sorgen!«, sagte Alan und sah Tess Brooks nachdenklich an. Sie reichte ihm die Geburtsurkunde, deretwegen er gekommen war. Er bedankte sich mit einem Nicken.

»Viel Spaß. Und schickt mir ...«

»Was sollen wir dir schicken?«

Tess schüttelte nur den Kopf. Sie sah jung und hoffnungsvoll aus, aber Alan bemerkte den Schmerz in ihren Augen, als sie Amy nachsah. Sie war bemüht, auf sich Acht zu geben und aufrichtig zu sein, sie liebte ihre Tochter und wollte ihr Bestes, was in diesem Fall bedeutete, sie gehen zu lassen. Vom ärztlichen Standpunkt war das der erste Schritt zur Heilung.

Die Bibliothek war wie umgewandelt. Die Kapelle spielte am hinteren Ende des großen Lesesaals. Tische und Stühle waren entfernt worden, um Platz für die Tanzfläche zu schaffen. Die Besucher tranken Punsch und aßen kunstvoll garnierte Häppchen, die von freiwilligen Helferinnen zubereitet worden waren. Die einzige Dekoration waren die Bücher selbst, ganze Re-

gale voll, deren Buchrücken im Lichtschein granatrot, topasfarben und grün schimmerten.
Dianne hatte ihr Haar hochgesteckt und Make-up aufgelegt. Sie trug ein neues Kleid, ärmellos, schmal geschnitten und aus türkisblauer Seide, das sie gekauft hatte, weil Amy gemeint hatte, es passe so gut zu ihren Augen. Dazu trug sie Dorothea McIntoshs Ohrringe mit den Diamanten und Saphiren. Als sie in der Ecke stand und der Musik lauschte, war sie aufgeregt und froh. Sie hatte schon lange keinen freien Abend mehr gehabt.
Stolz beobachtete sie ihre Mutter. Jeder wollte ein paar Worte mit dem Ehrengast wechseln. Sie umringten Lucinda und tauschten Erinnerungen aus, wie sie ihnen bei Recherchen geholfen, ihre Lieblingsautoren gefunden, ihnen die Poesie nahe gebracht hatte. Lucinda sonnte sich im Glanz der Komplimente. Als die Kapelle eine Pause einlegte, trat Mrs. Theophilus Macomber ans Mikrofon, eine der wichtigsten Persönlichkeiten in Hawthorne und Vorsitzende des Bibliothekenvorstands. Majestätisch in schwarzem Krepp und vierreihiger Perlenkette hielt sie eine kurze Begrüßungsansprache und dankte allen für die großzügige finanzielle Unterstützung.
»Nun ist der Augenblick gekommen, auf den alle gewartet haben«, sagte sie. »Ich möchte Gwen Hunter, die neue Leiterin unserer Bibliothek, zu mir bitten, um die Laudatio auf unseren hoch geschätzten Ehrengast zu halten.«
»Danke, Mrs. Macomber«, sagte Gwen mit ihrem gedehnten Tennessee-Akzent. Sie nahm das Mikrofon in die Hand und beäugte es misstrauisch. »Ich bin nicht sicher, ob ich in solche Dinger sprechen kann, aber wenn es eine Person gibt, für die ich alles tun würde, dann ist es unser Ehrengast. Ich weiß, dass ich sie nicht extra vorstellen muss – Mrs. Lucinda Robbins …«
Die Gäste brachen in tosenden Beifall auf. Lucinda verbeugte sich lächelnd und wurde rot. Dianne klatschte lauter als alle anderen. Als sie ihre Mutter anblickte, sah sie aus dem Augenwinkel, dass Alan und Amy zur Tür hereinkamen, und ihr Herz begann zu klopfen.

»Mrs. Robbins hat so viel Gutes in meinem Leben bewirkt, dass ich nicht weiß, wo ich anfangen soll. Als Paul und ich vor zehn Jahren hierher zogen, kannte ich keine Menschenseele. Ich brauchte dringend Arbeit. Ich hatte keinen Collegeabschluss, aber ich liebte Bücher …«

Sie erzählte, wie sie zuerst als Leserin, dann als Teilzeitkraft in die Bibliothek gekommen war. Mrs. Robbins hatte sie unter ihre Fittiche genommen und Gwen ermutigt, noch einmal die Schulbank zu drücken, den Beruf von der Pike auf zu lernen und sich um freie Stellen in der Bibliothek zu bewerben. Sie war ihr eine Freundin und Gönnerin gewesen, hatte Gwen gezeigt, wie man vor allem junge Leser die Liebe zu Büchern lehrte.

»Lucinda Robbins ist etwas ganz Besonderes. Wir lieben sie und vermissen sie sehr. Trotzdem freuen wir uns für sie, denn sie hat uns oft erzählt, wie sehr sie sich wünscht, mehr Zeit mit ihrer Tochter und Enkelin zu verbringen.«

Lucinda suchte Diannes Blick, nickte und warf ihrer Tochter eine Handkuss zu. Dianne lächelte mit Tränen in den Augen.

»Nun hat sie Zeit für ihre Familie«, fuhr Gwen fort. »Eines soll sie aber wissen: Wir werden ihr Vermächtnis in Ehren halten und den Kindern Lust aufs Lesen machen. Ein Buch möchten wir bei dieser Gelegenheit empfehlen, das Mrs. Robbins besonders gerne mochte …«

»*Anne of Green Gables!*«, riefen alle wie aus einem Mund, übertönt von Amys Stimme.

»Sie hat drei Generationen von Lesern diesen alterslosen Klassiker nahe gebracht und auf eine grüne Insel vor der Küste Kanadas entführt, in eine Zeit, die hundert Jahre zurückliegt.«

»Nach Prince Edward Island!«, ertönte Amys Stimme laut.

»Ja«, sagte Gwen lächelnd. »Sehr gut. Als Zeichen unserer Dankbarkeit und Verehrung, liebe Lucinda, und im Auftrag aller Inhaber eines Leseausweises der Hawthorne Public Library möchte ich Ihnen diese Straßenkarte überreichen …«

Die Menge teilte sich, als Lucinda sich ihren Weg zum Podium bahnte. Sie stand neben Gwen und sah die junge Bibliothekarin mit Tränen in den Augen an.

»Wir hatten geplant, Ihnen eine Flugreise nach Prince Edward Island zu schenken, an den Schauplatz Ihres Lieblingsbuchs. Doch Ihre Tochter machte den Vorschlag, Sie selbst in einem Winnebago hinzufahren. Deshalb überreichen wir Ihnen hiermit einen Gutschein für die Mietkosten eines großen alten Wohnmobils, in dem Sie und Ihre Familie Platz haben. Danke für alles, Lucinda Robbins.«

Sie küssten sich, die alte Bibliothekarin, die zehn Zentimeter kleiner war als die junge, und umarmten sich vor den jubelnden Leuten.

»O Gott«, sagte Lucinda, während ihr die Tränen übers Gesicht liefen, »Sie haben keine Ahnung, was mir dieses Geschenk bedeutet. Ich dachte, dass ich vielleicht ... eine Schmuckplakette bekommen würde! Aber eine Reise nach Kanada ... mit eigenen Augen sehen, wo Anne lebte und aufwuchs ... mit meiner Dianne!«

Lucinda blickte sich um und entdeckte ihre Tochter. Sie lächelten sich über die Köpfe der Menge hinweg zu. Dianne wünschte sich, ihr Vater wäre hier. Sie wischte sich über die Augen und warf ihr einen Handkuss zu.

»Meine Jahre als Bibliothekarin waren sehr reich. Sie haben mir viel gegeben. Als kleines Mädchen waren Bücher meine besten, manchmal sogar meine einzigen Freunde. Ich vertiefte mich in sie, bis ich die Welt ringsum vergaß, und es gab Tage, da wünschte ich mir, nie wieder aufzutauchen. Hier zu arbeiten ...« sie hielt inne und rang um Fassung »... war ähnlich erfüllend. Mit all den wundervollen Büchern und Ihnen«, sie bezog alle Anwesenden mit einem Blick ein, »habe ich ein Leben geführt, das ich mir nicht einmal in meinen kühnsten Träumen erhofft hatte.«

»Wir lieben Sie, Lucinda«, flüsterte Gwen und versuchte das Mikrofon mit der Hand abzuschirmen.

»Ich möchte meiner Tochter Dianne für ihre Liebe und Unter-

stützung danken«, fuhr Lucinda fort. »Sie hat, wie viele von Ihnen wissen, das Spielhaus in der Bibliothek gebaut. Und meiner hübschen Enkelin Julia, die mir jeden Tag aufs Neue Freude macht. Und nicht zu vergessen dem Kinderarzt meiner Enkelin, Alan McIntosh, der jeden Mittwochnachmittag angelaufen kam, um etwas über Delfine zu lesen, statt mit anderen Ärzten Golf zu spielen. Doch am meisten danke ich …« Im Raum wurde es mucksmäuschenstill, als Lucinda nun aus dem Fenster sah und schluckte, um die Tränen zurückzuhalten. »Am meisten danke ich meinem verstorbenen Mann Emmett Robbins. Er fuhr zwei Mal am Tag an der Bibliothek vorbei, einmal auf dem Weg zum Holzplatz und einmal auf dem Rückweg. Ich habe ihn oft gescholten, weil er solchen Lärm machte … Er sagte immer, das sei die Strafe dafür, dass er eine Bibliothekarin geheiratet habe, deren Lieblingswort ›pssst‹ sei. Er versprach, mit mir nach Prince Edward Island zu fahren, aber …« Sie schluckte. »Er hatte keine Gelegenheit mehr.« Sie winkte mit der Straßenkarte und sah erneut zum Fenster hinaus. »Wir machen uns auf den Weg, Lieber. Und treffen uns in Kanada!«
Die Leute applaudierten wie verrückt. Lucinda war von Freunden umringt, aber sie winkt Amy zu sich herauf. Diese rannte auf das Podium und in ihre ausgebreiteten Arme. Das Mikrofon war noch eingeschaltet, und Dianne hörte, wie Amy Lucinda fragte: »Schickst du mir eine Ansichtskarte?«
»Nein, Liebes«, sagte Lucinda und warf Dianne einen liebevollen Blick zu. »Du kommst mit. Deshalb hatte Dianne die Idee mit dem Wohnmobil. Wir fahren alle.«
»Dann wirst du deinen Seelenverwandten bald wiedersehen, Lucinda«, rief Amy erstickt. »Er wartet schon.«
Überwältigt von ihren Gefühlen, stahl sich Dianne aus dem Raum. Sie bahnte sich einen Weg durch die Menge, als die Gäste nun in die große Halle strömten. Sie hatte kein Ziel vor Augen, wollte nur weg. Blind vor Tränen stolperte sie in das Magazin, in dem die Regale mit den Romanen standen. Hier war es still, und sie war allein. In der Halle setzte die Musik wieder ein. Of-

fenbar hatte Lucinda sich etwas wünschen dürfen, denn die Kapelle stimmte ›Ev'ry Time We Say Good-bye‹ an, Emmetts und ihr Lieblingslied.

»Dianne …«

Beim Klang der vertrauten Stimme schrak sie zusammen.

»Ich habe dich hinauslaufen sehen«, sagte Alan. Er stand am anderen Ende der Bücherregale, seine Silhouette zeichnete sich gegen das Licht aus der Halle ab. Er hatte seine Brille abgesetzt und hielt sie in der Hand. Einen Moment lang hatte Dianne gedacht, Tim stünde vor ihr. Die Stimme, die Figur, alles. Es machte sie krank, dass die Vergangenheit sie immer wieder einholte.

»Hast du mich erschreckt!«

»Warum?«

»Ich habe dich mit Tim verwechselt. Aber nur einen Moment …«

Alan zuckte zurück. Er trat einen Schritt zur Seite, und Dianne sah, wie sich sein Rücken krümmte. Sie hörte beinahe, wie er aufstöhnte, sah den Schmerz in seinen Augen, als er sich gegen das Bücherregal lehnte.

»Aber nur einen Moment«, wiederholte sie und wünschte, sie könnte ihre Worte ungeschehen machen.

»Ich bin aber nicht Tim.« Seine Stimme klang scharf, und er hielt noch immer seine Brille in der Hand.

»Doch du siehst ihm ähnlich. Wenn es dunkel ist … und ohne Brille …«

Er setzte sie auf, dann wieder ab.

»Verdammt, hier geht's nicht ums Aussehen, sondern ums Herz! Ich habe dich nicht im Stich gelassen, Dianne!« Seine Worte hallten zwischen den Bücherregalen wider; unten spielte die Musik, und ausgelassene Stimmen drangen zu ihnen herauf.

»Glaubst du, ich wüsste das nicht?«

»He …«

»Ich *kann* einfach nicht anders!«

»Was kannst du nicht?«
»Ich weiß, dass du nicht wie Tim bist. Du warst immer für mich da, und für Julia und Amy! Meinst du, es macht mir Spaß, mir meine Gefühle einzugestehen?«
Sie verstummten beide, überrascht von dem heftigen Ausbruch.
»Ich habe die falsche Wahl getroffen«, sprudelte plötzlich Dianne heraus. »Damals. Wenn ich noch einmal vor der Entscheidung stünde, wenn ich die Zeit zurückdrehen könnte, würde ich ...«
»Die falsche Wahl?«
Dianne sah ihn an. Ihre Blicke trafen sich, ließen sich nicht mehr los, und Dianne lehnte sich zitternd an das nächste Bücherregal.
»Ich habe den falschen Bruder gewählt.« Sie spürte, wie ihr ein Licht aufging, wie ihr die Wahrheit dämmerte. Sie schluckte, sehnte sich danach, ihn zu berühren, und hatte gleichzeitig Angst davor. Sie zwang sich, einen Schritt auf ihn zuzugehen. Langsam streckte sie die Hand aus und strich ihm die widerspenstigen Haare aus der Stirn.
Er hob den Kopf und blickte sie an. Sein Gesicht war ganz nahe. Die Brille war ihm von der Nase gerutscht, und sie schob sie behutsam nach oben. Ihre Kehle war wie zugeschnürt, als ihr bewusst wurde, was sie für diesen Mann empfand. Er hatte sie verletzt und verwirrt angesehen, doch nun hellten sich seine Augen auf, und er lächelte.
Kummer, Schuldgefühle, heimlicher Groll – Dianne hatte das alles so satt. Sie sah an Alans schmerzvollem Blick, dass sie ihn tiefer verletzt hatte, als ihr bewusst gewesen war.
»Bitte verzeih mir«, flüsterte sie.
»Was soll ich dir verzeihen?«
»Alles«, antwortete sie heiser. »Dass ich dich heute Abend mit Tim verwechselt habe. Und wegen ...«
»Wegen was?«
»Diese Bibliothek«, sagte sie gedankenverloren und strich mit

den Fingern über die Bücherregale, während sie versuchte, ihre Fassung wiederzugewinnen. »Mom arbeitete hier, als ich klein war, und früher dachte ich, sie würde ihr *gehören*. Dass ihr alle Bücher gehören. Ich war fest überzeugt, sie hätte sie geschrieben.«

»Meine Patienten glauben, dass sie alle gelesen hat.«

»Hat sie auch.«

»Weinst du deshalb?«

»Nein.« Tränen liefen unaufhaltsam über ihre Wangen. »Ich denke daran, was sie gesagt hat.«

»Über das Geschenk?«

»Über meinen Vater.« Dianne schlug die Hände vors Gesicht.

»Ich erinnere mich noch gut an ihn.« Alan stand so nahe vor ihr, dass sie seine Schuhe sehen konnte, wenn sie auf ihre eigenen hinunterblickte.

»Sag mir, woran du dich erinnerst.«

»Er war ein bewundernswerter Mann. Du warst mit Tim verheiratet, aber er hat mich genauso herzlich in seine Familie aufgenommen. Er hat die Schränke in meiner Praxis gebaut, und in den Kaffeepausen haben wir uns angeregt unterhalten. Er hatte viel Humor und brachte mich oft zum Lachen. Und er mochte Kinder und freute sich, dass dein Spielhaus im Wartezimmer stand. Du warst sein Ein und Alles, Dianne.«

»Ich weiß.«

»Nicht viele Väter spornen ihre Töchter an, Zimmermann zu werden.«

»Ich hatte die Wahl, in seine Fußstapfen zu treten oder Bibliothekarin zu werden. Ich hatte zwei gute Rollenmodelle.«

Musik drang durch die Buchreihen, und Dianne spürte Alans Hand auf ihrer Wange. Eine Haarsträhne hatte sich gelöst, und er strich sie sanft zurück und schob sie hinter ihr Ohr. Seine Fingerspitzen berührten einen der beiden Ohrringe, die seiner Großmutter gehört hatten. Dianne schloss die Augen.

»Wann fahrt ihr?«

»Morgen«, sagte sie.

»Hier ist Amys Geburtsurkunde. Tess hatte sie griffbereit. Ich bin dir nur nachgegangen, um sie dir zu geben.«

»Danke.« Dianne hatte Marla Arden um die Erlaubnis gebeten, Amy nach Kanada mitzunehmen, und diese hatte mit Tess Brooks gesprochen. Tess hatte zugestimmt, sie freute sich für Amy und wollte ihr nicht im Weg stehen.

»Du wirst mir fehlen«, sagte er.

»Tanz mit mir«, flüsterte sie.

Musik erklang. Trompetenklänge und Streicher, und die Melodie erfüllte Dianne mit einer so tiefen Sehnsucht, dass ihr Herz zu zerspringen drohte.

»Tanzen?«, fragte er, als hätte er das Wort zum ersten Mal gehört.

»Du kannst es. Ich habe es gesehen. Im Yachtklub und unten beim Fischerfest …«

Er wartete nicht darauf, dass sie den Satz beendete, sondern legte den Arm um sie, zog sie an sich, sie tanzten durch das Magazin. Das Licht war gedämpft und geheimnisvoll, und sie spürte jede Faser seines Körpers.

»Küss mich«, flüsterte er so leise, dass sie ihn kaum verstand; aber er ließ ihr ohnehin keine Chance, etwas zu erwidern.

Dianne schmolz in seinen Armen dahin. Sein Kuss war leidenschaftlich und süß. Das Herz schlug ihr bis zum Hals, als täten sie etwas Verbotenes. So viele Jahre waren sie einander nahe gewesen, hatten sich unter der Maske der Wut so leidenschaftlich begehrt, dass dieser Kuss ihnen wie eine Erlösung vorkam.

»Alan«, flüsterte sie. Die Eindringlichkeit ihrer Gefühle verschlug ihr den Atem. Ihre Haut brannte, sie erschauerte, bebte von Kopf bis Fuß. Sie küssten sich im schummerigen Magazin der Bibliothek, zwischen staubigen Büchern, unmittelbar vor Hemingway. Ihre Augen waren geschlossen und ihre Knie weich.

Die Kapelle spielte Gershwin, und ihre Lippen lösten sich voneinander, aber Alan ließ sie nicht aus seinen Armen. Ihre Füße bewegten sich wie von selbst, und Dianne stellte fest, dass sie nun doch miteinander tanzten, eng umschlungen. Sie blickte durch die Brille in seine Augen und fragte sich, wie das Wunder geschehen war.

»Ich kann es nicht fassen, wir beide tanzen in der Bibliothek!«

»Erzähl das ja nicht der Bibliothekarin«, sagte Alan lachend.

»Sie würde sich freuen.«

»Ich weiß.«

»Wirklich?«

»Sie wusste es lange vor mir.«

»Was denn?«

»Dass du dich für den falschen Bruder entschieden hast«, antwortete Alan, den Mund an ihrem Ohr.

Dianne nickte; auch sie war überzeugt, dass ihre Mutter von Anfang an Bescheid gewusst hatte.

»Mir ist heiß. Wie wär's mit einem Spaziergang?«

»Gerne. Ich könnte frische Luft gebrauchen«, sagte Dianne und wischte sich über die Stirn, als sie das Magazin mit den Romanen verließen.

Alan wartete, während sich Dianne auf die Suche nach Lucinda und Amy begab. Auf den Stufen der Bibliothek stehend, begrüßte er Freunde, Nachbarn und die Eltern seiner kleinen Patienten. Er bemühte sich, ein normales Gesicht zu machen, hatte Angst, dass alles nur ein Traum war. Vielleicht würde sie nicht wieder herauskommen oder hatte erkannt, dass ihr der größte Fehler ihres Lebens unterlaufen war, als sie ihn im Magazin der Bibliothek geküsst hatte.

Doch da kam sie, sich einen Weg durch die Leute bahnend.

»Alles klar«, verkündete sie. »Die beiden sind so aufgeregt, dass sie am liebsten sofort nach Hause fahren und packen würden. Meine Mutter bringt Amy gerade Foxtrott bei.«

»Bestimmt will jeder Mann mit deiner Mutter tanzen«, sagte Alan. »Sie wird alle anderen in den Schatten stellen und die Ballkönigin sein.«

»Ich glaube nicht, dass meine Mutter seit dem Tod meines Vaters mit einem Mann getanzt hat.«
Sie gingen die breiten Steinstufen hinunter und schlenderten durch den Hafen. Es war eine laue Spätsommernacht, eine frische Brise wehte vom Wasser herüber. Die Straßenlaternen brannten hell, und scharlachroter wilder Wein rankte sich um die Stämme mancher Bäume. Alan hätte gerne Diannes Hand gehalten, aber er wagte es nicht.
»Es war wunderbar«, sagte sie.
»Das Fest? Die Musik? Ich weiß, alles für Lucinda.«
»Du und ich, meine ich.«
»Ja?«
»Ich habe mich hinreißen lassen von der sentimentalen Rede meiner Mutter und weil wir morgen nach Kanada fahren. Denkst du das? Dass es nur aus diesem Grund passiert ist?«
»Ist es so?«
»Komm, lass uns gehen«, sagte sie.
Nun nahm er doch ihre Hand.
Dianne entzog sie ihm nicht, sondern verschränkte ihre Finger mit seinen. Mit der anderen Hand zog sie die Schuhe aus und lief barfuß weiter.
Sie schlenderten durch die Stadt, die Straße entlang, an der die Kapitäne der Walfangflotte ihre hochherrschaftlichen Häuser errichtet hatten.
»Welches ist es?«
»Wie bitte?«
»Welches Haus hat deinen Vater inspiriert?« Seltsam, dass er sich nach all den Jahren noch daran erinnerte. »Als Vorlage für das Spielhaus. Mit dem alles angefangen hat.«
»Oh! Wir sind noch nicht da. Es ist um die Ecke.«
Der Hafen schimmerte durch die Bäume und Häuserreihen. Bootslichter tanzten auf dem dunklen Wasser. Der Strahl des Leuchtturms pflügte durch den Himmel, von Osten nach Westen und wieder zurück. Autos fuhren an ihnen vorüber. Dianne schien es nichts auszumachen, wenn man sie Händchen hal-

tend in Hawthorne sah. Er verstand nicht, was den Wandel bewirkt hatte, aber es war ihm auch gleich.
»Hat Bettina Gorey es nicht geschafft?«, fragte sie ruhig.
»Was geschafft?«, sagte er verständnislos.
»Heute Abend mit dir zum Ball zu gehen.«
»Ich habe sie nicht gefragt.«
»Ich dachte nur. Martha erwähnte sie neulich. An dem Tag, als ich in deiner Praxis war. Irgendetwas von … im Theater treffen. Ist das deine Freundin?«
»Nein.« Sie bogen um die Ecke. Die Häuser wurden nun stattlicher, die Gärten weitläufiger. Hier waren die Lichter der Stadt nicht mehr so gleißend und die Straßen dunkler. »Ich habe keine Freundin. Ich habe immer nur dich geliebt«, sagte Alan mit klopfendem Herzen. Sie hatte in der Bibliothek Farbe bekannt, nun war es an ihm.
Dianne schwieg. Sie kamen an einer Wiese vorüber, an der östlichsten Stelle der Anwesen, die sich am Kai befanden. Das Gras war ungemäht, angefüllt mit spätsommerlichen Wildblumen, Sternblumen, Goldraute, Habichtskraut. Alan sah die bunte Pracht im Schein der einzigen Straßenlaterne. Ein schmiedeeiserner Zaun säumte die Wiese, die in einen gepflegten Rasen überging. Das prachtvolle weiße Haus war dunkel.
»Das ist es«, sagte Dianne.
»Dein Spielhaus.«
Dianne packte die Eisengitter mit beiden Händen und spähte hinein. Das Haus war rechteckig, mit Mansardendach und ionischen Säulen im Eingangsbereich. Es hatte dunkelgrüne Fensterläden, und in den Blumenkästen blühten Geranien. Der Anstrich, im Licht schimmernd, sah neu aus. Das Haus wirkte gepflegt, wenn auch dunkel und unbewohnt. Alans Haus, nur zwei Straßen entfernt, war das genaue Gegenteil. Es sah heruntergekommen aus, musste dringend gestrichen und renoviert werden.
»Früher habe ich von diesem Haus geträumt«, berichtete Dianne.

»Tatsächlich?«
»Als ich ein kleines Mädchen war, glaubte ich, wer in so einem Haus wohnt, müsse sagenhaft glücklich sein.«
»Deshalb hat dein Vater es als Vorlage für dein Spielhaus benutzt.«
»Ja. Das lag im Bereich seiner Möglichkeiten und kam meinem Traum am nächsten. Ich kann gut nachempfinden, dass man sein Kind glücklich machen will ...«
»Glaubst du immer noch daran?«, fragte Alan und blickte auf ihren Scheitel hinunter. Er wünschte sich, dass sie sich diesen Glauben bewahrt hatte.
Dianne schwieg. Sie hielt sich an den Eisenstäben fest und versuchte mit ihren Blicken die Wände zu durchdringen, durch die geschlossenen Vorhänge in die stillen Räume zu schauen.
»Ich bin mir nicht sicher«, flüsterte sie.
Alan hätte sie am liebsten geküsst, sie in die Arme genommen und ihren Glauben an Märchen und Wunder gestärkt.
»Du könntest wenigstens hoffen, wenn du schon nicht sicher bist.«
»Hoffen, dass man in einem solchen Haus gar nicht anders kann, als sagenhaft glücklich zu sein?«
»Ja.«
»Glaubst du es denn?«, fragte Dianne.
Alan drückte ihre Hand. »Ja. Und du glaubst es in deinem tiefsten Innern auch. Du würdest nicht mit deiner Familie eine Traumreise unternehmen, wenn es anders wäre.«
»Eine Traumreise im Wohnmobil.« Dianne lachte. »Ist das überhaupt möglich?«
»Ich würde sagen, ja.« Alan blickte ihr tief in die Augen. »Hör zu, auf dem Weg nach Prince Edward Island müsst ihr durch Nova Scotia. Ich werde dir die Telefonnummer von Malachy Condon geben. Nur für den Fall ...«
»Malachy!«, sagte Dianne. Er war für Alan ein Mentor und für Tim eine Vaterfigur gewesen und hatte an ihrer Hochzeit teilgenommen. »Er ist Tims Freund.«

»Meiner auch«, erwiderte Alan und schrieb die Nummer auf die Rückseite einer Visitenkarte. »Er ist in Ordnung, und er kennt die Gegend wie seine Westentasche. Ich habe ein besseres Gefühl, wenn ich weiß, dass du seine Telefonnummer hast.«
»Keine Sorge, uns wird es gut gehen.«
»Kommst du überhaupt zurück?«
»Uns bleibt keine andere Wahl. Amys Schule beginnt im September.«
»Ich wusste schon, warum ich sie zu dir geschickt habe.«
»Alan ...«
»Du musst nichts sagen.«
Sie hatten eine Mauer niedergerissen, aber er wollte nicht zu schnell vorpreschen. Sie sollte sich nicht in die Enge gedrängt, sich nicht ausgeliefert fühlen. Er legte die Arme um sie und hielt sie lange Zeit schweigend fest.
»Ich möchte zurückkommen.«
»Ich werde auf dich warten.«
Lächelnd und mit glänzenden Augen blickte sie ihn an. Sie schmiegte sich an ihn, und als er ihren Rücken liebkoste, spürte er ihren geschmeidigen Körper unter dem Kleid.
»Heute Abend hat sich etwas geändert«, sagte sie.
Alles hat sich verändert, dachte er.
»Ich habe es laut ausgesprochen«, flüsterte sie. »Es hat lange gedauert, aber ich habe es mir so gewünscht ...«
»Was?«
»Das«, flüsterte sie. Eng umschlungen genossen sie die laue Sommernacht. Alan spürte den Wind in seinen Haaren, hörte das Rascheln der Bäume. Die Sterne über ihnen strahlten genauso hell wie die Lichter der Stadt. Der Himmel war wolkenverhangen, von einem Schleier aus reiner Seide umhüllt, und die Sterne glichen orangefarbenen Leuchtkugeln.
»Dianne ...«, flüsterte er an ihrem Haar.
»Und das«, sagte sie und stellte sich mit bloßen Füßen auf seine Schuhspitzen, sodass sie sein Kinn und seine Wangen küssen

konnte. Sein Mund fand ihre Lippen, und er wiegte sie hin und her in der Schwüle der Nacht.

Sie küssten sich lange, dann spürte Alan, wie Dianne die Arme von seinem Nacken löste und sein Gesicht mit ihren Händen umfing. Ihre Wangen schimmerten im Sternenlicht, und er wusste, dass sie tränennass waren.

»Eine Chance. Die habe ich mir gewünscht«, sagte sie lächelnd unter Tränen. »Die Chance, ein neues Leben mit dir zu beginnen. Die Vergangenheit loszulassen.«

»Die Vergangenheit hat uns zusammengebracht«, entgegnete er.

»Und sie trennt uns.«

»Du hast dir also gewünscht …«

»Einen neuen Anfang mit dir. Wenn es möglich ist.«

Er nahm sie wieder in die Arme. War es möglich? Wenn es nach Alan ging, ja. Er musste sie überzeugen, dass es ihnen gelingen würde, wenn sie es wirklich wollten. Ein neuer Anfang – was konnte er sich mehr wünschen? Er würde sie nehmen, wie sie war, wie sie immer gewesen war, ohne etwas an ihr zu verändern.

»Ich habe schon lange von einem Leben mit dir geträumt. Schon sehr, sehr lange.«

»Und das alles in der Nacht vor meiner Reise nach Kanada«, sagte sie.

Sein Herz sank. Morgen würde sie fahren. Er presste sie an sich, als wollte er sie daran hindern, ihn zu verlassen.

»Ich wünschte, du würdest nicht fahren«, sagte er.

»In gewisser Hinsicht geht es mir genauso.«

»Wie funktioniert das eigentlich mit dem Wünschen?«

»Was meinst du damit?« Lachend küsste sie ihn unters Kinn, den Rücken an den schmiedeeisernen Zaun gelehnt. Sie dachte, die Frage sei scherzhaft gemeint, aber er war todernst. Als Arzt und Wissenschaftler versuchte er offenbar immer, allem auf den Grund zu gehen, wollte eine Rückversicherung, dass sie zusammenbleiben würden.

»Ich wüsste gerne, wie man sich etwas wünscht.«
»Man blickt zu den Sternen empor.« Sie nahm seine Hand und hob sie hoch über den Kopf. »Dann zeigt man auf einen.«
»Das ist alles?«, sagte er und suchte den Himmel ab.
»Und dann wünscht man sich was.«
Alan nickte. Er schloss die Augen und sprach stumm seinen Wunsch. Als er die Augen öffnete, war sie noch da.
»Bisher scheint es zu funktionieren«, sagte er und küsste zuerst die Knöchel ihrer rechten und danach ihrer linken Hand. Dann küsste er sie auf den Mund.

16

Sie brachen am nächsten Tag noch vor Morgengrauen auf. Dianne fuhr. Anfangs waren alle völlig aus dem Häuschen vor Aufregung, aber schon nach einer kurzen Strecke schliefen Amy und Lucinda ein. Stella suchte sich ein Plätzchen auf dem Regal in der Miniküche, und Orion rollte sich auf einer der Kojen zusammen. Dianne durchlebte in Gedanken immer wieder den Abend mit Alan. Sie hatten sich geküsst und Händchen gehalten, bis ihr die Knie weich wurden, und Dianne wusste, dass es gut war, wenn sie eine Weile getrennt sein würden. Sie brauchte Zeit, um sich über alles klar zu werden, um Wünsche und Wirklichkeit miteinander zu verbinden.

»Wir sind die Einzigen, die wach sind, du und ich, Julia.«

»Gaaa«, sagte Julia und rang die Hände.

»Du erklärst mir, wie ich fahren muss, ja? Amy und Granny haben keine Ahnung, was sie verpassen.«

»Gliii«, kam es von Julia; es klang, als hätte sie Dianne verstanden.

Das Wohnmobil war eine Wucht, geräumig und luxuriös. Jeder hatte eine eigene Koje zum Schlafen, es gab genug Stauraum, und zum Essen konnte man einen Tisch herunterklappen, sodass eine gemütliche Sitzecke entstand. Dianne hatte Suppen, Brot, Erdnussbutter und Marmelade, Rosinen und Müsliriegel in den Schränken verstaut.

Als sie ein junges Mädchen war, hatte ihr Vater Bill Putnam vom Holzplatz überredet, sie auf einem der großen LKWs üben zu lassen. Sie hatte einen Gabelstapler, einen Kipplaster und einmal sogar einen riesigen LKW mit achtzehn Rädern gefahren. Das Wohnmobil mit Servolenkung, Servobremsen und Automatikgetriebe zu lenken war wesentlich einfacher; das Schwierigste war, sich an die Außenspiegel zu gewöhnen.

Sie fuhren auf der Route 395 nach Norden. Es herrschte kaum Verkehr. Die letzten Sterne blinkten, das dunkelblaue Firmament wölbte sich wie Samt, der über die wogenden Hügel Connecticuts drapiert war. Sie dachte an ihren Wunsch. Es war ein einfacher Wunsch, ohne Ecken und Kanten. Wer würde auch um die Bereitschaft bitten, sich zu lösen! Und von was zu lösen? Von der eigenen inneren Härte vermutlich. Von der Unfähigkeit zu verzeihen, vom Widerstand gegen die Liebe.

Aber das Leben war unerbittlich. Sich um Julia zu kümmern kostete sie das letzte Quäntchen Kraft, sodass sie leicht die Geduld verlor und rasch mit Schuldzuweisungen bei der Hand war. Es blieb nicht viel Raum für die Liebe, wenn man ständig unter Hochspannung stand. An manchen Tagen war Diannes Rücken starr wie eine Stahlrute, die keinen Deut nachgab. Doch nun, auf der Fahrt nach Norden, wusste sie plötzlich, dass sie sich nach einer Chance sehnte, sich zu beugen, einen anderen Menschen in ihr Leben hineinzulassen. Die Sonne ging über Worcester im Staat Massachusetts auf und färbte die alten Backsteinfabriken im frühen Licht des Morgens orangerot. Sie frühstückten während der Fahrt.

Im Kreisverkehr von Portsmouth, New Hampshire, schlug Dianne den Weg zum Howard-Johnson-Parkplatz ein, um mit Orion Gassi zu gehen. Von dort aus fuhren sie auf der Küstenstraße weiter. Sie waren zehn Stunden am ersten Tag unterwegs, bis neun Uhr abends, um die letzte Fähre von Portland, Maine, nach Yarmouth in Nova Scotia zu erwischen. Amy wollte ihrer Mutter Ansichtskarten von jeder Stadt schicken, die ihr gefiel.

»Hier gibt es massenweise Hummer«, sagte Amy, als sie sah, dass fast auf jedem Restaurantdach Hummerbojen, -fallen oder -scheren angenagelt waren.

»Wir werden auf dieser Reise noch so viel Hummer essen, bis und die *Crustacea* zum Hals heraushängen«, sagte Lucinda.

»Würdest du das bitte buchstabieren?«, fragte Amy und zückte ihr Notizbuch. Sie hatte begonnen, eine Liste mit neuen Wör-

tern anzulegen, um ihre Ausdrucksweise zu verbessern. Lucinda hatte ihr außerdem eine Bücherliste zusammengestellt, und sie war von Anne zu Jo übergegangen. Sie hatte *Little Women* bereits zur Hälfte gelesen.
»Crustacea«, sagte Lucinda. »Versuch es selbst; denk daran, wie man es ausspricht.«
»K-r-u-s-t-a-z-e-a.«
»Nicht perfekt, aber du machst Fortschritte«, sagte Lucinda geduldig.
Sie fuhren kreuz und quer über Halbinseln, bewunderten die idyllischen Landstraßen und hübschen Häuser. Fischerdörfer glänzten im Sonnenlicht, und weiße Kirchturmspitzen ragten auf den fernen Hügeln empor. Sie fuhren durch Yorks, vorbei an den Sandstränden von Ogunquit und schlängelten sich durch das verschlafene Nest Kennebunkport.
»Ich komme mir wie ein Tourist vor«, sagte Dianne, beide Hände am Steuer, während sie das Wohnmobil geschickt durch eine schmale Straße manövrierte, die von Boutiquen und Kerzengeschäften gesäumt war.
»Das liegt wohl daran, dass du einer bist«, konterte ihre Mutter.
»Du musst zugeben, wenn wir etwas machen, dann richtig. Mit Wohnmobil und allem, was dazugehört. Schade, dass unsere Fensterscheiben nicht wie bei allen anderen mit Aufklebern von den Orten zugepappt sind, an denen wir schon einmal waren.«
Sie krochen in einer Wohnwagen- und Wohnmobilschlange dahin, die sich ihren Weg entlang der Uferpromenade bahnte, um einen Blick auf das Haus von George Bush zu erhaschen.
»Es gehört uns nun mal nicht«, sagte Lucinda.
»Eines Tages werden wir uns eins zulegen, Mom. Bis dahin träumen wir eben davon.«
Lucinda lachte. Sie trugen Shorts und Polohemden, eine frische Meeresbrise wehte durch die offenen Fenster herein, und sie tranken Cola light aus der Dose. Amy und Julia saßen hinten, spielten ihre ureigene Schach-Version und warfen hin und wieder einen Blick nach draußen. Stella schien sich wohl zu fühlen,

und Orion war ebenfalls zufrieden, wenn sie sich alle paar Stunden die Beine mit ihm vertraten.

»Da wir uns wie Touristen fühlen und unsere Fähre erst heute Abend um neun geht, schlage ich einen Abstecher oder besser gesagt Boxenstopp bei L. L. Bean vor.«

»Was ist das?«, fragte Amy.

»Was *das* ist?«, riefen Dianne und Lucinda wie aus einem Munde.

»Dort findet man alles, was man für Aktivitäten unter freiem Himmel braucht, Amy!«, erklärte Dianne. »Jeder waschechte Neuengländer besitzt mindestens zwei Dinge von L. L. Bean: Gummistiefel und einen Pyjama mit Elchmuster.«

In Freeport fanden sie einen Parkplatz für Fahrzeuge mit Überlänge. Dort standen bereits mehrere Wohnmobile, und sie konnten nicht umhin zu bemerken, dass keines größer oder schnittiger als ihr Winnebago war. Gemeinsam schrieben sie eine Ansichtskarte an Gwen und die anderen Bibliothekarinnen, um sich noch einmal zu bedanken, dass sie ihnen die Reise ermöglicht hatten. Dianne schickte außerdem eine an Alan, die sie den anderen vorenthielt. Dann machten sie einen Einkaufsbummel.

Amy war überwältigt von der Menge der Kanus, Schneeschuhe und Skier, die L. L. Bean führte. Lucinda erzählte, dass der bekannte Outdoor-Ausrüster früher ein kleiner altmodischer Laden gewesen sei, der die richtige Spürnase für den Markt gehabt hatte. Sie fanden die Schlafanzüge aus dickem grünen Flanell, die rundum mit lachenden Elchen bedruckt waren. Lucinda kaufte für jeden einen und dazu Hüttenschuhe. Dianne erstand lange Unterwäsche für die kalten kanadischen Nächte, Taschenmesser und mehrere Päckchen gefriergetrocknetes Rindfleisch.

»Survival-Ausrüstung«, erklärte sie. »Sie ist lebenswichtig auf solchen Fahrten.«

»Hast du das Vogelbuch eingepackt?«, erkundigte sich Lucinda.

»O nein, das habe ich vergessen!«, antwortete Dianne. Sie überließen es Amy, einen Reiseführer auszusuchen, der die Naturschutzgebiete und alle anderen Sehenswürdigkeiten enthielt.
»Ihr denkt an alles.« Amys Augen blitzten, als sie Julia zur Kasse schob.
Um halb sieben standen sie in der Schlange, um sich auf der *Scotia Prince* einzuschiffen. Die Stellfläche auf dem Oberdeck der Fähre war begrenzt, weshalb sie beschlossen hatten, etwas eher zu kommen. Sie fuhren durch die Fahrschein- und Passkontrolle. Lucinda hatte als Einzige einen Reisepass dabei, Dianne, Julia und Amy besaßen nur ihre Geburtsurkunden. Als Dianne dem Zöllner die Papiere reichte, versetzte es ihr einen Stich. Immer mit Julia beschäftigt, hatte sie nie Gelegenheit gehabt, ins Ausland zu reisen, und deshalb auch nie einen Pass beantragt. Sie hatte sich vieles entgehen lassen.
»Was ist, liebes Kind?«, fragte Lucinda, als sie den bekümmerten Ausdruck in Diannes Augen bemerkte.
»Nichts, Mom.« Dianne nahm die Hand ihrer Mutter. »Ich dachte gerade daran, wie herrlich das Leben ist. Und dass wir gemeinsam verreisen.«
»Ich bin sehr dankbar, dass du mir meinen Traum ermöglichst.«
Dianne betrachtete den Sonnenuntergang über dem Hafen von Portland, die sonnendurchglühten Backsteinhäuser am Kai. »Ich tue es nicht nur für Julia, Amy und dich, sondern auch für *mich,* das ist mir inzwischen klar geworden. Dein Eintritt in den Ruhestand ist ein neuer Lebensabschnitt, und ich wollte Julia etwas von der Welt zeigen …«
»Das ist ja das Schöne«, sagte Lucinda. »Du siehst sie mit ihr gemeinsam.«
Dianne nickte lächelnd. Die Mädchen vergnügten sich hinten damit, Orion auf einen Pudel im Wohnwagen neben ihnen aufmerksam zu machen.
»Und das Schönste daran, eine Tochter zu haben, ist, dass sie mit dir an Orte reist, die du sonst nie zu Gesicht bekommen hättest«, sagte Lucinda und ergriff Diannes Hand.

»Danke, Mom.« Sie nahm Lucinda in den Arm und drückte sie. Sie dachte daran, was Alan gesagt hatte – dass er auf sie warten würde. Elf Jahre hatte sie es sich versagt, einen Mann zu lieben, doch nun spürte sie, wie ihr Herz aufging.

Eine Nachtfahrt, geheimnisvoll, himmlisch! Amy konnte es nicht fassen. Eigentlich befanden sie sich ja auf einem Schiff. Die *Scotia Prince,* halb Fähre, halb Kreuzfahrtschiff, bot fünfzehnhundert Passagieren Platz. Es gab ein Spielkasino, Liveunterhaltung, ein Kino und einen Bingosaal. Sie waren sogar in einer richtigen Kabine untergebracht! Die Tiere hatten ihr eigenes Quartier. Wenn das kein Luxus war!

»Ist das hier wie auf der *Queen Elizabeth*?«, fragte sie Dianne.

»Vielleicht nicht ganz so groß.«

Sie standen an der Reling und sahen zu, wie die Stadt Portland immer kleiner wurde. Das Meer war spiegelglatt, die Luft kühl. Amy winkte den Menschen zu, die am Kai standen. Sie hätte gerne ein Taschentuch gehabt, wie es sich gehörte. Doch das Einzige, was ihr wirklich fehlte, waren ihre Mutter und Dr. McIntosh.

Sie aßen im Restaurant zu Abend, anschließend standen Melodien aus Broadway-Musicals auf dem Programm, von einer Frau gesungen. Danach war es Zeit zum Schlafengehen. In ihrer Kabine unter Deck befanden sich vier Kojen, jeweils zwei übereinander. Dianne wollte gerne unten neben Julia schlafen, und so nahmen Amy und Lucinda die oberen. Alle zogen ihre Elch-Schlafanzüge an.

»Gute Nacht!«

»Träumt süß.«

»Schlaft schön«, sagte Lucinda, streckte den Arm zu Amy hinüber und ergriff ihre Hand. Dianne sang Julia ein Schlaflied vor, und Julia atmete so ruhig, als wäre es ihr nie im Leben so gut gegangen. Das Schiff glich einer großen Wiege, die sie in den Schlaf schaukelte, während sie ihre Passagiere nach Kanada brachte.

Amy fühlte sich ihrem Vater besonders nahe. Sie war noch nie auf dem Meer gewesen und konnte ihm nachempfinden, dass er dieses Leben geliebt hatte. Die Wellen schwappten gegen den Rumpf, einen Widerhall wie Kirchenglocken erzeugend. Sie spürte, wie sich das Schiff hob und senkte, wie es sich in Einklang mit ihrem Atem und jedem Herzschlag bewegte. Ihren Vater hatte das Meer geholt, mit Leib und Boot, aber in Amy lebte er fort.
»Nacht, Dad«, flüsterte sie, die Arme um den Körper geschlungen.

Als sie die Fähre verließen, befanden sie sich in Kanada. Der Himmel in Yarmouth, Nova Scotia, war strahlend blau, bis auf ein paar vereinzelte Schönwetter-Wölkchen. Am Kai herrschte reges Treiben, die kleine Stadt erwachte. Sie hatten die Bay of Fundy passiert, wo der Tidenhub weltweit am größten war. Und sie hatten, was noch spannender war, einen Wal und mehrere Delfine gesichtet.
»Habt ihr sie auch gesehen? Oder habe ich das nur geträumt?«, fragte Amy aufgeregt.
»Solche anmutigen Geschöpfe«, schwärmte Lucinda.
»Dein erster Wal, Julia«, sagte Dianne. Julia hatte den Kopf gedreht, als der Wal die Wasseroberfläche durchbrach; sein glänzender Rücken sah wie eine schwimmende Tischplatte aus, und Fontänen stiegen auf, als er geräuschvoll Luft holte.
»Gliii«, sagte Julia.
»Und Delfine, Julia.« Amy umarmte sie vor Freude. »Das müssen wir sofort Dr. McIntosh schreiben. Oder am besten, wir rufen ihn an!«
»Alan würde wissen, was für welche es waren«, meinte Lucinda.
»Wo geht's jetzt nach Prince Edward Island?«, fragte Dianne, als sie an eine Kreuzung kamen. Rechts führte die Straße nach Lunenburg, wo Alans Freund Malachy vor Anker lag. Einen Moment lang überlegte sie, ob sie den alten Mann besuchen

sollten. Er hätte ihnen bestimmt eine Menge über die Meeressäuger erzählen können, aber sie wollte den wunderschönen Abend mit Alan lieber noch ein bisschen länger ungetrübt in ihrem Gedächtnis behalten. Hawthorne eine Weile den Rücken zu kehren war aus mehreren Gründen gut, und sie wollte nicht wieder McIntosh-Territorium betreten, das ungute Erinnerungen an Tim weckte.

»Nach links, Liebes«, sagte Lucinda mit Blick auf die Straßenkarte.

»Es ist schön hier!«, rief Amy. »Wir sind in einem fremden Land.«

»Links?«, fragte Dianne mit einem flüchtigen Blick auf die Straße nach Lunenburg.

»Nach links, und dann immer geradeaus.«

»Na gut.«

Dianne bog mit dem sperrigen Vehikel auf die Route One ein, die man auch den Evangeline Trail nannte. Sie führte nach Norden zur Fähre, die von Pictou nach Prince Edward Island ging. Lunenburg und den Mentor der McIntosh-Brüder ließen sie hinter sich.

Tim McIntosh besaß keine Fanglizenz für Kanada, aber das war ihm egal. Er hatte ohnehin geplant, seine Arbeitshandschuhe eine Weile an den Nagel zu hängen. Volldampf voraus, mit Kurs gen Osten und unterstützt von den Gezeiten, war er ungefähr vor einer Woche in Lunenburg eingelaufen. Von Malachys Schleppkahn war weit und breit nichts zu sehen. »Ich dachte, er wär hier«, sagte Tim zu einem alten Mann, der am Kai herumlungerte.

»Das ist das Gute bei einem Boot«, belehrte ihn der Fischer, »man ist immer dort, wo es sich gerade befindet. Und Malachys Kahn ist nicht hier.«

»Schon kapiert.«

Am Morgen des siebten Tages, als Tim beschlossen hatte, die Anker zu lichten, fand er nach dem Aufwachen Malachys

Schleppkahn an seinem gewohnten Liegeplatz auf der anderen Seite des Hafens.
»Tim, mein Junge!«, sagte Malachy und klopfte Tim auf den Rücken, als er an Bord kletterte.
»Wo zum Teufel hast du gesteckt?«, fragte Tim.
»Golf von St. Lawrence. Wollte sehen, ob die Delfine da oben schöner singen als hier.«
»Mein Gott, Malachy, sie singen nicht, sie plappern! Sie verfangen sich in den Tunfischnetzen und treiben die Küstendümpler zum Wahnsinn. Auch wenn alle denken, das Liebesleben der Delfine wäre so gottverdammt romantisch – sie sind eine Plage. Jeder Fischer, der ein Gewehr besitzt, weiß genau, worauf er zielen muss …«
»Es stimmt übrigens.«
»Was stimmt?«
»Im Norden singen sie schöner als bei uns.«
»Sie müssen etwas Interessantes zu bieten haben, sonst hätten sie dich nicht so lange in ihren Bann schlagen können. Ich war gerade dabei, Leine zu ziehen.«
»Da habe ich ja noch einmal Glück gehabt.«
»Finde ich auch.«
»Dein Bruder wäre garantiert mächtig verstimmt gewesen«, sagte Malachy. »Er hat versucht, dich zu erreichen.«
»Alan?«
»So weit man angesichts der eisigen Beziehungen zu Hawthorne von einem Versuch reden kann. Er hat bei mir angerufen.«
Malachy zog an seiner Pfeife und sah auf den spiegelglatten Hafen hinaus. Der Himmel war klar, der Tag versprach traumhaft zu werden. Die Sonne war gerade über dem Festland am Horizont aufgegangen und tauchte alles in ihr goldenes Licht.
»Es ist gut, wieder zu Hause zu sein. Komm mit nach unten, ich mache uns eine Tasse Tee.«
»Auch das noch«, knurrte Tim. »Ich bin Amerikaner und kein Ire, schwarzer Kaffee ist mir lieber.«

»Dann eben schwarzer Kaffee, mein Junge.« Malachy lächelte, den Pfeifenstiel im Mund. »Dein Wunsch sei mir Befehl.«
»Was wollte er, ich meine, Alan?«
»Du weißt, dass ich mich grundsätzlich nicht in eure Angelegenheiten mische«, antwortete Malachy barsch. »Wenn du es erfahren willst, musst du ihn schon selbst fragen.«
Tim nickte dem alten Iren zu, respektvoll und entschuldigend. Seit er von Alans Anruf erfahren hatte, war er gereizt. Obwohl er sich meilenweit entfernt in einem anderen Land befand, folgten sie ihm auf Schritt und Tritt – seine Familie, seine Vergangenheit, seine Schuldgefühle. Tage wie dieser waren die Hölle. Nach Einbruch der Dunkelheit musste er sich dann abreagieren, bei einer Frau, einer Prügelei oder beidem. Malachy betrachtete ihn schweigend, als wäre er in der Lage, seine Gedanken zu lesen und sie ihm bis zum Abend auszureden.

Prince Edward Island erfüllte Lucindas kühnste Erwartungen – eine idyllische Landschaft mit Wiesen und Flüssen, vom Wind umtost und vom Meer umspült. Überall gab es traumhafte Strände, einige mit rotem, andere mit schneeweißem feinkörnigem Sand, der aussah wie pulverisierte Perlen. Beim Anblick der Originalschauplätze fühlte sie sich in ihr Lieblingsbuch zurückversetzt.
Dianne fuhr langsam, damit Lucinda Muße hatte, jede Handbreit der Insel zu betrachten. Dort war der neuschottische Sprengel Tigish, die Hauptstadt Charlottetown mit den gotischen Türmen der St. Dunstan's Basilica, das Brachland von Summerside, wo sie ein Paar Silberfüchse erspähten, und schließlich der Blue Heron Drive, der sie an der roten Sandsteinküste entlang in die Heimat von Anne führte.
»Der Blue Heron Drive ist nach dem Edel- oder Silberreiher benannt«, sagte Amy und las aus dem Reiseführer unter der Rubrik heimische Fauna vor: »›Ein großer Stelzvogel, der jedes Jahr seine Brutgebiete in den flachen Buchten und schilfreichen

Regionen der maritimen Provinzen aufsucht.‹ Bekommen wir auf unserer Reise welche zu Gesicht?«

»Bei uns zu Hause in den Marschen sehen wir sie andauernd«, sagte Dianne. »Du weißt doch, der große Vogel, der immer dort unten im Schatten steht …«

»Der mit den knubbeligen Knien?«, fragte Amy.

»Das ist ein Graureiher«, verbesserte Lucinda ihre Tochter.

»Das ist doch ein und dasselbe«, erwiderte Dianne und fuhr einen langen malerischen Hügel hinauf.

»Stimmt das, Amy?«

»Silber- und Graureiher sind verschieden«, antwortete Amy und wedelte mit dem Reiseführer. »Aber sie gehören zur selben *Spezies.*«

»O pardon«, sagte Dianne lachend; sie freute sich, dass Amy neuerdings ihre Liebe zum Lernen entdeckt zu haben schien. Sie tauschte ein verstohlenes Lächeln mit ihrer Mutter. Julia döste in ihrem Sitz, die Knie an den Bauch gezogen.

Sie besichtigten Cavendish, wo Lucindas Begeisterung einen Dämpfer bekam. Der Erfolg von *Anne of Green Gables* hatte in der Region eine blühende Touristikindustrie hervorgebracht, mit Wasserrutschen und Gokart-Bahnen, Freizeitpark und Nationalpark. Lucinda konnte es kaum erwarten, weiterzufahren, um dem Waisenmädchen Anne wieder nahe zu sein, das ihr als Kind so viel Trost gebracht hatte, aber Orion musste Gassi gehen.

Während Lucinda und der kleine Hund einen Spaziergang machten, schlenderte Dianne mit Julia und Amy zu den Fahrgeschäften hinüber. Sie trugen Shorts und ärmellose Blusen, und die Sommersonne war hier oben im Norden genauso warm wie in Hawthorne. Es gab ein Kinderkarussell und ein Riesenrad, Autoskooter und eine Wasserrutsche.

»Gliii«, sagte Julia, legte den Kopf in den Nacken und blickte zum Himmel hinauf.

»Was siehst du?« Amy kniete sich zu ihr hin.

»Vielleicht einen Silberreiher im Flug«, sagte Dianne.

»Nein.« Amy folgte ihrem Blick. Als Dianne den Kopf in den Nacken legte und hinaufschaute, sah sie das Riesenrad. Es ragte hoch über dem Freizeitpark auf, das silberne und bunte Metall schimmerte im Sonnenlicht. Wenn es sich langsam in Bewegung setzte, glich es einer riesigen Windmühle, ähnlich der, die Dianne für Julia in die Luft gehalten hatte, damit sie sich drehte.
»Ich glaube, sie möchte mitfahren«, sagte Amy.
»Das geht aber nicht.«
»Warum nicht? Ich könnte sie doch mitnehmen. Bitte.«
»Nein!«, rief Dianne in einem Anflug von Panik.
»Alle Kinder lieben Karussells. Das ist die weiteste Reise ihres Lebens. Warum kann sie da nicht auch Riesenrad fahren?«
Julias Augen glänzten. Aus dem Lautsprecher ertönte Jahrmarktsmusik, und Diannes Kehle war wie zugeschnürt. Was konnte schließlich passieren? Mit dem Riesenrad fuhren sogar Kinder, die jünger als Julia waren …
»Also gut.«
»Hurrah!« Amy hüpfte auf und ab und deutete auf den Himmel. »Da fahren wir gleich rauf, Julia! Ganz nach oben.«
Dianne kaufte zwei Karten. Sie war völlig verkrampft aus Angst, dass der Mann an der Kasse, der Julia seltsam ansah, eine unfreundliche Bemerkung machen oder sie am Einsteigen hindern könnte. Aber er nahm ihr Geld, forderte sie mit einer Handbewegung zum Weitergehen auf und fertigte den Nächsten in der Schlange ab. Dianne bestand darauf, die beiden Mädchen höchstpersönlich anzuschnallen, was dem Fahrkartenabreißer, der beim Einsteigen half, nur recht war. »Sind die Gondeln auch sicher?«, erkundigte sich Dianne mit klopfendem Herzen.
»Klar«, erwiderte er.
»Gab es schon mal Probleme?«
»Bisher haben wir noch kein Kind verloren«, meinte er grinsend.
»Dianne …«, sagte Amy verlegen.
»Maaa!« Julia berührte Diannes Nase und Haare.

»Okay, weiter!«, rief der Fahrkartenabreißer. Dann setzte sich das Riesenrad langsam mit Amy und Julia in Bewegung, damit die Nächsten einsteigen konnten. Mit jeder Drehung entfernte sich Julia weiter von ihr. Dianne stand unten, den Kopf in den Nacken gelegt, und hätte sie am liebsten zurückgeholt.
»Liebes, wo sind die Mädchen?«, fragte Lucinda, die sich nun zu ihr gesellte.
»Ich muss den Verstand verloren haben, Mom. Ich habe sie Riesenrad fahren lassen.«
Lucinda sah hinauf, die Augen vor der Sonne abgeschirmt, und hielt nach den beiden Ausschau, wie verrückt winkend und lachend. Julia und Amy hatten inzwischen den höchsten Punkt erreicht. Dort verharrte die Gondel eine Zeit lang, bis die letzten Fahrgäste zugestiegen waren, dann setzte sich das Riesenrad in Bewegung.

»Schau nur!«, rief Lucinda.
»Ich kann nicht.«
»Wiiiii!«, hörten sie Amy schreien, die Musik und das Gelächter der Menge übertönend. »Wiii!«
»O Mom«, sagte Dianne verzweifelt. Sie war überzeugt, ihr Kind ins Verderben geschickt zu haben. Sie hatte Julia Babysittern anvertraut, sie über Nacht alleine in der Klinik gelassen, aber sie hatte sich noch nie so ohnmächtig gefühlt. Was war, wenn Julia es mit der Angst bekam? Oder wenn sie unter der Haltestange durchrutschte und in die Tiefe stürzte?
»Wiii!«, schrie Amy erneut.
»Wii! Wii!«
»O mein Gott, hörst du das?«, rief Lucinda und packte Diannes Hand.
»Ja, das ist Amy«, sagte Dianne und schlug die Hände vors Gesicht.
»Das ist Julia, Liebes! Deine Tochter.«
Dianne nahm die Hände vom Gesicht. Das Riesenrad drehte sich fröhlich im Kreis. Die Musik schallte durch die klare Som-

merluft. Die Gondeln waren bis auf den letzten Platz besetzt und wirbelten um die Speichen der riesigen Radnabe. Dianne machte ihre Tochter aus. Ihr Mund war weit aufgerissen, und sie lachte vor Seligkeit und Wonne übers ganze Gesicht.

»Wiiiii!«, rief Julia. »Wiii!«

Dianne hielt die Hand ihrer Mutter und sah atemlos zu. Als die Fahrt zu Ende war, lief Dianne zur Gondel hinüber.

»War das toll! Können wir noch mal fahren?«, fragte Amy.

»Später vielleicht«, sagte Lucinda und half ihr heraus.

Dianne hatte gedacht, Julia nach der Fahrt in Tränen vorzufinden, sie nach dem schrecklichen Erlebnis beruhigen zu müssen, aber ihre Tochter strahlte.

»Wiii«, flüsterte Julia und schaute ihrer Mutter in die Augen. Dianne stellte fest, dass sie sich wünschte, Alan hätte sie sehen und hören können.

17

Alan kehrte aus der Klinik in seine Praxis zurück. Einer seiner Patienten hatte sich am Strand eine Schnittwunde am Kopf zugezogen, und die Notaufnahme hatte Alan benachrichtigt. Chris Wright, ein Siebenjähriger mit zwei älteren Schwestern, hatte sich am Surfbrett den Schädel angehauen. Seine Schwester Abigail, die auf ihn aufpassen sollte, während die Eltern beim Segeln waren, hatte in der Notaufnahme gebeten, sich mit Dr. McIntosh in Verbindung zu setzen. Er war unverzüglich hingefahren.

Nun blickte er, in die Sprechstunde zurückgekehrt, die Nachricht auf seinem Schreibtisch an, unfähig, sich einen Reim darauf zu machen. Dort stand »Ihr Bruder Tim hat angerufen«, aber die Telefonnummer stimmte nicht.

Alan bat Martha über die Gegensprechanlage, kurz zu ihm hereinzukommen. Sie telefonierte gerade auf der anderen Leitung, auf die Verbindung mit dem Neurologen des verletzten kleinen Jungen wartend, reagierte aber prompt.

»Ja, Dr. McIntosh?«

»Diese Nachricht von meinem Bruder …«

»Ja. Er hat angerufen, als Sie in der Klinik waren. Er …«

»Sie haben die falsche Nummer aufgeschrieben«, unterbrach Alan sie.

»Nein, bestimmt nicht.«

Martha war eine erstklassige Sprechstundenhilfe, aber Sekretariatsarbeiten waren nicht ihre Stärke. Alan hatte schon seit längerem erwogen, eine zusätzliche Kraft einzustellen, um sie auf diesem Gebiet zu entlasten. Da das Wartezimmer voller Patienten war, mangelte es ihm an der nötigen Geduld.

»Hören Sie, Martha, Sie haben Malachy Condons Nummer notiert! Wo immer mein Bruder derzeit Hummer fangen mag, mit

Sicherheit nicht in Kanada. Würden Sie also bitte noch einmal nachse…«
»Er ist bei Malachy«, erwiderte Martha kühl. »Hat er ausdrücklich gesagt.«
»Ach so!« Alan war wie vor den Kopf gestoßen. »Tut mir Leid.«
»Und wenn Sie mich jetzt bitte entschuldigen würden, ich habe den Neurologen für Sie auf Leitung zwei.«
Alan schaltete auf Leitung zwei um, wo Jacob Trenton, der beste Neurologe am Hawthorne Cottage Hospital, ihm mitteilte, was die Untersuchung des kleinen Chris ergeben hatte. Alan war froh, dass weder eine Gehirnerschütterung noch ein anderer Anlass zur Besorgnis vorlag und der Junge bald wieder auf dem Damm sein würde. Trotzdem fiel es ihm schwer, sich zu konzentrieren.
Als er aufgelegt hatte, starrte Alan wieder die Nachricht an. Sein Bruder war bei Malachy Condon in Lunenburg, Nova Scotia, an den sich Dianne im Notfall wenden sollte. Er hatte die Frau, die er liebte, seinem Bruder geradezu in die Arme getrieben, und der Gedanke trug nicht dazu bei, seine Laune zu verbessern.
Er wählte die Nummer von Malachys Schleppkahn, die er in- und auswendig kannte.

Dianne genoss jede Etappe der Fahrt. Warum waren sie früher nie auf die Idee gekommen zu verreisen? Auf dem Rückweg durch Amerika würden sie einige der bekanntesten Sehenswürdigkeiten zu Gesicht bekommen: die Berge von Colorado, die Felsenhöhlen von Kentucky, Memphis, den Grand Canyon, den Mississippi. Sie besuchten Woodleigh Replicas und verirrten sich hoffnungslos in der Nachbildung des mittelalterlichen Labyrinths. Sie kamen an Cape Traverse vorüber, wo vor einhundert Jahren im Winter Bootsinsassen von Männern, die sich wie Pferde ins Geschirr gespannt hatten, über die vereiste Meerenge gezogen worden waren.
Sie bauten Sandburgen an den weißen Stränden im Norden und

den roten an der Südküste und fotografierten jede einzelne. Julia genoss es, im Sand zu sitzen und schmückendes Beiwerk wie Muscheln und Seetang festzuklopfen.
»Vielleicht sollte ich umsatteln und Sandburgen statt Spielhäuser bauen«, meinte Dianne.
»Sandburgen kann man nicht verkaufen«, sagte Amy traurig. »Sie halten nicht lange.«
»Ich weiß.« Dianne half Julia, nassen Sand auf einen kleinen Turm rieseln zu lassen. »Aber sie sind wunderschön, solange es sie gibt.«
»Maaaa«, sagte Julia.
Sie besuchten die Orte, an denen Lucindas heiß geliebte Romanheldin Anne gelebt hatte. Und sie besichtigten das Elternhaus von Lucy Maud Montgomery in Cavendish, in dem die Romanautorin nach dem Tod ihrer Mutter mit den Großeltern gewohnt hatte.
»Vieles, was sie geschrieben hat, hat sie selbst erlebt«, sagte Lucinda.
»Wie es war, ein Waisenkind zu sein?«, fragte Amy.
»Ja. Du kannst dir nicht vorstellen, wie einsam man sich fühlt.«
»Ich schon«, erwiderte Amy und nahm ihre Hand.
Sie machten lange Spaziergänge durch die Wiesen und Felder, die den ersten Siedlern von der Regierung gegen ein geringes Entgelt zugeteilt worden waren, und die verwilderten Gärten, in denen Apfelbäume wuchsen. Die Grundmauern und weißen Lattenzäune waren alles, was von den Anwesen übrig geblieben war. Dianne war enttäuscht; sie hätte sie gerne fotografiert, als Vorlage für ein Spielhaus, an dem ein kleines Mädchen aus Hawthorne gewiss seine Freude gehabt hätte. Sie schob Julias Rollstuhl, während sie der Unterhaltung zwischen Amy und ihrer Mutter lauschte, zutiefst dankbar, dass sie einander hatten. Und dass ihre Mutter gesund war.
»Dass ich das alles sehen darf, bedeutet mir unendlich viel«, erklärte Lucinda und hakte sich bei Dianne und Amy ein.
»Ich weiß, dass du das Buch geliebt hast«, sagte Dianne.

»Als Kind war ich sehr einsam. Meine Adoptiveltern stritten andauernd, und oft arteten die Auseinandersetzungen in Gewalt aus.«

»Ich weiß, wie das ist«, erwiderte Amy bedrückt.

»Schade, dass du nicht früher mit dem Lesen begonnen hast«, meinte Lucinda und küsste Amy auf den Scheitel. »Für mich waren Bücher eine andere Welt, in die ich flüchten konnte. Wenn mein Vater zu brüllen anfing, pflegte ich mein Buch aufzuschlagen und abzutauchen. Ich weiß nicht, was ich ohne Bücher getan hätte.«

»Sich wünschen, dass sie aufhören«, sagte Amy. »Ich habe immer im Bett gelegen und es mir gewünscht, bis mir ganz schwindlig wurde. Zu jedem vorbeifliegenden Engel habe ich gebetet, dass er etwas tut, damit Buddy verschwindet und alles wieder gut wird.«

»Ein Engel hat deine Bitte offenbar gehört«, sagte Lucinda.

»Ja, ich glaube auch.«

»Buddy ist weg, und deiner Mutter geht es besser.«

»Es war so schrecklich«, flüsterte Amy, »hören zu müssen, wie er sie schlug …«

»Dieses Geräusch …« Lucinda schloss die Augen, sich die Gewalt vergegenwärtigend, die sie früher in ihrer eigenen Familie erlebt hatte. »Wie ein Peitschenknall, wenn er mit seiner großen flachen Hand zuschlug … noch schlimmer waren die Hiebe mit der Faust …«

»Und wie meine Mutter wimmerte. Und das Wissen, dass man nichts tun kann, um zu helfen.«

»Auch wenn man noch so sehr will.«

»Mehr als alles in der Welt.«

Dianne schob Julias Rollstuhl und hörte schweigend zu. Es kam selten vor, dass Lucinda über ihre Kindheit sprach. Diesen Teil ihres Lebens behielt sie für sich. Dianne empfand tiefes Mitleid, wenn sie sich Lucinda vorstellte, ein verwaistes, einsames Kind. Amy redete normalerweise auch sehr wenig über die häuslichen Probleme. Dianne wusste, dass Alan eine Therapie für angezeigt hielt, um die Folgen der traumatischen Erfahrungen zu lindern. Die Gewalt, die Amy erfahren hatte, ließ sich seiner Meinung nach mit den Kriegserlebnissen von Soldaten vergleichen.

Die vier schlenderten durch die Wiesen und Felder. Die mit Obst beladenen Apfelbäume flimmerten in der Nachmittagssonne, und der prickelnde Duft von Apfelmost lag in der Luft. Dianne dachte an Alan; er wäre froh gewesen, dass Amy endlich auspackte.

»Wir haben großes Glück gehabt«, sagte Dianne.

»Wer, Liebes?«

»Julia und ich.«

»Aber Dianne«, entgegnete Amy, »wie kannst du das sagen, wo Julia so krank ist?«

»Deswegen war ich früher auch sehr verbittert. Mehr, als ich zugeben möchte. Aber Glück haben wir trotzdem. In unserem Leben gibt es nichts als Liebe.«

»Julias Vater ist weggegangen«, erinnerte Amy sie.

»Dafür hat sie genug Liebe von anderen Menschen bekommen, und jetzt spielt das kaum noch eine Rolle. Sie hat mich, ihre Großmutter, ihren Onkel ...« Plötzlich merkte sie, wie sehr ihr Alan fehlte.

»Ich kann mir nicht vorstellen, dass es Menschen gibt, die Julia nicht ins Herz schließen würden«, sagte Lucinda, beugte sich zu ihrer Enkelin hinunter und küsste sie.

»Buddy!«, erwiderte Amy ernst.

»Da könntest du Recht haben«, räumte Lucinda ein. »Und mein Adoptivvater. Menschen, die krank sind, sind unfähig, jemanden zu lieben.«

»Hier gefällt es mir«, sagte Dianne. Ein lauer Wind strich durch den Obstgarten. Sie schloss die Augen, um die Erinnerung für immer zu bewahren. Nicht nur an die Landschaft, sondern auch an die Menschen, die sich liebten, vertrauten und sich gegenseitig ihr Herz ausschütteten. Sie spürte Alans Gegenwart, wusste, dass alles gut werden würde, wenn sie wieder zu Hause war.

»Mir auch«, meinte Lucinda.

»Lasst uns ein Andenken mitnehmen«, schlug Amy vor.

»Kind, das gehört sich nicht …«

»Die vermisst doch keiner«, sagte Amy und hob vier verschrumpelte Äpfel vom Boden auf.

Dianne sah sie fragend an. Die Äpfel waren wurmstichig, Fallobst, die Stiele krumm und schief, und sie rochen wie Essig oder Wein. Warum hatte Amy etwas so Hässliches als Andenken gewählt? Es gab überall Blumen, schöne Kieselsteine, vierblättrigen Klee und gelbes Laub, das man pressen konnte.

Doch Lucinda verstand sie. Sie nickte und berührte behutsam jeden einzelnen Apfel.

»Getrocknet sehen sie sehr hübsch aus.«

»Wirklich?«

»Ja. Wir bewahren sie oben auf dem Regal auf, da ist es warm, und wenn wir wieder zu Hause sind, sind sie genau richtig. Ich liebe getrocknete Äpfel.«

»Aber wieso ausgerechnet diese wurmstichigen Äpfel?«, fragte Dianne verständnislos.

»Sie sind wie wir«, antwortete Amy.

»Siehst du das nicht?«, sagte Lucinda, und ihre blauen Augen strahlten. »Eigentlich solltest du wissen, warum. Amy hat Recht, sie sind wie wir. Verletzt, hässlich, Fallobst, das niemand haben will …«

»Bis sie jemand vom Boden aufnimmt. Du hast mich aufgenommen, Dianne«, flüsterte Amy.

»Oh!« Dianne schlug die Hand vor den Mund.

»Alles, was andere nicht liebenswert finden«, sagte Lucinda.

Dianne fiel es wie Schuppen von den Augen. Ihre Mutter spielte auf ihre eigene Kindheit an. Dianne schaute zu Julia. Ihre großen Augen blickten zum Himmel, und sie lauschte der Meeresbrise, die in den Blättern der Bäume über ihren Köpfen raschelte. Bei dem Gedanken an die Leute, die Julia für missgestaltet und unliebenswert erachteten, war Diannes Kehle wie zugeschnürt.

»Wir werden sie immer in Ehren halten«, gelobte Amy mit dem Ernst, zu dem nur eine Zwölfjährige fähig war – bis Lucinda den Schwur wiederholte.
»Jetzt und für alle Zeiten.«
Dianne nahm ihren Apfel in die Hand und schloss die Augen. Auch sie war Fallobst. Sie war am Boden zerstört gewesen und liebevoll aufgenommen worden von dem Bruder des Mannes, der sie für unliebenswert hielt. In diesem Moment spürte sie, dass sie sich verliebt hatte.
»Ja, sie sind wie wir«, sagte Dianne laut – zu Julia, ihrer Mutter, Amy und jemandem, der sich in weiter Ferne, jenseits des Meeres befand.

Gegen Abend schlugen sie ihr Nachtquartier in einem Wohnwagenpark am Meer auf. So weit im Norden leuchteten die Sterne heller als zu Hause. Stella saß auf der Fensterbank und hielt nach dem großen Jäger am Himmel Ausschau. Orion lag zusammengerollt am Fußende von Amys Koje und schlief. Da die Nachtluft kühl war, trugen alle ihre Elch-Schlafanzüge.
Dianne und Lucinda hatten es sich draußen auf Klappstühlen gemütlich gemacht, eingewickelt in Decken, die neuen Hüttenschuhe an den Füßen, und lauschten den Wellen. Eine Kerze brannte auf dem Tisch und vertrieb Mücken und Ungeziefer. Sie tranken Honig-Orangen-Tee und wärmten sich die Hände an den dampfenden Bechern.
»Hast du eigentlich das Gefühl, jetzt zum alten Eisen zu gehören?«, fragte Dianne.
»Nein, ich fühle mich jung, bin glücklich, aufgeregt und platze vor Energie …«
»Macht dir die Reise Spaß?«
»Für mich ist damit ein Traum in Erfüllung gegangen. Es ist schöner als alles, was ich erwartet habe, und noch tausendmal besser, weil ich sie mit Julia und dir erleben kann. Und Amy nicht zu vergessen.«
»Fehlt nur noch Dad.«

»Ich vermisse ihn. Vermisst du auch jemanden?«

»Ich weiß nicht.«

»Beim Ball warst du ziemlich lange verschwunden«, sagte Lucinda.

»Hm.« Dianne blickte zum Himmel. Im Norden war die Luft klarer, die Sterne zeichneten sich gegen das blauschwarze Firmament ab. Die Milchstraße folgte ihrem weißen Kurs durch die Nacht, und eine Sternschnuppe stürzte ins Meer. »Hast du das gesehen?«

»Ja!«, antwortete Lucinda. »Genau im richtigen Moment.«

»Da, noch eine!« Dianne sprang auf. Sie blickte ihre Mutter an. »Wieso im richtigen Moment?«

»Wir unterhalten uns über Menschen, die wir lieben, und schon fällt eine Sternschnuppe vom Himmel, und man darf sich etwas wünschen. Du wolltest mir gerade von dem Spaziergang erzählen.«

»Mom …«

»Dem Spaziergang mit Alan.«

»Wir waren nur im Hafen«, sagte Dianne; ihr Herz begann bei der Erinnerung daran zu klopfen, und sie überlegte, ob sie schon bereit war, etwas darüber zu erzählen. Immer mehr Sternschnuppen fielen vom Himmel, Feuerbälle mit langem weißem Schweif. »Was ist denn das? Zieht Prince Edward Island Sternschnuppen an?«, lenkte Dianne geschickt ab.

»Das ist ein Meteorschauer, den man jedes Jahr im August beobachten kann, auch in Connecticut. Früher hast du dir dieses Naturschauspiel immer mit deinem Vater angesehen.«

Dianne nickte; jetzt fiel es ihr wieder ein. Ihr Vater hatte sie in die Marschen mitgenommen, sie an der Hand gehalten und ihr Sternschnuppen versprochen. Sie waren in endloser Abfolge vom Himmel gefallen – eine nach der anderen. Sie hatte damals nicht gewusst, dass es sich um ein Naturphänomen handelte, und ihren Vater für einen mächtigen Zauberer gehalten.

»Das habe ich seit Jahren nicht mehr gesehen«, sagte sie.

»Du hattest zu viel mit Julia zu tun, um auf den Himmel zu achten.«
»Ja.«
»Oder um zu bemerken, dass es einen wunderbaren Mann gibt, der dich liebt.«
»Mom …«
»Er liebt dich wirklich, Kind.«
»Das ist mir inzwischen auch klar geworden«, sagte Dianne, die Arme um sich geschlungen.
Sie blickte zum Himmel hinauf. Seit mehreren Sekunden hatte sie keine Sternschnuppe mehr gesehen. Dann fiel wieder eine vom Himmel, und sie dachte daran, dass sie Alan gezeigt hatte, wie man sich dabei etwas wünscht. Es war erstaunlich leicht, sich an Wunder zu gewöhnen. Genauso leicht wie an Kummer und Sorgen. Und warum nicht auch an die Liebe? Das Leben konnte sich innerhalb eines Herzschlags ändern, und man vergaß, dass es jemals anders gewesen war.
»Dianne?, ermutigte ihre Mutter sie fortzufahren.
»Ich habe es ihm am Ballabend gesagt.«
»Was gesagt?«
»Dass ich mich damals für den falschen Bruder entschieden habe.«
»Es geschehen offenbar noch Zeichen und Wunder.« Dianne hörte das Lächeln in Lucindas Stimme.
»Ich wünsche mir, dass dieses Mal alles gut geht.«
»Bestimmt wird es das, davon bin ich felsenfest überzeugt.«
»Warum?«
»Du und Alan …«
»Ich habe viele Fehler gemacht. Deshalb kann nicht alles auf Anhieb perfekt funktionieren.«
»Oder jemals.«
»Oder jemals.«
»Aber man muss aus seinen Fehlern lernen und verzeihen, sich selbst und anderen.«
Dianne schwieg. Hinter ihr im Wohnmobil hatte Stella Orion

über dem Meer erspäht und begann zu miauen. Der Hund rannte, vor Aufregung winselnd, auf dem Rasen hin und her.
»In gewisser Hinsicht habe ich mein ganzes Leben damit verbracht zu lernen, wie man verzeiht«, fuhr Lucinda fort. »Meinen leiblichen Eltern, dass sie gestorben sind und mich alleine gelassen haben, und den anderen, die mich adoptiert haben.«
»Aber wie?«
»Da hilft nur eins«, sagte Lucinda, streckte den Arm aus und ergriff die Hand ihrer Tochter. »Liebe.«
»Doch wie hast du das geschafft?«, fragte Dianne. »Woher hattest du die Kraft?«
»Ich habe geübt, zuerst bei Emmett und dann bei dir.«
»Ich will es versuchen«, flüsterte Dianne.
»Der größte Fehler ist die Vorstellung, Liebe sei nur ein Gefühl, eine Empfindung. Liebe ist viel mehr. Liebe ist Handeln, eine Lebenseinstellung. Das, was dich mit Julia verbindet. Und was du mit Alan haben möchtest.«
»Ich möchte ihn lieben. Ich möchte es so gerne, schon seit geraumer Zeit.«
»Dann lass es zu, Kind. Lass es zu.«
Dianne nickte und betrachtete die Sternschnuppen.
Die Tiere unterhielten sich in ihrer eigenen Sprache, die Mädchen schliefen in ihren Kojen. Die Wellen brandeten ans Ufer. Der Atlantische Ozean erstreckte sich tausend Meilen nach Süden, und Dianne stellte sich vor, dass Alan die gleichen Wellen in Hawthorne hörte. Sie wusste, dass er auf ihre Rückkehr wartete, wusste, dass sie auf dem richtigen Weg war.

An der Straße zur Fähre beschloss Dianne, mit Orion Gassi zu gehen. Sie bog in eine Schotterpiste ein und hielt auf der Rückseite einer geriffelten Düne an. Alle waren traurig, Prince Edward Island an einem so herrlichen Sonnentag zu verlassen. Amy, die auf die Düne hinaufgeklettert war, sah ihn als Erste – ein schwarzer Sandstrand, der sich in eine schmale Bucht schmiegte.

»Schaut doch, schaut!«, rief sie. »Dort müssen wir unbedingt eine Burg bauen. Schwarzer Sand!«

»Die Zeit ist zu knapp«, entgegnete Lucinda mit einem Blick auf ihre Armbanduhr. »Wir müssen die Fähre erwischen.«

»Dliii«, sagte Julia. Sie hatte letzte Nacht geschwitzt. Dianne hatte sie mit einem feuchten Waschlappen abgerieben und die Lüftungsklappen geöffnet, um die kühle Brise hereinzulassen. Doch nun schien sich ihre Temperatur wieder normalisiert zu haben, und Dianne wusste, wie gerne sie mit Sand spielte.

»Ich denke, wir schaffen es, wenn wir uns beeilen.«

»Das überlasse ich dir, du bist der Bauherr«, meinte Lucinda.

Also stiegen sie über die Dünen zum Ufer hinunter. Der Sand knirschte unter ihren bloßen Füßen. Er war fein wie Talkumpuder, klebte und funkelte wie schwarze Diamantsplitter. Gemeinsam glätteten sie eine Fläche für das Fundament oberhalb der anbrandenden Wellen, schütteten Sand auf und formten ihn mit den Händen.

»Maaa«, sagte Julia, als Dianne ihr dabei half.

»Kleines, das ist etwas ganz Besonderes«, flüsterte Dianne. »Wir haben noch nie schwarzen Sand gesehen.« Der Sand behielt gut seine Form, und sie meißelten Wälle und Galerien heraus. Die Muscheln waren genauso ungewöhnlich wie der Sand, rosafarben und zart. Dianne half Julia, die Fenster mit Muscheln und glatten Steinen zu umranden, den Blick auf die Uhr meidend.

»Eine schwarze Sandburg!«, rief Amy.

»Unser Meisterstück. An unserem letzten Tag«, sagte Lucinda betrübt.

»Warum müssen wir eigentlich heute schon fahren?« Sorgfältig formte Amy das Gesims an den Burgmauern. »Warum bleiben wir nicht einfach hier?«

»Ich bin ganz deiner Meinung«, sagte Lucinda. »Schließlich bin ich im Ruhestand. Ich muss nirgendwo zu einer bestimmten Zeit sein.«

»Du könntest mich unterrichten«, schlug Amy vor. »Der Winnebago wäre unser Wohn- und Schulhaus. Julia würde das auch gefallen.«

»Mit Sicherheit. Eine Pilgerfahrt, die nie endet. Wir kamen, sahen und blieben.«

»Gaaa«, jubelte Julia an Diannes Halsgrube. Sie saßen nebeneinander vor der schwarzen Burg, Amy und Lucinda gegenüber. Dianne lag auf der Seite und höhlte mit einem Stück Treibholz die Mauer für ein Tor aus, und Julia hatte sich neben ihr zusammengerollt. Glimmererde klebte an ihrer Haut, glitzerte wie schwarze Sterne. Dianne hörte zu, wie Amy und ihre Mutter im Spaß die Möglichkeiten in Betracht zogen, länger auf der Insel zu bleiben, und legte das Stöckchen beiseite.

Sie zog ihre Tochter an sich. Die Stimmen und das sanfte Geräusch der Wellen waren Musik in ihren Ohren. Wenn sie diese Stimmung doch nur festhalten könnte – die warme Sonne, die sanfte Brise, das Zusammengehörigkeitsgefühl. Doch der Sommer ging zur Neige; nächste Woche war der 1. September.

Würde sie überhaupt bleiben wollen, wenn sie könnte? Diesen Augenblick bis in alle Ewigkeit ausdehnen, wenn sie noch einen Wunsch frei hätte? Der schwarze Sand war wärmer als andere Arten. Er zog die Hitze an, speicherte die Sonne in seinen schwarzen Körnern. Dianne dachte an die Sternschnuppen, an die Freude auf das Wiedersehen mit Alan. Aber war sie nicht hier, an diesem wundersamen Strand, wunschlos glücklich? Brauchte sie noch eine andere Liebe?

Sie hatte ihre Tochter, ihre Mutter, ihre kleine Freundin, ihre Burg … Wenn sie nur verhindern könnte, dass die Flut sie zerstörte! Lucinda stand nun auf und wischte sich den Sand von ihren Händen. Sie holte ihre Kamera heraus und machte ein Foto, wie immer. Die Zeit verging wie im Flug; sie mussten sich beeilen, wenn sie die Fähre noch erreichen wollten. Der Hund sprang im Kreis herum, da er spürte, dass er ins Wohnmobil zurück musste.

»Komm, Orion«, sagte Amy lachend. »Magst du Wasser trinken? Dann komm mit.«

»Vierzig Minuten«, verkündete Lucinda. »Mehr Zeit bleibt uns nicht, um die Fähre zu erwischen. Wenn wir sie verpassen, sitzen wir auf der Insel fest. Dann bringst du mich nie mehr von hier weg.«

Dianne zögerte. Was wäre, wenn sie absichtlich langsam fuhr? Im Schneckentempo, sodass sie zu spät kämen. Sie konnten an diesem verwunschenen Fleckchen Erde bleiben, dann musste sie nicht nach Hause, um sich ihren Gefühlen und der Realität zu stellen.

»Gaaa«, sagte Julia.

»Wollen wir fahren, Kleines?«, fragte Dianne. »Ist es das, was du mir sagen willst?«

»Gliii.«

Julias Laute, ihre Worte, ließen sich nicht übersetzen, aber Dianne kannte ihre Bedeutung – wie das Plätschern der Wellen, das Raunen des Sandes, die Schreie der Möwen. Alles in der Natur besaß eine Bedeutung, war lebendige Poesie für jeden, der bereit war zuzuhören. Julia war mutiger als ihre Mutter. Sie sagte, dass sie nach Hawthorne zurückkehren mussten, um zu sehen, was die Zukunft bereithielt.

Dianne nahm Julia auf den Arm und stapfte zu den Dünen hinüber. Noch herrschte Ebbe, die Flut würde erst in ein paar Stunden einsetzen. Dann würden sie sich bereits auf der Fähre nach Nova Scotia, auf dem Heimweg befinden. Dianne war froh, dass sie nicht mitansehen musste, wie ihre schwarze Sandburg ins Meer gespült wurde.

Und weil sie bald wieder bei Alan sein würde.

Malachy hatte das Telefon meistens ausgeschaltet, wenn er arbeitete. Er wollte nicht, dass der Gesang der Delfine gegen das Läuten ankämpfen musste. Doch kaum hatte er es wieder eingesteckt, erhielt er einen Anruf von Alan.

»Du hast deinen Bruder leider verpasst«, sagte Malachy. »Er besorgt gerade Proviant für die Rückfahrt nach Maine. Aber er müsste in ein paar Stunden wieder hier sein.«

»Er fährt? Wann?«
»Wann?« Malachy beobachtete ein paar Verrückte, die im Hafen angelten. Gewöhnt an die feinen Nuancen in der Sprache der Delfine, hörte er aus Alans Stimme eine unerklärliche Mischung aus Enttäuschung und Erleichterung heraus. »Warum fragst du ihn das nicht selbst? Ich werde ihm ausrichten, dass du angerufen hast, dann kann er dich ja zurückrufen.«
»Und wohin? Mal, was hat er vor?« Alan klang, als wäre es dringend.
»Sagte ich doch schon! Herrgott, möchtest du eine eidesstattliche Erklärung von mir? Er wird im Morgengrauen mit der Flut auslaufen, nehme ich an. Was ist denn los mit dir?«
»Das werde ich dir sagen, Malachy. Dianne macht in der Gegend Urlaub. Ich habe ihr deine Telefonnummer gegeben und gesagt, dass sie dich besuchen soll. Ich möchte nicht, dass sie Tim begegnet. Das wäre eine Katastrophe. Das hätte ihr gerade noch gefehlt.«
»Sie ist erwachsen. Vielleicht wäre das nicht das Schlechteste. Sie muss ihre eigenen Kämpfe ausfechten. Oder Frieden schließen. Hör auf, dich einzumischen.«
»Malachy!«
»Nein, jetzt hörst du mir zu! Wenn ihr beide füreinander bestimmt seid, wirst du es merken. Es bringt nichts, dem lieben Gott ins Handwerk zu pfuschen, oder dem Schicksal, wie du willst. Und verlange nicht von mir, in eurem chaotischen Dreiecksverhältnis Stellung zu beziehen. Dazu bedeutet ihr mir alle drei viel zu viel.«
»Hab schon verstanden«, sagte Alan und starrte aus dem Fenster in den Hafen von Hawthorne hinaus. Dennoch blieb das flaue Gefühl im Magen, die Angst, dass Dianne und Tim sich über den Weg laufen und daran erinnern könnten, was sie früher einmal verbunden hatte. Alan war weit weg vom Schuss, und es gab nichts, was er tun konnte.

18

Auf dem Weg durch Nova Scotia zur Fähre, die sie aufs Festland zurückbringen sollte, hatte Julia einen Krampfanfall. Ihr Körper versteifte sich, sie biss sich die Zunge blutig und schlug volle zwei Minuten wild um sich. Amy begann zu schreien, und Stella und Orion flüchteten unter die Kojen. Dianne fuhr so abrupt an den Straßenrand, dass der Winnebago um ein Haar im Graben gelandet wäre.

»Julia!« Dianne versuchte sie festzuhalten, damit sie sich nicht noch mehr verletzte. Blut und Schaum quollen aus dem Mund, und sie verdrehte die Augen.

»Was ist los, was ist passiert?«, schrie Amy.

»Dianne, hier, nimm den Löffel!«, rief Lucinda und versuchte ihn Julia mit Gewalt in den Mund zu schieben. »Wir müssen die Zunge nach unten drücken, damit sie sie nicht verschluckt.«

»Weg da!«, schrie Dianne. »Bring Amy nach draußen! Ich schaffe das schon allein. Du tust ihr nur weh! Macht Platz! Geht alle raus!«

Zitternd zog Lucinda Amy aus dem Wohnmobil. Dianne hörte Amys aufgewühlte und Lucindas beschwichtigende Stimme. Julia hatte bisher noch nie einen Krampfanfall gehabt, aber Alan hatte sie vorgewarnt und ihr gesagt, dass man ihr dabei nie einen harten Gegenstand in den Mund stecken dürfe, dadurch könne ein Zahn ausgebrochen oder Gewebe verletzt werden. Dianne solle sie fest im Arm halten und warten, bis der Anfall vorüber sei. Julias Muskeln lockerten sich inzwischen. Der Körper bäumte sich ein letztes Mal auf. Dann seufzte sie.

Dianne war den Tränen nahe. Sie hätte sich gerne bei ihrer Mutter entschuldigt, weil sie die Nerven verloren und sie angeschrien hatte, und sich erkundigt, wie es Amy ging. Sie hätte gerne Ordnung gemacht, den Obstsaft aufgewischt, den

Julia umgekippt hatte, und die Straßenkarten wieder aufeinander gestapelt. Aber sie wusste, dass Julia sofort ärztliche Hilfe brauchte.

»Mom!«, schrie sie.

Lucinda und Amy kamen zurück und blieben auf der Schwelle stehen.

»Du musst uns ins Krankenhaus fahren, Mom«, sagte Dianne und wiegte Julia. »Schnell!«

Lucinda nickte und kletterte hinter das Steuer. Nova Scotia war ländlich und atemberaubend schön. Wiesen voller Wildblumen erstreckten sich in alle vier Himmelsrichtungen, die blauen Berge am Horizont fielen sanft bis zum Meeresufer ab, und hohe Tannen warfen ihre langen Schatten auf die Straße. Doch weit und breit gab es keine menschliche Ansiedlung. Amy studierte die Karte und dirigierte Lucinda, so gut sie konnte.

»Dianne, was sollen wir tun?«, fragte Lucinda nach rund fünfzehn Kilometern verzweifelt.

»Wir brauchen einen Münzfernsprecher«, sagte Dianne. Julia lag zitternd auf ihrem Schoß. Sie atmete flach, und ihre Haut war schneeweiß. Ihre Augenlider flatterten wie in der Tiefschlafphase, als wäre sie in einem Albtraum gefangen, aber sie wachte nicht auf. Dianne spürte eine grauenvolle Angst, als hätte sie sich mit ihrem Kind in der Wildnis verirrt.

Auf dem nächsten Rastplatz gab es vier Telefonzellen. Lucinda hielt Julia, Amy kauerte sich daneben, und Dianne lief hinaus. Ihr Herz hämmerte, sie war einer Panik nahe, konnte keinen klaren Gedanken fassen. War die Notrufnummer in Kanada dieselbe wie daheim? Wo genau waren sie, falls überhaupt ein Krankenwagen hierher kommen würde? Ihre Hände zitterten; plötzlich fiel ihr Malachys Nummer ein.

»Du schon wieder!«, knurrte er, als er den Hörer abgenommen hatte. »Ich dachte, ich hätte dir gesagt, dass ihr beide das unter euch ausmachen …«

»Malachy! Hier ist Dianne Robbins. Ich bin in Nova Scotia und …«

»Immer mit der Ruhe, Dianne«, sagte er mit veränderter Stimme. »Ich hab schon gehört, dass du hier bist. Und jetzt erzähl der Reihe nach, was passiert ist …«

»Meine Tochter ist krank, Malachy. Sie muss sofort ins Krankenhaus, und ich weiß nicht, wo das nächste ist …«

»Wo seid ihr? Aber genau!«

Dianne tat ihr Bestes. Sie waren durch Pictou gekommen und nach Westen in Richtung Yarmouth gefahren. Sie erwähnte den letzten Wegweiser, an den sie sich erinnerte.

»Du brauchst das Krankenhaus in Halifax. Es ist nicht nur das beste, sondern auch am nächsten gelegen. Schafft sie es bis dorthin? Wie ist ihr Zustand?«

»Sie ist bewusstlos. Sie hatte einen Krampfanfall. Ihr Puls ist beschleunigt, und …«

Dianne brach in Tränen aus. Malachys Stimme, tief und sanft, erinnerte sie an ihren Vater.

»Ich weiß, dass sie Schlimmes durchgemacht hat, die arme Kleine. Bring sie nach Halifax, wir kommen direkt ins Krankenhaus. Kannst du fahren?«

»Ich denke schon. Für Julia schaffe ich es. Danke, Malachy. Ich bin froh, dass ich dich angerufen habe.«

Erst als sie den Hörer aufgelegt hatte, hielt sie inne, um sich zu fragen, mit wem Malachy ins Krankenhaus kommen wollte und woher er wusste, dass sie in der Gegend war.

»Lunenburg gefällt mir«, sagte Tim, als er mit Lebensmitteln bepackt an Bord des Schleppkahns kam. »Nette kleine Stadt. Vielleicht sollte ich …« Ein Blick in Malachys Gesicht genügte, um zu wissen, dass etwas passiert war.

»Deine Tochter. Es geht ihr schlecht«, sagte er.

»Julia …« Tim sah aus, als hätte ihn der Schlag getroffen.

»Dianne hat gerade angerufen.«

»Hier?«

Dann musste es ernst sein. Malachys rotbackiges Gesicht sah kummervoll aus, seine Augen waren traurig und verhangen. Ja, er war Ire, und die witterten bekanntlich überall eine Katastrophe, ganz gleich, ob es sich um dichten Nebel oder geschmolzenes Speiseeis handelte. Aber in diesem Fall ... Tim schluckte und wartete, was Malachy ihm zu sagen hatte. Er war lange davongelaufen, aber er hatte nie aufgehört, an sie zu denken, an das Baby, das er zurückgelassen hatte. Sein Herz hämmerte.

»Sie hat genug durchgemacht«, sagte Malachy.

»Ich weiß.«

»Schrecklich. Warum muss das Leben nur so grausam sein? Das ist ungerecht, gegenüber den Kindern und den Eltern. Leg die Lebensmittel hin und komm.«

»Waaas?«

»Wir fahren nach Halifax. Ins Krankenhaus. Sie sind schon auf dem Weg.«

»Nach Halifax, Nova Scotia?«, fragte Tim bestürzt. »Das ist doch nur einen Steinwurf entfernt!«

»Genau. Dein Bruder Alan hat sich die Finger wund telefoniert, um dich an die Strippe zu bekommen. Dianne macht hier Urlaub, und das Kind hatte einen Krampfanfall. Los, nimm deine Jacke und ...«

»Ich kann nicht!«

»Was heißt hier, ich kann nicht, zum Teufel noch mal!« Malachy packte ihn am Arm. »Sie ist deine Tochter, Tim. Du musst Dianne jetzt zur Seite stehen, du bist schließlich Julias Vater! Spring endlich über deinen Schatten, und benimm dich wie ein Mann. Dem kleinen Mädchen zuliebe!«

»Ich kann nicht!« Tim dachte an seine letzte Begegnung mit Dianne. Im neunten Monat schwanger, hatte sie sich an seine Hand geklammert und ihn tränenüberströmt angefleht zu bleiben. Er hatte zwölf Jahre vergeblich versucht, diese Erinnerung auszulöschen, hatte danach keinen Kontakt mehr gehabt. Er wollte nicht noch einmal in ihr Leben einbrechen.

»Um Himmels willen, Tim, wach auf! Du bist doch nur noch ein Schatten, läufst vor deiner eigenen Vergangenheit davon! Was ist das denn für ein Leben, ständig von einem Ort zum anderen zu ziehen und die Hummerfallen von jeder x-beliebigen Fischereigesellschaft hochzuholen? Ohne Familie, denn selbst Alan hat sich von dir losgesagt, ohne einen Heimathafen, ohne Liebe. Das ist deine Chance, Tim!«

Tim stand reglos und mit geschlossenen Augen da, als könnte er die Wirklichkeit dadurch fern halten.

»Bist du blind, Junge? Das ist ein Wunder, ja, das ist es! Deine Tochter braucht dich, jetzt, in diesem Augenblick, und du bist zur Stelle. Ich würde alles tun, wenn ich noch einmal die Gelegenheit bekäme, auch nur eine Minute, ach was, eine *Sekunde* mit Gabriel und Brigid zu verbringen. Nutze sie, Tim!«

Tim überlegte fieberhaft. Was wäre, wenn Malachy Recht hätte? Wenn es wirklich ein Wink des Schicksals war? Warum war er ausgerechnet jetzt, am Ende dieses Sommers und in dieser Woche, nach Kanada gekommen? Warum waren Dianne und das Kind in diesem Augenblick hier?

»Halifax?«, hörte er sich sagen.

»Sie sind auf dem Weg dorthin. Komm, beeil dich.«

Tim schüttelte den Kopf.

»Jetzt komm endlich!« Malachy zog ihn am Arm.

Tim riss sich los.

»Hör auf, Malachy. Lass mich in Ruhe.«

»Dich in Ruhe lassen?« Malachy richtete sich drohend auf. »Deine Tochter ist hier und braucht dich, und du hast nicht genug Rückgrat, um ihr beizustehen?«, brüllte er.

»Ich kann nicht ...

»Du Scheißkerl! Du gottverdammte Memme!«

»Mal ...«

»Schweig! Du hast den Bogen überspannt, ein für alle Mal. Als du dich damals geweigert hast, für dein eigenes Kind Blut zu spenden, habe ich dein Verhalten damit entschuldigt, dass du zu jung warst, weit weg vom Schuss und in Panik. Aber jetzt ... Deine Tochter ist hier. Einen Katzensprung entfernt ...«

»Hör auf, mir an allem die Schuld zu geben, Mal.« Tim kam sich wie ein kleiner Junge vor, wie an dem Tag, als seine Mutter ihn

im Stich gelassen und Vergessen im Alkohol gesucht hatte. »Sag nicht …«
»Die Wahrheit?«, stieß Malachy voller Verachtung aus. »Wir zwei sind fertig miteinander. Du warst für mich wie ein Sohn, aber meine Söhne sind keine Schwächlinge. Du bist ein verdammter Feigling, Tim McIntosh, ein Scheißkerl! Komm mir nie wieder unter die Augen!«
»Warte doch, Malachy!«, schrie Tim und rannte dem alten Mann nach. Tränen liefen ihm über die Wangen.
»Von jetzt an werde ich dich in Ruhe lassen, genau das werde ich!« Malachy ging schneller. »Das wolltest du doch, und dein Wort sei mir Befehl. Fahr zur Hölle!«
Tim hielt inne. Er stand am Kai im Hafen von Lunenburg und schnaubte vor Wut, als der Mann, der mehr als zwanzig Jahre Vaterstelle an ihm vertreten hatte, ihn auf Nimmerwiedersehen stehenließ. Als wäre er ein Stück Dreck.

Als sie das Krankenhaus erreichten, hatte sich Julias Zustand stabilisiert. Was immer den Krampfanfall ausgelöst haben mochte, trat nicht wieder auf. Sie war wach, öffnete fortwährend den Mund, als wollte sie sprechen, und rang die Hände, aber ihre Bewegungen waren schwach und fahrig. Dianne hielt sie im Arm, bis sie zur Computertomografie hinuntergebracht wurde.
»Kann ich nicht mitkommen?«, fragte Dianne.
»Es wäre besser, wenn Sie hier warten«, erklärte die MTA. »Keine Sorge, wir passen gut auf sie auf. Es dauert nicht lange.«
Dianne sah Julia nach, die auf der Rollliege weggeschoben wurde. Ihr Herz klopfte immer noch wie verrückt, und sie fragte sich, was Julia wohl empfinden mochte. Dianne wäre lieber bei ihr geblieben, falls sie Angst bekam. Sie wünschte sich, ihre eigene Mutter wäre da, aber Lucinda wartete mit Amy in der Cafeteria.
Dianne war aufgewühlt. Im Wartezimmer lief der Fernseher,

aber sie konnte sich nicht konzentrieren. Neben der Patientenaufnahme befanden sich mehrere Münzfernsprecher. Abrupt stand sie auf und wählte mit zitternden Händen Alans Nummer.
»Praxis Dr. McIntosh«, meldete sich Martha.
»Martha, hier ist Dianne Robbins. Ich muss mit Alan sprechen.«
»Er hat gerade einen Patienten, Dianne. Warten Sie einen Moment. Oder kann ich etwas aus ...«
»Martha, es ist dringend!«, sagte Dianne und hielt den Hörer mit beiden Händen. »Bitte verbinden Sie mich. Bitte ...«
Innerhalb von zehn Sekunden war Alan am Apparat. Als sie seine Stimme hörte, brach Dianne vor Erleichterung in Schluchzen aus.
»Alan, ich bin's! Wir sind im Krankenhaus. Julia hatte einen Krampfanfall, und sie haben sie mitgenommen, zur Computertomografie. Ich weiß nicht, wieso das passiert ist. Die Reise war herrlich, sie hatte so viel Spaß ...«
»Ist sie bei Bewusstsein? Atmet sie?«
Seine Fragen hatten eine beruhigende Wirkung auf Dianne. Sie verhalfen ihr, die wirren Gedanken zu ordnen und sich auf praktische Dinge zu konzentrieren.
»Ja, beides. Als wir im Krankenhaus ankamen, war alles fast wieder normal.«
»Hat sie ihren Schmetterlingstanz aufgeführt?« Alan bezeichnete Julias Bewegungen so treffend, dass sie beinahe lächeln musste.
»Sie hat die Hände gerungen.«
»Wunderbar.«
Es war nicht die erste Notsituation, die sie erlebt und gemeinsam durchgestanden hatten. Niemand kannte Julias Fall besser als Alan. Die Ärzte in Halifax hatten mitleidig den Kopf geschüttelt, als sie ihre Missbildungen gesehen hatten; Alan war mit ihrem Anblick vertraut, liebte seine hübsche kleine Nichte. Er war die Ruhe in Person, sodass Dianne sich automatisch entspannte.

»Wie heißt der Dienst habende Arzt?«, fragte Alan und notierte sich Namen und Telefonnummer.
»Soll ich mein Einverständnis geben, dass sie hier stationär behandelt wird?«, wollte Dianne wissen, denn sie hatte das Gefühl, dass Halifax am Ende der Welt lag.
»Ich werde mit dem Arzt reden. Aber ich möchte sie hier haben, sobald sie transportfähig ist. Gibt es einen Flughafen in der Nähe?«
»Ich glaube, in Halifax«, antwortete Dianne und erinnerte sich vage, das Flughafenschild auf der Straßenkarte gesehen zu haben.
»Wenn die Ärzte grünes Licht geben, möchte ich, dass ihr beide heute noch zurückfliegt. Ich hole euch in Providence ab, und wir bringen sie sofort ins Hawthorne Cottage Hospital.«
»Ich hoffe, dass sie sie gehen lassen«, sagte Dianne, und ihre Augen füllten sich mit Tränen bei dem Gedanken, wieder zu Hause und bei Alan zu sein. Die Vorstellung, dass Julia in einem Krankenhaus liegen musste, das sie nicht kannte, in der Obhut von Ärzten, die mit ihrer Vorgeschichte nicht vertraut waren, machte Dianne Angst. Sie begann wieder zu weinen. Als sie plötzlich eine Hand auf ihrer Schulter spürte, zuckte sie zusammen.
Es war Malachy Condon. Der alte Mann stand in seinen ausgeblichenen Hosen und dem Sämischlederhemd vor ihr. Das schlohweiße Haar hing ihm in die Augen, sein Gesicht war voller Falten und sonnengebräunt, sein Blick voller Mitgefühl. Dianne kannte ihn nicht sehr gut, aber als er sie in die Arme schloss, lehnte sie den Kopf an seine Brust und ließ den Tränen freien Lauf.
»Wer ist das, Dianne?«, rief Alan.
Dianne wollte antworten, aber sie brachte keinen Ton über ihre Lippen. Malachy roch nach Tabak und salziger Luft. Sie wusste, dass er seinen Sohn verloren hatte, und sein Einfühlungsvermögen löste eine wahre Tränenflut aus. Er tätschelte ihr unbeholfen den Rücken und nahm ihr den Hörer aus der Hand.

»Dianne? Bist du noch da?«, rief Alan.

Er hatte sie schluchzen und eine Männerstimme gehört. War das der Arzt mit einer Hiobsbotschaft? Oder Tim? Denkbar wäre es, denn Dianne war in Halifax, nur eine Stunde von Lunenburg entfernt.

»Mit wem spreche ich?«, ertönte eine tiefe irische Stimme am anderen Ende der Leitung.

»Malachy?«

»Ja, ich bin's, Alan. Ich bin gerade angekommen.«

»Was ist mit Tim?« Alans Mund war trocken, sein Puls raste. Julia lag im Krankenhaus, und er hatte Angst, dass sein Bruder und Dianne einander begegnen würden. Sie war so verletzlich, bangte um das Leben ihrer Tochter. Wenn der verschollene Vater ihres Kindes plötzlich auftauchte …

»Weg«, erwiderte Malachy kurz und bündig.

»Was heißt das?«

»Was ich gesagt habe. Weg. Auf und davon.«

»Er war doch heute Morgen noch da, als ich dich angerufen habe!« Hatten Dianne und Tim miteinander gesprochen? Hatte er nur das Krankenhaus oder die Gegend verlassen? Alan war auf Einzelheiten erpicht, aber Dianne stand direkt neben Malachy, und er wollte vermutlich verhindern, dass sie die Wahrheit erfuhr.

»Sind sie sich begegnet? Haben sie miteinander geredet?«

»Nein.«

»Weiß sie, dass er da ist?«

»Herrgott noch mal«, schnaufte Malachy.

Alan atmete auf, dann senkte er schuldbewusst den Kopf. Er musste den Verstand verloren haben! Er war Arzt, und seine Nichte befand sich in Lebensgefahr, aber statt einen kühlen Kopf zu bewahren, führte er sich auf wie ein verliebter Trottel.

»Hast du Julia gesehen? Wie ist ihr Zustand?«, fragte er, schlagartig ernüchtert.

»So ist es besser«, erwiderte Malachy ruhig. »Nein, ich habe sie

noch nicht zu Gesicht bekommen, und ich weiß auch nicht, wie es ihr geht.«
»Tu mir einen Gefallen, Mal, bleib bei Dianne. Ich rufe jetzt gleich im Krankenhaus an, rede mit den Ärzten und werde sehen, ob ich den Transport nach Hawthorne in die Wege leiten kann. Sorgst du bitte dafür, dass Dianne alle Hilfe erhält, die sie braucht?«
»Natürlich.«
»Die Fahrt zum Flughafen, eine Ambulanz für Julia, wenn sie transportfähig ist?«
»Natürlich.«
»Wo ist Diannes Mutter? Sie war dabei. Ist sie in der Nähe?«
»Ich sehe nichts.«
Alan hörte, wie Malachy Dianne beschwichtigte: »Keine Angst, alles wird gut, Kind. Deine kleine Julia wird es bestimmt schaffen. Sie ist in den besten Händen, die Ärzte in Halifax gehören zur ersten Garnitur. Vielleicht sind sie nicht ganz so brillant wie ein gewisser Kinderarzt vor deiner Haustür, aber nicht schlecht. Wo ist deine Mutter?«
Alan, der die Angst und Anspannung in ihrer Stimme vernahm, hätte sie am liebsten in die Arme geschlossen und persönlich nach Hause zurückgebracht.
»Ihre Mutter ist mit Amy unterwegs, wer immer das auch sein mag. Scheint so, als hätten sie einen jungen Hund, mit dem sie Gassi gehen müssen.«
»Orion.«
»Genau der.«
Alan suchte mit seinen Augen auf der Wand Julias Babyfoto. Dianne hatte sie auf den Schoß genommen, die Hände vor der Brust ihrer Tochter verschränkt. Ihr Kopf war aus dem Bild herausgeschnitten worden, aber ihre Finger waren lang, schmal und kraftvoll. Er räusperte sich, um sich nicht wieder von seinen Gefühlen überwältigen zu lassen.
»Gib gut auf sie Acht, Mal.«
»Darauf kannst du dich verlassen.«

»Gibst du sie mir noch einmal kurz?«
»Sie ist im Moment nicht fähig zu sprechen, mein Junge. Kümmere du dich um die Telefonate, ich werde hier alles Nötige veranlassen. Einverstanden?«
»Einverstanden«, sagte Alan.

Blut war dicker als Wasser.
Als Alan den Hörer auflegte, empfand er wieder die gleiche abgrundtiefe Wut auf Tim wie vor zehn Jahren. Auch damals war Julia im Krankenhaus gewesen und hatte für ihre dritte Darmoperation eine Bluttransfusion gebraucht. Blutkonserven waren am Hawthorne Cottage Hospital ausreichend vorhanden, aber nicht von ihrer Blutgruppe.
Mit Hilfe der Küstenwache und befreundeten Fischern hatte Alan Tim ausfindig gemacht. Er war zuletzt in Newport, Rhode Island, gesichtet worden, eine knappe Autostunde entfernt. Alan hatte sich unverzüglich auf den Weg gemacht und war auf der I-95 nach Norden gefahren.
Meistens lag Tim am Long Wharf vor Anker. Alan, der seine Gewohnheiten kannte, war langsam am Kai entlanggefahren, hatte aber keine Spur von der *Aphrodite* entdeckt. Er hatte seine Suche auf den Kais an der Thames Street fortgesetzt und das Boot schließlich in Bowens gefunden, an einem Schlepper aus New Bedford vertäut. Der Rest war ein Kinderspiel – er musste nur noch die Kneipen im Umkreis abklappern.
Tim saß, über sein Bier gebeugt, neben einer Blondine in hautengen Jeans an der Bar, der er gerade eine traurige Geschichte erzählte. Unter dem Stoff ihres im Nacken gebundenen Tops zeichneten sich die Brüste ab. Tim schüttelte den Kopf, und Alan war klar, dass es bei der Geschichte um Dianne und Julia ging, in Tims Mitleid heischender Version.
»Hallo«, sagte Alan und schlug Tim auf die Schulter.
»Hallo, Alan!« Tim freute sich allem Anschein nach, ihn zu sehen. Er schob den Barhocker beiseite und umarmte Alan stürmisch. Aus seiner Standfestigkeit und der Sicherheit seiner Be-

wegungen schloss Alan, dass er seiner Sinne noch mächtig war. Das war gut.
»Ich bin wegen Julia hier«, sagte Alan und kam gleich zur Sache. Er hatte eine Stunde für die Hinfahrt gebraucht, und die Rückfahrt würde wahrscheinlich genauso lange dauern. Eile war geboten. Als er die eingesunkenen Augen sah, wurde ihm klar, dass er die Strapaze auch für Tim auf sich genommen hatte. Er sollte die Chance haben, sich zu bewähren und Wiedergutmachung zu leisten.
»Deine Tochter?«, fragte die Blonde mitfühlend.
»Ja, mein kleines Mädchen.«
»Ich muss mit dir reden, Tim«, sagte Alan grob. »Unter vier Augen. Lass uns rausgehen.«
Verärgert folgte ihm Tim auf die Straße. Es war Sommer, und in Newport war die Hölle los. In der Thames Street wimmelte es vor Menschen. Alan und Tim standen mitten auf dem Bürgersteig und wurden von allen Seiten angerempelt.
»Sie braucht Blut«, erklärte Alan. »Sie hat mehrere Operationen vor sich, und das Krankenhaus hat nicht genug Konserven in ihrer Blutgruppe. Ich bin hergekommen, weil ihr dieselbe Blutgruppe habt, nämlich A.«
»Du willst, dass ich Blut spende? Ich?«, fragte Tim. Seine Augen waren rot, ein Überbleibsel der gestrigen Sauftour, aber so früh am Tag war er noch so gut wie nüchtern.
»Ja.«
»Muss ich dazu ins Krankenhaus?«
»Wenn es dir lieber ist«, sagte Alan. Er wusste, dass Tim Krankenhäuser hasste, seit Neil krank geworden war. »Aber ich kann dir auch hier Blut abnehmen. Ich habe alles dabei, was ich dazu brauche.«
»Was, das Zeug schleppst du mit dir rum?« Tim schien jetzt erst Alans Arztkoffer wahrzunehmen, der auf dem Boden stand. Er enthielt die komplette Ausrüstung: Kanüle, Schlauch, Beutel für das Blut. Tim konnte unbedenklich einen halben Liter spenden, im Liegen auf der Rückbank von Alans Auto oder auf dem Boot.

»Das erleichtert die Sache«, sagte Alan. »Sie braucht Blut, und du bist als Spender die erste Wahl.«
»Tut mir Leid, aber ich habe Bier getrunken.«
»Ein Bier macht nicht viel aus.«
»Außerdem habe ich noch nie Blut gespendet.« Tim war blass geworden.
»Keine Angst, es tut nicht weh«, erwiderte Alan, bemüht, Gleichmut zu bewahren.
»He, Mann, ich weiß nicht. Ich finde, das ist keine gute Idee«, sagte er, Alans Blick meidend. Es begann bereits zu dämmern.
Er starrte die Sonne an, die am anderen Ende der Thames Street in der schmalen Gasse, die von zwei gegenüberliegenden Gebäuden gebildet wurde, blutrot unterging. Zwei vorübergehende junge Mädchen in engen Röcken fesselten seine Aufmerksamkeit, und er sah ihnen interessiert nach.
Alan stieß ihn gegen die Mauer.
»Das kann warten«, fuhr er Tim grob an.
»Halt mich da raus, Mann«, sagte Tim, sich aus Alans Griff losreißend.
»Sie ist deine Tochter. Es besteht Lebensgefahr, Tim.«
»Das kannst du mir nicht zum Vorwurf machen!«, entgegnete Tim hitzig.
»Du musst ihr helfen! Oder willst du etwa kneifen? Was glaubst du, wie du mit dieser Schuld fertig werden würdest?«
»Es wäre ein Segen, wenn sie stirbt«, fauchte Tim, während Tränen über seine Wangen liefen.
»Das sehe ich anders! Und ihre Mutter auch.«
»Ihre Mutter! Was willst du eigentlich noch von mir? Freu dich doch, dass ich weg bin. Jetzt hast du endlich freie Bahn bei Dianne. Spiel dich bei ihr ruhig als Held auf, aber behandle mich gefälligst nicht so von oben herab! Ich dachte, du bist Arzt! Schaffst du es nicht mal, einen Spender mit Blutgruppe A aufzutreiben?«
»Ich wollte es von dir.«

Tim schüttelte den Kopf. Die Adern an seinem Hals traten hervor, und er keuchte wie nach einem Dauerlauf.
»Ich spende kein Blut. Ist es das, was du hören willst? Damit du dich überlegen fühlen kannst? Ich bin grundsätzlich dagegen. Seit Neils Tod kriegen mich keine zehn Pferde zum Arzt. Und es ist mir scheißegal, was du jetzt von mir denkst. Kapiert?«
»Ja, ich hab kapiert, Tim«, antwortete Alan und ließ ihn los.
»Dann wär ja alles klar«, sagte Tim zitternd.
Im Gedränge, das sie umgab, wurden sie im Nu getrennt. Der Feuerball war verblasst, die Sonne purpurfarben, von einem stumpfen Goldton überzogen. Es war kühl geworden. Alan stand reglos da und sah seinem Bruder nach. Er entfernte sich, machte ein paar Schritte rückwärts, dann drehte er sich um und ging in Richtung Bar.
Vielleicht hatte Tim Recht, was das Gefühl der Überlegenheit betraf. Irgendwie hatte er gewusst, dass Tim kein Blut spenden würde. Er hatte keinen Bezug zu Julia, hatte sie längst abgeschrieben, sich ihrer entledigt wie Müll. Warum sollte er daran interessiert sein, ihr Leben zu retten? Trotz aller altruistischen Motive hinter der Fahrt nach Newport machte Alan eine wichtige Entdeckung, die ihn selbst betraf.
Er war fähig, seinen eigenen Bruder zu hassen. Während Alan zurückraste, Geschwindigkeitsbegrenzungen missachtend, die Hände um das Lenkrad verkrampft, wurde ihm bewusst, dass er Tim zutiefst verachtete, weil er eine Memme war und sein eigenes Kind im Stich ließ. Alan schämte sich für ihn. Sein Bruder hatte keine Ähnlichkeit mehr mit dem Jungen, mit dem er vor den Sandstränden von Cape Cod gefischt hatte.
Und nun, ein Jahrzehnt später, empfand er noch immer das Gleiche.

Alles war in die Wege geleitet. Dianne und Julia würden nach Hause fliegen, Lucinda und Amy mit dem Wohnmobil fahren. Dianne war außer sich vor Sorge, nicht nur um Julia, sondern auch um Amy und ihre Mutter. Lucinda küsste und umarmte sie und versuchte sie zu beruhigen.

»Glaubst du etwa, ich könnte nicht Auto fahren?«, fragte sie.

»Darum geht es nicht. Ich habe Angst, dass euch etwas passiert. Ihr habt eine lange Strecke vor euch, und wenn ich dabei wäre, könnten wir uns beim Fahren wenigstens abwechseln. Was ist, wenn du müde wirst? Oder dich verfährst?«

»Keine Bange, wir schaffen das schon«, sagte Lucinda und umfasste Diannes Gesicht mit den Händen. »Und du auch.«

Amy packte drinnen Julias Sachen zusammen und rief Dianne, um die Tasche noch einmal zu kontrollieren. Lucinda stand neben dem Winnebago auf dem Parkplatz des Flughafens und nutzte die Gelegenheit, um ein paar Worte mit Malachy Condon zu wechseln.

»Sie sind also der berühmte Mentor.«

»Man hat mir schon schlimmere Namen gegeben«, sagte Malachy.

»Das war ein Kompliment! Einer der beiden McIntosh-Brüder, die Sie unter ihre Fittiche genommen haben, ist ja ganz ordentlich geraten.«

»Erinnern Sie mich bloß nicht daran! Der andere sollte aufpassen, dass er mir nicht mehr über den Weg läuft, sonst drehe ich ihm den verdammten Hals um.«

Lucinda erschrak.

»Tut mir Leid«, entschuldigte sich Malachy. »Das war ein ereignisreicher Tag, und ich weiß nicht mehr, was ich rede.«

Lucinda war nicht daran gewöhnt, Männer zu begutachten, aber sie fand Malachy sehr anziehend. Er war groß, athletisch und das, was Emmett als »ganzen Kerl« bezeichnet hätte. Er hatte seelenvolle blaue Augen, die sie nun zerknirscht anblickten.

»Kein Problem.«

»Finde ich aber schon«, erwiderte er kopfschüttelnd. »Ein ziemlich großes sogar. Wissen Sie, zu fünfundneunzig Prozent meiner Zeit bin ich alleine und habe nur meine Delfine als Ge-

sprächspartner. Da achtet man nicht mehr auf seine Manieren. Brigid, meine verstorbene Frau, hätte mir die Hölle heiß gemacht, wenn ich in Gegenwart einer Lady geflucht hätte.« Er holte eine Kassette aus seiner Brusttasche. »Ein kleines Geschenk als Wiedergutmachung. Vielleicht haben Sie ja Lust, sie auf der Heimfahrt anzuhören.«
»Danke«, sagte Lucinda lächelnd.
»Das Problem ist, dass sie wie Söhne für mich waren. Alle beide. In gewisser Hinsicht war es leichter, Tim zu lieben, weil er andauernd in Schwierigkeiten steckt und eine Art hat, dass niemand umhin kann, ihm aus der Klemme zu helfen.«
»Ich schon.«
»Ich habe versucht ihn zu überreden, mich nach Halifax zu begleiten. Aber das war vergebene Liebesmüh.«
»Tim ist hier? In Nova Scotia?«
»Er war hier.«
»Warum? Hat er gewusst, dass Dianne und Julia auch da sind? Wie hat er reagiert, als Sie ihn gebeten haben mitzukommen?«, fragt Lucinda erregt.
»Was spielt das noch für eine Rolle?«, meinte Malachy. »Er kann nicht aus seiner Haut heraus.«
»Das konnte er noch nie.« Mit verschleiertem Blick sah Lucinda zu, wie Dianne alles vorbereitete, um Julia an Bord zu bringen.
»Ich habe ihn abgeschrieben«, sagte Malachy, und seine Augen füllten sich mit Tränen. »So wahr mir Gott helfe, ich kann nicht verstehen, wie jemand so bodenlos gleichgültig zu sein vermag. Ich habe ihm gesagt, dass er sich nie mehr bei mir blicken lassen soll, und das ist mein Ernst. Dieser selbstsüchtige Schweinehund. Herzloses Ungeheuer.«
»Tim McIntosh hat sich seine eigene Hölle geschaffen«, sagte Lucinda und tätschelte seine Hand. In diesem Moment wurde über Lautsprecher der Flug aufgerufen, und sie blickte Dianne nach, die neben Julias Trage herging. »Weil er nicht weiß, was wichtig ist im Leben.«

Der Horizont lag in unendlicher Ferne, ein Ort, den Tim anstrebte, aber nie erreichen würde. Er steuerte die *Aphrodite* auf Kurs Süd-Südwest. Hin und wieder passierte er eine unbewohnte Insel mit mächtigen Felsen und Tannen. Oder er begegnete einem anderen Hummerboot, das vermutlich seinen Heimathafen anlief.

Der Gedanke an sein letztes Versagen lastete schwer auf Tim McIntoshs Schultern. Er hatte die Enttäuschung, Verachtung und den Hass in Malachys Augen gesehen, als er sich geweigert hatte, ihn nach Halifax zu begleiten.

Hass – und das von Malachy. Bei Alan und Dianne war er daran gewöhnt. Aber Malachy? Ihn schauderte. Er hatte wieder eine Brücke hinter sich abgebrochen. Darin war Tim inzwischen der größte Experte aller Zeiten.

Dianne und Julia waren hier und brauchten Hilfe. Wie hatte Malachy es genannt – ein Wunder? So mochte man es sehen. Es konnte kein Zufall sein, dass sie sich zur selben Zeit am selben Ort aufhielten. Er hätte nur Ja sagen und mit Malachy gehen müssen, dann wären jetzt alle glücklich und zufrieden. Und man hätte ihm verziehen.

Stattdessen war Tim seiner inneren Stimme gefolgt.

Tief in seinem Innern wusste er, dass Dianne ihn keines Blickes gewürdigt hätte. Eine solche Reaktion war verständlich. Hart am Wind segelnd, traten Tim Tränen in die Augen. Die Sonne war so grell, dass er blinzeln musste. Er holte die Mütze unter seinem Sitz hervor und zog den Schirm ins Gesicht. Selbst dort draußen auf hoher See, ohne eine Menschenseele weit und breit, wollte Tim nicht mit Tränen in den Augen ertappt werden.

Ein Schluck Tequila würde helfen, aber Tim war nicht danach. Man konnte seinen Gefühlen nicht enfliehen. Die Erleichterung, auf die er nach seiner Abfahrt aus Lunenburg gehofft hatte, war ausgeblieben. Der Gedanke an Dianne und das Kind ließ ihn nicht mehr los, erinnerte ihn daran, was für ein Mistkerl er war.

Er hätte bleiben können.

Er hätte auch damals nicht weglaufen müssen, vor zwölf Jahren, als er und Dianne die Hiobsbotschaft erhielten. Er hätte es gemeinsam mit ihr durchstehen, bei der Geburt an ihrer Seite sein müssen. Doch das hatte er Alan überlassen.

Schuld daran waren seine Eltern. Sie hatten sein Leben zerstört. Sie hatten ihr Augenmerk nur noch auf Neils Krankheit gerichtet und die eigenen Möglichkeiten, ihr zu entfliehen. Tim hatte oft auf den Horizont gestarrt und darauf gewartet, dass sein Dad im Hafen von Hyannis einlief. Ohne Alan wäre er völlig vereinsamt. Er hatte seinen Vater über alle Maßen vermisst.

Tim hatte nie ein solcher Vater sein wollen. Ein Eigenbrötler, der aufs Meer hinausfuhr, aus Angst, am Küchentisch sitzen und sich anhören zu müssen, wie schlimm der Tag für seine Frau gewesen war. Oder wie gut. Tim hätte wissen müssen, dass er sich nicht für das sesshafte Leben eignete, aber er hatte Diannes Liebe gebraucht. Warum musste sie auch schwanger werden? Und ein krankes Kind zur Welt bringen? Sie hatte Tim keine andere Wahl gelassen als zu gehen.

Genauso war es. Das Schicksal hatte ihm keine andere Wahl gelassen. Er musste den Tod seines Bruders, geschädigte Eltern und ein krankes Kind verkraften. Tim war nur deshalb ein Vagabund, weil ihm das Leben schlechte Karten ausgeteilt hatte. Andere fanden es romantisch. Wenn er in den Hafenkneipen seinen Whiskey trank, erzählte er jedem, der es hören wollte, von seiner Frau und seinem kranken Kind. Er badete in Selbstvorwürfen und wartete darauf, dass ihm Frauen sagten, er sei kein Feigling, sondern empfindsam. Dann erzählte er ihnen von Neil, damit sie sich selbst einen Reim darauf machten.

Natürlich waren auch sie der Meinung, dass er richtig gehandelt hatte. Das Schicksal hatte ihm keine andere Wahl gelassen! Der Tod eines Bruders verursachte immer tiefe Wunden. Er konnte nicht tatenlos zuschauen, wie sein Kind auch noch starb. Das sah jeder, der ein Herz hatte.

Außer Dianne und Alan, und nun auch noch Malachy. Die drei Menschen, die sich eigentlich um Tim sorgen, ihn lieben und bedauern mussten für das, was er durchgemacht hatte. Aber nein, nicht sie! Das war ungerecht und unfair.

Manche Leute brauchten immer jemanden, auf den sie herabschauen konnten, damit sie selbst gut dastanden. Das erklärte vieles. Dianne und Alan waren schon immer so verdammt selbstgerecht gewesen. Aber Malachy … Tim schüttelte den Kopf und wischte sich die Tränen aus den Augen. Dass Malachy nun auch noch Front gegen ihn machte, versetzte ihm einen Stich.

Tim erinnerte sich noch gut an Alans Blick, als er sich geweigert hatte, Blut zu spenden. Damals, in Newport, hatte sein eigener Bruder ihn angesehen, als wäre er ein Stück Scheiße. Hatte nicht Malachy ihn so genannt, vor ein paar Stunden? Einen Scheißkerl?

Tim verließ Nova Scotia Volldampf voraus und nahm sich vor, nie mehr zurückzukommen. Er würde in Zukunft einen großen Bogen um seine Familie machen. Tim McIntosh war ein Einzelgänger, und so sollte es bleiben. Eigentlich hatte er Kurs auf Maine nehmen wollen, aber das war nicht weit genug. Vielleicht New Hampshire, Massachusetts. Oder er würde gleich Neuengland und dem Hummerfang den Rücken kehren, um in der Chesapeake-Bucht Krabben zu fischen. Oder Garnelen im Golf.

Die Sonne war immer noch so grell, dass Tims Augen tränten. Die Mütze ins Gesicht gezogen, hielt er das Ruderrad umklammert und fuhr stur geradeaus. Vor ihm lag die endlose Weite des Meeres, auf der man keiner Menschenseele begegnete. Zumindest schien es ihm so von der Brücke der *Aphrodite* aus. Julia würde wieder gesund werden. Sie hatte es bisher geschafft, und sie würde auch das überstehen.

19

Alan wartete auf die Maschine aus Nova Scotia. Es regnete, und der ganze Südosten Neuenglands war von einer grauen Wolkendecke verhangen. Er stand auf der Rollbahn neben der Ambulanz, während der Wind an seinen Haaren und an seiner Jacke zerrte, und suchte mit den Augen den Himmel ab.

Als das Flugzeug die Wolkendecke durchbrach, schaukelte es wie eine Libelle im Wind. Alan beobachtete mit klopfendem Herzen, wie der Pilot die kleine zweimotorige Maschine auf dem T.-F.-Green-Flughafen von Providence landete.

Dianne und Julia stiegen als Erste aus. Dianne blieb einen Moment auf dem oberen Absatz der Treppe stehen. Sie hielt Julia auf den Armen und versuchte, ihren Kopf vor dem Unwetter zu schützen. Zwei Stewardessen wollten sie überreden, noch einen Moment an Bord zu bleiben. Die Sanitäter holten die Trage und liefen los, aber Alan war vor ihnen da.

»Gott sei Dank, dass du da bist!«

»Gott sei Dank, dass ihr wieder da seid«, sagte Alan und schloss beide in die Arme.

Ihre Köpfe berührten sich, ein kleines Dreieck bildend. Alan sandte ein Stoßgebet zum Himmel, dass die beiden heil zu ihm zurückgekehrt waren, dass Julia nicht in Nova Scotia gestorben war, und drückte sie an sich.

»Biiii«, sagte Julia kaum hörbar.

Alan nahm seine Nichte auf den Arm. Normalerweise waren ihre Augen groß und wach, doch heute wirkten sie trübe und teilnahmslos. Die Sanitäter schickten sich an, mit der Trage die Treppe hinaufzulaufen, aber Alan winkte ab. Den Kopf gesenkt gegen den Regen, Julia unter seiner Jacke geschützt, folgte er Dianne die Stufen hinab zur Ambulanz.

Dianne wartete auf den Abschluss der Untersuchungen, die noch einmal durchgeführt wurden. Sie hatte oft im Hawthorne Cottage Hospital gesessen und kannte die meisten Krankenschwestern. Sie hatten sie aufgefordert, die Schwesternküche zu benutzen, wenn sie sich Tee oder eine Tütensuppe zubereiten wolle, und bestanden darauf, dass sie sich bediente, wenn es Schokoladenpudding, Wackelpudding oder Salzgebäck gab. Dianne dachte an ihre Mutter und Amy; hoffentlich kamen sie heil nach Hause. Als sie in ihrer Jeanstasche nach einem Taschentuch suchte, fand sie Kieselsteine vom schwarzen Sandstrand.

»Wie geht es dir?«, fragte Alan, der neben ihr saß. Er hatte einen weißen Laborkittel angezogen und sein Stethoskop umgehängt.

»Es geht. Hast du Julia gesehen?«

»Sie machen gerade eine Computertomografie.«

»Die wurde bereits in Halifax gemacht«, sagte Dianne angespannt. Julia hatte schon viele Untersuchungen und Tests über sich ergehen lassen müssen – Blut- und Urinuntersuchungen, EEG, Röntgenstereografie, CT, Knochenszintigramme, Muskeltonustests. Bei der Computertomografie hatte sie gewiss Platzangst gehabt. Auf eine Liege geschnallt, sodass sie sich nicht bewegen konnte, verstand sie weder die Anweisungen der Röntgenassistentin, noch wusste sie, wann es vorbei war und sie zu ihrer Mutter zurückkonnte.

»Ich weiß«, sagte Alan. »Aber wir müssen uns ein eigenes Bild machen. Es ist gleich vorbei. Du musst tapfer sein!«

»Natürlich.« Sie dachte nicht daran zu jammern, nach allem, was ihre Tochter durchgemacht hatte. Sie wäre nie auf die Idee gekommen, ihre Kopf-, Rücken- oder Herzschmerzen zu erwähnen, während Julia um ihr Leben kämpfte.

Alan legte den Arm um sie. Vor ein paar Monaten hätte sie sich ihm noch entzogen. Nun schmiegte sie sich an seine Brust, versuchte ruhiger zu werden, ihre Angst in den Griff zu bekommen. Er hielt ihre Hand, die auf ihrem Schoß lag.

»Was fehlt ihr?«, flüsterte sie.
»Wir wissen es noch nicht genau.«
»Wir hatten so viel Spaß«, sagte Dianne und dachte an die Tage am Strand, an die Fahrt mit der Fähre, an das Riesenrad, Die Apfelgärten, die Sandburgen, die sie gebaut hatten. »Julia war rundum glücklich.«
»Eure Ansichtskarte ist bereits angekommen. Sieht ganz so aus, als wäre es ein wunderbarer Urlaub gewesen.«
»War es zu anstrengend für sie?«, fragte Dianne und umklammerte seine Hand. »Hab ich ihr zu viel zugemutet? Sie mit Reizen überfüttert? War die Fahrt auf den holprigen Straßen zu strapaziös?«
»Nein! Mach dir bitte keine Vorwürfe.«
»Der Krampfanfall kam wie der Blitz aus heiterem Himmel. Es gab nicht das kleinste Warnzeichen …«
»Das gibt es nie, Dianne. Das ist ganz normal beim Rett-Syndrom. Wir versuchen dem Problem durch Ausschluss aller möglichen Ursachen auf die Spur zu kommen.«
»Wie immer«, sagte Dianne und senkte den Kopf. »Seit ihrer Geburt.«
Dianne wusste, dass es für Julia keine Hoffnung gab. Sie hatte unheilbare neurologische Störungen, die sich im Lauf der Zeit verschlimmern würden. Das Wachstum war bereits verzögert, Muskeltonus und Blickkontakt würden sich immer mehr verringern. Julias Schmetterlingstanz mit den Händen war eine Kommunikationsform, aber auch das würde aufhören, wenn es mit Julia bergab ging. Dianne hatte gedacht, sie sei darauf vorbereitet.
»Ich habe Angst«, sagte sie mit gebrochener Stimme. »Was geschieht jetzt?«
»Wir wissen es nicht. Wir können nichts weiter tun, als sie lieb haben und auf ihrem Weg begleiten.«
Dianne biss sich auf die Lippe und nickte. Eine Glocke ertönte auf dem Gang, der Rollwagen mit dem Mittagessen wurde vorbeigeschoben.

»Gott sei Dank, dass du da bist«, sagte Dianne leise.
»Gott sei Dank, dass ihr da seid«, erwiderte Alan ebenso leise und drückte sie an sich. Er war stark wie ein Fels in der Brandung. Dianne dachte daran, wie oft Alan sie getröstet und ihr Kraft gegeben hatte. Sie hatte seine Zuwendung hingenommen, sie als gegeben gesehen, nun empfand sie überströmende Dankbarkeit. Sie würde nie wieder als selbstverständlich betrachten, dass er für sie da war. Sie hatte ihn nie dringender gebraucht als jetzt.

»Wie viele haben wir noch?«, fragte Lucinda.
»Mal sehen«, sagte Amy und überflog die Liste. »Prince Edward Island, Nova Scotia – das sind zwei Provinzen. Dann die Staatsgrenze zwischen Kanada und den Vereinigten Staaten, macht drei. Und zum Schluss Maine, das sind vier.«
Sie zählten Grenzen, um zu sehen, wie viele sie noch überqueren mussten, bis sie in Hawthorne waren. Die Ablenkung war willkommen, damit sie nicht ständig grübelten, wie es Julia gehen mochte. Lucinda konnte die Spannung selbst kaum ertragen, und Amy fragte vor lauter Nervosität alle paar Minuten, wie weit es noch war.
»Ob mit Julia alles in Ordnung ist?«
»Ich hoffe«, sagte Lucinda.
»Warum hat sie so gezittert?«
»Sie hatte einen Krampfanfall.«
»Ist das so wie ein Schlaganfall?«
»Ähnlich.«
»Ich hatte solche Angst, als ihr das Blut aus dem Mund lief.«
»Sie hat sich auf die Zunge gebissen.«
»Ich dachte, sie würde sterben.«
»Hm.« Lucinda blickte starr auf die Straße.
»Wird sie sterben, Lucinda? Julia, meine ich?«
»Irgendwann schon, Kind.«
»Irgendwann sterben wir alle. Wie Dad und Emmett oder Neil, der Bruder von Dr. McIntosh. Aber ich finde es ungerecht,

wenn jemand noch so jung ist wie Neil oder Julia. Warum bloß?«
»Gott entscheidet, wann unsere Zeit gekommen ist. Manche Menschen werden im Himmel dringender gebraucht als auf der Erde.«
»Warum braucht Er Julia mehr als mich?«
»Zum einen ist das ein Geheimnis, und zum anderen ist es noch nicht so weit. Julia hatte einen Krampfanfall, und Alan fand es besser, dass bestimmte Untersuchungen in Hawthorne durchgeführt werden. Julia hat schon viel mitgemacht, Kind. Sie ist zäh.«
»Sie fehlt mir«, sagte Amy und franste ein Loch im Knie ihrer Jeans aus.
»Mir auch. Der Winnebago ist plötzlich so leer ohne sie und Dianne. Aber wir müssen uns auf die positiven Dinge konzentrieren. Wir haben einen wunderbaren Urlaub miteinander verbracht und Erinnerungen, die uns keiner nehmen kann. Davon können wir bis an unser Lebensende zehren.«
»Und wir haben ein Andenken«, sagte Amy lachend, als sie an die verschrumpelten Äpfel dachte, die sie aus dem verwilderten Garten mitgenommen hatte.
»Genau. Und wir fahren nach Hause, zu Menschen zurück, die wir lieben. Dianne und Julia …«
»Meine Mutter.«
»Alan.«
»Ich sage lieber Dr. McIntosh zu ihm.«
»Hm.«
»Erst war ich traurig, dass der Urlaub vorbei ist, aber jetzt kann ich gar nicht schnell genug nach Hause kommen.«
»Mir geht es genauso.«
Die Fahrt auf dem Highway war problemlos. Obwohl die Ferien zu Ende gingen, herrschte nicht viel Verkehr. Lucinda hatte sich auf der Mautstraße nach Maine einer lockeren Wohnmobil-Karawane mit Insassen hauptsächlich in ihrem Alter angeschlossen. Sie sah einen Mann, der mit seiner Frau unter-

wegs war und schlohweiße Haare wie Malachy Condon hatte. Plötzlich fiel ihr die Kassette wieder ein. Sie hatte sie irgendwo griffbereit verstaut … ach ja, hinter der Sichtblende des Fahrersitzes.
Lucinda legte sie ein. Zuerst herrschte Stille, doch mit einem Mal war Musik zu hören.
»Delfine!«, sagte Amy.
Lucinda nickte.
Sphärenklänge erfüllten die Luft. Der Gesang der Delfine war so alt wie die Zeit, kündete von Wehmut und Liebe. Während Lucinda lauschte, dachte sie an ihre Familie.
Sie stellte sich vor, wie die Delfine miteinander durch die Meere zogen, von Anfang an eine Familie, die genau wie die Menschen Babys, Männer und Väter verlor. Ihre Augen füllten sich mit Tränen, und als sie zu Amy hinüberspähte, sah sie, dass es ihr nicht anders erging. Sie waren auf dem Weg nach Hause, wo sie hingehörten.

Delfine waren Zauberwesen. Sie kamen Amy wie Engel vor, nur dass sie im Meer lebten. Sie schwammen und schlugen Purzelbäume vor Freude und sprangen in hohem Bogen aus dem Wasser. Sie trugen Umhänge aus silbernen Tropfen, die wie Diamanten glitzerten, wenn das Licht darauf fiel. Delfine lebten zwar im Meer, aber sie atmeten Luft. Vielleicht waren sie früher einmal, vor langer Zeit, Menschen gewesen.
Amy dachte an ihren Vater. Sie hatte ihn vor langer Zeit verloren. Immer wenn sie sich vorstellte, wie es wäre, wenn er noch lebte, spürte sie die Lücke, die er hinterlassen hatte. Ihre Mutter wäre heute noch glücklich. Es hätte keinen Streit, kein Elend, keinen Buddy gegeben.
Und vor allem hätte sie ihren Vater noch gehabt, wäre behütet und geliebt aufgewachsen. Er hätte sie Rad fahren gelehrt und ihr bei den Hausaufgaben geholfen. Russell Brooks war ein guter Vater gewesen.
Ihr Vater war nun bei den Delfinen. Dem Gesang lauschend,

versuchte sie seine Stimme herauszuhören. Liebe klang darin an. Hatte ihr Vater seine Familie nicht geliebt? War er nicht jedes Mal unglücklich gewesen, wenn er sie verlassen und mit seinem Schiff auslaufen musste? Hatte er sich nicht gewünscht, er könnte bei seiner Frau und seinem Kind bleiben? Amy war dieses Kind gewesen. Sie war seine einzige Tochter, sein Fleisch und Blut.

Lucinda hatte von Geheimnissen gesprochen. Amy wusste, was sie meinte. Warum gab es im Leben so viele Fragen und so wenig Antworten? Sie versuchte Ambers gehässige Worte über ihren Vater aus ihrem Gedächtnis zu streichen. Es war besser, dem eigenen Herzen zu vertrauen, darauf zu hören, was es ihr sagte. Sie hätte ihren Vater niemals so geliebt, wenn er etwas anderes als wunderbar gewesen wäre.

Amy lauschte dem Gesang der Delfine. Liebe …

Die Liebe war eine komplizierte Sache. Die neunzig Tage bei Dianne waren in zwei Wochen vorüber. Wie es wohl sein mochte, nach Haus zurückzukehren? Sie liebte ihre Mutter, aber sie hatte auch Angst vor dem Wiedersehen. Das Zusammenleben mit Lucinda und Dianne hatte sie verwöhnt, hatte sie an eine Liebe gewöhnt, die sich auch in Worten äußerte, die das Licht suchte. Sie wünschte sich eine Familie, in der man miteinander reden konnte. Und insgeheim hatte sie immer noch Angst, dass Buddy wieder auf der Bildfläche erscheinen würde.

Buddy war lange Zeit der Freund ihrer Mutter gewesen. Dieses Geheimnis war für Amy das unergründlichste schlechterdings. Wie konnte man einen solchen Mann lieben? Amy schloss die Augen und überließ es den Delfinen, ihr alles über die Liebe beizubringen, damit es ihr nie so ergehen würde wie ihrer Mutter.

»Ein Königreich für deine Gedanken«, sagte Lucinda.

»Ich wäre gerne ein Delfin.«

»Oder würdest zumindest gerne wie einer singen.«

»Nein. Einer sein. Wir beide, Julia und ich. Wir könnten überall hinschwimmen, spielen oder unsere Väter suchen.«

»Ach, Kind.«
»Beide sind auf See. Meiner auf dem Meeresgrund, Julias in einem Boot. Ich liebe meinen Vater so sehr, Lucinda. Ich möchte, dass sich meine Mutter erinnert …«
»An was erinnert?«
»An seine Liebe. Und wie es war, als wir noch eine Familie waren. Damals war alles so schön.«
»Manchmal kann es sehr schmerzlich sein, sich an die schönen Dinge im Leben zu erinnern.«
Amy schnallte sich los und ging nach hinten, um die verschrumpelten Äpfel zu holen. Dann nahm sie wieder auf dem Beifahrersitz Platz.
»Wozu sind schöne Erinnerungen gut, wenn sie uns so traurig machen, dass wir sie nicht mehr ertragen können?«, sagte Amy und hielt die kleinen braunen Äpfel in der Hand.
»Als Emmett starb, habe ich ein ganzes Jahr gebraucht, bis ich in der Lage war, sein Bild anzuschauen.«
»Aber jetzt siehst du es dir an?«
»Andauernd.«
Amy betrachtete versonnen die Äpfel. Ihre Mutter hatte kein einziges Foto von ihrem Vater aufgestellt. Sie selbst besaß eins, in der Schreibtischschublade verwahrt. Die Klicklaute der Delfine klangen fröhlich. Im Hintergrund waren andere Töne, die sich wie Weinen anhörten. Sie versuchte zu ergründen, warum Lebewesen glücklich und traurig zugleich sein konnten. Das schien Lucinda ihr sagen zu wollen, und sie hoffte, dass sie dem Geheimnis bald auf die Spur kommen würde.

20

Krampfanfälle an sich waren nicht lebensbedrohlich, wohl aber die möglichen Ursachen. Julias Zustand stabilisierte sich, sodass sie nach Hause durfte. Nach und nach wurde sie munterer, der Schmetterlingstanz ihrer Hände lebhafter. Dianne war erleichtert. Sie kannte solche Situationen zur Genüge. Immer geriet sie gleich in Panik, wenn Julia ins Krankenhaus musste, und war sicher, dass es das Ende sei.

Alan fuhr sie nach Gull Point zurück. Als sie die Wegbiegung erreichten, hoffte Dianne halb, den Winnebago in der Auffahrt zu sehen.

»Mom hat gestern Abend aus Haverhill, Massachusetts, angerufen. Sie müssen jeden Moment da sein. Unvorstellbar, dass ich ihr den ganzen Heimweg alleine zugemutet habe.«

»Ich bin sicher, Amy hat ihre Aufgabe als Beifahrerin hervorragend gemeistert.«

»Ich hätte wissen müssen, dass es ein Krampfanfall war«, sagte Dianne und spähte über die Schulter zu Julia hinüber. »Ich hätte die Nerven behalten und abwarten müssen.«

»Weißt du, was ich mir wünsche?« Alan sah zum Beifahrersitz hinüber. »Dass du weißt, was für eine gute Mutter du bist. Das Wort *hätte* hilft uns nicht weiter. Dass du angerufen hast, war das Beste, was du tun konntest.«

Dianne warf einen Blick auf ihre verschränkten Hände, dann zu Alan, der sie mitfühlend anschaute. Sie lehnte sich zurück und lächelte. Die Küsse in der Bibliothek hatten sie auf der Reise durch Nova Scotia begleitet. Eine frische Brise fuhr durch den Wagen, und ihre Haut prickelte.

»Es ist gut, wieder zu Hause zu sein«, sagte sie.

»Die Marschen sind heute ganz besonders schön«, bemerkte Alan mit einem Blick auf die Schilfdecke. Nach dem gestrigen

Unwetter war die Luft kühl und klar, und das hohe Gras wogte im Wind wie eine schimmernde Goldfolie.
»Das meine ich nicht.«
»Nein?«
»Du hast mir gefehlt.«
Alan lächelte. »Und du mir erst.«
»Julia und ich waren noch nie so lange weg. Die Reise war unglaublich. Ich muss dir alles darüber erzählen, dir die Fotos zeigen, die wir gemacht haben, und die Souvenirs, die wir mitgebracht haben. Wir haben die herrlichsten Strände der Welt gesehen, aber weißt du, was das Schönste war?«
»Was?«, fragte er leise.
»Dich am Flughafen zu sehen.«
»Du wusstest doch, dass ich da sein würde.«
Dianne neigte den Kopf. »Das ist es ja. Ich wusste, dass du da sein würdest und immer für uns da warst.«
»Dafür hat man schließlich eine Familie.«
»Ja, so sollte es sein«, sagte Dianne und blickte von Alan zu Julia. Sie dachte an Tim und das, was im Haus von Amys Mutter geschah.
Daheim angekommen, trugen sie Julia hinein und öffneten die Tür und die Fenster, um die frische Septemberluft hereinzulassen. Julia war glücklich, wieder zu Hause zu sein. Sie blickte sich aufmerksam um und tätschelte die Luft. Dianne spürte, dass sie nach Lucinda, Amy und den Tieren Ausschau hielt.
»Sie kommen bald«, sagte sie.
»Gaaa«, ertönte Julias leises Stimmchen.
Alan trug Julia nach oben. Dianne folgte ihnen. Wie sanft und liebevoll er mit ihr umgeht, dachte sie. Er legte sie auf die Wickelkommode in ihrem Zimmer. Dianne trat näher, aber Alan war schon dabei, die Windel zu wechseln.
Julia stemmte die Fersen gegen die Wickelunterlage, und ihre Hände bewegten sich schwach. Alan sprach die ganze Zeit mit ihr; dann beugte er sich hinunter und gab ihr einen Kuss. Julia streckte die Hände aus und ergriff seine Brille. Die ver-

krüppelten Finger packten das Stahlgestell, ihre Gesichter waren ganz nahe beieinander, und einen Moment schienen beide zu erstarren.
»Daaa«, sagte Julia.
»Ich bin froh, dass du wieder da bist. Du kannst dir nicht vorstellen, wie ich dich vermisst habe«, erklärte Alan.
Dianne holte tief Luft. Sie ergriff seine Hand, und er nahm sie in seine Arme.

Später am Abend trafen Lucinda und Amy mit ihrer Menagerie wohlbehalten in Connecticut ein. Die Nächte waren genauso kalt wie in Kanada, und so zündete Dianne den Kamin an. Lucinda legte die Kassette mit dem Delfingesang ein. Sie saßen in Schlafanzügen ohne Elchmuster um das Feuer und erzählten sich, was sie in den letzten beiden Tagen erlebt hatten. Stella lag auf der Fensterbank, und Orion hatte sich vor dem Feuer zusammengerollt.
»Ich bin froh, wieder in einem Haus ohne Räder zu sein«, seufzte Lucinda.
»Ja, dieser Rastplatz gefällt mir auch am besten.«
»Dliii«, sagte Julia kraftlos.
Amy lag neben ihr auf dem Fußboden und starrte ins Feuer.
»Du bist so schweigsam, Miss Brooks.« Lucinda stupste sie mit dem großen Zeh an.
»Julia klingt so anders.«
»Sie muss sich erst von dem Krampfanfall erholen. Das dauert ein paar Tage«, entgegnete Dianne.
»Aha«, sagte Amy, immer noch mit besorgter Miene.
Lucinda schwieg, aber sie hatte die gleiche Beobachtung gemacht. Julia wirkte apathisch, als hätte sie einen Teil ihrer Lebensfreude eingebüßt. Ihre Augen hatten ihre Leuchtkraft verloren, und ihre Stimme schien aus weiter Ferne zu kommen. Julias Rückentwicklung war stets in kleinen Schritten erfolgt. Als sie ein Jahr alt war, hatte sie kleine Spielsachen greifen können. Mit zwei hatte sie diese Fähigkeit verloren.

Ihr Interesse an Spielzeug war verschwunden. Die Hoffnung, dass sich ihre Laute in Worte verwandelten, hatte sich zerschlagen. Sie entglitt ihnen immer mehr in ihre eigene Welt, und nichts konnte sie zurückholen. Die Leute hatten Dianne empfohlen, sie zu »stimulieren« – ihr öfter vorzulesen, sie mit Bausteinen zu beschäftigen, ihre Finger mit Julias zu verschränken, damit sie lernte, sich daran hochzuziehen.

»Glauben die, das wüsste ich nicht?«, pflegte Dianne zu sagen. »Es gibt schließlich genug Bücher für Eltern! Oder meinen die, ich möchte keine gute Mutter sein?«

»Du bist eine wundervolle Mutter«, beruhigte Lucinda sie immer, wenn Dianne ihr weinend davon erzählte. Sie schien sich einzureden, sie habe Julia irgendwann vor der Geburt enttäuscht, ihre genetische Schädigung verschuldet, ihren Vater aus dem Haus getrieben.

»Gaaa«, sagte Julia nun.

»Hallo, meine Kleine. Geht es dir besser? Denkst du noch an die schönen Ferien?«, fragte Lucinda.

»Gaaa«, hauchte Julia.

»Wenn sie »Ga« sagt, meint sie Granny«, erklärte Amy.

»Das glaube ich auch«, pflichtete Lucinda ihr bei.

»Ich würde gerne wissen, ob unsere Sandburgen noch stehen«, sagte Amy versonnen. »Vielleicht ist die Flut nicht bis dort oben hingekommen!«

»Die Flut findet jede Sandburg«, entgegnete Lucinda. Das hat sie so an sich; vielleicht ist das ihre Aufgabe auf der Erde.«

»Es könnte doch sein, dass sie nicht alle erwischt hat«, meinte Dianne und massierte Julias Brust.

Amy sah zu, und Lucinda beobachtete ihrerseits, wie Amy Dianne und Julia betrachtete; sie fragte sich, was für ernste Gedanken ihr durch den Kopf gehen mochten. Die gemeinsam verbrachte Zeit hatte sie überzeugt, dass Amy sensibel, einfühlsam, intelligent und fantasievoll war. Lucinda wollte sie überreden, im November an einem Wettbewerb der Bibliothek teilzunehmen, bei dem die beste Kurzgeschichte prämiert werden sollte.

»Ein Königreich für eure Gedanken«, sagte Lucinda.
»Meine?«, fragte Dianne. »Ich dachte gerade, dass ich es kaum noch erwarten kann, die Fotos entwickeln zu lassen. Dass es gut ist, wieder zu Hause zu sein. Und dass Julia wie ein Engel aussieht.«
»Maaa«, murmelte Julia.
»Und ich habe daran gedacht, dass die neunzig Tage morgen vorbei sind«, sagte Amy. »Ich kann nach Hause. Einerseits möchte ich, aber andererseits auch wieder nicht.«
»Mir geht es genauso«, meinte Dianne. »Ich freue mich für dich, dass du nach Hause darfst, aber ich wünsche mir gleichzeitig, du könntest für immer bei uns bleiben.«
»Lasst uns heute Abend nicht mehr davon sprechen. Wir wollen einfach die Heimkehr genießen und nicht an die Trennung denken«, flüsterte Amy.
»Und was ist mit dir, Mom? Ein Königreich für *deine* Gedanken.«
»Ich habe gerade gedacht, dass ich zu beneiden bin«, sagte Lucinda, sich an die Reise, die Strände, die Sternschnuppen und die Schauplätze von *Anne of Green Gables* erinnernd. »Wollt ihr wissen, warum? Weil ich die besten Mädchen der Welt habe. Und gleich drei an der Zahl.«
»Gaaa«, sagte Julia und stimmte leise in den Delfingesang ein.

Am nächsten Tag sollte Amy nach Hause zurückkehren. Sie wachte in aller Herrgottsfrühe auf, als es gerade dämmerte. Der Hof und die Marschen waren von violetten Schatten verhangen, und das Meer glänzte wie ein dunkler Spiegel. Amy stand in Julias Zimmer am Fenster, lauschte dem abgehackten Atem ihrer kleinen Freundin und wünschte sich, sie könnten beide hinausgehen und spielen.
Amy war noch selbstständiger geworden, seit sie nicht mehr zu Hause wohnte. Sie schlich leise nach unten, aß ein Pop-tart und ging mit Orion Gassi. Barfuß lief sie den Weg zu den Marschen hinunter. Das alte Dingi war noch da, nach den vielen Regen-

schauern mit Wasser voll gelaufen. Sie schöpfte es leer und forderte Orion auf, hineinzuspringen.
Die Marschen von Hawthorne rochen wie nirgendwo sonst auf der Welt. Sie waren voll Meeresgetier, warm und sumpfig, frisch und sauber. Amy hatte während der Reise nach Kanada viel über die Zwiespältigkeit von Gefühlen gelernt. Das Leben besaß viele Gesichter, und ein Mensch konnte viele verschiedene Empfindungen gleichzeitig haben, ohne den Verstand zu verlieren.
Während sie nun über das dunkle Wasser ruderte, fühlte sie sich erwachsen und zu allem bereit. Sie war nicht sicher, was sie zu Hause vorfinden würde. Sie wollte eine Erinnerung an den Strand mitnehmen, sie bewahren, um in schlechten Zeiten für alles gewappnet zu sein. Sie legte sich in die Riemen und ruderte zum Leuchtturm hinüber.
Auf der windabgewandten Seite der Küste zog sie das Boot an Land und verankerte es, wie sie es bei Dianne gesehen hatte. Orion rannte über die Düne und bellte die Sonne an, die gerade über dem Atlantik aufging, als wäre sie der rote Ball, dem er immer nachjagte. Er lief durch das Strandgras, schnupperte an Fischköpfen und Treibholz. Amy folgte ihm, hob Chitinpanzer von Schalentieren, Gehäuse von Wellhornschnecken und eine alte Weinflasche auf. Am Leuchtturm angekommen, kniete sie sich in den Sand. Er fühlt sich feucht an, und sie begann zu graben. Dann blickte sie auf, sich noch einmal vergewissernd, dass sie sich den richtigen Platz ausgesucht hatte. Die Flutlinie war mehr als sieben Meter entfernt. Der Sand war nur durch den Regen, der heruntergeflossen war, feucht und zusammengepresst worden.
»Die Burg kriegt die Flut nicht!«, sagte sie zu Orion.
Er bellte.
Amy hatte Dianne und Lucinda genau zugesehen und dabei viel über den Bau von Sandburgen gelernt. Sie mussten jedem feindlichen Ansturm trotzen, wie eine Festung, und haltbar sein wie Diannes Spielhäuser. Sie waren ein magisches Symbol.

Wenn es ihr gelingen sollte, eine Sandburg zu bauen, die nicht von der Flut zerstört würde, würde ein Wunder geschehen. Julia würde wieder gesund werden. Sie würde leben.
Amy klopfte den Sand besonders sorgfältig fest. Sie errichtete extra dicke Mauern und Türme, verstärkte das Fundament mit Steinen, stützte die Wände mit Strebepfeilern aus Treibholz. Ihre Burg musste absolut sicher sein. Niemand sollte hier jemals verletzt werden.
In wenigen Stunden würde Amy nach Hause gehen. Der Gedanke machte ihr Angst, aber warum? Ihre Mutter liebte sie, und sie würde wieder gesund werden. Amys Angst war nichts im Vergleich zu der, die Julia empfinden musste. Sie hatte einen Krampfanfall gehabt, sich auf die Zunge gebissen und von Kopf bis Fuß gezittert, ohne etwas dagegen tun zu können. Sie war zum ersten Mal in einem Flugzeug gewesen, war hoch oben am Himmel entlanggeflogen, ohne zu wissen, ob sie nicht hinunterfiel. Sie sprach mit Worten, die niemand verstand, und ihre Stimme war so schwach, dass man sie kaum hörte.
Die Burg war fertig.
Orion bellte und rannte vor Aufregung ständig im Kreis herum. Amys Beine waren eingeschlafen, weshalb sie aufsprang und ihm nachlief. Ihre aufgestaute Energie machte sich Luft – sie sprang herum wie ein junger Hund, erfand Worte ohne Sinn. Die rote Sonne balancierte auf dem Wasser, schickte rosa und lilafarbene gekräuselte Wellen an den Strand.
Die Burg war robust. Sie war nicht schön wie die Burgen, die sie auf Prince Edward Island gebaut hatten. Sie war nicht verwunschen wie ein Märchenschloss in den Bergen, tief im Wald verborgen. Sie war nicht wie die Burgen, die Amy im Kino gesehen hatte, oder die Eiscreme-Schlösser, die in Disney World standen.
Es war Julias Burg. Sie musste stark und robust und hoffnungsvoll sein. Amy hatte oft wach gelegen und Angst gehabt, dass die Burgen, die sie in Kanada gebaut hatten, von der Flut weggespült worden waren, dass nichts mehr von ihnen übrig war.

Das durfte mit ihrer Burg nicht passieren. Sie holte eine Postkarte und einen Kugelschreiber aus ihrer Jackentasche und schrieb eine kurze Mitteilung. Sie schob die Karte in die Weinflasche, die Orion gefunden hatte, und ging zum Ufer hinunter. Mit ausgestrecktem Arm warf sie die Flasche so weit sie konnte aufs Meer hinaus. Sie schaukelte einen Moment auf den Wellen, aber Amy hatte sie nicht mit dem Korken verschlossen, sodass sie nun zu sinken begann. Und eben das hatte sie bezweckt. Während sie die Wellen betrachtete, erinnerte sie sich, wie Dianne mit ihr genau an dieser Stelle gestanden und ihr das Wellenreiten ohne Brett beigebracht hatte. Sie war ideal, um eine Sandburg zu bauen und ihre Flaschenpost auf die Reise zu schicken.

Lieber Daddy (hatte sie geschrieben),
ich liebe Dich. Wenn ich den Gesang der Delfine höre, frage ich mich immer, ob Du ihn auch hören kannst. Ich glaube, ja. Vor allem möchte ich wissen, ob Du mich hörst. Du musst uns nämlich helfen, Daddy. Hilf Mommy, damit es ihr besser geht, und mir, dass ich brav bin, und Julia, damit sie gesund wird. Sie ist meine Freundin. Wenn eine Sandburg überleben kann, kann ein Mädchen es auch. Ich liebe Dich. Ich habe Dich im Gesang der Delfine gehört.
In Liebe, auf ewig. Deine Tochter Amy Brooks

Die Flasche sank. Die Sonne stieg höher und härtete die Mauern von Amys Sandburg. Orion rannte zum Dingi zurück und legte sich auf die Schattenseite der Düne. Sie wusste, dass sie nun bereit war für das Wiedersehen mit ihrer Mutter, für die Rückkehr nach Hause. Sie legte sich in die Riemen und ruderte durch die Marschen.

Dianne stand am Ufer und sah Amy entgegen. Julia hatte sie bei Lucinda im Haus gelassen, um ein paar Minuten mit Amy alleine zu sein. Sie hatte beobachtet, wie das Mädchen das Haus verlassen hatte, und gehört, wie sie weggerudert war. Das Wasser war spiegelglatt. Dunstschleier stiegen von der Oberfläche auf.

Dianne ergriff den Bug und half Amy, das Boot zu vertäuen. Es schaukelte auf dem Wasser, Amy saß noch darin, und Dianne blickte sie an. Die morgendliche Stille wurde nur vom Gezwitscher der Vögel unterbrochen. Dianne hätte ihr gerne ein paar philosophische Weisheiten mit auf den Weg gegeben, die den gemeinsam verbrachten Sommer in Worte fassten. Aber sie brachte keinen Ton über die Lippen. Amy und sie blickten sich stumm an, beide wissend, dass der Abschied gekommen war. Dianne kletterte zu ihr ins Boot.

Amy saß ihr gegenüber, die Ellbogen auf die Ruder gestützt. Beide lächelten unter Tränen.

»Was für ein Sommer!«, seufzte Dianne.

Amy nickte und wischte mit dem Handrücken die Tränen weg.

»Und nun darfst du nach Hause.«

»Ja.«

»Deine Mutter freut sich. Sie hat es mir gestern Abend am Telefon gesagt.«

»Buddy ist endgültig weg.«

»Und die Schule fängt wieder an …«

»Dieses Jahr werde ich mich machtvoll anstrengen.«

»*Mächtig*. Mich mächtig anstrengen.« Dianne verbesserte sie automatisch, wie sie es bei Julia getan hätte. Sie schaute Amy an, um sich zu vergewissern, dass sie ihre Gefühle nicht verletzt hatte.

Amy nickte. Sie sah zuerst ihre Knie und danach Dianne an.

»Danke.«

Ein Elritzenschwarm schoss pfeilschnell am Boot vorbei und sprenkelte das Wasser silbern. Ein Krebs tauchte aus dem Schlick auf, schwenkte die Scheren und grub sich flugs wieder ein.

»Ich meine, danke für alles«, sagte Amy. »Einfach alles, was du für mich getan hast. Du hast dir so viel Mühe gemacht.«

»Oh, das habe ich gerne getan«, sagte Dianne. Sie dachte an ihre gemeinsamen Unternehmungen und die Freude, die ihr das Beisammensein mit Amy bereitet hatte. Amy hatte nicht nur Julia gut getan, sondern Dianne geholfen, ihre Tochter mit anderen Augen zu sehen, nicht wie ein krankes Kind, das ständig die Mutter braucht, sondern wie ein zwölfjähriges Mädchen, das sich abzunabeln beginnt.
»Wirklich?«
»Ja. Und ich muss mich bei dir bedanken für alles, was du für mich getan hast.«
Amy schüttelte den Kopf.
»Ich habe nichts getan.«
»Doch, eine ganze Menge.« Dianne blickte in Amys sommersprossiges Gesicht. Das Mädchen besaß Wärme, Humor und Intelligenz, und aus ihr würde eines Tages eine wunderbare Frau werden.
»Kann ich euch hin und wieder besuchen?«, fragte Amy.
»Jederzeit.«
»Ich wusste, dass du das sagst.«
»Wenn es möglich ist, dass man sich an zwei Orten zu Hause fühlt, dann würde ich mich freuen, wenn einer hier wäre.«
»Das tue ich schon«, flüsterte Amy.

21

Als sie auf der Ladefläche des Lieferwagens nach zwei Töpfen mit weißer Anstrichfarbe suchte, fand Dianne das alte Vogelhaus aus Alans Garten. Sie hatte es an dem Tag mitgenommen, als sie ihm die Hühnerbrühe gebracht hatte, und es in der Zwischenzeit völlig vergessen. Nun trug sie es in ihre Werkstatt und lehnte es an ihren Schreibtisch; dann strich sie den Balkon eines Spielhauses, das für ein kleines Mädchen in Noank bestimmt war.

Julia saß in ihrem Stuhl und schlief, zusammengerollt wie ein Igel, mit angezogenen Knien, die zu Fäusten geballten Hände gegen die Brust gepresst. Sie hatte den Kopf auf Stellas Rücken gelegt, die auf der Ablage des Stuhls ein Nickerchen machte. Orion döste neben ihnen auf dem Fußboden, das Kinn auf die Pfoten gestützt. Dianne hörte Musik und sang leise mit. Sie beschloss, das Vogelhaus genauer in Augenschein zu nehmen, während die erste Farbschicht trocknete.

Es war ein Nistkasten für Rotkehlchen, den sie vor zwölf Jahren für Alan gemacht hatte. Die Maße stammten aus einem Vogelkundebuch, und sie hatte das Einflugloch mit einem Bohrer ausgefräst. Das Holz hatte durch die Witterung eine silberne Patina angenommen. Die Löcher für die Nägel, mit denen es am Baum befestigt worden war, waren vom Rost dunkelrot. Die Sitzstange war abgebrochen und das Einflugloch durch die Schnabelhiebe der Vögel aufgehackt und erweitert worden.

Dianne entfernte die Metallscharniere, die das Dach fixierten, und sah hinein. Im Innern lag ein Nest mit drei gesprenkelten Eiern. Es bestand aus kunstvoll miteinander verwobenen Zweigen und braunen Gräsern. Dianne griff vorsichtig hinein, um das Gelege zu entfernen.

»Maaa«, sagte Julia, die gerade aufwachte.
»Schau, was ich hier habe.« Dianne ging mit dem Gelege zu ihr hinüber.
Julia blinzelte. Ihre Haut war wächsern. Im Gegensatz zu früher bewegte sie den Kopf nur noch matt hin und her, und der Schmetterlingstanz ihrer Hände war erlahmt. Stella reckte sich, sprang auf den Boden und war im Nu in ihrem Korb verschwunden.
»Das ist ein Eigelege, Julia.«
»Baaa«, sagte Julia leise.
»Da drinnen leben Vögel, genau wie wir in unserem Haus.« Sie nahm Julias Hand und ließ die Finger über die Zweige gleiten.
»Dliii«, sagte Julia.
Dianne legte ihr ein Ei auf die gewölbte Handfläche, die sie mit der eigenen umschloss. Es war winzig, nicht größer als eine Eichel, und cremefarben, mit braunen und goldenen Sprenkeln. Julias Finger wölbten sich darüber wie eine schützende Höhle.
»In dem Ei wächst ein kleiner Vogel heran«, sagte Dianne.
»Maa …«
»Ein Küken«, erklärte Dianne und dachte an die Gespräche während der Autofahrten, die Julia, Amy und sie im Sommer unternommen hatten. »Ein kleines, piepsendes Wollknäuel.«
Julia neigte den Kopf, hob die andere Hand und schützte es von oben. Dianne betrachtete ihr eigenes Küken – sie hielt ein Ei, aus dem nie ein Junges schlüpfen würde. Sie fragte sich, wie viele Vögel in dem Vogelhaus genistet hatten, wie viele Vogelfamilien Alan hatte kommen und gehen sehen.
»Maa«, sagte Julia und ließ die Hand fallen. Sie war erschöpft. Ihr Kopf pendelte nach vorne, mit dem Kinn auf der Brust. Behutsam nahm ihr Dianne das Ei aus der Hand. Sie tat es ins Nest zurück und stellte das Gelege auf den Schreibtisch. An Alans Vogelhaus gab es einiges zu reparieren, und während der Anstrich des Spielhauses trocknete, machte sich Dianne an die Arbeit.

Zwischen Amy und ihrer Mutter war wieder alles beim Alten. Amy stieg am ersten Tag aus dem Schulbus und hatte prompt ein mulmiges Gefühl in der Magengrube. Das Haus sah aus wie immer. Die hölzerne Seitenverkleidung blätterte an den Ecken ab, die zerbrochenen Blumentöpfe lagen unter den Büschen an der Stirnseite, und der Rasen war ungemäht. Aber Buddy war verschwunden, und das machte ihr Mut.

Ihre Mutter saß im Wohnzimmer und rauchte. Doch sie lächelte, als sie Amy sah, legte ihre Zigarette im Aschenbecher ab und stand auf.

»Hallo, Mom.«

»Hallo! Wie war dein erster Schultag?«

»Gut. Ich habe eine nette Englischlehrerin.«

»Englisch war früher auch mein Lieblingsfach.«

»Wir haben Legenden gelesen.« Amy war genauso nervös, als hätte man von ihr verlangt, ein paar höfliche Worte mit einer Verkäuferin zu wechseln. Ihre Mutter hatte eine Schachtel Twinkies auf den Tisch gestellt und blickte sie erwartungsvoll an. Aber Amys Magen streikte, und sie hätte keinen Bissen von dem süßen, klebrigen Gebäck hinuntergebracht.

»Und welche Legende gefällt dir am besten?«

»Hm, die von Orion ...« Amys Kehle war wie zugeschnürt, wenn sie an den Hund dachte. Sie hatte ihn bei Dianne gelassen. Sie liebte ihn, und die Trennung war ihr schwer gefallen, aber das Haus hätte ihn nur schmerzvoll an Buddy erinnert. Er war sehr empfindsam und das Leben im Käfig oder unter dem Bett noch nicht lange beendet.

»Erzähl mal«, sagte ihre Mutter.

»Orion war ein griechischer Jäger, und er war so schön, dass Artemis, eine griechische Jagdgöttin, sich in ihn verliebte. Sie tötete ihn versehentlich. Ihr Kummer war so groß, dass sie ihn und seinen Hund Sirius unsterblich machte. Seither stehen die beiden als Doppelgestirn am Himmel.«

»Magst du ein Twinkie?«

Amy zögerte. Sie war gerade dabei, ihre Lieblingssage von

Orion zu erzählen, der außerdem ihr Lieblingssternbild war. In der Schule beschäftigten sie sich mit Astronomie, und sie hatte gelernt, dass zwei der hellsten Sterne am Himmel, Rigel und Beteigeuze, Gürtelsterne von Orion waren. Amy hatte die Schule noch nie so viel Spaß gemacht wie jetzt, und sie musste unbedingt mit jemandem darüber reden, aber ihre Mutter hatte nur ihre läppischen Twinkies im Sinn. Dianne und Lucinda wären ganz Ohr gewesen. »Ich wollte dir von Orion erzählen«, sagte Amy leise.

»Ich höre dir zu, Amy.« Ihre Mutter nahm die Zigarette aus dem Aschenbecher. Ihre Hand zitterte. Die Vorhänge waren geöffnet, und Licht flutete in das Wohnzimmer mit den abgenutzten Möbeln. Amys Mutter trug saubere Jeans und ein Sweatshirt, aber Kummer und Sorgen hatten ihre Spuren auf ihrem Gesicht hinterlassen.

»Kannst du dir vorstellen, wie schlimm sie sich gefühlt hat?«, fragte Amy, bemüht, ihre Mutter einzubeziehen. »Ich meine Artemis? Sie hatte den Tod des Menschen verschuldet, den sie am meisten auf der Welt liebte!«

Ihre Mutter nickte. Sie nahm einen tiefen Zug an ihrer Zigarette und blies eine Rauchwolke aus. Wut stieg in Amy hoch. Sie wollte über Sterne und Legenden reden, über die Liebe einer Frau, die ihren Mann unsterblich gemacht hatte, und ihre Mutter dachte nur an Twinkies und Rauchen.

»Mom, es ist wichtig. Das war eine Tragödie, und was Artemis empfunden hat …«

»Ich weiß, was sie empfunden hat«, sagte Tess.

Amy hielt inne.

»Wie es ist, wenn man den Tod des Menschen verschuldet hat, den man über alles liebt. Ich weiß, wie das ist.«

»Was meinst du damit?«

Ihre Mutter streckte ihr die Hand entgegen, und Amy sah, dass sie wieder ihren Ehe- und Verlobungsring trug. Als Buddy im Haus lebte, waren sie in einer Schublade verwahrt gewesen. Zögernd nahm Amy die dargebotene Hand.

»Was meinst du damit?«, fragte Amy noch einmal.
»Töten kann man einen Menschen auf verschiedene Art. Wenn man ihm zum Beispiel die Lebensfreude nimmt, auch ohne böse Absicht. Habe ich dir das angetan? Darüber spreche ich manchmal mit meinem Therapeuten. Der Gedanke ist grauenhaft für mich … Es tut mir so Leid, Amy.«
»Du hast mich nicht verletzt. Nur dich selbst.«
»Ich würde es gerne glauben, aber es stimmt nicht. Das Verhalten einer Person in der Familie wirkt sich auf alle anderen Familienmitglieder aus.«
»Ich lebe noch«, sagte Amy.
»Und bist ein Mädchen, auf das ich stolz sein kann. Ich freue mich, dass dir die Schule jetzt so viel Spaß macht.«
»Das tut sie wirklich. Ich will dieses Jahr nur Einsernoten kriegen, eigene Geschichten schreiben und alle Sagen und Legenden kennen lernen, die es gibt.« Trotzdem wollte sie nicht, dass ihr Leben wie in den Legenden verlief und ihre Mutter wie Artemis wäre.
»Ich bin froh, dass du wieder zu Hause bist.«
»Ich auch«, sagte Amy und hatte ein schlechtes Gewissen, weil es wahr, aber auch geflunkert war.
»Wirklich?« Sie runzelte die Stirn; die Kummerfalte zwischen den Augenbrauen vertiefte sich.
Amy holte Luft. Sie dachte an ihr zweites Zuhause bei Dianne und Julia, und ihre Kehle war wie zugeschnürt. Sie war froh zu wissen, dass sie dort jederzeit Aufnahme finden würde, aber ihr Platz war hier, bei ihrer eigenen Mutter. Und hier wollte sie sein.
»Ja. Und ich bin froh, dass die Vorhänge offen sind.«

Eines Abends Anfang Oktober, als das Laub sich gelb und rostrot zu färben begann, bat Dianne ihre Mutter, auf Julia aufzupassen. Sie zog braune Samthosen und eine rostfarbene Seidenbluse an und ging zu ihrem Pick-up. Es war windig, und hinter den aufgetürmten purpurfarbenen Wolken, deren Ränder einen

Anhauch von flüssigem Gold hatten, lugte ein Halbmond hervor.

Dianne ließ sich Zeit, als sie nach Hawthorne fuhr. Trotz der kalten Nachtluft hatte sie nur ein Umschlagtuch aus schwerem Samt umgelegt und die Fensterscheiben des Wagens heruntergekurbelt. Sie hörte das Schilf in den Marschen rascheln und die Brandung an den Klippen von Landsdowne Shoal. Die Welt barg viele Geheimnisse, die sich mit den Sinnen erfassen ließen, und heute fühlte sich Dianne in Einklang mit ihr. Seit der Rückkehr aus Kanada war sie mit Julias Pflege mehr als ausgelastet gewesen. Die Genesung machte nach diesem Krampfanfall noch langsamere Fortschritte als nach dem letzten und erforderte Geduld. Doch heute Abend hatte Dianne das Gefühl gehabt, dass es Julia gut genug ging, um sie einen Abend Lucindas Obhut zu überlassen.

Als sie die ersten Häuser erreichte, schlug ihr Herz schneller. Sie fuhr langsamer, hatte alle Zeit der Welt, um ihr Vorhaben in die Tat umzusetzen; schließlich war es schon seit dem Sommer in ihr gereift. Heute Nacht würde sich ihr Leben von Grund auf verändern, und sie wollte jede Einzelheit in ihrem Gedächtnis bewahren – das Laub der Ahornbäume, rot und gelb schimmernd im Licht der Straßenlaternen, die Kürbisse auf den Veranden, die schneidend kalte Nachtluft.

Bei Alan war alles dunkel. Einen Augenblick fürchtete sie, er sei nicht zu Haus. Aber sein Volvo stand vor der Garagentür, und dann sah sie in der Küche auf der Rückseite Licht brennen. Die braunen Blätter der Eiche, in der das Vogelhaus gehangen hatte, raschelten im Wind.

Dianne läutete. Nach ein paar Sekunden hörte sie seine Schritte, die langsam näher kamen. Dann öffnete er die Tür. Er trug weite bequeme Hosen und ein lockeres weißes Hemd. Mit dem Licht im Rücken hatte sie Mühe, seinen Gesichtsausdruck zu erkennen.

»Hallo!«, sagte er.

»Hallo! Ich bringe dir das Vogelhaus zurück. Es war aus dem

Baum gefallen. Wahrscheinlich hast du noch gar nicht bemerkt, dass es fehlt …«

»Doch, habe ich. Komm herein.«

Er machte kein Licht, sondern ging ihr voraus in die Küche. Er war gerade mit dem Abendessen fertig und hatte mit dem Abwasch begonnen. An die Frühstückstheke gelehnt, betrachtete er das Vogelhaus von allen Seiten. Dianne hatte das verwitterte, silbrige Holz auf Hochglanz poliert, die rostigen Scharniere ersetzt, die Vogelstange durch einen Birkenzweig erneuert und das Eingangsloch mit Schmirgelpapier geglättet, damit die Vögel nicht mit den Federn daran hängen blieben.

»Es ist ein Nistplatz für Rotkehlchen«, sagte sie.

»Ich weiß nicht, ob es jemals von Rotkehlchen benutzt worden ist.«

»Im Innern war ein Gelege. Laut meinem Vogelkundebuch gehört es Sperlingen.«

»Wo ist es jetzt? Das Gelege, meine ich.« Er hob das Dach hoch.

»In meiner Werkstatt. Ich habe es behalten.«

Diannes Puls raste. Sie fühlte sich gelassen und erregt zugleich. Die kühle Nachtluft prickelte auf ihrer Haut. Sie erkannte an Alans Blick, dass er das Gleiche empfand. Seine haselnussbraunen Augen sahen sie erwartungsvoll an. Sie trat näher, nach so langer Zeit ihrer Sache sicher.

»Ich wollte dich heute Abend unbedingt sehen«, sagte sie.

»Das freut mich.«

»Bist du nicht überrascht?«

»Eigentlich nicht«, antwortete er nach kurzem Nachdenken.

Dianne nickte. Er stellte das Vogelhaus auf dem Frühstückstresen ab und nahm sie in die Arme. Sanft strich er ihr die Haare aus dem Gesicht, die während der Sommermonate gewachsen und von der Sonne ausgebleicht waren.

»Ich habe seit dem Tag auf dich gewartet, als ich dir zum ersten Mal begegnet bin«, flüsterte er.

Dianne holte Luft. Dieses Mal gelang es ihr, den Gedanken an Tim zu verdrängen. Vor ihr stand Alan, der Mann, den sie liebte, nachdem sie zwölf Jahre gegen dieses Gefühl gekämpft hatte.

»Warum bist du heute Abend gekommen?«, fragte er.

»Ich musste einfach. Seit wir aus Kanada zurück sind, konnte ich an nichts anderes mehr denken. Auch auf Prince Edward Island habe ich die ganze Zeit an dich gedacht. Und an unseren Spaziergang …«

»Unten im Hafen. Um dein Haus anzuschauen.«

»Mein Haus.« Sie lächelte; ihr Vater wäre glücklich gewesen, das zu hören. »Ja, daran habe ich auch gedacht. Und dass ich es noch nie jemandem gezeigt habe. Und wie glücklich ich war, mit dir zusammen zu sein.«

»Es war eine wundervolle Nacht«, sagte Alan.

»Und wie wir getanzt haben! In der Bibliothek, umgeben von Büchern.«

Alan wartete stumm, dass sie weitersprach. Sein Blick zeigte ihr, dass kein Mann sie jemals so begehrt hatte.

»Und wie wir uns geküsst haben …«, flüsterte Dianne.

Alan berührte ihre Wange. Er sah sie forschend an, als wollte er ihr eine letzte Gelegenheit zum Rückzug bieten. Als sie keinerlei Anstalten machte, sondern sich auf die Zehenspitzen stellte, um ihm auf halbem Weg entgegenzukommen, riss er sie an sich, und ihre Lippen fanden sich in einem leidenschaftlichen Kuss.

Irgendwo im Haus stand ein Fenster offen; eine Brise wehte durch die Küche, und Dianne erschauerte. Sie presste sich an Alan. Er war groß, überragte sie um mehrere Köpfe, doch Dianne hatte trotzdem das Bedürfnis, ihn zu beschützen.

Auf den Zehenspitzen schwankend, verspürte sie das brennende Verlangen, für diesen Mann ein sicherer Hafen zu sein, ihm zu vergelten, was er all die Jahre für sie und Julia getan hatte.

Wiedergutmachung zu leisten für jedes Mal, da sie ihn seines Bruders wegen in blinder Wut gehasst und vor den Kopf gestoßen hatte. Für jede Stunde, in der er ihre Hand gehalten und mit ihr gebangt und gewartet hatte, bis Julia eine Untersuchung oder eine Operation oder eine Physiotherapie hinter sich gebracht hatte. Für jede Minute, in der er Julias Herz abgehorcht, ihre verkrampften Muskeln massiert und ihr zu verstehen gegeben hatte, dass sie wie jedes andere Kind Zuwendung brauchte.

Dianne lehnte sich in seinen Armen zurück und betrachtete ihn stumm, von ihren eigenen Empfindungen überwältigt. Sie konnte sich nicht vorstellen, warum sie so lange gebraucht hatte, sie zu erkennen.

»Ich liebe dich, Alan«, flüsterte sie.

»Ich dich auch, Dianne, schon immer.«

»Aber ich kann nicht begreifen, warum.«

»Dann frag gar nicht erst.«

»So wie ich mich benommen habe …«

»Du konntest nicht anders.«

»Ich bin hergekommen, weil …«

Alan hielt den Atem an, darauf wartend, dass sie weitersprach.

»Weil ich dich will«, sagte sie.

Alan nickte. Er küsste ihre Stirn, ihre Augenbrauen, ihre Nasenspitze. Seine Brille war verrutscht, und sie rückte sie gerade und strich ihm das braune Haar hinter die Ohren. Sie wusste nicht, was sie als Nächstes tun sollte.

Alan schon.

Er hob sie auf seine Arme und trug sie mühelos durch den Flur und die Räume, an die sich Dianne noch von damals erinnerte, die Treppe hinauf in sein Schlafzimmer, das am anderen Ende des dunklen Ganges lag.

Die Einrichtung war spartanisch – ein Messingbett, ein Eichenschreibtisch, auf dem Fußboden ein Flickenteppich, den Dorothea gemacht hatte. Der Schreibtisch stammte von Malachy; er hatte ihn Alan geschenkt, als er auf den Schleppkahn gezogen war. Die Dinge, mit denen sich Alan umgeben hatte, hatten eine Geschichte, die sie anrührte. Als Alan sie auf das Bett mit der weißen Tagesdecke legte, erinnerte sie sich, dass sie früher seiner Großmutter in Nantucket gehört hatte.

Mondlicht fiel durch das Fenster, warf lavendelfarbene Schatten in den Raum. Alan lag neben ihr und streichelte sanft ihr Gesicht. Sie spürte seinen Atem auf ihrer Wange, und sie blickten sich lange Zeit stumm in die Augen.
Dann küssten sie sich. Ihre Lippen verschmolzen miteinander, und Dianne erschauerte, als sie seine Hände auf ihrem Körper spürte.
»Wir haben alle Zeit der Welt«, flüsterte er beschwichtigend. »Du bestimmst, was passiert, und wann.«
»Es ist nur ... Ich habe ...« Sie wusste nicht, wie sie es ihm erklären sollte. Man vergaß den eigenen Körper, wenn man nie liebevoll berührt wurde. Er war gertenschlank und durchtrainiert von der harten Arbeit, aber vielleicht war sie für seinen Geschmack zu dünn, hässlich, unattraktiv.
»Ich liebe dich«, sagte er, streichelte ihren Rücken und blickte ihr tief in die Augen. »Lass uns damit anfangen.«
Dianne nickte. Sie küsste ihn zärtlich und überließ sich vertrauensvoll seiner Führung, ihrer eigenen Sehnsucht und dem Wissen, dass Alan sie nie verletzen würde. Es war völlig anders als mit Tim. Damals hatte sie das Gefühl gehabt, in Augenblicken der Leidenschaft die Kontrolle zu verlieren, ihm ausgeliefert zu sein.
Alan küsste ihren Hals, ihre Schulter. Dianne zitterte vor Erregung. Seine Worte rissen die letzten Schranken nieder, und sie ließ ihren Empfindungen freien Lauf.
»Alan«, flüsterte sie und ergriff seine Arme. Sein Körper war stark und warm. Sie begehrte ihn mit einer Leidenschaft, die ihr den Atem verschlug. Mit bebenden Händen ließ sie ihre Fingerspitzen über die Muskeln seiner Brust gleiten. Zwölf Jahre hatte sie ihre Gefühle aufgestaut, und sie küsste ihn hungrig.
In fliegender Hast zogen sie sich gegenseitig aus und umarmten sich zwischendurch immer wieder, um die Haut, den Herzschlag des anderen zu spüren. Alans Hand glitt zwischen den Samt ihrer Hose und die Seide ihres Slips, während Dianne seinen Reißverschluss öffnete.

Er half ihr, hielt ihre Hand fest, verlangsamte das Tempo. Sie konnte die Sehnsucht nach ihm kaum noch ertragen, wollte nicht warten, nicht erkunden, aber er küsste jede Handbreit ihres Körpers, zwang sie zur Geduld, während sie sich unter der Berührung seiner Lippen aufbäumte.

»Ich kann nicht mehr warten!«, flüsterte sie.

»Das musst du auch nicht«, flüsterte er zurück.

Er umfing sie mit seinen Armen und richtete sich über ihr auf. Sie schlang die Arme um ihn, spürte die Hitze seines Rückens unter ihren Händen, öffnete die Lippen, als er sich hinunterbeugte, um sie zu küssen und nahm ihn zitternd in sich auf.

»Dianne«, stöhnte er.

Sie klammerte sich an ihn, während sie sich im Gleichtakt bewegten. Sie waren füreinander bestimmt. Sie hatte so lange auf diesen Augenblick gewartet, auf diesen Mann, der sie in den Armen hielt und immer wieder ihren Namen stammelte. Sie wusste nicht, ob sie wachte oder träumte.

»O Gott«, flüsterte sie. »Oh, bitte ...«

»Wir gehören zusammen, auf immer und ewig«, sagte er, seine Lippen heiß und feucht an ihrer Halsbeuge.

»Alan«, stöhnte sie und umklammerte ihn mit aller Kraft.

Gemeinsam erreichten sie den Höhepunkt. Dianne war überwältigt von Gefühlen, die sie nie zuvor erlebt hatte – eine Mischung aus Freude, Trauer, Liebe und Staunen. Tränen liefen ihr über die Wangen auf das Kopfkissen. Alan hielt sie in den Armen, sagte ihr immer wieder, dass er sie liebe, sie nie verlassen würde, dass sie füreinander bestimmt seien.

»Ja«, sagte Dianne.

Alan wiegte sie wie ein Kind in seinen Armen.

»Tut mir Leid, dass ich weine.«

»Du musst dich nicht entschuldigen.« Alan küsste ihr die Tränen von Augen, Wangen und Hals. Als sie sein Gesicht berührte, merkte sie, dass es ebenfalls nass war, dass er mit ihr geweint, das Gleiche wie sie empfunden hatte.

»O Alan, ich liebe dich, ich liebe dich, ich liebe dich ...«, flüsterte Dianne, weil sie nicht wusste, wie sie es sonst nennen sollte, dieses Gefühl, das einen neuen Menschen aus ihr gemacht hatte.

Der Oktober war ein herrlicher Monat, eine nahtlose Verlängerung des Sommers. Die Tage waren mild, die Nächte kühl, aber noch nicht kalt. An seinen freien Mittwochnachmittagen fuhr Alan zu Dianne. Sie packten Julia warm ein, und er ruderte sie durch die Marschen.

Der Herbst war die beste Jahreszeit, um den Strand zu genießen, den sie nun ganz für sich alleine hatten. Das Wasser war grün und klar, und die Wellen waren sanft, als würden sie ihre Kräfte für die Winterstürme aufsparen. Alan machte einen Strandlauf, dann ging er mit Dianne schwimmen, wobei sie stets ein Auge auf Julia hatten.

Sie konnten es nicht lassen, sich ständig zu berühren. Sie waren verrückt nacheinander. Sie hatten ihre Sehnsucht so lange unter Verschluss gehalten und lebten sie nun voll aus. Die Macht ihrer Leidenschaft erfüllte Alan mit einer tiefen Freude; der einzige Wermutstropfen war das Bedauern um die verlorenen Jahre.

Manchmal kam ihm das Leben wie ein Traum vor. Er lag in der Sonne, Diannes Kopf auf seiner Brust, und dachte mit Schaudern daran, dass sie beide jeden Augenblick sterben könnten. Er musste ihren Herzschlag spüren, um sich zu vergewissern, dass er nicht träumte und sie wirklich zueinander gefunden hatten. Warum jetzt, in diesem Jahr? Fragen über Fragen, endlos wie die Wellen, die an den Strand schlugen. Alan zwang sich, nicht daran zu denken, geschweige denn nach einer Antwort zu suchen.

Es reichte aus, sie zu lieben.

»Ich wusste gar nicht, dass du so gerne am Strand bist«, sagte Dianne eines Tages zu ihm.

»War ich auch nie.«

»Früher hast du dich jeden Mittwochnachmittag in der Bibliothek herumgetrieben«, meinte sie lachend.

»Jetzt treibe ich mich eben am Strand herum«, erwiderte er und umarmte sie. »Oder wo immer ihr beide seid, du und Julia.«

»Gliii«, sagte Julia. Ihr Kopf hing herunter. In letzter Zeit fiel es ihr zunehmend schwer, den Nacken gerade zu halten. Der Krampfanfall hatte ihr sehr zugesetzt, und die Ärzte standen vor einem Rätsel, was die Ursache betraf. Alan wusste aus eigener Erfahrung, dass Wissenschaft und Medizin ihre Grenzen hatten. Er nahm Julia auf den Schoß und wiegte sie in der Sonne.

Dianne lag auf dem Bauch und sah zum Leuchtturm hinüber. Anfangs hatte sich Alan an diesem Strand nicht wohl gefühlt. Er hatte daran denken müssen, dass er mit Rachel hier gewesen war. Aber das gehörte der Vergangenheit an, den vergeudeten Jahren, als er darauf gewartet hatte, dass Dianne zu ihm fand. Er wollte keine Minute mehr verschwenden.

»Was trägt wohl dazu bei, dass eine Sandburg unverwüstlich ist, was glaubst du?«, sagte Dianne und schirmte ihre Augen gegen die Sonne ab.

»Was für eine Sandburg?«, fragte Alan, Julia im Arm.

»Dort oben.« Dianne deutete zum Leuchtturm hinüber.

Alan drehte sich zur Seite, um hinschauen zu können. Er sah einen eckigen Sandhaufen, der eher Schlackensteinen als den kunstvollen Burgen glich, die Dianne, Amy, Julia und Lucinda während ihrer Reise errichtet hatten und die er von den Fotos kannte.

»Sie steht schon seit Wochen«, sagte Dianne.

»Bist du sicher, dass es dieselbe ist?«

»Ja. Die Kanten bröckeln ab, aber es ist dieselbe, keine Frage. Wahrscheinlich ist sie aus Mörtel und durch die Nähe zum Leuchtturm geschützt.«

»Die Wellen kommen nicht bis dort oben hinauf.«

»Daaa«, sagte Julia und strich mit den Händen über seine Brust.

»Es hat in letzter Zeit kaum geregnet. Aber ein einziges Unwetter mit Platzregen, und sie ist verschwunden.«

»Dann bauen wir eben eine neue«, meinte Alan.

»Ich mag aber die alte. Ich weiß zwar nicht, warum, aber sie gefällt mir.«

»Maaa«, sagte Julia, als wäre sie derselben Ansicht.

»Dann können wir nur hoffen, dass sie ewig hält«, erwiderte Alan und umarmte sie beide.

22

Buddy Slain hasste das Wort Nein. Es war das unbeliebteste, das er kannte. Schon bei dem Gedanken daran kam ihm die Galle hoch. Es war unfair, eine himmelschreiende Ungerechtigkeit, eine Hürde auf dem Weg zum Glück. Und wenn eine Frau Nein zu ihm sagte, verwandelte sich die Galle in Gift.

Während er ziellos durch die Stadt kurvte, hörte er immer wieder dieses Wort. Buddys Ohren klingelten von der Musik, die aus den Lautsprechern seines Autoradios ertönte, und der Heavy-Metal-Musik, die er jeden Abend mit seiner Band machte. Sie traten derzeit in einer Kneipe am Hafen auf, in der Buddy Stammgast war, solange er denken konnte. Wenn er einen Blick in die Zuschauermenge warf, war er gekränkt, genauer gesagt, stinksauer, dass Tess sich nicht darunter befand.

Tess war beileibe keine Schönheit. Sie war auch nicht reich oder eine Leuchte, sie war überhaupt nichts Besonderes, aber sie gehörte ihm, mit Haut und Haaren. Buddy hatte sie an einem Samstagabend vor vier Jahren unter den Zuschauern entdeckt, hatte sie *auserwählt,* ihr einen Drink spendiert, sie aus ihrem Elend erlöst. Tess Brooks war Witwe, eine Stubenhockerin mit einem vaterlosen Balg, wie jeder wusste, die unter Depressionen gelitten und keinen Sinn mehr in ihrem Leben gesehen hatte. Bis Buddy auf der Bildfläche erschienen war.

Offenbar hatte auch ihr Gedächtnis gelitten, sonst hätte sie ihn nicht so schnell vergessen.

Nur weil ihnen irgendwelche blöden Nachbarn die Fürsorge auf den Hals gehetzt hatten, hatte Tess ihn vor die Tür gesetzt. Das war die Bedingung, damit sie ihr Balg zurückbekam. Sie würde sich noch wundern, was für Probleme sie sich damit eingehandelt hatte, und sich wünschen, Buddy wäre da, um ihr beizustehen. Dieses kleine Miststück würde aus dem Leim gehen, das sah er jetzt schon an ihrem Gesicht, das immer runder wurde. Tess war zu gutmütig, um sie an die Kandare zu nehmen. Man musste Heranwachsende im Auge behalten, vor allem Mädchen, damit sie nicht aufgingen wie eine Dampfnudel. Zu ihrem eigenen Besten.

Ein Rausschmiss aus den eigenen vier Wänden war das allerschlimmste Nein. Es spielte keine Rolle, dass Tess als Besitzerin des Hauses eingetragen war und mit der Abfindung, die sie nach dem Tod ihres Mannes erhalten hatte, die Hypothek abgelöst hatte. Wichtig war nur, dass sie Buddy ins Gesicht gesagt hatte: »Pack deine Sachen und verschwinde!«

Fürs Erste hatte er in Randy Bensons Eigentumswohnung Unterschlupf gefunden. Wenn Buddy die Kohle für eine solche Bleibe gehabt hätte, hätte er seine Zeit nicht mit Tess verschwenden müssen. Aber sie hatte ihn gebraucht, dieser Trauerkloß mit ihrer aufmüpfigen Tochter. Das kleine Miststück hatte sich mit *seinem* Köter aus dem Staub gemacht – noch eine himmelschreiende Ungerechtigkeit.

Während Buddy kreuz und quer herumfuhr, trank er hin und wieder einen Schluck Bier, was seinen Groll noch anstachelte. Zuerst fuhr er am Ärztezentrum von Hawthorne vorbei, in dem Alan McIntosh seine Praxis hatte. Der verfickte Säulenheilige, der Ritter ohne Furcht und Tadel. Er wusste nicht, wo der Scheißkerl wohnte. Gut betuchte Ärzte wie er hatten Telefonnummern, die nicht eingetragen waren, und kein Namensschild an der Haustür. Diese heimlichen Drahtzieher hielten sich lieber bedeckt. Zuerst machten sie die Patienten von sich abhängig, dann verschwanden sie in ihren Luxusfluchtburgen, damit sie nicht für ihre Kurpfuscherei zur Verantwortung gezogen werden konnten. Buddy kreuzte durch die Straßen in den Nobelvierteln von Hawthorne, in der Hoffnung, den Musterknaben zu finden.

Für heute reichte es, und deshalb machte er sich auf den Weg nach Gull Point. Langsam fuhr er die Sackgasse entlang und spähte zu dem Haus der beiden alten Hexen hinüber, die als

Erste in das Hornissennest gestochen hatten. Mutter und Tochter, gleichermaßen durchgeknallt. Miststücke, die meinten, sie wären was Besseres und müssten eine Familie zerstören, nur weil sie selbst keinen Kerl hatten und unbefriedigt waren. Vertrocknete alte Schachteln, die alle anderen anstachelten und nicht eher Ruhe gaben, bis sie die Männer genauso hassten wie sie selbst.

Buddy drehte um und fuhr mit quietschenden Reifen die Sackgasse zurück. Nichts wie weg von Gull Point!

Das Beste hatte er sich bis zum Schluss aufgespart – die Straße, in der er wohnte. Gewohnt hatte, dachte er, sich an das empörendste Nein erinnernd: »Pack deine Sachen und verschwinde!« Dort war das Haus. Nicht zu vergleichen mit der Eigentumswohnung, in der er jetzt sein Quartier aufgeschlagen hatte. Eine Bruchbude, wenn man es genau nahm. Aber Buddy war bereit, Opfer zu bringen. Er würde wohlwollend in Erwägung ziehen, den Luxus seines Junggesellendaseins aufzugeben – einen Kühlschrank voller Bier, Kabelfernsehen, *Penthouse* und andere Herrenmagazine im Bad –, wenn sie ihn auf Knien darum bat, zu ihr zurückzukehren.

Auf Knien! dachte er. Das war das Mindeste. Die Vorhänge waren geöffnet. Man konnte durch die Fenster ins Haus hineinsehen, und er kniff die Augen zusammen, in der Hoffnung, einen Blick auf Tess zu erhaschen. Sie liebte ihn, auch wenn sie es nicht wahrhaben wollte. Sie hatten viele schöne Stunden miteinander verbracht, heißen Sex gehabt, und er wusste, wie man Frauen behandelt. Zugegeben, gelegentlich war sein Temperament mit ihm durchgegangen, aber ein ganzer Kerl wie er brauchte schließlich ein Ventil für seine überschüssige Kraft.

Man brachte es in der Rockszene zu nichts, wenn man ein Schlappschwanz war. Das sollte mal einer diesem Dr. Alan Dingsbums, diesem blutleeren Säulenheiligen, sagen. Buddy kochte das Blut vor lauter Leidenschaft. Die irische Band U2 war ein Dreck dagegen. Niemand verstand es, Heavy Metal so zu spielen wie er, lodernd vor Zorn, mit gebrochenem Herzen, bereit, vor Liebe zu vergehen. *Vor Liebe zu vergehen.* Davon konnte sich dieser Dr. Langweiler, Dr. Spießer, Dr. Perfekt eine Scheibe abschneiden.

Buddy kehrte um und fuhr noch langsamer zurück. Aha, da war sie ja! Tess ging gerade in den Garten. Es war ein sonniger Tag, und sie hatte einen Wäschekorb dabei. Die Klammern im Mund, hängte sie Amys Hemden, Jeans und Unterwäsche auf. Dann ein Nachthemd, einen Büstenhalter und Slips, die ihr gehörten. Und wo waren seine Sachen? Sie hätten ebenfalls auf der Leine hängen sollen, sie mussten dringend gewaschen werden.

Er parkte auf der gegenüberliegenden Straßenseite und sah aufgebracht zu, wie Tess Wäsche aufhängte, die nicht ihm gehörte. Schon wieder wurde er ausgeschlossen. Doch trotz seiner Wut liebte er sie noch immer. Auch wenn es niemand verstand – Buddy war die Liebe selbst. Er würde für diese Frau sein Leben geben, keine Frage. Er ließ den Motor ganz kurz aufheulen. Aber sie hörte es nicht.

»Ich liebe dich«, sagte er laut.

Tess zog die Leine herunter und hängte ein weiteres Hemd auf. Die Sonne verlieh ihrem Haar einen kastanienbraunen Schimmer.

»Ich liebe dich«, sagte Buddy noch einmal leise. Es bestand kein Grund zu brüllen. Wenn ihre Verbindung nur halb so telepathisch war, wie er dachte, genügte bereits ein Flüstern.

»He«, flüsterte er und fixierte Tess mit seinem durchbohrenden Blick.

Mehrere Autos fuhren vorüber, und Buddy duckte sich. Er wollte vermeiden, dass dieses Miststück von der Fürsorge ihn hier erwischte. Er sah auf seine Uhr, halb drei. Die Schule war aus, Amy würde bald zu Hause sein. Ihr Bus war zwar erst in zwanzig Minuten fällig, aber Buddy mochte kein unnötiges Risiko eingehen.

»He. Ich liebe dich. Bis bald, Baby!«, sagte er.

Tess wischte sich mit der Hand übers Ohr, als wollte sie eine

Biene verscheuchen. Sie hatte offenbar keine Ahnung von Telepathie. Aber sonst war sie okay. Sie war sogar ganz okay. Nicht schön, keine Leuchte, nicht der heißeste Feger, den er jemals im Bett gehabt hatte, aber genau die Richtige für ihn. Sie gehörte ihm, mit Haut und Haaren.

Der Oktober war mild geblieben, und dann fiel eines Tages der erste Schnee. Die Temperaturen gingen völlig unvermutet in den Keller. Amy war morgens in Latzhosen und T-Shirt zur Schule gegangen, doch als sie nun in Gull Point aus dem Bus stieg, fror sie und rannte durch das Schneetreiben zur Werkstatt hinüber. Sie riss die Tür auf. Orion sprang an ihr hoch und leckte ihr zur Begrüßung das Gesicht.

»Hallo, du. Braver Hund«, sagte sie und streichelte ihn.

Außer Stella und Orion war niemand da. Amy runzelte die Stirn. Sollte sie sich im Tag geirrt haben? Normalerweise besuchte sie Dianne und Julia jeden Donnerstagnachmittag. Sie wäre gerne häufiger gekommen, weil sie die beiden vermisste, aber sie wollte ihrer Mutter nicht wieder das Gefühl geben, dass sie die Familie Robbins ihrer eigenen vorzog.

Als sie hochsah, kam Lucinda gerade über den Hof, mit einer großen Schüssel in der Hand. Schneeflocken tanzten im Wind, streiften das Schilfgras in den Marschen und wirbelten über den Boden.

»Wo stecken Dianne und Julia?«, rief Amy.

»Im Haus«, sagte Lucinda. »Julia ist erkältet.«

»Ausgerechnet jetzt, wo der Winter anfängt«, erwiderte Amy mit einem Blick aus dem Fenster.

»Da, bedien dich.« Lucinda hielt Amy die Schüssel hin. »Eine alte Tradition, die Dianne und ich eingeführt haben, als sie noch klein war. Sobald der erste Schnee fiel, haben wir Popcorn gemacht.«

»Weil es so weiß und leicht wie Schneeflocken ist?«, sagte Amy kauend.

»Wahrscheinlich. Zur Feier des Tages.«

»Kann ich zu Julia?«
»Hm.«
Amy wusste, dass die Antwort Nein lautete, und es versetzte ihr einen Stich. Sie fühlte sich elend, ohne sagen zu können, warum. Weil Julia krank war? Oder weil sie aus dem Leben der Robbins ausgeschlossen wurde?
»Warum nicht? Ist Dianne böse auf mich?«
»Aber nein! Julia soll liegen und sich schonen. Besuch regt sie auf.«
»Ich bin kein Besuch, ich bin ihre beste Freundin.«
»Ja, das bist du.« Sie setzten sich auf die Fensterbank, die Schüssel mit Popcorn zwischen sich. Amy entspannte sich, sie war gerne mit Lucinda beisammen. Die Rückfahrt von Kanada hatte sie einander näher gebracht, und Amy stellte sich vor, dass es so sein müsste, wenn man eine Großmutter hatte.
»Wie war's in der Schule? Was hast du heute gelernt?«
»Ich habe ein Gedicht im Englischunterricht geschrieben.«
»Wirklich?«
»Es reimt sich sogar«, sagte Amy verlegen. Alle anderen in ihrer Klasse hatten geschrieben, wie ihnen der Schnabel gewachsen war. Über Dinge, wie man sie dem Tagebuch anvertraut – Liebeskummer, einsame Stunden am Strand und Selbstmordgedanken.
»Shakespeare hat auch in Versen geschrieben. Und Keats. Und Edna St. Vincent Millay und Elizabeth Bishop.«
»Amber hat sich über mich lustig gemacht.«
»Amber! Aha«, erwiderte Lucinda in einem Tom, der jedes weitere Wort überflüssig machte.
»Ich hab was über die Apfelgärten geschrieben. Auf Prince Edward Island.«
»Oh!«
Amy steckte die Hand in die Tasche. Das Gedicht war noch da. Sie hatte das Bedürfnis gehabt, es mitzubringen, um es Lucinda zu zeigen. Doch nun zögerte sie.
»Ich würde es gerne lesen.«

»Es ist blöd.«
»Manchmal ist es leichter, Gedichte zu schreiben, als sie anderen zu zeigen. Es erfordert Mut, jemanden lesen zu lassen, was man zu Papier gebracht hat. Das ist, als würde er einem direkt ins Herz sehen.«
Amy nickte. Sie wollte Lucinda nicht kränken, aber sie traute sich trotzdem nicht, das Blatt herauszuholen. Lucinda hatte den Nagel auf den Kopf getroffen, Amy fehlte der Mut.
»Ach, bevor ich es vergesse, schreib doch was für den Wettbewerb.«
»Hm«, sagte Amy widerstrebend. Sie war der geborene Verlierer. Amber hatte in der dritten Klasse einen Kostümwettbewerb an Halloween und David Bagwell einen Preis beim Schießwettbewerb an der Ocean Beach gewonnen. Amy war immer leer ausgegangen.
»Du weißt schon, der Kurzgeschichten-Wettbewerb, den die Bibliothek veranstaltet. Jeder kann mitmachen. Einsendeschluss ist Thanksgiving. Es ist kein bestimmtes Thema vorgeschrieben, du hast also die freie Wahl. Der Beitrag sollte nicht länger als fünfzehn Seiten und mit der Schreibmaschine geschrieben sein, doppelter Zeilenabstand.«
»Ich habe keine Schreibmaschine. Und auch keinen Computer.«
»Aber wir«, sagte Lucinda und deutete auf Diannes Schreibtisch.
»Das ist nichts für mich«, entgegnete Amy. Für sie waren angehende Schriftsteller reich, klug und Klassenbeste. »Ich habe doch nur dieses eine Gedicht geschrieben.«
»Alle Schriftsteller haben klein angefangen. Um einer zu werden, musst du schreiben.«
»Hm«, machte Amy und befühlte wieder das Blatt.
»Über Apfelgärten«, sagte Lucinda sanft.
Amy sah zu dem Regal hinüber, auf dem Stella lag. Die Katze war ganz oben in ihrem Korb. Auf dem Brett darunter bewahrte Dianne ihre Schätze auf: ein Vogelnest mit Eiern, Steine von

dem schwarzen Sandstrand und die vier verschrumpelten Äpfel, die Amy vom Boden aufgesammelt hatte.
Sie sahen aus, als wären sie geschrumpft, wie vertrocknete Hülsen. Die Reise nach Kanada schien Ewigkeiten her zu sein. Das Leben zu Hause hatte viel versprechend begonnen, aber wenn Amy von der Schule heimkam, hatte sie ihre Mutter neuerdings wieder im Bett vorgefunden. Sie hatte Dianne und Julia besuchen wollen, und nun durfte sie nicht. »Ich kenne dein Gedicht nicht, aber ich gehe jede Wette ein, dass es gut ist.«
»Das sagst du doch nur!« Tränen schossen ihr in die Augen.
»Ich würde nie wegen eines Gedichtes lügen! Ich bin Bibliothekarin und habe mich immer an die Regel gehalten, die Wahrheit zu sagen, wenn ich ein Buch beurteilen soll.«
»Warum glaubst du dann …«
»Dass dein Gedicht gut ist? Ich werde dir sagen, warum. Weil du mit offenen Augen durchs Leben gehst, Amy Brooks. Du siehst die Welt, wie sie ist, aber findest immer etwas Gutes an den Menschen. Wenn du ein Gedicht über einen Apfelgarten schreibst, weiß ich, dass du dein Herz eingebracht hast.«
Amys Augen flossen über.
»Und das gilt für jede Geschichte, die du schreibst.«
»Geschichten sollten aber spannend sein«, entgegnete Amy. »Und von Waisenkindern und Inseln handeln, oder von Siedlerfamilien in der Prärie.«
»Oder von einsamen Mädchen und misshandelten kleinen Hunden und Spaziergängen im Apfelgarten.«
»Das klingt, als wäre ich gemeint.«
»Du bist es wert, dass man über dich schreibt.«
Lucinda reichte Amy die Schüssel, und diese bediente sich erneut. Das Schneetreiben hatte aufgehört. Die Marschen lagen braun und friedvoll da. Amy fragte sich, wann die Winterstürme einsetzen würden, und, an Julia denkend, ob die Sandburg noch stand.
»Lucinda …«
»Ja?«

Amy zögerte. Sie wusste nicht, wie sie ihr klar machen sollte, dass sie sich danach sehnte, Julia zu sehen und wieder zur Familie zu gehören wie im Sommer. Warum musste sich alles ändern? Ihr Hals war wie zugeschnürt. Die vier Äpfel sahen so winzig aus dort oben auf dem Regal. Sie musste die Augen schließen, um sich den Geruch nach Apfelmost und den Tag im Apfelgarten ins Gedächtnis zurückzurufen.
Sie griff in die Tasche und umklammerte wieder den Zettel mit dem Gedicht. Dann reichte sie es Lucinda, und ohne auf Wiedersehen zu sagen, rannte sie zur Tür hinaus nach Hause.

Julia nieste. Ihre Augenlider waren mit einer gelben Schleimkruste verklebt. Dianne betupfte sie mit einem feuchten Wattebausch. Julia habe nur eine Erkältung, hatte Alan gesagt. Trotzdem war Dianne nervös. Amy sollte heute kommen, und sie hatte sich auf sie gefreut, aber es war besser, Julia nicht mit ihr in Kontakt zu bringen. In der Schule schwirrten alle möglichen Bazillen herum.
»Wie geht es deinem Rücken?«, fragte Lucinda.
»Was? Ach so, gut.«
»Sieht aber nicht so aus.«
Dianne hatte sich verhoben, als sie Julia nach oben getragen hatte. Es hatte geknackst, als wäre etwas gerissen. Sie konnte die Schmerzen nur dann aushalten, wenn sie schief ging, den Schwerpunkt nach rechts verlagerte.
»Doch, es ist gut, Mom.«
Lucinda nahm im Schaukelstuhl Platz. Sie hatte ihre Brille aufgesetzt und las – vielleicht einen Brief. Dianne fuhr fort, Julia mit dem Wattebausch bernsteinfarbene Kristalle von den Wimpern zu wischen.
»Was liest du da?«, fragte Dianne, ohne sich umzudrehen.
»Ein Gedicht. Von Amy.«
»Aha. Liest du es mir vor?«
»Hm.«
»Mom!« Dianne legte die Hand auf Julias Stirn, um zu fühlen,

ob sie Fieber hatte. »Ich hab gefragt, ob du uns das Gedicht vorliest.«
»Das geht nicht, Kind. Ich weiß nicht, ob es Amy recht wäre. Tut mir Leid, aber du musst sie fragen.«
Dianne nickte. Sie verspürte einen Stich. Amy hatte sich in den letzten Wochen rar gemacht. Natürlich hatte Amy ihre Mutter und ihr eigenes Zuhause, aber sie vermisste das Mädchen. Julia war aufgeblüht. Sie hatte sie zum Lachen gebracht, ihre Sprache verstanden, war ihre beste Freundin geworden. Wenn Julia nicht erkältet wäre, säße Amy jetzt bei ihnen.
»Ist das Gedicht gut?«, fragte Dianne. Sie bewunderte den Respekt, den ihre Mutter Amys literarischen Geheimnissen zollte.
»Sehr gut sogar«, sagte Lucinda, ohne den Blick von dem linierten Blatt Papier zu nehmen.

Alan kam spät am Abend direkt aus dem Krankenhaus nach der letzten Visite. Er verbrachte jede freie Minute mit ihr. Als er in die Auffahrt bog, bemerkte er ein altes Auto, das am Ende der Sackgasse stand. Die Silhouette des Fahrers kam ihm bekannt vor. Er ging noch einmal auf die Straße hinaus, aber der Wagen brauste bereits davon. Alan sah nur noch die Rücklichter. Er war beunruhigt, weil der Fahrer von hinten wie Buddy Slain ausgeschaut hatte.
Lucinda stand in der Küche und räumte auf. Sie lächelte, als Alan eintrat, und küsste ihn wie gewohnt auf die Wange. Er lebte zwar nicht mit unter ihrem Dach, aber schlief mit ihrer Tochter. Lucinda schien es zu akzeptieren, sogar glücklich darüber zu sein.
»Ich habe dir einen Teller Muschelsuppe aufgehoben. Ich wärme sie dir schnell auf. Dazu gibt's Salat, Brot und ein Glas Apfelmost …«
»Danke, Lucinda. Das klingt fantastisch. Sag mal, ist dir in letzter Zeit jemand aufgefallen, der in eurer Straße parkt und das Haus beobachtet?«
»Nein.« Sie schüttelte den Kopf. »Aber das sind bestimmt Teen-

ager. An manchen Abenden ist das hier ein richtiges Liebesnest. Kein Wunder, so abgelegen, wie die Sackgasse ist.«
»Wahrscheinlich hast du Recht«, sagte Alan und spähte wieder aus dem Fenster. Die schrottreife alte Kiste mit den Rockband-Aufklebern an den Scheiben und dem mit Draht hochgebundenen Auspuff deutete wirklich auf einen Halbwüchsigen hin. Er wünschte, er könnte sich an Buddys Auto erinnern, aber er hatte kaum darauf geachtet. »Ist Dianne bei Julia?«
»Ja. Es wäre besser, wenn du sie dir anschaust«, sagte Lucinda mit zusammengepressten Lippen.
Alan klopfte ihr beruhigend auf die Schulter und stieg die Treppe hinauf. Die Beleuchtung war gedimmt, was bedeutete, dass Julia schlief. Als er den Flur entlangging, hörte er ihre langen rasselnden Atemzüge, die klangen, als befände sie sich am Rande einer Lungenentzündung.
Dianne saß steif im Schaukelstuhl an Julias Bett. Sie strahlte bei seinem Anblick und sah zu, wie Alan Julias Herz und Lunge mit dem Stethoskop abhörte. Dann stand sie auf, um ihn zu küssen, und schrie auf.
»Was hast du?«
»Mein Rücken!«
»Was ist passiert?« Vorsichtig berührte er ihre Wirbelsäule.
»Ich habe mich verhoben.«
»Als du Julia nach oben getragen hast?«
»Ja.«
Alan führte sie zum Gästebett, in dem Amy während der Sommermonate geschlafen hatte. Schon beim Hinsetzen verzerrte sich ihr Gesicht vor Schmerzen. Alan half ihr, sich auf die Seite zu rollen und dann auf den Bauch. Das Kissen warf er auf den Fußboden, damit sie flach lag.
»Was ist mit Julias Atmung?«, fragte Dianne mit erstickter Stimme.
»Ich habe Antibiotika für sie mitgebracht. Lieg still!«
Er schob ihr Hemd hoch, ein ausgeblichenes blaues Baumwollhemd mit langen Ärmeln, und strich mit den Händen über die

Seiten ihres Körpers, die seidenweiche, warme Haut. Er begann ihre Schultern mit einer gekonnten Knetmassage zu lockern, dann drückte er mit den Daumen rechts und links an der Wirbelsäule entlang. Sie zuckte zusammen.

»Ist das die Stelle?«

»Ja, da tut's weh.«

Alans Hände wurden sanfter. Ihr nackter Rücken, die Nähe ihres Körpers erregten ihn. Er beugte sich hinab und küsste sie auf den Hinterkopf.

Sie stöhnte leise, ergriff seine Hand und küsste sie. Behutsam legte er die Arme um ihre Seiten und renkte ihre Wirbelsäule mit einem Ruck ein. Sie stöhnte auf. Er beugte sich hinunter und küsste ihr Ohr, dann setzte er die Massage fort, an manchen Stellen hart, an anderen sanft. Er bearbeitete jeden Wirbel einzeln, bis zum Kreuzbein. Sie seufzte vor Behagen. Auf der anderen Seite des Raumes war Julias rauer, aber stetiger Atem zu hören.

»Besser?«, flüsterte er Dianne ins Ohr.

»Viel besser«, flüsterte sie zurück.

Alan nickte. Das Licht war gedämpft und anheimelnd. Er war bei seiner Familie, die er liebte. Dianne brauchte dringend Entlastung. Sie hatte sich nicht nur verhoben, sondern war völlig verspannt, und mit einer Massage war es nicht getan.

Die Dinge wuchsen ihr langsam über den Kopf. Julia war zu groß, um von ihr treppauf, treppab getragen zu werden. Sie brauchte ein Zimmer zu ebener Erde. Seit dem Herbst hatte sich Julias Zustand verschlechtert, und es würde weiter bergab gehen, auch wenn die Ärzte nichts Genaues sagen konnten. Dianne schien es zu spüren, denn sie verbrachte inzwischen wesentlich mehr Zeit bei Julia im Haus als in ihrer Werkstatt bei der Arbeit.

Julias Zustand war an einem Wendepunkt gelangt. Alan wusste nicht, was vor ihr lag, aber er ahnte es. Er sah zur anderen Seite des Raumes hinüber. Sie lag auf der Seite, mit geschlossenen Augen und sichelförmig zusammengekrümmtem Körper. Sie war sein Kind, und er liebte sie, als wäre sie seine eigene Tochter und nicht seine Nichte. Er wünschte sich so sehr, ihr Vater zu sein, sie zu adoptieren, bevor sie starb.

»Das fühlt sich gut an«, sagte Dianne.

»Dann genieße es«, erwiderte Alan.

Dianne hatte die Augen geschlossen, das Gesicht zur Wand gedreht. Alan massierte ihr den Rücken und zog die Bettdecke an den Seiten hoch bis zu den Brüsten, damit sie nicht fror. Er wünschte sich nichts sehnlicher, als sie in ihr Schlafzimmer zu tragen und Liebe mit ihr zu machen. Aber nicht heute Abend. Tränen traten in Alans Augen, und er wandte den Kopf ab, um sie an seiner Schulter abzuwischen.

»Danke«, sagte Dianne.

»Wofür?«

»Für alles. Ich bin so glücklich mit dir. Ich hätte nie gedacht, dass ein Mensch so glücklich sein kann.«

»Ich auch nicht, Liebste«, flüsterte er.

»Wir sind eine richtige Familie.«

»Das habe ich mir immer gewünscht«, sagte Alan und beugte sich hinunter, um ihre Schläfe zu küssen.

23

Alan absolvierte sein Training an manchen Tagen noch vor der Sprechstunde, aber seit geraumer Zeit schlug er dabei einen neuen Weg ein. Statt um den Hawthorne Park herumzulaufen, an der Bibliothek und der Baumschule vorbei, nahm er Kurs auf die Uferpromenade. Zwei Tage hintereinander war er, statt sein Tempo beizubehalten, langsamer geworden, wenn er die weitläufigen alten Häuser an der Water Street erreichte.

Da war es, das Haus, das Dianne seit ihrer Kindheit geliebt hatte. Als Alan daran vorbeilief, fielen ihm wieder die hohen Fenster, die ionischen Säulen, die Sonnenveranda und die drei Schornsteine ins Auge. Er sah den weitläufigen Garten, der in eine Wiese überging, den schmiedeeisernen Zaun und drei separate Nebengebäude. Von der Straße war es nicht möglich, sich ein Bild vom Grundriss des Gebäudes zu machen. Aber das Haus war groß, und möglicherweise gab es sogar Schlafzimmer im Erdgeschoss.

Alan spielte mit dem Gedanken an einen Umzug. Sein Haus war groß und weiträumig, aber mit zu vielen Erinnerungen belastet. Er hatte dort gewohnt, seit er sich in Hawthorne niedergelassen hatte. Seine Verflossenen hatten dort übernachtet, genau wie Tim, einmal sogar mit Dianne, als es nach einer Party spät geworden war. Außerdem musste das Haus an allen Ecken und Enden renoviert werden, und es gab im Erdgeschoss keinen Raum, der als Schlafzimmer geeignet war.

Vielleicht ging seine Fantasie mit ihm durch. Er hatte Dianne bisher noch nicht gefragt, ob sie sich überhaupt vorstellen könnte, mit ihm zusammenzuziehen. Aber gesetzt den Fall, sie wäre dazu bereit? Sie waren sich seit ihrer Rückkehr von der Reise sehr nahe gekommen. Manchmal schien es, als hätten sie ihre unliebsame Vergangenheit gänzlich abgestreift. Er legte

eine Verschnaufpause ein, an den schmiedeeisernen Zaun gelehnt. Das Haus sah tipptopp aus, die Bewohner schienen es hervorragend in Schuss zu halten. Im Garten gab es auf der einen Seite Obstbäume und Gemüsebeete, halbhohe Steinmauern und üppig wuchernde Chrysanthemen.
Er hatte das Gefühl, als sähe das Erdgeschoss auf der Rückseite größer aus, als besäße es eine L-Form, direkt hinter der Buchsbaumhecke. Möglicherweise wäre dort Platz für zwei aneinander grenzende Schlafräume, damit Dianne Julia nicht die Treppe hinauftragen musste. Der Kauf dieses Hauses wäre mehr als eine Erleichterung oder ein Luxus – es war Diannes Traumhaus, und es würde sie wirklich glücklich machen.
Er trat den Rückweg an. Er war bereits spät dran, sein erster Patient war für neun Uhr bestellt. Wenn er sich beeilte, konnte er noch duschen und Nina Maynard von der Immobilienfirma Hawthorne Realty, die er gut kannte, von der Praxis aus anrufen.

Amy bekam Einsen in allen mündlichen und schriftlichen Prüfungen. Sie hatte noch nie zu den Klassenbesten gehört, aber ihre Lehrerin meinte, wenn sie sich weiterhin so anstrenge, werde sie es in diesem Halbjahr schaffen. Es sollte eine Überraschung für ihre Mutter sein. Amy machte sich wieder Sorgen um sie, weil sie noch im Bett lag, wenn sie morgens zur Schule ging, und nicht einmal dann aufgestanden war, wenn sie nach Hause kam.
»Mom!«, rief Amy, am Küchentisch sitzend.
Keine Antwort.
»Mom, möchtest du Tee?«
Als ihre Mutter nicht antwortete, stand Amy auf und drehte die Heizung an. Draußen war es kalt, und der Kessel schien nicht zu funktionieren. Vielleicht hatte sich ihre Mutter ins Bett verkrochen, weil sie fror. Amy konnte es ihr nicht verdenken.
Sie stellte fest, dass sie nach Entschuldigungen für ihre Mutter suchte. Vielleicht ist ihr kalt, dachte sie. Oder sie muss Schlaf

nachholen, weil sie nachts wach gelegen hat. Amy fiel es schwer zu verstehen, was eine Depression war. Der Arzt, der ihre Mutter behandelte, hatte es ihr erklärt. Sie habe sich von Amys Vater im Stich gelassen gefühlt, als er gestorben sei, aber so große Schuldgefühle deswegen entwickelt, dass sie ihre Wut gegen sich selbst gerichtet habe.

»Warum muss das Leben so kompliziert sein?«, schrieb Amy. Sie saß am Küchentisch und arbeitete an ihrer Kurzgeschichte. Sie spielte in Oakville, einer kleinen Stadt, die verdächtige Ähnlichkeit mit Hawthorne hatte. Die Hauptperson war ein zwölfjähriges Mädchen namens Catherine; sie hatte eine Mutter, die unter Depressionen litt, und eine von Geburt an behinderte Schwester. Wenn Amy Gedanken hatte, die ihr besonders hart zusetzten, überließ sie es Catherine, sich darüber den Kopf zu zerbrechen. Und damit sie Hoffnung für die Zukunft hatte, ging Catherine an den Strand und baute Sandburgen.

»Hallo, Schatz«, sagte Amys Mutter. Sie trug einen rosafarbenen Bademantel. Ihr Haar war auf der linken Seite ganz platt, und auf ihrer Wange waren Abdrücke vom Kissen. Sie gähnte und zündete sich eine Zigarette an.

»Ich koche gerade Tee. Möchtest du eine Tasse?«

»Ja«, antwortete sie und nahm am Tisch Platz. Ihr Blick fiel auf das Blatt. »Was schreibst du da?«

»Eine Kurzgeschichte.«

»Wovon handelt sie?«

»Von Abenteuern.« Aber es waren keine Abenteuer im landläufigen Sinn, auf dem Meer, in den Bergen, im Dschungel oder im Weltraum. Es ging um eine Familie, die sich auseinander gelebt hatte und wieder zusammenfand, und ihre Erlebnisse, die guten wie die schlechten.

»Hört sich aufregend an«, sagte ihre Mutter, aber es klang nicht so, als ob sie es meinte. Ihre Lippen zitterten, als sie versuchte zu lächeln.

Amy war wütend, auch wenn sie nicht wusste, weshalb. Warum lächelte ihre Mutter nicht einfach, wenn ihr nach Lächeln zu Mute war? Warum konnte sie nicht rundum glücklich sein? Die Wut, die sie empfand, machte ihr Angst. Sie erinnerte sie an letzten Sommer, als sie Amber zu Boden geschlagen und die Fürsorgerin sie als gewalttätig abgestempelt hatte. Aber sie hatte auch keine Lust, ihre Wut gegen sich selbst zu richten und Depressionen zu bekommen wie ihre Mutter. Es war schwer, einen Mittelweg zu finden, und deshalb überließ sie es Catherine, die ebenfalls mit einer mächtigen Wut zu kämpfen hatte.

»Hast du heute Depressionen, Mom?«

»Ein bisschen.«

»Du siehst müde aus. Ich mache mir Sorgen, wenn du dauernd im Bett liegst.«

»Musst du nicht. Es wird schon werden.«

»Nimmst du deine Medizin?«

»Ja«, sagte ihre Mutter und versuchte wieder zu lächeln.

»Hättest du etwas dagegen, wenn ich Orion hole?«, fragte Amy plötzlich. »Er fehlt mir so sehr, und ich ihm sicher auch, weil Dianne keine Zeit für ihn hat.«

»Ich weiß nicht. Der Hund hat Buddy gehört …«

»Dickie!«, sagte Amy. Aus Versehen war ihr der Name herausgerutscht, den sie Buddy in ihrer Kurzgeschichte gegeben hatte.

»Wer ist Dickie?«

»Niemand«, erwiderte Amy. Doch da sie ein schlechtes Gewissen wegen der Lüge hatte, fügte sie hinzu: »Er kommt in meiner Geschichte vor. Er ist …«

Der Kessel begann zu pfeifen. Amys Mutter stand auf und ging zum Herd. Sie nahm den Kessel vom Ofen, holte zwei Tassen aus dem Regal und goss das kochende Wasser über die Teebeutel. Amy hatte ihrer Mutter die Geschichte erzählen wollen, aber sie war einfach aufgestanden und weggegangen, als hätte sie überhaupt nicht zugehört.

»Das macht mich wütend«, sagte Amy mit letzter Kraft.

»Was?«

»Dass du einfach aufstehst und weggehst.« Tränen brannten in ihren Augen, als ob sie vor Wut gekocht hätte. Amy hatte die Wut so satt, dass sie am liebsten losgebrüllt hätte.
»Ich habe trotzdem zugehört«, sagte ihre Mutter. »Erzähl weiter von Dickie.«
»Es spielt keine Rolle.«
»Für mich schon.« Ihre Mutter nahm wieder Platz, mit Tee, Zigarette und dem aufrichtigsten Lächeln, dass Amy seit langem zu Gesicht bekommen hatte.
Warum passierte ihr das nie bei Lucinda und Dianne? Kaum hatte sie sich fünf Minuten mit ihrer Mutter unterhalten, hätte sie am liebsten gebrüllt vor Wut. Alles an ihrer Mutter regte sie auf. Dass sie dauernd schlief, dass sie rauchte, wie sie das Wort »Dickie« aussprach, als wäre er ein niedlicher kleiner Junge und nicht ein alter Widerling.
»Komm schon, erzähl mir den Rest.«
Amy holte tief Luft. Sie war immer noch wütend und hatte deswegen ein schlechtes Gewissen. Sie spürte, wie die Wut sich gegen sie selbst richtete. Du bist gemein, Amy, sagte sie sich, abscheulich! Diese Frau ist deine Mutter, sie gibt sich große Mühe! War sie jetzt auf dem besten Weg, Depressionen zu bekommen? Sie musste diese Rätsel lösen, am besten mit Catherine.
»Mom, wo sind die Bilder von Dad?«
»Die Fotos von Russ?«
»Ja.«
»Ich glaube, in der Diele. Ich konnte sie lange Zeit nicht mehr anschauen, weil ich ihn dann noch mehr vermisst habe.«
Amy nickte. Deshalb waren auch die Kassetten mit der Lieblingsmusik ihres Vaters und ihrer Mutter im Keller aufbewahrt gewesen. Aber Dickie hatte sie gefunden und in die Garage geschafft, wo auch die Mülltonnen standen.
»Kann ich ein paar Fotos aufhängen? In meinem Zimmer?«
»Sicher.« Zu Amys Überraschung drückte ihre Mutter die Zigarette aus, öffnete die Klappe in der Küchendecke, zog die Treppe herunter, die auf den Speicher führte, und kletterte hi-

nauf. Amy wartete mit klopfendem Herzen, und kurz darauf kehrte sie zurück und reichte ihr eine braune Papiertüte.

»Oh!«, rief Amy erstaunt. Buddys Verbot, Russell Brooks zu erwähnen oder Bilder von ihm aufzustellen, war so wirkungsvoll gewesen, dass sie nicht einmal gewusst hatte, dass Fotos existierten. Es waren ohnehin nur drei – ihr Vater als Baby, bei der Schulabschlussfeier und im Sakko.

»Auf dem Foto sieht er gut aus«, sagte ihre Mutter. »Das war, als er die Fischerei an den Nagel gehängt hatte und als Autoverkäufer anfing. Er musste in Anzug und Krawatte zur Arbeit erscheinen, aber er hatte das Gefühl zu ersticken. Das Foto hing im Ausstellungsraum.«

»Dad hat Autos verkauft?«, sagte Amy ehrfürchtig. Sie hatte nicht gewusst, dass ihr Vater so vielseitig gewesen war: Fischer, Autoverkäufer …

»Nur kurz, als ich mit dir schwanger war. Ich hatte Angst, wenn er auf See war.«

»Und was für eine Marke?«

»Ford.«

Amy versuchte sich das Logo von Ford vorzustellen. Sie würde es in ihre Sammlung einfügen, die aus wichtigen Erinnerungen und Andenken bestand. Es würde neben Fischerbooten, Delfinen, Sandburgen und verschrumpelten Äpfeln seinen Platz finden.

»Das Foto hing an der Wand, und jeder konnte es sehen?« Amy hatte auch nicht gewusst, dass ihr Vater so bekannt gewesen war.

»Ja«, antwortete ihre Mutter, während ihre Finger über das staubige Glas des Bilderrahmens glitten. »Bei Brenton Motors, dem Autohändler. Wäre er nur dort geblieben, statt wieder aufs Meer rauszufahren …«

»Wein doch nicht, Mama«, sagte Amy und spürte erneut die eiserne Faust im Magen. Tränen liefen über das Gesicht ihrer Mutter.

»Diese verflixten Fotos rühren alles wieder auf. Er war ein wunderbarer Mann. Immer fröhlich und lieb. So einen findet man nicht zweimal.«

»Mein Dad«, sagte Amy stolz und legte den Arm um die Schultern ihrer Mutter.

»Russell Brooks. Ich war damals Mrs. Russell Brooks.«

»Mama, er hat nicht oft getrunken, oder?« Amy hatte ihren ganzen Mut zusammennehmen müssen, um die Frage zu stellen. Aber Ambers boshafte Lüge ging ihr einfach nicht aus dem Kopf.

»Wie kommst du denn darauf, Schatz? Dein Vater hat sich nichts aus Alkohol gemacht. Er hat kaum einen Tropfen angerührt. Draußen auf hoher See kann man keinen Kater gebrauchen.«

»Das dachte ich mir.« Amys Gedanken wanderten wieder zu ihrer Kurzgeschichte. Bei Catherine war das anders. Ihre Mutter wäre nicht auf den Speicher gekrochen, um Fotos von ihrem Vater herunterzuholen. Und er hätte auch keine Autos von Ford verkauft, mit Anzug und Krawatte! Amy gefiel der Unterschied zwischen Catherine und ihr; wer weiß, wie viele noch vor dem Abgabetermin auftauchen würden.

Das Beste aber war, dass Amy ihre Wut weder ausgetobt noch gegen sich selbst gerichtet hatte. Im Moment war sie einfach wie weggeblasen! Und sie war zum ersten Mal seit langer Zeit wieder genauso gerne mit ihrer eigenen Mutter zusammen wie mit Dianne, Julia und Lucinda.

Lucinda ging zum Briefkasten unten an der Straße, um die Post zu holen. Zwischen den Katalogen und Rechnungen fand sie einen Umschlag mit dem Scheck von Tim McIntosh, die monatliche Rate für das Darlehen, das er von Emmett und ihr erhalten hatte; er war ihr von der Bibliothek nachgeschickt worden. In die Betrachtung der Handschrift versunken, hätte sie um ein Haar den Wagen übersehen. Eine uralte Rostlaube, an der Wendestelle geparkt, wo die Sackgasse breiter wurde. Die Reifen sahen aus, als könnten sie Luft gebrauchen.

Als Lucinda näher kam, bemerkte sie, dass der Wagen leer war. Sie blickte sich um. Manchmal kamen Vogelliebhaber hierher. Die Marschen galten als Mekka der Ornithologen – es gab Reiher, Schnepfen, Schwarzdrosseln, Seeschwalben und Singvögel jeder Art –, vor allem im Frühjahr und Herbst, wenn die Tiere zum Brüten herkamen. Maler hatten ebenfalls eine Vorliebe für das idyllische Fleckchen Erde und stellten ihre Staffeleien im Schilf auf. Aber Lucinda sah keine Menschenseele weit und breit.
Sie steckte Tims Scheck in die Tasche und ging langsam zurück. Dianne war mit Julia im Haus. Seit Julias Erkältung waren die beiden unzertrennlich. Alan kam jeden Abend, untersuchte Julia und tröstete Dianne. Lucinda hielt sich möglichst im Hintergrund.
Sie schloss Diannes Werkstatt auf, denn sie wollte alleine sein. Seit Alan Dauergast und die Beziehung zwischen den beiden immer enger wurde, kam sie sich manchmal wie das fünfte Rad am Wagen vor. Vielleicht war es an der Zeit, ihre Zelte abzubrechen und wie andere Rentner ihren Lebensabend in Florida zu verbringen. Oder nach Nova Scotia zurückzufliegen, um mit Malachy Condon dem Gesang der Delfine zu lauschen.
Das Altwerden gefiel Lucinda nicht, aber sie akzeptierte es. Sie wollte nicht zu den Fünfundsechzigjährigen gehören, die behaupteten, sich noch genauso wie vor zwanzig oder vierzig Jahren zu fühlen. Lucinda war der Meinung, dass sie sich jede Falte und jedes graue Haar schwer verdient hatte. Vielleicht gefiel ihr Malachy deshalb so gut – er machte keinen Hehl aus seinem Alter und sah, was viele unverzeihlich gefunden hätten, wie siebzig und mehr aus. Schon allein deshalb befand er sich auf ihrer Wellenlänge; mit ihm konnte man reden.
Lucinda vermisste den Austausch zwischen Gleichgesinnten. Das war in der Bibliothek gut gewesen. Sie mussten sich zwar im Flüsterton unterhalten, aber der Tag war mit dem Austausch von Klatsch, Gesprächen über Bücher und Alltagserlebnissen ausgefüllt. Eine Zeit lang hatte Lucinda gedacht, in Dianne einen Ersatz zu finden, eher wie Freundinnen als Mutter und

Tochter zu sein. Aber das erwies sich als Trugschluss, weil sie sich viel zu sehr als Diannes Mutter fühlte, und das war allemal besser als Freundschaft. Und nun hatten Dianne und Alan zueinander gefunden. Lucinda hatte seit Jahren darauf gewartet, dass sie endlich erkannten, füreinander bestimmt zu sein. Sie hörte sie nachts flüstern, wenn das Haus dunkel war und Julia schlief. Lucinda las um die Zeit meistens noch und fragte sich, ob sie ihr gemeinsames Leben planten. Sie wusste, es war nur eine Frage der Zeit, bis es so weit war.

Wie sollte es mit ihr weitergehen, wenn Dianne und Julia das Haus verließen? Seufzend nahm sie an Diannes Schreibtisch Platz. Orion und Stella gesellten sich zu ihr, um zu sehen, ob sie nicht einen Leckerbissen mitgebracht hatte. Als sie in ihre Tasche griff, weil sie dachte, es sei noch ein Hundekeks vom letzten Spaziergang mit Orion übrig, stieß sie auf Amys Gedicht. Sie faltete das Blatt Papier auf dem Schreibtisch auseinander und begann zu lesen.

Apfelgärten

Auf der Insel im tiefblauen Meer,
Wo der Golfstrom fließt einher,
Wo in Gärten die Äpfel reifen
Und grünende Bäume die Mauern streifen,
Wo Anne einstmals spielte als Kind
Auf dem Land umtost vom Wind,
Wo der Horizont so endlos und weit,
Frage ich: Was hält das Leben für mich bereit?

In der dunklen Kammer die Mutter weint,
Dämmert der Vater tief unter den Wellen.
Sag mir, wenn Liebe sich mit Mut vereint,
überwinden sie tausend Höllen?

Ich war ein Apfel, unscheinbar,
Bis jemand mir Glanz verlieh,

Nun strahle ich auf immerdar,
Bin neugeboren, verliere mich nie.

In Apfelgärten lasst mich sein,
Unter Himmel, Wind und Sternen
Hoch in den Bäumen ganz allein,
will ich mein Leben lieben lernen.

Lucindas Kehle war wie zugeschnürt. Sie kraulte Orion am Kopf. Die Katze entdeckte plötzlich das Licht, das von ihrer Lesebrille reflektiert wurde, und jagte dem vermeintlichen Mond hinterher. Lucinda seufzte. Sie war umgeben von Lebewesen, die genauso ungeliebt gewesen waren wie sie selbst als Kind. Stella, Amy und Orion hatten das Licht erst kennen gelernt, nachdem sie der Finsternis entronnen waren.

Lucindas Kindheit war ein Martyrium gewesen, und als sie Emmett kennen gelernt und Dianne zur Welt gebracht hatte, fühlte sie sich wie im Paradies.

Was würde sie mit ihrer Zeit anfangen, wenn das Nest leer war und Dianne ihr eigenes Leben führte? Lucinda hatte nichts für Frauen übrig, die sich an ihre erwachsenen Kinder klammerten und keine eigenen Interessen entwickelten. Sie wollte nicht so werden.

Oder wieder in ihren früheren Zustand zurückfallen, voller Kummer und Angst. Lucinda war wie Amy »Fallobst« gewesen, ein Apfel, der unbeachtet am Boden lag und sich danach sehnte, dass jemand ihr die Hand reichte. Obwohl inzwischen einige Jahre älter, fühlte sie sich immer noch verletzlich und hatte Angst, wieder ganz unten zu landen. Sie nahm die vier verschrumpelten Äpfel vom Regal und legte sie auf den Schreibtisch. Sie sahen aus wie Gesichter.

Kleine Leute, Apfelmenschen. Lucinda suchte sich denjenigen aus, der am meisten Ähnlichkeit mir ihr besaß. Den mit den meisten Runzeln, der aber auch sehr weise wirkte. In Diannes Werkbank lagen Stoffreste von Vorhängen für ihre Spielhäuser.

Baumwollstoffe, zartrosa karierte Stoffe, rustikale Stoffe in kräftigen Farben.
Lucinda würde ihnen Kleider nähen, den ungeliebten Äpfeln, die Amy im Apfelgarten aufgehoben hatte, würde Puppen aus ihnen machen. Sie konnte auch die Beine ihres Elch-Schlafanzuges kürzen und ihnen Pyjamas schneidern. Sie und Amy hatten vieles gemein. Sie mochten beide greifbare Erinnerungen daran, wer sie waren und wen sie liebten.

24

Seltsam, dass du ausgerechnet jetzt angerufen hast«, sagte Nina Maynard und schüttelte Alan zur Begrüßung die Hand. Sie standen in der rondellförmigen Auffahrt des weißen Herrenhauses. Ihre Autos hatten sie neben der Garage geparkt.

»Ich wusste nicht, dass es zum Verkauf steht«, sagte Alan und musterte den tadellosen Anstrich, den gepflegten Garten und die unauffälligen Aufkleber, die auf die Alarmanlagen hinwiesen. »Abends brennt immer Licht. Das Haus sieht bewohnt aus.«

»Die jetzigen Besitzer haben es von ihren Eltern geerbt«, sagte Nina mit einem Blick auf ihr Klemmbrett. »Sie leben in Los Angeles. Er ist in der Filmbranche, und sie wollten es bloß als Wochenend- und Sommerhaus benutzen, aber nach fünf Jahren reicht ihnen der Aufwand. Sie waren in der ganzen Zeit nur zweimal im Sommer und an sechs Wochenenden hier, wenn ich mich recht erinnere.«

»Es steht also schon eine Weile leer.« Alan ging um einen Busch herum und nahm eine Fassdaube für Termiten oder Kompost in Augenschein.

»An Geld fehlt es wohl nicht«, erklärte Nina. »Das Filmgeschäft muss ziemlich einträglich sein. Lass mich mal überlegen, wo die Schlüssel sind … Die Besitzer sind sehr vorsichtig, sie wollten nicht, dass wir ein Verkaufsschild an der Straße aufstellen oder in der Zeitung annoncieren. Wir erhalten ständig Anfragen wegen der Kapitänshäuser, aber diese Immobilie ist gerade erst auf den Markt gekommen.«

»Und im Erdgeschoss befinden sich Schlafzimmer, hast du gesagt?«

»Komm, ich zeige dir alles.« Nina hatte den Schlüssel inzwischen gefunden.

Sie betraten das Haus durch den Vordereingang. Die Fußböden aus breiten Holzplanken waren frisch gebohnert und auf Hochglanz poliert. Licht strömte durch die hohen Fenster. In der Eingangshalle hing ein Messingkandelaber, an den weiß getünchten Wänden waren mehrarmige Leuchter zu sehen, die offenbar von den ursprünglichen Besitzern stammten. In dem riesigen Wohnzimmer, das sich über zwei Ebenen erstreckte und an jedem Ende einen offenen Kamin hatte, befanden sich kostbare Antiquitäten, Bilder und Kunstobjekte, abstrakt und zu modern für Alans Geschmack. Hohe Flügeltüren führten auf eine Steinterrasse mit einer geschwungenen Balustrade, die sich an der rückwärtigen Häuserwand entlangzog und von Efeu überwuchert war. Von hier hatte man einen ungehinderten Blick auf den Hafen und die Boote, die auf den grauen Wellen tanzten.

»Das Haus wurde 1842 von Elihu Hubbard erbaut; er war Kapitän auf einem Walfänger. Die Fenster sind noch im Originalzustand erhalten, Bleiglas mit Sprossen.«

Das Glas schien die Lichtstrahlen einzufangen, bevor es sie in den Raum weiterleitete. Es sah dicker aus als normales Glas, wie flüssiges Silber, und zauberte Miniatur-Regenbogen auf Wände und Fußboden. Es gab Fensternischen mit Fenstersitzen, und Nina beugte sich vor, um ihn auf Buchstaben aufmerksam zu machen, die in das Glas geritzt waren.

»E-L-H«, sagte sie. »Es heißt, dass sie von Elihus Frau mit einem Diamantring ins Glas geritzt wurden, den er ihr von einer seiner Reisen mitgebracht hatte. Ich weiß nicht, was es bedeutet, aber …«

»Schauen wir uns zuerst die anderen Räume im Erdgeschoss an«, unterbrach Alan sie. Er hatte keine Lust auf Geschichten von Männern, die zur See fuhren, während sich ihre Frauen zu Hause die Augen aus dem Kopf weinten. Dass der Erbauer ein Schiffskapitän war, zählte für ihn nicht als Pluspunkt, da er ihn schmerzlich an Tim erinnerte. Wenn möglich, würde er versuchen, die Geschichte des Hauses vor Dianne geheim zu halten.

»Hier ist die Küche«, sagte Nina. »Kühl- und Gefrierschrank,

Nostalgie-Herd, aus Italien importierte Fliesen. Schau, ein freistehendes Kochzentrum, Jenn-Aire-Grill ...«

»Schön«, meinte Alan lächelnd. Er konnte sich nicht erinnern, Dianne jemals kochen gesehen zu haben. Doch als ihm Nina das Souterrain zeigte, das von der Küche aus zugänglich war, und Alan hinunterging und den Arbeitsraum und die Werkbank sah, mit Fenstern und Türen, die direkt in den Garten führten, wusste er, dass Dianne hier in ihrem Element sein würde.

»Das große Schlafzimmer ist oben, im ersten Stock, eine Suite. Wir gehen gleich rauf. Aber zuerst solltest du dir noch die Gästezimmer im Anbau anschauen. Den ›Verwandten-Flügel‹, wie ich ihn nenne.« Nina ging ihm voraus, am Rauchfang in der Küche vorbei und durch einen kurzen Gang.

Als sie das erste ebenerdige Schlafzimmer betraten, wusste Alan, dass das Haus wie geschaffen für sie war.

»Ziemlich geräumig, wie du siehst. Wunderbar gearbeitete Holzböden, offener Kamin, der noch funktioniert, Glastür zur separaten Terrasse. Da drüben geht's ins Bad und in das angrenzende Arbeitszimmer.« Alan folgte ihr auf dem Fuße. Der Raum sah urgemütlich aus, mit Schreibtisch und Bücherregalen und gläsernen Vitrinen, in denen Pokale und Fotos der jetzigen Besitzer an der Seite von Filmstars wie Lauren Bacall, Gregory Peck, Harrison Ford und Tom Hanks standen.

»Ein Hauch Hollywood-Glamour im langweiligen alten Neuengland«, meinte Nina lachend. »Wie gefällt dir die Kulisse? Schlafzimmer-Bad-Arbeitszimmer? Ein besseres Refugium gibt es nicht, wenn der Haussegen schief hängt, oder ein Quartier für die Eltern, wenn sie zu Besuch kommen. Leben deine Eltern noch?«

»Nein.« Alan malte sich bereits aus, wo Julias Bett stehen würde, ihr Sekretär, der Schaukelstuhl. Er würde mit Dianne das andere Schlafzimmer im Erdgeschoss nehmen, sodass sie Julia jederzeit hören konnten. Das Badezimmer war direkt dazwischen, alles ebenerdig. Dianne würde Julia nicht mehr nach oben tragen müssen.

»Tut mir Leid. Also ab nach oben. Ich meine, in den ersten Stock …«
»Ich glaube, das können wir uns sparen.« Alan sah aus dem Fenster und überlegte, ob Dianne die stillen Marschen vermissen würde. Im Hafen herrschte reges Treiben – Schiffe kamen und gingen, der Wind peitschte die Wellen auf, Flaggen wehten auf den Werften.
»Gefällt dir das Haus nicht? Soll ich dir etwas anderes zeigen? Wir haben gerade erst ein wunderbares Objekt hereinbekommen, eine Luxusvilla, brandneu, draußen beim Steinbruch …«
»Nein, nein, es ist genau das, was ich mir vorgestellt habe. Ich kaufe es.«
»Jetzt gleich?« Wenn sie überrascht war, überspielte sie es meisterhaft. Sie hatte ihm weder den Preis genannt noch den ersten Stock und den Garten hinter dem Haus gezeigt, aber das schien ihn nicht zu interessieren.
»Auf der Stelle. Ich möchte bis Weihnachten eingezogen sein.«
»Bis Weihnachten!«, sagte sie lächelnd und nickte. »Dann krempel mal die Ärmel hoch. An mir soll's nicht liegen.«
Sie besiegelten das Geschäft per Handschlag. Alan musste los; er hatte am Nachmittag einen vollen Terminkalender, seine Patienten warteten. Während Nina über Handy in ihrem Büro anrief und den Papierkram in Auftrag gab, warf Alan einen letzten Blick – auf Diannes Haus.

In der vergangenen Nacht hatte Dianne von Tim geträumt. Sie befand sich an Deck eines Bootes, das in einen Orkan geraten war, ein hilfloser Spielball der Wellen. Das Meer, schwarz und undurchdringlich, hatte mehr Ähnlichkeit mit Treibsand als mit Wasser. Es drohte das Schiff mit Mann und Maus zu verschlingen. Dianne litt Todesangst, weil ein Mensch, den sie liebte, dort unten um sein Leben kämpfte. Obwohl sie sich im Boot sicher fühlte, schrie sie um Hilfe.
»Bitte helft mir! Hilfe! Hilfe!«
Wo waren sie, all die anderen Menschen, die sie liebte? Das Boot

zu lenken erforderte ihre ganze Kraft und Konzentration, sodass sie den Blick auch nicht eine Sekunde vom Ruder abwenden konnte. Es blieb ihr keine andere Wahl, als davon auszugehen, dass sie in der Kajüte hinter ihr Zuflucht gefunden hatten. Wer »sie« waren, wusste sie nicht, aber sie hoffte, dass Julia, Lucinda, Amy und Alan dazugehörten.
Irgendjemand war über Bord gegangen. Eine einzelne Hand ragte aus den Wellen empor, mit Unrat und Seetang bedeckt. Würde es ihr gelingen, diesen Menschen zu retten? Oder würde sie dabei mit untergehen? Sie weinte, schwitzte Blut und Wasser, war in ihrer Panik nahe daran, das Weite zu suchen und ihn seinem Schicksal zu überlassen. Aber eine innere Stimme befahl ihr, nicht aufzugeben, Mut zu fassen und ihrem Herzen zu folgen. Sie holte tief Luft, und alle Ängste und Zweifel fielen von ihr ab. Sie streckte den Arm über Bord, ergriff die Albtraum-Hand und spürte … wie Tim sie in die Tiefe riss.
Dann wachte sie auf.
Julia weinte. Dianne stand auf, hellwach und zitternd. Julia war nass, ihre Nase verstopft. Dianne säuberte ihre Nase und wickelte sie neu, wie jede Nacht, Verrichtungen, die ihr in Fleisch und Blut übergegangen waren.
»Maaa!« Julia schluchzte, als hätte auch sie einen Albtraum gehabt.
»Es ist alles gut, meine Kleine«, flüsterte Dianne. »Wir sind in Sicherheit, auf trockenem Boden, wir sind zusammen.«
Julia wälzte sich hin und her. Ihre Haut war bleich, ihre Hände eiskalt, als wäre sie im Meer geschwommen. Dianne rubbelte sie warm.
»Alles in Ordnung?«, kam Lucindas Stimme aus dem Flur.
»Ich glaube schon«, antwortete Dianne, immer noch Julias Hände reibend. »Wir haben alle beide schlecht geträumt und sind aufgewacht.«
»Was war das für ein Traum?«
»Es ging um Tim«, sagte Dianne schaudernd. »Er hat versucht, mich über Bord zu ziehen.«

»Du warst im Boot, und er trieb im Meer?«
»Ja. Heißt das, ich soll Mitleid mit Tim haben? Ist das die Botschaft?«
»Mitleid mit *Tim?*«
Dianne schlang die Arme um den Körper. Ihr war kalt, so eiskalt wie Julias Hände oder ein Mensch, der gerade einem Sturm entronnen war. Die Heizung war warm, aber Dianne fror trotzdem. Sie schloss die Augen und dachte an Alan. Er würde sie retten, würde sie nie im Stich lassen, würde alles Nötige veranlassen.
Aber ihr war immer noch eiskalt nach dem Traum.
Er war ein Bruchstück ihrer Vergangenheit, die in Trümmern lag, Teil des Gefühls, für das sie keinen Namen hatte. Um Alan ohne diesen Ballast zu lieben, musste sie Kummer und Schmerzen besiegen. Sie begann zu weinen, weil sie von Tim und einer ersten Liebe geträumt hatte, die so traumatische Spuren hinterlassen hatte.

Amy saß im Schulbus. Sie hatte ihre Kurzgeschichte beendet und war auf dem Weg zu Dianne, um den Computer zu benutzen. Amber fuhr im selben Bus und machte ihr das Leben schwer. Aber Lucinda hatte Amy für solche Fälle einen guten Tipp gegeben: Nimm ein Buch mit und lies, dann vergisst du alles ringsum.
Amber und David machten sich über sie lustig, tuschelten miteinander und gaben ihr Schimpfnamen. Amy war verletzt, aber sie ließ sich nichts anmerken. Sie hatte neue Schulkleidung und Schuhe von Dianne und Lucinda und neue Notizbücher, Bleistifte und Kugelschreiber von Dr. McIntosh geschenkt bekommen.
Im Reißverschlussfach ihrer Büchertasche steckte eine Hand voll Muscheln und Chitinpanzer-Stücke von den Sandburgen, die sie mit Julia im Sommer gebaut hatte. Vor einiger Zeit hatte sie Madeleine L'Engle entdeckt. Ihr Buch *A Wrinkle in Time* hatte sie schon bis zur Hälfte gelesen. Wenn Amber und David Kau-

gummipapier zusammenknüllten und nach ihr warfen, tat sie, als würde sie lesen, obwohl sie in Wirklichkeit an den Kurzgeschichten-Wettbewerb dachte.

Amy hatte die Geschichte umgeschrieben; sie endete jetzt damit, dass Catherines Mutter von ihrer Depression genas und alle Hoffnungen für die Zukunft hatten. In der letzten Szene hatte sie Dickie dorthin geschickt, wo der Pfeffer wächst – nach Kalifornien zum Arbeiten, aber dann hatte sie die Seiten zerrissen.

Dickie sollte ins Gefängnis. Er hatte seinen Hund, Catherines Mutter und Catherine misshandelt. Er war ein Schurke und sollte für seine Missetaten büßen. Mona, Catherines behinderte Schwester, lernte gerade gehen.

Auf der letzten Seite ihrer Geschichte bauten Catherine, Mona und Beth, die Mutter der beiden, eine Sandburg am Strand. Der Sand war weiß und fein wie Pulver, echter Hawthorne-Sand. Aus dem Meer wehten die Klänge des Delfingesangs zu ihnen herüber. Sandburgen konnten von der Flut weggespült werden, aber die Liebe überdauerte. Die Mutter hatte rosige Wangen und goldene wellige Haare.

Na gut, dann hatte Catherines Mutter eben Diannes Haare.

»Du kannst ja vor Gericht gehen«, sagte Amy lachend. »Es ist nur ein Roman!«

»Häh?«, fragte Amber.

»Äh, nichts«, antwortete Amy verlegen.

»Selbstgespräche führen und Leute zu Boden schlagen, die dir nichts getan haben. Eine reife Leistung!«, sagte Amber und malte mit einem Kugelschreiber auf ihrem Handgelenk herum.

»Dafür habe ich mich doch schon entschuldigt«, erwiderte Amy und schrumpfte zusammen.

»Die ständige Gesellschaft von Leuten, die einen Sprung in der Schüssel haben, infektiert«, sagte David. Amy musterte ihn mit unbewegtem Blick, als wäre sein Lieblingswurm gerade gestorben; wer Fremdwörter benutzte, ohne dass er eine Ahnung hatte, was sie bedeuteten, war nur zu bedauern.

Amy konnte es gar nicht mehr abwarten, beim Wettbewerb mitzumachen. Sie würde gewinnen, und das war nur ein Sprungbrett. Sie konnte sich geradezu vorstellen, wie ihre Gedichte und Geschichten veröffentlicht wurden. Amber würde ihr Teenie-Magazin *Seventeen* aufschlagen und die Geschichte von Amys ehemals bester Freundin lesen, die sich in einen Schmutzfink verwandelte. Und David würde in seinen blöden Heavy-Metal-Magazinen, die sich Buddy auch immer besorgte, ein Foto von Aerosmith entdecken, die sich bei Amy bedankten, weil sie mit einer ihrer neuesten lyrischen Balladen, zu der sie den Text geschrieben hatte, in der Hitparade gelandet waren.

Amy stieg in Gull Point aus dem Bus, ohne sich umzudrehen. Sie ging schnurstracks zur Werkstatt und hielt die Luft an, bis sie Dianne *und* Julia sah. Sie war so erleichtert, dass sie am liebsten in Freudengeheul ausgebrochen wäre.

»Hallo!« Kaum war sie durch die Tür, schleckte ihr Orion auch schon das Gesicht ab und war vor Freude ganz aus dem Häuschen. Dann ging Amy zu Julia, um sie mit einem kleinen Schmetterlingstanz der Hände zu begrüßen.

»Wie war die Schule?«, erkundigte sich Dianne, die an der Werkbank stand.

»Gut. Ich habe eine Zwei in Naturwissenschaft geschrieben. Eigentlich eine Zwei mit Sternchen – achtundachtzig Punkte.«

»Warte nur, bald gehörst du zu den Klassenbesten.«

»Ja, das hoffe ich!« Amy strahlte.

»Achtung, Krach!«, sagte Dianne und schaltete die Motorsäge ein.

Amy spielte eine Weile mit Julia, aber Julia schien müde zu sein. Sie bewegte ihre Hände kaum, und ihr Kopf sackte immer wieder auf die linke Schulter. Amy machte sich Sorgen. Es ging Julia offenbar nicht besser, seit sie sich das letzte Mal gesehen hatten. Sie hätte Dianne gerne gefragt, was mit ihr nicht stimmte, aber Dianne hatte ihre Schutzbrille aufgesetzt und konzentrierte sich darauf, mit ihrer Bandsäge ein Holzbrett zuzuschneiden.

Das Geräusch war laut. Die Stereoanlage war eingeschaltet, und Dianne sang vor sich hin. Amy schob Julias Rollstuhl zum Schreibtisch und holte ihr Notizbuch aus dem Rucksack. Sie blickte zu Dianne hinüber, auf die Erlaubnis wartend, den Rechner einzuschalten, die ihr Dianne mit erhobenem Daumen gab. Amy holte tief Luft. Sie hatte in der Schule gelernt, mit dem Computer zu arbeiten, aber es war etwas anderes, wenn man seine selbst erfundene Geschichte eingeben sollte. Vor lauter Aufregung hatte sie einen Kloß im Hals.
Dann fing sie mit dem Titel an: »Sandburgen«.

»Glaubst du, dass ich gewinne?«, fragte Amy eine Woche später, als ihr Manuskript getippt, korrigiert und ausgedruckt war. Jetzt musste es nur noch bei Mrs. Hunter und Mrs. Macomber in der Bibliothek abgegeben werden.
»Die Geschichte ist sehr, sehr gut«, sagte Lucinda.
»Aber ob es reicht, um zu gewinnen?«
»Wenn ich Preisrichter wäre, mit Sicherheit«, antwortete Dianne. »Die Kurzgeschichte und das Gedicht gefallen mir unheimlich gut. Ich würde dir den ersten Platz zuerkennen.«
»Kinder, Kinder, wie oft muss ich es euch noch sagen! Es geht nicht darum, wer gewinnt oder verliert, sondern wie man die Welt sieht«, meinte Lucinda.
»Das hast du noch nie gesagt«, entgegnete Amy stirnrunzelnd.
»Doch, hat sie, andauernd.« Dianne wiegte Julia auf ihrem Schoß. »Sie drückt es nur jedes Mal anders aus.«
»Wie zum Beispiel?«
»Liebet einander. – Man muss verzeihen können, auch seinem schlimmsten Feind.«
»Buddy? Nie im Leben!«
»Dann wirst du niemals von ihm loskommen.«
»Iiiii«, sagte Amy und stellte sich vor, wie sie an Buddy gekettet war. »Lieber würde ich Ameisen essen. Aber rechnet trotzdem nicht damit, dass ich ihm jemals verzeihe.«

»Gefällt deiner Mutter die Geschichte, die du geschrieben hast?«, fragte Dianne.
»Sie hat sie noch nicht gelesen«, antwortete Amy ruhig.
»Dliii«, sagte Julia.
Dianne saß neben ihrer Tochter. Lucinda sah, wie sie Julias Hände um ihren Zeigefinger legte und sie dazu bringen wollte, sich daran festzuhalten. Julias Griff lockerte sich, und sie versuchte es wieder. Dianne kann manchmal so verbohrt sein, dachte Lucinda. Hatte sie, als sie über das Verzeihen sprachen, nicht bemerkt, welchen Hass sie immer noch auf Tim empfand? Dieser Traum …
»Ich hoffe trotzdem, dass ich gewinne. Auch wenn ich nicht soll.«
»Gaaa«, sagte Julia.
»Hat dir die Geschichte wirklich gefallen, Dianne?«
»Und wie!«
»Da bin ich aber froh.«
Lucinda schluckte. Ob Dianne wenigstens bemerkt hatte, dass sie Amys fiktiver Mutter glich?
»Gliii«, flüsterte Julia.
»Siehst du, Julia glaubt, dass ich gewinne.«
»Ich werde euch etwas verraten.« Lucinda blickte die beiden an und dachte an die Zeit zurück, als Dianne in Amys Alter gewesen war. »Ganz gleich, ob du gewinnst oder verlierst, von mir bekommst du einen Preis: Eintrittskarten für den *Nussknacker.*«
»Das Ballett? Das an Weihnachten immer im Fernsehen übertragen wird?«
»Mom hat mich mitgenommen, als ich in deinem Alter war«, berichtete Dianne. Sie sah müde aus, als wäre sie erschöpft vom Leben – oder auch nur davon, die Finger ihrer Tochter zu halten. »Das war eines der schönsten Erlebnisse, an die ich mich erinnern kann.«
»Und deshalb sollst du die Tradition fortsetzen und Amy mitnehmen«, sagte Lucinda.

25

Julia hatte einen weiteren Krampfanfall. Dieses Mal mitten in einer kalten Novembernacht, und Dianne hörte, wie sie gegen die Wände trat, wie ein Pferd, das im Stall ausschlägt. Sie rannte in Julias Zimmer, versuchte ihre Hände festzuhalten, damit sie sich nicht mit den Fäusten ins Gesicht schlug, und nahm ihr Kind in die Arme, das erstickte, gurgelnde Laute von sich gab.

»Was ist denn, Dianne?«, fragte Lucinda, die sofort gekommen war.

»Ruf 911 an, schnell, und ruf Alan an!«, keuchte Dianne.

Ihre Mutter verschwand, Dianne blieb bei Julia. Das Mädchen drohte zu ersticken. Hatte sie ihre Zunge verschluckt? Oder war irgendein Fremdkörper in ihre Atemwege geraten? Julia lief bereits blau an.

In Panik sprang Dianne auf. Der Krampfanfall dauerte immer noch an. Dianne klopfte ihr so fest es ging auf den Rücken. Irgendetwas knackste, als hätte sie ihr eine Rippe gebrochen. Trotzdem bekam Julia keine Luft. Dianne packte sie an den Füßen, sodass der Kopf nach unten baumelte. Wo blieb der Krankenwagen? Weit und breit keine Sirene zu hören. Wie viel Zeit war seit Lucindas Anruf vergangen? Sie nahm Julia auf den Arm und versuchte sie nach unten zu tragen; Faustschläge trafen ihr Gesicht, Tritte von Julias Fersen ihre Beine.

Dianne dachte nur noch an eins: Sie musste nach unten. Unten würde sie Hilfe finden. Dort war ihre Mutter, und die Ambulanz war auf dem Weg. Diannes Rücken schmerzte, sie spürte den Krampf in der Wirbelsäule, doch das war jetzt nebensächlich. Julia drohte zu ersticken. Notfalls konnten sie bereits in der Ambulanz einen Luftröhrenschnitt machen. Wenn es nicht zu spät war … Dianne hielt erschöpft inne, ein Schluchzen unterdrückend, und lehnte sich an die Mauer. Wenn sie ihr nicht mehr helfen konnten, war alles vorbei. Sie würde von ihren Leiden erlöst sein …

»Nein!«, sagte Dianne, unfähig, den Gedanken auszuhalten. Sie musste hinunter und Hilfe besorgen. »Geh nicht, Julia!«

Der Krankenwagen war da. Lucinda hatte gesagt, dass Julia einen Krampfanfall hatte. Notarzt und Sanitäter standen bereit. Eine einzige Spritze mit Diazepam, und der Krampfanfall war vorüber. Sie machten die Atemwege frei. Julia hatte sich auf die Zunge gebissen und wäre um ein Haar an ihrem eigenen Blut erstickt. Dianne hielt die ganze Zeit Julias Hand. Sie achtete nicht auf den Wirbel, der ringsum herrschte, konzentrierte sich auf die Augen ihrer Tochter. Sie waren geschlossen, aber Dianne sah sie auch so vor sich, groß, blau und forschend auf das Gesicht ihrer Mutter gerichtet.

»Ich liebe dich«, flüsterte Dianne und beugte sich über Julia, während sie hinausgetragen wurde. »Ich liebe dich.«

Alan wartete bereits im Krankenhaus auf sie. Nachdem er Dianne beruhigt und in den Warteraum gebracht hatte, ging er in die Notaufnahme, wo Julia gerade versorgt wurde. Schläuche steckten in ihrem Arm, in der Nase, im Hals. Ihr Gesicht war unter einer Sauerstoffmaske verborgen.

»Als sie gebracht wurde, mussten wir sie noch nicht beatmen«, sagte der Dienst habende Arzt. »Aber jetzt.«

Alan nickte. Julias Gesichtsfarbe war wächsern, die Lippen waren blau angelaufen, eine Folge des Sauerstoffmangels. Er prüfte die Sauerstoffmenge, die ihr aus den Wandbehältnissen zugefuhrt wurde. Der Neurologe, der Notdienst hatte, schrieb Anweisungen für Computertomografie und EEG aus, der Kardiologe für ein EKG. Alan küsste Julia auf die Stirn, dann ging er zu Dianne.

»Was ist?« Dianne sprang auf und ergriff Alans Hände.

»Es müssen noch einige Untersuchungen durchgeführt werden.«

»Dieses Mal ist es schlimmer, oder? Viel schlimmer. Sag mir die Wahrheit! Ist es schlimmer? Ist es schlimmer, Alan?«

»Ich weiß es nicht.« Alan versuchte Ruhe zu bewahren; er holte tief Luft und blickte sich in der vertrauten Umgebung um, sich vor Augen haltend, dass er Arzt war. Aber hier ging es um Dianne und Julia, und alles, was er in seiner Ausbildung gelernt hatte, war für die Katz. Seine Augen füllten sich mit Tränen. »Ich weiß es nicht«, sagte er noch einmal.

»Wenn sie stirbt, ist es meine Schuld. Ich habe auf der Treppe angehalten und mir für eine Sekunde gewünscht, dass sie von ihren Leiden erlöst wird!«

»Das hätte doch jeder getan, der sieht, was sie durchmachen muss ...«

»Ich habe es nicht so gemeint.«

»Ich weiß.«

Sie warteten Stunden. Alan saß neben Dianne in der Ecke des hellen Warteraums, den Arm um ihre Schultern gelegt, während Patienten kamen und gingen – mit Fleischwunden, Verstauchungen und Schmerzen in der Brust. Alan stellte insgeheim für jeden eine Diagnose, beurteilte das Ausmaß der Beeinträchtigung, legte die Behandlungsmethode fest. Doch Julia war wie sein Kind, und er war als Arzt befangen.

»Alan?« Jim Wedstone gab ihm mit einem Kopfnicken zu verstehen, dass er mit ihm sprechen wolle. Er war ein Neurologe vom alten Schlag, der ein Wort unter Standesgenossen vorzog, zwischen Spezialist und Hausarzt sozusagen. Jim erwartete, dass er die Informationen an Dianne weitergab. Aber das war nicht in Alans Sinn. Er nahm Diannes Hand und durchquerte die Notaufnahme.

»Jim, das ist Dianne Robbins, Julias Mutter.«

»Äh ... guten Abend.« Er war ungehalten oder nicht darauf vorbereitet, mit ihr zu reden, aber Alan ließ ihm keine Wahl.

»Wie geht es Julia?«, fragte Alan.

»Sie atmet wieder alleine, wenn auch schwer. Der Kardiologe

wird noch mit Ihnen sprechen, aber im Moment bekommt sie nicht genug Sauerstoff, um das Gehirn und die Organe ...«
»Sie ist gewachsen«, unterbrach Dianne ihn und sah Alan an. »Das ist der Grund, oder?«
»Eine mögliche Ursache«, antwortete Alan.
»Das habe ich den ganzen Sommer befürchtet«, fuhr Dianne zitternd fort. »Ihre Lungen schaffen es nicht. Hatte sie deshalb den Krampfanfall?«
»Krampfanfälle sind bei diesem Krankheitsbild gang und gäbe«, sagte Jim. Als Neurologe gehörten sie zu seinem Fachgebiet, und er schickte sich an, Dianne die Funktionen von Synapsen und Neurotransmittern zu erklären. Seine Worte schienen Dianne zu beruhigen und einzuleuchten, denn Alan sah, dass sie nickte und wie gebannt an seinen Lippen hing.
Zuhören war leichter, als sich fortwährend den Kopf zu zerbrechen. Julia war wirklich gewachsen. Und vermutlich war genau das eingetreten, was sie befürchtet hatten.
»Komm«, sagte Alan und ergriff Diannes Arm.
»Moment, Dr. Wedstone erklärt mir gerade ...«
Er kannte Jim Wedstone. Er hätte den ganzen Tag weitergeredet und sie mit seinen Theorien über die Gesundheitsprobleme heranwachsender Mädchen bombardiert. Deshalb machte Alan kurzen Prozess. Er bedankte sich bei ihm, schnappte sich Diannes Mantel, der über ihrem Stuhl hing, und half ihr hinein, auch wenn sie sein rüdes Benehmen Jim gegenüber empörend fand.
»Es war doch nett von ihm, dass er mir alles erklärt hat«, sagte Dianne.
»Ich weiß.« Alan machte ihr den obersten Knopf zu. Es war kalt draußen, und ein eisiger Wind wehte vom Hafen herüber. »Komm, lass uns ein paar Schritte gehen.«

Der Hafen war grau, das Wasser kabbelig. Die Birnbäume in Hawthorne waren kahl, die nackten Zweige bogen sich im Wind. Dianne, den Mantelkragen bis zum Kinn hochgezogen, bemühte sich, mit Alan Schritt zu halten. Es war gut, dass er sie dazu gebracht hatte, frische Luft zu schnappen. Im Krankenhaus war es stickig und die Warterei eine Qual.

Es schneite. Die Schneeflocken bildeten weiße Wirbel, wenn sie auf dem Pflaster auftrafen. Kaum zu glauben, dass der Winter vor der Tür stand. Nächste Woche war Thanksgiving, wie immer am letzten Donnerstag im November, und dann begann die Vorweihnachtszeit.

»Wann kann Julia nach Hause?«, fragte Dianne.

»Das lässt sich noch nicht sagen. Sobald sich ihr Zustand stabilisiert hat.«

»Einen Tag. So lange dauert es bei ihr. Sie wird wieder gesund, ja? Ich meine, der Sauerstoffmangel … das wird wieder, oder?«

»Komm, lass uns einfach ein paar Schritte gehen«, sagte Alan.

Betäubt ließ sich Dianne von ihm unterhaken. Sie gingen an der Uferpromenade entlang, vorbei an den Bootswerften und Anlegeplätzen für die Fischkutter. Der größte Teil der Flotte lag im Hafen, und die Fallleinen rasselten im Wind. Sie warf einen Blick über die Schulter und fragte sich nervös, wie weit sie sich noch vom Krankenhaus entfernen würden. Sie wollte bei Julia sein, wenn sie zu sich kam.

Sie bogen in die Water Street ein. Hier wehte der Wind heftiger, brannte auf Diannes Wangen, und es gab keine Fischbaracken oder Hummerboote, die ihm Einhalt geboten. An Alan geschmiegt, spürte sie, wie er schützend seinen Arm um ihre Schultern legte. Sie wollte ihm gerade sagen, dass es Zeit sei, umzukehren, als er vor ihrem Traumhaus anhielt.

»Oh!« Sie ergriff mit ihren bloßen Händen zwei der Gitterstäbe des schmiedeeisernen Eingangstors, um hineinzuspähen.

Alan zog ihren Arm weg. Zuerst dachte sie, er wolle sie zum Weitergehen nötigen, um warm zu bleiben. Sie löste sich sanft von ihm, da sie noch eine Minute verweilen wollte, um das große weiße Haus, den Rasen und die Wiese zu betrachten.

»Herrlich, dieses Anwesen«, sagte sie.

Alan stand da, die Hände in den Taschen vergraben, und blickte sie an. Sein Gesicht war gerötet, das Kinn im Mantelkragen vergraben. Sie sah, dass er fror, aber er ließ sie gewähren. Sie brauchte diese Flucht vor der Wirklichkeit, vor der Angst um Julia und dem schrecklichen Gedanken, der ihr auf der Treppe durch den Kopf gegangen war.

»Als Kind habe ich mir ausgemalt …«

»Was?«

»Oh, Gartenfeste, Ladys in weißen Kleidern, Kinder, die auf dem Rasen spielen. Glücklich sein.«

»Weißt du noch, der Spaziergang im letzten Sommer, als wir hier standen?«

Dianne nickte. Sie erinnerte sich. Sie waren Hand in Hand durch die laue dunkle Sommernacht geschlendert, und eine leichte Brise wehte. Sie hatten getanzt und sich geküsst. Bei der Erinnerung musste sie lächeln. Sie legte den Kopf in den Nacken und blickte Alan an. Seine haselnussbraunen Augen sahen so ernst aus; sie hätte sich gerne auf die Zehenspitzen gestellt, um ihn zu küssen.

»Ich habe dich gefragt, ob du dir deinen Kinderglauben bewahrt hast und auch heute noch meinst, dass die Bewohner glücklich sein müssen. Du hast geantwortet, dass du dir nicht sicher bist.«

»Was für eine Rolle spielt das?«

»Komm, wir werden es herausfinden«, sagte er und wollte sie durch das Tor ziehen. Sie war entsetzt, dass er auch nur in Betracht zog, das Grundstück unbefugt zu betreten. Es standen keine Autos in der Auffahrt, aber auf der Treppe lag ein Kürbis; also würde hier jemand Thanksgiving feiern.

»Sie haben bestimmt nichts dagegen«, versicherte Alan.

»Woher willst du das wissen? Was ist, wenn sie doch zu Hause sind? Nur weil wir keinen Wagen sehen …«

»Das glaube ich nicht.«

Widerstrebend ließ sich Dianne an der Hand die Auffahrt hinaufziehen. Sie bestand aus pulverisierten Austernschalen, die unter den Füßen knirschten. Die Blumenbeete waren vor dem Winter mit Stroh abgedeckt, das Laub im Garten war gerecht.

Sie hatte das Haus noch nie aus der Nähe gesehen und konnte nicht umhin, die Feinheiten zu bewundern.
Es sah genau wie das Spielhaus aus, das ihr Vater für sie gebaut hatte – drei Schornsteine, weiße Schindeln, schwarze Rollläden, kannelierte Säulen und eine Treppe mit breiten Steinstufen. Sie machte sich keine Gedanken mehr, weil sie das Anwesen unerlaubt betreten hatten, sondern betrachtete es fasziniert. An den Fenstern hingen keine Vorhänge. Vielleicht konnte man ja einen Blick hineinwerfen, nur ganz kurz.
Alan kramte in seinen Manteltaschen. Sie ließ seinen Arm los und näherte sich auf Zehenspitzen dem Haus. Die gestutzten Eibengewächse waren fast kinnhoch. Sie musste sich recken, um durch das Fenster zu spähen. Erschrocken schnappte sie nach Luft.
Das Haus sah aus, als wäre es unbewohnt.
Die weißen Wände waren kahl, die breiten Dielenbretter nackt. Dianne tat es in der Seele weh, den weitläufigen Raum ohne Mobiliar und Gemälde, ohne Anzeichen von Leben zu sehen, ohne Bücher auf den Regalen. Dianne fühlte sich innerlich genauso leer. Sie hatte Angst vor dem, was mit ihrer Tochter geschah, die allein in einem Krankenzimmer am anderen Ende der Straße lag.
Ihr Leben glich diesem trostlosen leeren Haus. Letzten Abend hatte Dianne auf der Treppe gestanden und einen Augenblick lang gedacht, für ihre Tochter sei es besser, sie wäre tot. Sie wollte nichts wie weg. Julias Untersuchungen würden bald abgeschlossen sein, und Dianne musste zurück.
Sie drehte den Kopf, um einen letzten Blick zu erhaschen. Der Raum war leer, bis auf ein einziges Möbelstück. Dianne hatte es vorher nicht bemerkt – ein Stuhl, der vor dem Kamin am hinteren Ende stand. Es war ein hölzerner Schaukelstuhl mit Armlehnen und Kufen, in Rosa, mit handgemalten grünen Efeuranken, blauen Trichterwinden-Blüten und roten Akeleien.
Der Schaukelstuhl war klein und gehörte, der Farbe nach zu schließen, einem kleinen Mädchen. Was mochte die Eltern be-

wogen haben, das Haus aufzugeben oder vorübergehend zu verlassen? Plötzlich hätte sie sich am liebsten umgedreht und wäre davongelaufen. Hier lebten Menschen aus Fleisch und Blut, die ihr eigenes Leben und ihre eigenen Probleme hatten, genau wie Dianne und Alan und Julia. »Alan, lass uns gehen«, flehte sie und zupfte ihn am Ärmel.

»Dianne«, sagte er und streckte die Hand aus.

»Bitte. Wir haben hier nichts verloren. Und ich muss zu Julia zurück.«

»Ich auch. Aber erst haben wir hier noch eine Kleinigkeit zu erledigen.«

Er küsste sie, in der Kälte, in einem fremden Garten. Dianne versuchte sich loszureißen. Ihr Herz raste. Seitdem sie den kleinen Schaukelstuhl gesehen hatte, kam sie sich wie ein Eindringling vor, und sie wollte schleunigst weg, bevor die Familie zurückkehrte und sie ertappte. Der Kürbis lag auf den Stufen, unmittelbar vor ihren und Alans Füßen.

»Das Haus ist bewohnt!«

»Ich weiß«, flüsterte er, küsste ihr Gesicht und ließ etwas in ihre Hand gleiten.

»Was …« Sie öffnete sie. Es war ein Schlüssel.

Alan wartete nicht, bis sie weitere Fragen stellte. Er nahm ihre Hand, steckte den Schlüssel ins Schloss und drehte ihn um. Die Tür ging auf. Dianne starrte ihn fassungslos an. Er strahlte, und sein Blick war verwegen.

»Alan!«, flüsterte sie. »Um Gottes willen, was machst du da?«

»Willkommen daheim!«, sagte er.

Er legte die Hände auf ihre Schultern, schob sie sanft aus der Tür, dann nahm er sie auf seine Arme und trug sie über die Schwelle.

Sie schluckte, Tränen liefen ihr übers Gesicht, während sie zu verstehen versuchte, was vor sich ging. Ihr Leben stürzte wie ein Kartenhaus ein, ihre Tochter verlor ihren grausamen Kampf, und Alan trug sie in das Haus, das sie zeitlebens geliebt hatte.

Er durchquerte den leeren Raum, ging mit hallenden Schritten zu dem Marmorkamin und dem kleinen Schaukelstuhl hinüber. Nun sah Dianne, dass quer über der schmalen Rückenlehne aus rosafarbenem Holz ein Name stand: JULIA.
Die Buchstaben bestanden aus grünen Stielen, mit zarten Blüten an den Enden. Die Blüten waren weiß wie Apfel- und Birnenblüten und blau wie Prunkwinden. Äpfel lagen am Stamm der Buchstaben, wie in einem Garten, in dem Blumen und Früchte wuchsen.
»Schau mal, hier wohnt ein Mädchen, das Julia heißt«, flüsterte Dianne verblüfft.
»Ja«, sagte Alan, die Arme um Dianne geschlungen, als er sie auf dem Boden absetzte.
»Wo sind die Besitzer?«
»Hier.«
»Wir?«, fragte Dianne kaum hörbar.
»Wir, Liebste.«
Sie blickte ihn an. Seine Brille war beschlagen, als sie aus der Kälte hereingekommen waren, und er setzte sie ab, um sie in die Tasche zu stecken. Seine Hand zitterte, sodass Dianne ihm die Brille abnahm.
»Das Haus …«, fragte Dianne; ihre Hände zitterten nicht minder.
»Ich habe es gekauft. Für dich. Für uns.«
»Der Schaukelstuhl!« Langsam dämmerte es ihr.
»Ich habe ihn für Julia anfertigen lassen.«
Dianne weinte.
»Ich würde sie gerne adoptieren. So bald wie möglich. Ich möchte, dass sie meine Tochter wird, Dianne.«
»O Alan!«
»Ich möchte, dass sie meine Tochter wird und wir heiraten und hier wohnen, in dem Haus, das du immer geliebt hast.«
»Und wie ich es geliebt habe! Seit ich denken kann.«
»Ich kann nicht mehr ohne euch sein. Ich möchte, dass wir eine richtige Familie werden, mit allem, was dazugehört. Dass wir

Weihnachten hier verbringen, mit Julia im Schaukelstuhl neben dem Feuer.«

»Sie wird es warm haben«, sagte Dianne und dachte an Julias eiskalte Hände und Füße, eine Folge der schlechten Durchblutung. Deshalb hatte sie den schwarzen Sandstrand geliebt, denn er speicherte die Sonne besonders gut. Alan hatte ihr einen Schaukelstuhl am Feuer machen lassen, sodass sie es das ganze Jahr über warm haben würde.

»Dianne«, sagte er. »Dianne, willst du mich heiraten?«

»Ja!«, antwortete sie mit Tränen in den Augen. »Ja, Alan, ich will.«

»Ich liebe dich!«

»Und ich liebe dich!«

»Schade, dass Julia jetzt nicht hier ist«, sagte Dianne mit Blick auf den Schaukelstuhl.

»Sie wird ihn bald mit eigenen Augen sehen.«

»Es ist Zeit, wir müssen zurück«, meinte Dianne. Sie hätte bis in alle Ewigkeit in dem Haus bleiben können, aber sie wollte bei Julia sein, wenn sie wach wurde.

»Ich weiß. Nur …«

»Ich möchte ihr erzählen, dass du sie adoptieren willst.«

Alan nickte. Er schien etwas sagen zu wollen. Dianne hoffte, dass es nichts mit Tim zu tun hatte, der in diesem wundervollen Haus nichts zu suchen hatte.

Er tat es nicht. »Julia weiß es schon«, erklärte er stattdessen und sah sie lächelnd an. »Ich meine, dass ich dir einen Heiratsantrag …«

»Julia weiß es?«

Alan nickte. »Ich habe ihr erzählt, dass ich das Haus gekauft habe und dich heiraten möchte. Vorhin, im Krankenhaus … ich habe gewissermaßen bei ihr um deine Hand angehalten, Dianne.«

»Was hat sie … was hat sie gesagt?«

»Sie hat Ja gesagt.«

Dianne nickte mit leuchtenden Augen.

»Und ich habe ihr gesagt, dass ich ihr Vater sein möchte. Aber das wusste sie auch schon.«

»Was?«

»Sie hat es seit ihrer Geburt oft genug gehört, jedes Mal, wenn du nicht dabei warst. Ich habe Julia erzählt, wie gerne ich ihr Vater wäre.«

»Das bist du«, erwiderte Dianne und legte ihren Kopf an Alans Brust. »Das bist du bereits.«

Er wollte ihr noch etwas zeigen, bevor sie zu Julia zurückkehrten. Er ging ihr voran durch das Erdgeschoss, durch eine Sonnenveranda, wo Julia sitzen und auf die Boote im Hafen hinunterblicken konnte, in eine Küche mit allem Drum und Dran und einen kurzen Gang entlang in ein Schlafzimmer.

»Es ist eine Suite. Der eine Raum ist für uns, der andere für Julia.«

»Direkt nebeneinander …«, sagte sie, als sie sah, dass sie miteinander verbunden waren.

»Und im Erdgeschoss. Damit du sie nicht mehr treppauf, treppab tragen musst.«

»Ach, Alan«, seufzte Dianne. Ihre Rückenschmerzen waren ärger, als sie sich hatte anmerken lassen. Heute Morgen waren sie besonders schlimm gewesen. Schuldbewusst erinnerte sie sich an ihre Gedanken auf der Treppe, und ihr war klar, dass ihre eigenen Schmerzen dazu beigetragen hatten.

»Ich werde von jetzt an bei dir sein und auf euch beide aufpassen. Ich werde alles tun, um dich glücklich zu machen, das verspreche ich dir.«

»Das hast du bereits«, sagte Dianne und blickte ihm in die Augen. »Du hast mir mehr Glück geschenkt, als du dir vorstellen kannst.«

»Das ist nichts im Vergleich zu dem Glück, das du mir schenkst«, erwiderte Alan, küsste sie und führte sie zu der Stelle im Raum, wo er sich das Bett vorstellen konnte. Er breitete seine Jacke auf dem harten Boden aus, und sie ließen sich darauf nieder, hielten sich in den Armen und blickten sich

stumm in die Augen. Dianne spürte ihre Herzen im gleichen Takt schlagen. Sie streckte die Hand aus und schob sie in sein Hemd.
Sie dachte an das erste Mal, als sie miteinander geschlafen hatten. »Fangen wir damit an, dass ich dich liebe«, hatte Alan gesagt, um es ihr leichter zu machen. Sie sehnte sich nach ihm, wollte mehr als seine Brust berühren. Langsam begann sie sein Hemd aufzuknöpfen.
»Du musst nicht …«
»Fangen wir damit an, dass ich dich liebe«, sagte sie leise.
Alan schloss die Augen. Sein Gesicht war angespannt vor Begehren, und sie sah, wie er sich mühsam beherrschte. Zärtlich liebkoste sie seinen Körper. Ihre Hand glitt über seine Brust, seinen flachen Bauch, dann beugte sie sich hinunter und küsste seine Lippen.
Dianne hatte nie auf diese Weise die Führung übernommen, hatte sie immer Alan überlassen. Sie hatte sich entspannt, die Lust genossen, die er ihr schenkte, sie angenommen. Zu mehr war sie nicht im Stande gewesen. Man lernte nicht auf einen Schlag zu lieben, Lust zu geben. Das dauerte seine Zeit, und Alan war geduldig und großzügig gewesen.
Selbst jetzt streckte er die Hand nach ihr aus, um sie auf den Rücken zu drehen. Er wollte *sie* lieben, so, wie es ihr immer gefallen hatte. Aber dieses Mal wollte Dianne *ihm* Lust schenken.
»Ssssch«, wisperte sie und küsste sein Ohr. »Lass mich …«
»Dein Rücken.«
»Meinem Rücken geht es gut.«
Stück für Stück entkleidete sie ihn. Nach jedem Knopf an seinem Hemd hielt sie inne, um jeden Zentimeter seiner Haut zu küssen. Sie öffnete den Reißverschluss seiner Hose. Er bäumte sich unter ihrer Berührung auf, aber sie drückte eine Hand gegen seine Brust.
Dann zog Dianne sich aus. Winterlicht strömte durch die breiten Fenster, und es gab keinen Platz, um sich zu verstecken. Aber es störte sie nicht. Dianne war immer befangen gewesen,

und sie hatte mehr als ein Jahrzehnt damit verbracht zu vergessen, dass sie überhaupt einen Körper besaß. Doch nun, als sie Kleid und Büstenhalter ablegte, sah sie den Ausdruck in Alans Augen und wusste, dass er sie so liebte, *wie sie war.*

»Du bist schön«, flüsterte er.

Zu dünn, hätte sie beinahe gesagt. Zu knochig, zu eckig, nicht weich genug. Aber sie biss sich auf die Zunge und küsste ihn stattdessen. Lange und voller Leidenschaft. Ihre Unsicherheiten waren vergessen. Alan fand sie schön, und die Liebe in seinen Augen bestätigte seine Worte.

Das ist unser Haus, dachte sie. Unser Haus.

Das ist das erste Mal, dass wir in unserem neuen Zuhause miteinander schlafen.

Alans Arme umfingen sie, als sie sich über ihn kniete. Das Licht strömte durch die Bleiglasfenster ins Innere des Hauses, zauberte Regenbogen auf den Fußboden. Dieser Mann hatte ihr ganzes Leben verändert, sie gelehrt, die Welt aus einer völlig neuen Warte zu betrachten, hatte sie in ihrem tiefsten Innern berührt.

Nun berührte sie ihn. Sie führte ihn, als er in sie eindrang, spürte den vertrauten überwältigenden Ansturm der Gefühle. Sie wünschte sich, es möge immer so bleiben. Sie wünschte sich, sie hätte diese Gefühle in all den Jahren gehabt, die sie sich kannten – die Zärtlichkeit in seinem Blick, seine sanften Hände, die ihr über die Wange strichen, das Aufflammen der Liebe in jeder Faser ihres Seins.

»Alan …«, flüsterte sie.

»Ich liebe dich, Dianne.«

Sie ließ sich auf ihn hinab, bedeckte seinen Körper mit ihrem. Dann rollten sie auf die Seite, ohne sich voneinander zu lösen, bewegten sich im gleichen Rhythmus, der an Wellen und Gezeiten erinnerte. Der Hafen lag vor ihrem Fenster, dahinter das Meer, und sie schloss die Augen und spürte, wie eine alles verzehrende Macht Besitz von ihr ergriff. Sie hielten sich in den Armen, erreichten gemeinsam den Höhepunkt, umklammerten

sich, bis die Hitze der Leidenschaft verebbte. Das Gefühl blieb unvermindert bestehen.
Die Macht der Liebe, dachte sie und umarmte Alan mit aller Kraft. Sie war es, die Ebbe und Flut im Leben der Menschen bewirkte, die sie befähigte, Burgen zu errichten, Kinder großzuziehen und nach den Sternen zu greifen. Sie hatte Julia mit der Macht ihrer Liebe umhüllt, und nun auch Alan. Sie hatten zueinander gefunden.
»Halt mich fest«, flüsterte sie, obwohl er keine Anstalten machte, sie loszulassen.
»Das tue ich.«
»Genauso sollte es sein«, flüsterte sie.
»Wir sind zusammen«, sagte er.
»Das war mein Spielhaus«, erwiderte sie und umschloss sein Gesicht mit ihren Händen.
»Ich weiß. Deshalb sind wir hier.«
»Du hast es zu meinem Zuhause gemacht.«
Alan nickte und küsste sie.
»Zu unserem Zuhause«, sagte sie, weil sie es immer noch nicht glauben konnte.

»Das würde Amy gefallen«, erwiderte Lucinda.
»Ich bin froh, dass Thanksgiving ist.«
Lucinda zog sie in die Arme. »Sei dankbar für jeden Tag. Das ist der Schlüssel zum Glück, und deshalb haben dein Vater und ich eine so gute Ehe geführt. Weil man nie wissen kann, wann das Leben zu Ende ist.«

Morgen war Abgabeschluss für die Kurzgeschichte. Amy hatte sie in einem Geheimversteck aufbewahrt, hinter dem Bild ihres Vaters, das an der Wand ihres Zimmers hing. Hinter dem Autohändler-Foto ihres lächelnden, vertrauenswürdigen, gut aussehenden Vaters; dort war es sicher wie in einem Wandsafe. Nun holte Amy sie heraus, weil sie Angst hatte, sie könnte nicht gut genug sein, und unbedingt noch eine weitere Meinung hören wollte.
»Mom«, rief sie und ging ins Schlafzimmer ihrer Mutter.
»Pssst, Liebes. Ich habe letzte Nacht kein Auge zugemacht. Ich bin müde«, sagte ihre Mutter, die im Bett lag.
»Würdest du das bitte lesen?«
»Jetzt nicht«, stöhnte ihre Mutter unter der Bettdecke.
»Bitte, Mom. Es ist *wichtig*.« Amy merkte, wie die Wut wieder in ihr hochstieg. Es war nicht fair. Catherines Mutter war von der Depression genesen, aber ihre eigene hatte offenbar einen Rückschlag erlitten. Amy war besorgt, doch manchmal nahm die Wut überhand.
»Später«, sagte ihre Mutter, und es hörte sich an, als ob sie weinte.
Amy ballte die Fäuste. Lucinda und Dianne waren so stolz auf sie, im Gegensatz zu ihrer Mutter. Die Arznei gegen die Depressionen stand auf dem Badezimmerregal. Gestern hatte sie die Tabletten gezählt, um sich zu vergewissern, dass ihre Mutter sie wirklich nahm. Nun lief sie ins Bad und zählte erneut – es waren noch genauso viele.
»Mom!« Sie rüttelte ihre Mutter an der Schulter.
»Was willst du, Amy?«

»Warum nimmst du die Medizin nicht! Willst du nicht gesund werden?«
»Wie kannst du so etwas sagen, Amy?«
»Aber du nimmst deine Tabletten nicht!« Amys Stimme wurde lauter. »Ich habe sie gezählt, also behaupte nicht, du hättest sie genommen! Uns geht es doch gut, wir sind zusammen, und morgen ist Thanksgiving. Warum nimmst du deine Tabletten nicht?«
»Sie machen müde, und man bekommt einen trockenen Mund und Kopfweh«, antwortete ihre Mutter und begann nun wirklich zu weinen.
»Du versuchst es ja nicht mal!«
Amy starrte ihre Mutter an, die weinend im Bett lag. Warum konnte sie nicht wie Dianne sein? Es interessierte sie nicht die Bohne, dass ihre Tochter an einem Kurzgeschichten-Wettbewerb teilnahm, ob sie gewinnen würde oder nach New York fuhr. Warum ging *sie* nicht mit Amy in den *Nussknacker?* Es schien ihr sogar egal zu sein, dass sie sich das Ballett mit Dianne anschauen würde. Sie hatte genug damit zu tun, den ganzen Tag im Bett zu liegen und ihre Medizin nicht zu nehmen.
»Wir haben nicht einmal einen Truthahn an Thanksgiving, mit Steckrüben und Moosbeerensoße! Ich habe eine Geschichte geschrieben, und du willst sie nicht lesen.«
»Ich habe sie schon gelesen«, flüsterte ihre Mutter. »Als du in der Schule warst.«
»Wirklich?«
»Ich war traurig, weil ich nicht so schnell gesund werde wie Catherines Mutter. Sie hat Ähnlichkeit mit mir, aber sie ist eine viel bessere Mutter; sie kümmert sich um Amy und Julia … ich meine, um ihre Kinder. Es tut mir so Leid, Amy.«
»Mom …«, begann Amy.
»Bitte lass mich jetzt allein. Bitte. Ich möchte nur noch ein Weilchen schlafen.«
Amy ging auf Zehenspitzen aus dem Zimmer und schloss die Tür hinter sich. Sie legte ihre Geschichte auf den Küchentisch,

mitten auf einen großen Erdnussbutterklecks, aber das war ihr egal. Die Geschichte hatte ihre Mutter verletzt.
Als sie auf die Straße hinaustrat, schlug sie unwillkürlich die Richtung ein, in der das Anwesen der Robbins lag. Wenn sie Julia wiedersah, würde sie sich gleich besser fühlen. Doch beim Näherkommen wurde ihr bewusst, dass sie Dianne nicht begegnen wollte. Lucinda schon, aber nicht Dianne mit ihren rosigen Wangen und den goldenen Haaren, die der Beschreibung von Catherines Mutter entsprach, mit der sie ihre eigene Mutter so gekränkt hatte.
Orion spielte im Hof und sah sie kommen. Gemeinsam gingen sie zu den Marschen hinunter. Das Wasser, das sich in dem alten Dingi gesammelt hatte, war mit einer dünnen Eisschicht überzogen. Amy schöpfte das Boot mit den Händen leer. Der Hund war gewachsen. Er sprang ins Boot und freute sich auf die Fahrt. Amys Herz war schwer, aber sie wollte ihren kleinen Freund nicht enttäuschen. Vielleicht würde sie ihn heute mit nach Hause nehmen.
Sie ruderten durch die Marschen zum Strand hinüber. Der Himmel war grau in grau, nur am Horizont war ein heller goldener Streifen sichtbar. Das Schilf war braun und wirkte wie abgestorben. Amy sah ihre Mutter vor sich, wie sie im Bett lag und weinte, ihrer Geschichte wegen. Vielleicht hatte sie deshalb die Arznei nicht genommen. Amy würde die Geschichte in den Papierkorb werfen, damit ihre Mutter sie nie wieder zu lesen brauchte.
Orion sprang über die Sanddüne. Ein eisiger Wind wehte vom Meer herüber und blies ihr die Haare aus dem Gesicht. Sie musste dauernd Sandkörner ausspucken, die ihr in den Mund gerieten, während sie den Sandhügel hinaufstieg. Orion rannte aufgeregt im Kreis herum und beschnüffelte alles, was seinen Weg kreuzte. Er lief zum Leuchtturm voraus, und als Amy ihm folgte, traute sie sich kaum, hinzuschauen.
Die Sandburg war weg.
Die unzerstörbare Festung, die sie im September am wind-

geschützten Ufer des Leuchtturms errichtet hatte, war spurlos verschwunden! Allem Anschein nach war die Flut doch so hoch hinaufgekommen, denn es waren Seetang, Treibholz, eine zerbrochene Hummerfalle und Fischgräten angeschwemmt worden.
Während Orion vor lauter Aufregung schnaufend Sand und Seetang beschnupperte, begutachtete Amy die Stelle auf den Knien. Spielte ihr die Fantasie einen Streich, oder war da doch noch eine kleine Erhebung im Sand? Ein kläglicher Überrest ihrer Sandburg? Und sie hatte so große Hoffnung in sie gesetzt und dabei an Julia gedacht.
Jetzt war alles aus und vorbei. Ihre Mutter lag wieder den ganzen Tag im Bett, und Julia … Julia konnte kaum noch sprechen. Ihre Sandburg hatte alle enttäuscht. Amy begann wie wild zu graben. Sie schichtete Sand zu einem dicken Fundament auf, aber ihre Hände waren wie Eiszapfen, und sie zitterte vor Kälte im eisigen Wind. Die Mühe konnte sie sich sparen, es war sowieso alles umsonst.
Orion bellte. Amy schluchzte auf. Der Wind war so laut, dass sie ohnehin niemand gehört hätte, nicht einmal die Delfine. Amy weinte bittere Tränen. Ihre Sandburg war dem Erdboden gleich, und sie hatte weder den Mut noch die Kraft, sie wieder aufzubauen.

Tess Brooks sprang aus dem Bett, aber sie hatte ihre Tochter nur noch die Straße hinunterlaufen sehen.
»Amy!«, hatte sie ihr von der Haustür nachgerufen. »Amy!«
Es war zu spät, Amy bog bereits um die Ecke. Seufzend schloss Tess die Tür. Der Wind hatte eisige Kälte ins Haus gebracht. Tess sah auf das Thermometer. Siebzehn Grad! Aber sie konnte es sich nicht leisten, die Heizung höher zu drehen; die Abfindung ging zur Neige.
Amy war ein Schatz. Sie beklagte sich nie darüber, dass es kalt im Haus war. Sie machte alleine ihre Hausaufgaben und half mehr im Haushalt, als man es von einem Mädchen ihres Alters

erwarten konnte. Sie hatte sich in den Kopf gesetzt, Schriftstellerin zu werden, und sich große Mühe mit ihrer Geschichte gemacht.

Warum hatte sie Amy so schreckliche Dinge gesagt? Tess strich sich die Haare aus der Stirn und ging ins Bad, um ihre Tabletten einzunehmen. Sie wollte nicht so freudlos und voller Sorgen sein, wollte sich nicht vor lauter Niedergeschlagenheit unter der Bettdecke verkriechen oder denken, dass es ihrer Tochter bei den Robbins besser gehen würde.

Sie bürstete ihre braunen Haare. Immer eins nach dem anderen, hatte ihr Therapeut gesagt. Er war nett und rücksichtsvoll, hielt ihr nie vor, dass sie seine kostbare Zeit verschwendete, wenn sie während der ganzen Therapiesitzung, fünfzig Minuten lang, weinte. Mit zwanzig hatte sie ihren Mann verloren. Er war der Einzige, den sie jemals geliebt hatte.

Tess war nach seinem Tod am Boden zerstört gewesen. Sie hatte Amy und die Abfindung, um sie beide über Wasser zu halten, aber sie war einsam. Sie hatte nie einen richtigen Beruf erlernt, hatte nie das Gefühl, gut genug zu sein. Sie hatte nicht einmal die Kraft besessen, ihrer aufgeweckten kleinen Tochter etwas vorzulesen.

Das war in ihren Augen eines ihrer schlimmsten Versäumnisse gewesen, vor allem, weil sie selbst eine Leseratte gewesen war. Als Tess noch ein Kind war, hatte Mrs. Robbins ihre liebe Not gehabt, mit dem Ausgeben hinterherzukommen, so schnell hatte sie die Bücher aus der Bibliothek verschlungen. Doch nach dem Tod von Russ war die Welt grau geworden. Sie hatte das Interesse am Leben verloren, dem wirklichen und dem fiktiven.

Deshalb war sie froh gewesen, als Amy anfing, sich den Robbins anzuschließen. Mrs. Robbins war eine bodenständige Frau, aufrichtig an den Kümmernissen Heranwachsender interessiert. Tess hatte gewusst, dass sie Amy gut tun würde. Und alle kannten Dianne und wussten, wie sie sich mit dem behinderten Kind durchgeschlagen hatte, nachdem ihr Taugenichts

von einem Ehemann mit seinem Boot das Weite gesucht hatte. Sie wäre nie im Leben auf die Idee gekommen, etwas gegen diesen Umgang einzuwenden.
Warum verspürte sie dann Eifersucht, wenn sie zu hören bekam: »Ich gehe zu Julia«, oder noch schlimmer: »Ich gehe zu Dianne«? Damals hatte Buddy noch bei ihnen gewohnt und ihre Eifersucht angestachelt, hatte ihr unter die Nase gerieben, ihre eigene Tochter fühle sich anderswo wohler und würde am liebsten ganz wegbleiben.
Nicht, dass Tess es ihr verdenken konnte. Sie seufzte, dann fiel ihr Blick auf Amys Geschichte, die auf dem Küchentisch lag. An der linken unteren Ecke befand sich ein Erdnussbutterfleck. Das Papier war durchweicht an der Stelle. Während sie es abwischte, las sie den Titel: »Sandburgen«. Eifersucht richtete schreckliche Dinge an. Sie wünschte, sie hätte ihre Worte ungeschehen machen können. Sie freute sich, dass Amy die Gelegenheit hatte, den *Nussknacker* zu sehen. Aber warum musste die Mutter in ihrer Geschichte ausgerechnet blond sein?

27

Amy blickte zum Haus hinüber. Wenn sie Dianne oder Lucinda am Fenster entdeckt hätte, wäre sie hineingegangen. Sie hätte Julia gerne wiedergesehen, vor allem, nachdem die Sandburg weg war. Sie *wünschte* sich sogar, dass sie am Fenster standen. Sie verlangsamte ihren Schritt, trödelte absichtlich.

Aber es war spät geworden, und sie musste sich beeilen, um ihrer Mutter zu sagen, dass alles in Ordnung war. Sie überprüfte noch einmal, ob sie das Dingi weit genug an Land gezogen hatte, und gab Dianne und Lucinda eine letzte Gelegenheit, sie zu bemerken; dann ging sie durch den Hof.

Orion sprang ausgelassen um sie herum. Amy hätte ihn am liebsten mit nach Haus genommen, aber hier hatte er es besser, bei Stella. Der Katze, Diannes kleinem Findling aus der Steinmauer, war es als Einziger gelungen, ihn nach seinem schrecklichen Leben im Käfig unter dem Bett hervorzulocken. Orion bellte und folgte ihr unbeirrt bis zur Straße.

»Bis bald, Orion«, sagte Amy und kniete sich hin, um sich zum Abschied das Gesicht ablecken zu lassen.

Während der kleine Hund ihr die Tränen wegwischte, die sie wegen Julias Sandburg vergossen hatte, fühlte sich Amy besser. Das bewirkten Küsse immer bei ihr, ganz gleich ob von Menschen oder Hunden. Sie würde nach Hause gehen, ihre Mutter um Verzeihung bitten und versuchen, die Erdnussbutter von ihrer Geschichte zu entfernen.

Orion winselte.

Amy öffnete die Augen. Der Hund kauerte auf der Straße, als wollte er sich im Asphalt verkriechen, und machte eine Pfütze. Er wirkte so verängstigt wie seit langem nicht mehr. Und dann sah Amy den Wagen.

Sie hatte ihn vorhin nicht bemerkt. So auf ihren Wunsch konzentriert, Dianne möge sie entdecken und ins Haus bitten, war er ihrer Aufmerksamkeit entgangen. Er parkte an der Wendestelle, die rostbraune Farbe verschmolz mit dem Schilf im Hintergrund.

»Hallo, Amy«, sagte Buddy. Er hatte das Fenster heruntergekurbelt.

»Was willst du hier? Du hast hier nichts zu suchen!«, fauchte Amy.

»Wirklich?«

»Hau ab.«

Orion lag winselnd auf dem Boden und zitterte am ganzen Körper. Lauf! hätte Amy ihm am liebsten zugerufen. Lauf los und hol Hilfe, wie Lassie! Aber der Hund sah aus, als wäre er zur Salzsäule erstarrt. Amy blieb nichts anderes übrig, als selbst die Beine in die Hand zu nehmen. Aber zuerst würde sie brüllen wie am Spieß. Sie öffnete den Mund, doch kein Laut kam über ihre Lippen.

Buddy riss die Autotür auf, hatte mit drei Schritten die schmale Sackgasse überquert und schlug Amy mitten ins Gesicht. Amy war so erstarrt vor Schreck, dass sie ungläubig ihre Wange berührte, statt sich ihrer Haut zu wehren. Ehe sie sich's versah, hatte Buddy Orion mit der einen Hand am Genick und mit der anderen Amy um die Taille gepackt, auf den Rücksitz geschleudert und die Tür hinter ihnen zugeknallt.

»Lass mich raus!«, brüllte Amy.

»Halt die Klappe!«, sagte Buddy und nahm auf dem Fahrersitz Platz.

»Die Polizei wird dich einsperren! Du kommst ins Gefängnis!«

Orion hatte sich hinter Buddy auf dem Boden des Wagens wie eine Schlange zusammengerollt. Amy versuchte die Türen zu öffnen, aber die Türgriffe und Kurbeln für die Fenster waren entfernt. Sie saß in der Falle!

»Übermorgen ist Thanksgiving«, sagte Buddy und zündete sich eine Zigarette an.

Orion sah Amy mit großen Augen an. Sein Blick erinnerte sie an Julia, wenn sie etwas sagen wollte, aber nicht die richtigen Worte fand. Sie war es ihm schuldig, dafür zu sorgen, dass ihnen nichts geschah.

»Bitte, Buddy«, sagte Amy und versuchte ganz ruhig zu klingen, »lass uns aussteigen.«

»Zwei Tage noch. Zwei Tage bis Thanksgiving, und der arme Buddy weiß nicht, wo er den Feiertag verbringen soll. Und hat keinen Truthahn auf dem Tisch.«

»Das tut mir Leid.«

Buddy ließ sich Zeit. Da Amy und Orion in der Falle saßen, schien er keine Eile zu haben, die beiden zu entführen. Er rauchte, dann pulte er mit einem Zahnstocher in seinen Zähnen herum. Hätte Amy nicht so große Angst gehabt, wäre ihr gewiss wieder eingefallen, wie abstoßend sie diese Gewohnheit fand. Buddy drehte den Radioschalter, bis er den richtigen Sender gefunden hatte.

»Lass uns raus. Ich schwöre, dass ich Mom fragen werde, ob du Thanksgiving mit uns feiern darfst, mit Kürbiskuchen – den magst du doch so gerne, oder? – und allem Drum und Dran«, sagte Amy, bemüht, sich an das letzte Jahr zu erinnern. Sie dachte an Lucindas Worte über das Verzeihen. Wenn sie nett zu ihm war und sich allein darauf konzentrierte, dass es sogar einem gemeinen Kerl wie Buddy schlecht ging, wenn er Thanksgiving alleine verbringen musste, würde er schon merken, dass sie es gut mit ihm meinte, und sie gehen lassen.

»Kürbiskuchen?« Seine schwarzen Augen glühten wie Kohlen.

»Ja. Mit Schlagsahne«, antwortete sie mit zitternder Stimme.

»Versuch's mal mit Hackfleischpastete, dumme Kuh! Hackfleischpastete mag ich. Drei verfickte Jahre unter demselben Dach, und du weißt es immer noch nicht!« Er ließ den Motor im Stand aufheulen, fuhr aber nicht los.

Ein Angstschauer lief Amy den Rücken hinunter, und sie hatte eine Gänsehaut auf den Armen. Sie konnte Diannes Haus sehen, ihre Werkstatt. Wenn bloß einer von den beiden aus dem

Haus käme. Oder zum Fenster hinausschauen würde. Buddy fluchte, ein Wagen näherte sich. Amy verdrehte den Hals. Dr. McIntosh!

Amy brüllte aus Leibeskräften und hämmerte mit den Fäusten gegen die Fensterscheibe. Wenn sie nur das Glas zerschmettern könnte. Orion presste sich an den Boden, um sich noch kleiner zu machen. Buddy duckte sich auf seinem Sitz. Amy sah, wie Dr. McIntosh vorbeifuhr, die Augen starr geradeaus auf Diannes Haus gerichtet. Er hatte keinen Blick für den braunen Wagen, der halb in den Binsen stand.

»Dr. McIntosh!«, schrie Amy. »Hilfe! Hilfe!«

»Vergiss es, er kann dich nicht hören«, sagte Buddy lachend und schaltete in den ersten Gang.

»Bitte!« Amy begann zu schluchzen. Buddy fuhr langsam los. Amy hatte die Handflächen gegen die Fensterscheibe gepresst. Sie hatte immer noch vom Graben am Strand Sand unter den Fingernägeln. Orion winselte. Amy sah mit brennenden Augen, wie sie an Diannes Auffahrt vorüberfuhren, an dem Haus, an der Werkstatt.

Stella saß am Fenster, wo sie sonst die Sterne am Himmel betrachtete. Die Katze sah, wie Buddys Auto davonfuhr, mit ihrer Freundin und Orion; ihr Blick kam Amy hilflos und verzweifelt vor, wie bei einem Menschen, der weiß, dass Liebe schmerzen kann.

Alan hatte es so eilig gehabt, Dianne wiederzusehen, dass er seine Jacke in der Praxis vergessen hatte und ohne losgefahren war. Aber das spielte keine Rolle. Er sprang aus dem Wagen und rannte ins Haus. Zwei Treppenstufen auf einmal nehmend, traf er Dianne im Schlafzimmer beim Packen an. Sie hockte neben einer geöffneten Schublade, räumte den Inhalt in Umzugskartons und hörte ihn nicht.

»Dianne.«

»Oh, hast du mich erschreckt!«

Ihre Haare waren zerzaust und mit einem Tuch zusammen-

gebunden. Sie trug Arbeitskleidung und alte Turnschuhe. Julia lag auf einer Decke am Fußboden und leistete ihr Gesellschaft.
Alan kniete sich neben sie. Sein Herz klopfte noch immer, wie vor einer Stunde, als er die Klinik verlassen hatte. Früher hatte er um Thanksgiving jede freie Minute gearbeitet. Der Feiertag bedeutete ihm nichts. Er hatte nicht nur seine Praxis geöffnet, sondern auch für andere Ärzte den Notdienst übernommen. Aber dieses Jahr war alles anders. Es war erst Dienstag, und er hatte die Praxis jetzt schon geschlossen.
»Nicht, dass wir uns missverstehen, aber was machst du hier? Ich habe dich erst am Abend erwartet«, sagte Dianne. Er spürte, wie erhitzt sie war, als sie seine Hand ergriff.
»Ich habe mir den Rest des Tages frei genommen.«
»Wirklich?«
Er nickte. »Dafür fange ich morgen zeitiger an. Und übermorgen ist Thanksgiving. Ich möchte so oft wie möglich bei dir sein, bevor du mit Amy nach New York fährst.«
Dianne warf einen besorgten Blick zu Julia, dann sah sie ihn forschend an.
»Ist was mit Julia? Hast du die Untersuchungsergebnisse?«
Er schüttelte rasch den Kopf und nahm sie in die Arme. »Nein. Ich wollte nur bei dir sein. Was machst du da?«
»Ich packe unsere Sachen, Julias und meine.« Dianne hielt das Sommerhemd hoch, das sie in der Hand hatte. »Ein Umzug will vorbereitet sein. Warum?«
Alan dachte an das letzte lange Gespräch, es war um Thanksgiving gegangen, und Lucindas Rat, für jeden Tag und jede Minute dankbar zu sein, die ihnen miteinander vergönnt war.
»Dann werde ich dir helfen«, sagte er.
»Du hast deine Praxis wirklich zugesperrt?«, fragte sie lächelnd.
»Für heute hatten wir sowieso nur wenige Patienten bestellt. Und meinen Notdienst im Krankenhaus, den ich sonst immer an Thanksgiving gemacht habe, übernimmt dieses Jahr Joe

Bernstein. Ich möchte, dass wir einziehen, sobald du aus New York zurück bist. Julia und ich werden schon einmal probewohnen und auf deine Rückkehr warten.«
»Das hatte ich gehofft«, sagte Dianne und küsste ihn. »Deshalb habe ich so früh mit dem Packen angefangen.«
»Danach können wir gleich die ersten Umzugskarton rüberfahren.«
»Unten stehen schon sechs, abholbereit.«
»Wie ich sehe, befinden wir uns auf derselben Wellenlänge«, erwiderte er und drückte sie an sich.

Amy versuchte fieberhaft, sich einen Fluchtplan zurechtzulegen. Buddy hatte den Verstand verloren, und sie war nicht auf den Kopf gefallen. Außerdem war er ein Bösewicht, und Amy hatte die Mächte des Guten auf ihrer Seite. Aus den Büchern, die sie gelesen hatte, und von Dianne und Lucinda wusste sie, dass das Gute letztlich immer über das Böse siegt.
»Ich hab das Haus deiner Mutter beobachtet«, sagte Buddy und fuhr langsam weiter. Er war auf eine der Schotterstraßen abgebogen, die durch das Lovecraft-Naturschutzgebiet führten. Nichts als Schilf zu ihrer Rechten und Kiefernwälder zu ihrer Linken.
Orion winselte. Amy kraulte ihn zwischen den Ohren. Sie musste Ruhe bewahren, musste Acht geben und die Arme schwenken, wie beim SOS-Zeichen, falls sie einem anderen Auto begegneten. Wenn doch bloß jemand hinter ihnen führe. Dann könnte sie aus dem Fenster schauen und den Fahrer durch Grimassen auf sich aufmerksam machen.
»Tag und Nacht hab ich es beobachtet«, sagte Buddy. »Deine Mutter sieht nicht besonders gut aus.«
»Es geht ihr prima.«
»Sie sieht ausgemergelt aus. Wie eine alte Hexe.«
Orion hatte schon wieder eine Pfütze gemacht, man roch es unverkennbar. Aus Angst, dass Buddy etwas merkte, zog sie Schuhe und Strümpfe aus und wischte mit den Socken den Urin

auf. Es waren dicke Rag-Socken, die sie bei ihrem Abstecher zu L. L. Bean gekauft hatten.
»Hab draußen im Auto gehockt, vor meinem eigenen Haus!«, sagte Buddy. »Man stelle sich das vor! War aber nicht viel los. Sie pennt ja Tag und Nacht. Deshalb bin ich rumkutschiert und hab nachgeschaut, wie's meinen Feinden geht. Dem guten Doktor, zum Beispiel.«
Dr. McIntosh ... bei dem Gedanken an ihn füllten sich Amys Augen mit Tränen. Er war direkt an ihr vorbeigefahren, hätte sie sehen können, wenn er in ihre Richtung geschaut hätte und sie in der Lage gewesen wäre, seine Aufmerksamkeit zu wecken.
»Doktor Heilig. Oder heiliger Doktor? Was auch immer. Er ist ein Weichei. Genau das Richtige für seine Schnepfe, deine Pflegemutter.«
»Dianne«, flüsterte Amy.
»Und dann erst dieses kranke Balg. Hab sie neulich im Supermarkt gesehen. Zum Kotzen, wie die stank. Das Gesicht ging, aber was nutzt einem die schönste Visage, wenn Arme und Beine nichts taugen? Kann man in der Pfeife rauchen. He, nennt man Arme und Beine anders, wenn sie zu nichts zu gebrauchen sind?«
»Halt die Klappe!« Amy ertrug es nicht, wenn Buddy mit seinem Schandmaul über ihre Freundin herzog. Orion schnüffelte mit seiner kalten Nase an Amys nacktem Knöchel, und sie bekam eine Gänsehaut.
»Was hast du gesagt?« Buddy funkelte sie im Rückspiegel an.
Amy versuchte Ruhe zu bewahren. Das war das A und O bei jemandem, der den Verstand verloren hatte. Verrückte musste man beschwichtigen.
»Ich hab gesagt, tut mir Leid, ich hab keine Ahnung, wie man sie nennt«, erwiderte sie so sanft wie möglich.
»Dann ist es ja gut. Ich dachte nämlich schon, du hättest gesagt, halt die Klappe!«
Sie schüttelte den Kopf. Die Straße führte immer tiefer in das

Naturschutzgebiet hinein. Ihr Herz raste, und sie hatte einen komischen Metallgeschmack im Mund. Die Türgriffe des Autos waren abmontiert. Was hatte das zu bedeuten? Amy tastete den Riss in der Rückbank ab, in der Hoffnung, ein Bleirohr zu finden. Sie hätte ihm damit eines über den Schädel ziehen, mit Orion zur Beifahrertür hinaus ins Freie kriechen und türmen können.

Kein Bleirohr. Verstohlen nahm sie den Boden des Wagens ins Visier. Er war mit leeren Bierdosen und fettigem Einwickelpapier übersät. Allem Anschein nach war Buddy neuerdings Stammgast bei McDonald's und Dunkin' Donuts. Der Fußboden war ein Schlaraffenland für Hunde, aber Orion war zu verschreckt, um ihn näher in Augenschein zu nehmen.

Der Schotterweg schlängelte sich seit geraumer Zeit durch den Wald, und mit zunehmender Dunkelheit wuchs Amys Angst. Schierling und Kiefern bildeten ein undurchdringliches Dickicht. Nur selten war ein graues Fleckchen Himmel zu sehen. Buddy drehte die Musik auf, die nur aus Bässen und Trommeln bestand. In Amys Ohren klang sie wie das Rauschen von Blut. Der Angstgeschmack in ihrem Mund wurde stärker. Sie begann zu wimmern, wie Orion.

Plötzlich wurde es heller, der Wald war zu Ende. Links konnte sie Gesteinblöcke erkennen, die in die Hawthorne Hills übergingen, rechts Wasser. Sie hatten die Landspitze umrundet und das offene Meer erreicht. Tosende Wellen brachen sich an den Klippen – sie waren an der Felsenküste von Landsdown Shoal.

Langsam fasste sie etwas Mut. Es war gut, wieder unter freiem Himmel zu sein, im Licht. Wenn Buddy etwas im Schilde geführt hätte, hätte er es im Wald getan, wo er keine Angst haben musste, entdeckt zu werden. Wo es lange dauern würde, bis man sie und den Hund finden würde.

Hier war es aber auch einsam, denn die Küste gehörte ebenfalls zum Naturschutzgebiet. Weit und breit keine menschliche Behausung, und für Radtouren war es zu kalt. Aber draußen auf dem Meer befanden sich Schiffe. Amy erspähte zwei Hummerboote, die an ihren Bojen schwojten und ihre Fallen nicht weit vom Ufer entfernt ausgelegt hatten. Sie winkte, in der Hoffnung, dass man sie sehen konnte. Buddy schien keine Notiz davon zu nehmen. Er hörte seine Musik und summte mit.

Dann hielt er an.

Amy blickte sich um. Die Straße war breit. Ganz in der Nähe befand sich eine Brücke, eine, die sie nicht kannte. Aber das war kein Wunder, ihre Mutter hatte nie Wanderungen mit ihr gemacht, und Dianne hatte bei den Ausflügen im letzten Sommer nie diesen Weg eingeschlagen. Buddy stieg aus. Er hielt etwas in der Hand, aber Amy war zu nervös, um darauf zu achten. Er ließ sie raus.

»Endlich!«, murmelte sie und schob sich eilends an ihm vorbei, sobald er die Tür geöffnet hatte.

»Was sagt man da?«

»Danke, Buddy.«

Sie zitterte, aber es tat gut, die Beine auszustrecken. Ein kalter Wind fegte über die breite, ungeschützte Straße. Ihr stand ein langer Fußmarsch bevor, und Orion und sie würden erschöpft sein und frieren, aber das war ihr egal. Wenn Buddy ihr eine Lektion erteilen wollte, auch gut; sie würde alles tun, um ihn nicht zu reizen.

»Keine Ursache«, sagte er.

Sie standen sich gegenüber, und Amy sah, dass er nicht nur einen schadhaften Vorderzahn, sondern auch eine Tätowierung am Hals hatte, eine Zickzacklinie wie bei einem Blitz, die ihr vorher nie aufgefallen war.

»Wir gehen zu Fuß nach Hause«, sagte Amy und rang sich ein Lächeln ab.

»*Du* gehst.«

Erst jetzt merkte Amy, dass Orion den Wagen nicht verlassen hatte. Vor Angst erstarrt, versuchte er sich unter den leeren Fast-Food-Schachteln zu verstecken. Amy hatte plötzlich ein flaues Gefühl im Magen. Sie musste schleunigst handeln. Orion war

genauso hilflos wie Julia, und wenn Buddy erst mit ihm weggefahren war, würde Amy den Hund nie mehr wiedersehen.
»Komm, Orion, bei Fuß«, flüsterte sie und klopfte auf ihren Oberschenkel. Ihr Mund war so trocken, dass sie kaum sprechen konnte.
»Wie hast du ihn genannt?«, fragte Buddy und tat das, was er aus dem Auto mitgenommen hatte, in die andere Hand.
Amy starrte es an, unfähig zu antworten.
»Ich dachte schon, du hättest ihm irgendeinen blöden Namen gegeben. Er heißt Slash.«
Amy blieb stumm.
»Slash und ich haben noch ein Hühnchen miteinander zu rupfen«, sagte Buddy und schüttelte den Sack aus, den er in der Hand gehalten hatte. Er knallte wie eine Peitsche, und der Hund winselte.
»Buddy, nein!«, schrie Amy, als sie begriff, was er vorhatte, und zog mit aller Kraft an seinem Arm.
Buddy schüttelte sie ab wie eine Pusteblume und zerrte den Hund aus dem Wagen. Er stopfte ihn in den Sack wie schmutzige Wäsche. Der Hund war seit dem letzten Sommer gewachsen, er war schlank und rank. Sein dunkles Fell glänzte dank der Pflege und guten Nahrung, die Dianne ihm hatte angedeihen lassen, und vom Herumstrolchen in der Sonne.
Amy packte Buddys Arm und versuchte ihn wegzureißen. Aber Buddy begann unbeirrt den Sack festzuzurren, um ihn zu verschließen. Seine Cowboystiefel mit den Metallnieten klickten bei jedem Schritt auf dem Asphalt, klick-klick-klick, als er eilends zur Brücke ging.
»Tu ihm nichts, Buddy! Dann bestraf lieber mich! Er ist doch nur ein kleiner Hund und hat niemandem etwas zuleide getan …«, flehte sie schluchzend.
»Halt die Klappe!«
»Lass ihn raus!«, schrie Amy und hängte sich an seinem Hemd fest. Sie wusste von den schrecklichen Dingen, die Männer Mädchen antun. Marla Arden hatte es ihr erklärt, als sie Amy

ausgefragt hatte, um herauszufinden, was er gemacht hatte. Amy wusste, dass es schlimme Berührungen und Redensarten und Vergewaltigung gab; genau das hatte sie erwartet, als sie durch den dunklen Wald gefahren waren. Sie weinte, weil sie solche Angst ausgestanden hatte und nun wusste, dass daher der Metallgeschmack in ihrem Mund kam.

Die Brücke war hoch.

Sie war aus grünem Metall, alt und kunstvoll verziert, als hätte der Erbauer Wert darauf gelegt, sie der natürlichen Idylle anzupassen. Sie überspannte einen Zufluss zum Meer, der an die zehn Meter breit war. Ursprünglich ein reißender Gebirgsbach, wurde er breiter, während er über Felsen und Moos zu Tal und genau unter der Brücke ins offene Meer floss.

»Wachhunde, die nicht regelmäßig trainiert werden, sind einen Scheißdreck wert«, sagte Buddy und blickte Amy an. Er holte mit dem Fuß aus, als wollte er dem Sack einen Tritt versetzen.

»Nicht!«, schrie Amy.

»Was gibst du mir denn, wenn ich den Köter laufen lasse?«

Amy starrte ihn an. Sie hörte das Hummerboot in der Ferne, der Motor war so leise wie eine Mücke. Winken oder Hilferufe würden nichts nutzen. Das Boot war zu weit weg. Sie musste allein mit Buddy fertig werden.

»Na mach schon, sag, was du zu bieten hast!«

»Lass ihn raus«, flüsterte Amy und musste hilflos mit ansehen, wie Orion strampelte. Sie dachte daran, wie dunkel es im Sack war; vielleicht fühlte er sich da drinnen ja genauso sicher wie unter dem Bett.

»Ich höre«, sagte Buddy und berührte Amys Haar.

»Bitte«, flehte Amy weinend.

»Bitte was?«

Buddy atmete komisch, und sein Gesicht kam immer näher. Sie spürte, wie seine schleimigen Finger über ihre Wange glitten, an ihrem Hals hinunter. Dann packte er ihre Hand und presste sie auf seinen Hosenschlitz.

Amy schluchzte auf. Sie dachte an Dianne, die stark war, stellte sich vor, was sie jetzt tun würde. Buddy hatte seine Zigarette zu Ende geraucht und die Kippe mit dem Absatz seines Stiefels ausgedrückt. Jetzt hielt er den Sack hoch. Seine Augen waren zu Schlitzen verengt, sahen aus, als wollte er den Hund so schnell wie möglich loswerden.

»Nein!«, schrie Amy, als sie sah, wie er auf die Brüstung zuging.

»Ich sagte doch, wir haben noch ein Hühnchen miteinander zu rupfen.«

Dann ließ er den Sack fallen.

Amy blickte hinunter in die reißende Strömung, die dunkel und schlammig war vom Schilf und Schlick. Der Sack traf mit einem Platscher auf und trieb an der Oberfläche. Amys Gesicht war tränenüberströmt, und sie betete mit angehaltenem Atem, dass Orions Nase und die Vorderpfoten mit den kleinen weißen Spitzen aus dem Sack auftauchten.

Der Sack wurde vom Sog des Meerwassers erfasst. Er zappelte, während er mitgerissen wurde, als ob Orion versuchte, sich zu befreien. Amy sah beinahe, wie er mit den Pfoten strampelte.

Dann ging er langsam unter.

»Nein!«, schrie Amy.

Orion hat noch Zeit herauszukriechen, dachte sie. Er war ein guter Schwimmer und liebte das Wasser, wie er in den Marschen und am Strand von Prince Edward Island bewiesen hatte. Aber jetzt war er in dem Sack eingeschlossen und würde vor ihren Augen ertrinken.

»Willst du zu Fuß gehen oder fahren?«, fragte Buddy.

Amy biss sich auf die Lippe. Sie musste hilflos mit ansehen, wie der Sack sank. Plötzlich spürte sie, wie Buddys Hand spielerisch an ihren Haaren zupfte. Sie dachte an das Gespräch mit Marla Arden, wie sie in den Sumpf von Buddys Welt hinuntergezogen würde, an Dianne und Julia und wie kostbar das Leben war. Sie musste es retten.

Ihr Leben, und Orions.

Sie sprang von der Brücke.

28

Amy ließ sich an der Oberfläche treiben. Das Wasser war eisig. Sie versuchte den Kopf über Wasser zu halten. Die Strömung zog sie ins Meer, weg vom Land. Buddy und die Brücke waren bereits weit entfernt. Er blickte ihr nach, dann stieg er in seinen Wagen und brauste davon, sie kaltblütig ihrem Schicksal überlassend.

Die Strömung riss sie mit, sodass Amy kaum Schwimmbewegungen machen musste. Aber Jeans und Mantel waren schwer und zogen sie in die Tiefe. Die Wellen waren zwar nicht riesig, doch das Wasser drang in ihre Nase und schwappte über ihren Kopf. Sie wollte Orion rufen, aber sie brauchte ihre ganze Kraft, um Luft zu schnappen.

Von der Brücke aus hatte sie den Sack noch ausmachen können, und das Ganze war ihr wie ein Kinderspiel vorgekommen – ins Wasser springen, hinschwimmen und den Hund an Land bringen. Panik ergriff sie; sie wusste, dass ihr nicht viel Zeit blieb. Der Sack war untergegangen, sie hatte es mit eigenen Augen gesehen, und selbst einem guten Schwimmer wie Orion drohte Gefahr zu ertrinken. Der Zufluss zum Meer, der harmlos ausgesehen hatte, war in Wirklichkeit breit und die Strömung stärker, als sie sich vorgestellt hatte.

Daddy, dachte sie.

Er war unten auf dem Meeresgrund, ihr Vater. Amys Augen brannten vom Salzwasser und von salzigen Tränen; sie schlug um sich, blind nach dem Hund tastend. Er sollte zu ihr herschwimmen und sie mit der Nase anstupsen, und dann würden sie gemeinsam ans Ufer paddeln. Ihr Vater war ein Delfin, geschmeidig und stark, und er würde sie auf seinem Rücken in Sicherheit bringen.

Im Augenblick war Ebbe. Sie spülte das Frischwasser von den

Bächen und Wasserläufen, Weihern und Flüssen direkt ins Meer. Amy kämpfte gegen die Strömung an, die mit zunehmender Entfernung vom Ufer stärker wurde. Sie weinte, ihre nassen Kleider hinderten sie am Schwimmen. Die Wellen wurden immer höher und schlugen über ihrem Kopf zusammen. Sie war ein Spielball der Brandung, die sie hochwirbelte und mit voller Wucht nach unten drückte, sie zu zerschmettern drohte. Amy kämpfte wie verrückt. Doch je mehr Widerstand sie leistete, desto schmerzhafter war das Auf und Ab. Sie bekam kaum noch Luft. Der Horizont war bleiern, verschmolz mit den Wellen. Gischt drang in ihre Nase. Sie kämpfte keuchend gegen den Seegang. Dann fielen ihr plötzlich Diannes Worte ein.

»Stell dir vor, du wärst eine Robbe«, hatte Dianne im letzten Sommer gesagt, als sie ihr das Wellenreiten ohne Brett beigebracht hatte.

Eine Robbe, dachte Amy, während sie sich streckte und biegsam machte. Kein Delfin, kein schwarzer Hund. Sie hatte nicht richtig überlegt. Robben waren geschmeidig, glitten selbst durch die größten Wellen. Dianne hatte ihr gesagt, man müsse den Kopf unten und die Arme gerade lassen, dann würde man von den Wellen an Land getragen. Bodysurfen nannte man das, genau! Aber würde das auch im November funktionieren, mitten im Meer, wo es keinen Strand gab?

Amy dachte an die Menschen und den Hund, die sie liebte. Sie hielt den Kopf unten, versuchte wendig zu sein wie eine Robbe, hielt den Atem an, bis sie fürchtete, ihre Lungen würden platzen, und ließ sich von den Wellen nach Landsdowne Shoal tragen, in Sicherheit.

Eine einzige Klippe ragte bei Ebbe aus dem Meer. Noch hatte die Flut nicht eingesetzt, und deshalb war sie sichtbar. Prustend, Salzwasser spuckend und so erbärmlich schlotternd, dass ihre Gliedmaßen kaum gehorchten, gelang es Amy, sich an einem scharfkantigen Felsvorsprung festzuhalten und sich auf die braune Klippe hochzuziehen.

Ein Hummerboot schwojte um eine Boje. Amy sah es ganz deutlich. Sie wollte den Arm heben und winken, aber bei der kleinsten Bewegung verlor sie den Halt und begann von dem Felsen abzurutschen.
»Hilfe!«, schrie sie.
Die Klippe war mit schwarzem Moos bedeckt, glitschig wie Schmierseife, und mit Enten- und Miesmuscheln behaftet, an deren Schalen sich Amy die Hände aufschnitt. Doch sie ließ nicht locker, von oben hatte sie einen besseren Blick rundherum. Sie suchte die Oberfläche nach Orion ab, während sie gleichzeitig nach Hilfe Ausschau hielt.
An Land war keine Menschenseele zu sehen. Buddys Auto war verschwunden. Der Hummerfänger beugte sich gerade über die Reling und zog seine Falle hoch. Der Motor lief auf vollen Touren. Hörte er sie nicht? »Daddy!«, schrie sie. »Daddy!«
Sie führte sich auf wie ein Baby, schluchzte und klammerte sich an den Felsen, von dem sie abzurutschen drohte. Und sie trauerte um den kleinen Hund, den zu retten ihr nicht gelungen war.
Das Boot fuhr davon. Es beschrieb einen großen Kreis, das Kielwasser wie einen Kometenschweif hinter sich herziehend. Gischt spritzte hoch, das Wasser schäumte, dann glättete es sich, verwandelte sich in einen silbernen Fluss, so hell und breit wie die Milchstraße. Sterne flimmerten vor Amys Augen.
»Hilfe!«, schrie sie ein letztes Mal, während sie zusehen musste, wie das Boot sie zurückließ. »Hilfe!«
Auf einmal war ihr, als hörte sie Hundegebell.
Amy lauschte zitternd. Sie klammerte sich an den Felsen und spitzte die Ohren ... Wieder hörte sie ein Bellen, laut und drängend. »O Orion«, schluchzte sie. Jetzt träumte sie schon mit offenen Augen von ihm. »Hilfe!«, schrie Amy. »Hilfe!«
Plötzlich wendete das Boot. Der Rumpf war weiß, mit einem roten, gewölbten Streifen an der Seite, und der Bug hielt direkt auf Amy zu. Sie zitterte und rutschte ab. Die Sterne flimmerten heller als Blitze. Sie spuckte Wasser und suchte krampfhaft Halt.

Das Hundegebell klang nun lauter. Das war Orion, der sie rief, aus der Tiefe, zu ihrem Vater.
»Halt dich fest!«, schrie eine Männerstimme. »Festhalten!«
»Ich kann nicht!«, stöhnte Amy. Ihre Hände waren aufgerissen und bluteten, die Wellen schwappten über ihre Füße und Beine.
»Ich komme. Sekunde!«
Er stellte den Motor ab. Das Boot trieb näher an den Felsen heran. Der Mann war klein und alt. Er hatte einen grauen Schnurrbart und einen gelben Regenmantel über seinen orangefarbenen Arbeitshosen. Sein Gesicht sah so verschrumpelt aus wie Amys Äpfel, und seine Augen waren so blau wie der Sommerhimmel.
»Gib mir deine Hand!«, rief er und streckte den Arm aus.
»Ich kann nicht«, schrie Amy, sich wie eine Schnecke an den Felsen klammernd.
»Komm schon! Du hast doch Mumm in den Knochen. Gib mir einfach die Hand. Na komm …«
Amy schloss die Augen. Sie wollte nicht feige sein, aber wenn sie den Felsen jetzt losließ, würde sie untergehen und nie wieder auftauchen.
»Lass einfach los, Kind«, sagte der alte Mann noch einmal geduldig, obwohl sein Boot an der Klippe vorbeischrammte. »Lass den Felsen und pack stattdessen meine Hand. Ich fang dich schon auf.«
Amy weinte. Sie dachte an Julia. Bei dem Krampfanfall hatten ihre Zähne genauso geklappert wie Amys, und sie hatte keinen Hummerfänger gehabt, der sie rettete. Julia war so tapfer gewesen, und das tagaus, tagein, die ganze Zeit. Seemöwen flogen über Amys Kopf dahin und schrien beim Anblick der Köder und Hummer im Boot, und für Amy klang es wie »Dliii, dliiii«.
Wenn Julia so tapfer sein konnte …
Den Felsen mit einem Arm umklammernd, streckte Amy die Hand aus. Eine knorrige Hand ergriff ihr Handgelenk und zog sie an Bord.

Mein Vater war Fischer, sagte sie schluchzend.
Aber sie hatte es vermutlich nicht laut ausgesprochen, denn der Mann erwiderte nichts. Er schien selbst einen Kloß im Hals zu haben. Er zog eine Decke aus einer Truhe und hängte sie ihr um. Amy war zu schwach von den ausgestandenen Ängsten und Qualen, um auch nur einen Finger zu rühren. Sie konnte nur noch an Deck liegen und weinen.
»Ist ja gut, Mädchen. Ist ja gut«, sagte der Mann.
»Daddy«, schluchzte Amy.
»Jetzt bring ich uns erst mal an Land, bevor wir absaufen.«
»Mein Daddy ist untergegangen.«
»Das tut mir Leid«, sagte der Mann und ließ den Motor an. »Aber das kann uns nicht passieren, heute ist nämlich unser Glückstag.«
Glückstag! Amy schüttelte verzweifelt den Kopf bei dem Gedanken an Orion, den sie im Stich gelassen hatte.
»Man rettet schließlich nicht jeden Tag zwei Küken vorm Ertrinken.«
»Zwei Küken?«
»Ja.« Der Mann bückte sich, um die Decke höher zu ziehen. »Dich und den kleinen Kläffer.«
Amy blinzelte. Orion! Er stand direkt vor ihr und sah mächtig stolz aus, als wäre er gerade durch den Ärmelkanal geschwommen. Er zitterte und schüttelte sich alle naselang, aber mit seiner herunterhängenden roten Zunge sah er aus, als strahlte er übers ganze Gesicht.
»Er ist da draußen rumgepaddelt«, berichtete der Mann und deutete mit dem Daumen aufs Meer. »Zuerst hab ich ihn für 'nen Seehund gehalten, aber um die Jahreszeit kommen sie noch nicht so weit runter. Dann hab ich gedacht, das muss 'ne Ente sein.«
»Orion!«, rief Amy.
»Schwamm immer im Kreis rum, der Bursche. Ich hab ihn an Bord gezogen. Hat sich achtern versteckt, aber er muss wohl gehört haben, wie du um Hilfe geschrien hast.«

»Hunde können besser hören als Menschen«, sagte Amy und küsste Orions Ohren.
»Kannst dich bei ihm bedanken. Wenn er nicht so laut gekläfft hätte, hätte ich dich nie entdeckt.«
»Orion!«
»Aha, das ist dein Hund. Daher! Ist das zu fassen! Ein Hund, der seinem Frauchen das Leben rettet! Ich kann gar nicht mehr abwarten, bis wir anlegen. Das muss ich allen erzählen!«
»O Orion!«, sagte Amy und umarmte ihn. Und dabei war sie ins Wasser gesprungen, um *ihn* zu retten! Amy dachte an die Menschen, die ihr auf dem rutschigen Felsen beigestanden hatten – an ihren Vater, Dianne und Julia. Vor allem Julia. Und nicht zu vergessen der Fischer, der ihren Hund aus dem Meer gefischt hatte. Und Orion, der sich die Seele aus dem Leib gebellt hatte, um ihr Leben zu retten.
Sie fuhren an der roten Kegelstumpftonne und der Glockenboje vorbei, die die Einfahrt in den Hafen von Hawthorne markierten. Die Glocke läutete tief. Die drei weißen Kirchtürme bohrten sich in den bleiernen Himmel. Da drüben war das Backsteingebäude, in dem Dr. McIntosh seine Praxis hatte. Fahnen flatterten im Wind. Die weißen Herrenhäuser der Seekapitäne säumten die Uferpromenade, und Amy und Orion wussten, wie es war, wenn man von einer gefahrvollen Fahrt auf dem Meer nach Hause zurückkehrt.

Dianne bezog das Bett in Julias Zimmer. Amy würde ein paar Tage bei ihnen bleiben. Die Polizei hatte Buddy wegen Entführung verhaftet. Obwohl niemand glaubte, dass Tess Brooks in irgendeiner Form an der Straftat beteiligt war, ging die Fürsorge lieber auf Nummer sicher.
»Muss er ins Gefängnis?«, fragte Amy.
»Er sitzt bereits in Untersuchungshaft«, antwortete Dianne.
»Genau wie in meiner Geschichte.«
»Wo Dickie hinter Gitter muss.«
Amy nickte. Sie hockte auf dem Fußboden und hatte Julia auf

dem Schoß. Sie hatte sich schon immer gewünscht, Julia einmal so nahe zu sein; sie würde sie in Zukunft nicht mehr aus den Augen lassen. Dianne hörte, wie Amy Julias Gesicht küsste.
»Gliii«, flüsterte Julia.
»Du bist meine Freundin«, flüsterte Amy zurück.
»Gliii.«
Dianne war glücklich, wie Julia in Amys Gegenwart aufblühte. Sie schien wacher zu sein, löste sich aus ihrer üblichen Fötusstellung, ihre Stimme wurde lauter und ihr Schmetterlingstanz mit den Händen lebhafter. Orion und Stella lagen neben den beiden. Stella war überglücklich gewesen, ihren vierbeinigen Freund wiederzusehen, und hatte sich malerisch vor seinen Kopf gelegt, um mit ihrer rauen Zunge seine Ohren zu putzen. Jeder suchte die Nähe des anderen.
»Alles klar, Mädels?«, fragte Lucinda und steckte ihren Kopf zur Tür herein.
»Alles in Butter«, erwiderte Amy.
Dianne hatte einen Kloß im Hals. Amys Optimismus war ansteckend. Das grauenvolle Erlebnis hatte ihrer Fröhlichkeit allem Anschein nach nichts anhaben können. Doch Dianne wusste, dass sie teilweise aufgesetzt war. Bei jedem Geräusch zuckte Amy zusammen. Sie hatte apathisch gewirkt, als sie mit Alan zur Tür hereinkam, und er hatte erzählt, dass ihr der Abschied von ihrer Mutter sehr schwer gefallen sei.
»Ich bereite gerade die Füllung für den Truthahn zu«, sagte Lucinda. »Möchte jemand helfen?«
»Klar«, antwortete Amy, machte aber keine Anstalten, Julia loszulassen.
»Der letzte Kuchen ist im Rohr.«
»Hm, das duftet himmlisch!«, sagte Dianne.
»Was für ein Kuchen?«, fragte Amy zögernd.
»Apfelkuchen natürlich«, antwortete Lucinda. »Für meine Apfel-Mädchen.«
»Gott sei Dank keine Hackfleischpastete«, sagte Amy schaudernd. »Solange es keine Hackfleischpastete ist …«

»Ehrenwort«, sagte Lucinda.
»In meiner Geschichte ging es Catherine auf einen Schlag wieder gut, als Dickie ins Gefängnis musste. Aber ich sehe immer noch sein Gesicht vor mir, als er Orion von der Brücke warf. Seine Augen waren völlig ausdruckslos. Als würde er Müll wegwerfen!«
»Denk nicht mehr an dieses Monster«, sagte Lucinda. »Das ist reine Zeitverschwendung.«
»Ich kann aber nicht anders.« Amy schluchzte und wiegte Julia auf ihrem Schoß.
Dianne eilte zu den Mädchen hinüber, ging in die Hocke, legte die Arme um sie und lehnte ihre Stirn an Amys.
»O Amy«, flüsterte sie.
»Dianne«, schluchzte Amy und klammerte sich an Diannes Pullover.
Dianne verstand, dass die Gedanken eines Menschen, der niemandem etwas Böses tat, immer wieder um das Böse kreisten, die Schattenseite der menschlichen Natur. Das wusste sie aus eigener Erfahrung. Statt Alan zu lieben, hatte sie viele Jahre damit vergeudet, Tim zu hassen.
Kein lauer Sommerwind, kein Singvogel und keine Sternschnuppe war in der Lage gewesen, diesen Hass zu vertreiben. Sie hatte noch jahrelang Tims Abschiedsworte im Ohr, hatte gehört, wie die Tür zufiel und seine Schritte sich entfernten. Dianne wünschte, Amy wäre in der Lage, den Albtraum ein für alle Mal zu vertreiben, aber sie befürchtete, dass Buddys ausdrucksloser Blick sie bis an ihr Lebensende verfolgen würde.
»Warum?«, fragte Amy. »Wie kann ein Mensch so etwas tun, Dianne?«
»Ich weiß es nicht.«
»Maaa«, sagte Julia; ihre Augenlider flatterten.
»Wie kann man so böse zu einem kleinen Hund sein? Wie kann jemand so wütend und gleichzeitig eiskalt sein?«
Dianne schwieg. Sie hielt die Mädchen in den Armen, wiegte

sie, drückte sie tröstend an sich. Manche Dinge im Leben ließen sich nicht erklären oder ergründen. Sie hatte es jahrelang versucht. Wie konnte eine Mutter verstehen, warum ihr Kind behindert zur Welt gekommen war! Wie konnte ein Kind verstehen, warum der Vater es verlassen hatte und die Mutter bei ihm geblieben war!

»Er ist im Gefängnis, wo er hingehört«, sagte Lucinda. »Das ist alles, was zählt. Wie in deiner Geschichte – die Gerechtigkeit siegt.«

»Ich werde den Wettbewerb nicht gewinnen«, sagte Amy und wischte sich über die Augen. »Ich habe meinen Beitrag noch nicht einmal abgegeben.«

»Es ist noch nicht zu spät. Und notfalls könnte ich ein gutes Wort für dich einlegen; wie du weißt, kenne ich die Bibliothekarinnen gut.«

Amy schüttelte den Kopf.

»Warum nicht, Amy?«, drängte Lucinda.

»Ich habe meine Mutter damit verletzt. Ich werde sie nicht einreichen, Lucinda. Aber trotzdem danke, dass du mir helfen willst.«

»Hm«, machte Lucinda. Sie stand auf der Türschwelle, und der Duft von frisch gebackenem Apfelkuchen wehte die Treppe herauf. »Na gut, wie du meinst. Aber versprochen ist versprochen. Ich habe gesagt, dass du in den *Nussknacker* mitgehen darfst, ganz gleich, ob du gewinnst oder verlierst.«

»Ist das dein Ernst?«, fragte Amy mit leuchtenden Augen.

»Natürlich«, antwortete Dianne und dachte daran, dass sie sich keine Sorgen um Julia machten musste, die Alan in seine Obhut nehmen würde. Beide würden bei Lucinda wohnen, während Alan mit dem Umzug begann.

»Der Nussknacker«, sagte Amy und schluckte. »Darauf freue ich mich.«

»Es ist herrlich anzusehen, wenn die Ballerinas tanzen und Schnee fällt«, meinte Lucinda.

»Jetzt sind es nur noch ein paar Tage«, sagte Dianne.

Alan brachte sie zum Zug. Mit beiden Händen am Lenkrad konzentrierte er sich auf die Fahrt. Es herrschte Schneetreiben, und die Straße war spiegelglatt. Ein Schneepflug fuhr in entgegengesetzter Richtung an ihnen vorüber, ein verschwommener orangefarbener Fleck. Er ertappte sich dabei, dass er sich wünschte, Dianne und Amy würden nicht fahren. Das Wetter war schlecht, und für später waren weitere Schneefälle angesagt.
Aber es lag nicht nur am Wetter. Alan hätte den Schneesturm gerne mit Dianne im neuen Haus erlebt. Sie hätten ein Feuer im Kamin anzünden und auf den Hafen hinausblicken oder eine Decke auf den harten Eichenboden legen und sich anderweitig die Zeit vertreiben können. Er liebte sie so sehr, dass er sie keine Minute missen wollte. »Sonntag bist du wieder da«, sagte er stattdessen.
»Sonntagabend. Der Zug kommt um neunzehn Uhr zweiunddreißig an.«
»Ich hole euch ab.«
»Meine erste Zugfahrt«, sagte Amy. »Meine erste Reise nach New York, mein erstes Ballett …«
»Wir werden uns prächtig amüsieren«, versprach Dianne.
»Mach dir keine Sorgen um Julia«, sagte Alan.
Sie sah ihn an, und er streckte die Hand nach ihr aus. Ihr Händedruck war warm, ihr Blick voller Liebe und Vertrauen.
»Das tue ich nicht, du bist doch ihr Vater«, flüsterte Dianne und machte ihm damit das schönste Geschenk, dass er sich vorstellen konnte. Die Adoptionspapiere waren in Vorbereitung.
»So fühle ich mich auch.«
»Ich habe Julia noch nie so lange alleine gelassen.«
»Ich bin ja bei ihr. Und Lucinda.«
»Ich weiß, dass sie bei dir in den allerbesten Händen ist, Liebster. Und Mom freut sich, dass du bei ihr wohnst.«
Alan nickte. Warum wünschte er sich trotzdem, sie möge den Zug verpassen? Er konnte absichtlich langsam fahren. Sie drückte seine Hand, und er legte ihre Handfläche an seine

Wange. Die Scheibenwischer schenkten hin und her. Ein Lastwagen, mit Sand beladen, fuhr auf der anderen Straßenseite an ihnen vorbei.
»Ist mein Kleid richtig fürs Ballett?«, fragte Amy.
»Absolut perfekt«, antwortete Dianne.
»Dianne hat ihre tollen Ohrringe mitgenommen, Dr. McIntosh«, sagte Amy aufgeregt.
»Dorotheas?«, fragte Alan mit einem kurzen Blick auf Dianne.
»Ja.«
»Und eine tolle Handtasche aus Satin und ein superschönes Cape aus Kaschmir. Wie ein Filmstar.«
»Ich wünschte, ich könnte bei euch sein.«
»Ich auch«, sagte Dianne und lächelte ihn an. »Wie wär's, wenn wir den Zug verpassen? Du könntest uns doch mit dem Wagen hinfahren. Ich wette, wir würden noch eine Eintrittskarte für den *Nussknacker* auftreiben …«
Allein der Vorschlag führte Alan in Versuchung, Dianne nach New York zu begleiten. Oder wohin auch sonst immer. Aber er hatte versprochen, sich um Julia zu kümmern, und er wusste, dass der Tapetenwechsel Dianne gut tun würde.
»Das ist eine reine Frauenrunde«, protestierte Amy.
Er schaltete das Radio ein, um den Wetterbericht zu hören. Es war Neuschnee angesagt, fünfzehn bis zwanzig Zentimeter heute Nacht und morgen.
»Vielleicht sollten wir lieber hierbleiben«, meinte Dianne.
»O nein, sag das nicht!«, stöhnte Amy.
»Was denkst du?«, fragte Dianne, an Alan gewandt. Als er ihr einen raschen Blick zuwarf, sah er, wie sie errötete und ein Lächeln um ihre Lippen spielte.
»Frag mich lieber nicht, was ich denke«, antwortete er, sich an die vergangene Nacht erinnernd. Sie hatten sich bis weit nach Mitternacht geliebt und waren beide so aufgewühlt wegen der bevorstehenden Trennung, dass sie danach noch stundenlang wach gelegen hatten.

»Bitte sagen Sie ihr, dass wir nach New York fahren sollen«, bettelte Amy.
»Da wären wir«, sagte Alan. Sie hatten den Bahnhof erreicht. Es schneite noch immer, und die Leute standen auf dem Bahnsteig, die Gesichter nach Osten gewandt. Der Zug von Boston, der nach New York weiterfahren würde, musste jeden Moment kommen.
»Und was ist nun, was die Fahrt nach New York angeht?«, fragte Dianne und drückte seine Hand.
»Hm. Wir werden einen Schneesturm bekommen. Wenn morgen Schule wäre, würde der Unterricht wahrscheinlich ausfallen.«
»Aber bitte nicht unsere Fahrt nach New York«, stöhnte Amy.
»In New York müsst ihr wenigstens nicht am Steuer sitzen«, sagte Alan. »Ihr fahrt gemütlich mit dem Zug und nehmt euch ein Taxi zum Plaza. Direkt neben dem Hotel findet ihr ein hervorragendes Restaurant, oder ihr geht einfach nach unten und speist fürstlich im Edwardian Room.«
»Und morgen steht der *Nussknacker* auf dem Programm. Ich kann mir nichts Schöneres vorstellen, als bei Schneegestöber ein Ballett anzuschauen.«
»Wie im Märchen«, schwärmte Amy mit Blick zum Himmel.
»Also gut, dann fahren wir nach New York«, sagte Dianne. Sie sah Alan dabei unverwandt an und drückte seine Hand, um ihm noch einmal zu verstehen zu geben, wie sehr sie ihn liebte und dass er sich keine Sorgen machen müsse. »Wir sind ganz schnell wieder da.«
»Ich hole euch ab, mit Julia.«
Der Zug nahte mit einem schrillen Pfeifen. Die Fahrgäste wurden per Lautsprecher zum Einsteigen aufgefordert. Amy sprang aus dem Auto, schnappte ihre Reisetasche und machte Dianne ein Zeichen, dass sie auch kommen solle.
Dianne strich ein letztes Mal über Alans Wange. Er sah die Liebe, die sich in ihren Augen spiegelte. Früher war diese Tiefe der Gefühle Julia vorbehalten, ihr allein. Julia würde immer zu-

erst kommen, aber nun schlossen sie ihn ein, wie er an ihrem Blick erkannte. Er enthielt ein Versprechen, und Alan wusste, dass Dianne Versprechen zu halten pflegte.
»Liebster?«, flüsterte sie.
»Ja?« Er umklammerte ihre Hand.
»Julia wird es gut gehen?«
»Bestens!«
»Der Zug«, sagte Dianne und deutete auf den Bahnsteig.
Alan stieg aus dem Wagen. Er trug Diannes Reisetasche. Amy rannte bereits quer über den verschneiten Parkplatz. Die Reisenden sahen heiter aus, freuten sich auf die bevorstehende Fahrt. Der altmodische Bahnhof war schon mit weihnachtlichen Lichterketten und Girlanden an den überhängenden Dachkanten geschmückt. Alans Kehle war wie zugeschnürt, als er Dianne ein letztes Mal an sich zog.
»Alles einsteigen!«, ertönte die Stimme des Schaffners.
»Wir sind gemeint!«, rief Amy aufgeregt.
Alan und Dianne hielten sich noch immer umschlungen. Es wäre so schön, vor dem Kaminfeuer im neuen Haus zu liegen und die Schneeflocken zu beobachten, die vom Himmel fielen. Er brachte es nicht übers Herz, sie loszulassen.
»Bist du sicher, dass es eine gute Idee ist?«, fragte sie mit glänzenden Augen und lehnte sich zurück.
»Wie Amy bereits sagte, wie im Märchen.« Er küsste sie ein letztes Mal ungestüm, dann half er ihr in den Zug, als ein Pfiff die Abfahrt ankündigte. Sie stand auf der Schwelle und winkte, bis der Schaffner die Tür schloss.
Und so kam es, dass Alan McIntosh die Frau, die er liebte, in den Zug nach New York setzte, wo das Schicksal in Form eines Yellow-Cab-Taxis auf sie wartete.

29

Dianne lag auf der Intensivstation im St. Bernadette's Hospital. In ihren Träumen sah sie immer wieder das Taxi vor sich, das sich im Schneesturm um die eigene Achse drehte und in die Menschenmenge vor dem Hotel Plaza raste. Und sich selbst, wie sie versuchte, Amy mit ihrem eigenen Körper zu schützen, aber nicht schnell genug reagieren konnte, sodass Amy hochgeschleudert wurde und wie eine zerbrochene Gliederpuppe auf dem Asphalt landete. Dianne lag reglos da, immer wieder das Bewusstsein verlierend, an Schläuche und Maschinen angeschlossen, umringt von Ärzten.

Sie hatten ihr den Kopf kahl rasiert. Die Schnittwunde war tief und musste genäht werden, und nun trug sie einen dicken Verband. Sie konnte sehen und hören, aber sie hatte viel Blut verloren, und es erforderte ihre ganze Kraft, alleine zu atmen.

Man hatte die besten Ärzte zusammengetrommelt. Der Chefneurochirurg des St. Bernadette's Hospital hatte sich ihres Falls angenommen. Dr. Gerard Bellavista war an den grauenvollen Anblick der Opfer von Auto-, U-Bahn- und Motorradunfällen gewöhnt. Doch Dianne Robbins hatte trotz ihrer Verletzungen und Bandagen nichts von ihrer Schönheit eingebüßt.

»Wo sind die Angehörigen?«, fragte er die Schwester.

»Draußen in der Eingangshalle wartet ein Mann.«

Der Arzt nickte und machte sich auf die Suche nach ihm. Als gebürtiger New Yorker hatte Dr. Bellavista geglaubt, ihn könne nichts Menschliches mehr überraschen, doch den Mann, der ihm nun im Warteraum gegenüberstand, starrte er fassungslos an. Er war eindeutig kein Stadtbewohner. Er war groß und breitschultrig, hatte blonde zerzauste Haare und ein von Wind und Wetter gegerbtes Gesicht. Die derbe braune Jacke war mit Ölflecken verschmiert. Die blauen Augen musterten ihn ange-

spannt und misstrauisch. Auf den schwarzen Gummistiefeln glänzten Fischschuppen.
»Ich bin Dr. Bellavista.«
»Tim McIntosh.«
»Ist die Patientin Ihre Frau?«
McIntosh räusperte sich. »War. Sie war meine Frau. Dianne Robbins.«
»Dann werden Sie wissen, wie wir die Angehörigen erreichen.«
»Sie leben in Connecticut.«
»Es wäre besser, wenn Sie anrufen.«
»Wie geht es ihr?«
»Sie hat eine schwere Kopfverletzung erlitten, die mindestens vierundzwanzig Stunden sorgfältig beobachtet werden muss.«
»Kann ich zu ihr?«
Der Arzt zögerte. Es wäre ihm lieber gewesen, Besuche auf die nächsten Angehörigen zu beschränken. Aber das Leben seiner Patientin hing an einem seidenen Faden, und Eile tat Not. Andererseits war wenigstens ihr Exmann hier, der die Frau besser als jeder andere kannte.
»Vielleicht in einer Stunde, wenn die Untersuchungen abgeschlossen sind. Aber nicht länger als fünf Minuten!«

Amy ging es zunehmend besser.
Sie fragte jeden, der ins Zimmer kam, nach Dianne.
»Sie schläft«, hieß es. Oder: »Sie wird gerade untersucht.« Oder: »Es wird alles getan, mach dir keine Sorgen.«
»Keine Sorgen?«, rief Amy empört.
Sie sollte sich keine Sorgen machen nach allem, was Dianne für sie getan hatte. Sie war mit ihr nach New York gefahren, um den *Nussknacker* anzuschauen, als Belohnung für eine Geschichte, die Amy nicht einmal eingereicht hatte. Sie hatte die Zeit mit Julia geopfert, um ihr Gesellschaft zu leisten. Im Plaza Hotel war sie wie eine Prinzessin behandelt worden. Morgens durfte sie ein Schaumbad in der riesigen Badewanne nehmen, und zwei-

mal hatte Dianne den Zimmerservice kommen lassen – gestern Abend mit Eiscreme und heute Morgen mit dem Frühstück.

»Hat jemand Dr. McIntosh benachrichtigt?«, fragte sie.

»Wen?«, fragte die Krankenschwester zurück.

Amy klärte sie auf. Der Mann in der Klinik, der nach Meer roch und überall Fischschuppen verstreute, war Tim McIntosh, auf den bekanntlich kein Verlass war, weil er vor jedem Problem davonlief. Er hatte Amy mit Julia verwechselt, weil er *seine eigene Tochter* noch nie im Leben gesehen hatte, man stelle sich das vor.

Amy hatte der Krankenschwester gerade Dr. McIntoshs Telefonnummer genannt, als sein Bruder zur Tür hereinkam.

»Äh … ich war gerade auf der Intensivstation«, sagte er. Sein Gesicht war knallrot, und um die Augen hatte er braune Schatten.

»Wie geht es Dianne?«

»Sie ist ziemlich übel dran, aber ich darf sie kurz sehen.«

Die Krankenschwester funkelte ihn entrüstet an, doch Amy fand es besser, die Wahrheit zu erfahren, als noch länger im Dunkeln zu tappen.

»Übel dran? Was heißt das? Kann sie gehen? Kommt sie her, um mich zu besuchen? Oder kann ich zu ihr? Sie liegt doch nicht im Koma?«

»Keine Ahnung, ich bin kein Arzt«, sagte Tim. »Tut mir Leid, dass ich dich mit meiner Tochter verwechselt habe. Aber ihr seid ungefähr im gleichen Alter, du warst bei Dianne, und da dachte ich …« Seine Stimme klang schroff und verwirrt.

»Schon in Ordnung«, erwiderte Amy. Seit Buddy war sie daran gewöhnt, mit Armleuchtern fertig zu werden.

»Hör mal, weißt du, wie ich meinen Bruder erreichen kann? Du scheinst ihn ja ganz gut zu kennen. Ich habe es bei ihm zu Hause versucht, aber es ist niemand ans Telefon gegangen. Ich denke, es ist besser, wenn wir ihn verständigen …«

Amy warf der Schwester einen zustimmenden Blick zu. Sie reichte ihm den Zettel mit der Telefonnummer, die Amy ihr gerade gegeben hatte. Wortlos verließ er das Zimmer, um sich auf die Suche nach einem Telefon zu machen. Amy lehnte sich entsetzt in die Kissen zurück. *Das* war Julias Vater? Er sah aus wie Fallobst, wie ein wurmstichiger, verdorrter Apfel. Er war nicht einmal stark genug, um auch nur einen Funken Anteilnahme am Schicksal eines verunglückten Mädchens zu zeigen.

»Viel Glück«, sagte Amy. Wenigstens würde Dr. McIntosh bald kommen.

Amy hatte erfahren, dass sie sich den Arm gebrochen, eine Schlagader verletzt und viel Blut verloren hatte. Sie hatten ihr neues Blut gegeben, das dunkelrot in Beuteln vom Tropf herunterhing, und es mit einem Schlauch in ihren Körper gepumpt. Das Blut stammte von anonymen Spendern, Menschen, die sie nie gesehen hatte. Das war für Amy erstaunlich und der Gipfel der Anteilnahme.

Das neue Blut, das durch ihre Adern strömte, flößte ihr Kraft und Hoffnung ein. Dass sie es überhaupt bekommen hatte, zeigte ihr, dass sie wichtig war, genauso viel wert wie jeder andere. Sogar völlig Fremde nahmen Anteil an ihrem Leben. Sie wünschte, Julia wäre hier, im Nachbarbett; mit ihrer Freundin konnte sie am besten reden.

Alan wechselte gerade Julias Windel, als das Telefon klingelte. Er war im ersten Stock in Lucindas Haus und hoffte, der Anruf möge für ihn sein. Als Lucinda ihn rief, wickelte er Julia schnell fertig, nahm sie auf den Arm und eilte zur Treppe.

Lucinda kam ihm auf halbem Weg entgegen.

»Dein Bruder ist am Apparat. Er wollte mir nicht sagen, um was es geht, aber ich dachte, ich warne dich lieber vor.«

»Danke.« Er nahm den Hörer. »Hallo, Tim.«

»Alan …«

»Ich habe versucht, dich zu erreichen.«

»Malachy hat's mir erzählt. Hör zu, Alan, ich weiß, dass wir nicht immer einer Meinung waren. Aber du warst stets anständig zu mir – mehr als anständig; ich stehe in deiner Schuld, und dieses Mal möchte ich das Richtige tun.«

»Langsam, langsam«, sagte Alan. Er war immer noch wütend auf Tim, doch er hörte die Angst in der Stimme seines Bruders. Er hielt Julia auf dem Arm und sah sie an. »Immer eins nach dem anderen, Tim. Was ist passiert?«
»Sie haben mich benachrichtigt, Alan. Draußen auf See. Ein Wunder, dass sie mich überhaupt erreicht haben, aber ich bin selbstverständlich sofort gekommen. Ich ...«
»Wohin gekommen?«
»Nach New York. Ins Krankenhaus!«
»New York?«, fragte Alan, als ihm dämmerte, dass sich Dianne in New York aufhielt und dieses Zusammentreffen eine seltsame Fügung war.
»Ja, ins St. Bernadette's Hospital. Ich dachte, es wäre meine Tochter, als ich ins Zimmer kam. Das ist die Wahrheit, so wahr mir Gott helfe.«
»Wo ist Dianne?« Alan spürte, wie ihm eiskalt wurde.
»Deshalb rufe ich dich ja an! Sie hatte eine alte Visitenkarte von mir in der Handtasche. Sie und diese Amy, die ich mit Julia verwechselt habe, sind von einem Taxi angefahren worden. Das Krankenhaus hat mich irrtümlich benachrichtigt. Aber ich schulde dir noch was, deshalb bin ich hier.«
»Von einem Taxi angefahren?«
»Ja. Ich wusste, dass ich dich irgendwie erreichen muss. Als Lucinda ans Telefon ging, wäre ich fast gestorben vor Schreck. Wenn sie mit mir spricht, ist ihre Stimme immer so verdammt eisig. Sagst du ihr Bescheid? Was machst du überhaupt bei ihr?«
»Was ist mit Dianne?«
»Sie hat's ziemlich übel erwischt, glaube ich«, sagte er mit zittriger Stimme. »Am Kopf. Sie lassen mich gleich kurz zu ihr. Du hast es gut, du bist an den Anblick von Verletzten gewöhnt! Das Mädchen ist so weit in Ordnung, hat sich nur den Arm gebrochen, aber Dianne ...«
Alan legte den Hörer auf und drückte Julia schützend an sich. Sie zitterte. Auch wenn sie das Gespräch nicht mitgehört hatte,

schien sie Bescheid zu wissen, dessen war er sich sicher. Sie besaß ein besonders feines Gespür, wenn es um ihre Mutter ging. Lucinda stand in der Diele. Auch sie ahnte, dass etwas passiert war, und sah ihn mit banger Erwartung an. Alan nahm sie am Arm, führte sie ins Schlafzimmer und setzte sie auf die Bettkante.

»Dianne ist etwas passiert, oder?«

»Sie ist im Krankenhaus«, antwortete Alan. »Sie sind von einem Auto angefahren worden. Sie und Amy.«

»Nein …«

»Ich fahre sofort nach New York. Tim meinte, mit Amy sei alles in Ordnung, aber bei Dianne weiß man noch nicht …«

»Ich komme mit!«

Alan schüttelte den Kopf. Er versuchte Ruhe zu bewahren. Er hielt Julia auf dem Arm und küsste sie auf den Scheitel und die Stirn. Er war bei ihrer Geburt dabei gewesen, hatte Diannes Hand gehalten, ihr den Schweiß von der Stirn gewischt.

»Du musst bei Julia bleiben«, sagte er und legte das Mädchen in die Arme seiner Großmutter. »Sie braucht dich!«

»O Alan!«

»Ich rufe euch an, sobald ich mehr weiß.« Er stand auf, den Autoschlüssel bereits in der Hand. Die Fahrt nach New York auf der Route 95 würde etwa zwei Stunden dauern.

Tim musste über eine Stunde warten, während Dianne zur Computertomografie gebracht wurde, und danach eine weitere Stunde, als der plastische Chirurg sie begutachtete. Als sie ihm endlich den Zutritt zur Intensivstation gestatteten, hatte er gerade gehen wollen. Er schwitzte wie verrückt. Krankenhäuser machten ihn nervös. Bestimmt würde er am ganzen Körper einen Ausschlag bekommen. Er dachte wieder an Neil, zu dem Tim und Alan nicht hineindurften. Damals hieß es, ins Krankenhaus kämen die Leute nur, um zu sterben, und dort würde man sich den Tod holen. Die Intensivstationen waren am allerschlimmsten.

Er schluckte und versuchte gegen seine Panik anzukämpfen. Er hatte eine weite Strecke zu Wasser und zu Lande zurückgelegt, um nach dem Anruf herzukommen. Dieses Mal würde ihm niemand einen Vorwurf machen – er konnte Newport und Nova Scotia getrost aus seinem Gedächtnis streichen. Dieses Mal war er zur Stelle gewesen, als man ihn brauchte. Hatten sie überhaupt eine Ahnung, was sie ihm zumuteten, wenn er ein Krankenhaus betrat, und jetzt auch noch die Intensivstation?

Es kam ihm vor, als ob ihn alle anstarrten. Vermutlich war er grün im Gesicht. Die Krankenschwester lächelte und führte ihn an einer Reihe schmaler Kabinen vorbei, die durch Vorhänge voneinander getrennt waren. Das Herz klopfte ihm bis zum Hals, als wäre er mit seinem Boot in einen Hurrikan geraten, in haushohe Wellen. Gleich würde er Dianne sehen, in einem dieser Betten.

»Hier ist sie«, flüsterte die Schwester.

Tim war sprachlos.

Diannes Körper war von einem weißen Laken bedeckt. Ihr Gesicht war trotz der Prellungen und Schnittwunden schön wie das eines Engels. Sie sah noch genauso aus wie das junge Mädchen, das er geheiratet hatte. Die Jahre fielen von ihm ab, er sah sie wieder in ihrer Werkstatt stehen, vor dem Spielhaus, das Tim für Alan abholen sollte. Er blickte sie an, wollte ihr Mut machen. Deshalb war er gekommen.

Aber sie lag reglos da.

Tim zog den einzigen Stuhl ans Bett. Er strich sich die langen Haare aus der Stirn und starrte sie stumm an. Von ihren blonden Haaren war keine Spur zu sehen. Die Augen mit den langen Wimpern waren geschlossen, die Hände ruhten auf dem Laken. Aus einem Impuls heraus berührte Tim ihren Ringfinger, an dem sie früher den Trauring getragen hatte.

Dianne öffnete die Augen.

Tim sah den Schock in ihrem Gesicht, als hätte sie ein Gespenst erblickt oder jemand anderen erwartet. Er dachte an das Mäd-

chen, diese Amy, die ihn mit Dr. McIntosh angeredet und an die Erniedrigung, die er angesichts der Verwechslung verspürt hatte. Das wollte er nicht noch einmal über sich ergehen lassen; deshalb schüttelte er den Kopf.
»Ich bin's, Dianne.«
Sie sah ihn immer noch starr vor Schreck an.
»Ich hatte keine Zeit, zum Friseur zu gehen. Ich weiß, ich sehe ziemlich verwildert aus.«
Ihr Mund öffnete sich, aber sie brachte kein Wort über ihre Lippen.
»Das Krankenhaus hat mich irrtümlich benachrichtigt. Du hattest eine alte Visitenkarte mit dem Namen der *Aphrodite* in deinem Notizbuch. Es war reiner Zufall, dass sie mich erwischt haben, ich war gerade auf dem Weg nach Florida. Das Mädchen, das bei dir war … ich glaubte, es sei Julia. Ich bin hergekommen, weil ich dachte, sie braucht mich, Dianne; ich schwöre es, so wahr mir Gott helfe.«
In Diannes Augen schimmerten Tränen, und Tim McIntosh ließ den Gefühlen, die er jahrelang in sich aufgestaut hatte, freien Lauf. Er legte seinen Kopf auf Diannes Kissen und brach in Tränen aus.
Sie räusperte sich.
Dann hörte Tim ihre Stimme, so leise, dass er sie kaum verstand. Vermutlich dankte sie ihm für sein Kommen, da sie wusste, wie schwer es ihm gefallen war. Er hob den Kopf, wischte sich über das Gesicht und sah sie an. Er hatte richtig gehört, sie versuchte ihm etwas zu sagen.
»Was?« Er beugte sich zu ihr hinab, berührte mit den Fingerspitzen ihre verletzte Wange. »Du musst lauter sprechen, Baby.«
»Ich sagte: Nimm deinen dreckigen Kopf von meinem Kissen.«
Er fuhr zurück, als hätte sie ihn verbrüht. Ihre Stimme klang wie ein Krächzen. Sie hatte eine Schnittwunde an der Lippe und eine Naht, die von der Schläfe bis zum Kiefer verlief. Redete sie wirres Zeug, im Delirium?

»Ich dachte, ich werde hier gebraucht«, sagte er entgeistert.
Sie starrte ihn an und blinzelte, als kostete sie das bereits große Kraft.
»Dein Anblick ist unerträglich.«
»Ich gehe schon«, erwiderte er und stand auf, bevor er sich noch mehr Ärger einhandelte.
»Und der Gedanke, dass du unsere Tochter im Stich gelassen hast.« Ihre Stimme war schwach, wurde aber zunehmend lauter.
»He, Dianne ...«
»Nicht nur bei der Geburt, sondern auch in Nova Scotia.«
»Ich bin hier, um meinen Fehler bei dem Mädchen wieder gutzumachen«, protestierte Tim. Wie konnten die Leute nur so mit ihm reden? Erst Malachy im letzten Sommer, und jetzt auch noch Dianne. Er tat schließlich sein Bestes, er hatte immer in der besten Absicht gehandelt.
»Ihr Name ist Julia!«
»He, leise!« Tim sah sich nervös um. Jetzt fing sie auch noch an sich hochzuziehen.
»Sie ist bildschön und sehr, sehr tapfer. Sie hat viel durchgemacht, aber du hast es nicht einmal für nötig befunden, sie dir auch nur ein einziges Mal anzuschauen.« Die Krankenschwester eilte herbei und versuchte mit sanfter Gewalt, sie zum Hinlegen zu bewegen. Aber Dianne fühlte sich stark genug, um die Sache ein für alle Mal zu Ende zu bringen.
»Dianne, du bist noch nicht richtig bei dir, du weißt nicht, was du redest ...«
»Das weiß ich genau.« Ihre Augen waren klar und auf Tim gerichtet.
»Ich denke oft an sie, und ich kenne ihren Namen. Du tust ja gerade so, als wäre ich ...«
»Ein Stück Dreck, ja, das bist du, Tim McIntosh!«
»Ich habe den weiten Weg zurückgelegt ...«
Sie ließ sich in die Kissen fallen. Sie sah erschöpft aus und hatte einen schweren Unfall gehabt, aber das ging zu weit.

»Du hast sie ihr ganzes Leben lang im Stich gelassen«, sagte Dianne nun mit leiser Stimme. Ihr Gesicht war aschfahl.
»Sie müssen jetzt gehen«, sagte die Stationsschwester.
»Dianne, ob du es glaubst oder nicht, aber ich wollte weder dir noch ihr wehtun«, beteuerte Tim mit trockenem Mund und weichen Knien. Das musste er noch loswerden, denn wenn er jetzt zur Tür hinausging, würde er sie wahrscheinlich nie wiedersehen. »Niemals. Das ist die Wahrheit.«
Dianne lag mit geschlossenen Augen auf dem Rücken, Tränen quollen unter ihren Lidern hervor. Sie so zu sehen war schwer, erinnerte ihn an alles, was er weggeworfen hatte. Auf seinem Boot war es einfacher, sein Leben auf See zu rechtfertigen.
»Meine Mutter hat gesagt, dass man lernen muss zu verzeihen«, flüsterte sie.
»Nur verstehen.«
Sie drehte den Kopf in seine Richtung, mit zusammengekniffenen Augen, damit sie ihn nicht ansehen musste. »Ich verzeihe dir«, sagte sie. »Aber verstehen kann ich dich nicht. Ich möchte es nicht einmal versuchen. Und jetzt geh.«
Tim öffnete den Mund, doch die Schwester hatte einen Blutdruckabfall bei Dianne bemerkt und alarmierte den Arzt. Tim hörte die Worte ›innere Blutungen‹. Die Deckenbeleuchtung war grell, und mehrere Krankenschwestern kamen angerannt und stießen Tim beiseite. Er drehte sich auf dem Absatz um und verließ die Intensivstation.

30

Alan sah Tim, als er die Intensivstation betrat, keine drei Meter von ihm entfernt. Er hatte gedacht, sein Bruder sei längst über alle Berge, nachdem er Alan benachrichtigt und damit seine Pflicht und Schuldigkeit getan hatte. Was machte er noch hier? Alans Körper verkrampfte sich bei Tims Anblick. Er fragte sich bang, was er Dianne gesagt haben mochte, spürte aber gleichzeitig die alten brüderlichen Gefühle in sich aufwallen.
»Die Ärzte sind bei ihr«, sagte Tim und blickte ihn unverwandt an. »Ihr Zustand hat sich verschlechtert.«
Alan stieß die Tür auf, sah das Hin und Her am Ende des Ganges und rannte durch die Intensivstation. Er wurde von einer Krankenschwester und zwei Ärzten angehalten, die ihn am Betreten der Kabine hinderten.
»Dianne, ich muss sie sehen ...«
»Jetzt nicht! Sie wird versorgt.«
»Ich bin Arzt!«
»Gehen Sie, bitte! Sie können im Moment nichts tun. Warten Sie draußen.«
Hilflos sah er ihnen nach.
Tim stand im Gang und wartete auf ihn.
»Hat sie etwas gesagt?«, wollte Alan wissen. »War sie bei Bewusstsein?«
»Ja, war sie.«
»Wie ist ihr Zustand?«, fragte Alan mit zitternder Stimme. Er hatte nur einen flüchtigen Blick auf sie werfen können; ihr Gesicht war kreidebleich und mit Prellungen übersät.
»Sie ist ziemlich schwer verletzt.«
»Gott steh mir bei«, sagte Alan, die Hände vors Gesicht geschlagen, und lief in dem schmalen Gang auf und ab. Seine schlimmsten Befürchtungen während der Fahrt nach New York

waren eingetroffen. Entsetzliche Angst ergriff ihn, Dianne zu verlieren. »Jesus, hilf mir, hilf uns ...«
»Alan«, sagte Tim.
Alan sah ihn verstört an. Er hatte viele Male verzweifelte Angehörige auf der Intensivstation erlebt, und nun erging es ihm nicht anders. Er schüttelte den Kopf, mühsam nach Fassung ringend. Sein Bruder stand vor ihm, verschwitzt und mit Haaren, die aussahen, als wären sie monatelang nicht gekämmt oder geschnitten worden. Wie der kleine Junge, dem Alan vor Cape Cod das Fischen und Schwimmen beigebracht hatte.
»Also dann! Ich gehe jetzt«, meinte Tim.
»Tim«, sagte Alan. Er konnte keinen klaren Gedanken fassen, außer einem – er wollte nicht, dass sein Bruder ging.

Tess Brooks hielt wie versteinert den Hörer in der Hand. Amy war von einem Taxi angefahren worden. Sie lag im Krankenhaus und wäre um ein Haar verblutet. Tess rang nach Luft, sie hatte Angst, ohnmächtig zu werden. Das Haus war dunkel und leer. Sie lief hin und her.
Als ob es nicht genug wäre, was Buddy ihr angetan hatte! Tess schluchzte laut auf. Ihre Tochter von einem Auto angefahren! Sie war eine miserable Mutter gewesen, hätte besser auf sie aufpassen müssen, statt nur an sich selbst zu denken.
Tess ging von Raum zu Raum, während sie die Vergangenheit Revue passieren ließ. Amys Babyschuhe, Russels Fischerboot, ihr Hochzeitskleid. Tess hatte gehört, dass auf dem Sterbebett noch einmal das ganze Leben im Bruchteil von Sekunden wie ein Film ablief. Warum passierte ihr jetzt das Gleiche?
In Amys Zimmer blieb sie vor dem »Schrein« stehen, Andenken, die Amy weiß Gott woher gesammelt hatte und in Ehren hielt. Russels Foto als Autoverkäufer. Mit seinem Lächeln hätte er Millionen Gebrauchtwagen verkaufen können. Am Bilderrahmen hing ein Angelhaken mit einem ausgeschnittenen und auf Pappe geklebten Ford-Logo, einem Plastikdelfin und die Zeichnung einer Sandburg.

Sandburgen waren für Amy wichtig. Tess wusste erst warum, seit sie Amys Geschichte kannte. Sie war außer sich vor Eifersucht gewesen, weil die Mutter wie Dianne aussah, und deshalb hatte Amy auf die Teilnahme am Wettbewerb verzichtet. Nun erkannte sie schonungslos, was sie angerichtet hatte – sie hatte den Traum ihrer Tochter zerstört, wieder einmal.
»Depressionen, Russ«, sagte sie, als sie vor seinem Bild stand. »Warum musstest du mich auch allein lassen?«
Keine Antwort.
»Ich hab versucht, es alleine zu schaffen, aber man sieht ja, was dabei herausgekommen ist.«
Keine Antwort.
»Schau mich doch an!«, sagte sie, als sie sich im Spiegel sah. Sie hatte große, intelligente Augen und einen traurigen Zug um den Mund. Aber wie konnte sie lächeln, wenn ihre Tochter im Krankenhaus lag!
Seufzend blickte sie wieder Russells Foto an. Fotos redeten nicht. Ertrunkene Männer kehrten nicht vom Meeresgrund zurück, um ihre Frauen zu trösten, wenn sie ihr Leben verpfuschten. Und saßen auch nicht auf heißen Kohlen neben dem Telefon, um zu hören, ob es etwas Neues über ihre Tochter gab. Zitternd ging Tess in die Küche und öffnete die Schublade mit dem Krimskrams. Da war sie, Amys Geschichte.
In der Schublade, in der alles aufgehoben wurde, was man nicht mehr brauchte.
An einer Ecke war ein Erdnussbutterfleck. Tess versuchte vergeblich, ihn wegzureiben, aber wenigstens konnte man das Gedruckte noch lesen. Auch wenn sie es nicht wollte, weil es immer noch wehtat. Aber Amy hatte sich so viel Mühe damit gemacht, wie mit allem, was sie tat.
Das Mindeste, was Tess tun konnte … Ohne lange zu überlegen, zog sie ihre dicken Winterstiefel und eine alte Jacke an. Der Wagen würde ohne Starthilfe nicht anspringen, und es gab niemanden, den sie darum bitten wollte. Außerdem hatte es aufgehört zu schneien, und die Nacht war sternenklar. Amy war au-

ßer Gefahr, und morgen Früh würde sie mit dem ersten Zug nach New York fahren.
Sie würde zu Fuß zum Bahnhof gehen und jetzt gleich losmarschieren. Sie griff noch einmal tief in die Krimskrams-Schublade und fand den Umschlag mit dem Notgroschen. Für die Fahrkarte würde es reichen. Sie steckte Amys Geschichte in die Jackentasche und war froh, dass sich der Bahnhof in der Nähe der Bibliothek befand.
Der Abgabetermin war vorbei. Amys Geschichte kam zu spät, war mit Erdnussbutter verschmiert und nicht in einem Ordner abgeheftet. Aber Tess würde Mrs. Robbins anrufen. Vielleicht gelang es ihr, Amy eine Fristverlängerung zu verschaffen. Sie konnte es zumindest versuchen.
Versuchen war für Tess etwas Neues. Doch irgendwo musste sie ja anfangen. Sie verließ das dunkle Haus und stapfte in die kalte, sternenklare Nacht hinaus.

Die Nacht nahm kein Ende. Alan ging rastlos in den Gängen auf und ab. Er saß an Amys Bett und hielt sie im Arm, bis sie eingeschlafen war. Er las ihr Krankenblatt, fachsimpelte mit dem behandelnden Arzt, korrigierte den Zugwinkel ihres Arms. Er telefonierte mit Lucinda. Julia ging es gut. Sie war wacher als seit Wochen, als wüsste sie, dass Lucinda Trost brauchte.
Alan bat Lucinda, Julia das Telefon ans Ohr zu halten.
»Ich hab dich lieb, Julia«, sagte er.
»Daaaa«, erwiderte sie.
Alan kehrte zur Intensivstation zurück. Tim war in einem Sessel des Warteraums eingeschlafen. Er war geblieben, als er ihn darum gebeten hatte.
Es war seltsam zu sehen, wie sein jüngerer Bruder gealtert war. In seine blonden Haare mischte sich das erste Grau, und um Mund und Augen waren tiefe Falten. Er hatte die Arme vor dem Körper verschränkt, eine Haltung, die auch im Schlaf Selbstschutz und Verteidigungsbereitschaft signalisierte.
Alan nahm neben ihm Platz und fixierte die Tür zur Intensiv-

station, als wollte er sie mit seinem Blick durchdringen. Seine Augen hinter der Brille waren angespannt vor Konzentration. Er rückte die Brille zurecht, nahm sie ab, setzte sie wieder auf.

»Früher dachte ich immer, dass man damit zaubern kann«, sagte Tim plötzlich mürrisch.

Alan warf ihm einen kurzen Blick zu.

Sein Bruder war wach, sah aber alles andere als munter aus. Mit verschränkten Armen, die Beine ausgestreckt, gähnte er verstohlen.

»Womit?«

»Mit deiner Brille. Als wir Kinder waren, dachte ich, sie würde dir Zauberkräfte verleihen. Du warst immer klüger, schneller und stärker als alle anderen.«

»Dorothea behauptete, ich hätte mir die Augen mit dem vielen Lesen im Dunkeln verdorben. Vermutlich hatte sie Recht. Und was den Rest angeht, ist das kein Wunder – ich war älter als du.«

»Und ich dachte, du wärst der Größte.«

»Das habe ich versucht. Dein großer Bruder zu sein, meine ich. Ich fand es vermutlich nicht schlecht, auf ein Podest gehoben zu werden.«

»Und mir hat es gut getan, dich von deinem hohen Ross herunterzuholen.«

»Hm«, sagte Alan und starrte auf die Tür zur Intensivstation.

»Ist sie mehr als deine Schwägerin?«

»Das war sie immer.«

»Du bist wieder mit ihr zusammen?«

»Wir werden heiraten.«

Tim schwieg, nun hellwach.

»Ich habe sie schon immer geliebt«, sagte Alan.

»Was ist mit meiner Tochter?«

»Julia?« Seltsam, Tim von »seiner Tochter« sprechen zu hören. Obwohl er eigentlich wissen sollte, dass es nichts als leere Worte waren, lagen sie wie ein Stein in Alans Magen. »Das Adoptionsverfahren läuft.«

»Das lässt sich anfechten«, erwiderte Tim und starrte auf die Deckenbeleuchtung. »Ich werde es nicht tun, aber theoretisch wäre es möglich.«
»Ich weiß deine Großzügigkeit zu schätzen.«
»Zwölf Jahre«, meinte Tim, »Julia ist zwölf Jahre alt.«
»Richtig.«
»Ich wollte gerade gehen, als du kamst, zurück auf mein Boot.«
»Das sagtest du bereits.» Alan wusste nicht, was zwischen Tim und Dianne vorgefallen war, und er war nicht erpicht darauf, es herauszufinden. Die alte Eifersucht, flammend und tief verwurzelt, machte sich wieder bemerkbar. »Ich weiß es zu schätzen, dass du geblieben bist.«
»Was soll die Anspielung?«, sagte Tim plötzlich wütend. »Willst du mir eine Moralpredigt halten? Was für ein Abschaum der Gesellschaft ich bin?«
»Ich weiß, dass du in Lunenburg warst.«
»Malachy konnte es wohl kaum erwarten, es dir und Dianne brühwarm zu erzählen. Deshalb hasst sie mich so.»
»Hat sie das gesagt?«
»Sie hat gesagt, dass sie mir verzeiht«, antwortete Tim, den Rest ihrer Worte wohlweislich verschweigend.
Alan schloss die Augen. Dr. Bellavista war bei Dianne. Alan brannte darauf zu erfahren, was hinter der verschlossenen Tür der Intensivstation vor sich ging. Draußen zu sitzen und mit Tim zu reden war zermürbend, vor allem, wenn er daran zurückdachte, wie sie früher, in Cape Cod, zueinander gestanden hatten. Er liebte die Frau, die ihn gehasst hatte, weil sie mit seinem Bruder verheiratet gewesen war, und er würde sein Kind adoptieren.
»Wie ist sie so?«, wollte Tim wissen.
»Wer?«, fragte Alan zerstreut.
»Julia. Wie sie ist.«
Alan holte das Babyfoto aus seiner Brieftasche, das er immer dabei hatte. Er reichte es Tim, der die Augen schloss, als müsste er Kraft sammeln, bevor er einen vorsichtigen Blick darauf

warf. Alan hatte ihm einen Monat nach der Geburt ein Bild von Julia geschickt, aber allem Anschein nach hatte Tim es nicht fertig gebracht, es anzuschauen.
»O Gott!«, sagte Tim kläglich.
»Was ist los mit dir? Sie ist bildhübsch.«
»Sie ist verkrüppelt«, sagte Tim und hielt sich mit dem Bild die Augen zu.
Alan blickte wieder zur Tür. Dianne war dort drinnen, und es fiel ihm nicht schwer, das Rad der Zeit zurückzudrehen, bis zu Julias Geburt in Hawthorne Cottage Hospital. Tim war mit seinem Boot auf und davon, und Dianne hatte den Schock noch nicht überwunden. Lucinda hatte im Warteraum gesessen, ein Ärzteteam war zur Entbindung hinzugezogen worden. Man wusste, dass der Säugling geschädigt sein würde, aber das Ausmaß war unbekannt.
Dianne hatte auf dem Gebärtisch im Kreißsaal gelegen. Alan war bei der Entbindung dabei. Er wollte ihr als Kinderarzt und Partner beistehen. Dianne hatte Wehen und die Anweisungen befolgt, wie Mütter, die ein gesundes Kind ohne Kaiserschnitt zur Welt bringen. »Atmen«, hatte der Geburtshelfer gesagt. »Pressen, atmen, jetzt nicht pressen.«
Alan hatte ihre Hand gehalten, an die sie sich mit aller Kraft klammerte. Die feuchten Haare hingen ihr ins Gesicht, Hals und Körper waren schweißüberströmt. Zu Beginn der Wehen hatte sie ständig zur Tür des Kreißsaals hinübergeblickt, als hoffte sie, Tim hätte sich besonnen und käme zur Tür herein.
Dann war es so weit gewesen. Die Ärzte hielten sich bereit. Alan saß hinter Diannes Kopf und hielt sie an den Schultern. »Gleich hast du es geschafft, Dianne«, sagte er wie ein Trainer, der sein Baseball-Team anfeuert, noch einmal das Letzte aus sich herauszuholen. »Ich bin stolz auf dich.«
Ihre Hand umfasste sein Kinn. »Sag mir, dass meine Entscheidung richtig war«, bat sie flehentlich.
Das Kind war noch nicht geboren, und niemand konnte sagen, wie seine Zukunft aussehen würde. Dianne hatte beschlossen,

es alleine großzuziehen, es nicht in ein Heim zu geben, ungeachtet der Schwere der Behinderung. Alan konnte die Frage nicht als Arzt beantworten, wohl aber aus dem Herzen.
»Ja, Dianne, sie war richtig.«
»O Gott, ich hoffe es …«, hatte sie mit Tränen in den Augen erwidert.
»Ich verspreche dir, ich werde immer für euch da sein.«
»Danke.«
Noch eine Presswehe, dann war es geschafft. Die Spannung war nun beinahe greifbar, niemand der Anwesenden wusste, wessen Fachkenntnisse nötig sein würden. Dianne warf den Kopf zurück, die Adern an ihrem Hals traten hervor. Alan hatte zwar während des Medizinstudiums die eine oder andere Geburt miterlebt, aber als neutraler Beobachter.
»Jetzt«, rief er Arzt. »Noch einmal pressen, los, fes…«
Im Kreißsaal war es totenstill.
Dianne schrie. Ein Schrei der Erleichterung, wie bei jeder Mutter, die gerade ihr Kind zur Welt gebracht hatte. Was fehlte, war der Jubel, in den alle einzustimmen pflegten, die bei der Entbindung dabeigewesen waren. Sie schwiegen und hielten den Atem an.
»Bitte gebt sie mir«, sagte Dianne mit zitternder Stimme.
Der Neonataloge war mit dem Säugling bereits auf dem Weg zum Brutkasten. OP-Schwestern nahmen Dianne die Sicht. Tränen liefen über Diannes Gesicht, als sie flehentlich die leeren Arme ausstreckte. Man wollte ihr den Anblick ersparen. Das Kind war grauenvoll verunstaltet – die Wirbelsäule befand sich in einem Dottersack auf dem Rücken, Arme und Beine saßen krumm und schief am Körper wie die Flächen eines kubistischen Gemäldes.
Alan stand auf. Er durchquerte den Raum, und während seine Schwägerin ihn anflehte, er solle ihr das Baby bringen, warf er einen ersten Blick auf seine Nichte. Er war Kinderarzt. Obwohl er an der renommierten Harvard Medical School studiert und seine Zeit als Assistenz- und Facharzt am Mass General und in

Yale verbracht hatte, war er nicht auf die Empfindungen vorbereitet, die der Blick in die Augen des kleinen Mädchens in ihm weckten.

»Gebt sie mir.«

»Aber sie braucht …«

Alan wusste, was sie brauchte. Er nahm sie auf den Arm und brachte sie zu Dianne hinüber, die mit Tränen in den Augen ihr Kind betrachtete. Dann holte sie tief Luft.

Alan würde nie vergessen, was danach kam.

Sie sah ihr Baby an und nickte. Sie wusste, es würde hart werden und Rückschläge geben, aber sie war bereit, es zu versuchen.

»Gib sie mir«, sagte sie.

Alan legte ihr das Kind in die Arme.

»Meine Kleine«, flüsterte Dianne. »Meine Kleine … ich hab dich lieb. Ich hab dich lieb. Ich hab dich lieb. Ich werde dich nie alleine lassen. Niemals.«

So war es gewesen. Und nun saß Alan im Warteraum vor der Intensivstation und sah seinen Bruder Tim beim Anblick des Babyfotos weinen. Eine Sekunde lang war er versucht, ihm die Entbindung zu schildern, doch dann hielt er sich zurück. Dieser Teil der Vergangenheit gehörte ihm und Dianne.

»Dianne hat sie zu Hause behalten?«, fragte Tim.

»Ja.«

»Sie hat sie nie in ein Heim gegeben?«

»Nie.«

Tim nickte und wischte sich über die Augen. In diesem Moment öffnete sich die Tür der Intensivstation. Beide Brüder sprangen auf. Dr. Bellavista kam heraus. Seine Miene war ernst, aber Alan erkannte an seinen Augen, dass er gute Neuigkeiten hatte. Er blickte von einem McIntosh zum anderen.

»Es geht ihr besser. Die Grundfunktionen sind wieder stabil. Sie reagiert und kommt langsam zu sich. Und sie möchte wissen, ob jemand namens Alan da ist.«

»Das bin ich«, erklärte Alan.

»Geh zu ihr«, sagte Tim.
Alan zögerte. Die Stunden, die er zusammen mit seinem Bruder gewartet hatte, hatten die Erinnerung an die Zeit zurückgebracht, in der sie ein Herz und eine Seele gewesen waren. Möglich, dass die Eintracht zwischen ihnen nicht von Dauer war, dazu waren sie zu verschieden und hatten zu viel Porzellan zerschlagen. Aber er fühlte sich ihm noch immer nahe und wollte ihn nicht ohne ein versöhnliches Wort gehen lassen.
»Glaubst du, dass sie es ernst gemeint hat?«, fragte Tim.
»Was?«
»Dass sie mir verzeiht?«
»Wenn sie es gesagt hat, hat sie es auch so gemeint.« Alan kannte Dianne gut genug, um zu wissen, dass man ihre Worte auf die Goldwaage legen konnte.
»Ich hoffe es«, entgegnete Tim. Seine Augen füllten sich wieder mit Tränen, und er schickte sich an zu gehen. Alan wusste, dass er seinen Bruder nie wiedersehen würde. »Ich hätte sie nicht heiraten dürfen. Sie hat von Anfang an zu dir gehört.«
»Dann gäbe es Julia nicht«, sagte Alan, was seiner Art zu verzeihen am nächsten kam.
»Mach sie glücklich«, sagte Tim an der Schulter seines Bruders, als er ihn ein letztes Mal umarmte.
»Das werde ich.«
Sie schüttelten sich die Hände, und Tim McIntosh ging den sterilen Korridor des Krankenhauses entlang, eine glitzernde Fischschuppenspur hinter sich lassend. Alan war bereits hinter der Tür zur Intensivstation verschwunden, bevor Tim am Fahrstuhl angelangt war.

31

Sie glauben nicht, dass ich sie höre und verstehe, aber ich höre und verstehe sie. Sie sprechen in Versen und Liedern, und ich mag ihre Worte und Melodien. Wenn meine Mutter mir nahe ist, höre ich sogar das Lächeln in ihrer Stimme, auch wenn es nicht ihr Glückstag ist. Meine Mutter liebt mich, und ihre Liebe hüllt mich ein wie ein schützender Mantel.

Mein Körper ist eine Sache für sich. Er ist anders, schwer und lästig. Meine Arme und Beine funktionieren nicht, sie sind mir im Weg. Wenn ich sehe, mit welcher Leichtigkeit sich andere bewegen, möchte ich aus meiner Haut ausbrechen und wie sie zum Strand hinunterlaufen, durch das hohe Gras und den Wind.

Seit ich auf der Welt bin, gibt es zwei Menschen, die immer für mich da sind. Meine Mutter und mein Onkel. Früher dachte ich, er sei mein Vater, doch inzwischen weiß ich, dass mein Vater uns verlassen und meine Mutter deshalb so viel geweint hat. Ich brauche ihn nicht. Ich habe ja schon einen Vater, einen Vater, der uns mehr liebt als alles auf der Welt. Er gibt uns genauso viel Wärme wie die Sonne.

Auch die Sonne ist warm; sie sorgt dafür, dass die Blumen in Grannys Garten wachsen, wie mein Vater Alan dafür sorgt, dass Mama und ich glücklich und geborgen sind. Er ist immer für uns da.

Er hat Amy zu uns gebracht. Eine Freundin zu haben ist das schönste Geschenk auf der Welt. Ich sehe, wie mich die Leute anschauen, weil ich anders bin, weil mein Körper hässlich ist. Am liebsten würde ich ihnen zurufen: Das ist nur meine Hülle und nicht ich! Darunter fühle ich mich schön und leicht und frei! Aber sie runzeln die Stirn und wenden sich ab oder tun so, als sähen sie mich nicht. Das verletzt mich sehr.

Amy macht so etwas nie. Sie blickt mich liebevoll an. Sie bringt mich zum Lachen mit ihren Grimassen und Späßen. Wenn Mama uns den Rücken zudreht, verständigen wir uns in unserer Geheimsprache, mit den Händen. Wir haben auch ein Geheimzeichen – ich strecke die Zunge raus, und Amy fasst an ihr Ohr. Wenn sie meinen Rollstuhl schiebt, geht sie ganz schnell, damit ich spüren kann, wie Beine funktionieren. Das nennt man laufen, hat sie gesagt, damit ich Bescheid weiß.

Jetzt weiß ich es!

Meine Großmutter hält mich gerade im Arm. Sie weint, und die Tränen tropfen auf meinen Kopf. Irgendetwas Schlimmes ist mit meiner Mama und Amy passiert, sie sind im Krankenhaus. Ich zittere, weil das Krankenhaus mir Angst macht. Dort ist alles so hell. Es gibt keine Schatten, keine Farbe, die nicht blinkt und blitzt, keine Nacht, in der meine Mutter ins Zimmer kommt, um nach mir zu sehen.

Aber das Krankenhaus ist wichtig. Dort helfen sie Menschen wie mir. Auch wenn ich mir nicht vorstellen kann, dass meine Mutter und Amy so hilflos sein sollen, dass sie jemanden brauchen, der sie hochhebt, füttert und hin und her trägt, wie bei mir. Aber im Krankenhaus habe ich auch schon Menschen auf den eigenen Beinen kommen und gehen sehen.

»Gaaa«, sage ich, das ist Grannys Name. Ich möchte ihr damit zu verstehen geben, dass ich sie lieb habe.

»Ach, Kind.« Meine Großmutter drückt mich weinend an sich. »Deine Mutter und Amy hatten einen Unfall. Alan ist hingefahren. Er sagt uns so schnell wie möglich Bescheid.

Granny macht sich viel zu viele Sorgen. Alles wird gut werden, dass weiß ich. Ich versuche meine Hände zu bewegen, um ihr Gesicht zu streicheln, aber ich bin so müde. Mein Körper wird immer schwächer. Ich bin froh darüber, denn wenn ich keinen mehr habe, bin ich frei. Dann kann ich endlich lachen und laufen und durch den blauen Himmel schwimmen. Ich spüre, dass es bald so weit ist.

Aber zuerst muss ich noch einiges erledigen, dass weiß ich,

auch wenn ich nicht sagen kann, woher. Vielleicht habe ich diese Gabe von Gott als Ausgleich für meinen Körper erhalten, der nicht so funktioniert, wie er sollte. Ich frage nicht danach, denn was für einen Sinn hätte das? Ich liege in meinem Bett oder sitze in meinem Rollstuhl und bin für alles bereit. Nichts, was ich tue oder mir wünsche, könnte bewirken, dass es schneller geschieht. Aber irgendwie weiß ich, dass es noch nicht so weit ist.

Erst wird die Hochzeit stattfinden. Bis dahin dauert es nicht mehr lange. Mein Vater, Onkel Alan, hat meiner Mutter einen Ring gekauft. Er hat ihn mir gezeigt, gestern, als ich mit ihm in unserem neuen Haus war. Es ist groß und wunderschön, und er hat gesagt, es sei aus Liebe gebaut. Von meinem Zimmer aus kann ich den Hafen, die Fischerboote und Segelschiffe sehen, die frei wie die Gedanken über das Meer ziehen.

Dann hat er mir Mamas Ring gezeigt.

»Das ist ein Diamant«, hat er erklärt und das Samtkästchen aufgemacht. »Das Symbol der Ewigkeit, Julia, weil er so alt ist wie die Menschheit. Es ist das härteste Gestein der Welt, und ich werde es dir beweisen, bevor wir gehen.«

»Gliii«, habe ich gesagt; das ist mein Wort für wunderbar.

»Schau.« Er hat Mamas Ring ans Licht gehalten, sodass Regenbogen an der Decke, auf den Wänden und auf dem Fußboden tanzten. Wenn Stella jetzt hier wäre, habe ich gedacht. Meine kleine Katze würde den Regenbogen hinterherjagen, und Amy und ich würden uns kranklachen.

»Ich werde ihr einen Heiratsantrag machen, Liebes. Ich möchte dich adoptieren und deine Mutter heiraten, damit wir eine richtige Familie sind.«

»Daaa«, habe ich gesagt. Das heißt »Daddy«, weil er das immer für mich war und wir jetzt schon eine richtige Familie sind.

»Genau hier werde ich deine Mutter heiraten. Direkt vor dem Weihnachtsbaum. Wenn sie meint, ich würde bis zum neuen Jahr warten, wird sie sich auf eine Überraschung gefasst machen müssen.«

Das ist gut, weil die Zeit drängt. Ich bin zwölf Jahre alt, was für mich schon ziemlich viel ist. Mein Herz ist müde. Es muss so hart arbeiten, und ich bin erschöpft. Aber vorher müssen bestimmte Dinge erledigt werden. Das ist Teil meiner Aufgabe auf dieser Welt und mein Geschenk.
»Genau hier, Julia. Amy und du werdet unsere Brautjungfern sein, mit den schönsten Blumensträußen, die es gibt.«
»Gaaa«, habe ich gesagt, um ihn daran zu erinnern, dass Granny weiß, welche für den Anlass richtig sind. Granny liebt Blumen. Sie hat alle möglichen im Garten – Rosen, Pfingstrosen, Glockenblumen, Maiglöckchen.
»Ihr werdet weiße Kleider und silberne Schärpen tragen, weil deine Mutter mir erzählt hat, dass sie als Kind von diesem Haus geträumt hat, von Gartenfesten, bei denen die Frauen weiße Kleider trugen.«
»Baaa«, habe ich gesagt, weil ich Hochzeiten liebe. Mama wird die Braut sein, und Amy und ich Brautjungfern. In Büchern und im Fernsehen sehen Bräute wie Märchenprinzessinnen aus. Mama wird die schönste von allen sein und vor Glück strahlen.
»Lucinda wird mir deine Mutter zuführen, weil wir ja keinen Brautvater haben.«
Jetzt nimmt Granny mich auf den Arm. Sie hat aufgehört zu weinen und trägt mich nach unten. Aber seufzen tut sie immer noch. Es schneit nicht mehr, die Wolken haben sich verzogen, und die ersten Sterne stehen am Himmel. Granny seufzt wieder und nimmt mich noch fester in den Arm.
»Gaaa«, sage ich, damit sie nicht mehr traurig ist. Sie küsst mich auf die Stirn. Das mag ich. Sie ist so lieb und hat Mama immer zur Seite gestanden. Sie spricht mit mir genauso wie Daddy, erzählt mir Geschichten von früher und hat mir die Puppen gezeigt, die sie als Weihnachtsgeschenk aus den Äpfeln gebastelt hat, die Amy im Apfelgarten vom Boden aufgesammelt hat.
Alle vertrauen mir ihre Geheimnisse an. Ich bin ein Glückspilz,

denn es sind schöne Geheimnisse, die zeigen, wie meine Familie zusammenhält, auch in schlechten Zeiten. Grannys Puppen sagen mir, dass es nichts gibt, was nicht liebenswert wäre, und Daddy hat mir eine Geschichte erzählt, die außer mir niemand hören durfte.

Es war in dem Haus, in dem ich meine letzten Tage verbringen werde. Im Wohnzimmer neben dem Erker, wo unser Weihnachtsbaum stehen wird. Das Fenster hat uralte Scheiben aus blauem Bleiglas, buckelig und mit eingeschlossenen Luftblasen. Eine Scheibe hatte Kratzer, und Daddy sah aus, als wäre er wütend.

»Am liebsten hätte ich sie zertrümmert, als ich sie zum ersten Mal sah, Julia«, hat er gesagt. »Die Immobilienhändlerin erklärte, das seien die Initialen der ursprünglichen Besitzer. Von einem Seekapitän und seiner Frau. Du weißt ja, was ich von Seeleuten halte …«

Ich wedelte mit den Händen in der Luft.

»Ich wollte nicht, dass deine Mutter sie sieht, um sie nicht wieder an Tim zu erinnern.«

»Daaa.« Ich versuchte ihm klarzumachen, dass es keine Rolle spielte, weil Mama nicht Tim, sondern ihn liebt und ich mir keinen besseren Vater wünschen könnte.

»Aber ich war auf dem Holzweg. Die Buchstaben lauten E-L-H. E-L-H. Der Besitzer hieß Elihu Hubbard, und ich dachte, sein zweiter Vorname würde mit einem L beginnen. Aber ich habe in der Bibliothek ein Buch über die Geschichte von Hawthorne gefunden, in der auch dieses Haus erwähnt wird, und festgestellt, dass der Anfangsbuchstabe seines zweiten Vornamens ein ›S‹ ist und seine Frau Letitia hieß.«

Ich wedelte, weil mir die Geschichte unbändig gefiel.

»E-L-H ist ihr Monogramm. Elihu – Letitia – Hubbard. Es waren die Initialen der beiden, als sie verheiratet waren. Sie hat sie mit dem Diamanten in das Glas geritzt, den er ihr von einer seiner Reisen mitbrachte. Und genau das werde ich jetzt auch tun.«

Dann hat mein Daddy Mamas Ring aus dem Kästchen geholt.

»Maaa«, habe ich gesagt, weil ich mir wünschte, Mama wäre bei uns.
»Ich werde sie direkt daneben einritzen.«
Ein Diamant ist das härteste Gestein der Welt, wie ich schon wusste. Er ist aus Feuer tief in der Erde entstanden, hält bis in alle Ewigkeit und schneidet Glas, ohne es zu zerbrechen. Ich habe zugesehen, wie mein Daddy mit Mamas Diamantring »A-D-M« in das dicke blaue Glas ritzte.
»Alan Dianne McIntosh«, hat er gesagt. Und dann – ich konnte es kaum glauben – dann hat er noch ein »J« eingeritzt. »Das steht für Julia«, hat er erklärt und mich auf die Stirn geküsst.
Granny seufzt schon wieder. Sie sitzt am Küchentisch und hat mich auf dem Schoß. Die Lichter sind aus, und ihr Herz klopft so stark, dass ich es sogar durch die Strickjacke spüre. Sie wartet darauf, dass das Telefon klingelt. Ich atme so leise ich kann, um sie nicht aufzuregen. Granny regt sich auch so schon genug auf, bis meine Mutter wieder zu Hause sein wird. So ist Granny nun einmal.
Auch das weiß ich: Menschen sind so, wie sie sind. Wenn man zwölf Jahre schweigt, beobachtet man genauer und hört aufmerksamer zu. Ich kann dem Lauf der Ereignisse nicht vorgreifen, aber wenn ich es könnte, würde ich Granny sagen, dass Mama wieder nach Hause kommt. Ich spüre es ganz deutlich. Wenn ich die Augen schließe wie jetzt, kann ich Verbindung mit ihr aufnehmen und ihr Gesicht berühren.
Meine Mutter ist verletzt und dem Tod genauso nahe wie ich. Aber Granny, Alan, Mama und Amy wissen nicht, dass ich ihm entgegengehe und Mama sich von ihm entfernt. Ich bin froh, wenn ich meinen Körper verlassen kann; er ist wie ein Käfig. Ich werde sie nicht weniger lieben, nur weil es meinen Körper nicht mehr gibt. Meine Seele sehnt sich danach, frei zu sein. Aber meine Mutter hat noch viel zu tun auf dieser Welt, sie muss am Leben bleiben.
Stella miaut. Sie weiß es auch.
Meine kleine Katze springt auf den Fenstersims. Orion kriecht

über den Küchenboden und jault, um Grannys Aufmerksamkeit zu wecken. Sie krault ihm den Kopf und sagt: »Braver Hund.« Das genügt ihm, und er geht einmal im Kreis herum, bevor er sich wieder hinlegt. Aber Stella wartet.

Sie hält Wache. Ihre türkisgrünen Augen blicken mich blinzelnd an. Ich blinzle zurück. Unsere Augen sprechen miteinander, wie wir es im Lauf der Jahre gelernt haben. Sie sagt mir, dass sie weiß, wie mir zu Mute ist und wie sehr ich mir wünsche, dass meine Mutter bald wieder zu Hause ist. Sie vermisst meine Mutter und Amy auch und möchte heute Nacht die Sterne anrufen, um sie zu bitten, die beiden wohlbehalten nach Hause zu geleiten.

Granny sieht es. »Stella, hältst du nach Orion Ausschau?«

Ich wedle mit den Händen und sage Stella so, sie soll die Sterne anrufen.

»Ach Kätzchen, denkst du, dein Platz wäre da oben, bei den Sternen?«

Stella antwortet nicht. Mit unnachahmlicher Geschmeidigkeit dreht sie uns den Rücken zu. Sie blickt zum Himmel hinaus, ihr Körper ist vor Sehnsucht angespannt. Sie bittet ihren Freund, den großen Jäger am Himmel, meine Mutter gesund zu machen.

»Gaaa.«

»Liebes.« Meine Großmutter küsst mich auf die Stirn.

Ich wedle mit den Händen, da ich meine Großmutter trösten möchte.

Granny ist klug. Sie kennt viele Geschichten, Spiele und Gedichte, und als sie Stella betrachtet, sagt sie:

> Abendstern
> Hesperos,
> Leitstern für alles,
> Was die Dämmerung trennt,
> Die verlorenen Schäfchen,
> Die Zicklein und Kinder
> Bring ihren Müttern zurück.

»Bring mir meine Tochter zurück!«, fleht meine Großmutter den Abendstern an.
»Gaaa«, sage ich, um ihr zu verstehen zu geben, dass alles gut werden wird.
Ich schließe meine Augen und denke an Grannys vier Puppen. Sie tragen verschiedene Kleider, aus Mamas Vorhangstoff genäht. Aber es sind die Gesichter, die mir am besten gefallen. Sie bestehen aus den verschrumpelten Äpfeln, die Amy im Apfelgarten aufgesammelt hat.
Granny hat die Puppen versteckt.
Sie sollen eine Weihnachtsüberraschung sein, für mich, Mama, Amy und Granny selbst. Amy hat Recht, die Äpfel sind wirklich wie wir – sie sind vom Baum gefallen, sind nicht vollkommen und daher nicht gut genug für einen Apfelkuchen.
Nun weint Granny, und ich würde ihr gerne sagen: Alles wird gut.
Jeder von uns muss einmal gehen. Aber erst, wenn wir unsere Aufgabe auf der Erde beendet haben. Wir sind Geistwesen, gefallene Engel in Körpern, die nicht vollkommen sind, Apfelpuppen, die zum Leben erweckt wurden. Wir haben gesehen, wie Sandburgen errichtet und zerstört wurden.
Mama hat noch einiges zu tun, sie verlässt diese Erde noch nicht.
Ich brauche sie viel zu sehr.

☆

Danksagung

Ich möchte Sam Whithney danken, einer Freundin, die ich seit dem Thanksgiving-Tag kenne, an dem sie geboren wurde. Sam ist eine unerschrockene Autorin, Bergsteigerin, Forscherin und Krankenschwester. Sie unternahm eine Trekking-Tour durch den Himalaya in Nepal, arbeitete mit Mutter Teresa in Kalkutta und ist nun Vollzeit mit ihrer Ausbildung als Kinderkrankenschwester beschäftigt. Ihre Hilfe war unschätzbar wertvoll bei meinen Recherchen über das Rett-Syndrom. Sam ist spirituell, einfühlsam und fröhlich, und ich bin stolz, für sie Kinder gehütet zu haben. Sie ist eine Suchende mit Schwung und Elan.

Die Mitarbeiter bei Bantam sind wunderbar und hilfsbereit. Ihre Freundlichkeit, ihr Glaube an mich und ihr Wissen hat mich durch meine Veröffentlichungen geleitet. Deshalb möchte ich mich bei Irwyn Applebaum, Nita Taublib, Christine Brooks, Barb Burg, Susan Corcoran, Gina Wachtel, Betsy Hulsebosch, Carolyn Willis und allen Außen- und Innendienstmitarbeitern mit einem herzlichen Dankeschön und einem kleinen Kräutersträußchen aus Point O'Woods erkenntlich zeigen. Die Figur der Lucinda wurde von meiner Mutter und einer Bibliothekarin aus meiner Jugendzeit inspiriert: Mrs. Virginia Smith von der New Britain Public Library. Mit tief empfundenem Dank an alle Buchhändlerinnen dieser Welt. Danken möchte ich auch Juanita Albert. Sie inspiriert mich mit Geschichten über Familie, Treue und Glauben. Sie ist eine wahre Freundin und mit mir durch dick und dünn gegangen.

Point O'Woods ist ein kleiner Ort in Connecticut mit Meeresstrand, Sand, hohen Tannen und goldfarbenen Salzmarschen. Dort fühlen sich mein Herz und meine Seele zu Hause. Dort haben sich meine Eltern kennen gelernt, und ihr Geist – wie auch

Mims – erfüllt das Haus und den Kräutergarten. Meine Mutter half mir, das Schreiben an unserem alten Eichentisch lieben zu lernen, den ich heute noch zum Schreiben benutze. Ich hoffe, meine Familie und meine Nachbarn wissen, wie sehr ich sie liebe.